난세의 위대한 만남

류성룡
과
이순신

서기원 역사소설

난세의 위대한

류성룡
과
이순신

만남

주요 등장 인물

조선

류성룡(柳成龍 : 1542–1607) _ 이조판서, 영의정

이순신(李舜臣 : 1545–1598) _ 정읍현감, 3도수군통제사

선조(宣祖 : 1552–1608) _ 조선 제14대 왕

권율(權慄 : 1537–1599) _ 광주목사, 도원수

곽재우(郭再祐 : 1552–1617) _ 의병장 홍의장군()

원균(元均 : 1540–1597) _ 경상우수사, 3도수군통제사

이산해(李山海 : 1539–1609) _ 영돈령부사, 영의정

윤두수(尹斗壽 : 1533–1601) _ 우의정, 영의정

정철(鄭澈 : 1536–1593) _ 3도체찰사, 판돈령부사

이항복(李恒福 : 1556–1618) _ 도승지, 병조판서

이덕형(李德馨 : 1561–1613) _ 예조참판, 우의정

이원익(李元翼 : 1547–1634) _ 형조판서, 영의정

김명원(金命元 : 1534–1602) _ 도원수, 좌의정

이억기(李億祺 : 1561–1597) _ 전라우수사

광해군(光海君 : 1575–1641) _ 세자

주요 등장 인물

일본

풍신수길(豊臣秀吉 도요토미 히데요시 : 1537–1598) _ 태합

석전삼성(石田三成 이시다 미츠나리 : 1560–1600) _ 수길의 막료

우희다수가(宇喜多秀家 우키타 히데이에 : 1573–1655) _ 총대장

소서행장(小西行長 고니시 유키나가 : 1555–1600) _ 제1군

가등청정(加藤清正 가토 기요마사 : 1562–1611) _ 제2군

흑전장정(黑田長政 구로다 나가마사 : 1568–1623) _ 제3군

모리길성(毛利吉成 모리 요시나리 : 1523–1570) _ 제4군

복도정칙(福島正則 후쿠시마 마사노리 : 1561–1624) _ 제5군

소조천융경(小早川隆景 고바야카와 다카카게 : 1553–1597) _ 제6군

종의지(宗義智 소 요시토시 : 1568–1615) _ 대마도주

현소(玄蘇 겐소 : ?–1612) _ 왜승

요시라(要時羅 : ?–1598) _ 첩자

사야가(沙也可 김충선 : 1571–1642) _ 귀화장수

준사(俊沙) _ 귀화장수

덕천가강(德川家康 도쿠가와 이에야스 : 1543–1616) _ 쇼군

왜군 침공

선조 23년(1590) 여름.

일본 경도의 취락제, 풍신수길의 경도 처소다.

조선의 통신사 일행은 안뜰에서 교자를 내려, 긴 회랑을 돌아 넓은 접견실에서 풍신수길 앞에 섰다. 정사 황윤길, 부사 김성일, 그 밖의 당상관 네댓이었다.

오랜 전란 끝에 일본 전국을 평정한 풍신수길은 관백이란 자리를 조카인 수차에 넘겨주고 스스로를 태합이라 칭하며 조선반도 출병 준비에 골몰하고 있었다. 붉은 사모에 검은빛 겉옷을 걸치고 세 겹으로 된 방석에 좌정하고 있었다. 조선 사신들은 물론 사모관대의 관복차림이다.

풍신수길은 정사와 부사에게 두 번 술잔을 내려 마시게 하면서 고개만 끄덕끄덕하고 말이 없었다. 간략한 예식이 끝나자 풍신수길은 느닷없이 자리를 떴다.

사신들이 잠시 그대로 앉아 있으려니 평복을 입은 노인이 세 살배기쯤 돼 보이는 어린애를 안고 얼러대며 이리저리 방안을 돌았다. 풍신수길이었다.

그는 갑자기 높은 웃음소리를 내며 시녀를 불러 어린애를 넘겨주었다. 그리고는 수건으로 품안을 훔쳤다. 어린애가 오줌을 싼 것이다.

그러는 동안 뜰 안에선 조선 조정의 악공들이 은은한 궁중악을 연주하고 있었다. 황윤길과 김성일은 서로 얼굴을 마주보고 기가 찬 듯 실소했다.

이 아이는 수길이 52세에 얻은 아들로 학송이라고 불렀는데, 이해 겨울 홍역으로 죽는다. 아이의 죽음을 애통해 한 나머지, 홧김에 조선으로 쳐들어갔다는 가설이 있을 정도이다.

그가 조선 사신들 앞에서 안하무인으로 논 것은 다분히 의도적이었을 것이다. 두 사신에게 은 4백 냥씩, 아래 수행원들까지 각각 차등있게 선물을 내렸다.

이번의 조선통신사는 세종 11년1429 처음 사행한 후 일곱 번째였다. 사행의 규모는 공식수행원 외에 호위군사, 악대, 교군 그리고 당상관들, 하인 등 해서 모두 4~5백 명에 달했다. 행차는 대마도를 거쳐 구주에서 일본 내해를 항해하여 대판 근처에 상륙, 거기서 육로로 경도에 이른다.

대개 두어 달은 체류하기에 엄청난 접대비용이 든다. 나중 강호로 국도를 옮긴 뒤에 접대비를 대기가 벅차 통신사를 받지 않게 되기도 한다.

일행은 다음해 봄, 부산포로 귀국했다. 대마도주의 신하 평조신과 현소라는 조선말 하는 중이 배웅삼아 따라왔다.

황윤길과 김성일은 부산포에서 각각 국왕께 장계를 올렸다. 이럴 경우 정사가 대표로 보고를 내면 그만이다. 부사가 따로 올린 것은 서로 의견이 맞지 않는 탓이었다. 국왕 앞에서 복명할 때도 같은 말을 아뢰지만.

황윤길은「풍신수길이 왜소한 체구에 용모도 변변치 못하나 안광이 번쩍번쩍하여 심상치 않은 위인으로 보았습니다. 여러 조짐으로 볼 때, 미구에 반드시 병화가 있을 것입니다. 대마도주 평의지도 풍신수길이 중국에 출병할 계획이란 말을 신에게 귀띔했습니다.」 했다.

반면 김성일은 「풍신수길의 사람됨이 오죽잖게 보였습니다. 중국을 넘보다니 가당치도 않은 억측입니다. 신은 일본에서 병화의 징조가 있음을 보지 못했습니다.」 이렇게 적었다.

황윤길은 서인이고 김성일은 동인에 속했다. 그 때문에 다른 의견을 낸 것은 아니었을 것이다. 그러나 동서파당의 대립이 격화됐을 무렵이라 그런 의혹도 살만했다.

동서 분당은 선조 9년께 표면화된 것인데 동인의 영수격인 김효원이 서울 동쪽 건천동에 살고 있는데서 그리 불렀다. 서인은 영수 심의겸이 서쪽인 정릉방에 거주했다. 서울로 돌아온 김성일은 정사와 함께 입궐하여 국왕을 뵈온 다음, 이조판서 류성룡 댁에 들렀다.

"정말 풍신수길이 흉포한 야심이 없어 뵈던가요?"

류성룡이 물었다.

"겉으로만 보고 어찌 속마음을 알 수 있겠습니까. 저도 긴가민가 아리송했지요. 하지만 이렇다 할 심증이 없는 터에 공연히 인심을 동요시킬 까닭이 없다고 생각한 것입니다. 황윤길의 의견에 반대하려고 그런 것은 아닙니다."

이렇게 김성일은 대답했다. 통신사의 보고를 놓고 비변사에서 당상관 모임을 가졌다.

"두 사신의 관찰엔 각기 일리가 있다. 그러나 만일의 사태에 대처하여 남쪽의 방비를 튼튼히 해야 할 것이다."

이 같은 결론을 내리고 국왕께 보고를 했다. 하삼도, 즉 충청·전라·경상 3도의 방백수령들 인사를 보완하는 한편 여러 진관과 성채를 수축하게 했다.

충청감사 윤선각, 전라감사 이광, 경상감사 김수. 모두 문관이지만 군사軍事에도 식견이 있다 싶은 사람들을 뽑은 것이다.

이때 정읍현감 이순신李舜臣이 류성룡의 천거에 의해 일약 두세 단계 뛰어넘어 전라좌도 수군절도사가 되었다.

이순신의 나이 46세. 31세에 무과에 오른 뒤 북쪽 변경을 고작 장령급으로 전전하다, 정읍현감이 된 것도 류성룡의 덕분이었다.

두 사람은 어릴 때 건천동 한동네에 살아 서로를 속속들이 알고 있었다. 류성룡이 순탄하게 출세하여 요직에 오른 뒤로 이순신은 한번도 류성룡 댁을 찾아가지 않았다.

"비단 신의 경우만이 아니라 이순신은 자신의 이익을 위해 권세가를 찾아다니는 일은 결코 없는 사람입니다. 지략과 담력이 출중하니 종묘사직이 위난에 처할 때 쓸 만한 장수입니다. 의심하여 망설이지 마시오소서."

국왕이 찜찜한 듯 거푸 물었을 때 류성룡은 만사에 신중한 그답지 않은 어투로 강하게 말했던 것이다.

이 시절 전국에 산재한 조선군의 규모는 1만 정도의 경군을 비롯, 통틀어 3만 내외였다. 총병력 3만이라는 것도 장부상 수효이고 실제로는 절반에 불과했다.

이듬해 신묘 정초.

풍신수길은 마침내 전국에 동원령을 내렸다. 각 번주들에게 소출에 따라 병선과 군사를 할당시켰다. 가령 바다에 접한 번들에겐 10만 석마다 큰 병선 2천씩을 만들게 했고, 병력 확보에 있어서는 평균해서 1만 석에 2백50명을 차출하게 했다.

이 시절 일본 전국의 쌀 생산량은 대충 2천2백만 섬으로 추산되고 있으므로, 계산대로라면 55만을 동원한 셈이 된다.

실제는 교통과 운송 관계를 참작하여 관동 지방 동쪽으로는 훨씬 부담을 줄였기 때문에 30만가량을 동원했던 것으로 여겨진다. 이 가운데 10만은 국내를 지키는 예비군으로 남겨두었다. 조선에 쳐들어온 병력은 전후해서 20만 안팎이었다.

번의 크기에 따라 몇 만을 낸 데가 있는가 하면 기백 명에 불과한 곳도 있었다. 이것들을 섞어 혼성부대를 편성했고 큰 번의 번주를 대장으로 임명하되 대를 이어 풍신수길을 섬겨온 사람들을 우대했다.

관동 이동의 부담을 덜게 한 데는 이 밖에 정치적인 배려가 없지 않았다.

덕천가강 이달정종 등 그 지방의 웅번雄藩들은 비록 풍신수길에게 신하의 예를 갖추기는 했으나 은연중 위세를 자랑하며 호락호락하게 굴지를 않았다.

풍신수길도 그들을 마음대로 다루기가 버거웠던 것이다. 설마하던 조선 출병령이 떨어지자 거개의 가신과 번주들은 대경실색하고 난감해했다.

"태합이 미쳤군! 오랫동안 군여軍旅에 시달리다 작년에야 겨우 전란이 멎었는데 오늘 또다시 군사를 바다 건너 보낸다니 무사들의 피로와 인민들의 고생을 과연 어찌 할 것인가."

이렇게 한탄하는 소리가 높았다.

"우리 일본이 침략을 당한 것도 아닌데 무엇 때문에 조선에 쳐들어가는가. 대명국을 정복하겠다니 태합은 제정신이 아니다."

이런 뒷공론도 적지 않았다. 덕천가강은 강호성에서 전령을 통해 동원령을 처음 접했다.

늙은 가신이 여쭈었다.

"어찌 하시렵니까?"

가강은 못들은 척했다. 다시 물어도 묵묵부답. 세 번째 언성을 높이자 "상근의 방비는 누가 맡노?" 나직이 대꾸했을 뿐이다. 상근은 중부에서 관동으로 가는 험준한 관문의 이름이다. 자신이 움직일 생각은 전혀 없다는 뜻이었다. 집안을 비우면 그 사이 수길이 무슨 작란을 칠지 마음을 놓지 못했던 것이다.

그러기에 조선 침략의 동기에 관해 '일본을 통일한 후, 상벌이 불공평하여 번주와 무사들의 불만이 팽배했다. 또 면종복배하는 자들도 적지 않았다. 그들의 힘을 밖으로 솟구치게 하여 새 봉토를 뺏어 나누어 주려고 반대를 무릅쓰며 출병한 것이다. 풍신수길은 가문의 권좌를 튼튼히 다지려고 했다.' 이런 주장을 하는 학자들이 드물지 않은 것이다.

덕천가강 전전이가 등 굵은 번주들은 약간 병력만 내어 수길의 체면을 세워주고 자신들은 이따금 경도나 구주 본영의 전략회의에 참석하는 게 고작이었다.

불길한 조짐은 먼저 부산 왜관서부터 나타났다. 대마도 사람을 위주로 관원과 상인들 해서 백 명 남짓이 상주하고 있었는데, 어느새 슬금슬금 빠져나가기 시작하더니 올 들어서는 10여 명만 남고 경내 객사들이 텅텅 비게 된 것이다.

그래도 조정에선 왜군의 대거 침공을 상상조차 못했다. 그럴 까닭도 명분도 없었기 때문이다. 여기엔 중간에서 난처해진 대주번대마도의 농간 탓도 없지 않았다.

"대명국을 정복하기 위해 출병하려 한다. 조선은 자진해서 향도해 주기 바란다."

이런 풍신수길의 국서를 제대로 조선 조정에 올리지 않았던 것이다.

"내가 한번 크게 뛰어넘어 대명국에 들어갈 것이다. 조선은 길을 빌려 주기 바라는 바이다."

일초입대명一超入大明이란 구절로 바꾸어 통신사편에 전했다. 강경한 표현을 모호하게 변조한 것이다.

조정은 만약의 경우를 생각하여 왜국의 동정을 명나라에 통고하느냐 마느냐를 놓고 열띤 쟁론을 벌였다.

"풍신수길이 국서를 보내온 사실만은 마땅히 천조天朝에 알려야 할 것입니다. 풍신수길이 과연 침략의 의사가 있는지 분명치는 않으나 대마도주 등을 통하여 여러 가지로 협박하는 말을 하고 있으며 또 말이 대명국과 관계되는 것인 만큼 이대로 잠자코 있을 수는 없는 일입니다."

이조판서 류성룡의 주장이었다.

영의정 이산해는 반대의견이었다.

"자칫하면 명나라 조정에서 우리나라가 왜국과 통한 것을 의심하게 될 것이니 명백치 못한 사안을 미리 통보할 필요는 없을 것이오."

"그렇지 않습니다. 한 나라가 이웃 나라와 왕래함은 당연한 일. 지난날 왜국은 조선을 중개로 해서 중국에 조공한 예가 있습니다. 지금 왜국은 조공을 위해 대명국에 들어가려는 것이 아니지 않습니까. 의심할 것을 두려워하여 주달하지 않는다면 대의에 어긋나는 일이지요. 만일 명나라 조정이 유구 등 딴 곳으로부터 이 일을 전해 듣게 된다면 되레 더 큰 의심을 사게 될 것입니다."

류성룡의 말이 공감을 산 듯 했으나 홍문관 부제학 김수가 반론을 폈다.

"풍신수길은 매우 광패한 자로 함부로 남을 위협하고 놀라게 하는 말을 하고 있습니다. 이 같은 허황된 소리를 하는 것을 가지고 황제께 주달함은 경솔한 짓입니다. 또한 명나라의 복건은 바다 건너 왜국과 교역을 하고 있는바 우리나라가 황제께 보고한다면 자연히 왜국에서도 이를 알게 될 것이며, 그리되면 우리는 웃음거리가 되고 왜국의 깊은 원망을 사게 되지 않겠습니까."

신하들의 의견은 이처럼 양분되었다. 국왕은 재단을 내려 류성룡의 말을 취했다. 병조참판 김응남을 동절사로 삼아 서둘러 중국으로 들여보낸다.

김수의 말은 한 대목에서 옳았다.

이즈음 일본에 잡혀갔다 돌아온 뱃사람을 통해 명나라 조정은 전쟁 준비가 한창인 일본의 동태를 웬만큼 파악하고 있었던 것이다. 나중 얘기지만 김응남이 왜국과 설왕설래한 일을 고하자, 허국이란 명나라의 각로閣老는 "이제야 조선에 대한 의심이 대강 풀렸소." 하며 크게 기뻐했다. 조정논의에서 허국은 조선이 명나라를 배반하지 않을 거라고 애써 조선을 변론한 터였다. 명나라가 원군을 조선에 파견하는 데 크게 도움이 된 일화이다.

임진년(1592) 4월 13일.

어스름이 깔리기 시작한 저녁 무렵 왜군의 선단이 부산포 앞바다를 침공했다. 임진전쟁의 발발이다. 밤중으로 선단의 규모는 엄청나게 불어나 만곡진 내해를 뒤덮었다.

소서행장 종의지 등을 대장으로 한 병력 1만8천의 선발군은 소수의 군사를 데리고 해변에 나가 왜군의 동정을 살폈다. 왜군 병선들은 줄지어 닻을 내린 채 상륙할 기미가 없었다.

어둠 탓으로 정발은 왜선의 척수를 제대로 파악할 수 없었다. 어쨌든 종전에 조략질하러 침범했던 왜구 따위와는 판이한 군세였다.

성으로 급히 돌아온 정발은 성문을 굳게 닫고 요소마다 군사들을 배치시켰다. 이때 부산진 성안엔 모두 1천 남짓한 군민이 있었을 뿐이다. 그나마 무기를 가진 군사는 5백에 지나지 못했다.

"왜군은 내일 새벽에 상륙하여 성을 공격할 것이다. 나는 한사코 성을 지키련다. 너희들도 나를 따르라. 도망치는 자는 목을 벨 것이다."

정발은 진지를 돌며 군사들을 복려했다. 또한 악공을 시켜 성문누각에 올라가 퉁소를 불게 했다.

이튿날 날이 새었으나 왜군 병선들은 희부연 안개 속에 감싸여 있었다. 차츰 시야가 트이자 병선들은 흰빛과 붉은빛의 길다란 깃발을 무수히 날리고 있었다. 흡사 장사 때 명정 행렬 같았다.

상륙한 왜군은 일단 대오를 정돈하고 먼저 기마병을 내보냈다. 동문에 당도한 기마병은 화살에 편지를 묶어 누각에 쏘아올렸다.

"입명가도入明假道. 명나라에 들어갈 테니 길을 빌리라."

정발은 그걸 찢어 아래에 내던졌다. 마침내 왜군의 총공격이 시작되었다. 동·서·남의 세 방면으로 성벽을 에워싸고 조총을 연달아 쏘아댔다. 왜병은 높은 사다리들을 성벽에 걸치고 아래서 엄호사격을 받으며 기어올랐다.

먼저 서문이 뚫렸고 왜병들이 물밀듯이 쏟아져 들어왔다. 정발은 부사맹 이정헌 등과 함께 동문누각에서 활을 쏘며 분전했다. 이정헌은 손님으로 잠시 부산진에 체류하고 있었다.

성안의 군민들은 아녀자까지 포함해서 도망치는 사람이 거의 없었다. 정발은 검은빛 융복에 붉은 전모를 쓰고 환도를 휘두르며 근접하는 왜병들을 쓰러뜨렸다. 군청으로 후퇴하여 전투를 계속했다.

"천지신명이 우리를 도울 것이다. 계속 싸우라!"

그러나 정발은 등 뒤에 칼을 맞고 쓰러졌다. 왜병이 달려들어 그의 목을 베었다. 18세 난 정발의 첩 애향이 품고 있던 은장도로 가슴을 찔러 자진했다. 그 옆의 계집종도 따라 자결했다.

부산진을 점령한 왜군은 하루를 묵은 다음 북상하여 동래성으로 향했다. 왜군 침공의 제1보가 조정에 날아든 것은 나흘 뒤인 17일 저녁이었다.

경상 좌수사 박홍이 급계를 올린 것이다. 잇따라 남산에 봉화가 올랐다. 네 줄기의 연기가 솟았다. 4거四炬이다. 적군이 침입하여 전투가 벌어지고 있다는 기별이었다. 경악한 조정은 즉시 비변사 회의를 소집했다. 이일을 경상도 순찰사로 임명했다. 이일은 다급한 대로 경군 3백을 거느리고 중앙도를 따라 급히 내려갔다. 비변사 회의에서 국왕은 "순찰사만으로는 마음이 놓이지 않소. 정승급으로 체찰사를 임명해야겠소." 하며 좌의정 류성룡을 지명했다. 류성룡은 자신의 부사로 병조판서 김응남을 천거했다. 이때 한성판윤 신립이 말했다.

"아뢰옵기 황송하오나 좌의정은 문신입니다. 장수를 보내느니만 같지 못할 것입니다."

은연중 자신이 출전하고 싶다는 뜻이었다. 신립은 일찍이 국경 지방에서 여진과 왜구를 격파하여 용명을 떨쳤고 여러 도의 병사를 지냈다. 자타가 공인하는 당대의 무장이었다.

"그렇겠군. 신립 장군을 도순변사로 삼겠소."

국왕이 윤허했다. 품계로 치자면 순찰사 도순변사 체찰사로 높아진다. 물론 각 도마다 감사와 병사 수사 등이 아래 지휘관들을 통솔하지만 전쟁 중에는 이 체계가 무너지기 쉽고 또 여러 도에 걸쳐 병력이 이동하게 되므로 이를테면 광역 지휘체계가 필요하다.

신립의 건의로 류성룡은 체찰사를 면하고 대신 품계가 낮은 신립이 도순변사로 전방 총사령관이 된 것이다.

국왕은 편전에서 신립을 접견하고 보검 한 자루를 내렸다.

"누구든지 군령을 듣지 않는 자가 있거든 선참후계하오."

즉결처분의 권한을 준 것이다. 신립을 보낸 다음 국왕은 대신들을 불러 말했다.

"김성일이 일본을 다녀와 잘못된 보고를 했으니 죄를 면하기 어렵소."

"김성일은 마땅히 죄를 받아야 합니다. 하지만 지금은 국가 존망의 위국입니다. 전공을 세워 죄를 탕감토록 배려하심이 어떻겠습니까."

류성룡의 아룀이었다.

김성일은 경상도의 수령을 지낼 때 선정을 편 인심을 얻었던 것이다. 국왕은 고개를 끄덕이고 김성일을 경상우도 초유사로 임명했다. 민심을 진정시키고 군사를 모집하는 소임이다.

신립은 국왕의 특명을 받아 의기가 고양됐으나 졸지에 많은 군사를 동원하기가 어려웠다. 고작 경군 5백 명가량을 거느리고 남하하면서 고을의 군사와 장정들을 소집하여 병력을 불려갔다. 조방장 변기, 종사관 김여물 등이 휘하에 있었다.

충주에 도착하여 충청도 군사를 합치자 약 8천의 병력이 되었다. 절반은 기병이었다. 충주목사 이종장도 막하에 들어갔다.

신립은 막료들을 데리고 중앙도의 요충인 조령으로 진출하여 지형을 살폈다. 김여물 등 막료들은 이 근처의 험준한 지세를 이용하고 골짜기에 복병을 매복시켰다.

"적의 군열을 기습하는 것이 상책입니다."

한결같은 의견을 건의했다.

신립은 정반대되는 전법을 말했다.

"적은 보병이 많은 데 반해 우리는 기병이 많소. 조령은 말을 부리기가 쉽지 않은 곳이오."

종사관 김여물은 "조령과 같은 천험은 다시 없습니다. 그곳을 버리고 평지를 택할 바엔 차라리 한강을 방어함이 병법의 이치에도 맞는 일입니다." 다시 주장했으나 신립은 화를 내고 듣지 않았다.

"우리 군사는 오합지졸이나 다름없소. 활을 제대로 쏠 줄 아는 자가 절반도 못되오. 결사의 각오로 배수진을 쳐야 적군을 막을 수 있을 거요."

신립은 전군을 일단 충주성으로 입성시켰다. 며칠 뒤 십 리가량 떨어진 남한강변 탄금대에서 사투를 벌이게 된다.

앞서 부산진을 공략한 왜군은 동래성을 포위하여 죄어들기 시작했다.

울산의 경상 좌병영에 있던 좌병사 이각은 왜군의 동태를 보고 동래부사 송상현에게 전령을 보내 "부사는 성을 지키시오. 나는 후면에서 적군을 견제하겠소." 이렇게 전하고는 동래의 북쪽 소산역으로 후퇴했다.

송상현은 부임한 지 1년 남짓 됐다. 문과 급제한 후 사헌부와 사간원의 요직을 지냈고 병마평사 등 무관직 경험도 있었다. 남방에 경계령이 내려지자 요충의 수령으로 기용됐던 것이다.

왜군은 본디 평지성 공방에 능했다. 오랜 전국시대를 거치면서 변주의 본지인 평지성을 뺏고 뺏기고 하는 것이 일반적인 전투양식이었기 때문이다.

왜군의 병력은 역시 1만8천, 완전히 성 둘레를 에워싼 다음, 일단의 기마병들이 정문인 남문 앞에 나서며, 큼직한 팻말을 땅에 꽂았다.

"싸우려면 싸울 것이요, 싸우지 않으려면 길을 빌릴 것이다[戰則戰矣, 不戰則假道]."

송상현은 목패를 구해 손수 적었다.

"싸워 죽기는 쉬워도 길을 빌려주기는 어렵다[戰死易 假道難]."

이걸 성 밑에 내던졌다. 성 위 군사들이 창과 칼을 치켜들며 일제히 함성을 질렀다. 성안엔 군민 합해 약 2만 명이 있었다.

조방장 홍윤관, 양산군수 조영규, 군관 송봉수 등이 부사의 휘하였다. 군사의 수효는 3천을 넘지 못했을 것이다.

왜군은 겹으로 포위망을 치고 전면에 조총부대를 내세웠다. 조총수들은 석줄 횡대를 꾸며 무릎을 꿇는 자세로 겨냥했다. 앞줄이 쏘고 나면 뒤로 돌아가고, 지체 없이 다음 줄이 나섰다.

이렇게 해서 화약을 장전하고 화승에 불을 붙이는 시간을 단축했다. 번갈은 연사가 가능한 것이다. 조총과 활로 엄호하면서 성문을 부수며 성벽에 걸친 사다리를 탄다. 성 위에선 장창으로 응전하면서 사다리를 밀치고 돌로 내리치기도 했다.

새벽부터 시작된 공방전은 해가 중천에 뜰 때까지 결판이 나지 않았다. 왜군은 일단 군사를 거두어 전열을 가다듬었다.

재차 총공격에 나선 왜군은 동문 근처의 낮은 모서리를 타고 넘어 조선군의 저항을 물리치며 문을 열자 기병을 선두로 성안에 난입했다. 아비규

환의 수라장이 벌어졌다.

여러 문을 지키던 홍윤관 조영규 송봉수 등은 맡은 자리에서 물러나지 않고 분전하다 모두 전사했다. 남문의 누각, 송상현은 갑옷 위에 조복을 걸치고 나지막한 호상에 버티고 있었다.

주위를 지키던 군사들이 하나하나 쓰러지자 왜군은 송상현을 에워싸고 항복을 권했다. 송상현은 호상에 꼿꼿이 좌정한 채 "이웃 나라의 도리를 모르느냐! 우리는 너희를 해치지 않았는데 너희는 어찌하여 우리나라를 범했느냐!"라며 조금도 신색이 변치 않은 채 준엄하게 꾸짖었다.

왜장은 통변을 불러 말뜻을 알게 되자 괴이한 음성을 지르며 달려들어 칼질을 했다. 전투가 끝난 다음 종군한 평조신은 송상현의 시신을 염하고 관에 넣어 성문 밖에 묻었다.

동래성 전투에서 군민의 전사자는 거반 5천에 이르렀을 것이다. 성 밖으로 빠져나간 부민 가운데 나중 의병에 참가한 사람이 적지 않았다.

왜의 선발군이 동래성을 함락시킬 즈음 제2군과 제3군이 연달아 부산포에 들이닥쳤다. 제2군은 가등청정을 주장으로 한 2만3천, 제3군은 흑전장정이 이끄는 1만1천이었다.

계속하여 제5군과 제6군 해서 13만의 병력이 한 달 사이에 조선땅을 침범한 것이다. 이어 후속군 6만이 파병된다. 그 밖에 1만의 수군을 합치면 왜군의 총병력은 20만에 달한다.

얘기를 충주성으로 돌린다.

상주 근처에서 소서행장의 왜군과 맞닥뜨린 순변사 이일은 일패도지하여 충주로 후퇴했다. 고작 8백의 병력으로는 노도처럼 밀려드는 왜군의 기세를 꺾을 재간이 없었다. 이일은 신립과 나란히 꽤나 용명을 날린 장수였다. 신립 앞에 고개를 늘어뜨린 이일은 "일생일대의 치욕이올시다. 보검으로 저를 죽여주시오." 침통하게 말했다.

신립은 전투경과를 듣고 나서 조용히 위로했다.

"군법대로 한다면 순변사를 참해야 할 것이오. 하지만 우리 편 군세가 너무 고단했소. 내 막하에서 크게 전공을 세우시오."

"사또의 은덕은 백골난망입니다. 죽기로 싸우기를 맹서하겠습니다."

이일은 눈물을 흘렸다.

4월 27일 아침, 신립은 부대를 이끌고 충주성을 나와 탄금대 부근 강가에 진을 쳤다. 백사장에 이어 저습지대가 펼쳐져 있었다. 정오께 왜군은 삼면으로 포위하면서 공격을 개시했다.

신립의 군령에 따라 조선군의 기마부대가 적군을 향해 돌진했다. 왜군 장수들이 포진한 언덕의 아래켠은 내리 저습한 지대여서 기마병의 진출이 여의치 못했다. 고삐를 죄고 채찍을 후려쳐도 말들은 요란한 총성에 놀라 제자리서 날뛰기만 했다.

그 사이 왜군의 보병이 달려들어 장창으로 마구 찔러댔다. 조선의 창보다 두 곱은 긴 것이었다. 총성과 함성이 강변을 진동했다. 조선군은 이곳저곳에서 구멍이 뚫렸다. 사장에 장막을 친 본진에서 패색을 살핀 신립은 김여물에게 웃으며 말했다.

"나는 김 공의 목숨을 살리고 싶소. 이곳을 빠져나가 급히 장계를 올리도록 하시오."

"종사관으로서 어찌 사또를 버릴 수 있겠습니까. 진작에 죽음을 각오했으니 사또께선 그 같은 명령을 내리지 마시오."

마침 일단의 왜군이 괴성을 지르며 본진에 쇄도했다. 신립과 김여물은 장검을 쳐들고 왜군 속에 돌진했다. 저녁 무렵 탄금대 전투는 끝났다. 조선군의 시체가 강변을 뒤덮었다. 강물에 흘러간 송장도 많았다. 더러는 돌무더기에 걸려 있었다. 별천지 같은 적막이 흐르고 있었다. 늦봄의 아지랑이 속에서 형형색색의 왜군 기치들이 하늘거리고 있었다. 왜병들은 자기편 시체를 간수했다. 총대장 소서행장은 언덕 위 진막을 나와 막료들을 거느리고 격전장을 둘러보았다.

"갑옷 차림의 시신을 거두어 구덩이를 파 정중히 묻으라."

그는 천주교 신자이고 애초부터 내심 조선 침공에 반대했던 것이다. 더러는 강물을 헤엄쳐 달아나기도 했으나 조선군은 7천 이상의 희생을 냈다.

이일은 와중에 몰래 도망쳤다. 신립이 왜 조령을 버리고 배수진을 쳤는지는 지금껏 수수께끼다.

주부 이운용은 서울서 자원 종군하여 신립의 막하에 들어 있었다.

"배수진이란 군사들이 정예할 경우에 효험이 있습니다. 기마군을 빼고는 오합지졸이나 다름없는 형편에서 어찌하여 조령의 요충을 가볍게 보십니까?"

그는 지위를 잊고 세차게 항의했다.

"닥쳐라! 바로 그렇기 때문에 배수진을 치자는 게야."

격노한 신립은 이운용을 형판에 매고 장 30대를 쳤다. 이운용도 물론 전몰했다.

장면이 바뀌어 이곳은 서울의 남대문이다.

군졸이 탄 세 필의 말이 쏜살같이 문을 통과했다. 문지기들은 가로막을 엄두를 내지 못했다. 광통교 언저리에 몰린 인파 탓에 기마 군사들은 잠시 멈추지 않을 수 없었다. 모두가 신립과 이일의 승전보를 학수고대하고 있었던 것이다.

"우린 청주 관아의 군노들이오. 장계를 올리려는 참이오. 신립 장군이 전사하고 대패했소."

사람들은 비명을 내지르며 길을 비켰다. 그리고 서둘러 뿔뿔이 흩어졌다. 보나마나 피란 갈 차비를 서둘렀을 것이다. 급보를 접한 국왕은 대신들과 대간사헌부와 사간원의 관원들을 급히 불러들였다.

"신립 장군이 패했으니 도성까지는 무인지경이나 다름없이 되었소. 종묘의 신위를 보존하기 위해서는 일시 피신하는 게 어떨까 하오."

국왕은 맥없이 중얼거렸다. 뒷줄 신하들에겐 잘 들리지 않는 목소리였다.

영중추부사 김귀영이 흐느끼며 아뢰었다.

"종묘가 성안에 있고 왕릉들이 가까운 성 밖에 계신데 서울을 버리고 어디로 간다는 말씀입니까. 서울을 굳건히 방어하면서 외원外援을 기다려야 할 것입니다."

이어 우승지 신잡이 말했다.

"전하께서 기어이 도성을 떠나신다면 신은 종묘 대문 밖에 나가 자결하겠습니다. 신에겐 80세의 노모가 있습니다."

"전하가 일단 성문 밖으로 나가시면 인심은 걷잡을 수 없이 동요할 것입니다. 모름지기 수도를 사수해야 합니다."

홍문관 수찬 박동현의 말이었다.

묵묵히 듣고 있던 국왕은 대뜸 낯빛이 변했고, 대꾸 없이 자리를 떴다. 회동이 파하자 영의정 이산해는 회랑을 나오며 신잡의 소매를 끌고 나직이 말했다.

"옛날에도 피란 간 일이 있지 않았소?"

이 소리를 들은 사람이 한둘 아니었다. 국왕은 특명을 내려 형조판서 이원익을 평안도 도순찰사로, 최흥원을 황해도 도순찰사로 임명했다. 두 사람 모두 관찰사를 지내 그 고장을 익히 알고 있었다.

이것으로도 국왕의 의중을 능히 짐작할 수 있었다. 몸소 서울을 사수할 생각이 전혀 없었던 것이다. 허기야 임금이 생포되거나 죽으면 종묘사직을 보존하기가 어렵다.

만일의 경우에 대처해서 둘째 아들 광해군 혼을 세자로 세웠다. 광해군은 18세, 공빈 김씨의 소생으로 친형 임해군은 광패하다는 소문이 파다했다.

대충 동궁의 관원들을 임명했다. 이것이 분조分朝이다. 국왕 유고시, 국정을 대신할 수 있는 권한을 주었기 때문이다.

광해군은 그 뒤 한 해 동안 강원도 함경도를 순회하면서 민심의 진정과 의병 모집에 힘쓰다 의주 행재소에 합류한다. 국왕의 결심은 변하지 않았다. 대신들과 주된 종친들을 모아 놓고 말했다.

"도성을 사수하자는 주장이 있으나, 냉정히 생각해 보오. 이미 다수의 경군을 삼남에 출동시켰소. 도성 안 백성들도 피란하여 장정을 뽑을 수 없게 된 판국이오. 종묘사직을 위해 부득이한 일인 줄 아오."

"전하! 전하!"

일제히 부복했고 통곡 소리가 당내에 메아리쳤다.

국왕은 우의정을 지낸 이양원을 유도대장으로 삼아 도원수 김명원과 함께 수도방위를 맡겼다.

29일, 상기 깜깜한 신새벽이었다.

국왕은 어느새 인정전에 나왔다. 왕의 뜻을 알면서도 많은 관원들이 몽진을 끈질기게 반대하고 있었다.

"거동을 재고하여 주소서!"

비통한 음성들이 들렸다. 영의정 이산해는 슬며시 사복사의 관원을 불러 손바닥에 네 글자를 손가락으로 그렸다.

"전전입마殿前立馬"

당장 말을 대령시키라는 것이었다. 국왕과 세자는 말을 타고 왕비와 숙의 등 측실들은 지붕이 있는 가마를 탔다.

수행하는 사람들은 종친 대신 시종, 그리고 환관 궁녀해서 1백 여 명에 불과했다. 엇비슷한 수효의 군사가 호위했다.

일행이 홍제원에 이르니 비가 세차게 쏟아졌다. 왕비는 가마에서 내려 말 위에 올랐다. 모래내 근처에 이르자 아직 날이 새지 않았는데 도성 안에서 별안간 화염이 치솟았다.

난민亂民이 궁궐과 관청에 불을 지른 것이다. 먼저 형조아문과 장례원을 불태웠다. 노비문서를 보관하고 있었기 때문이다. 주궁인 경복궁을 비롯 별궁인 창덕·창경의 양 궁도 이때 소실된 것이다.

국왕은 하늘을 물들인 불빛을 건너다보며 참담한 표정을 지었다.

동녘이 밝아올 즈음, 경기도 관찰사 권징이 기십 명의 군사를 인솔하고 허겁지겁 좇아왔다. 우산과 직령 따위 갈아입을 옷을 준비하고 있었다.

벽제역에 당도하여 잠시 휴식을 취했다. 많은 여관들이 기진하여 뒤에 처졌다. 다시 출발해서 파주의 관아에 들어 하룻밤을 묵었다.

다음날도 비는 멎지 않았다. 때 이른 장마 같았다. 일행은 어둑어둑해서 임진강변에 당도했다. 수행원 절반이 낙오했다.

어둠속에서 세찬 물결이 부서지는 허연 빛깔이 희미하게 드러나 보였다. 군사들은 작은 정자의 기둥과 서까래를 뽑아내어 불을 붙였다. 가까스로 네댓 척의 나룻배를 끌어 왔다. 그 불빛에 의지하여 국왕과 희빈들부터 강을 건넜던 것이다.

국왕 일행은 야반에 가까스로 동파역에 당도했으나 시장기를 메울 준비가 되어 있지 않았다. 내의원의 용운이란 하인이 망건 속에서 사탕 조각을 끄집어내어 물에 타 국왕께 드렸다.

밤이 깊어 황해도 연안에 유배됐던 윤두수가 달려왔다. 연전 세자 책봉 사안으로 정철과 함께 탄핵을 받았던 것이다. 국왕은 심신이 피곤했으나 잠을 청하지 못했다. 새벽녘에 도승지 이항복을 불러 호종한 대신들을 소집했다.

"장차 이 국난을 어떻게 타개해 나가야 하겠소?"

영의정 이산해와 좌의정 류성룡은 묵묵부답이었다. 국왕은 말채찍으로 마룻바닥을 치며 언성을 높였다.

"정승들이 아무 의견이 없다니. 한심한 노릇이로군! 그렇다면 도승지의 생각은 어떤가?"

"황공하오나 전하께서 의주까지 거둥하시고 명국에 도움을 청하는 수밖에 없을 것입니다."

이항복의 대답이었다.

그러자 윤두수가 말했다.

"안될 말씀입니다. 함경도는 지세가 험준하고 광활하며 사람과 말이 강

건합니다. 더불어 의지할만한 곳입니다. 마땅히 북행하시기를 간청합니다."

국왕은 류성룡에게 물었다.

"만약 대가大駕가 조선 땅에서 한 치라도 떠나게 되면 그때는 이미 조선이 아닐 것입니다. 전하께서 의주에 가신다면 백성들이 어찌 보겠습니까. 백성과 나라를 버리는 것으로 여기지 않겠습니까. 그리되면 근왕의 의병들도 크게 낙담하여 봉기하지 않을 것입니다."

류성룡이 대답하자 이항복은 노기를 띠고 맞받았다.

"의주에 간다고 해서 이내 압록강을 건너자는 얘기가 아니오. 다만 최악의 경우에 대처하기 위한 방책이지요."

"내 거듭 말씀드리겠소. 아직 보고에 접하지는 못했으나 지금쯤 처처에서 반드시 충의의 사士들이 왜적에 대항하여 떨쳐 일어나고 있을 줄 믿소. 어찌 대가를 국경에 뫼시고, 그것을 기대할 수 있겠소."

류성룡의 말엔 이치가 있었다.

"말씀을 듣고 보니 좌상대감의 주장이 옳은 것 같습니다."

이항복은 고개를 가볍게 숙였다. 국왕은 묵묵히 듣고만 있었다. 류성룡의 의견이 정론이었기 때문이다.

정오께 황해도 관찰사 조인득이 3백의 병력을 이끌고 나타난 데 이어 서흥부사 남의도 군사를 데리고 도착했다.

역 주변이 군사와 마필들로 북적거리자 비로소 군신들 얼굴엔 화색이 돌았다. 군량으로 밥을 지어 도성을 떠난 지 이틀 만에 모두들 처음 배불리 먹었다.

감영군은 기강이 제대로 서 있었다. 장령들 명령에 군사들은 정연하게 움직였다. 평소 감사의 통솔력이 만만치 않음을 알 수 있었다.

일행은 다시 출발하여 개성을 향했다. 국왕은 말, 왕비 등은 가마였다. 행길에 나온 백성들의 거조를 보아도 이 고장이 잘 다스려지고 있는 듯했다. 길바닥에 엎드려 눈물을 짓는 사람이 적지 않았다.

개성에 도착한 것은 칠흑 같은 밤중이었다. 횃불을 밝히면서 남대문으로 입성했다. 남대문 안팎은 개성부민들로 메워져 있었다. 군사들이 길을 트고 말 탄 국왕의 모습이 나타나자 여기저기서 통곡 소리가 났다.

어떤 노인이 허리를 굽히고 국왕께 말했다.

"전하! 잠시만 멈추어 보십시오. 초췌하신 전하의 모습을 뵈오니 국록을 먹지 않은 미천한 백성들도 가슴이 찢어지는 듯합니다. 하오나 나라가 이 지경에 빠진 것은 무엇 때문이겠습니까. 상감께서 국사를 게을리 하고 후궁들을 총애하시며 김공량과 같은 도적을 처벌하지 않은데서 비롯된 것입니다."

그리고는 땅바닥에 부복했다. 도포에 갓을 쓴 행색이 낙백한 양반 같았다. 신하들은 몹시 당황했으나 제지하지는 못했다.

"사세가 이렇게 된 것은 임금인 내가 부덕한 탓이오. 만부득이하여 도성을 버리고 이곳에 왔으나 아직도 우리에겐 북도北道의 정예군사들이 남아있으니 과히 염려하지 마오."

국왕의 말을 이항복이 대신하여 큰 소리로 전했다.

노인이 규탄한 김공량은 국왕이 총애하는 인빈 김씨의 오라버니인데 국왕을 호종하고 있는 중이었다. 내수사 별좌라는 직책을 맡고 있다.

5품 벼슬에 지나지 않지만 궁중의 일용품을 조변하는 관청이 내수사이다. 김공량은 여러 해 이 자리에 붙박이로 있으면서 온갖 나쁜 짓을 다해 엄청난 축재를 했던 것이다. 시골구석까지 악명을 떨치고 있었다.

이산해가 정승에 오른 것도 인빈 김씨와 김공량의 덕분이란 악담이 널리 퍼져 있었다. 국왕은 감영의 객사에 들고 각각 배정된 숙소에서 피로를 풀었다.

여러 고을에서 달려온 군사와 합해 약 5천의 병력이 개성을 지키고 있었다. 겨우 한숨을 돌린 형국이 되자 수도를 버린 책임문제가 제기되어 논란이 벌어졌다. 국왕의 결단에 의한 것이니까 굳이 따지자면 책임은 당연히 국왕에게 있다. 그렇게는 할 수 없으니 국왕으로 하여금 그런 결정을 내리게 한 신하를 추궁할 수밖에 없는 노릇이다.

대간 몇 사람이 국왕을 청대하여 "서울을 사수하느냐 마느냐 쟁론이 벌어졌을 때 영의정 이산해는 승지에게 슬며시 말하기를 '과거에도 임금이 피란을 간 일이 있다'고 하였습니다. 임금을 그렇게 이끌고자 했던 것이 아니고 무엇이겠습니까. 이산해로 말하면 영의정의 신분으로 나귀를 타고 몰래 김공량의 집을 방문하기도 했습니다. 이 같은 사람을 어찌 문책하지 않을 수 있겠습니까. 당장 파직하고 형벌을 내리소서." 번갈아가며 엇비슷한 주장을 폈다.

"서울을 떠날 때 간하여 말리지 못한 책임이라면 영의정과 류성룡이 같은 죄일 것이다."

국왕은 이산해의 이름을 피하고 영의정이라고 하는 버릇이 있었다.

이때 배석한 병조판서 김응남은 "전하의 말씀이 지당합니다. 변란에 대비하기를 너무 소홀히 한 까닭으로 이처럼 적군의 침략을 당하게 된 것입니다. 책임은 대신들 모두에게 있습니다." 이같이 갑론을박하고 있는데 좌찬성 정탁이 나섰다.

"이렇게 된 것이 어찌 대신들만의 잘못 때문이겠습니까. 가뜩이나 인재가 귀한 처지에서 함부로 죄를 줄 수는 없습니다."

도승지 이항복도 정탁의 말에 동조했다.

"지금의 위난을 극복하기 위해서는 모두가 한마음이 되어야 함에도 불구하고, 이와 같이 서로 허물을 캐어 쟁론한대서야 어찌 나라의 중흥을 기대할 수 있겠습니까. 인재는 한정되어 있습니다. 벼슬아치 수십 명을 한 사람의 류성룡과 바꿀 수 없습니다. 정승들을 치죄하지 마소서."

비로소 국왕은 얼굴빛을 고치며 말했다.

"그 말이 맞소. 더 이상 시끄럽게 굴지 마오."

그러나 3사홍문관·사헌부·사간원의 간언은 좀체 그치지 않았다.

"이산해와 김공량은 서로 결탁하여 궁금宮禁의 힘을 믿고 조정을 혼탁하게 하였으며 마침내 나라를 잘못된 데로 이끌었습니다. 그로 인하여 지금 민심이 원통하고 분개하여 자못 가라앉지 않고 있습니다. 공량을 죽이고 산해를 귀양보내소서."

사나흘 간 계속 이 같은 주장을 되풀이했다.

견디다 못한 국왕은 이산해를 파직하고 강원도 평해에 유배했고 김공량을 하옥시킬 것을 윤허했다. 김공량은 눈치를 채고 야반도주하여 종적이 묘연했다.

언관들이 기를 쓰고 두 사람을 단죄토록 한 것은 백성들의 원망을 사고 있는 인물 가운데 한둘쯤 희생양으로 삼지 않고서는 민심을 달랠 수 없다고 여겼기 때문이다.

여기서 장면을 서울로 옮긴다.

유도대장 이양원은 성안을 뒤져 장정들을 징집했는데 남아있는 여러 군영의 군사를 합해 겨우 7천에 불과했다. 이중에서 1천가량을 도원수 김명원에게 주었고 김명원은 성 밖에 나가 한강변 제천정지금의 서울 보광동 부근에 진을 쳤다.

이양원은 두어 차례 병조판서를 지낸 경력이 있으나 60 노령이고 병법에 통달한 사람도 아니었다.

서울 성곽은 여장만 해도 3만이나 된다. 여장이란 성벽 위 톱니처럼 돌출한 부분이다. 물론 여장마다 군사를 세워놓는 것은 아니지만 훈련이 안된 기천의 병력으론 애당초 가망이 없는 일이었다.

김명원은 평안병사를 지냈고 왜구를 소탕한 전공이 있었다. 그러나 잇따른 삼남의 패전, 특히 신립 장군의 전사 소식에 매우 의기가 저상되어 있었다. 군사들 사이에선 왜군 조총의 위력이 과장돼 퍼져있기도 했다.

탄금대에서 조선군을 격파한 소서행장은 뒤따라 쫓아온 가등청정과 충주에서 만나 작전회의를 가졌다.

두 사람은 전공을 겨루는 맞수였다. 언쟁을 벌이면서 각기 앞장서겠다고 주장했으나 쉬이 타협이 되지 않았다. 진로를 달리하여 서울 점령을 경쟁하게 되었다.

소서행장은 여주를 거쳐 동대문, 가등청정은 죽산을 거쳐 남대문으로 입성할 참이었다.

한강 이남의 도로 사정은 현소란 대마도의 중이 조선을 왕래하면서 정탐을 했었고 또 부산의 왜관을 통해 지로를 입수하고 있었던 것이다.

소서행장은 큰 저항 없이 여주에 도착했다. 하지만 연일 쏟아진 장맛비로 강물이 불어난 데다 나룻배를 구할 수 없었다. 인가를 허물어 뗏목을 만들었다. 왜군은 뗏목으로 도강하다 적지 않은 손실을 입었다.

소서행장은 다른 도하점을 찾아 양평을 지나 북한강의 하폭이 좁은 곳에서 가까스로 강을 건넜다.

가등청정군은 죽산에서 용인으로 진출하는 도중 약간의 저항을 받았으나 그다지 지체하지 않고 행군하여 척후병들이 먼저 한강변에 진출했다.

서빙고 건너편쯤 됐을 것이다. 제천정에 포진한 김명원은 부원수 신각, 종사관 심우정 등과 함께 방어책을 의논하다 별안간 왜군 출현이란 소식을 접했다.

"1만에 가까운 신립의 군사도 대패했소. 고작 1천의 오합지졸을 가지고 싸운다는 건 자결행위요. 일단 후퇴하고 정병을 모집하여 임진강 나루터를 지키도록 합시다."

김명원은 말 위에 올랐다. 심우정이 고삐를 잡고 "우리가 물러나면 도성 안이 놀래 전의를 잃을 것이오." 눈물을 흘리며 만류했다.

김명원은 듣지 않고 북쪽을 향해 말을 몰았다. 이쯤 되니 한강 방어선은 제물에 와해되지 않을 수 없었다.

이때 북쪽 강가엔 나룻배들이 얼마간 남아있었고, 건너엔 한 척도 없었다. 조선군의 모습이 사라지자 왜병 네댓이 헤엄을 쳐 강을 건너 배들을 끌어갔다. 이거라도 막았더라면 왜군의 도강을 상당히 지체시켰을 것이다.

소식이 성안에 전해지자 공황에 빠진 군민들은 상관의 질타와 독전에도 아랑곳없이 산지사방山之四方으로 도망쳤다. 이양원은 자하문을 통해 양주 쪽으로 피신했다.

먼저 도착한 건 소서행장군이었다. 가등청정이 상기 도강을 못하고 있을 무렵이다. 배를 모으는 데 시간이 많이 걸렸던 것이다.

흥인지문동대문은 열려있었다. 조선 군사의 모습은 도통 보이지 않았다.

왜군 선발대는 복병의 유인책인가 의심하여 쉬 들어가지 못하고 한동안 서성거렸다.

기마병 10여 명이 거리를 탐색했는데 종각 근처에 이르기까지 사람의 그림자를 구경하지 못했다. 성안이 텅텅 빈 것을 확인하자 왜군은 대오를 추슬러 입성했다.

거개의 보병은 다리를 절고 있었다. 발에 물집이 생기고 다리통이 불어 제대로 걷지 못했다. 전쟁이 터진 지 20일 만에 수도가 함락된 것이다. 5월 2일 저녁때였다.

다음날 새벽 가등청정이 입성했다. 선진 다툼에서 소서행장이 하룻밤을 앞선 것이다. 가등청정은 이를 갈며 분통해했다. 숙소도 정하기 전에 붓을 들어 일본 본영에 보고서를 썼다.

「급히 아룁니다. 도성에서 10리쯤 되는 곳에 가라천한강이란 큰 강이 있사온데 물을 건너 지체 없이 진격하였으나 국왕은 2~3일 전에 이미 퇴거했다고 합니다. 곧 국왕의 뒤를 쫓아갈 것입니다. 다시 보고를 올리겠습니다. 5월 2일 술시」

시각까지 적은 걸 보면 얼마나 초조했는지 알만했다. 왜군은 가위 파죽지세로 진격하여 조선의 수도를 점령했으나 국왕을 놓치고 보니 속된 말로 '닭 쫓던 개' 같은 처지가 되었다. 서울만 차지하면 조선 조정이 금시 항복할 줄 알았기 때문이다.

흑전장정의 제3군은 병력 7천, 부사 서예원이 지키는 김해성을 뚫고 창원 현풍 성주를 거쳐 닷새 늦어 서울에 입성했다.

모리길성의 제4군은 1만2천 병력으로 상주를 뺏고 서울을 향했다.

복도정칙의 제5군은 2만5천, 중앙도를 따라 북상했다.

제6군은 1만6천, 소조천융경이 대장이었다.

제7군은 동래 부근에 상륙했는데 3만 대군으로 모리휘원이 대장.

이 양군은 경상도 지방을 점거, 수비하고 남해안의 교두보를 확보해 두는 것이 임무였다.

우희전수가의 제8군은 1만, 점령 후 서울 수비의 임무를 띠고 있었다.

소서행장군 1만4천, 가등청정군 2만 해서 모두 합치면 이때까지 조선을 침공한 왜군의 총병력은 13만을 넘는다.

나중 점령지 수비를 위해 2만 정도가 추가로 건너와 총수는 15만에 이르게 된다. 수군은 이 숫자에 들어있지 않다.

도성 안팎에 집결한 왜군은 약 8만이었다. 남별궁을 비롯한 별궁과 관아에 각기 본진을 두고 군막을 쳤다. 대다수는 여염집을 차지하고 숙식을 했다. 그 당시 서울의 인구는 15만이 채 못 된다. 피란을 가지 못한 부민도 없지는 않았을 것이다. 왜병으로 득실거리고 북적대는 거리의 광경을 짐작할 만했다.

왜군은 서울에서 보름가량 지체한 셈인데 여기엔 서너 가지 이유가 있었다. 우선 지휘계통의 문제를 들 수 있다. 총사령관은 풍신수길 자신, 현지군 전체를 통솔하는 사령탑이 없었다. 대장들 간에 충성 경쟁을 시키려는 풍신수길의 책략이었던 것이다.

다음은 수도만 빼앗으면 전쟁은 끝날 줄 여긴 큰 오산이 있었다. 일본의 경우 영주의 성만 함락시키면 그걸로 끝이 났던 것이다. 저들의 잣대로 조선국을 잰 셈이다.

군량미에 대한 불만도 컸다. 이 역시 저들끼리의 싸움에서 비롯된 습성이지만 군량은 점령한 적지에서 조달하면 된다는 생각이었다.

각 군마다 본국에서 상당한 양의 군량미를 실어왔지만 조선 땅에서 노략질한 쌀은 너무나 기대에 못 미치는 분량이었다.

조선군은 적이 강대할 때 청야전술을 곧잘 썼다. 백성들은 양식을 짊어지고, 산성에 들어가 숨는다. 적군이 이용함직한 가옥을 태우기도 한다.

그나저나 왜병들은 몹시 지쳐 있었다. 이것이 첫째 이유가 될 수도 있었을 것이다. 병사들은 휴식시키면서 군량미의 보급을 기다리고 있었다고 볼 수도 있다.

제각기 독불장군이라 장차의 작전계획을 짜는 데도 여러 날이 걸렸다. 대장들마다 큰소리를 쳤으나 꿍꿍이속이 달랐다. 동상이몽이었다. 저마다 자기 부대의 희생을 덜 낼 궁리를 했다.

소서행장과 가등청정은 출진 전, 선진의 공을 세우라고 여러 차례 풍신수길의 분부를 받았기에 뒤꽁무니를 빼기 어려웠으나 나머지 사람들은 되도록 후방을 담당하고 싶어했다.

이런 일에 앞서 대장들부터가 왜 조선에서 싸우는지 전쟁의 목적과 명분을 잘 알지 못했다. 명나라에 들어간다는 풍신수길의 장담도 반신반의했던 것이다.

낙동강과 남강이 나누어지는 합수머리 근처를 거름강이라고 했다. 남강의 상류가 된다. 창녕, 함안, 초계, 의령 등을 네모꼴로 연결하면 그 한복판에 위치한다.

낙동강 동쪽이 경상좌도이고 서쪽이 경상우도였다.

거름강에서 낙동강 줄기를 20리가량 올라간 서쪽에 의령 유곡면이 있고, 여기 세간리라는 마을에 41세인 곽재우가 살고 있다. 강가에 조촐한 정자를 짓고, 낚시와 독서로 소일하고 있었다.

왜군 침입과 동래성 함락의 소식은 질풍처럼 고장을 휩쓸고 지나갔다. 곽재우는 본집이 있는 현풍 구례지금의 달성 유가면에 달려가 사당에 참배한 다음 선산에서 간소한 제를 지냈다. 산소의 봉분들을 깎아 평지처럼 만들고 잔디를 심었다. 왜군의 파묘를 면하기 위해서였다.

다시 세간리로 돌아온 곽재우는 10여 명의 하인, 종들을 모아 놓고 창의기병倡義起兵할 뜻을 밝혔다. 4월 22일, 왜군이 부산에 상륙한 지 아흐레 만의 일이다. 그리고는 이웃 마을의 매형 허언심을 찾아가 간청을 했다.

"매형 댁에 딸린 작인과 하인들을 나한테 맡기시오."

허씨 댁은 광대한 농토를 소유하고 있었다.

"관군도 패주한 이 마당에 무슨 힘과 재간으로 왜군을 막겠다는 것인가. 안될 말일세."

곽재우는 노기가 등등해서 열 살 난 허언심의 외아들을 붙들어 목에 칼날을 댔다. 가뜩이나 형형한 곽재우의 눈에선 괴이한 빛이 나고 있었다.

"어찌 국난을 당하여 남아대장부가 수수방관할 수 있단 말이오. 내 말을 듣지 않는다면 이렇게 하겠소."

"알았네. 마음대로 데리고 가게."

허언심은 하는 수 없이 허락을 했다. 이렇게 해서 곽재우는 대뜸 1백 명 가까운 장정을 모을 수 있었다.

무기를 장만하는 일이 급했다. 곽재우는 장정들을 이끌고, 나룻배로 낙동강을 북상하여 초계 관아에 들이닥쳤다.

이곳 진鎭에는 병마첨절제사가 있었으나 진작에 도주했고 지키는 군사도 없었다. 곳간을 깨뜨려 무기와 군량미를 실어 날랐다.

우간리에서 곽재우는 장정들을 무장시키고 조련을 했다. 또한 근처 양반가를 위주로 사발통문을 돌렸다. 의령 삼가 초계 등지에 사는 퇴직한 벼슬아치 무관 출신, 그리고 유림들에게 동참을 호소한 것이다.

곽재우의 집안은 관향貫鄕인 현풍에 대대로 살면서 벼슬한 조상이 끊이지 않은 사대부 가문이었다. 조부는 문과 급제하고 성균관 사성을 지냈고, 부친 월도 역시 급제하여 의주목사와 황해감사를 역임했다.

곽재우는 22세 때 부친을 따라 의주에 가서 3년간 일을 도왔다. 의주는 국경의 요충이라 문무를 겸비한 사람을 수령으로 보내는 것이 관례였다. 군사에 관계되는 일거리가 많았던 것이다.

곽재우는 병서를 탐독하고 눈으로 진법을 익히기도 했다. 서른이 넘어 문과에 급제는 했으나 답안의 문장 가운데 왕실에서 꺼리는 대목이 있다 하여 어이없이 급제를 취소당했다.

그 뒤로 벼슬을 단념하고 외가가 있는 우간리에서 은둔의 세월을 보내고 있었다. 곽재우는 죽음의 결의를 하면서 군사들의 사기도 높이려고 희한한 옷치장을 했다. 붉은 비단으로 만든 군복을 입고 역시 붉은 전립을 썼다. 비단은 부친이 명나라에 사행했을 때 황제가 내린 것이었다. 이런 행색에 큰 칼을 차고 말을 달렸다.

'천강홍의장군天降紅衣將軍'

사람들이 붙인 별명이다. 통문에 호응하는 사람들이 줄을 이었다. 이 고장에선 지체가 좋고 신망이 있는 가문인데다 곽재우의 인품이 관후하여 사람들이 잘 따랐던 것이다.

삼가에서는 훈련원 봉사를 지낸 윤탁, 성균관 전적 박사제, 영주에서는 전 목사 오운. 의령은 무관 출신 이운장, 훈련원 판관 심대승, 전 현감 권란, 훈련원 봉사 안기종. 진주의 주몽룡, 선전관을 지낸 무관이다.

이 밖에도 곽재우의 매형 허언심은 보급 담당, 무기의 제조와 관리에 허자대, 강언룡 등등 모두 20명 가까운 간부급이 각기 수하장정들을 이끌고 참가했다.

먼저 적은 사람들은 선봉장 돌격장 수병장 등 이를테면 단위부대장이다. 목사를 지낸 문관도 있으나 대개는 무관인데 이들이 벼슬도 하지 않은 백두白頭인 곽재우 휘하에 들었으니 그의 신망을 미루어 알만하다.

곽재우 군단은 달포 사이 2천으로 불어났다. 세간리 일대와 거름강 동남쪽인 솔바위나루 언저리에 각각 군진을 쳤다. 세간리는 강 서켠, 솔바위나루는 오른켠에 있다. 연락과 병력 이동에 거룻배와 돛단배를 이용했다.

왜군이 침입할 만한 길목과 야산에 척후병을 내보내 조밀한 정찰망을 쳐놓았다. 이때는 왜군이 창원을 함락하고, 창녕·현풍을 거쳐 성주에 돌입했을 무렵이다.

곽재우가 궐기하자 고령에서 전 좌랑 김면, 합천에선 전 장령 정인홍 등이 잇따라 기병했다. 경상도의 중서부 내륙에 의병바람이 일어난 것이다.

곽재우 군단의 움직임은 5월 중순께부터 자못 활발해진다.

소조천융경 휘하 안국사혜경의 부대는 함안을 점령한 다음 강을 타고 서진하여 진주를 치려고 기동하기 시작했다.

왜군은 18척의 배를 동원하여 낙동강을 거슬러 올라왔다. 혜경은 엉뚱하게도 자신이 탄 배에 〈전라감사〉라고 쓴 깃대를 꽂고 조선 백성들을 현혹시키기도 했다.

척후병의 보고에 접한 곽재우는 부대를 강 서편으로 이동하며 갈대밭에 매복시켰다. 왜군은 배를 솔바위나루 건너편에 대고, 상륙을 시작했다. 그간 거듭된 승전에 기고만장하여 저들의 장기인 정찰병을 내지도 않았다.

왜군의 병력은 4~5백쯤 돼 보였다. 언덕 아래 솔밭에서 돌연 일단의 기병이 함성을 지르며 물가를 향해 돌진했다. 붉은 빛 차림의 곽재우는 백마를 타고 선두를 달렸다. 복병들도 일제히 함성을 지르며 쇄도했다. 기습을 당한 왜군은 조총수를 앞세워 간신히 진형을 추슬렀다.

그러나 조총수들에겐 시간 여유가 없었다. 첫방을 발사하고 화약을 장전하기도 전에 곽재우의 기마군사가 모래바람과 함께 들이닥쳤다. 잇따라 보군이 활을 쏘며 공격해 들어갔다.

한동안 강변에서 피아를 분간할 수 없는 혼전이 계속되었다. 우렁차게 울려 퍼지는 북소리, 징소리가 조선 군사들의 용기를 더욱 북돋워주었다.

왜장은 후퇴 명령을 내리고 강가에 매놓은 돛배에 기어올랐다. 왜병들은 저항을 포기하고 다투어 배 위에 올라탔다.

왜선들은 차츰 하류를 향해 멀어져갔다. 조선 군사들의 함성이 강물을 뒤흔드는 것 같았다. 환호를 받으며 대열을 누비는 홍의장군의 모습은 전설 속에 나오는 신출귀몰의 장수였다.

솔바위나루 전투에서 얻은 왜병의 수급은 20여 급이었으나 곽재우군의 손실은 부상자가 몇 명 났을 뿐 거의 완벽한 승리였다. 5월 초순의 일이다.

이순신이 옥포해전에서 처음 왜 수군을 격파한 것이 5월 7일이다. 육지와 바다에서 거의 동시에 첫 승리를 거둔 셈이었다.

곽재우는 천부적인 지략이 있었다. 먼저 식량을 넉넉히 확보했다. 자기 집의 곳간은 물론 일가친척들한테 추렴을 해서 군사들을 배불리 먹였다. 피복 역시 마찬가지, 심지어는 자기 식구들의 옷가지를 거두어 헐벗은 장정들에게 나누어 주기도 했다.

난리가 나면 빈한한 사람들은 양식이 있는 곳에 모여들게 마련이다. 더구나 곽재우의 군사들은 작인과 가인을 중심으로 뭉친 집단이었다. 주인, 상전에게 흔쾌히 신명을 바치려했다.

"조총을 겁내지 말라. 문자 그대로 나뭇가지에 앉은 새나 떨구는 물건이다. 날씨가 궂으면 화약이 타지 않는다. 또 화약을 채우고 노끈에 불을 붙여 타들어가기까지 시간이 걸린다. 기마로 돌진하면, 두 방 세 방 쏠 수가 없다. 매복했다가 기습을 하면, 무용지물이다. 더구나 조총은 왜군 열에 하나도 없다."

이처럼 조리 있는 설명으로 조총공포증을 없앴던 것이다. 이처럼 조총을 무력화하는 전법은 관군도 차차 터득하게 되어 육지의 전세를 반전시키는 데 큰 효과를 발휘하게 된다.

다음은 유격전술이다.

빈틈없는 탐보망, 소수병력의 재빠른 기동, 불의의 기습과 후방 차단, 함정과 위계 등등 용병의 묘를 최대한 살렸던 것이다. 여기엔 지휘관의 냉철한 판단과 담대함이 필수적이다. 또한 부하들이 겁을 내지 않는 신뢰감이 필요하다.

곽재우는 의령 장터에 대장간을 차리고 무기의 제조와 수리를 했다. '조병기'라는 직책을 두어 장인들을 모았던 것이다.

안국사군은 솔바위나루에서 패퇴한 뒤에도 끊임없이 소수의 선단을 출몰시키면서 낙동강 서편으로 진출할 틈을 엿보았다. 그때마다 왜군은 이편 탐보망에 걸렸고 기민한 대응으로 번번이 목적을 이루지 못했다.

의령 삼가 합천 방면에서 왜군의 진출을 저지한 전략적 의미는 매우 컸던 것이다. 곽재우의 승전보는 때마침 타오르기 시작한 창의기병 열기에 기름을 쏟아붓는 격이 되었다.

함양에선 곽재우의 장인인 직장 이노가 전 현령 조종도와 함께 군사를 모으고 있었다.

합천 정인홍, 고령 김면, 삼가 박사제에 이어 초계 단성 함안 등지에서 앞서거니 뒤서거니 하여 의병을 일으켰다. 거개가 중간 이하의 벼슬아치거나 향반이었다.

낙동강과 남강의 합수머리를 중심으로 곽재우군이 최전선을 지키고 있는 후방에서 적군의 위협 없이 그들은 군사를 모집하고 조련을 시킬 수가 있었다. 산속에 피란갔던 백성들도 줄지어 돌아와 농사를 지었다. 곽재우군의 행군은 희한한 장관이었다.

군사들은 대개 머리에 수건을 매고 창과 검 따위 무기를 지녔고, 형형색색의 기치들이 대열의 앞장을 섰다. 요 이불을 뜯어 깃발을 만들었던 것이다. 다른 의병들도 이걸 흉내냈다.

한편 경상우도 초유사 김성일은 5월 초순에 함양에 당도했다.

「풍신수길은 쥐상으로 변변치 못한 위인이었습니다. 명나라를 친다는 것은 한갓 허장성세일 뿐입니다.」

이런 보고를 올린 탓에 처벌을 받을 뻔했던 김성일은 깊은 자괴심 속에서 기를 쓰고 공을 세우려했다. 함양 관아에 들자 전 현령 조종도와 직장 이노가 찾아왔다. 김성일은 곽재우의 활약을 소상히 알게 되었다.

"우리네도 이 고장에서 장정들을 모집하고 있습니다. 경상우도는 끄떡없으니 사또께서는 마음을 놓으십시오."

조종도의 말에 패전 소식만 거푸 들어온 김성일은 희색이 만면하여 어쩔 줄을 몰라했다.

"재우로 말하면 왜군이 바꿔놓았지요. 소일하던 시골 선비가 하루아침에 맹장으로 변했으니까요. 귀신이 곡할 일입니다."

이노의 말이었다.

"이 고장 의병에 관한 장계를 급히 행재소에 올리겠소. 우선 곽재우는 유곡 찰방으로 천거할까 하오."

찰방은 인근의 십여 개 역을 관장한다.

"초유사의 말도 있기 전에 스스로 기병을 했으니 상감께서 얼마나 기뻐하시겠소. 장한 일이오."

김성일은 준비해 온 토왜문討倭文을 내다붙이게 했다.

이즈음 경상감사 겸 순찰사 김수는 거창에 체류하고 있었다. 김수는 전해에 경상감사로 부임했고 전쟁이 터지자 순찰사를 겸하게 됐던 것이다.

초판에 왜군의 기세에 밀려 북쪽으로 후퇴했다가 용인에서 다시 패하고는 남하하여 아직 왜군이 침범하지 못한 경상도 지역을 순회하고 있었다. 치욕을 씻고자 소수의 군사를 거느리고 임지에 복귀한 것은 그런대로 다행스러운 노릇이었다.

거창에서 곽재우의 소식과 김성일의 동정을 들을 수 있었다. 김수는 부임하자마자 휘하 수령들을 독려하여 성곽의 수리, 진지의 구축 등 방비태세를 갖추는 데 애를 많이 썼다.

연일 남녀노소 할 것 없이 부역을 시켰다. 백성들은 제때 농사를 짓지 못했다. 인심을 잃고 원성을 들을 수밖에 없었다. 나중 일이지만 이런 형편에서 곽재우와 김수의 관계가 악화된다.

풍신수길은 네 군데에 수군 기지를 두었다. 사령관을 주봉행舟奉行이라고 했는데 봉행이란 최고 책임자라는 뜻이다. 구주의 본영이 있는 명호옥, 대마도와 구주 사이의 섬 일기, 대마도 그리고 부산 등 네 곳이었다.

기지들에 각각 병선과 운반선들이 배치돼 있어 상황에 따라 수시로 기동했다. 15만 대군을 수송하는 동안 수천 척의 배들이 동원됐고, 수송 작전이 끝나가면서 부산포엔 2백에서 3백의 병선들이 대기하고 있었다. 일부는 교두보를 지키면서 서쪽으로 남해를 침공할 태세였다. 병력은 약 1만, 등당고호·구귀가륭·협판안치 등이 지휘관이었다.

먼저 50여 척으로 편성된 등당의 함대가 해안선을 따라 가덕도에 접근하고 있었다. 육군과 서로 호응하는 합동작전이다.

거제도 남단의 경상 우수영에서 우수사 원균은 수백 척의 왜 선단이 출현했고, 그간 해안의 진관들이 잇따라 맥없이 함락됐다는 보고를 받았다.

이것이 원균 수군의 사기를 크게 떨어뜨렸다. 육지를 점령당하면 해전에서 패했을 때 의지할 곳이 없었기 때문이다. 지나가는 어선들을 적선으로 착각한 보고가 들어오기도 했다.

우수영에는 장부상 근 백 척의 선박이 있었으나 보수를 게을리하여 쓸 만한 병선은 절반에 불과했다.

원균은 어느 모로 보나 중과부적이라 바다에서 대항하기보다 육지에 올라 싸우는 편이 상책이라고 생각했다. 그러나 만호 이영남과 이운룡은 원균의 명령을 듣지 않고 "수군은 모름지기 바다에서 싸워야 합니다. 우리 군사들이 뭍에서 싸울 줄은 모르지 않습니까? 경상도 수군은 적군이 호남을 침범하지 못하게 막을 책임을 지고 있습니다. 나아가 왜의 수군과 싸우지 않는다면 나라에 큰 죄를 짓는 일이요, 사또에겐 일생의 오점이 될 것입니다." 이처럼 극진하게 간했다.

원균은 이 말이 옳다하고 성한 병선 네댓 척을 이끌고 출동했다. 허나 원균은 왜의 대선단을 목격하고는 결심이 흔들렸다. “뻔히 질 걸 알면서 싸우는 것은 만용이다. 일단 물러나 다시 기회를 잡아야겠다.” 하며 퇴각하여 곤양에 상륙했다. 이영남은 울면서 원균에게 말했다.

“어찌하여 사또께서는 이웃 전라도 수군에 도움을 청하지 않습니까. 좌수사 이순신 장군에게 제가 가서 여쭈어 보겠습니다.”

원균은 이영남의 손을 잡고 허락했다. 이영남은 작은 병선을 타고 출발했다. 전라 좌수사 이순신은 여수 좌수영에서 줄곧 움직이지 않고 있었다.

“경상 좌수사 박홍은 왜군이 상륙하자 병선과 대포를 불사르고 육지로 달아났습니다. 지금 경상 우수영엔 전투에 견딜만한 병선이 네댓 척에 지나지 않습니다. 전라수군이 경상도 해역으로 출진해 주십사, 저희 우수사의 간청입니다. 양도 수군의 합동작전을 간절히 바라고 계십니다.”

동헌인 제승당에서 이순신은 이영남의 건의를 들었다. 이순신은 무연한 표정으로 묵묵부답이었다.

경상 좌수영은 기장에 있다. 일대가 적군의 상륙지점이다. 배겨나지 못하고 퇴각한 건 어느 정도 이해가 간다. 하지만 적어도 50척의 병선을 가진 우수사 원균이 무엇을 어떻게 했기에 그 사이 네댓 척밖에 남아나지 않았단 말인가. 제대로 전투를 한 것 같지도 않았다. 처음 안 것보다 훨씬 심각한 사태가 아닌가.

“알았소. 내 장수들과 의논할 것이오.”

이순신은 이영남에겐 호감을 가졌으나 경상도 수군의 추태엔 입맛이 썼다. 첨사 이순신李純信, 광양현감 어영담, 녹도만호 정운 등 휘하의 지휘관들이 제승당에 참집했다.

“경상 우수사가 긴급 원군을 청해 왔소. 여러분의 의견을 듣고 싶소.”

이순신은 좌중을 둘러보며 말했다.

조선 수군의 방위개념은 지역 위주였다. 왕조 초부터 내려온 전통이기도 하다. 왜구를 막는 데 주안점을 두고 구역 방어의 책임을 철저히 따졌던 것이다.

그러나 이참 왜군은 소규모의 해적이 아니다. 물론 이순신은 진작 전쟁 발발의 소식에 접했다. 그런데도 이순신은 함대의 기동훈련에만 골몰해 왔다.

전라 좌수영 역시 병선 백 척가량을 보유하고 있었다. 연일 큰 바다에 나가 진형을 짜고 가상 적선과 전투하는 연습을 되풀이했다.

이순신은 부임한 지 1년 남짓, 군영의 성체와 진지를 정비하고 병선을 보수했으며 대포의 포환과 화약을 제조했다. 해이된 군기를 바로 잡고, 민폐를 끼치지 않도록 엄하게 다스렸다.

현감으로 정읍에 있을 때 이순신은 첩을 두었으나 이곳에는 데리고 오지 않았다. 막하의 장수들은 이순신의 흉중을 쉽사리 헤아리지 못했다.

"여러분도 아다시피 수군은 담당 수역이 뚜렷하게 그어져 있소. 타 수역에 들어가는 것은 잘못이오. 그러기에 여러분의 의견을 묻고 있는 거요."

그러자 녹도만호 정운이 말했다.

"수군마다 수역이 있음을 누가 모르고 있겠습니까. 왜의 수군이 호남으로 침입하고 있는 판에, 경상도 수군과 전라도 수군이 어디 있습니까. 더구나 경상도에서 우리의 원조를 청하고 있지 않습니까. 지체 없이 출동하여 적군을 격파해야 할 때입니다."

흥분을 가누지 못한 정운은 주먹으로 마룻바닥을 쳤다. 뒤에 앉은 군관 송희립은

"제가 나설 주제는 못되지만 한마디 올리겠습니다. 군관들은 얼마 전부터 가슴이 답답하여 죽을 지경입니다. 좀이 쑤셔 견디지 못하겠습니다. 임금이 멀리 몽진하시고 나라가 존명의 위기에 처했는데 방어 구역을 거론하시다니, 저는 사또 휘하에서 떠나겠습니다."

"다른 사람들도 같은 생각이오?"

"그러합니다!"

이구동성이다.

그제야 이순신은 환하게 웃고 말했다.

"여러분 주장이 그와 같으니, 내 망설일 것이 뭐 있겠소. 내일 새벽을 기해 전 함대 출진이다!"

부하들은 초판 왜군의 기세에 겁을 내고 있었다. 훈련이 부족한 데다 전혀 실전의 경험도 없었다. 전투에선 중간 지휘관에 해당하는 장령들의 전의가 왕성해야 한다. 이순신은 그들이 스스로 나가 싸울 결의를 이끌어 내려고 기다렸던 것이다.

또 한 가지는 그의 치밀한 작전구상을 들 수 있다. 원균의 수군이 변변히 싸우지도 못하고 와해된 사실을 알았으나 전반적인 적정을 파악하지 못하고 있었다. 그래서 출동 전 척후선을 내보내 적의 동태를 정찰시켰다. 아울러 경상도 연안의 수로도 살피게 했다.

또한 해남의 전라 우수영에 연락하여 수사 이억기와 합동작전을 펴도록 했다. 이것은 순찰사 이광의 허락을 받은 것이다.

이순신함대는 5월 4일, 여수를 떠나 다음날 당포에 도착하여 이억기함대와 합류했다. 뒤미처 근처의 몇몇 수령이 배를 몰고 왔고 원균도 전선 한 척을 타고 달려왔다. 말하자면 양도 수군의 연합함대였다.

함대의 구성은 판옥선큰 배 28척, 협선중간 배 17척, 포작선작은 배 46척 등 모두 합해서 91척이었다.

판옥선은 전선이라고도 했는데 전투의 주력이다. 협선은 사후선이라고도 불렀으며 전투와 정찰을 겸했다. 포작선은 작은 쾌속선으로 정찰이 주임무였다. 모두 돛과 노를 갖추었다.

적 함대는 거제도 옥포에 있었다. 조선함대는 6일 밤 거제도 남단의 송미포에서 결진했다. 이럴 경우 지휘체계가 문제가 될 수 있다. 세 수사 중에서 원균이 선임이고 나이도 많았다.

그러나 주력이야 이순신함대이다. 겨우 배 한 척으로 종군한 원균이 전 함대를 지휘할 수는 없다. 이순신이 총사령관 격으로 전투를 지휘하는 형국이 되게 마련이었다. 허긴 원균도 경상 우수사 박홍에 대면 소임에 충실하려고 애를 쓴 셈이었다. 박홍은 뭍으로 도주한 채 코빼기도 보이지 않았으니 말이다.

왜함대는 등당고호 휘하의 50여 척이었다. 왜선의 종류엔 안택선, 관선, 소조선들이 있었는데 그중 큰 것이 안택선으로 조선군의 판옥선과 견줄 수 있다.

안택선은 중앙에서 약간 뒤켠에 장수들이 지휘하는 누를 설치했다. 노는 80여 개나 달았다. 돛대 하나인 단장이었다.

5월 7일 새벽, 조선함대는 송미포를 출발하여 적 선단이 집결해 있는 가덕도로 향했다. 옥포의 바깥 바다 복판에 이르자 첨사 김완이 탄 척후선이 멀리서 '적선 발견!' 첫 신호를 보내왔다. 신기전이라고 하는 발사식 화살이다. 화약을 장치하여 연기를 뿜고 날아간다.

함대는 진로를 서쪽으로 바꾸었다. 왜의 큰 배는 사방에 장막을 두르고 둘레에 붉고 흰 깃발을 꽂았다. 바닷바람에 나부끼는 광경이 볼만했다. 모두 해서 30척 남짓, 선창가에 줄지어 닻을 내리고 있었다. 뒤켠 언덕 아래서 화재가 난 듯 연기가 치솟았다. 왜병들이 어촌을 분탕질하고 있는 중이었다.

이순신은 판옥선의 누상 영기令旗 옆에 교의를 놓고 좌정하고 있었다. 함대를 남북으로 나누어 왜 선단을 포위했다. 북소리가 울리자 포위망을 조이며 일제히 돌진했다. 왜병들은 허겁지겁 배에 기어올라 닻을 올렸으나 빠져나갈 구멍을 찾지 못하자 조총을 난사하며 대항했다.

큰 배 대여섯 척이 선봉이 돼 중앙을 돌파하려고 했다. 판옥선은 맹렬한 포격을 퍼부었고 그보다 작은 협선들이 빈틈을 누비면서 비 오듯 화살을 날렸다. 포성과 함성이 바다를 진동했다.

이순신은 자신의 판옥선을 주장으로 보이는 적선을 향해 맞부딪치게 했다. 굉음과 함께 적선 한복판이 크게 뚫리면서 삽시간에 침몰하기 시작했다. 숱한 왜병들이 물 위에서 허우적거렸다.

조선함대는 이중으로 선창가를 포위하고 병력의 절반만으로 선단을 궤멸시켰던 것이다. 대다수 왜병은 산으로 도망쳤다. 빠져나간 적선은 두세 척에 불과했다. 적장 등당고호는 가덕도 방면에 있었기에 무사할 수 있었다.

적선 격침 또는 당파 26척의 대전과였다. 당파는 충돌해서 파괴시킨 것을 말한다. 당파된 배들을 모두 불태웠다. 앞서도 얘기했지만 곽재우의 의병이 낙동강변에서 왜군을 격퇴한 것과 함께 같은 시기에 거둔 임진년의 첫 승전이었다.

첫째 요인은 정확한 적정의 탐색과 용의주도한 기습에 있었다. 또 확실한 승산을 가지고 자신 있는 공격을 했다.

이순신의 초기작전을 보면 승산이 없는 싸움은 좀체 걸지 않았다. 요행이나 만용을 부리지 않았던 것이다. 여기엔 군의 사기를 높이고 자신감을 심으려는 속깊은 의도가 깔려 있었다.

조선함대는 식수와 연료를 보급하기 위해 육지를 향해 이동했다. 진해 앞바다에 당도하자 북쪽으로 깊숙이 들어간 합포에 왜선 5척이 숨어있다는 탐보였다. 아군 30여 척이 출격하여 모조리 깨뜨리고 불살랐다. 이번 전투를 통해 왜선이 조선배보다 무르다는 사실이 여지없이 드러났다.

조선의 판옥선이 속력을 내어 왜선의 배때기를 들이받으면 큰 구멍이 뚫리고 순식간에 선체가 기우뚱거렸다. 왜병의 조총도 무서워할 것이 없었다. 목판을 방패로 세우면, 근접 사격에서도 얼마든지 몸을 방호할 수 있었던 것이다.

조선함대는 육지와 거제도 사이를 빠져나와 본진인 여수를 향하고 있었다. 이순신은 선단을 해변에 가까이 대고 조군들에게 조반을 먹이고 있었다. 그때 웬 젊은이가 언덕 아래서 고래고래 소리를 질렀다. 젊은이는 어린애를 업고 있었다. 작은 배를 보내자 그는 눈물을 흘리며 말했다.

"저는 적진포에 사는 농군인데 어젯밤 왜군이 와서 민가를 털었습니다. 소와 말을 강탈해갔는데 왜적의 반가량은 배에 남아 술판을 벌였고 나머지는 고성 쪽으로 떠났습니다. 저희 집도 불타버렸지요."

이 소리를 들은 장졸들은 이를 갈며 팔을 걷어붙였다. 이순신은 즉시 출격을 명했다. 원체 수적으로 열세인데다 옥포의 패전을 알고 있는지 왜군은 아예 저항을 포기하고 육지로 달아났다.

적진포에선 대소 왜선 11척을 불태웠다. 군사들의 사기는 하늘을 찌를 듯 했다. 왜 수군의 취약함을 체험으로 실감한 것이다. 이제 가덕도 서쪽으론 적선의 그림자도 보이지 않게 되었다.

이순신함대의 제1차 작전은 이처럼 완벽한 성공으로 끝났다. 적선 한두 척 격파하지 않은 장령이 없었다.

낙안현감 신호, 보성군수 김득광, 흥양현감 배흥립, 광양현감 어영담, 첨사 이순신李純信, 첨사 김완, 군관 이춘, 유격장 나대용, 녹도만호 정운. 그 밖에 10여 명의 군관들이 엇비슷한 전공을 세웠다. 조선군의 피해는 부상자만 몇 명 있을 뿐이었다.

「적을 섬멸한 일로 전하께 아뢰옵니다.…」

이순신은 이렇게 시작되는 장문의 장계를 올린다. 하나하나 빠뜨리지 않고 전공을 기록했고, 전투경과도 소상하게 적고 있다. 자신과 직접 관계되는 일에 있어서는 "여러 장수들에게 군령 없이는 함부로 움직이지 말기를 조용한 산처럼 하라[勿令妄動 靜重如山]고 엄하게 일렀습니다." 이 구절만 넌지시 넣었다.

다시 얘기를 개성으로 옮긴다.

도원수 김명원은 서울에서 철수한 뒤 임진강을 건너 북안北岸에 상당한 병력을 집결시키고 있었다.

국왕은 한강변에서 싸우지 않고 후퇴한 그의 죄를 묻지 않았다. 휘하 병력이 너무나 고단했기 때문이기도 하지만 임진강 방어에 힘쓰게 하기 위해서였다.

마침 왜국의 동정을 명국에 알린 주청사 한응인이 귀국했다. 그를 도순찰사로 삼아 평안도 군사 3천을 달려 전선으로 냈다.

경기감사 권징은 전선에서 화급한 장계를 올리기를 「적군은 팔다리가 부은 데다 피로가 겹쳐 기세가 한풀 꺾였습니다. 이 기회를 놓치지 말고 임진강을 건너 적군을 기습하면 큰 승리를 거둘 것입니다.」 했다. 잇따라 양평에 도피했던 이양원이 5천 병력을 모아 북한강을 건너고 파주 방면으로 진출한다는 보고가 들어왔다.

국왕은 크게 기뻐하여 김명원에게 선전관을 보내 「한응인이 정병을 거느리고 남진하고 있다. 한응인과 합류하는 즉시, 반격에 나서 왜적을 섬멸하라.」 급히 명했다.

조선군이 배들을 남김없이 북쪽 강변에 끌어다 놓아 왜군은 쉽사리 도강할 방도가 없었다. 벌써 열흘이나 강을 끼고 대치한 상태였다. 왜군이 애써 배를 모으지 않은 것은 건너편 군세가 만만치 않을 뿐 아니라 경기감사의 보고대로 병사들이 원체 곤비하여 휴식을 취해야만 했기 때문이다.

한응인도 도착하여 병력은 5천으로 불어나고 군사들의 사기도 높아졌다. 왜군은 갑자기 수상한 행동을 시작했다. 강가와 둑에 즐비하게 쳐놓은 군막을 불태우는가 하면 무기를 실은 말들이 부산하게 움직였다.

조방장 신할은 "적군이 철수하는 게 틀림없소. 당장 강을 넘어 추격합시다." 하며 들먹들먹하자 경기감사 권징도 "잘 보셨소." 맞장구를 쳤다.

유극량이란 별장은 경험이 많은 늙은 장수였다.

"왜적은 본디 간교하오. 철군하는 시늉을 내고 우리를 유인하는 계책인지도 모르오."

좀더 상황을 살피자고 주장했다. 격노한 신할은 검을 뽑아 유극량을 내리치려고 했다.

"나는 죽음이 두려워 그랬던 게 아니오."

유극량은 분연히 일어나 부하들을 이끌고 배에 올라 강을 건넜다. 댓바람에 강변에 나온 왜의 기병 네댓을 쓰러뜨렸다.

유극량이 도강하는 사이 평안도 군사 서넛이 한응인 앞에 나오더니 "우리는 창졸간에 징집되어, 무기도 제대로 챙기지 못했습니다. 또 아침을 못 먹어 허기져서 싸울 수가 없습니다." 무엄하게도 이런 불평을 했다.

한응인은 막료를 시켜 그 군졸들을 모조리 베게 했다. 도순찰사로 임명될 때 즉결처분의 권한을 받았던 것이다.

유극량의 맹활약을 건너다본 한응인은 신이 나서 진격 명령을 내렸다. 군사들은 다투어 배에 올라 속속 도강을 했다. 신할은 선두에서 고함을 지르며 왜군 진지에 돌진했다.

강둑에 나온 김명원은 왜군이 패주하는 광경을 보며 춤을 추다시피 좋아했다. 그러자 느닷없이 왜군 복병들이 솟아나 조총을 연달아 쏘아댔다.

포위망 속에 깊이 들어간 유극량 등은 "이곳이 바로 내 죽을 자리구나." 하며 적병 서넛을 활로 쏘아 죽이고 자신도 총에 맞았다. 신할 역시 전사했다.

강가에 쫓겨난 조선군은 거개가 미처 배를 잡기도 전에 왜병들의 창검에 찔려 쓰러졌다. 강물에 뛰어들어 빠져죽는 사람도 적지 않았다. 눈앞에서 처참한 수라장이 벌어지고 있었다. 도강하지 않고 관전하던 한응인은 몸을 가누지 못해 비틀거리며 실신했다. 왜군은 수십 척의 배마저 쉽사리 챙긴 것이다.

독전차 파견된 검찰관 박충간이 김명원과 함께 군막에 있다가 돌연 말에 올라 줄행랑을 놓았다. 군사들은 그걸 김명원으로 오인했다.

"도원수가 도망쳤다!"

고함 소리가 터지면서 대열은 순식간에 와해되었다. 사령관이 도망치는 데 남아서 싸울 군대란 자고로 없는 법이다.

그래도 경기감사 권징은 1천가량의 감영군을 독려하면서 그런대로 방어선을 유지하고 있었다. 헌데 왜군의 동정이 불가사의였다. 조선군의 주력이 철수한데다 나룻배 수십 척을 빼앗았는데도 도강할 기미를 보이지 않았다.

이때 왜군은 소서행장과 가등청정군이 강변에 진출해 있었고 모리길성과 천야장정군은 그 후 방일대에 전개하고 있었다.

왜군은 전방사령부격인 본진을 파주관아에 두었다. 여기서 기묘한 일이 벌어진 것이다. 소서행장과 종의지는 비밀리에 모의하여 강화를 제의하는 서신을 조선 측에 보내기로 했다.

종군승인 현소와 천형이 한문으로 문장을 만들었다.

「우리 전하께서 조선의 길을 빌려 대명을 치려고 하여 여러 장수들이 명을 받들어 이곳까지 진격해 왔다. 그러나 앞으로 수만 리를 거쳐 대명에 들어가기를 원치 않는다. 먼저 귀국과 화친을 하고, 연후에 귀국의 주선으로 대명과 화친할 것을 제의하는 바이다. 귀국이 그와 같이 하여 대명과 일본이 화친하게 된다면 곧 삼국 평안, 이보다 더 좋은 일은 없을 것이다. 장수들은 노고를 면하게 되고, 만민은 소생할 수 있다. 이것이 우리 장수들의 의견이다. 전하 또한 귀국과 교분을 끊는 것을 바라지 않고 있다. 신은 헛되이 귀국의 대직을 받았으니 큰 은혜를 어찌 잊을 수 있겠는가. 종의지 소서행장 두 사람이 한 장의 편지로 간절한 뜻을 귀국에 전하는 바이다. 빠른 회답을 기대한다.」

이런 서신을 조선군 측에 전했다. 군졸이 배를 저어 건너가 편지를 맨 장대를 꽂고 돌아온 것이다.

귀국의 대직 운운은 조선 조정에서 대마도주에게 관례적으로 내린 벼슬을 뜻한다.

풍신수길의 허락도 받지 않고 전투중인 전방사령관이 멋대로 강화를 제의한다는 것은 있을 수 없는 일이다. 이적 행위 정도가 아니라 매국의 소행이며 당연한 처형감일 것이다.

헌데도 조선과 강화하는 것이 왜군 장수들의 의견이란 말을 서슴없이 하고 있다. 거짓이 아니라고 한다면 장수들 사이에 싸움에 의미를 잃어가는 분위기가 팽배했음을 의미한다.

아무런 명분 없는 전쟁에 대한 회의와 함께 아득한 명나라에 쳐들어가는 무모함을 새삼 깨달았을지도 모른다. 왜군은 조선 땅의 크기에 대경실색했던 모양이다.

어느 장수가 자기 집에 보낸 편지에 이런 고백을 적고 있다.

「…의외로 조선국이 넓은 데 크게 놀랐습니다. 강이 큰 것 역시 대단합니다. 당초엔 조선이 일본의 대번大藩 정도로 짐작했는데 그건 큰 실수였습니다.」

풍신수길 자신도 그랬을 것이다. 자기 나라 관동평야를 평정하는 것쯤으로 여겼을 법도 하다. 서울을 점령하면 조선 국왕이 항복할 줄 알았던 것을 전략적 오산이라 한다면, 조선의 영토와 인구 등 국세를 잘못 인식한 것은 전쟁 수행 능력의 한계를 폭로한 것이 아닐 수 없다.

작전상 여러모로 결함이 생기고 차질을 빚게 된 건 당연한 노릇이다. 왜군 장수들은 파주관아에 모여 장차의 계획을 의논했다. 각 군의 작전 구역을 정하는 데도 장시간 입씨름을 벌여야만 했다. 꿍꿍이속들이 서로 다른 것이다.

소서행장이 말했다.

"전하께서 과연 바다를 건너실 것인지 의문이오. 벌써 두 차례나 친히 도해하신다는 명령이 있었고, 그에 대비하여 요소요소에 어숙御宿까지 마련해 놓았소만 경도의 소식을 들으니, 좀 뭣한 말이지만 조석으로 생각이 달라지시는 모양이오."

"전하께서 친정하지 않는다면 우리 장수들끼리 의논하여 작전을 수행할 수밖에 없지요. 경도에선 현지 사정을 너무 모르고 있으니 그럴 수밖에 없는 노릇 아니겠소."

천야장정의 말.

"동감이오. 먼저 점령지 배정을 합시다. 서울과 경기도는 전하의 명령에 따라 우희다수가가 맡았기에 제쳐놓고, 또 경상도는 현재 전투에 임하고 있으니 이동할 수 없는 처지. 나머지를 어떻게 배정할는지 각자 기탄없는 의견을 내도록 하십시다."

모리길성의 말에 모두 수긍을 했다.

"선봉은 여기 계신 소서공과 내가 맡게 되어 있으니 먼저 평안도와 함경도 방향부터 결정해야겠소."

그래도 가등청정만은 투지가 만만한 듯 보였다.

"조선의 수도를 함락시킨 건 우리 군이오. 조선 국왕이 개성을 떠나 평양으로 도주했으니 국왕을 사로잡기 위해 우리 군이 평안도로 진격해야 할 줄 아오."

몰래 강화제의를 한 소서행장이 딴판으로 위세 좋은 말을 했다.

"안될 말씀이오. 지난 번 선진다툼에서 귀공한테 뒤진 것도 통분할 일인데 평양마저 귀공이 독식하겠다는 거요? 난 그리 못하겠소."

“함경도엔 호랑이가 많다고 합니다. 귀공은 사냥을 좋아하니 함경도가 제격이오.”

소서행장이 냉소하듯 말하자 가등청정은 벌떡 일어나 칼자루를 틀어쥐었다.

“무례한 말, 당장 취소하시오.”

“내 나쁜 뜻으로 하지는 않았소. 취소하리다. 정 양보 못하겠다면 심지를 뽑는 수밖에 없구먼.”

소서행장은 쓴웃음을 지었다.

즉석에서 두 사람은 심지로 구역을 가렸는데, 결국 가등청정이 함경도를 맡게 되었다. 장수들은 폭소를 터뜨렸으나 가등청정은 여전히 험악한 표정이었다. 그통에 나머지 사람들도 각기 운수에 맡기기로 했다.

천야장정 황해도, 모리길성 강원도 등으로 낙착이 된 것이다. 나중 풍신수길은 이 같은 현지에서의 배정을 승인하고 “제장에게 다음과 같이 조선국을 분재한다…” 이런 명령을 내린다.

분재란 말은 풍신수길의 마각을 드러낸 것이다. 조선을 전리품으로 나눠 가지라는 얘기인데, 대명정벌 어쩌구 호언장담하며 길을 빌리라고 한 것은 허튼 수작임이 폭로되고 있다.

전쟁 목적이 명국 공격이라면 당초에 계책대로 풍신수길 자신이 조선으로 건너와 전군을 지휘했을 것이다. 그렇지 못한 걸 보면 저들 생각에 문약한 조선을 집어 삼키자는 게 진의였다고 하지 않을 수 없다.

왜군은 임진강에서 열흘간을 지체했다. 왜병들의 사기가 떨어진 탓도 있으나 장수들의 싸울 의지가 모자란 것이 주된 원인이었다. 피차 내놓고 말을 못하지만, 이심전심 화의를 도모하고 싶은 마음이 굴뚝같았던 것이다. 그러기에 소서행장과 종의지는 서신에서 여러 장수의 의견이 꼭 같다는 말을 할 수가 있었을 터이다.

열흘가량 거슬러 장면을 개성의 행재소로 옮긴다.

이산해를 유배시킨 다음 국왕은 최흥원을 좌의정으로, 윤두수를 우의정으로 임명했다. 두 사람은 사양할 뜻을 아뢰었다.

"이런 판국에 무슨 소리를 하는가! 그런 예절은 지킬 필요가 없소. 국사에 관한 의견부터 말하오."

국왕은 화를 냈다.

"행재소에 나오지 않는 관원들이 적지 않습니다. 이럴 때일수록 관기가 서 있어야 합니다. 규찰하여 처벌함이 마땅합니다."

윤두수의 진언이었다.

"옳은 말이오. 승정원에서 조처할 것이오. 듣자하니 서울의 장사치들이 왜적에게 빌붙고 있다던데 그게 사실인가?"

"그렇지 않을 것입니다. 간혹 잠상밀매꾼들이 그럴지는 모르겠으나 조선 사람들이 어찌 원수인 왜적들과 거래를 하겠습니까. 성려를 놓으소서. 비록 초전에 왜적에게 밀려 이곳까지 항복을 했거나 아부한 자는 하나도 없습니다. 전하를 호종하는 신하들 수효는 평시와 같을 수 없으나 전하께서 지나치게 염려하지 않으셔도 좋을 것입니다."

윤두수의 든든한 말이었다.

이때 경기감사의 급계가 들어왔다. 승지는 서면을 올리기 전에 구두로 아뢰었다.

"왜군이 임진강에 나타났고 김명원과 한응인의 군사가 패주했다 하옵니다."

안색이 달라진 국왕은 서명을 훑어보고 말했다.

"임진강이 무너졌으니 큰일이군. 평양까지 며칠이나 걸리겠는가?"

"해가 한창 길 때이므로 통천과 황주에서 하룻밤씩 묵으면 사흘 안에 당도할 수 있겠습니다."

최흥원의 대답이었다.

"우의정의 생각은 어떻소?"

윤두수는 잠시 궁리하고 말했다.

"임진강과 개성 사이는 지척의 거리입니다. 또한 군사들이 흩어졌다면 왜적을 막을 군사가 부족하기도 합니다. 촌각을 다투어야 할 위급한 형세긴 하나 해가 진 다음에 이곳을 떠나심이 좋을 듯합니다."

"어째서 밤중에 떠나야 하오?"

국왕도 모르고 묻지는 않았을 것이다.

"부민들은 전하께서 이곳에 계시면서 개성을 지킬 것을 바라고 있습니다. 개중에는 실망한 나머지 북측의 행동을 할는지도 모릅니다. 어차피 부민들에게 알려지게 될 바엔 자칫 불상사가 나지 않게 해야 할 것입니다."

윤두수의 말에 국왕은 동의했다.

"황해감사를 선발시켜 백성들을 타일러야 하겠습니다."

최흥원의 건의였다.

이날 밤 국왕은 행재소를 떠나 북문을 통해 개성을 빠져나왔다. 개성부 군사들이 국왕 일행을 호위했다. 은밀한 거동이었으나 꽤 많은 부민들이 거리에 나와 소란을 피웠다. 가까스로 진정시키고 길을 뚫었다.

부슬비가 내리기 시작하여 횃불 속에 비친 말 위 국왕의 모습은 처량하기 이를 데 없었다. 그런대로 인근에서 급히 모은 군사를 합쳐 2천의 병력이 국왕을 호위했다. 일행은 예정대로 사흘만에 평양에 입성했다. 5월 7일의 일이다. 왜군이 임진강을 넘지 않고 머뭇거리고 있을 즈음이다.

도순찰사 이원익과 평안감사 송신언이 성문 밖에서 국왕을 맞았다.

평양 백성들은 국왕의 입성에 놀라 술렁거렸으나 차츰 안정을 되찾았다. 병력이 증강되고, 또 국왕이 친히 평양성을 방어할 줄 기대했기 때문일 것이다.

우의정 윤두수를 겸 수성대장으로 임명하고, 평안병사 이윤덕을 독려하여 방비태세를 갖추었다. 그러자 임진강에서 철수했던 김명원과 한응인 등이 각각 5~6천의 병력을 이끌고 평양에 귀환했다.

"군기를 바로 세워야 합니다. 두 패장을 처벌하십시오."

윤두수가 주장했으나 국왕은 듣지 않고 둘을 불렀다.

"변변히 싸우지도 않고 후퇴한 죄는 죽음에 해당하나 조선군의 형세가 매우 고적하고 평양의 수성이 급하기 때문에 군율대로 죄를 주지 않겠소. 심기일전, 용맹하게 왜적과 싸워 죄를 갚도록 힘써야 할 것이오."

두 사람은 감격하여 결의를 새롭게 다지는 듯했다.

소서행장과 종의지 명의로 된 서신이 당도한 건 이 어간이었다. 서신을 보고 국왕은 대뜸 의심을 했다.

"간사한 왜적이 우리를 농락하려는 위계일 것이오. 경들은 어떻게 판단하오?"

이조참판 겸 대제학 이덕형이 말했다.

"전하의 말씀대로 위계일 수도 있습니다. 그러나 그런 짓을 한다고 저들 스스로가 크게 이로울 것이 없는 것입니다. 만일 왜적이 진정으로 강화를 원하고 있을진대, 재차 같은 제의를 하지 않겠습니까?"

참판 대제학은 예외에 속한다. 그만큼 그의 학문과 인물이 평가됐던 것이다. 이덕형의 이름은 일본서도 꽤 알려져 있었다. 일본 사신을 응대한 경험이 많았고 대마도 도주와도 면식이 있었다.

"전하의 말씀대로, 본디 왜적은 간교한 계략에 능합니다. 우리 조선군의 방비를 이완시키려는 위계임이 분명합니다."

나머지 배석자들은 거의 국왕의 판단에 동조했다. 윤두수는 의견을 말하지 않았다. 조선의 도움 없이는 번을 유지하지 못하는 게 대마도이다. 어떻게 해서든 조선 출병을 막으려고 애를 쓴 것도 사실이다.

소서행장은 선봉장이긴 하나 일테면 서양귀신한테 홀린 자이다. 두 사람의 뜻이 맞았기에 그 같은 서신을 보냈을 것이다.

적장들 간에 불화가 났는지도 모를 일이다. 이런 것이 윤두수의 막연한 추측이었다. 회신을 보내지 말고, 평양성 방어태세를 강화하기로 결론이 났다.

소강상태가 계속되자 양사사헌부와 사간원가 도성을 버리고 몽진을 하게 된 책임을 묻는 장문의 간언을 올렸다. 대사헌 이헌국, 대사간 김찬을 비롯한 연명 상소였다.

「전하께서 서울을 떠난 지 겨우 사흘 만에 벌써 적군이 도성에 들어와 조상들이 세워놓은 왕업을 재로 만들었습니다. 이는 모두가 조정에 가득 찬 신하들이 전하의 마음을 돌리지 못한 결과입니다만, 전하께서도 천 년 만 년 후 지하에서 무슨 면목으로 선대 임금들을 만나볼 수 있겠습니까. 바라건대 전하께서는 스스로 깊이 반성하시고, 두려운 마음으로 국정을 지혜롭게 펴나가야 합니다. 그러자면 먼저 전하의 처신부터 바로 세워야 합니다. 좌우와 앞뒤에 내시나 궁녀들만 둔대서야 나랏일이 제대로 되겠습니까?」

간언이 아니라 탄핵이나 진배없었다. 상소문은 끝을 맺는다.

「아! 어엿한 나라의 수도는 죽음을 각오하고 방어해야 함에도 불구하고, 마치 헌신짝 버리듯 하였으니 이것이 어찌 전하께서 뜻을 굳건히 하지 못한 데서 비롯된 일이 아니겠습니까.」

이제까지는 중신들 책임만 따졌는데, 마침내 국왕을 표적으로 삼은 것이다. 평시 같으면 이런 지경으로 임금을 탄핵하기는 어려운 일이다. 그만큼 사람들은 감정이 격앙된 상태에 있었다. 또한 민심을 달래기 위해서도 스스로를 반성하는 국왕의 말이 절실한 것이었다.

"상소문을 읽고 너희들의 곧고 충성스러움을 잘 알겠다. 나랏일이 이렇게 되었으니 내 임금으로서 하늘과 땅 사이에 서 있을 낯이 없다. 다만 죽지 않았다 뿐이다. 수없이 자책하고 반성하며 국사를 펴나갈 것이다."

국왕의 침통한 비답이었다.

서울을 떠난 지 한 달 남짓, 국왕의 용모는 몰라보게 수척해졌다. 음식이 줄어들고 그나마 제대로 삭이지 못했다. 약방에서 진맥할 것을 진언해도 번번이 허락하지 않았다.

우의정 윤두수, 병조판서 이항복, 예조참판 이덕형 등이 빈청에 모여 의논을 했다.

"도승지의 말을 들으니 오늘 아침 전하께서 강계까지 며칠이나 걸리겠는가 물으셨다하오. 전하의 뜻이 그러시다면 큰 걱정이오."

윤두수의 말이었다.

"그간 너무나 노심초사하시어 초췌한 용안을 뵙기 민망할 지경이지요.

임진강의 경보가 날아든 뒤로 더욱 불안해하시는 것 같아요."

이항복의 말이 아니더라도 국왕이 마음의 동요를 나타내면 자연히 신하들에게 번지고 전군의 사기를 떨어뜨리기 십상이다. 지금 평양성엔 그럭저럭 1만2천의 병력이 있으나 위에서 수성의 의지가 없다면 허수에 불과하다.

만일 국왕이 다시 옮긴다는 소문이 나는 날엔 도망치는 군사들이 속출하여 방어태세는 제물에 무너져 내릴 것이다.

"전하께서 평양을 지키려는 결의를 부민들에게 보여 줘야 합니다. 지체 없이 전하를 뵙고 말씀을 드려야 할 것이오."

이덕형의 말.

세 사람은 체찰사 정철과 함께 국왕을 뵈었다.

"무슨 일들이오?"

"전하께서 강계까지의 이수里數를 하문하셨다고 들었습니다. 성안 사람들이 어가가 다른 곳으로 옮겨가지 않을까 몹시 불안해하고 있습니다. 강계와 같은 벽지에서 어떻게 전쟁을 지휘할 수 있겠습니까."

윤두수가 말했다.

"내가 그리로 갈 생각이 있어 물어본 게 아니오."

"그러시다면 천만다행입니다. 전하께서 성안의 노인들을 불러 성을 굳건히 지켜야 한다는 뜻으로 타이르신다면 혈기있는 사람치고 누가 감격하지 않겠습니까."

정철의 진언이었다. 국왕은 신하들을 대동하고 함구문에 나가 군중 앞에 교의를 놓고 앉았다.

"평양성은 철통같이 방어할 것이다. 젊은 장정들은 자진해서 무기를 들고 왜적을 무찔러야 한다. 부로들은 내 뜻을 전해 주기 바란다."

국왕의 말을 승지가 받아 큰 소리로 전했다.

국왕은 이어 대동관으로 거둥했다. 이곳 마당에는 평안도에서 급히 징집한 군사들이 모여 있었다.

국왕은 같은 취지로 격려하고 "건의할 일이 있으면 주저 없이 말하라." 하자, 한 병사가 섬돌 아래 부복하고 아뢰었다.

"한 가지 올리고 싶은 말씀이 있습니다."

이항복이 내려가 물었다.

"지난해 전하의 특명으로 토병들에게 활 쏘는 시험을 치게 하되, 첫 자리를 차지한 사람에겐 무과합격의 자격을 준다하였는데, 시험이 실시되기 전에 전란을 당했습니다. 전하께서 평양에 오셨으니 병조로 하여금 시험을 치르게 하여 주십시오."

국왕은 고개를 끄덕이고 윤두수에게 물었다.

"미루지 마시고 즉시 활쏘기 시험을 거행함이 좋을 것 같습니다. 군사들이 크게 고무될 것입니다."

국왕 일행은 연광정으로 자리를 옮겼다. 대동강 가 절벽 위에 지은 정자이다. 마당이 넓어 조련장으로도 쓰인다. 소문이 퍼지자 주변은 인산인해를 이루다시피했다.

과녁이 세워지자 국왕이 말했다.

"이름이 무엇인고?"

"이곳 감영의 군사 김진이라고 합니다."

"너부터 활을 쏘도록 하라."

김진은 허리에 화살을 꽂고 활을 잡았다. 모두 25대를 쏘았는데 모조리 적중했다. 과녁이 울릴 적마다 환성이 일어났다.

국왕은 크게 기뻐하고 그 자리서 무과합격의 방을 붙이게 했다.

"다른 병사는 없는가?"

먼발치에서 기십 명의 병사들이 응시하려고 웅성거리고 있었으나 김진의 모습을 보고는 감히 나서는 사람이 없었다. 김진은 나중 전투에서 용명을 떨치고 국왕의 특지로 당상관에 오른다.

왜군의 척후대가 나타난 것은 6월 8일이다. 강 건너 재송원 근처였다. 왜군의 도각을 저지하기 위해 순변사 이일은 군사를 이끌고 하류 만경대 부근의 나루터를 지키고 있었다.

다음날 왜군의 선진이 강 너머에 진출했다. 왜병들은 강가에 나와 막대기를 꽂고 글쪽지를 매달았다. 화친을 제의하면서 이덕형을 만나고 싶다는 평조신과 현소의 서신이었다.

「…피차 무기를 갖지 말고 배 안에서 담판하기를 바라오.」

이덕형은 국왕의 허락을 받고 큼직한 거룻배로 도강하여 평조신과 현소를 태웠다. 이들은 술병을 차고 있었다.

"오랜만에 다시 뵙게 되어 감개가 무량하오. 그러나 전란의 와중에 만나게 되었으니 대단히 유감스러운 일이오. 일본은 귀국과 싸우자는 것이 아니오. 임진강에서 강화의 뜻을 간곡히 보내드렸는데 아무 회답이 없었기에 평양까지 진격한 것이오. 조선의 국왕께서 일시 몸을 피하시고 우리에게 요동으로 들어갈 수 있는 길을 내 주시기 바랄 뿐이오."

현소는 술잔을 비우고 이덕형에게 건네었다.

"귀국이 명나라만을 침범하려는 것이라면 어찌하여 수군을 동원해서 절강으로 가지 않고 조선을 거치고자 하는가. 도저히 이해가 가지 않소.

실인즉 귀국이 조선을 멸망시키려는 계책일 것이오. 또 명으로 말하면 형제나 다름이 없는 나라이다. 죽어도 그런 요구를 들어줄 수 없소."

이덕형도 잔을 돌렸다.

"계략이 아니오. 오해하지 말기를 바라오."

현소는 합장을 하는 시늉을 했다.

"조리에 맞지 않기에 납득할 수 없소. 대의명분 없이 이웃 나라를 침범한 것을 무슨 말로 변명할 것인가. 이 이상 조선을 괴롭히지 말고 당장 철수하시오."

"그렇다면 담판은 결렬이오. 평양성을 공격하여 함락시킬 수밖에 없소."

이덕형은 성안으로 돌아와 국왕께 경위를 보고했다.

이때 조선군은 강 건너 들판의 농민들을 성안에 들게 하는 청야 전술을 폈다. 왜군은 식량을 구할 수 없을 것이다. 강둑에 왜병들이 나와 마대를 높이 쌓아올렸다. 곡식으로 위장하려는 것이었다.

기마병들이 강가를 달리며 괴성을 내질렀다. 몇 놈씩 강변에 나와 장난치듯 조총을 쏘아댔다.

왜군의 주력은 동대원 일대에 포진했다. 조총부대는 성벽을 향해 위협사격을 했다. 연달아 총성이 울리자, 성안 인심은 흉흉해지고 군사들 간에 동요하는 빛이 완연했다. 또다시 조총 공포증이 퍼진 것이다.

거기다 궂은 날씨가 거듭되면서 간간이 비가 쏟아졌다. 활의 심줄과 아교가 풀려 느슨해졌다. 이것도 사기를 떨구는 원인의 하나였다.

날씨가 궂으면 조총도 맥을 못 추긴 매일반이지만, 왜병은 검과 창에 능숙하다. 조선군의 주 무기는 활이고, 창검의 수효는 태부족이었다.

신하들 간에 어가를 움직이는 논의가 다시 일어났다.

"왜군은 후속군이 계속 도착하고 있다. 평양성이 포위되면 국왕께서 생포될 우려가 크다. 후사를 위해서는 늦지 않게 결단을 내려 더 북쪽으로 거동해야 한다…."

이런 주장에 맞서 반대하는 의견도 적지 않았다.

"국왕이 피신한다면, 싸우기 전에 군사들이 흩어진다. 결사항쟁하면 곤비한 왜군을 물리칠 수 있다."

"왕비를 먼저 보내야겠소. 함흥을 향해 떠나도록 하오."

잠시 후 왕비가 나와 울며 하직인사를 올렸다. 내시와 궁녀들이 뒤따르고, 백 명가량의 군사들이 호위했다.

왕비와 상궁들은 말을 탔다. 일행이 감영문을 나서자, 거리엔 창검이 숲을 이루고 북소리와 고함 소리가 진동했다.

"못가시오! 평양성을 지킨다고 하지 않았소!"

"임금이 우리를 속였다!"

여기저기서 욕설이 쏟아졌다. 어느 상궁은 몽둥이에 맞아 말에서 굴러 떨어졌다. 일행은 감영으로 되돌아왔다. 격노한 평안감사 송언신은 군사를 풀어 난동을 부린 네댓을 잡아 현장에서 참수하여 머리를 매달았다. 그제야 군중은 흩어졌다.

이날 밤늦도록 국왕과 신하들이 논의를 벌였다. 국왕을 비롯해 거개가 군복차림이었다.

"왜적이 화친할 것을 거듭 제의하고 있습니다. 화친이 성립되면 자기 나라로 돌아가겠다고 하니, 전하께서는 굳이 서북쪽으로 거동하지 마시기를 바랍니다."

류성룡의 말이었다. 봉교 기자헌이 반대했다.

"서북으로는 성곽이 평양만한 곳이 없기에 이곳을 지키자고 한다면, 그것은 일리가 있습니다. 그러나 왜적의 제의를 믿고, 움직이지 말자고 하는 것이라면 옳지 않습니다."

국왕은 기자헌을 보며 말했다.

"봉교의 말이 맞다."

하는 수 없이 류성룡은 입을 다물었다.

"비록 전하께서 거동하신다 해도 평양성은 지켜야 합니다. 지금 1만을 헤아리는 군사가 있으니 피로한 왜적과 싸워볼만 하지 않겠습니까."

"옳은 말이오."

국왕은 좌의정 겸 수성대장 윤두수와 이조판서 이원익을 남게 했다.

이날 밤, 이원익은 무과에 합격한 김진을 지휘관으로 삼아 감영군 백여명을 추려 야간기습을 시켰다. 이들은 나룻배에 분승하여 조용히 강을 건넜다. 왜군은 풀밭에 군막을 치고 깊이 잠들어 있었다. 조선군을 얕잡아 보고 경계를 하지 않은 것이다.

일제히 함성을 지르며 덮치자 왜군 진영은 큰 혼란에 빠졌다. 매어놓은 말들이 울어대며 발광을 했다. 왜병끼리 엉겨 뒹굴기도 했다. 조선군은 화살이 떨어질 때까지 싸웠다.

철수의 징소리와 함께 군사들은 강변으로 치달았다. 놀랍게도 그들은 너나없이 말을 한필씩 끌어왔다.

추적한 왜병과 강가에서 싸우면서 배를 탔다. 여기서 처진 조선 군사 30명가량이 전사했다. 사살한 왜병의 수효는 알 수 없었으나 3백~4백은 족히 넘었을 것이다. 빼앗아 온 말은 1백33마리였다. 김진은 이 전공으로 대뜸 당상관이 된 것이다.

날이 밝자 먼저 왕비가 자산을 향해 떠났다. 이어 국왕이 세자와 함께 대동관에 나가 노인들을 위로하고 타일렀다.

승지가 교서를 쉬운 말로 고쳐 읽었다.

「종묘사직을 보존하고 뒷일을 도모하기 위해 평양을 떠날 것이다. 부민을 생각하면 내 가슴이 찢어지는 것 같다. 대신들이 남아 온갖 힘을 기울여 성을 지킬 것이니 부민들은 동요하지 말고 우리 군사를 도우라.」

많은 사람이 흐느꼈고 통곡 소리도 들렸다. 국왕 일행은 영변을 향해 출발했다. 도원수 김명원은 국왕을 배웅한 다음 성에 올라 멀리 왜군의 숙영지를 살폈다.

김진의 야습에 무척 고무돼 있었다. 김명원 역시 지금까지의 실수를 만회하려고 단단히 벼르고 있었다.

영원군수 고언백과 첨사 유경령에 명령을 내리고 날랜 군사 4백을 뽑았다. 다시 야습을 계획한 것이다. 부벽루 아래 모인 조선군은 자정을 기해 도강을 시작할 참이었다.

한데 칠흑 같은 어둠속이라 병력의 집결에 차질이 생겨 배들이 움직이기 시작했을 땐 벌써 하늘이 부옇게 밝아오고 있었다. 그럼에도 조선군은 망설이지 않고 도강하여 곧장 종의지의 진영에 쇄도했다. 기습을 당하면 조총은 쓸모가 없다.

혼란에 빠진 왜군은 되는대로 무기를 잡고 대항했으나 조선군의 기세에 눌려 뒤로 밀리기 시작했다. 그러나 급히 달려온 소서행장군이 이편의 배후를 습격하자 전세는 역전되었다. 많은 군사들이 즐비하게 쓰러졌고 빠져나온 축들은 왕성나루王城灘 근처의 얕은 여울을 거쳐 성안에 돌아왔다.

이것이 왜군에게 도하점을 알려준 중대한 결과를 빚은 것이다. 왜군은 앞다투어 강을 건너와 우선 도하점을 점거했다.

이날 밤 윤두수 김명원 이원익 등은 평양성 방어가 어렵다는 결론을 내렸다. 평양성은 서울의 성곽에 비해서도 낮은데다 미처 보수를 못해 무너진 곳이 적지 않았다.

백성들이 나가게 성문을 열고 군기고의 병기는 풍월루 앞 연못에 가라앉혔다. 많은 군사들이 도망을 쳤고 윤두수 일행은 보통문으로 빠져나갔다.

조선반도 남부에 전개한 왜군은 어떻게 해서든지 곡창지대인 호남평야를 침공하려고 했다. 전라도로 진입하려면 대충 세 갈래의 경로가 있다.

첫째는 물론 수군을 동원하여 남해의 해안선을 따라 침공하는 일이다. 두 번째는 낙동강과 남강의 합수머리에서 남강으로 내려와 진주를 공격하여 육로로 진출하는 방법이다. 마지막으로 충청도에서 금산을 거쳐 전주로 향하는 길이다.

두 번째 침공로는 앞서 얘기한 바와 같이 곽재우, 김면, 정인홍 등의 의병들이 왜군의 공세를 저지하고 있었다.

왜 수군은 초판에 조선 수군의 연합함대에 의해 옥포해전에서 대패하여 그 기세가 크게 꺾이었으나 전열을 정비하여 다도해 방면으로 다시 진출할 태세였다.

소조천융경은 휘하의 안국사혜경이 의령에서 조선의병들에게 패하자 1만의 전 병력을 금산에 집결시켰다. 이곳에서 진산현의 배고개梨峙를 넘고 고산을 통해 전주를 공략하려는 것이었다.

왜적의 동태를 살펴온 광주목사 권율은 1천5백의 의병을 모집하여 진산 방면으로 나가 배고개에 포진했다. 그러나 왜군의 별동대가 용담으로 남하하여 진안을 거쳐 웅치를 넘보려 한다는 탐보가 들어왔다. 웅치를 넘으면 전주는 지척이다.

권율은 나주판관 이복남, 김제군수 정담, 의병장 황박 등에게 웅치를 방어하게 했다. 작전상 요충인 두 고개에서의 전투는 7월 8일을 전후하여 거의 동시에 벌어졌다.

먼저 웅치의 싸움.

조선군은 고갯길 위에 양쪽으로 목책을 세우고 궁수들을 배치했다. 왜군은 조총과 활로 목책 뒤의 조선군을 공격하면서 다른 소부대는 험한 벼랑을 우회하여 조선군의 배후를 습격했다.

이복남의 군사들이 퇴각하기 시작하자 정담, 황박도 혼란에 빠졌으며 저지선은 맥없이 무너졌다. 이복남은 전주 서북방의 안덕원까지 후퇴했다.

이 전투에서 정담을 비롯하여 장령들과 수백 명의 군사들이 전사했다. 그러나 왜군도 손실이 큰데다 조선군의 저항에 주춤하여 전주성 공격을 단념하고 철수했다.

배고개의 권율군은 험준한 길목에 복병을 두고 왜군을 요격했다. 권율은 붉은빛 갑옷에 검은 투구를 쓰고 앞장서 돌진하면서 달려드는 왜병들을 당창으로 쓰러뜨렸다.

황박은 이마에 조총을 맞고 혼절했다. 조선군은 더욱 격분하여 왜군의 조총수들을 하나하나 쏘아 죽였다.

지세가 험한 산악지대에서 접근전이 벌어지면 조총보다 활이 위력을 발휘한다. 권율의 복병술이 크게 효험을 본 것이 사실이지만 지형을 무시하고 조총에 의존한 왜군의 전법도 패인의 하나였다.

이때 순찰사 이광은 전주성을 지키면서 성벽에 무수한 깃발을 세워 대군이 성안에 있는 것처럼 위장을 하기도 했다. 왜군의 전의를 꺾는 데 도움이 됐을 것이다.

권율은 이광 대신 전라도 순찰사로 발탁된다.

배고개 전투에서 패주한 왜군은 다시 금산에 집결하고 있었다. 왜군의 전라도 침공작전은 또다시 실패하고 말았다.

전란 중 호남을 보존할 수 있었던 첫째 공로는 당연히 이순신의 해상방어에 돌아간다. 그러나 아무리 바다를 철통같이 지킨다 하더라도 내륙으로 육군이 침공하여 호남의 중심부를 점거하고, 남해안의 수군기지를 등 뒤에서 위협하면 수군의 활동은 보장되지 못한다.

따라서 곽재우 등의 의병활동과 권율의 승리는 비록 엄청난 전과를 올린 것은 아닐지라도 전략상의 의미는 매우 컸다.

금산에 주둔한 왜군은 설상가상으로 이번엔 또 다른 조선의병의 공격을 받아 혼쭐이 난다. 처음엔 고경명, 한 달쯤 뒤엔 조헌의 군사들에게 큰 타격을 입는다.

고경명은 60세, 대사간 맹영의 아들이다. 일찍이 문과에 급제하여 청요직을 거치고 외직에 나가 동래부사 등을 지내다 정파싸움에 말려들어 파직되어, 본향인 광주로 내려와 살았다.

고경명은 6월 초순, 격문을 돌리고 기병을 했다. 아들 종후와 인후를 데리고 제단을 만들어 하늘에 제사지내며 의병기를 세우자 숱한 선비와 장정들이 모여들었다.

고경명은 젊어서부터 성망이 높았다. 환갑 나이에 두 아들까지 거느리고 떨쳐나서자 대뜸 큰 감동을 불러일으켰던 것이다.

담양에서 전주, 남원을 거치는 동안 점점 세력이 불어나 5천 병력에 이르렀다. 고경명군은 서울을 목표로 북상할 계획이었으나 먼저 전라도를 넘보는 금산의 왜군을 무찌르기로 했다.

충청도 옥천의 조헌에게 전령을 보내 서로 호응해서 작전을 펼 것을 제의했다. 진산에 진출한 고경명군은 내친김에 자신이 기병을 거느리고 금산성의 성문을 돌파할 작정이었다.

이 싸움에서 조선군은 진천뢰를 사용했다. 철갑으로 된 둥근 포탄으로 속에 화약과 쇠 파편을 장전하고, 총통이나 대포로 발사한다. 낙하하면서 굉음과 함께 쇠 파편이 인마人馬를 살상한다. 근대식 포탄과 원리는 같다.

조선군은 진천뢰를 성중에 발사하며 금산성 서문을 공격했다. 그러나 왜군의 반격도 만만치 않았다. 특공대를 내보내 조선군의 포위망을 절단하면서 공성전과 야전이 뒤범벅이 되는 혼전이 되풀이되었다.

퇴로가 끊긴 왜군은 결사적으로 저항했다. 진천뢰는 실상 큰 성과를 내지 못했다. 준비된 것이 몇 개 되지 않았고, 기술이 미숙하여 목표에 적중시키지 못했기 때문이다.

조선의 기마병들이 조총사격에 쓰러지자 왜군은 성에서 출격하여 공세를 취했다. 전투는 좀체 결판이 나지 않았다. 날이 새어 아군의 진용을 살펴보니 절반이 넘게 축이 났다. 겁을 먹고 빠져나간 군사들이 적지 않았던 것이다.

고경명은 군사지식이 없는 사대부였다. 막료들도 거의 문관 출신이라 병법에 서툴렀다.

반격에 나선 왜군은 고경명의 본진을 포위했다. 말을 탈 기력도 없는 고경명은 몇몇 막료만 데리고 호상에 앉아 지휘를 했으나 기울어진 전세를 뒤엎을 도리는 없었다. 고경명은 둘째 아들 인후와 함께 전사했다.

한 달쯤 뒤 옥천에서 의병을 일으킨 조헌은 영규의 승군과 합세하여, 한때는 2천이 넘는 병력을 유지했다. 조헌은 이때 48세, 율곡 이이의 문인으로, 급제 후 낭관, 감찰 등을 거쳐 보은현감을 지내다 사소한 일로 파직되었다.

격렬한 상소를 자주 올려 전국에 이름이 났다. 전쟁 전에 일본 중 현소가 왔을 땐 서울로 쫓아올라가 도끼를 들고 대궐문 앞에 엎드리고 왜국 사신을 당장 목을 벨 것을 주장하기도 했다. 후대 척왜척사의 원조 같은 인물이다.

조헌은 옥천을 떠나 충청도 일대를 순회하면서 의병을 모집하고 청주를 수복할 계책을 세우고 있었다. 금산에서 고경명이 전사하기 전의 일이다. 이때 청주성에는 왜군의 제5군에 속하는 봉수가가정의 2천 병력이 주둔하고 있었다. 승군장 영규는 공주 청련암에 기거하면서 무예를 닦고 있다가 계룡산 등 인근의 절간에서 2백 명가량의 승군을 모집하여 조헌의 휘하에 들어갔다.

조선군의 복색과 무기는 그야말로 각양각색, 전쟁이 아니라면 놀림감이 될 만했다. 그나마 무관 출신들은 군복차림에 활이나 칼을 찼지만 의병들은 홑옷 바람에 되는 대로 도끼, 낫, 쇠스랑 따위 연장을 메었고 승군 역시 곤봉이나 연장 따위를 들었다.

청주성에서 도망쳐 나온 방어사 이옥은 백여 명의 잔병을 데리고 조헌군과 합동작전을 펴게 되었다. 영규는 이옥을 보자 눈을 부라리며 지팡이로 내리쳤다.

"평소에 고기 맛을 좋아하더니, 도망치는 맛도 단단히 보았구나!"

하고는 크게 웃었다. 이옥은 꼼짝없이 봉변을 당했다.

조선군은 동남북 삼면에서 성을 포위하여 산발적인 공격을 했다. 왜군은 조총부대를 성벽에 배치하여 조선군의 접근을 막았다. 저녁 무렵 비가 쏟아지자 조총은 쓸모가 없게 되었다.

조선군은 횃불을 밝히면서 총공격을 시작했다. 돌격대는 나무사다리와 밧줄로 엮은 사다리를 성벽에 걸어 타고 올랐다.

피아를 분별할 수 없는 칠흑 속에 이따금 천둥번개가 진동했다. 조선 군사들은 성안 지리에 익숙했다. 서문이 뚫리자 조선군은 함성을 지르며 성안으로 돌진했다. 날이 새자 왜군의 모습은 그림자도 보이지 않았다.

조헌은 세곡 창고에 있는 쌀 수천 석을 군량에 충당하고 또 백성들에게 나누어 주려고 했다. 이를 이옥이 반대했다.

"순찰사 윤선각의 명령을 받은바 있소. 왜군의 양도糧道를 끊기 위해 필요한 군량만 남기고 백성들에겐 나누어 주지 말아야 하오."

이옥은 청주방어사이고, 성안의 관물은 그의 소관이다. 이옥과 끝내 다툰다는 것은 조정에 항거하는 결과가 된다. 조헌은 군사 대다수를 집으로 돌려보내고 7백의 병력만 이끌어 청주에서 철수했다.

전쟁 중 관군이 의병의 전공을 시기하여 의병장을 모함한 사례가 적지 않았다. 그러나 애초부터 불화와 마찰이 일어날 소지도 없지 않았다. 신망이 높은 의병장 밑엔 흩어졌던 관병들이 자연히 모여들게 마련이다.

그러나 순찰사 같은 사람의 눈으로 볼 땐 의병장들이 함부로 관병을 동원할 뿐 아니라 전체적인 지휘계통에서 이탈하는 꼴이 된다.

조헌은 파적破敵을 보고하는 장계에서 분을 삭이지 못하고 있다.

「신이 청주성을 공격하기 전 순찰사 윤선각에게 왜적을 칠 것을 종용하였습니다. 그러나 윤선각은 평소 친분이 두터운 방어사 이옥을 통해 순찰사의 지휘를 받으라고만 독촉하였습니다. 이옥은 따로 행동하여 신의 군사들이 일제히 진격하는 데도 뒤에서 구경만 하고 있었습니다.」

조헌은 같은 취지의 항의 서신을 윤선각에게도 보냈다. 당황한 윤선각은 급히 회신하였다.

「나와 조공은 서로 의좋게 지내왔소. 사소한 오해가 생겨 틈이 벌어진 듯한데 그것은 내 허물이오. 고경명이 전몰한 후로 금산의 왜적은 더욱 창궐하여 다시 호서와 호남을 침범할 기세요. 관군과 조공의 의병으로 더불어 금산의 왜적을 소탕함이 어떻소.」

온양에 있던 조헌은 편지를 받고 곧 공주로 달려가 감사와 회동했다. 그러나 윤선각은 딴전을 부렸다.

"조공으로 말하면 백두유생이 아니고 조정에서 벼슬을 한 사대부요. 군사를 일으켰으면 마땅히 관군의 휘하에 들어와 상사의 명령을 받아야 하오."

"지금까지 대체 관군이 무엇을 했단 말씀이오. 청주를 수복한 것도 우리 의병의 힘이었소. 우리 의병은 감사의 휘하에 들어갈 수 없소. 군사들부터 말을 듣지 않을 거요."

조헌의 반론이었다.

윤선각은 문장가인 조헌의 상소질을 겁냈을 것이다. 조헌은 윤선각의 저의를 알아차리고 전라도 순찰사 권율에게 한 장의 밀서를 띄웠다. 금산성 공격 날짜를 알리면서 권율에게 협공을 간청했던 것이다.

조헌은 하회를 기다리지 않은 채 아들 완기를 데리고 출동하여 유성에 진출했다. 이때 병력은 영규의 승군을 합쳐 1천5백이었다. 조헌은 고지식하고 외곬인 성품이었다. 권율이 반드시 원군을 보내리라 믿고 있었다.

그의 막료들은 "지금 금산성은 1만의 왜적이 지키고 있습니다. 십분의 일밖에 안 되는 아군의 병력으로 무모한 싸움인즉 전라도 순찰사의 회답을 기다리는 것이 상책일 것입니다." 이렇게 건의했으나 조헌은 "고경명 장군이 전사하기 전에 내게 합동작전을 청해 왔었소. 내 청주성을 치기 위해 그 약속을 지키지 못한 것이 한이오. 승패는 병력에 달려있는 것이 아니오. 나는 우리 군사만으로 왜적을 치고 싶소. 그러나 여러 장수들의 의견이 그와 같으니 우선 금산성 근처에 나가 포진하고 전라도 감영군을 기다립시다." 하며 일종의 절충책을 내놓았다. 마치 신들린 사람처럼 조헌은 적군을 무찌르고 싶어했다.

조헌과 영규의 군사는 금산에서 십리쯤 떨어진 연곤평에 진출하여 포진하고 권율군을 기다렸다. 그러나 권율군은 전주에서 한 발짝도 움직이지 않았다.

왜의 척후병은 조헌군이 고립된 상황에 놓여 있음을 탐지했다. 후방에 후속군을 전혀 볼 수 없었던 것이다. 왜군은 밤 사이 성을 나와 조헌군을 포위했다. 조헌 의병의 핵심은 그의 집안사람들과 문하생들이었다. 비단 조헌의 경우만이 아니다.

군사부君師父 일체가 당시 주된 가치관이었다. 존경하는 스승이 앞장서는데 제자들이 따르지 않을 수 없었던 것이다. 다른 의병에 있어서도 학통과 동문이 하나의 구심점이 되고 있으며 이런 전통은 조선왕조가 망한 뒤 일제에 항거한 의병운동까지 줄기차게 내려오고 있다.

왜군은 조헌군을 포위한 다음 성중의 주력이 출격하여 단숨에 결판을 내려고 했다. 왜군은 내내 복수심에 불타 있었다. 소조천융경군은 낙동강변에서 물러나고 웅치 전투에서 대패하여, 가까스로 금산성을 지탱하고 있었고 고경명군을 물리치긴 했으나 속시원한 승리를 거둔 것은 아니었다.

전열이 무너진 조선군은 금산과 이어지는 좁은 골짜기 안으로 차츰 움츠러들었다. 병력이 7~8백으로 줄어든 조선군은 조헌을 중심으로 둥글게 진을 짜면서 절망적인 싸움을 계속했다. 조선 군사들의 화살이 소진된 걸 알자 왜군은 함성을 지르며 미친 듯이 포위망을 옥죄었다.

마침내 전투는 끝나고 원진 속은 조선 군사의 시체가 산더미처럼 쌓였다. 조헌 곁엔 동생 범과 많은 제자들의 시신을 볼 수 있었다.

왜군은 조선군의 처절한 항전에 질렸던 모양이다. 일본서 경험했던 공성전에서도 수성군이 깡그리 전멸한 것을 보지 못했던 것이다.

왜군은 전주에 도사리고 있는 권율군을 두려워하여 금산성을 포기하고 성주 방면으로 후퇴했다. 중과부적으로 패하긴 했으나 조헌은 왜군의 간담을 서늘케 하여 호남 방위를 위한 초석이 됐던 것이다.

나중 밝혀진 일이지만 이때 권율은 조헌의 밀서를 받고, "재차 큰 회전을 치르자면 무기와 군수품을 준비하는 데 시간이 필요하오. 상황을 주시하며 시일을 기다리는 것이 좋겠소." 이런 회신을 보냈으나 착오가 생겨 조헌에게 전해지지 않았다.

조헌의 문인들은 유해를 모아 한데 묻고 '칠백의총'이라 이름을 지었다. 왜군은 성주와 현풍에서 그런대로 거점을 확보했다. 일대의 병력은 소조천군과 모리군의 일부였다.

이럴 즈음 곽재우를 비롯한 김면 정인홍 등의 의병은 줄잡아 1만5천에 달하는 큰 세력으로 불어났다. 곽재우군은 의령에서 현풍 근처로 이동하여 석문성을 축조하여 본진을 삼고 성벽에 볏단에 옷을 입힌 의장병을 늘어놓아 왜군의 공격을 견제하면서 소단위의 정예부대를 밤낮으로 도처에 출몰시켰다.

이에 정인홍의 의병에 가세하자 현풍성의 왜군은 싸울 엄두를 못냈고, 창녕 방면으로 도주했다. 이웃 무계에서도 김준민의 의병이 일어나 왜군 성채를 단숨에 공략했다.

조선군은 내친 여세를 몰아 성주성을 포위했다.

"조선의 관군과 의병 5만이 나라의 원수를 갚고자 한다. 항복하면 목숨을 부지할 것이요, 대항하면 한 놈도 살지 못할 것이다."

곽재우는 공격전에 투항을 권유하는 깃발을 세워 성 둘레를 돌게 했다. 왜군은 전의를 잃고 일부러 열어 놓은 북문으로 줄행랑을 쳤다.

서부 경남의 내륙을 완전히 회복한 것이다.

이보다 앞서 제2군인 가등청정군은 6월 초순 큰 저항 없이 평강을 거쳐 안변에 진출했다. 여기서 10여 일을 지체하고 해안선을 따라 북상하여 영흥에 당도했다. 읍내로 들어가는 길가에 방을 붙인 목판이 있었다.

"두 왕자 일행이 이곳에서 함흥으로 향했다."

가등청정은 크게 기뻐했다. 조선 조정에 반감을 품은 백성이 정보를 제공해 준 것으로 여겼기 때문이다. 막료들은 조선군의 함정일지 모른다고 의심을 했다.

가등청정은 일부 병력을 영흥에 남겨놓고 계속 전진했다. 조선 왕자를 생포하여 풍신수길을 기쁘게 하려는 마음이 굴뚝같았다. 평안도로 진격한 소서행장이 조선 국왕을 사로잡기 전에 큰 공을 세우려고 몹시 초조했다.

함흥을 점령한 뒤 7월 중순, 단천에 이르렀다. 무인지경을 가듯 조선군의 저항은 싱겁도록 미미한 것이었다. 가등청정은 이 고장에서 은이 난다는 것을 알고 시굴을 지시하기도 했다.

당초 임해군은 함경도, 순화군은 강원도를 향해 서울을 떠났으나 순화군은 강원도에서 왜군에 쫓기자 길을 함경도로 바꾸어 임해군과 합류했던 것이다.

함경병사 한극성은 경흥 등 6진 군사들을 경성에 집결시키고 왜군을 맞아 출동했다. 함경도군은 기마병이 주력이다.

"왕자를 호위함은 종묘사직을 보존하는 길이다. 전공에 따라 천민은 면천하고 양민은 무관으로 등용할 것이다."

한극성은 경원부사를 지내 함경도 물정에 밝았다. 본디 이 고장 군사는 사납고 날랜 것으로 유명하다. 한극성은 1천 병력을 이끌고 마천령의 험준한 요충을 먼저 차지하려고 서둘렀으나 성진 근처에서 왜군과 맞닥뜨렸다.

기마부대와 조총부대의 조우전이 벌어졌다. 왜군 중에서도 조총병력이 많은 것이 가등청정군이었다. 조총에 대한 방비책에 어두운 기마병들은 왜군의 일제사격에 선두부터 줄줄이 나가떨어지면서 큰 혼란에 빠졌다.

그러나 뒤를 이은 보군들이 활을 쏘며 돌진하여, 왜군의 조총부대를 밀어붙였다. 가등청정군도 엇비슷한 병력이었다. 성진읍내엔 해정창이라 하여 관아의 곡식창고가 있었다.

조총의 위력이 반감된 상황에서 조선군 기마대는 다시 전열을 가다듬고 적진에 돌진했다. 당황한 가등청정은 군사를 곡식창고에 집결시키고 마대를 쌓아 조선군의 활을 막으며 조총을 쏘아댔다. 이런 전법이 형세를 반전시켰다. 요샛말로 밀집방어가 성공한 것이다.

선진을 지휘하던 부영부사 원희가 전사하고 3백의 기마군이 무너지자 보군들은 기진하여 뿔뿔이 흩어졌다. 한극성은 경성 방면으로 도주했는데 나중 여진족이 사는 마을에 피신하려 했으나 받아주기는커녕 그들의 포로가 돼 큰 봉변을 당한다.

함경도 관군이 궤멸하니 고장의 인심은 크게 동요했고 왜적에게 부화뇌동하는 자들이 드물지 않았다. 전래의 반골과 조정에 대한 저항심이 겹치기도 했을 것이다.

가등청정은 부영을 거쳐 회령에 닿아 막 공격을 시작하려는데, 아전 국경인과 관노 국세필 등이 두 왕자를 포박한 채 투항해 왔다.

국씨 일족이 무리지어 반란을 일으킨 것이다. 두 왕자뿐이 아니었다. 호종한 원임 대신 김귀영과 초모사로 아들 혁을 데리고 와 있던 황정욱을 함께 붙잡아 왜군에 넘겼다.

황정욱은 황희의 자손으로 혁의 사위가 순화군이다.

국경인은 본디 전주에 사는 향반이었다. 죄를 얻어 회령으로 유배되고, 어찌어찌하다 아전이 됐다. 이들은 나중 이 고장에서 일어난 의병장 정문부에게 붙들려 참수된다.

가등청정은 그런대로 왕자들을 예우했다.

「마침내 회령에 진격하여 조선의 두 왕자를 생포했습니다. 단천에서 주조한 은화 30개를 삼가 진상합니다.」

급히 편지를 써 풍신수길에게 보냈다.

경성판관 이홍업도 왜적에게 잡혀 옥에 갇혔다. 부인 이씨와 자부 윤씨 모두 집에서 목매달아 자결했다. 임해군을 수행한 병조좌랑 서성은 왜병들이 방심한 틈을 타 탈출했다.

가등청정의 조선호랑이 사냥은 일본서 무용담처럼 널리 알려져 있다. 왕자들을 붙잡고 기고만장하여 호랑이 사냥을 즐겼을 법도 하다.

함경도 북쪽 지방은 겨울이 무척 이르다. 날씨가 추워지고 군량미의 확보가 어려워지자 왜군은 명천 이북을 포기하고 남하하여 함흥과 안변 일대에 띄엄띄엄 주둔한다.

회령 경성 지방에서 대거 의병이 일어났다. 판관 정문부, 종성부사 정견용, 경원부사 오응태 등이 사방에 흩어졌던 병사와 장정들을 모아 크게 기세를 떨치면서 명천을 수복한다. 두 왕자와 가등청정군의 움직임에 관해서는 나중에 얘기하기로 한다.

여기서 전라 좌수영으로 장면을 바꾼다.

이순신은 선창에 나가 세 척의 거북선을 차례로 점검했다. 옥포해전엔 거북선을 출동시키지 않았다. 조군의 훈련이 미진하여 그간 기동연습을 되풀이했던 것이다. 왜군에게 쉬이 정체를 보이지 않으려는 생각도 없지는 않았다.

거북선은 이순신의 발명은 아니다. 고려 때부터 전해지는 '병선도록'이 있었고, 조선왕조에 와서도 더러 건조한 기록이 남아 있었다. 그러나 오랜 태평세월을 지내는 동안, 거북선에 대한 관심이 사라지고 선체의 잔해만 두어 군데 버려져 있었다.

이순신은 좌수사로 부임하자 거북선에 주목하고 낡은 선체를 끌어다 면밀히 살피고, 옛 자료를 뒤적이며 새로운 구갑선龜甲船 건조에 착수했다.

옛 거북선보다 두 곱은 덩치가 크게 설계를 시켰다. 선수에 용머리를 달아 화염을 뿜게 했고, 거북이 등엔 날카로운 못을 박고, 약한 부분은 철판으로 덮었다.

등허리에 십자로 도랑을 파 군사들이 밖에서도 싸울 수 있게 했으며, 돛대 둘을 달아 순항시에는 노 젓는 힘을 덜었다. 이런 것들이 대개 이순신의 창안이었다.

이순신은 군관 나대용을 불러 "부상병을 치료하는 방을 따로 마련해야겠다." 선실을 돌아나오고 일렀다.

탁월한 조선 기술을 가진 나대용은 도목수격으로 거북선 건조를 주관한 인물이다.

해군사관학교에서 복원한 거북선의 제원.

전장 1백13척, 선체 길이 84척, 선폭 34척, 선체 높이 21척, 배수량 1백50톤, 승무원 1백30명, 속력 7노트 그리고 포혈砲穴은 좌우에 6개씩, 용두와 선미 각 1개씩 해서 모두 14개였다. 여기에 천지현황 각종 포를 장치했다. 또 신기전 등 발사식 무기도 장비했는데 장대같이 길고 굵은 화살을 날려 적선을 뚫는 데 효과가 있었다.

이순신은 『난중일기』에 임진년 4월 초 "범포 29필을 가지고 돛을 만들어 달았다."고 했다. 왜군이 침공한 후 서둘러 거북선을 완성했음을 알 수 있다. 막료중엔 조카인 전 정랑 분도 있었다. 요즘의 사령관 부관 노릇을 했던 것이다.

5월 하순 어느 날.

왜선 10여 척이 사천 근해에 침입했다는 급보가 날아들었다. 이순신은 해남의 전라 우수영에 전령을 보내 만일의 경우에 대처해서 우수사 이억기의 도움을 청하고 즉시 전함대를 출동시켰다. 옥포해전 때보다 1척이 적은 23척이었다.

노량바다에 나가자, 경상 좌수사 원균이 3척의 전선을 몰고 합세했다. 사천 연안에 접근하여 적정을 살폈다.

해안 뒤로 가파른 산들이 연달았고, 펀펀한 언덕바지엔 왜군이 홍백 기치를 어지럽게 나부끼며 장사진을 치고 있었다. 복판 높직한 곳에 별도의 큰 장막을 쳤다. 군졸들이 부산하게 그곳을 오르내리는 걸 보니, 왜군의 본진임에 틀림없었다.

왜선은 모두 12척, 대개 누각을 올린 큰 배들인데 물가에 바짝 대어놓아 마치 진형을 꾸민 듯했다. 조선 병선이 접근하면 육지에서 공격을 퍼부을 계책일 것이었다. 마침 썰물 때여서 배를 뭍으로 대려고 해도 판옥선 같은 것은 도통 불가능한 일이었다.

또 적은 높은 곳에서 이편을 내려다보는 불리한 지형이다. 거기다 해가 저물어 가고 있었다.

이순신은 초장기招將旗를 달고 중위장 순천부사 권준, 중부장 광양현감 어영담 등을 불러 작전회의를 가졌다.

"적진의 모양새를 보니, 지리를 믿고 매우 교만한 태세를 드러내고 있소. 교만한 적은 유인책에 걸리게 마련, 일부러 먼 바다로 후퇴하면 왜적은 반드시 승선하고 추격해 올 것이오."

이순신의 말에 모두들 찬동을 했다. 작전의 의도와 목표를 미리 소상하게 이해시키는 것도 그의 용병술의 하나였다.

함대가 채 10리도 나가기 전에 왜적의 절반이 밑으로 내려와 배에 올라탔다. 나머지는 총을 쏘아대며 기세를 돋우었다.

왜군 병력은 4백 명가량이었다. 조선함대는 일제히 선회하고 선창으로 돌진했다. 밀물 시간을 재고 있었던 것이다.

사령기를 단 판옥선에서 대전大箭이 하얀 연기를 뿜으며 중천에 솟았다 바다 위에 꽂히었다. 거북선에 탄 돌격장 이기남에게 앞장서 돌진하라는 군령이었다.

거북선은 돛을 내리고 노들이 분주하게 움직였다. 거북선의 용두는 화염을 토하며 푸른 연막을 쳤다. 거북선이 그중 높다란 누각선에 충돌하자 댓바람에 두 동강이가 나고 갑판의 병사들은 공중에 떴다 바다 위에 떨어졌다.

조선 병선들은 왜선과 육지의 진지를 각기 겨냥하고 맹렬한 포격을 계속했다. 이순신의 기함이 왜선과 맞부딪치면 다른 병선들이 금세 몰려들어 총통·화전·활 등 모든 화력을 집중하여 삽시간에 왜병들을 소탕했다.

격전 중 조총 탄환이 이순신의 왼쪽 어깨에서 등어리를 관통했다. 이순신은 이것을 숨긴 채 미동도 하지 않았다. 둘레엔 두꺼운 목판을 방패막이로 세워놓았으나 엉성한 틈새를 저격당한 것 같았다.

이순신의 다리 밑이 피에 젖은 것을 조카 분이 발견했다.

"괜찮다. 내 걱정은 말고 싸워라."

이순신은 독전을 멈추지 않았다. 이 전투에서 빠져죽은 왜병이 백을 헤아렸다. 왜선 13척을 남김없이 불태운 조선함대는 승전고를 울리며 바깥바다로 이동했다. 비로소 이순신은 갑옷을 벗고 상처를 돌보게 허락했다.

함대는 다음날 고성 땅 사량도 부근에 정박하여 적정을 계속 탐색했다. 사천해전에서 시작된 제2차 작전은 6월 초의 당포에 이어 당항포 율포 등 숨 돌릴 사이도 없이 전투를 거듭하여 동남 해안의 왜 수군을 말끔히 쓸어버렸다.

당포해전부터는 전라 우수사 이억기도 합류하여 원균의 3척을 합해 총

50여 척의 대함대가 위용을 떨치면서 왜 수군을 아이들 팔 비틀 듯이 하여 일방적인 전승을 거두었던 것이다.

종합 전과는 왜선 당파·소각이 67척, 익사자를 뺀 참수 95급, 그 밖에 조총을 비롯한 각종 무기를 다수 노획했다. 조선군은 함선의 피해는 거의 없고 전사 14명, 부상 36명이었다.

여담 한 가지.

당포해전 뒤 이몽구가 노획한 물건이라 하여 금으로 장식한 둥그런 부채를 이순신에게 보냈다. 전면에 쓰기를 '우시축전수羽柴筑前守'라 했고, 왼편으로 '구정유구수전龜井流求守殿'이라 했다. 이 부채는 옥칠을 한 나무상자에 들어있었다. 풍신수길의 친필인 하사품이었다.

'구정유구수'란 장수가 당포에서 전사한 기록은 없다. 이 싸움에서 죽은 왜장은 내도통지라는 수군대장이었다. 배가 불타자 뭍으로 헤엄쳐 나가 배를 갈라 자결했다.

그 뒤로 왜 수군은 감히 가덕도 서쪽으로 나갈 엄두를 못냈다. 부산 연안에서 숨을 죽이고 납작 엎드려 있게 된 것이다.

상륙한 지 한 달도 못돼 조선의 수도를 점령한 보고를 받은 풍신수길은 미친 듯 기뻐하여 친정 준비를 서두르게 했다.

부산서 서울까지의 큰 고을에 숙소를 마련하라는 명령을 거듭 내렸다. 한데 수길의 80 넘은 노모가 아들이 외국의 전쟁터에 나가는 것을 한사코 만류했다.

본디 수길은 미천한 신분으로 어느 부장의 하인배부터 시작해서 무사가 되어 입신한 사람이다. 당대에 일본 천하를 차지했으니 일본에서는 불세출의 영웅이라 할만 했다.

"내가 높아지면 어머니를 호강시켜 드리겠소."

젊을 때 수길의 입버릇이었다. 어머니에게 대정소리는 존칭을 올렸는데 '나라를 다스리는 사람'이란 뜻이다. 번주들이 그런 마음가짐으로 공경하라는 것이었다.

이 대정소가 이틀이 멀다하고 편지를 띄워 아들에게 조선으로 건너가지 말 것을 간절히 호소했다.

"간밤엔 꿈자리가 뒤숭숭했다. 좋지 않은 예감이 든다. 죽을 날이 머지않아 이 에미 말을 들어다오."

이런 투였다. 시름시름 앓다가 중태에 빠졌다. 수길은 중들에게 어머니를 위해 기도할 것을 명하고 병구완하고 있는 부인에게 조선 출진을 중지했다는 거짓 편지를 보내기도 했다.

그래도 효험이 없자 수길은 명호옥 본영을 떠나 급히 경도로 향했다. 결국 수길은 어머니의 임종을 지켜보지 못했다. 이런 곡절도 있고 해서 출진 계획은 한동안 보류된 형국이었다.

때마침 일본 수군의 패전 보고가 잇달아 들어왔다. 수길은 대로하여 막료인 석전삼성을 조선에 파견하고 수군의 장수들을 질책했다. 수길은 조선 수군의 존재를 제대로 파악하고 있지 못했다. 일본 수군과 엇비슷한 것이려니 했던 것이다.

수길은 수군 전투를 경험한 일이 없었고 그럴 필요도 없었다. 수군은 그저 수송을 위한 보조 수단 정도로 치부했던 것이다.

악명을 떨친 왜구는 수길이 통치자로 군림하면서 자취를 감추게 됐는데 이것은 무슨 대외관계를 생각해서가 아니라 반대세력을 빈틈없이 통제하기 위한 것이었다.

또 왜구라는 것도 해적이라기보다 육지에 상륙하여 노략질을 일삼는 무리였다. 수길은 일본 수군이 연패한 까닭을 쉬이 이해하지 못했다.

"소서행장과 가등청정은 파죽지세로 조선의 수도를 함락시켰다. 더구나 가등청정은 조선의 두 왕자를 생포했다. 한데 수군의 꼬락서니는 그게 뭣이냐. 장수들이 무능한 탓이다. 수군이 그런 꼴이라면 군수물자의 수송을 어떻게 보장할 수 있겠는가."

수길은 조선의 병선을 압도할 만한 거대한 병선을 만들도록 여러 번주에게 명하기도 했다. 질책을 받은 수군 장수들은 사뭇 낭패하여 일대 반격작전에 나서기로 단단히 작심을 했다.

이 같은 수군의 불안한 동태가 수길의 조선 출진을 망설이게 하는 원인 가운데 하나였던 것이다.

부산포의 왜 수군은 설욕전을 벌이면서 서해안을 공략하려고 또다시 책동하기 시작한다.

여기서 잠시 이순신의 가문에 대한 얘기를 할까 한다.

본관은 덕수德水, 본디는 고려 때부터의 문반집안이었다. 5대조 변邊은 영중추부사領中樞府事, 증조부 거琚는 참의였다.

조부 백록百祿은 중종 때 조광조 등 신진 사림에 속해 기묘사화에 연루된 탓에 시골에 은거했다. 부친 정貞도 발신發身을 하지 못했다.

이순신은 희신, 요신의 두 형과 동생 우신 등 4형제 중 셋째이다. 젊어서 무관으로 입신하려고 했다. 선조 9년에 무과에 들었으나 여러 해 변방의 군관직을 전전했다. 변변한 벼슬을 한 것은 류성룡의 덕으로 시골 수령이 된 것이 처음이다.

한동안 웅크리고 있던 왜 수군이 가덕도와 거제도 근해에 다시 출몰하기 시작하자 이순신은 좌수사 이억기와 의논하고 전 함대 출동 명령을 내렸다. 7월 초순의 일이다.

남해안의 전 병력을 동원하여 왜 수군을 섬멸하기 위한 대대적인 작전이었다. 옥포와 당포의 승리를 통해 군사들의 사기는 하늘을 찌를 듯했다.

군사들은 조총을 두려워하지 않았다. 두꺼운 나무방패를 만들어 철판을 씌우거나 쇠가죽을 겹으로 붙이기도 했다.

처음 왜병선은 대포를 장비하지 않았다. 왜군은 대포를 주로 성채 방어용으로 사용하고 병선에는 탑재하지 않았던 것이다. 조선 병선의 각종 포의 위력에 놀란 그들은 부랴부랴 여러 성에서 대포를 뜯어다 배에 싣긴 했으나 수효도 태부족인데다 기동중인 상태에서의 포술에 숙달하지 못했다.

왜 수군의 전투방식은 육전의 연장 비슷한 것이었다. 피차 조총사격을 하면서 접근하여 병선끼리 부딪치면 적선에 뛰어들어 칼과 창으로 싸우는 것이다. 그러니까 이순신이 개발한 거북선은 왜 수군의 이런 전법을 완전히 무력화시킬 수 있는 것이었다.

임진전쟁을 통해 이순신함대가 사용한 거북선은 3척에 불과했으므로 전투 중 거북선에 대한 의존도가 그리 높았던 것은 아니다. 다만 선봉으로 적선단의 중앙을 돌파하고 또 대장선을 격파함으로써 적 함대를 교란하는 데 큰 구실을 했다.

거북선이 없었더라도 이순신함대의 우위는 여전히 반석 같았을 것이다. 왜 수군은 거북선을 '메꾸라부네盲船'라고 불렀는데 거북선 공포증이 대단했던 것이다.

조선 수군은 체험으로 왜 수군의 한계와 약점을 익히 알게 되었고 사령관 이순신에 대한 믿음이 말단 군사들까지 골고루 배어 있었다. 전쟁도 일테면 기싸움이다. 이 무렵 이순신함대의 기는 싸우기 전부터 겁먹은 왜 수군을 압도하는 것이었다.

"우리가 남해안과 전라도를 방어하고 있는 한 육지에서도 반드시 왜군을 격퇴할 수 있게 된다. 너희들의 용전분투가 곧 나라와 백성을 보전하는 길이다."

이순신은 기회 있을 때마다 군사들에게 자긍심과 보람을 이런 말로 심어주었다. 사방에 피란했던 백성들도 여수와 근처 섬으로 모여들기 시작했다.

바다의 승리

전라 좌수영과 우수영의 연합함대가 제2차로 출동한 것은 7월 6일이었다. 다음날 곤양과 남해의 경계인 노량에 당도하여 원균이 이끄는 7척의 경상 우수영 함대와 합류했다. 이순신의 40척, 이억기의 25척 해서 모두 72척의 대 함대였다.

원균은 우수영으로 복귀하지 못한 채 근처에 흩어졌던 병선들을 모아 소규모나마 그런대로 자신의 함대를 꾸릴 수 있었다. 휘하엔 옥포만호 이운용, 영등포만호 우치적, 남해현령 기효근, 그 밖에 이영남, 한백록과 같은 장령들이 있었다.

제1차 출동 때 원균은 한두 척만 거느리고 단기필마식으로 전투에 참가했으나 이참엔 형세가 달랐다. 수군절도사는 같은 정3품 당상관이다. 부임한 시기도 이억기가 다소 늦고 두 사람은 엇비슷했다.

나이는 이순신 48세, 원균 43세, 이억기가 그중 젊어 32세였다. 그러나 경력은 이순신이 그중 뒤졌으니 두 사람은 진작에 부사府使를 역임했던 것이다.

이억기는 이순신의 명성에 가려 별로 대단치 않은 존재처럼 돼 있으나,

실상은 합동작전을 순조롭게 펴는 데 대단히 중요한 구실을 했다. 이억기는 목포와 당포해전을 통해 이순신의 기국을 알게 되고, 빈틈없는 용병법을 탄복하면서 기꺼이 이순신의 지휘에 따랐다.

이순신 역시 이억기의 도량과 충직함을 존중하여 크고 작은 일을 빠짐없이 상의했다. 이순신과 원균의 관계는 반드시 원만한 것은 아니었다. 두 사람은 승전 보고를 따로따로 올리곤 했다. 편제상 피차 잘못된 것은 아니지만 하나하나 장계를 내지 않은 이억기에 대한 자존심을 잃지 않으려는 원균의 오기 같은 것을 느끼게 한다.

연합함대가 기동중인 이 해역은 경상수군의 담당이다. 내심 원균은 스스로 총수가 돼야 한다고 여겼는지 모를 일이다. 그러나 주력을 지휘하는 사람이 사실상 총수가 되게 마련이라 이런 대목에서도 원균의 고민이 없지 않았던 것이다.

어쨌거나 타도 수군이 도와주러 온 것은 마땅히 고마워해야 할 일이었다. 원균은 이순신을 찾아가 정중하게 말했다.

"사또께서 이처럼 대군을 이끌고 오셨으니 적이 마음이 든든하오. 경상우수군은 기동함대로 사또를 돕겠습니다."

"전라도 수군이 일제히 정공을 할 것이니 사또께서는 우리 편의 취약한 곳을 도와주시기 바라겠소."

이순신도 동의를 했다.

마침 동풍이 세차게 불어 고성 땅 당포에서 하룻밤을 묵었다. 미리 뭍으로 내보냈던 척후가 돌아와 보고했다.

"왜선 70여 척이 견내량에 정박하고 있습니다. 곧 서쪽으로 이동할 차비인 것 같습니다."

견내량은 통영반도와 거제도 간의 좁은 물길이다. 길이는 채 10리가 못 되고 폭은 4백 미터가량에 불과하다. 거기다 암초도 많아 함대가 기동하기엔 매우 불편한 곳이다.

이순신은 주선에서 작전회의를 열고, 견내량의 왜 수군을 내해의 넓은 곳으로 유인하기로 했다. 통영과 한산도 사이를 결전장으로 잡은 것이다.

이순신은 먼저 판옥선 6척을 견내량으로 보내 싸움을 걸게 했다. 그런 다음 연합함대는 한산도 앞바다에 학익진을 폈다. 학이 날개를 펴고 있는 모양인데 어쩌면 하현달 같기도 했다. 날개 뒤 한가운데, 그러니까 학의 모가지에 해당하는 언저리에 이순신의 주선이 십여 척을 거느리고 자리했다.

원균의 함대는 그 왼켠으로 포진했다. 멀리서는 조선 수군이 진로를 차단하려고 넓게 전개한 것처럼 보일 뿐 학 날개 진형을 알지는 못했을 것이다.

정오께 미끼로 던졌던 병선들이 허겁지겁 쫓기는 형국으로 앞바다에 들어섰다. 왜 수군은 대선 36척, 중선 14척, 소선 20여 척, 모두 70여 척으로 협판안치가 주장이었다.

그는 성미 급하고 저돌적인 무장으로 알려져 있었다. 풍신수길의 호된 질책을 받아 패전을 설욕하려고 단단히 벼르고 있는 참이었다. 전군을 출동시켜 조선함대를 추격해 온 것이다.

조선함대는 돛을 내리고 있었다.

"왜선들이 품안에 들 때까지 절대로 움직이지 말라."

이순신의 명령이었다.

반면 순풍에 돛이 팽팽해진 왜선들은 노까지 저으며 급히 접근해 왔다.

후미가 뚜렷이 보일 즈음 이순신은 공격 명령을 내렸다. 날개를 넓게 펴며 왜함대를 느슨하게 포위했다. 거북선 2척이 중심을 향해 돌진했다.

2층 누각을 얹은 큰 것들이 왜장이 탄 병선이다. 거북선에 치인 병선에선 이내 화재가 일어났다. 용머리에서 뿜는 파란 초연이 왜함대의 진형을 교란하는 데 한몫을 했다. 천둥 같은 포성에 대면 가냘픈 조총소리는 아이들 장난감처럼 들렸다.

포위망이 죄어들면서 병선끼리 맞부딪치는 혼전이 벌어졌다. 조선 수군의 전법은 하나같이 본을 딴 듯 교묘하고 기민했다. 접전이 벌어지면 지체 없이 딴 병선들이 하나의 표적을 겨냥하여 집중포화를 퍼부었다. 이리떼가 먹이에 달려드는 광경이다.

싸움을 돋우는 북소리가 포성 사이를 누비듯 울리었다. 적선에 뛰어든 병사들은 활을 주 무기로 장창의 왜병들을 먼저 쓰러뜨렸다. 검은 연기가 중천을 어둡게 했다. 지리멸렬이 된 왜함대는 통제를 잃고 뿔뿔이 도망치기 시작했다. 원균의 함대는 퇴로를 막았다.

다급하게 빠져나오려던 왜선들은 한산도 해변 모래사장에 얹히곤 했다. 그리고는 배를 버리고 섬 안으로 도망쳤다.

해전은 세 시간 정도 계속됐을 것이다. 적군은 초전에 격파된 것이 23척, 포위망을 벗어나지 못해 불타거나 나포된 것이 30여 척, 모두 60여 척을 잃은 것이다. 요행히 탈출한 것은 10척 남짓인 셈이었다. 한산도로 도망친 왜병은 4백 명가량이었다.

주장 협판안치는 부상을 입고 탈출해 목숨만은 건졌으나 부장部將 둘이 전사했고 한 사람은 섬에서 자결했다. 이 해전에 관해서는 일본 측에도 기록이 남아 있다. 『협판가전기脇坂家戰記』라는 것이다.

"협판, 구귀, 가등가등청정 아닌 등 세 장수가 부산으로 내려와 잠시 체류했다. 적 수군을 공격하는 데 대한 작선회의를 가졌나. 구귀와 가등 두 사람은 전투 준비에 시간이 필요하다고 했으나 협판은 휘하 함대만으로 먼저 출진했다. 적선 네댓 척을 발견하고 전진하여 한 시간쯤 싸웠다."

이순신의 장계와 대체로 일치한다.

기록은 계속된다.

"적선들이 조금씩 후퇴하기 시작하니 우리는 고삐를 늦추지 않고 공격하여 3리조선 단위로는 30리쯤 추격했던바 좁은 수로를 통과하여 넓은 바다로 나가자, 대기하고 있던 조선 수군이 우리를 에워싸고 반격하여 우리 군사들이 많이 죽거나 상했다. 적은 대개 큰 배이고, 우리 편은 소선이라 당하기 어렵다싶어, 후퇴하려 했으나 적선들은 불화살과 대포를 쏘며 달려들어 우리 배들이 불타버렸다. 여기서 이름 있는 가신, 장수들이 여러 명 죽었다. 겨우 피신한 2백여 명은 작은 섬에 상륙한 뒤 뗏목을 만들어 육지로 철수했다."

한산도에 숨은 왜병의 숫자는 많지 않지만 전투의 양상과 경과는 비교적 정직하게 적어 놓았다. 조선 수군의 손실은 기록에 없으나 해전의 양상으로 미루어 병선은 물론 인명 피해도 미미했던 것으로 여겨진다.

한산도 대첩은 때마침 의주에 당도한 국왕을 미친 듯이 기쁘게 했다. 국왕은 특별히 교서를 내렸다.

「…왜적의 전선을 불길 속에 몰아넣어 모조리 쳐부쉈으니 당포에 쌓인 적병의 시체가 바닷물을 흐리게 했다. 이에 그치지 않고, 너는 왜적을 다 그쳐 한산도에서 큰 승리를 거두어 피비린내가 바다를 덮게 하였다. 화살 하나 헛되게 하지 않고 완승을 거두어 임금의 위신을 천하에 떨치게 하였다. 이로써 왜적의 기세를 덜고 가까운데서 꺾었으니 여러 지방의 군사들도 용기백배하여 왜적과 대항하게 될 것이다. 네가 임금에게 보답함이 이와 같으니 내가 너에게 기대함이 더욱 깊은 것이다.」

이순신에게 정2품 정헌대부, 이억기 원균에겐 종2품 가선대부를 내렸다. 수군의 연단 승리가 국면에 어떤 영향을 끼쳤는지를 군사에 어두운 문관이라 할지라도 대충은 깨우쳤을 터이다.

이순신은 이에 만족하지 않고 견내량에서 휴식을 취한 다음 다시 기동하여 가덕도 근해에 진출했다.

"부산포에 있던 왜 수군의 병력으로 미루어 절반가량은 한산도에서 섬멸한 셈이오. 내친김에 남은 적을 소탕할까 하오."

제1차 출동 당시 지나칠 만큼 신중하고 용의주도했던 이순신이었다. 이참엔 하루아침에 표변하여 막료들을 놀라게 했다.

승승장구하는 기세를 믿고 내친김에 밀어붙이자는 그런 단순한 동기만은 아니었다. 한산도의 패보는 왜군의 기를 꺾었을 것이다. 아니면 이판사판 죽음을 각오하고 무모한 싸움을 걸어오리라. 이 같은 이순신의 통찰은 한 치의 어긋남이 없었다.

협판안치가 성급히 출동한 것을 미덥지 않게 여긴 구귀와 가등 양 수군은 서둘러 남은 40여 척을 거느리고 부산포를 떠나 한산도 해전 다음날 안골포에 진출했다.

김해와 웅천 사이 깊숙이 만곡진 곳이다. 연합함대는 가덕도에서 적의 동정을 파악하고 곧장 안골포로 진격하려고 했으나 원체 풍랑이 거세어 거제의 온천도에 머물렀다.

이때 원균의 함대는 잔적을 소탕하고자 한산도에 남아있었다. 다음날은 바람이 가라앉아 거울 같은 수면이었다.

이순신과 이억기의 연합함대는 안골포를 기습했다. 전투경과를 자세히 적을 필요도 없을 것이다. 협소한 만내의 왜 수군은 독안에 든 쥐나 다름이 없었다.

안골포창원 웅동면는 포구가 매우 협소하다. 이순신은 왜선들을 밖으로 유인하려고 중선 세 척을 포구 어귀까지 접근시켰으나 왜군은 장총을 쏘아댈 뿐 움직이려 하지 않았다.

왜군의 조총엔 길고 짧은 두 가지가 있었다. 조선 수군의 대포에 대항하기 위해 장총을 급히 들여왔던 것이다.

조선 수군은 병선 네댓 척씩 짝을 지어 파상적인 공격을 했다. 날이 저물어 어둠이 짙어지자 이순신은 함대를 후퇴시켰다. 왜선들이 타는 불빛이 해면을 번들번들하게 비춰주고 있었다.

여기서도 이순신의 신중하고 치밀한 전법을 알 수 있다. 앞서도 잠깐 얘기했지만, 왜 수군은 수군이라기보다 요즘 개념으로는 육전대 비슷한 것이었다. 그래서 항용 육지에 기대는 전법을 썼다. 불리하면 뭍에 올라 병선을 방어하면서 싸웠다.

반면 조선 수군은 육지 전투에 생소했다. 이순신은 이런 차이를 통찰하고 무리한 상륙전을 피했던 것이다. 그렇기는 하나 안골포의 왜선을 남김없이 당파할 수 있는 조건이었다.

막료 중엔 총공격을 가해 왜적을 전멸시키자는 주장이 많았다.

"그리되면 왜병들은 육지로 도주할 것이다. 근처 산속엔 피란민들이 몰려 있소. 왜병들이 발악하면 우리 백성은 살육을 면치 못할 것이오."

이순신은 포위망을 풀게 했다.

이통에 왜선들은 절반가량이 어둠을 틈타 탈출했다. 왜선 20여 척을 태웠고 왜병 2백50명을 죽였다. 두 왜장은 가까스로 목숨을 부지했다. 이순신이 백성을 아낀 배려 덕분이었다.

안골포 싸움은 한산도 해전의 연장이다. 이틀간 해전에서 조선 측은 병선의 피해는 전혀 없었으며 수군 35명이 조총에 맞아 전사했고 두 배가량이 부상했다.

이순신은 장계에 전사자와 부상자의 이름을 빠짐없이 적었다. 소속과 신분을 소상히 밝히고 있다. 예컨대 수군, 격군, 사부, 토병, 사노 등등이다. 격군은 뱃사공의 일을 하는 군사이다.

손실이 경미했기에 가능한 일이긴 하지만 말단 군사를 자상하게 챙기는 이순신의 마음씨를 알 수 있다.

류성룡은 『징비록』에서 이렇게 썼다.

"바야흐로 왜적은 수륙이 합동하여 서남 방면으로 진출하려 했다. 그러나 한산도의 한판 싸움으로 왜적의 팔을 끊어버렸다. 소서행장이 비록 평양을 점령했으나, 그 세력이 고단하여 감히 더 나가지 못했다. 나라가 전라, 충청을 보전할 수 있음으로 하여 황해, 평안의 연해에 걸쳐 군량을 조달하고 호령을 통합할 수 있게 했다. 이로써 국가의 중흥이 가능했던 것이다. … 모두가 이 해전의 공이었으니 오호라! 하늘이 그같이 시킨 것이 아니겠는가!"

장면을 북쪽으로 옮긴다.

이 무렵 국왕은 안주 박천을 거쳐 정주에 당도해 있었다. 평양에서 후퇴하면서 조정은 의주목사로 하여금 명국의 요동총독에게 전쟁 상황을 통보하게 했다.

명나라에 원군을 요청하는 문제에 관해서는 찬반양론이 있어 쉬이 결판이 나지 않았다. 사실만은 알려야 하겠기에 우선 요동총독에게 통보하는 형식을 취한 것이다.

요동총독은 실정을 파악하기 위해 부총병 조승훈의 3천 병력을 조선에 내보냈다.

7월 상순. 명군은 압록강을 건너 의주에 도착했다. 의주목사 황진은 부총병 조승훈에게 이런 말을 했다.

"평양성의 왜군은 더 북진하지 않고 있으며 많은 병력을 서울로 철수시켰다. 조선군은 전열을 다듬어 곧 반격에 나설 것이다. 구태여 귀국의 대군을 필요로 하지 않는다."

조승훈은 조선군이 앞장서 줄 것을 요청했다.

"그렇다면 우리는 조선군과 함께 평양성을 회복할 것이다. 기회를 놓치지 말고 왜군을 섬멸하자."

황진은 응낙하고 의주 군사 4백을 동원했다. 뭔가 부정확한 정보가 들어갔던 모양이다. 왜군이 평양성에서 지체하고 있는 까닭을 이른바 희망적인 관측으로 그같이 판단했는지도 모른다. 의주목사의 급보에 접한 국왕은 체찰사 류성룡을 안주로 급히 보냈다.

요동군사는 본디 사납고 거칠기로 유명하다.

"지금의 병력으로는 평양성 공략이 쉽자 않을 것이다. 적정을 살피고 신중하게 대처하는 것이 좋을 듯하다."

류성룡의 말에 조승훈은 크게 웃고 호언했다.

"일찍이 나는 3천 병력으로 3만의 몽고군을 격파한 일이 있다. 왜군 따위는 단숨에 박살낼 수 있다."

조승훈은 평양성 북쪽에 진출하자 성벽 밖의 왜군진영을 공격했다. 기습을 당하고 또 명군 출현에 놀란 왜군은 잠시 혼란에 빠졌으나 곧 조총부대를 내세워 전세를 역전시켰다. 조총사격 다음엔 으레 기마병과 장창을 든 보병이 돌진한다.

명군 역시 이런 전법엔 생소했다. 패주하는 명군을 왜군은 집요하게 추격했다. 숱한 장령이 쓰러지고 조승훈도 간신히 죽음을 모면했다.

이 패전은 명나라 조정에 큰 충격을 주었으나 다소나마 조선에 대한 의심을 푸는 데는 효험이 있었다. 평양성을 빠져나온 좌의정 겸 수성대장 윤두수가 정주로 달려와 국왕을 뵌 것은 이때를 전후해서이다.

"신은 죽음으로 평양을 지키지 못했습니다. 국법에 따라 처벌하여 주시기 바랍니다."

윤두수는 주르르 눈물을 흘렸다. 국왕은 자리에서 내려와 윤두수의 손을 잡고 말했다.

"종사와 백성을 위해 경은 마땅히 살아야 하오."

국왕은 이어 비변사 회의를 소집했다. 요샛말로는 국가안전보장회의이다. 전반적인 정세와 전황을 점검하고 명국에 청원하는 문제를 논의했다.

이순신의 남해승첩을 비롯하여 곽재우, 정인홍, 김면, 김천일 등 의병들의 놀라운 활동이 잇달아 보고되어 전쟁의 추이는 새로운 국면을 맞이하고 있는 듯했다.

"그렇기는 하나 왜군은 평양성과 지척의 거리인 중화에 새 성곽을 축조하고 있습니다. 아무래도 지구전으로 들어갈 조짐이며 조속한 중흥을 위해서는 명국에 도움을 청함이 불가피할 것입니다."

병조판서 이항복의 주장이었다. 대사헌 이덕형도 이에 찬동했다. 예조판서 윤근수는 좀더 사태의 진전을 보아가며 정식으로 원군을 요청해도 늦지 않다는 의견이었다. 근수는 두수의 아우이다. 각기 일리가 있으나 속으로는 이보다 더 미묘한 생각들이 얽혀 있었던 것이다.

이항복의 주장에는 되도록 국왕의 뜻을 섬기려는 충정이 담겨져 있었다. 윤근수는 명군이 대거 진입했을 때 빚어질지도 모를 여러 가지 문제를 염려하고 있다. 그러나 사세가 위급한데도 원군을 청하지 않거나 거절할 경우 명국의 의심을 살 소지도 생긴다.

그러다 왜군에게 쫓긴 국왕이 강을 넘어 요동으로 피신하게 되는 날엔 종묘사직은 끝장이 난다. 이항복과 윤근수 사이엔 비록 입에 담지는 않지만 이런 암묵의 쟁론이 벌어지고 있는 것이다.

"왜국이 도리에 어긋나는 침략을 자행한 사실은 불을 보듯 환한 것이다. 명국이 의심한다는 것은 기우이다. 그런 걸 걱정할 일이 아니라 국왕이 끝내 조선의 국토를 지키면서 왜적과 싸워야 명국으로서도 진심으로 조선을 도울 마음이 날 것이 아닌가."

윤근수의 생각은 이런 것이었다.

기력을 탕진한 국왕은 도성을 떠날 때의 충격과 공포로부터 상기 벗어나지를 못하고 있다. 마음은 벌써 남의 나라 땅에 가 있는 듯하다. 딱하고 민망한 일이지만 이건 사실이다. 어떻게 해서든지 국왕의 월경만은 막아야 한다.

"군사에 관한 일이야 병판대감께서 나보다 잘 아실 터이니 원군이 꼭 필요하다면 그렇게 해야 하겠지요. 하지만 우리나라 국토가 남의 나라의 전쟁터가 되는 것을 어찌 수월하게 여길 수 있겠습니까. 전하께서 결단을 내려주소서."

윤근수는 부복하고 아뢰었다.

"예관은 들으시오. 내 경의 말귀를 대강은 알아듣겠소. 허나 까다롭게 생각할 판국이 아니오. 임금과 조정대신들이 여기 의주까지 쫓겨 왔소. 우리 군사들이 선전했다면 형편이 이 지경에 이르렀겠소? 개국 이래의 우방인 명나라에 도움을 청함은 당연한 사리가 아니겠는가? 이제까지 급보를 알리는 데 그쳤으나 공식 사신을 보내 원군을 청하도록 하오."

국왕이 말했다.

청원사엔 이덕형이 천거되었다. 또한 3도 도체찰사로 정철을 임명했다. 황해, 경기, 충청의 각도를 독찰하여 국령을 바로세우며 의병의 궐기를 고무하는 소임이었다. 국왕은 정철 편으로 교서를 내려 백성들에게 널리 알리도록 했다. 한문과 연문한글 두 가지로 된 교서이다.

이덕형은 심양으로 달려가 요동총독에게 국서를 전하고 사태의 심각함을 알리었다. 요동총독의 보고를 받은 명국 조정은 급히 중신회를 소집하여 대책을 논의한다.

이때 명국은 서북 방면인 감숙성에서 군사반란이 일어나 요동 총병 이여송이 대군을 이끌고 반란을 진압하는 중이었다. 또 재정이 핍박하여 전비 조변도 쉽지 않은 형편이었다. 이러저러한 사정으로 조선 출병에 회의적인 공론이 드샜던 것이다.

일부에서는 만일 조선 국왕이 요동으로 들어오면 합당한 처우를 하고, 왜국과의 회의를 통해 전쟁을 종식시키는 것이 상책이란 주장을 했다.

그래서 명국 황제 신종은 "조선이 위급하다. 원병을 청하고 있다. 조선 국왕이 오면 마땅한 곳을 골라 살게 하라[擇一善地居之]" 이런 명을 내리기도 했다.

병부상서 석성은 적극적인 원병론을 폈다. 이 사람은 조선에 대한 남다른 호의와 동정을 지니고 있었다.

명국 황제는 쉬이 단안을 내리지 못했다. 조승훈의 부대가 평양성에서 패한 소식을 놓고 조정 논의가 분분했던 것이다.

"요동의 군사는 여진이 태반이라 왜병과 싸운 경험이 없다. 왜구와 싸운 일이 있는 남병을 대거 투입해야 한다."

"지금 명국도 변방이 불안한 상태이다. 남병을 동원하기가 어려우니 의주에 있는 조선 국왕을 보호하는 데 그쳐야 한다."

이러저러한 주장이 엇갈리고 있었다. 석성만은 단호했다.

"이른바 외국이라는 것은 대개 머나먼 황무지입니다. 그 성패는 중국과 상관이 없습니다. 그러나 조선으로 말하면 내복과 같습니다. 만약 왜로 하여금 조선에 눌러앉게 하고 요동을 침범하여 산해관에 미치게 되는 날엔 수도까지 충격이 미칠 것입니다. 어찌 다른 외국의 경우와 비교할 수 있겠습니까. 가령 고황제명 태조가 계셨다면 반드시 가납하셨을 것입니다."

이 말엔 신종도 결단을 내리지 않을 수 없었다.

"군을 책임지고 있는 석성의 건의에 따를 것이다."

그러나 명을 받은 석성은 조선에 보낼 병력을 모으는 데 애를 먹었다. 급한 대로 남병의 한 부대를 동원하고, 각지 병력을 뽑아 요동으로 이동시키려 했으나 도무지 여의치 못했다.

감숙성 일대의 반란이 좀체 진압되지 않았기 때문이다. 고심 끝에 석성은 화전양수和戰兩手를 쓰기로 했다.

심유경이란 다소 정체가 수상한 노인이 있었다. 신선 같은 수염에 풍채가 좋고 언변이 물 흐르듯 했다. 복주 출신으로, 소싯적 아버지를 따라 일본을 드나들며 밀무역을 했다.

스스로 왜국의 물정에 밝고 일본말도 할 줄 안다고 했다. 난감한 처지에 있는 것을 알고 석성에게 건의서를 보냈던 것이다. 나중 일이지만 그가 일본말을 썼다는 기록은 어디에도 남아있지 않다. 또 일본 물정에 밝다는 것도 미심쩍은 일이었다.

석성은 심유경의 외모와 언변에 반했는지 '신기3영神機三營 유격장군遊擊將軍'이란 직함을 내리고 왜장들에게 보낼 선물도 사주었다.

심유경은 십여 명의 부하를 데리고 9월 초 압록강을 건너 의주로 들어왔다. 직제학 오억령이 나가 심유경을 맞았다.

"원로 수고가 많으셨소. 병부상서께서는 안녕하신지요."

인사를 받은 심유경은 대뜸 큰소리를 쳤다.

"내 직접 왜군 속에 들어가 대의大義로써 왜군의 침략 행위를 책망할 것이오. '조선은 예의의 나라이며 아무런 잘못도 없거늘 너희들이 어찌하여 명분 없는 군사를 일으켜 남의 나라를 침범하여 무고한 생령을 학살하는가' 이렇게 꾸짖을 작정이오. 만약 왜적이 듣지 않으면, '조선은 중국과 순치脣齒의 나라이다. 너희가 즉시 철병하지 않는다면 천하의 대군을 동원하여 너희 왜적을 남김없이 섬멸하리라!' 이렇게 경고할 것이오. 나는 여러 차례 일본을 왕래하여 평의지와 풍신수길을 잘 알고 있소."

심유경의 대언장어大言壯語에 오억령뿐 아니라 모두가 놀랐다. 수상쩍게 본 사람도 있었지만 아무튼 명국의 특사인지라 의주목 관아에 인도되어 지체 없이 국왕을 알현할 수 있었다.

국왕은 그의 노고를 위로했다.

"장군의 얘기는 직제학을 통해 대강 들었소. 허나 아무리 대명의 위광으로 임해도 왜적은 쉽사리 철수하지 않을 것이오."

이 자리서도 심유경은 허풍을 떨었다.

"두고 보십시오. 저에겐 왜장의 손발을 묶고, 기어이 왜군을 철수시킬 계책이 있습니다. 조금도 염려하지 마십시오."

그리고 곧장 순안으로 향했다.

국왕은 이날 좌의정 윤두수, 예조판서 윤근수, 도승지 박승원, 봉교 기자헌을 불러 물었다.

"심유경이 왜적들과 서로 아는 사이라고 하는데 알 수 없는 얘기요, 혹은 왜와 상통하고 있는 게 아닌가? 여기 붙었다 저기 붙었다 하는 사람이 아닌가?"

"병부상서의 천거로 특사가 된 사람이니 그렇지는 않을 것입니다."

윤근수의 대답이었다.

"헌데 왜국에 왕래했다는 것은 또 무슨 소린지 모르겠소."

"자랑삼아 한 말일 것입니다."

"심유경이 말하기를 남방군사 3천이 이미 산해관을 넘어 조만간 강을 건널 것이라고 했는데, 그렇다면 무엇 때문에 왜장들을 만나보겠다는 것인지 알 수 없는 일이오."

비단 국왕뿐 아니라 많은 신하들이 명국 조정의 진의를 의심하고 있었다. 대군이 속속 도착할 것이라고 하는가 하면, 한편으론 왜장과 만나 협상을 벌이겠다니 그럴 수밖에 없었을 것이다.

"심유경의 말은 곧이들을 수 없소."

국왕은 되풀이 중얼거렸다.

"진위는 곧 판명될 것입니다. 다행히 왜적은 평양성에서 나오려고 하지 않고 있습니다. 그것은 왜적이 후면을 두려워하고 있는 까닭입니다. 어제 비변사 모임에서도 전반적인 정세를 살펴보았습니다만 차차 왜적의 기운이 쇠하고 있는 것 같습니다."

윤두수의 말은 단순한 위로가 아니었다. 왜군이 비록 평양까지 승승장구했다고는 하나 부산포와 도성, 그리고 그 사이의 몇몇 대읍을 점거하고 있을 뿐이다.

보급선도 관군과 의병들의 활동이 활발해지면서 도처에서 절단된 무기와 군량 수송에 큰 차질을 빚고 있다.

조선 백성들은 왜적이 나타나면 산성으로 피란하고 왜병이 소수인 것을 알면 의병 아닌 장정들도 무기를 잡고 무리지어 왜병을 습격한다.

충청과 전라도는 엄두도 못 내고 경상 지방에서마저 처처에서 유격전에 시달리고 있는 것이 왜군이다.

명군 출병이 왜적에게 큰 충격을 주긴 했으나 저들이 평양에서 머뭇거리고 있는 것은 뒤가 겁나기 때문이다. 거기다 소서행장을 비롯한 왜장들이 거개가 전의를 잃어가고 있다.

조선군의 힘으로 평양성을 수복할 수 있는 시기가 머지않았다. 겨울이 다가온다. 홑옷을 입은 왜군이다….

윤두수는 비변사의 분석을 소상하게 아뢰었다.

"사태를 너무 안이하게 보고 있는 것 같소."

그러면서 국왕은 모처럼 밝은 표정이었다. 원군을 바라면서도 그것을 부담스러워하는 조정의 분위기인 것이다. 비변사의 판단은 정세를 다소 낙관적으로 보긴 했으나 대체로 정확한 것이었다.

풍신수길이 왜 수군의 형편없는 패배에 대로하여 세 사람의 봉행각료을 조선에 보낸 일은 앞서 얘기했다. 석전, 증전, 대곡인데 이들이 연명으로 수길에게 올린 보고서가 남아 있다.

「일본군의 선봉은 곧장 명국에 쳐들어가고 나머지 여러 장수들도 뒤따라 진격해야 한다. 그러나 평양에서는 지난번 적군의 습격을 받아 이를 격퇴하긴 했으나 우리 편의 사상도 적지 않았다. 요동으로 나가려면 우선 군량을 대기가 곤란하다. 또한 한기寒氣가 나날이 강해지고 있어 행군이 불가능하다. 신 등은 일본에서 조선을 이미 평정했다고 들었으나 막상 이곳에 와보니 웬걸 영 딴판이다. 부산에서 요동까지 토지는 광대하고 깊은 산과 골짜기가 수두룩하다. 지금의 병력으론 요소요소를 지키기에도 부족한 형편이다. 그래서 주된 장수들과 상의하여 각자 관할 지역에서 반란을 진압하면서 조세를 거두어들이고 내년 봄 다시 정세를 보고 전하의 명을 기다리기로 합의했다.」

왜군의 곤궁함이 눈에 선하다. 하지만 진짜 말하고 싶은 행간의 뜻은 "무모하게 전진하다간 뒤와 연락이 끊길 우려가 있다. 민란을 제치고 요동으로 진출한다 하더라도 북경까지는 너무나 요원하다. 조선조차도 평정하기 어려운 터에 명나라마저 토벌하겠다니 어림도 없는 얘기이다." 이런 것이었을 터이다.

소서행장 등이 좀더 대담하게 강화협상을 시도하게 된 데는 이런 보고서도 한몫을 했을 것이다. 풍신수길이 아무런 질책을 하지 않았다. 대신 수길은 좀 창피스러운 명령을 전군에 내렸다.

"듣자하니 조선에 있는 봉공인전쟁에 동원된 자 가운데 탈영하여 일본에 되돌아오는 자들이 적지 않다. 이런 자가 발견되면 즉시 사형에 처하라."

이 명령 역시 왜장들을 곤혹스럽게 만들었다. 대장부터가 강화를 원하고 있는데 군기가 바로 설 턱이 없었던 것이다.

장면을 진주 지방으로 돌린다.

의병활동으로 고성과 창원 등 일대가 수복되자 왜장들은 김해성에 모여 작전회의를 열었다. 가등광태, 장곡천수일, 장강충홍 등 십여 명이었다.

"경상우도에 전개하고 있는 적군의 거점은 진주성이다. 이 성에 적의 주력이 도사려 있으면서 사방의 토병들과 서로 호응하여 우리 일본군을 괴롭히고 있다. 진주를 함락시키면 경상도는 평정될 것이다."

"일본 수군은 이순신함대 때문에 부산포에서 나오지를 못하고 있다. 육로를 따라 진주성을 뺏으면 조선 수군의 활동을 견제할 수 있을 것이다."

이 같은 결론을 내리고 대군을 동원하여 진주를 공략하기로 했다. 김해에 집결한 왜군은 창원에서 가벼운 저항을 배제하며 서쪽으로 진출하기 시작했다.

함안 근처의 전투에서 의병도 물리쳤다. 의령에서 왜군의 동향을 살핀 경상감사 김성일은 진주판관 김시민에게 급히 진주성을 수리하고 방비를 굳건히 할 것을 명했다.

김성일은 순찰사에서 감사로 승진돼 있었다. 진주목사 이경이 지리산에 피신했다가 등창으로 병사했던 것이다. 그래서 판관에게 목사를 대행시켰다.

한편으로 김성일은 곽재우 등 의병장들에게 격문을 보내 진주성 방비에 힘을 합치도록 독려했다. 김성일은 깊이 생각한 끝에 김시민에게 진주목사 대행의 첩지를 보내고 이 사실을 의주 행재소에 보고했다.

김시민은 이때 39세. 병법뿐 아니라 병화기에 능통한 무관이었다. 본관은 안동, 고려 후기의 유명한 방경의 후손으로 부친 충갑은 사헌부 지평을 지내 단순한 무관의 집안이 아니었다.

김성일의 서신.

「목사는 대대로 충효의 명문에서 태어났다. 나라가 위급할 때 마땅히 죽음으로써 은혜에 보답하여 가문의 영예를 빛내야 할 것이다.」

김시민의 자존심을 부추겼다. 김시민은 산속에 숨었던 성민들을 불러들이고 성곽을 수리하는 한편 무기를 정비했다. 재미있는 것은 노획한 왜군의 조총을 모방한 총통 70여 정을 제조하고 화약 5백근을 만들어 사격훈련을 시키기도 했다.

남쪽의 남강을 등 뒤에 둔 진주성은 네모꼴의 성벽에 싸여 있다. 비교적 성벽이 높고 견고하다. 김성일의 격문에 인근에서는 물론 전라도의 의병들도 적지 않게 호응했다.

본디 경상도에서는 우도에 남명 조식, 좌도에 퇴계 이황이라 하여 유학의 쌍벽을 이루었다.

삼가에서 태어난 조식은 김해에 살면서 제자를 가르치다 지리산 덕천동에 이사했다. 그의 학풍은 지행합일知行合一을 중시하여 알기만 하면 소용없고 실천을 해야 한다고 가르쳤다.

명성을 들은 조정은 여러 차례 벼슬을 내려 불렀으나 번번이 사양하여 나가지 않았다. 더욱 제자들이 모여들었다.

곽재우가 조식의 손녀사위임은 앞서 말했다. 지리산 일대와 진주 지방에 조식의 문인이 많은 것은 당연한 일이었다. 굳이 당파를 따지자면 퇴계와 남명의 문하에서 동인이 많이 나온 셈이었다.

진주가 향리인 최영경은 조식의 수제 자격으로 스승을 닮아 여러 번 벼슬을 사양하다 마지못해 교정청 낭관으로 경서교정을 맡았다. 정여립의 모반사건이 일어나고 무고를 당한 최영경은 형문을 받은 끝에 옥에서 죽었다. 임진 3년 전의 일이다.

이때 최영경의 신원을 주장하여 상소를 낸 사람이 김성일이었다. 이듬해 동인들이 크게 진출하면서 최영경은 누명을 벗었다. 이렇게 되자 김성일의 이름은 진주 지방에서 은인으로 존경을 받게 된다. 다른 데보다 김성일의 호소가 잘 먹혀든 것도 까닭이 있었던 것이다.

왜군은 10월 초 함안을 떠나 남강을 도강하여 세 방면에서 진주성을 포위하기 시작했다. 말을 타고 달려온 경상우병사 유숭인이 성문 앞에 도착하여 호령을 했다.

"문을 열라! 왜군이 따라오고 있다."

김시민은 막료들에게 말했다.

"지금 병사가 들어오면 병권은 당연히 병사에게 돌아간다. 전쟁 중에 주장을 바꾸면 큰 혼란이 일어난다. 안됐지만 문을 열어주지 말라. 병사께 정중히 사과하고 거절하라."

유숭인은 도리 없이 소수의 병력을 거느리고 남강의 남쪽 산등성이에 물러나 포진했다. 왜군은 이를 발견하고 성을 공격하기 전에 습격하여 유숭인을 포함한 백여 명을 몰살했다.

왜군의 병력은 10개 부대 총 2만이었다. 진주성안의 조선군은 약 3천, 그리고 이보다 많은 노약자와 아녀자가 있었다.

목사 김시민은 여자들에게 사내 옷을 입히고 군사들을 돕게 했다. 성안의 군민이 똘똘 뭉쳐 한 덩이가 된 것이다.

「왜적의 조총을 겁내지 말라. 우리도 조총부대가 있다. 또한 각종 총통이 있으니 왜적이 사다리를 타고 기어오르는 것만 막으면 성을 굳건히 지킬 수 있다. 경상감사의 명에 따라 곽재우, 이달, 정기룡 등 의병장이 왜적을 등 뒤에서 공격할 것이다.」

김시민은 막료를 시켜 전군에 이런 영을 내렸다. 곽재우의 원군이 온다는 말이 군사들을 더욱 고무시켰다.

10월 5일 아침. 왜군의 공격이 시작되었다. 왜병들은 성 밖 민가에서 관재를 약탈해 방패를 만들어 나란히 세웠다.

왜군 조총수는 약 1천 정도. 세 무리로 나누어 동문과 북문을 집중 공격했다. 요란하게 장식한 갑옷의 왜군 장령들이 말을 이리저리 몰며 보병의 진격을 독전했다.

왜병이 성벽 아래 접근하자 조선군은 용수철이 튀듯 일제 사격을 퍼부었다. 돌덩이를 맞고 고꾸라지는 왜병도 적지 않았다.

김시민은 동문에 포진하여 총통과 진천뢰 공격을 지휘했다. 반나절쯤 계속된 왜군의 파상 공격은 완전한 실패로 돌아갔다. 왜병들은 즐비한 시체와 부상자들을 간수하고 총통과 장전長箭의 사정거리 밖으로 후퇴했다.

다음날 왜군은 대나무 장대로 만든 사다리를 앞세워 공격을 시작했다. 결제라 하여 나무토막을 밧줄에 엮은 사다리도 들고 나왔다. 이 고장엔 대나무 숲이 많은 것이다.

조총사격으로 성벽의 방비가 주춤하는 사이 왜병들은 사다리를 걸쳐 기어오르려고 했다. 조선군은 진천뢰와 돌을 내리치며 왜병들을 추락시키고 사다리를 밀쳐냈다. 공격이 좌절되자 왜군은 정루라 하여 통나무를 '우물 정'자로 묶어 여러 겹으로 올린 누각을 만들었다.

운대는 공성용 장비인데 밑판에 바퀴를 달아 움직이게 한다. 피차 성벽과 대등한 높이에서 치열한 공방전이 벌어졌다.

조선군은 활과 조총으로 정루에 대고 집중사격을 했다. 그 사이 진천뢰를 투척하여 정루를 하나하나 붕괴시켰다. 그럴 때마다 성 위에선 함성이 진동했다.

동문 밖 깊숙한 해자 속은 왜병의 시체들이 메우다시피 했다. 왜군은 속수무책이었다. 정루 공격 외엔 다른 뾰족한 방도가 막연했던 것이다. 아녀자들은 물과 주먹밥을 나르고 부상자를 돌보았다.

저녁 무렵, 장령 하경해가 거룻배 네댓 척에 화살을 싣고 상류에서 내려와 합세했다. 화살이 동이 날 지경이라 군사들은 환성을 지르며 춤을 추었다. 감사 김성일이 보급품을 보낸 것이다.

공방전이 벌어진 지 나흘째인 8일. 진주 북쪽 비봉산에 포진한 곽재우는 휘하의 심대승, 송건도 등에게 2백의 병력을 주고 성 밖의 왜군을 습격하게 했다. 이들은 밤중 향교 뒷산에 올라 봉화를 올리며 호각을 요란하게 불어댔다.

"홍의장군이 우릴 보냈다. 곧 대군을 이끌고 당도할 것이다."

성중에서도 호각을 불고 고함치며 맞장구를 쳤다.

의병장 이달의 군사들이 강 너머 남쪽 고지에서 동문 밖의 왜군을 견제했다. 정기룡군도 서쪽에서 달려오고 있었다.

전라도 의병장 최경회군은 2천이 넘는 병력으로 단성의 등천리에 진출하여 왜군을 역포위할 참이었다. 성의 방비는 철통같이 견고하고, 왜군의 손실은 늘어나고 있다. 거기다 원군이 속속 도착하여 왜군을 옥죄기 시작했다.

다급해진 왜군은 9일 밤 최후의 공격을 시도했다. 동북 양면에 전 병력을 집중해 정루와 사다리를 앞세워 필사적으로 달려들었다. 동문에 버티고 있던 김시민이 한순간 왼쪽 이마에 적탄을 맞고 혼절했다. 곤양군수 이광악이 목사를 대신해 지휘를 맡았다.

무수한 횃불이 환하게 성벽을 밝히고 진천뢰가 천둥번개처럼 왜군의 정루를 박살내곤 했다. 별안간 왜군은 전투를 중지했다. 총성이 멎고 칠흑 같은 어둠속에 뒤숭숭한 적막이 흘렀다.

사방 고지에서 연달아 봉화가 올랐다. 왜군에게 겁을 주며 기세를 올리고 있는 것이다. 왜군 진막에서 불이 나고 군마들이 부산하게 움직이는 기척이었다.

마침내 왜군은 진주성 공략을 단념하고 철수하기 시작한 것이다. 날이 새니 왜군의 시체들만 들판에 널려있었다. 한 군데 모아 화장할 여유도 없었던 것이다. 조선군도 적을 추격할 기력이 없었다. 꼬박 엿새 동안 잠을 못자고 싸웠다. 탄약과 화살도 바닥이 났다. 힘의 한계에 달해 있었다.

목사 김시민은 마침내 절명했다. 소식이 알려지자, 군민들이 운집했고 통곡이 그치지 않았다. 39세. 이들은 진주성을 수호해 낸 것이 김시민의 탁월한 통솔과 치밀한 준비의 덕분임을 잘 알고 있었다. 모두가 용기를 내 힘을 합치면 얼마든지 왜적을 패배시킬 수 있다는 것을 피와 땀으로 터득했다.

피아의 손실에 관해서는 기록이 없다. 패배한 공성군측의 손실은 방어군의 그것과 비교될 수 없을 만치 큰 법이다. 거창에 머물러 있던 경상감사 김성일은 승첩을 보고받고, 즉시 진주성으로 달려와 김시민의 빈소부터 참배했다.

의주 행재소에 장계를 올리고 김해부사 서예원을 진주목사 대행으로 삼았다. 진주 사람들은 1년 동안 상복을 입었다고 한다.

진주성 방어는 한산도 승전에 버금가는 전략적 의미가 있다. 경상도의 중심부를 보전하고 전라도를 지키는 데 크게 기여한 것이다. 수군의 활동을 보장하는 데도 한 몫을 톡톡히 했다.

첫째 공로는 물론 전사한 김시민과 수성군에 돌아간다. 의병들이 처처에서 일어나 진주성 외곽지대에서 왜군을 위협한 것도 큰 도움이 되었다. 그러나 감사 김성일의 전반적인 군령과 통제가 매우 돋보이는 대목을 빼놓을 수 없다.

정유재란 때, 왜군에게 진주성이 함락되는 데 앞서의 세 가지 조건이 전혀 채워지지 못한 탓이었다.

전국戰局은 날씨가 추워지면서 전반적으로 교착상태에 들어갔다. 진주성의 승리는 왜군의 사기를 떨구고 조선군에게 자신과 용기를 북돋워 주었다. 이런 분위기 속에서 명국의 특사 심유경은 때를 잘 만난 셈이었다.

소서행장은 그간 여러 차례 편지를 띄워 조선 조정에 강화협상을 제의했다. 명군이 참전하자 희망을 포기하고 있는 터에 '황제의 칙사'가 평화를 위해 조선에 나온 것이다.

초판엔 허약해 뵈던 조선군이 뜻밖에 끈질기고 완강한 사실도 왜군 장수들을 우울하게 했다. 소서행장이 자기 집에 보낸 편지 가운데 조선군을 파리 떼로 비유한 것이 있다.

「쫓으면 도망가고 놔두면 달라붙는 파리 떼와 같다. 헌데 조선병은 파리가 아니다. 돌을 던지고 반궁을 쏜다. 더구나 그들은 지리에 밝아 골짜기와 나무숲 속에 숨어 있다가 기습하여 곤경에 빠뜨린다. 조선을 평정하자면 앞길이 요원하다.」

게릴라전에 시달리는 모양을 이처럼 실토하고 있다. 왜군은 조선의 활을 반궁이라 불렀는데 저들의 활보다 반쯤 짧았기 때문이다. 사거리는 조선 활이 훨씬 길었다.

심유경은 수하 넷을 데리고 기마로 평양성 보통문 앞에 당도하고 먼저 한 사람을 들여보냈다.

이 자는 황색 보로 싼 서찰을 높이 쳐들며 성문 안으로 들어갔다. 황색은 황제를 상징한다. 심부름꾼이 돌아와 보고했다.

"소서행장 등이 평양 부아에서 기다린다 하더이다."

심유경 일행이 성안에 들자 왜군 장령이 마중 나와 앞을 인도했다. 선화당에는 소서행장을 비롯해 평조신 평의지, 그리고 승려 현소 등이 대기하고 있었다.

안뜰에 내려온 현소가 심유경에게 먼저 읍하고 인사했다.

"일본군 장수들은 대명국의 칙사를 진심으로 환영합니다."

심유경의 수하 가운데 왜국을 드나든 장사치가 있었다. 이 사람의 통변으로 의사를 소통할 수 있었다.

대청에서 피차 대면했다. 초면 인사가 끝나자 심유경은 현소를 노려보며 대뜸 언성을 높였다.

"황제폐하께서는 천생을 가엾이 여기신다. 너는 머리를 깎은 중의 신분이면서 무엇 때문에 역적들에 빌붙어 조선을 침략하는 데 가담했느냐!"

현소는 머리를 조아리고 대답했다.

"귀국에 중봉조사의 4대손이 계시니 사명선사라고 한다. 나의 스승 되는 분이 일찍이 귀국에 들어가 사명선사를 뵙고 제자가 되었다. 이때 황제께서 얘기를 듣고 기특하게 여기시어 승복 한 벌을 하사하셨던바 줄곧 내가 그것을 뫼시고 있다. 결코 황제의 은혜를 망각한 것이 아니다. 일본은 오랫동안 귀국과 연락이 두절되었다. 조선의 길을 빌려 황제께 봉공하고자 하는 것이다."

심유경은 크게 소리 내어 웃고 말했다.

"그렇다면 너희들은 역적이 아니다. 정성껏 공순한 뜻을 표하겠다니 다행스런 일이다. 황제폐하께서 어찌 봉공을 거절하시겠는가."

그러자 소서행장은 금으로 장식한 검 한 자루를 선물로 내놓고 말했다.

"현소의 말이 맞다. 조선군과 싸운 것은 조선 조정이 우리의 진의를 곡해했기 때문이다. 봉공의 길만 열린다면 전쟁을 계속할 까닭이 없다."

"앞으로 50일 안에 황제폐하의 재가를 얻어 통고할 것이다. 너희들은 그동안 대동강 이북으로 나오지 말라."

심유경의 태도는 대단히 고압적이었다. 이 대화는 『일월록』이라는 명 측의 기록을 인용한 것이다. 왜장들을 아랫사람 다루 듯한 어투지만 대체로 사실에 가까웠을 것이다. 그 시대만해도 일본인들은 중국을 공경하고 두려워했다. 심유경은 고령인데다 황제의 칙사이다. 강화를 위한 절호의 기회가 아닐 수 없다. 풍신수길의 추궁을 모면할 수 있는 명분이 서기도 한다.

소서행장 등이 심유경의 말에 허발하여 굽실거린 것도 넉넉히 짐작할 만한 일이다. 헌데 '대동강 이북으로 나오지 말라'는 심유경의 말이 매우 미묘했다. 대동강 이남은 왜국 마음대로 해도 좋다는 뜻으로 해석될 소지가 있었기 때문이다.

심유경은 조총을 선물로 요구하고 "이런 조잡한 총을 가지고 무슨 싸움을 하겠는가. 우리 명군의 대소총통에 대면 아이들 장난감 같구먼." 하며 조롱하기도 했다.

심유경은 의기양양해서 의주로 돌아왔으나 국왕을 배알하고도 자세한 얘기를 올리지 않았다.

"왜적들이 전쟁을 원치 않고 있음은 사실입니다. 조공만 허락한다면 곧 화의를 맺게 될 것이니 그리 아십시오. 장차 왜군은 대동강 북쪽을 넘보지 않기로 약조했습니다."

조선의 역관들이 그를 만나려고 해도 핑계를 대고 피했다. 류성룡은 국왕께 아뢰었다.

"아무래도 심유경의 거조가 수상합니다. 왜적과 문답한 내용을 비밀에 부치고 있는바 강북을 범하지 않게 됐다니 남쪽은 왜적의 점령을 허용한다는 뜻이 아닌가 심히 의심스럽습니다."

"그럴 리가 있겠소. 왜적과 야합할 명나라가 아니오."

국왕의 대답.

류성룡은 명나라의 힘겨운 처지를 익히 알고 있었다. 명나라는 국운이 쇠퇴하여 연달아 터진 민란을 수습하기에도 힘에 벅찼다. 필경 20여 년 후 만주족의 침공으로 망하고 신종은 마지막 명국 황제가 된다.

명국 조정은 되도록 출병을 피하면서 왜국과 강화를 맺기를 바라고 있을 것이다. 그 대가로 왜국에게 조선 땅의 일부를 떼어줄 타산을 하고 있을지도 모른다. 이것이 류성룡의 의심이었다.

이럴 즈음 칙사 설번이 의주에 도착하여 칙서를 국왕에게 올렸다.

「짐은 바야흐로 문무대신 두 명을 보내 각 진의 정병 10만을 통솔케 하여 조선을 돕고 왜적을 토벌할 것이다. 조선의 병마와 합심하여 흉적을 섬멸하기를 빈틈이 없게 할 것이다.」

읽고 난 국왕은 느닷없이 마룻바닥에 두 손을 뻗치며 '어이어이' 곡성을 냈다. 배석한 신하들은 말을 잃고 실색했다. 좋지 않은 소식인 줄 안 것이다. 국왕은 소매로 느릿느릿 눈물을 닦고 중얼거렸다.

"천은이 망극하여 나도 모르게 낙루하였소."

설번도 눈시울을 적시었다. 설번은 칙서뿐 아니라 은 2만 냥을 진상했다. 황제가 조선 조정의 궁색함을 염려해 위로금을 하사한 것이다.

중국의 황제가 거짓말을 할 리는 없다. 또 다른 칙사인 심유경이 왜적과 화의를 맺으려고 하는 것도 사실이다. 화전겸수라고 하면 그뿐이긴 하지만 아무래도 잿밥은 화의쪽인 듯싶었다.

류성룡은 비변사 회동에서 조선군 단독의 평양성 공격을 제의했다. 순찰사 이원익은 평양성 공격을 자청했다. 순변사 이빈도 휘하의 군사를 이끌고 참가하기로 했다.

용강 삼화 강서 등 고을에서 군사를 모아 별장 김응서로 하여금 거느리게 했다. 모두 해서 3천 정도의 병력이었다.

평양성엔 소서행장, 종의지 등 1만5천의 대군이 포진하고 있어 처음부터 성을 함락시킬 의도는 아니었다. 명군이 본격적으로 출병하기 전에 조선군의 전의를 높이고 이를 시위하려는 것이었다. 또한 왜군의 반응을 떠보면서 평양성을 나오지 못하게 견제하려고 한 것이다.

조선군은 평양성 북쪽에 집결하고 먼저 소부대를 내보내 적의 동태를 탐지했다. 성문을 열고 나온 왜병들과 충돌하여 왜병 20여 명을 활로 쏘아죽였으나 뒤미처 조총부대가 나와 사격을 시작하자 조선군은 더 이상 공격하지 못하고 후퇴했다.

사방에서 갑자기 모집한 장정들이 태반이라 조총에 놀라고 방비책도 서툴렀던 것이다. 조선군은 평양의 서북부 일대에 20여 둔진을 만들어 병력을 전개하는 한편 별장 김억추의 병선들이 대동강 하류를 봉쇄했다.

이원익은 본진을 순안에 두고 작전의 결과와 왜군의 동정을 행재소에 보고했다. 국왕은 이빈을 불러들이고 후임 순변사에 이일을 임명했다. 이일은 앞서 대동강의 여울을 지키다가 평양성이 함락되자 강을 건너 남하하여 황해도에 들어갔다.

황해도와 강원도를 순회하면서 흩어진 군사를 수습하고 다시 평양 근처에 나타나 불과 10리 떨어진 임원에 진을 치고 있었다. 그러면서 왜군의 수송부대를 습격해서 병기와 군량을 빼기도 했다. 보고를 받은 국왕은 이일의 전공을 기특하게 여긴 것이다.

8월 중순. 명나라 조정은 병부우시랑 송응창을 경략으로 임명했다. 병부우시랑은 지금의 국방차관에 해당한다. 송응창은 천진을 거점으로 군사를 동원했는데 이때를 전후하여 영하 지방의 반란도 평정돼 토벌군이 속속 귀환하고 있었다.

명국 황제는 이여송 출정군의 제독으로 이여백 장세작 양원 등을 영장營將으로 삼았다.

이여송은 조선의 성주 이씨의 자손이다. 조부 혹은 그 윗대가 중국 요동 지방으로 건너갔다고 한다. 부친 성양이 무관으로 전공을 세워 크게 출세하여 요동백을 지냈다. 아들 9형제를 두었는데 맏이가 여송, 둘째가 여백, 막내가 여매 등으로 대개 쟁쟁한 무장들이었다.

12월 초순. 이여송은 4만3천의 대군을 이끌고 요양에 당도하고 송응창과 회동했다. 마침 왜군과 화의를 교섭한 심유경이 요양에 돌아왔다.

심유경을 신용하지 않았던 이여송은 대로하여 장검을 뽑아 심유경을 치려고 했다.

"칙명에 의해 동정군이 이미 출진하였소. 왜적들이 강화하기를 원하고 있다는 그대 말을 믿을 수 없소. 바야흐로 왜적을 응징하려는 마당에 강화 협의라니, 군의 사기를 실추시키는 소행이오."

"제독! 잠깐만 기다리시오."

송응창이 손을 내저었다.

이여송은 심유경과 초면이었다. 소문을 들어 만나기 전부터 좋지 않은 인상을 가졌던 것이다.

"병부상서께서 이분을 천거했다 하나 왜적의 군영을 드나들며 무슨 농간을 부리고 있는지 도통 믿을 수 없어요."

이여송의 거리낌 없는 말에 송응창은 웃으며 달래었다.

"황제폐하께서 장수로 임명했소. 심 장군이 군법을 범한 것도 아니오. 내 생각엔 모처럼 왜장들과 알게 됐으니 왜군을 현혹시키기엔 안성맞춤의 인물이 아니겠소."

명군은 이달 하순 얼어붙은 압록강을 건너 의주에 도착했다. 이여송과 영장들은 국왕을 알현했다. 배석했던 류성룡은 이여송에게 역관을 보내 은밀히 대면할 것을 청했다.

이여송은 동헌에 들어 있었다.

"군량미 2만 석을 근처 여러 고을에 확보해 두었소. 다행히 전라도와 황해도의 해안을 배로 마음대로 다닐 수 있으니까요."

류성룡이 말했다. 말이 쉽지 그간 군량미를 모으는 데 진땀깨나 흘렸던 것이다.

"다행한 일이오. … 국왕 전하의 용색이 너무나 초췌하시어 뵙기 민망스러웠어요. 당초 우리 조정 일각에서 조선을 의심했던 것을 용서하시오."

"별말씀을 다 하시오."

류성룡은 평양 지도를 펴놓고 요소요소를 가리키며 설명을 했다. 주의 깊게 듣고 나서 이여송은 껄껄 웃으며 말했다.

"왜적들은 조총만을 믿고 있을 뿐이오, 우리의 대포는 5리를 건너 맞힐 수 있으니 왜적들이 어찌 당해내겠소?"

기골이 장대하고 기품이 있으나 과장되게 큰소리치는 버릇이 있는 듯했다. 류성룡이 숙소로 돌아오자 잠시 후 역관이 부채 한 자루를 전해 주었다. 이여송의 즉흥시였다.

「군사를 이끌고 강을 건너옴은 3한의 나라가 평온하지 못한 탓이라. 명주明主께선 날마다 희소식을 기다리시고 이 몸은 밤의 주연도 사양했네. 살기를 품고 왔으나 마음은 오히려 장해지니 이제 요사스런 놈들도 뼈가 춥고 저리겠네. 담소하면서 어찌 승산 아님을 말하리요. 꿈속에서도 말달리며 적을 치고 있소.」

류성룡은 감탄했다. 무장치고는 시문이 제법이다. 그보다 아까 자신이 한 말을 넌지시 변명한 마음씨가 반가웠던 것이다.

명군은 좌협 중협 우협의 3군으로 나누었다.

이여송은 출진령을 내리고 남하하여 이듬해 정초 안주에 포진했다. 막료인 이응시가 건의하기를 "한 가지 계책이 있습니다. 기왕에 심유경을 이용하기로 했으니 왜군의 진의를 탐색해 보십시다." 했다.

이여송은 사자를 평양성에 보내 "심유경 장군도 함께 왔으니 순안에 마중 나와 모셔가라." 이런 전갈을 했다.

약속한 50일이 지나도 소식이 묘연했던 심유경이 아닌가. 왜군의 장령 하나가 20여 명을 데리고 순안으로 달려왔다. 두 필의 빈 말도 끌고 있었다.

이들이 성안에 들어가자 복병들이 일제히 달려들었다. 장령을 포함한 셋이 생포되고 나머지는 간신히 빠져 달아났다. 포로를 통해 왜군의 동정을 웬만큼은 알아낼 수 있었다. 이 밖에도 심유경의 강화공작에 쐐기를 박으려고 했던 것이다.

조선군 8천이 명군과 합동작전을 폈다. 이때의 조선군을 지휘한 장수는 이일과 김응서였다. 명군의 주력은 보통문을, 조선군은 합구문을 공격하기로 했다.

조명연합군은 평양성을 세 방면에서 포위했다. 왜군은 모란봉에 병력 2천을 배치하고 1만을 나누어 4대문을 지켰다. 나머지 3천가량은 예비 병력으로 성안을 돌았다.

총공격은 7일부터 시작되었다. 이여송은 각 부대를 순시하며 군사들을 독려했다. 각종 대포들이 일제히 포문을 열었다.

대장군포, 불랑기포, 자모포, 그리고 화전 등이었다. 불랑기포는 십여 개의 총통을 한데 묶어 연사가 가능한 것으로 구라파의 영향을 받은 것이다. 폭음이 진동하고 초연이 성위를 덮었다. 공격군은 사다리를 앞세우며 돌진하여 줄줄이 성벽에 기어올랐다.

왜병의 저격으로 숱한 군사들이 쓰러져 시체가 쌓였으나 공격군은 조금도 기세를 늦추지 않았다. 성벽을 넘은 군사들은 칼과 창으로 맞서는 왜병의 저항을 물리치며 성안으로 진입했다.

이여송은 보통문 정면에 위치하여 전군을 지휘했다. 좌협대장 양원이 보통문을 뚫고 성안에 진입했다. 남쪽의 합구문과 정양문은 중협대장 이여백과 순변사 이일이 맡았다.

만수대 방면은 우협대장 장세작의 몫이었다. 여러 곳의 문이 뚫리자 왜군은 새로 쌓은 내성으로 후퇴하여 밀집된 진형으로 필사적인 저항을 했다. 이 내성은 성위에 흙벽을 쌓고 총안을 많이 뚫어놓아 마치 벌집 같았다.

왜군은 이 구멍으로 사격을 계속하며 끈질기게 버티었다. 평양 지리에 밝은 조선 군사들은 민가에 숨은 왜병들을 색출하여 쳐죽이기도 했다. 날이 저물기 시작했다.

이여송은 장수들을 모아 놓고 말했다.

"궁한 쥐새끼가 고양이를 문다고 했소. 밤이 되면 난전이 될 거요. 아군도 많은 희생이 날 것이오. 일단 포위를 풀고 퇴로를 터줄까 하오. 왜군은 성을 버리고 도주할 게 틀림이 없소."

허긴 병법의 이치에도 맞았다.

일본 측 기록엔 이때의 전사자 수를 1천6백으로 적고 있는데 실제는 그보다 훨씬 많았을 것이다. 대개 부상을 곱절로 본다면 1만5천 중 거의 절반의 손실을 입은 셈이다.

왜군은 밤중에 얼어붙은 대동강을 건너 봉산 방면으로 도주했다. 조명군은 다음날 아침 평양에 입성했다. 왜군은 시체도 제대로 치우지 못한 채 장황하게 내뺐던 것이다.

명군의 대장들은 기고만장했다.

"우리 대장군포에 혼비백산했을 테지. 혼쭐이 난 왜적들은 도성마저 지탱하지 못하고 도망칠 거요. 기호지세騎虎之勢라, 고삐를 늦추지 말고 추격하여 일거에 서울을 향해 전진합시다."

이여송은 전승주를 들이키며 장담을 했다. 거반 여덟 달만에 평양을 수복한 것이다. 임진전쟁은 새 국면을 맞았다. 전반적으로 왜군의 패색이 짙어진 것이다.

봉산엔 대우길통이라는 왜장이 지키고 있었는데, 평양이 포위되자 줄행랑을 놓아 서울로 도망쳤던 것이다.

왜군의 송장들을 살펴보니 장수급이 20여 명이나 되었다. 그중엔 평수충 평진신 평종일 등 이름난 대장들이 끼어 있었다. 말 3천 필과 병기 4백50정도 노획했다.

왜군에게 붙잡혔던 조선인 남녀 1천여 명을 구출하여 풀어주었다. 성 안팎 여러 곳에 송장을 쌓고 불태웠는데, 사나흘간이나 냄새가 가시지 않았다.

이때 소서행장군엔 '야소회'의 불란서인 선교사가 종군하고 있었다. 『일본서교사日本西敎史』에 평양성 전투에 관한 기록이 있다.

"성중 병기와 군량이 부족하고 추위와 기아 때문에 큰 곤경을 처했다. 오오규스탕소서행장의 세례명은 이러한 곤경을 태합에게 보고했으나 태합은 회답만 하고, 요청한 물자는 보내주지 않았다. 약간의 군량을 보내긴 했으나 조선의 복병들이 약탈해 갔다. 육로뿐 아니라 해로는 더욱 곤란한 실정이다. 조선의 배는 일본 배보다 크고 견고하다. 또 항해술도 뛰어났다. 지금까지 조선인은 일본의 군량미 운반선 3백 척을 빼앗았다. 해서 많은 일본 병졸들은 각기 성을 탈주하여 일본에 돌아가려고 했으나 조선의 척후들이 망을 보고 있다가 습격하는 통에 벗어난 병졸이 드물었다. 그간 죽은 일본인은 5만에 달했다고 한다."

이처럼 각지의 상황을 기술한 다음, 교인인 소서행장을 두둔하고 넌지시 풍신수길을 비난하고 있다.

"명국과 조선은 대군을 이끌고 평양성을 공격하였다. 오오규스탕은 도저히 성을 지탱하기 어려운 줄 알면서도 적을 맞아 싸웠다. 그러나 적은 거듭 새로운 공격부대를 투입했으므로 일본군은 외성에서 후퇴하여 내성에서 저항했다. 오오규스탕은 낙담하지 않고 용감히 싸웠다. 그리하여 적의 포위망을 뚫고 탈출했다."

평양성의 탈환이 큰 승리인 것은 사실이다. 하지만 물심양면에서 왜군은 이미 전력이 절반 이하로 떨어져 있었다.

조선 수군의 연이은 승리, 각지의 의병활동, 그리고 진주성의 방어 등 전반적인 전황이 왜군을 궁지로 몰아넣었다. 이런 토대위에서 평양성의 수복이 보장되었던 것이다.

덕부소봉은 유명한 『근세일본국민사』에서 패인을 꽤 솔직하게 쓰고 있다.

"비록 병력은 적에 비해 크게 모자랐으나 며칠만 더 버티고 원병을 기다릴 수 있었을 것이다. 그런데도 3일 뒤 도주하지 않을 수 없게 된 이유는 방심과 사기의 저상에 있었다. 즉 그들은 전쟁을 이야기하지 않고 강화를 이야기했다. 압록강으로 진군할 것을 이야기하지 않고 경성으로 돌아갈 것을 이야기했다. 대단히 유감스러운 일이었다."

그렇다면 심유경이 강화협상을 제의하며 소서행장을 현혹시킨 공로도 인정해야 할 것이다. 왜군이 반 년 이상이나 평양 한 곳을 지키고 움직이지 않은 것은 전략상 큰 실수였다. 의주로 진격을 하거나, 차라리 서울도성으로 후퇴하여 병참선을 줄여야 했을 것이다.

소서행장이 이러지도 저러지도 못한 것은 지금까지의 전공이 물거품이 될까 겁을 냈고, 가등청정에게 지기 싫은 오기도 작용했음직하다.

평양성 승첩의 보고를 받은 국왕은 크게 기뻐하면서 명을 내렸다.

"왜군이 배를 타고 자기 나라로 돌아가지 못하게 조선 수군이 요소요소를 지키고 있어야 할 것이다. 선전관을 이순신에게 보내 내 뜻을 전하라."

비변사에 올라온 각 지방의 보고를 종합한 결과 관군과 의병을 합쳐 조선군의 총 수는 17만2천4백에 달했다.

주된 것만 간추리면, 수원에 주둔하고 있는 전라도 순찰사 권율의 군사 4천, 여주 주둔 경기도 순찰사 성영의 3천, 직산 주둔 충청도 순찰사 이옥의 2천8백, 안동 주둔 경상좌도 순찰사 한효순의 1만, 울산 주둔 경상좌도 병사 박진의 2만5천, 진주 주둔 경상우도 순찰사 김성일의 1만5천, 합천 주둔 의병장 정인홍의 3천, 의령 주둔 의병장 곽재우의 2천, 거창 주둔 의병장 김면의 5천, 순천 주둔 전라좌도 수사 이순신의 수군 5천, 여러 곳에 나누어 주둔하고 있는 전라우도 수사 이억기의 1만, 함흥 주둔 함경도병사 성윤문의 5천, 경성 주둔 평사 정문부의 5천, 순안 주둔 평안도병사 이일의 4천4백, 용강 주둔 우방어사 김응서의 7천, 황주 주둔 황해도 좌방어사 이시언의 1천8백, 재령 주둔 황해도 우방어사 김경로金敬老의 3천, 연안 주둔 황해도 순찰사 이정암의 4천, 인제 주둔 강원도 순찰사 강신의 2천, 강화도 주둔 전라도병사 최원의 4천, 그 밖에 창의사 김천일의 3천, 의병장 우성전의 2천.

다소 장황해졌지만 여기엔 임진전쟁의 실태를 읽을 수 있는 중요한 대목이 들어있다. 우선 서울과 개성, 부산을 빼고 전국 대처 요소요소는 전부 조선군이 굳건히 지키고 있다.

대장이 포진한 곳을 주둔지라 한 것이고, 군사들은 주변 일대에 전개하여 적정에 따라 기동했으므로 왜군은 서울에서 부산까지 군데군데 성채에 갇힌 고립된 형국임을 알 수 있다.

총병력의 규모도 놀랍다. 전쟁 초 경군과 지방군을 합해 줄잡아 3만 내지 4만의 실 병력이 있었다. 1년이 채 안 돼 13만이나 늘어난 셈이다.

앞서도 얘기했지만 관군과 의병의 구분은 쉽지가 않았다. 또 큰 의미도 없게 돼 버렸다. 의병장이 벼슬을 받으면 그 휘하 군사는 관군이 되고, 관병이 의병장 밑에 들어가면 의병이 됐기 때문이다. 이런 현상은 시간이 흐르면서 점점 일반화되었는데 굳이 말하면 관의 지휘체계에 속하지 않은 군사를 의병이라 할 수 있었다.

이처럼 군세가 불어난 배경엔 군공에 대한 행상行賞을 제도화한 것도 단단히 한몫을 했다.

적의 수급 하나만 바치면 면천을 해 주었다. 종의 신분을 벗게 한 것이다. 수급 다섯이면 군직을 내렸고, 열 이상은 당상관에 오를 수 있었다. 군량미를 바친 사람도 석수石數에 따라 후한 상훈을 주었다.

조선 사람의 머리를 왜인으로 꾸미는 따위의 부작용도 없지 않았으나 신분을 넘는 대담한 포상이 효험을 보았고, 또 사기를 높이는 큰 힘이 됐던 것이다.

임진전쟁 후 신분 구성에 큰 변동이 일어난다. 노비의 비율이 급격히 감소되고 양반의 비율은 반비례한다.

남해의 수군이 왜적의 퇴로를 막으라는 분부가 내리자 좌의정 윤두수를 비롯한 신하들이 국왕을 뵈었다.

"평양이 수복된 것을 경하해 마지않습니다. 미구에 한성도 수복할 것이므로 한성판윤을 임명해야 할 것입니다."

윤두수가 아뢰었다.

"누가 마땅하겠소."

"이덕형이 적임일까 합니다. 헌데 이덕형은 접반사로 이여송 제독과의 연락 때문에 분주하게 왕래하고 있으므로 접반사의 직을 면하게 해야 할 것입니다."

이조판서 이산보가 말했다.

"지금 제독을 상대하는데 이덕형만한 사람도 드물 것이오. 아직 개성이 수복되지 않았으니 한성판윤을 서둘러 임명할 필요는 없을 줄 아오. … 지금 개성을 지키고 있는 왜장은 누구요?"

국왕은 신하들이 전승에 도취하고 있는 것을 깨우치려는 듯했다.

"소조천융경인줄 알고 있습니다."

병조판서 이항복의 대답이었다.

"왜적이 개성을 끝내 지키려 할 것인가?"

"쉬이 알 수 없는 일이나 평양에서 크게 패하여 기세가 꺾였으므로 짐작건대 병력을 한성에 모아 결전을 꾀할 것입니다."

이항복의 판단은 옳았다. 나중 알게 된 일이지만 10여일 후 왜군은 슬그머니 개성을 버리고 서울에 몰렸던 것이다.

식량 사정이 어려운 것은 조선군이나 명군이나 마찬가지였다. 명군은 상당량의 군량을 싣고 왔지만 보름쯤 지나자 바닥이 나고 그나마 수송이 여의치 못했다. 그 부담이 온통 조선 조정에 들씌워진 것이다.

"대국군이 선뜻 왜적을 추격하지 않는 까닭이 무엇이오? 역시 군량 때문인가?"

"그런 것 같습니다. 부근 고을에 세곡을 쌓아 놓았으나 운반이 어려워 골고루 돌아가지 못하고 있습니다. 지금 전라도와 충청도에서 조운선이 계속 올라오고 있어 큰 차질은 없을 것입니다."

도체찰사 류성룡의 말이었다. 도체찰사는 순찰사 이하 방백수령을 감독하는 중책이다. 군량을 포함한 군수물자의 조달과 공급의 책임도 진다.

평양성 공격 전, 이여송은 류성룡에게 주문했다.

"왜적의 조총 탄환을 막을 방패가 필요하오. 속히 널판 천 장을 구해 줘야겠소."

왜군이 평양성을 나오지 않자 대동강 이북의 평안도에서는 흩어졌던 백성들이 모두 제집으로 돌아와 살았다. 그래서 민가를 헐 수도 없는 일이었다.

류성룡은 궁리 끝에 군사들을 시켜 허름한 무덤을 찾게 하여 파묘할 수밖에 없었다. 관을 뜯어 널판을 마련했던 것이다.

국왕은 문득 먼 하늘에 눈길을 주더니 말했다.

"왜적이 패하여 돌아갈 경우, 경상좌도 일대에 주둔하여 항거하겠소, 아니면 곧장 제나라로 도망치겠소?"

신하들은 국왕의 의중을 몰라 서로 얼굴을 마주 보았다.

"한성에 있는 적을 평양에서처럼 쳐부순다면 감히 조선 땅에 머물러 있지 못할 것입니다."

이항복에 이어 이산보도 같은 취지의 대답을 했다.

"전쟁에선 군의 사기가 기본인데 이참 패전으로 간담이 서늘했을 것입니다. 수도를 회복하면 왜적은 제 목숨 건지기도 바쁘게 될 것입니다."

"전쟁을 오래 끌면 백성들은 어육魚肉이 되고, 굶어 죽는 사람도 늘어날 것이오. 내 그걸 염려하고 있소. 그뿐 아니라 명군의 주둔이 오래되면 그 뒤치다꺼리도 난감한 일이오."

"성은이 하해 같습니다. 신 등이 신명을 바쳐 성려를 덜어드리겠습니다."

류성룡의 말이었다.

이여송은 막료인 장도사를 국왕께 보내 평양성 수복을 치하했다.

"명나라의 군사가 한번 나오자 흉악한 적이 섬멸되었으니 이는 국왕 전하의 큰 복이 아닐 수 없습니다."

"대국이 대군을 동원하고 군량과 마초를 가져왔으니 큰 은덕이 아닐 수 없소."

국왕은 명군이 군량과 마초를 독촉하는 것을 넌지시 빗대어 대답한 것이다.

"우리 군은 당초 8만 명 분의 식량을 공수한 데 이어 6만 명 분을 보충하였습니다. 귀국에서 수송을 맡아 군량이 떨어지지 않게 해 주시기 바랍니다."

장도사가 물러나자 윤근수가 국왕께 나직이 말했다.

"저 사람이 신에게 몰래 쪽지를 주었습니다. 자기의 아들이 참전하고 있는바 아들을 위해 왜병의 수급 셋만 얻고 싶다는 것입니다. 이것은 전공을 속이는 일이므로 선뜻 따를 수 없으나 우리나라를 위해 진력하고 있는 막료이니 들어주는 것이 좋을 듯합니다."

국왕은 소리 내어 웃고 대답했다.

"그리하오."

평양성 전투에서 조선군이 벤 수급이 비변사 창고에 쌓여 있었다. 마침내 국왕이 의주를 떠나 평양으로 거동하게 되었다.

"덕이 부족한 내가 큰 전란을 만나 시골로 내려와 이 고을에 이르렀으니 만백성 위에 설 면목이 없다. 너희들은 먼 변방에 살면서 평소 임금의 은혜를 입지도 못했으나 갑자기 난리를 당하자 군신의 큰 의리를 알고 더울 때나 추울 때나 사방에 뛰어다니며 수고하느라 8개월 동안 부모처자를 돌볼 겨를도 없었다.…식량과 병기를 운반하는 노역이 아직도 끝나지 않았는데 너희들은 이미 기진하였으니 장차 이를 어찌 하겠는가. 나 자신의 일처럼 가슴이 아프다. 이제 자리를 옮기려 하니 간절한 생각을 금치 못하겠다."

이런 윤음을 반포했다. 의주 부민들의 고초를 짐작할 만하다.

국왕은 비변사의 건의에 따라 그중 고생한 사람들을 추려서 면역과 면천의 명단을 만들어 증서를 나누어 주게 했다.

국왕이 용만관에서 의주의 노인들을 위로하자 좌상격인 노인이 나와 청원했다.

"의주목사 황진과 판관 권탁을 원컨대 20년간 이 고을에 있게 하여 이곳을 소생시켜 주십시오."

20년이란 물론 수사修辭이다. 두 사람은 행재소를 섬기랴, 백성들을 노역에 동원하랴, 고생이 많았으나 실인심하지 않았던 것이다.

1월 18일. 국왕은 출발하기 전에 예조판서 윤근수를 불렀다.

"경들의 힘으로 옛 수도로 돌아가게 되었는데 경만 이곳에 남게 됐으니 내 마음이 편하지 못하오."

윤근수는 송경략을 마중하는 소임을 맡은 것이다.

"전하께서 밤낮으로 노심초사하시며 만난을 이겨내신 덕분입니다."

국왕은 장검과 약주머니를 윤근수에게 하사했다.

"내가 차던 것들이오."

"성은이 망극합니다."

깊이 부복한 윤근수의 양 볼에 눈물자국이 났다.

국왕은 연輦으로 의주를 떠났다. 왕비와 빈들의 가마가 뒤를 쫓았다. 배웅 나온 부민들이 길을 메웠다. 도승지 유근을 시켜 그들에게 위로하는 말을 전했다. 공물과 부역을 탕감한다는 왕명도 내렸다.

이즈음 개성 근처의 왜군은 모두 서울로 후퇴하여 도성 안팎에 5만의 병력이 집결해 있었다.

도성 안에 갇혀 있던 부민들은 왜군이 평양에서 대패하여 쫓겨왔다는 소식에 기운을 얻어 왜병이 차지한 건물들에 불을 질렀다. 왜군은 닥치는 대로 부민들을 살상하며 분풀이를 했다.

이여송은 개성에 입성하고 먼저 부총병 사대수로 하여금 왜군의 동태를 탐색하게 했다.

사대수의 부대는 임진강을 건너 파주 부근에서 왜군의 소 병력과 충돌하여 쉽사리 물리쳤다. 보고를 들은 이여송은 작전회의를 열었다.

"평양에서 혼쭐이 난 왜군은 감히 도성 밖으로 출격하지 못할 것이다. 일거에 진격하여 도성을 함락시키자."

"왜군은 경기와 강원 황해 일대에 널렸던 병력을 한성에 총집결시켰다. 평양성의 경우와 다를 것이다. 원군을 기다리는 것이 상책이다."

이처럼 양론으로 갈라져 좀체 결판이 나지 않았다. 회의에 참석한 류성룡이 이여송에게 말했다.

"한성의 회복은 전쟁의 승리를 뜻합니다. 조선의 임금은 물론 대국의 황제께서도 수도 탈환의 소식을 학수고대하고 계시지 않겠습니까?"

이여송은 류성룡을 뚫어지게 노려보더니 껄껄 웃고 말했다.

"대신의 말씀이 맞아요. 전쟁도 기세입니다. 지체하지 말고 출진합시다."

이때 명군의 진용은 부총병으로 양원 이여백 이여매 조승훈 등이 있었고 병력은 1만5천가량이었다. 합동작전에 참가한 조선군은 도원수 김명원과 경기방어사 고언백이 이끄는 약 5천이었다. 고언백은 소부대를 데리고 명군의 향도를 맡았다.

한편 왜군은 우희다수가가 총사령관격이고, 소조천융경 흑전장정 등 10여 개 부대 총 4만에 달하는 대군이었다.

이들 대장 외에도 석전삼성 증전장정 대곡길계 등 풍신수길의 참모들이 독찰을 겸해 나와 있었다. 소서행장과 평의지는 참가하지 않았다. 평양성에서 입은 손실이 너무 컸기 때문이다.

고언백과 사대수의 부대는 벽제역의 남쪽 여석령에서 다시 왜군의 일대와 조우하여 접전을 벌인 끝에 왜병 1백여 명을 죽이고 귀환했다.

이여송은 주력을 파주에 놓아둔 채 친위부대 1천만을 거느리고 출진했다. 용기를 뽐내고 전공을 빛내려 한 것이다. 헌데 좁은 산길을 지나다가 불길한 조짐이 생겼다. 말이 넘어져 이여송이 땅 위에 나뒹군 것이다.

왜군은 여석령 뒤에 주력을 매복시키고 3~4백 정도의 소부대만 노출시켜 명군을 요격하는 형국이었다. 명군은 병력을 둘로 나누어 벽제관 뒤 망객령을 넘었다.

"돌진하라! 왜적들은 겁을 먹었다."

이여송은 검을 휘두르며 앞장서 말을 달렸다. 좁은 골짜기 같은 지형인데다 한켠은 얼음이 녹기 시작한 질펀한 농토였다.

기마병은 초원에서처럼 넓게 전개해야 위력을 발휘한다. 이여송의 친위부대는 모두 북방의 기마병이어서 칼의 길이가 짧았다. 화기도 없었다. 왜병들이 도주하자 기마대는 여석령을 향해 함성을 지르며 추격했다.

그러자 여석령에 매복한 왜군이 조총사격을 시작했고, 창과 장검으로 무장한 보병들이 쏟아져 나왔다. 이런 혼전이 되면 되레 보병이 유리해진다. 말들이 쓰러지고 숱한 병사들이 장창을 맞고 고꾸라졌다.

일단의 왜병이 이여송을 노리고 달려들었다. 이여송은 탈출구를 뚫으려고 이리 뛰고 저리 뛰다 그만 낙마했다. 왜병의 창 끝이 이여송의 몸체에 박히려는 순간, 참모인 이유승이 자신의 몸을 던져 위를 덮었다. 간발의 차였다. 놀란 군사들이 달려와 이여송을 말에 태웠다.

때마침 명군의 참장 이영이 거느리는 7천의 선봉부대가 이곳까지 진출했다. 이여송의 안부를 걱정하여 허겁지겁 뒤쫓아온 것이다.

이 부대의 주력은 남방의 보병이었다. 삼지창, 대봉수 같은 무기와 각종 화포를 갖추고 있었다. 반격을 받은 왜군은 차츰 뒤로 밀리는 듯 했으나 소조천융경의 주력이 달려오고, 또 다른 일대가 산길을 우회해서 명군의 배후에 진출하려고 했다.

산세가 험하지는 않지만 굴곡이 많은 비좁은 지형이다. 형형색색의 기치들이 물결치고 포성이 산을 뒤흔들었다. 이여백과 여매의 부대도 속속 도착하여 후면에 포진했다. 동원된 병력에 비해 실제 전투에 참가한 수효는 그리 많지 않았다.

한동안 승패를 가릴 수 없는 일진일퇴가 거듭되었다. 초봄의 찬비가 쏟아졌다. 왜군은 서서히 병력을 빼기 시작했다. 이여송도 철수령을 내리고 전쟁터를 수습했다. 그 자신이 혼비백산하여 전의가 저상돼 있었던 것이다.

벽제관 전투에서 조선군은 후방에 머물러 왜군과 싸울 기회가 없었다. 이여송이 저돌적으로 출진하는 것을 본 도원수 김명원은 "이 제독이 용감한지 무모한지 모르겠다. 적을 업신여기면 반드시 패한다." 하며 조선군을 진선에 보내지 않았던 것이다.

왜군의 기세가 꺾이지 않은 것을 실감한 이여송은 전군을 개성까지 후퇴시킨 다음 전열을 정돈하려 했다.

류성룡은 우의정 유홍, 도원수 김명원, 장수 이빈 등과 함께 명군의 본영을 찾았다. 높은 장막 속에서 이여송이 장수들을 거느리고 앉아 있었다.

류성룡은 앞으로 나가 말했다.

"승패는 병가의 상사입니다. 형세를 살펴 마땅히 진격할 일이지 어찌 가볍게 후퇴하려 하십니까?"

"우리 군사는 왜적을 많이 죽였으므로, 우리가 패한 것은 아니지요. 다만 이 고장은 얼음이 녹고 비가 쏟아져 온통 진창인지라 군사를 주둔시키기가 마땅치 않습니다. 우선 동파로 돌아가 군사를 쉬게 한 다음 다시 진격하려는 것입니다."

궁색한 변명이었다. 유홍도 같은 뜻의 간청을 했다.

그러자 이여송은 황제께 올릴 장계의 초안을 내보였다.

「한성을 지키는 왜군은 20만에 달합니다. 적군은 많고 아군은 적어 싸우기가 어렵습니다. 또한 신은 병을 얻었으니 다른 사람으로 갈아주시기 바랍니다.」

깜짝 놀란 류성룡은 20만이란 대목을 손가락으로 가리키며 말했다.

"지금 도성에 있는 왜군은 5만을 넘지 못합니다. 어찌 20만이라고 하십니까?"

이여송은 화를 내며 언성을 높였다.

"내가 어떻게 그걸 알 수 있단 말씀이오! 조선 사람이 그리 알려준 것뿐이오."

장수 장세작이 덩달아 소리를 내질렀다.

"제독께서 퇴병하신다면 그런 줄 알지 무슨 말이 그렇게 많습니까!"

순변사 이빈이 대꾸를 하려들자 장세작은 호상에서 일어나 이빈을 발로 찼다.

"일개 장수 주제에 뉘 앞에서 시비를 벌이는가. 당장 물러가라!"

이여송은 장세작을 꾸짖고 사과를 하긴 했으나 대신들에겐 큰 모역이 아닐 수 없었다.

일행은 울분을 참고 장막을 나왔다. 적군을 더 많이 죽였다고 한 이여송의 말은 거짓이었다. 일본 측의 기록에 명병의 수급 6천여를 베었다고 한 것이 있는데 이걸 과장이라 할지라도 명군의 손실이 훨씬 컸던 것이 사실이다.

병기만을 비교할 때 평양성 승리를 대포에서 찾는다면 벽제관 싸움에선 조총에 호되게 당한 셈이었다. 그간 왜군은 조총의 공급을 늘려 화력을 한곳에 집중시키는 전법을 자주 썼다.

참고로 입화종무라는 장수의 부대편성을 보면 기마병 2백12, 기치 72본, 철포조총 3백50정, 궁수 91, 창수 6백41, 보군 1천2백42, 총 2천6백7로 돼 있다. 이것을 4개로 나누어 먼저 조총사격을 한 다음 기마병이 달려들고 창수가 뒤를 좇는다. 칼을 든 보병이 맨 나중에 돌격하는 순서였다.

연일 비가 멎지 않았다. 명군의 숙영지는 온통 진흙탕이 되었다. 군량이 넉넉지 못한 데다 마초도 동이 났다. 엎친 데 덮친 꼴로 말의 돌림병이 퍼져 수삼 일 사이 1만 마리가 죽었다.

개성서 내려올 적에도 그랬지만, 임진강을 건너는 데 또다시 애를 먹었다. 강물이 반쯤 녹아 그냥 걸을 수도, 배를 탈 수도 없었다. 칡덩굴과 밧줄로 엮은 부교 같은 것을 만들어 배들을 두릅처럼 매어 그 위에 걸치었다.

도강한 명군은 동파역에서 며칠간 머물더니 고작 3백의 군사를 임진강 변에 배치하고는 개성 방면으로 철수했다.

도체찰사 류성룡은 군량을 대기에 번번이 홍역을 치르곤 했다. 육로 수송으로는 어림도 없는 노릇이었다. 대군이 한 군데 주둔하고 있으면 금세 곳간이 바닥났다.

강화도에서 배편으로 좁쌀과 마초를 실어왔고, 충청도와 전라도의 세곡을 급히 운반했다. 명군은 사기가 떨어지고 군기도 문란해졌다. 명군의 장수들은 이여송에게 청했다.

"군량이 떨어졌으니 싸울 도리가 없습니다. 군사를 요동으로 돌릴 수밖에 없겠습니다."

집단적인 하극상 같은 것이었다. 격노한 이여송은 류성룡과 호조판서 이성중, 경기좌도관찰사 이정형을 불러내 뜰 아래 꿇어앉혔다.

"우리 대명의 군사는 당신네 나라를 지키기 위해 멀리 나왔소. 그런데 군사들의 배를 곯게 하고, 말을 죽이게 하다니 군수물자를 책임지고 있는 당신들은 죄를 면할 수 없소. 비록 내 부하는 아니나 대명률로 다스리겠소."

역관의 통변을 들은 류성룡은 눈물을 흘릴 뿐 입을 열지 못했다.

임금이 수모를 당하면 신하는 죽는다고 했다. 한 나라의 대신이 이처럼 기막힌 치욕을 당했으니 임금께도 누를 끼친 것이다. 그러나 어찌하랴. 죽을 수도 없다.

류성룡은 말없이 이여송을 쏘아보았다. 그러자 이여송은 좌우의 부하들을 훑어보며 큰 소리로 꾸짖었다.

"그대들은 전번 서하에서 싸울 때 군사들이 여러 날 굶주렸어도 회군하자는 말을 하지 않았다. 참고 견디며 싸워 마침내 반란군을 토벌하여 큰 공을 세웠다. 그걸 잊었는가! 지금 조선 조정이 수삼 일 군량을 대지 못했다고 해서 어찌 감히 그따위 소리를 하는가. 돌아가고 싶은 자는 어서 돌아가라! 나는 왜적을 멸하고 나서야 귀환하여 그대들을 군법으로 다스리겠다."

장수들은 무릎을 꿇고 공수拱手하며 일제히 읊조렸다.

"제독! 우리가 실수했습니다. 용서하십시오."

"유대인께 미안하게 됐습니다. 아까는 하도 화가 치밀어 나도 모르게 대신들에게 욕된 짓을 했으니 깊이 사과드립니다."

이여송의 말이었다. 류성룡도 마음을 돌렸다. 이여송이 그렇게까지 하지 않고서는 휘하의 부장들을 통제할 수 없다고 생각했기 때문일 것이다. 그러나 조선의 관원들도 과연 최선을 다했는지 책임을 추궁하지 않을 수 없었다.

일벌백계의 본보기를 보여 주어야 정신들을 차릴 것이다. 개성 경력 심예겸의 과오가 드러났다. 류성룡은 심예겸을 잡아다 곤장을 치게 했다.

"내가 명국 제독에 당한 분풀이를 하려는 것이 아니다. 왕명을 어겼기에 너를 치죄하는 것이다."

그러나 나졸들은 곤장을 힘껏 내리치지 않았다. 류성룡이 미리 일러놓았던 것이다.

이날 저녁 이여송은 류성룡과 이성중을 자신의 군막으로 초대했다. 이여송은 손님들 잔에 술을 따르고 함께 마시기를 청했다.

"낮의 일을 거듭 사과드립니다. 적을 앞에 둔 진중이라 예의에 벗어난 것을 너그럽게 보아 주시지요."

"자세히 규찰해 보니 우리 측에도 잘못이 있었습니다. 해당 관원을 다스렸으니 앞으로 제독의 심려를 끼치는 일은 다시 일어나지 않을 것입니다."

류성룡도 정중하게 화답을 했다. 주객은 통변을 사이에 두고 군사문제를 상의했다.

이때 함경도 영흥 근처에 주둔하고 있는 가등청정군이 고립을 면하기 위해 도성으로 이동하거나 아니면 허를 찔러 평양성을 공격할 것이란 탐보가 있었다.

가등청정은 조선의 두 왕자를 계속 감금하고 있다. 소서행장 등은 화의를 원하고 있지만 가등청정은 풍신수길에게 충성을 다하려고 싸움을 마다하지 않는다.

이여송이 좀더 신중을 기해 왜군을 공격했더라면 벽제관의 패전은 없었을 것이다. 가등청정은 함경도에 고립이 되고 왕자를 석방하라는 요구를 거절할 수 없는 궁지에 빠졌을 법도 하다.

류성룡이 이런 생각을 하고 있는데 이여송은 술잔을 내리며 말했다.

"평양은 명나라와 조선을 잇는 중심지가 아닙니까. 만약에 왜군에게 평양을 뺏기면 군수물자의 운반이 끊어지게 될 뿐 아니라 우리의 대군이 돌아갈 길이 막혀버리지요."

또 시작이구나 하여 심란해진 류성룡은 웃으며 건네었다. 그간의 접촉을 통해 류성룡은 이여송의 성격을 나름대로 헤아리고 있었다. 담대함과 소심함, 용맹스러움과 비겁함 이런 상반된 것들이 때와 상황에 따라 변덕스럽게 드러났다.

행동거지도 일관성이 모자랐다. 그러나 마음속엔 조선인에 대한 호의

와 동정이 깔려 있는 듯했다. 같은 핏줄을 속이지는 못하고 있다.

"제독의 말씀도 일리가 있어요. 하지만 가등청정이 그런 무모한 짓을 하겠습니까. 전번 평양성의 대패를 알고 있을 터인즉, 어떻게 해서든지 도성의 왜군과 합류하려고 하겠지요."

류성룡은 이처럼 우회적으로 이여송의 의견에 반대했다. 명군이 다시 평양으로 후퇴하면 전쟁은 더욱 교착상태에 빠질 것이다. 조선은 명군이 좋아서 받아들인 것이 아니다.

하루속히 왜군이 자기 나라로 패주하고 명군도 이 땅에서 철수해야 한다. 지금 백성들은 제대로 농사를 짓지 못해 미구에 굶주림에 시달릴 것이다. 아니 벌써 도처에 굶어죽은 송장들이 산과 들에 흩어져 있다.

이여송은 물끄러미 류성룡을 쳐다보더니 "유대인은 문신이시오. 군사에 관한 일은 이 이여송에게 맡기시오." 하며 논의를 피했다.

"아무렴 제독의 의견을 존중하지요. 아까 그렇게 말씀드린 건 가등청정이 내려오기 전에 도성을 탈환함이 상책이 아니겠는가 해서 여쭌 것뿐이지요. 오늘 아침 장계가 당도했는데 지금 전라도 순찰사 권율이 고양 행주산성에 포진하고 한강의 운항을 통제하고 있습니다. 그 밖에도 도원수 김명원을 비롯한 대장들이 이끄는 조선군이 임진강을 사이에 두고 여러 곳에 포진하고 있어요. 제독께서 도성으로 진격하신다면 조선의 군사들은 용기백배하여 앞장을 설 것입니다."

류성룡은 애써 이여송의 마음을 잡으려 했다. 그러자 이여송은 코웃음을 치며 맞받았다.

"조선군이오? 아니 벽제 싸움에서 김명원은 뒷전으로 물러나 있지 않았습니까? 내 조선을 존중하여 조선군에게 군령을 내리지 않고 있으나 김명원이 명나라 장수였다면 군문효수요."

류성룡은 할 말이 없었다. 김명원의 기천군사가 전투에 참가했더라도 왜군을 격멸하지는 못했을 것이다. 결과적으론 김명원의 판단이 옳았다. 그러나 이여송의 말에도 나름의 이치가 있었다.

류성룡은 허망한 생각에 잠겨 있었다. 남의 나라 제독을 움직일 방도가 없는 것이다.

얘기를 권율에게로 돌린다.

당초 광주목사로 있다 전주로 침입하려는 왜군을 격퇴하고 전라도 순찰사로 승진했다. 주변의 의병들을 감영군에 편입하여 병력을 크게 늘렸다.

왜군이 진주성에서 패퇴하고 청주와 공주 지방이 수복되자 권율은 전주에 남아 있을 필요가 없다고 판단하고 서서히 북쪽으로 이동하여 먼저 수원의 독성산성을 차지했다.

이때 국왕의 군령이 내려왔다.

「명군의 주력이 임진강을 건너 도성의 왜군을 공격하려 한다. 경은 군사를 이끌고 행주로 전진하여 한강을 차단할 것이다.」

이 군령은 류성룡의 건의를 국왕이 윤허한 것이다. 권율은 지체 없이 한강을 건너 행주산성에 들어갔다. 그러자 벽제 전투 후 명군이 개성으로 철수한 사실을 알았다.

성중의 군민들 사이에 큰 동요가 일어났다. 당장 왜군의 좋은 먹이가 될 위험에 처했기 때문이다.

행주산성은 도성에서 20리, 본디 돌로 쌓은 성이 아닌 토성이었다. 권율이 이곳에 진을 친 건 그 자신의 작전 구상이 아니라 왕명에 따른 것이었다.

권율은 산성을 두루 답사하고 배수진을 칠 수밖에 다른 방도가 없다고 판단했다. 다행히 산성은 한강 쪽으로 3면이 가파른 낭떠러지고 북쪽 언덕배기만이 진입로를 이루고 있었다.

권율은 언덕배기를 중심으로 둔덕을 돋워 목책을 세웠다. 외곽이 뚫릴 경우에 대비해서 안으로 다시 목책을 둘렀다.

실상 행주산성으로 전진하라는 군령은 시간과 상황이 서로 어긋난 것이었다. 파주에서 도성을 향해 진격하려는 이여송군을 엄호할 계책이었으나, 이여송군은 벽제관 전투 후 곧장 개성으로 후퇴했기 때문이다.

속된말로 권율은 낙동강 오리알 같은 처지가 된 것이다. 권율은 스스로 죽음을 결의하고 비장한 군령을 내렸다.

"도강한 나룻배를 모조리 불태우라. 죽음으로 산성을 지키는 것밖에 살길은 없다."

이때 산성엔 약 5천의 군민이 있었다. 이중 절반가량이 군사들이었다. 조방장 조경, 승장 석처영, 고산현감 신경희 등이 휘하의 장수였다.

왜군의 병력은 3만, 총대장은 우희다수가, 소조천융경, 흑전장정, 소서행장 등이 주력을 이루고 있었다.

이여송군이 후퇴한 것을 알게 된 왜군은 바윗돌로 계란을 치듯이 행주산성을 공략하여 크게 기세를 떨치려고 했다.

왜군은 7개 부대로 나누어 산성을 겹겹이 포위했다. 소보사 변이중은 화차라고 하는 새로운 장비를 만들었는데 달구지에 방패를 세우고 각종 총통을 발사하는 요즘의 장갑차 비슷한 것이었다.

석포라 하여 나무의 탄력을 이용한 척석기도 만들었다. 또 군사들마다 백병전에 대비해서 재를 담은 주머니를 허리에 찼다.

왜군의 선진은 소서행장군이었다. 평양에서 패한 뒤 벽제관 전투에 참가하지도 못해 명예회복의 기회를 노리고 있는 참이었다.

왜군은 조총부대를 앞세워 교대로 사격을 가하면서 공격해왔다. 왜병들이 목책에 접근하자 조선군 화포가 일제히 불을 뿜었다. 돌덩이와 화살이 순식간에 조총수들을 쓰러뜨렸다.

왜군의 기마병들은 목책을 뚫으려고 파상 공격을 되풀이했으나 그때마다 조선군 궁수들의 어김없는 표적이 되곤 했다. 이렇게 되자 왜군의 보병들은 감히 앞으로 나갈 엄두를 내지 못하고 땅바닥에 엎드리거나 그늘에 몸을 피했다.

선진이 공격에 실패하자 석전삼성이 이끄는 부대가 함성을 지르며 미친 듯이 달려들었다.

목책 뒤켠에서 진두지휘를 하던 권율은 진천뢰 공격을 명했다. 도화선에 불을 붙이고 알맞은 시간에 언덕 아래로 굴리면 왜군 대열 한복판에서 굉음을 내며 터지곤 했다.

왜군의 3진은 흑전장정의 부대였다. 진천뢰의 폭음이 마필들을 놀라게 하여 왜군의 전열을 교란하는 데 큰 몫을 했다.

총대장 우희다수가는 22세의 혈기왕성한 청년 장수였다. 화가 머리끝까지 치민 그는 말고삐를 조이고 앞장을 서며 군사들을 독려했다. 왜군 보병이 필사적으로 목책에 접근하여 불을 질렀다. 조선군은 아낙네들이 이고 온 물동이를 던져 목책의 불을 껐다.

화차의 총통이 적장 우희다수가를 향해 집중 포화를 퍼부었다. 말에서 떨어진 우희다수가는 중상을 입고 들것에 실려 후송되었다. 그래도 왜군은 집요한 공격을 되풀이했다.

마침내 바깥 목책이 뚫려 일단의 왜병이 몰려들었다. 창으로 무장한 승군이 돌진하여 왜병들을 물리치고 목책을 메웠다. 처절한 육박전이 계속되었다. 부녀자들은 돌덩이를 나르고 끓인 물을 날라다 왜병들에게 퍼붓기도 했다. 새벽부터 시작한 싸움이 저녁 무렵까지 끝나지 않았다.

이때 경기수사 이빈이 배 십여 척에 화살을 싣고 산성 뒤 강변에 당도했다. 화살을 내려놓은 선단이 횃불을 켜며 하류켠으로 움직이자 왜군은 크게 당황해 하는 듯했다. 퇴로를 차단하거나 배후를 공격하려는 것으로 속단했던 것이다.

왜군은 공격을 멈추고 서서히 퇴각하기 시작했다. 조선군의 추격을 막기 위해 조총부대를 남겨놓고 산발적으로 사격을 하면서 보병부터 서둘러 철수했던 것이다.

권율이 반격 명령을 내리자 조선군은 조총수들을 덮쳐 1백이 넘는 왜병의 머리를 베었다. 이날 왜군은 3백의 시체를 수습하지 못한 채 창황하게 패주했다.

군사들은 왜병의 시체를 갈기갈기 찢어 나무에 걸고 맺힌 원한을 풀었다. 행주산성 전투는 왜군에게 평양성의 경우보다 더한 타격과 치욕을 안겨주었다. 3만 대군이 기천의 조선군이 지키는 작은 성채를 뺏지 못하고 큰 손실을 입은 채 퇴각하지 않을 수 없었으니, 전혀 변명의 여지가 없었던 것이다.

일본 측 기록에 『길견가조선진일기吉見家朝鮮陣日記』라는 것이 있다. 길견은 행주산성 싸움에 참가했던 장수의 이름이다.

"2월 12일. 한성으로부터 3리가량, 큰 강가에 조선인들이 새 성채를 만들었다. 한켠은 강물, 한켠은 논밭, 또 한켠은 산등성이인데, 소서행장의 부대가 첫 번째로 공격을 했다. 돌과 화살, 포환이 비오듯 쏟아졌으나 우리 편 3만의 군사가 막무가내로 달려들었다. 이 싸움에서 길견삼하수와 그 밖의 장령들이 장렬하게 전사했다. … 또한 길견가의 군사 40여 명도 죽거나 부상을 입었다. 그처럼 치열한 싸움은 처음 경험한 것이었다. 때마침 조선 수군이 수백 척의 배로 쳐들어왔기에 일본군은 공성을 단념하고 도성으로 철수했다."

여기서도 왜군이 조선 수군을 얼마나 두려워했는지 엿볼 수 있다.

이여송은 평양으로 향하는 도중 평산에서 행주산성의 승리를 알게 되었다. 동생 여백에게 "개성에서 후퇴하지 말았어야 했다. 네가 하도 주장하기에 따르지 않을 수 없었는데 권율의 전공을 들으니 대국의 대장으로 부끄럽기 그지없구나." 하며 탄식했다. 그리고는 장세작에게 다시 남하하여 개성을 지키도록 명했다.

본디 권율은 무관이 아니었다. 양촌 권근의 6대손이며 영의정 철의 아들로 문과에 급제한 명문 출신이다. 문무겸전의 명장으로 이름을 떨치게 된 것이다.

안변에 주둔하고 있던 가등청정은 개성 철수와 행주산성의 패보를 듣고는 크게 기세가 꺾이어 한성으로 후퇴할 작정이었다. 군량이 떨어졌을 뿐 아니라 혹한에 시달린 군사들의 사기가 극도로 저상돼 있었다.

단천 길주 등 일대에서 일어난 조선의 의병들은 밤낮으로 왜군 진영을 습격하여 잠시도 쉴 틈을 주지 않았다. 이때 평양으로 내려온 경력 송응창은 막료인 빙중앵을 함경도로 보내 가등청정과 접촉하게 했다.

최우라는 조선 무관이 빙중앵을 인도하여 안변부의 관아에 도착했다.

가등청정은 동헌에서 사신을 맞았다. 진사 한격은 두 왕자를 수행하다 포로가 되었는데 그 사이 일본말을 익혀 통변을 했다. 빙중앵은 가등청정을 노려보며 큰 소리로 말했다.

"대명과 조선은 형제지국이다. 조선의 왕자가 생포되었기에 내가 이곳까지 와서 석방을 요구키로 한 것이다."

"귀공이 호위병도 없이 일본군 진중을 방문한 것은 매우 당돌하면서도 용기가 있는 일이다. 나는 대명국과 화의를 맺기를 원한다. 귀공과 단 둘이 얘기를 나누고 싶다."

가등청정은 통변만 남기고 조선인들을 물러나게 했다. 가등청정과 빙중앵 간에 어떤 밀담이 오간지는 알 수 없다. 다만 빙중앵이 두 왕자를 석방하라는 요구에 가등청정이 호락호락하지 않은 것만은 분명하다. 빙중앵은 아무 소득 없이 빈손으로 되돌아갔기 때문이다.

그러나 가등청정은 더 이상 함경도에서 버틸 수 없음을 깨치고 후퇴 명령을 내렸다.

명군과 조선군이 개성에 있는 줄로 알았던 가등청정은 해안을 따라 남하하여 금강산을 끼고 돌아, 동북 방면에서 한성을 향해 행군을 계속했다. 마침 큰 눈이 내려 왜군은 험준한 고개를 넘지 못해 산속에서 동사하는 군졸들이 적지 않았다.

왜군 병사들은 아귀떼처럼 민가를 뒤져 먹을 것을 찾았으나 낟알 한 톨 남지 않아 허기를 채울 수가 없었다.

사력을 다한 가등청정군이 서울 동대문에 당도했을 때 1만5천의 병력이 7천으로 줄고 있었다. 도성에 들어온 가등청정은 왜군의 본진에서 여러 대장들과 상면했다. 성안의 왜군 역시 식량난에 견디다 못해 남쪽으로 철수하여 부산의 교두보만 확보할 것을 의논하고 있는 중이었다.

휘하 군사의 절반을 잃어 제정신이 아닌 가등청정은 술을 퍼마시고 고래고래 소리를 내지르기도 했다.

"군량미가 모자라면 조선의 농가를 털면 된다. 그까짓 행주의 작은 성채를 공략하지 못하다니, 대체 무엇들을 하고 있었던 말인가!"

"조선인은 청야 전술을 쓰고 있소. 먹을 것을 짊어지고 모조리 산성으로 도망쳤단 말이오."

소서행장의 대꾸였다. 군량미의 부족이 심각한 것은 더 말할 나위도 없었다. 조선군과 명군도 마찬가지 사정이었다. 하지만 왜군대장들은 사실 이상으로 과장해서 식량난을 본국에 호소했다. 이런 형편에서 이른바 항왜하는 투항자가 줄지어 나타난다.

그 대표적인 인물이 모하당 김충선이다. 기록에는 이름이 사야가沙也可로 돼 있으나 정확한 것은 알 수 없다. 그는 가등청정의 선봉장으로 부산에 상륙했는데, 영천에서 경상좌병사 박진에게 항복서를 보내어 투항했다.

김충선은 여느 왜장들과는 달리 한문에 능했다. 그는 필담에서 말하기를 「나는 가등청정의 가신으로 어쩔 수 없이 조선에 건너왔다. 조선은 예의지국이며 도의의 나라이다. 풍신수길의 출병은 일본에 내란이 일어날까 두려워 영주들을 밖으로 내몰아 힘을 빼기 위한 것이다. 나는 춘추대의에 비추어 무고한 조선인을 해치는 침략에 나설 수 없다. 조선에 귀화하고자 하니 조정에 이 뜻을 전해 주기 바란다.」 하며 검을 풀어 놓았다.

박진은 국왕께 장계를 올렸고 자신의 휘하에 두어 전투에 참가시켰다. 정유년 왜군이 다시 침입했을 때, 다른 귀화 왜장과 함께 큰 전공을 세워 정이품 자헌대부를 받았다.

국왕은 김해 김씨 성을 내리고 대구 달성에 토지를 주었다. 모하당의 '여름 하' 자는 중화의 '화'와 통한다. 왜의 '무武'를 싫어하고 조선의 '문文'을 숭상했던 셈이다. 항복하는 왜군이 늘어나자 그들만의 부대를 편성하기도 했다.

당시 왜인들은 중국과 조선에 문화적인 열등감을 가지고 있었다. 유교문화가 본격적으로 들어온 것은 풍신수길이 죽고 대란이 있은 뒤 덕천막부가 열린 다음 시대의 일이다.

오랜 전국시대를 거치면서 조총과 창검 같은 병기는 발달했으나 생활용구만 하더라도 도자기 하나 제대로 만들지 못했다. 목기나 토기에 가까운 그릇을 썼다. 그래서 조선서 구운 도자기를 보물처럼 여겼던 것이다.

전쟁이 교착상태에 빠지자 왜군은 진귀한 물건들을 약탈하기에 혈안이 되었다. 그중에서도 불상과 불기, 서적과 서화 등을 닥치는 대로 노략질했다. 이른바 다도가 큰 유행이었다. 풍신수길은 이름난 다인들을 두고 차를 마시는 모임을 자주 가졌다.

다기를 완상하는 것도 빼놓을 수 없는 의식의 한 가지였다. 호가 난 차그릇은 엄청나게 비싼 값으로서 거래되었고 수길이 하사한 물건은 영주들이 가보로 삼았다.

전국을 통일한 후 상으로 나누어 줄 토지가 모자라니까 대신 다기의 명품을 주었다는 얘기도 있다. 그 다기 가운데 으뜸으로 쳤던 것이 이른바 고려다완이다. 조선서는 주막 같은 데 굴러다니던 막그릇인데 일본인의 독특한 취향이 그 속에서 나름의 값어치를 찾아낸 셈이었다.

그릇에 환장한 왜장들은 가마를 찾아다니고 조선의 도공들을 사냥하여 강제로 본국에 데려가기도 했다. 일본의 본주 서북부와 구주 지방의 번주들이 집단적으로 조선 도공을 붙잡아 간 것은 잘 알려진 일이다. 그래서 풍신수길의 조선침략은 저들 말로 '야끼모노노사기' 진쟁이라는 속칭마저 붙어 있다.

장면을 개성의 부아인 행재소로 옮긴다.

행주산성의 승전보는 조선 사람의 자존심을 되살린 것이었다. 명군의 벽제관 전투와 좋은 대비가 되었기 때문이다.

명군 장수들은 조선 땅을 밟았을 때부터 "조선의 군사가 무엇을 했기에 임금이 의주까지 도망을 쳤는가. 오랑캐를 무찌른 우리 명군의 모습을 보고 배우라." 이런 태도로 조선의 벼슬아치들과 장수들을 대했던 것이다.

이순신의 해전과 진주성의 승리, 그리고 처처에서 일어난 의병의 활동을 조선인의 허풍으로 여기고 곧이듣지 않았다.

"너희가 그처럼 잘 싸웠다면 국왕이 중국으로 피신할 생각을 했겠느냐?"

이런 투의 모멸이 명군 장수들을 대하는 사람들을 끊임없이 괴롭혔다.

행주산성의 승첩이 보고되자 국왕은 권율에게 품계를 높여주고 승지를 보내 친서를 내렸다.

「장계를 보니 적은 군사로 적의 많은 군사를 이긴 까닭을 알겠다. 첫째는 지리를 잘 얻은 것이다. 다음으론 배수진을 치고 인화에 힘썼다. 또한 화차와 같은 새로운 무기를 만들어 위력을 발휘했다. 이 모든 것이 너의 탁월한 통솔에서 비롯되었음을 알겠다. 장차 너에게 더 무거운 소임을 줄 것이다.」

조정 안팎이 행주산성의 소식으로 들뜨고 있는데 난데없이 국왕은 중신들을 불러 모으더니 예기치 못한 분부를 했다.

"의주에서도 임금의 자리를 왕세자에게 물려줄 뜻을 밝혔으나 여러 신하들이 반대하는 통에 어쩔 수 없이 그만두었소. 깊이 생각하건대 한 나라의 임금이 적에게 쫓기어 변경까지 피신했다함은 죽어서 열성조들을 뵈올 낯이 없는 치욕이요, 또한 백성들의 기대를 저버린 일이오. 이제 개성을 되찾고 미구에 도성을 수복하려 함에 내 마음은 오히려 무겁고 침통하여 행주산성의 승전을 기뻐하고만 있을 수가 없소. 내 부덕함과 실정을 책임지기 위해 왕세자에게 임금의 자리를 물려줄까 하오."

영의정 최흥원 이하 신하들은 실색하여 서로 얼굴을 마주 보았다. 의주에서 국왕이 양위를 발설했던 것은 어느 정도 이해가 가는 일이었다. 나라의 체통이 땅에 떨어지고, 국왕의 심신 또한 탈진한 상태에 있었기 때문이다. 그러나 평양을 탈환하고 개성에 돌아온 지금의 처지는 어제와 판이하다.

"전하께서 갑자기 뜻밖의 말씀을 하시니 신 등은 낭패하여 어찌할 바를 모르겠습니다. 왜군이 바야흐로 조선을 정복할 수 없음을 깨닫고 도성을 버리고 후퇴하려 하고 있습니다. 이러한 때에 어찌하여 그와 같은 말씀을 하시는지 신 등은 도무지 이해를 하지 못하겠습니다."

이어서 좌의정 겸 도체찰사 류성룡이 아뢰었다.

"전하께서 의주로 거동하신 일로 그토록 심려하심은 한 나라의 임금의 크나 큰 인덕일 것입니다. 그러나 임금이 위급함을 피했다 해서 전쟁에 진 것은 아닙니다. 지금 백성들은 굶주리고 왜적들은 이리떼처럼 조선의 산하를 분탕질하고 있습니다. 명국이 원군을 보냈으나, 이 또한 백성들의 양식을 축내고 있으며 조선 사람 알기를 저들의 종처럼 하고 있습니다.

모름지기 전하께서는 왜적은 물리치고 전란이 수습된 다음 그 같은 분부를 내려야 할 것입니다."

기실 류성룡의 가슴속엔 까닭모를 노여움이 치솟고 있었다. 아니, 그 까닭이야 스스로 잘 알고 있었다. 이여송에게 당한 수모, 명군 장수들의 오만방자한 언동 …. 이 모든 것을 참고 견디어 오직 종묘사직과 백성을 살려야 한다는 일념으로 병이 들거나 말거나 주어진 소임을 다하려 했다. 많은 벼슬아치들 생각도 나와 같은 것이다.

그런데 국왕은 체면을 차리려고 하며 힘에 겨운 임금의 자리에서 도망치고 싶어 한다. 안색이 변한 국왕은 노기를 띠었다.

"지난밤에는 심화병이 도져 내가 갈피를 잡지 못했소. 나는 모르는 일이었으나 무슨 잠꼬대 같은 소리를 하고 울기도 했다는 것이오. 자고로 이 같은 임금이 어디 있었겠는가. 세자는 어질고 총명한 줄 아오. 나이도 이미 스물이 되었으니 나랏일을 감당할 수 있을 것이오. 내 뜻을 거역하지 마오."

류성룡은 고개를 들어 국왕의 얼굴을 살폈다. 그 순간 슬픔과 애처로움이 가슴속을 메웠다. 국왕은 임금의 체면을 차리려고 빈말을 한 것이 아니었다. 신하로서 임금의 고뇌를 제대로 알지 못한 뉘우침이 겹치기도 했다. 그러자 세자 광해군이 바깥마당에 자리를 깔고 앉아 곡을 하며 아뢰었다.

"전하께서 분조를 명하시어 하는 수 없이 전하를 호종하지 못하고 강원도와 평안도를 전전하며 목숨을 부지하였습니다. 전란이 끝나지 않았고, 백성들이 집을 잃고 산과 들을 헤매고 있는 이때 어찌하여 별안간 양위를 하겠다고 하십니까. 전하께서 심화병을 얻으셨다면 그것은 소자의 죄이며 신하들의 허물입니다. 분부를 거두어 주소서."

이것은 물론 하나의 의식이요, 관례이다. 그러나 쓰잘 데 없는 허례인 것만은 아니었다.

"행주산성의 전승 정도에 춤을 추지 말라. 권율을 그곳으로 전진시킨 것을 자랑하고 있으나 그건 우연의 소산이다. 너희들이 목숨을 바쳐 나라에 충성했다면 내가 의주까지 피란하고 이 고생을 하고 있겠느냐."

정녕 국왕이 하고 싶은 말을 이런 것이었고 왕세자는 신하의 허물이란 말로 맞장구를 쳤다고나 할까. 그러자 국왕은 다시 중신들에게 말했다.

"나는 경들과 한 가지 약조를 하고 싶소. 왜적이 모두 물러가면 즉시 왕위를 내놓으려고 하오. 경들이 허락해 준다면 그때까지는 내가 죽음을 무릅쓰고 참고 기다릴 것이오."

아무래도 국왕의 술수가 한수 위인 듯했다. 최흥원은 앉음새를 고치고 말했다.

"신 등의 정성이 부족하여 전하에게 불편함을 끼쳐드린 것은 어디까지나 신 등의 잘못입니다. 그러나 임금은 천명과 인심에 매여 있습니다. 장차의 일을 미리 말씀드리는 것은 신 등이 임금을 섬기는 처사가 결코 아닙니다."

어찌 보면 국왕과 신하들의 이 같은 화답은 전쟁을 한 고비 넘기고 숨을 돌린 여유에서 비롯된 것일 수 있었다.

류성룡은 『징비록』에서 스스로의 감정을 좀체 드러내지 않았다. 담담하게 사실만 기록하려고 했다.

그러나 행간을 더듬으면, 이루 말할 수 없는 고통과 번뇌가 배어있음을 느낄 수 있다. 역사의식에 투철한 사람은 기록을 남긴다.

이순신의 『난중일기』와 함께 『징비록』의 담담한 서술을 그저 그러려니 하고 읽을 수가 없는 것이다.

왜군은 기진맥진하여 완전히 전의를 잃고 있었다. 3월 하순, 석전삼성 등 풍신수길이 파견한 막료들이 도성 안팎의 병력을 점검했는데 부상자와 병자를 포함해서 5만3천이었다.

조선에 침입한 지 1년, 당초의 13만 병력이 절반 이하로 줄어든 것이다. 거기다 식량 사정이 극도로 악화되어 병졸들은 쌀에 조를 섞은 멀건 죽을 먹고 있었다. 또 돌림병이 퍼져 군사들의 사기를 더욱 저하시켰다.

이런 상태에서는 도성을 장기간 부지할 수가 없었다. 소서행장 등 왜장 17명은 연명으로 된 보고서를 풍신수길에게 올렸다.

−. 태합 전하께서 올 봄에 바다를 건너오신다고 하셨으나 이 결정을 연기하시기 바랍니다.
−. 도성의 군사들은 죽을 먹고 있으며 금년 4월 중순까지는 견딜 수 있습니다.
−. 부산포의 군량은 운반이 매우 어려운 실정입니다.
−. 전라도와 경상도의 공략은 장수들이 상의하여 면밀한 계획을 세운 다음 거행할 것입니다.
−. 이 양도를 공략한 후 군량 운반이 가능한 지점에 견고한 성을 쌓아 지킬 것이니 금년 도해하심을 연기하시기 바랍니다.
−. 도성에서 부산포를 연결하는 여러 성채 중 세 군데가 비어 있으므로 도성에 있는 병력을 보내 지키게 할 것입니다.

도성을 버리고 후퇴한다는 말은 한 마디도 없으나 일부 병력을 남하시키겠다는 것으로 사실상 도성 철수를 요청한 것이다.

보고서를 접한 풍신수길은 병력의 손실에 경악하여 덕천가강 전전이가 이달정종 등 번주들에게 출병 명령을 내렸다. 이런저런 핑계를 대고 당초의 병력 동원에서 빠졌던 사람들이다. 그러나 군대를 수송할 선박이 모자라 이 명령 또한 흐지부지되었다.

풍신수길이 증원군 파견을 명한 것은 일테면 오기에서 나온 허세였다. 평양성 패퇴 이후 풍신수길은 크게 실망하여 전쟁의 계속이 어렵게 됐음을 알고 있기 때문이다.

그의 조선침략의 저의가 지방 번주들의 힘을 빼는 데 있었다고 한다면 엄청난 병력 손실에 놀란 것도 어쩌면 괜한 허풍이었을지 모를 일이다.

소서행장이 심유경과 강화협상을 벌인 사실도 알고 있었을 것이다. 그런데도 소서행장을 질책하지 않았으니 풍신수길의 진짜 의도가 무엇이었는지 더욱 아리송해진다.

입명가도, 명나라에 들어가는 데 길을 빌리라. 이런 구실을 내세워 필경은 조선 땅을 집어삼키거나 일부를 잘라먹을 속셈이었다 해도 할 말이 없을 것이다. 그것도 조선군의 유격전과 수군의 활약으로 어림 반푼어치 가망도 없게 된 판국이었다.

풍신수길 자신도 강화협상에 기대를 걸고 철병을 생각하고 있었을 것이다. 풍신수길은 보고서에 연명한 장수들 하나하나에게 꼭 같은 내용의 명령서를 보냈다.

一. 도성의 병력을 철수한 다음 상주를 점거하고 진주성을 반드시 공략해야 한다.

一. 진주성을 포위하기 위하여 부산포, 김해, 웅천 등 군량미 수송로를 확보할 것.

一. 철포조총, 화약, 된장, 소금, 정어리, 채소 종자 등을 병력이 십결한 장소에 보급하게 될 것이다.

一. 조선 도해는 중지한다.

그 밖에도 자질구레한 지시를 빠짐없이 내리고 있다. 이것을 보면 풍신수길이 얼마나 진주성의 패전을 분하게 여기고 있었는지 알만하다.

"평양에선 대명의 군대와 싸워 세불리하여 후퇴했다. 그러나 조선군만이 지키는 진주성을 함락하지 못한 것은 큰 수치이다. 도성을 버리더라도 기어이 진주성의 복수를 해야 한다."

이게 풍신수길의 심정이었을 것이다. 왜장들은 풍신수길의 명령서를 받고 모두가 안도의 한숨을 내쉬었다.

그러나 도성을 철수하기 전에 명국과의 강화를 성사시키지 않으면 안 되었다. 조선군과 싸우는 것이야 어쩔 수 없다손치고, 최소한 명군의 추격만은 막아야 했기 때문이다.

한편 평양의 이여송은 풍신수길이 증원군을 파견한다는 뜬소문을 믿고 도성 수복에 나설 마음이 더욱 위축되었다.

"왜군은 행주산성에서 대패하여 사기가 크게 떨어졌다. 기회를 미루지 말고 도성을 공략하면 반드시 성공할 것이다."

류성룡을 비롯한 대신들의 집요한 주장에 이여송은 신물이 날 지경이었다.

그때마다 이여송은 제때 군량미를 공급하지 못하는 조선 측의 무능을 탓했다.

"군량미가 불안해서 군사를 움직일 수 없다."

이여송은 송응창과 의논하여 심유경을 시켜 왜국과의 강화협상을 재개하기로 했다. 미우나 고우나 심유경이 왜장들과 지면이 있고, 또 처음부터 병부상서 석성의 내명內命을 받아 협상에 나선 사람이기 때문이다.

이여송은 심유경을 술자리에 초청하고 지난 일을 사과했다.

"내가 심 장군을 오해하고 있었소. 우리 군사는 사막과 초원에서 싸운 강병이오. 헌데 조선에 와서는 추위와 굶주림에 시달리고 있소. 이제 왜군도 지칠 대로 지쳐 도성을 지탱할 수 없는 형세가 되었소. 이를 분하게 여긴 풍신수길은 대군을 증파하여 다시 요동 지방을 넘본다는 것이오. 아다시피 명국은 증원군을 보낼 형편이 아니오. 장군이 진력하여 화의를 성사시켜야 하겠소."

"왜국의 장수들도 풍신수길을 두려워하여 마지못해 군사를 거느리고 조선에 온 것이오. 소서행장이 내게 솔직하게 털어놓았소. 경략과 제독의 생각이 나와 같으니 적이 다행스런 일이오. 다만 왜국의 항복을 받아야만 황제께 상주할 수 있을 것이니, 반드시 항복문서를 받도록 힘을 다할 작정이오."

심유경은 주먹으로 가슴을 두드리며 장담했다. 그는 소수의 수행원을 데리고 개성에 이르러 조선의 대신들과 만났다.

심유경은 경략 송응창의 이름으로 된 패문일종의 통지문을 류성룡에게 내보였다.

「왜적들은 이미 명국에 진공할 것을 애걸하였다. 왜군은 식량을 약탈하고 조선의 인민을 살육하는 것을 금지시켰다. 그러므로 우리도 우리 군졸들이 왜병을 죽이는 것을 못하게 했다. 조선 군사가 왜적과는 같은 하늘을 이지 않는다는 것을 잘 알고 있다. 하지만 왜적은 손바닥을 부비며 화의를 애걸하고 있다. 따라서 조선의 군사가 보복을 하기 위해 왜군을 공격하는 것은 부질없는 일이다. 이제부터 왜병을 죽이는 자가 있으면 법에 따라 엄벌에 처할 것이다.」

강화협상을 시작할 것이니 모든 군사행동을 중지해야 한다는 것이었다.

류성룡은 정색하며 심유경에게 항의했다.

"명국이 왜국과 화의를 도모하려는 것을 우리가 막을 수는 없소. 하지만 조선의 인심이 분통을 터뜨리며 화의에 반대하고 있음을 분명히 아셔야 하오. 왜적들은 아무 명분도 없이 조선을 침략하여 일찍이 없었던 국난과 참화를 가져왔소. 조선 땅은 저희 땅이 아니오. 마음대로 들어오고 나가고 하다니 강화가 어디 있으며 휴전이 어디 있소. 화의를 하고 싶으면 그렇게 하시오. 조선군은 왜적의 마지막 한 놈까지 남김없이 죽일 것이오."

"유대인! 고정하시오. 조선 사람의 원한을 내가 왜 모르고 있겠소. 그러나 전쟁이라는 것은 싸울 때와 싸우지 않을 때가 있는 법, 십 년 이십 년을 내리 싸울 수는 없지 않소. 아무튼 명국은 왜적의 항표를 받으면 화의를 할 것이니 그리 아시오."

오만불손한 심유경도 류성룡의 험악한 서슬에 눌린 탓인지 구차한 변명을 했다.

심유경은 동파를 거쳐 임진강에서 배를 타고 한강에 접어들어 곧장 용산에 도착했다. 심유경은 이곳의 왜군 본진에서 소서행장과 상봉했다.

"내 평양성이 수복되기 전 화의에 관한 천조의 회답을 약조한 바 있으나 그 뒤 형세가 여의치 못해 대답을 전할 기회를 얻지 못했소."

심유경의 말에 소서행장은 재회의 인사를 건넨 다음 이렇게 화답을 했다.

"태합 전하께서 대사를 내게 맡기셨소. 대명국에서는 심 장군이고 일본서는 이 사람 소서행장이오. 모쪼록 화평을 이루도록 함께 진력하십시다."

"황제폐하의 윤허를 얻자면 일본의 항복이 필요하오."

"모든 일은 장군께서 명호옥의 본영에 가시어 태합 전하를 뵙고 결정하면 될 것이오."

소서행장은 어떻게 해서든지 화의를 성립시키려고 애를 쓰는 듯했다.

"알겠소. 귀군의 가등청정이 아직도 조선의 두 왕자를 석방하지 않고 있는데 일본이 진정으로 화의할 의사가 있다면 먼저 조선의 왕자를 풀어주어야 할 것이오."

"왕자들을 생포한 건 가등청정의 공이오. 같은 장수의 처지에서 이래라 저래라 할 수는 없소. 이 역시 태합 전하께서 가부간의 결정을 내리실 일이오."

이렇게 변명을 했으나 왕자들을 볼모로 잡고 있는 한 조선군의 공격을 견제할 수 있다는 계산이 없지 않았을 것이다.

"명국의 사신이 태합을 뵙고 항복문서를 받자면 시간이 많이 걸릴 것이오. 강화가 성사되기까지 전투를 중지함이 좋겠소."

"일본군도 휴전에 동의하겠소. 미구에 한성에서 철수할 것이니 일본군을 추격하는 일이 없도록 장군께서 보장해야겠소."

"그것은 조금도 염려하지 마시오. 이미 경략과 제독의 이름으로 일본군과 싸우지 말 것을 명했소. 다만 조선군이 명령에 따르지 않을지도 모르오."

심유경은 싱긋이 웃으며 대꾸했다.

왜군은 명군의 양해를 얻고, 큰 불안 없이 도성에서 철수할 수 있었나. 조선 사람에게 그것은 영락없는 야합이었다.

여기서 빼놓을 수 없는 것이 승군의 활약이다. 묘향산에 청허선사 휴정이란 고승이 있었다. 70 노령으로 불전에 통달하고 시문의 격이 높아 양반 사대부들과도 교분이 넓었다.

국왕이 평양 행재소에 들어 두 달쯤 지나서였다. 그러니까 작년 여름의 일이다. 휴정이 평안도와 강원도 일대의 승군 1천명을 거느리고 평양성에 들어와 행재소를 찾았다. 승군은 10여 개 부대로 나누어 활과 창으로 무장하고 있었다.

국왕은 기력을 탕진하여 침식마저 불순한 상태였다. 초췌한 임금의 용색을 본 휴정은 잠시 느껴 울고 아뢰었다.

"전하를 뵈오니 할 말을 잊었습니다. 평소 국태민안을 기원해 온 불자로서 임금과 백성을 볼 면목이 없습니다."

"노구를 이끌고 이곳까지 찾아왔으니, 선사의 충성에 부처님도 감동할 것이오."

국왕의 말이었다.

"생각 같아서는 소승이 검을 들고 승군의 앞장을 서고 싶으나 그럴 힘이 없기로, 문도 가운데 존경을 받고 기력이 왕성한 사람들로 하여금 처처의 사찰에서 기병을 하게 했습니다. 계속해서 8도에 창의문을 띄워 승군을 떨치게 할 것입니다."

늙은이답지 않은 쩌렁쩌렁한 음성이었다.

"장한 일이오. 왜인들은 불교를 많이 믿는다고 들었소. 조선의 승군을 두려워할 것이오. 여느 때 승려들은 나라의 은혜를 입은 것도 없으면서 이처럼 의병을 일으켰으니 내 임금으로 부끄러울 따름이오."

"지금 전하의 말씀을 격문 속에 넣어 널리 알릴 것입니다. 모든 불자들이 감읍하리라 믿습니다."

"이 검으로 전국의 승군을 자휘하오."

국왕은 도원수에게 내리는 보검과 청룡 두 마리를 수놓은 영기令旗를 하사했다. 평시 같으면 어림도 없는 대접이다. 나라의 척불정책으로 승려를 천대하던 시절이다. 승복으로는 도성문 통과도 못했던 것이다.

국왕은 또한 예조의 건의에 따라 '일국도대선사 8도선교도총섭一國都大禪師 八道禪敎都摠攝'이란 어마어마한 호칭을 내렸다. 조선의 불교를 총괄하는 우두머리라는 뜻이다.

휴정은 알현을 마치고 나와 순안 법흥사에 본진을 두고 사방에 창의문을 돌렸다. 지리산의 처영이 행주산성 전투에 참가한 것도 휴정의 명령에 따른 것이다.

호가 사명산인인 유정은 금강산 표훈사에서 승군을 모았다. 유정은 용모가 출중하고 위엄이 있어 신도들이 생불처럼 숭상했다. 어느 날 절간에서 강을 하고 있는데 왜병들이 난입했다. 신도들은 모두 몸을 피했으나 유정은 혼자 태연하게 왜군 장교를 응시했다. 왜병들은 감히 유정을 범하지 못하고 절을 떠났던 것이다. 이 뒤로 유정의 존재는 왜군 사이에서도 유명해졌다.

"우리는 속인들과 달리 차별을 받았다. 그러나 사찰전을 가꾸어 불공을 드리며, 불전을 공부할 수 있는 것도 나라의 은혜이다. 나라가 망하면 사찰도 망한다. 모름지기 의군을 일으켜 왜적을 물리치고, 산중에 피란하는 백성들을 구제해야 한다."

유정의 설법이었다.

승군은 관군이나 다른 의병과 함께 싸운 경우가 많았지만, 깊은 산속의 절을 지킨 승군은 별로 기록에 남지 않은 독자적인 공로가 있었다.

유정의 설법대로 산속에 피신한 굶주린 백성들에게 죽을 끓여주고 병을 고쳐주었던 것이다. 그뿐 아니라 승군은 산속에서 길을 몰라 헤매는 왜병을 기습하는 장기를 발휘했다. 이렇게 되자 웬만한 병력이 아니고는 깊은 산에 들어갈 엄두를 내지 못했다.

가등청정이 함경도에서 서울로 후퇴하는 도중에도 밤낮없이 승군의 습격을 받아 숱한 희생을 내고, 무기와 식량을 뺏겼던 것이다.

개성 행재소로 장면을 바꾼다.

왜군의 도성 철수가 시작되자 평양에 있던 이여송은 행군을 재촉하여 개성에 도착했다. 새로 증파된 부총병 유정의 군사 5천을 포함하여 약 3만 병력이었다.

국왕은 이여송을 접견하고 그간의 노고를 치하했다. 평양성전투 전 정주에서 대면한 데 이은 두 번째 만남이었다.

국왕은 먼저 조선을 돕기 위해 어려움을 무릅쓰고 군대를 보내준 황제에게 거듭 사은하는 뜻에서 서쪽을 향해 네 번 절했다. 그리고는 이여송과 마주 일어서서 읍을 했다. 황제의 칙사로 대접했기 때문이다. 이여송은 다시 꿇어앉아 머리를 조아렸다.

"타향에서 수고가 많으시오. 계속된 진중이라 더욱 그러할 줄 믿소. 우리가 군량을 제대로 대지 못해 명군의 활동에 지장을 주고 있으니 대단히 미안한 일이오."

이여송이 평양까지 물러난 핑계가 군량미와 말먹이 타령이었다. 국왕은 그의 체면을 살리려고 한 것이다.

"조선 군사들이 끼니를 거르고, 또 백성들이 적잖이 아사하고 있음을 잘 알고 있습니다. 명나라도 흉년이 거듭되어 식량 사정이 좋지 못합니다. 왜군 역시 그렇습니다만 전쟁이 길어지면 식량과의 싸움으로 됩니다. 저희들이 평양으로 물러선 것을 부끄럽게 생각합니다. 다행히 조선의 대신들이 독려하여 이곳 개성의 창고가 차츰 채워지고 있다하니, 매우 다행스런 일입니다. 왜군은 도성에서 철수하기 시작했으나 조선의 두 왕자를 볼모로 데리고 가겠기에 왜군을 추격하기가 곤란한 것입니다. 또한 심유경이 왜장들과 만나 회의를 협상 중에 있어 당분간 추이를 보아야 할 것 같습니다."

이여송은 비교적 솔직하게 생각을 털어놓는 듯했다. 큰소리치기를 좋아하고 화를 잘 냈으나 뒤가 없다는 평을 들었다.

"남으로 후퇴하는 왜군은 의병을 포함한 조선군에게 꽤 시달림을 당할 것이오. 얼마 전 각 지방의 보고를 합쳐보니 지금 조선 천지에 조선군 20만이 활동하고 있소. 다만 식량 때문에 한 곳에 대군을 집결시킬 수 없는 게 아쉬운 일이오."

국왕은 전쟁을 치르는 데 명국의 힘에만 의존하고 있지 않다는 사실을 납득시키려고 애를 썼다. 그러나 이여송은 이 대목에 관해서는 묵묵부답이었다.

잠시 침묵이 흐른 뒤 이여송은 화제를 바꾸었다. 최흥원 윤두수 류성룡 정철 등 대신들이 배석하고 있었다.

"한 가지 다행한 일은 왜군의 사기가 크게 떨어진데다 장수들 간에 불화와 알력이 심한 것입니다. 소서행장과 가등청정의 불화는 명군 병졸들도 익히 알게 된 일입니다."

이여송은 껄껄 웃었다.

"내가 듣기에도 그렇소. 소서행장이 평양에서 패하자 가등청정은 내놓고 기뻐했다는 소문이었소."

국왕은 대답을 하고 나서 대신들을 훑어보며 말했다.

"적의 허점을 알고 이간책을 쓰지 않는 법은 없소. 대신들이 궁리해 보오."

국왕은 호랑이 가죽 다섯 장을 내렸다. 의주에서 실어온 물건이었다. 이여송은 두 번 절하며 사의를 표하고 물러났다. 나름으로 조선의 임금을 존중하는 품새였다.

대신들은 이마를 맞대며 국왕이 분부한 이간책을 의논했다. 사실 이간책은 왜군이 능했다. 전국시대를 통해 첩자를 쓰는 것이 더욱 교묘해졌던 것이다.

결국 편지로 위계를 쓰기로 했다.

심유경이 돌아오면 허락을 얻어 그의 명의로 두 통의 서신을 소서행장과 가등청정에게 보낼 궁리를 했다. 서신을 띄우되 실수로 겉봉이 뒤바뀐 양 꾸미자는 것이다.

소서행장 앞으로 된 것이 덫인 셈이었다.

「… 예부터 큰 장수가 대군을 거느리고 밖에 나가 있다가 군사를 돌려세워 대업을 성취한 일이 드물지 않았다. 장군은 평양성에서 이미 병부의 밀서를 받은 바 있으며 평의지 평조신, 그리고 현소와 뜻을 함께 하기로 약조하였으니 이제 은밀히 상의하여 군사를 거두고 돌아가 수길을 제거함이 어떻겠소. 성사되는 날엔 황제께서 장군을 일본의 관백으로 삼아 대명국의 제후와 같은 대우를 할 것이오. 지금의 관백은 성질이 포악하여 인심이 이반되어 있소. 그를 내쫓는 것은 썩은 나뭇가지를 꺾는 것처럼 쉬운 일인 줄 아오. 장군을 따르는 자는 상훈을 후하게 주고 따르지 않는 자는 천단하시오.」

이 겉봉에 가등청정의 이름을 쓴 것이다. 행장이 받아볼 문면엔 그다지 중요하지 않은 얘기를 담았다.

우연히 행장한테 갈 편지를 보게 된 청정은 놀라고 격분하여 당장 수길에게 보고할 것이다. 수길은 조선 측의 위계려니 하면서도 행장에 대한 의심을 씻지 못할 것이다.

윤두수와 정탁이 어전에 나가 의논한 결과를 아뢰었다. 국왕은 모처럼 웃음을 터뜨리고 말했다.

"좀 치졸한 것 같지만 한번 시험해 보도록 하오."

그러나 배석한 한성판윤 이덕형은 반대의사를 표했다.

"지금 두 왕자께서 왜군의 수중에 계십니다. 만약 이간책임이 탄로 나게 된다면 어떤 위해를 가할는지 알 수 없지 않습니까."

듣고 보니 이덕형의 말이 옳았다.

"생각이 모자랐소. 왕자들이 돌아온 다음 거행할 일이오."

이덕형의 사려 깊은 인물됨을 잘 보여 준 한 토막의 얘기다. 그를 한성판윤에 임명한 것도 부민들이 죽거나 흩어지고 잿더미가 돼버린 도성을 맡길 인물이 귀했기 때문이다.

국왕은 무엇을 상기했는지 이덕형에게 말했다.

"경으로 하여금 이여송의 접반사를 겸하게 할까 하오."

왜군에게 포위된 속에서 대동강에 배를 띄워 평조신 현소 등과 담판을 벌인 이덕형이었다. 두뇌가 명석하고 배짱도 있는 큰 기국이었다.

윤두수가 농을 걸었다.

"대감의 말 한 마디에 대신들의 골똘한 궁리가 허사가 되었소그려."

"함께 의논에 참가했더라면 저도 미처 그 생각을 못했을 것입니다."

이덕형의 대답이었다.

한편 왜군의 선진은 5월 초, 후미는 하순에 부산에 도착했다. 여러 장수가 교대로 후진後陣을 맡으면서 행군을 계속했다. 낮엔 조선군의 공격을 받지 않았으나 밤에는 곳곳에서 습격을 당했다. 간단없는 야습은 왜병을 기진맥진하게 했다.

숙영지를 직접 공격하지 않는 경우라도 조선군은 횃불을 들고 고함을 쳐댔다. 도무지 잠을 잘 수가 없었다.

수길의 명령에 따라 소서행장 가등청정 흑전장정 등의 부대는 조령 너머 상주에서 머물러 결진했다. 부산의 교두보를 방비하기 위해서였다.

이여송의 명군은 4월 20일에 도성에 들어갔다. 도체찰사 류성룡, 도원수 김명원, 한성판윤 이덕형 등이 약 5천의 조선군을 이끌고 동시에 입성했다.

왜군의 후진은 그 전날 철수했던 것이다. 철수하기 직전, 곳곳에 방화하여 상기 타다 남은 가옥들이 즐비하고 거리마다 연기가 자욱했다. 간혹 밖에 나온 부민들은 그야말로 피골이 상접하고 병색이 완연하여 귀신과 같은 몰골이었다.

날씨마저 이른 더위가 계속되어 길바닥에 널린 송장에서 썩은내가 진동했다. 경복궁·창덕궁·창경궁 등 3궐은 말할 것도 없고, 종묘와 6조를 비롯한 관아들이 잿더미만 남기고 있었다.

민가 역시 열에 하나도 남아나지 못했다. 남대문에서 동쪽으로 남산 일대의 민가들만 그나마 온전히 남아 있었다. 왜군의 본진이 숙영지로 삼았던 곳이다.

이여송은 남대문이 가까운 남별궁을 처소로 정했다. 왜군의 총대장 우희다수가 역시 남별궁에 머물렀던 것이다.

류성룡 일행은 말을 타고 도성 안을 두루 살폈다. 종묘에 들러 폐허가 된 전각 앞에 엎드려 곡을 했다. 이어 남별궁을 찾아 이여송을 만났다. 안부를 물은 다음 류성룡은 간절하게 호소했다.

"왜적들이 철수한 지 얼마 되지 않아 멀리 가지는 못했을 것이오. 도성의 참상을 보고 어찌 왜군의 후퇴를 수수방관할 수 있겠소. 바라건대 왜군을 추격하여 원수를 갚아주기 바라오. 조선군이 앞장을 설 것이오. 화의를 협상중이라고 하나 아직 화의가 성립된 것이 아니지 않소."

"유대인 말씀이 지당하오. 나도 그럴 작정으로 척후병을 한강에 내보냈는데 배가 한 척도 없다는 보고였소."

이여송의 대답이었다.

왜군은 부교를 만들어 도강한 다음 배들을 남쪽 기슭에 끌어 놓았던 것이다.

"제독께서 추격할 의사가 있을진대 내가 한강 하류에 나가 배를 징발하겠소."

류성룡은 이렇게 말하고 곧장 한강변으로 달려갔다. 류성룡은 도성에 입성하기 전 경기우도 감사 성영과 경기수사 이빈에게 공문을 보내 "왜적들이 물러간 뒤 지체 없이 강 속에 있는 크고 작은 배들을 거두어 아군의 도강에 대비하라." 이 같은 명령을 내렸던 것이다.

강가에 나가보니 어느새 북쪽 기슭에 매어놓은 배들이 80여 척이나 되었다. 류성룡은 전령을 이여송에게 보내고 기다렸다.

정오를 지나 영장 이여백이 1만의 병력을 이끌고 강변에 도착했다. 류성룡은 이여백과 인사를 나누고 조선인 사공들을 타일러 배를 부리게 했다.

한데 이여백의 태도가 심상치 않았다. 류성룡의 인사에 잔뜩 골이 난 얼굴로 변변히 대꾸도 하지 않았다. 배들이 여러 번 강을 왕래하고 병력의 반가량이 도강했을 즈음 날이 저물어 땅거미가 지고 있었다.

그러자 이여백은 느닷없이 "발병을 무릅쓰고 진격하려 했는데 이대로는 도저히 견딜 수가 없으니 성안에 가서 병부터 고쳐야겠소." 역관을 시켜 류성룡에게 전하고는 가마를 타고 돌아갔다.

철수령을 내렸는지 어쨌는지 강을 건넌 군사들마저 다시 돌아와 버렸다. 이여백의 변덕 탓만은 아닌 듯했다. 싸울 의사가 없는 이여송의 명령이 분명치 못했을 것이다. 류성룡은 분을 삭이지 못했으나 어쩔 수가 없었다.

다시 진주성

지난해 10월 왜군이 진주성에서 패퇴하자 풍신수길은 "일본군의 명예와 국위를 크게 훼손하였다." 대로하고 석전삼성 등 막료를 조선에 파견하여 왜장들을 질책했다.

올봄, 왜군의 서울 철수를 승인하면서 진주성만은 기어이 함락시키라는 엄명을 내렸다. 왜군의 주력이 부산 근처에 도착하자 풍신수길은 직접 진주성 공격부대의 배치를 정하고 명령서를 내려 보냈다.

제1진 가등청정의 2만5천은 진주성의 북면, 제2진 소서행장의 2만6천은 서면, 제3진 우희다수가 1만9천은 동면, 제4진 모리수원 1만2천 예비부대, 제5진 소조천융경 1만 예비부대, 제6진 길천광가 2천 남강변. 모두 해서 9만이 넘는 대군이었다.

전국에 산재했던 병력을 총집결한 것이다. 상주를 지키던 부대도 밀양으로 후퇴했다. 왜군은 해안선을 따라 성채를 쌓아 진을 쳤다. 울산 서생포 동래 김해 웅천 거제 등을 잇는 고리 모양으로 전개한 것이다. 어간의 둔진이 16개나 되었다.

산과 바다를 끼고 돌성을 쌓고 참호를 팠다. 동남해안을 장기간 점거하고 버티려는 태세임이 분명했다. 풍신수길은 또다시 소서행장과 가등청정을 맞수로 삼아 경쟁을 벌이게 했다. 나란히 공격 정면을 맡게 한 것이다.

가등청정과 풍신수길은 이종간이었다. 청정의 모친이 수길의 모친과 형제간인 것이다. 어려서 수길의 수하로 전쟁 속에서 뼈가 굵어졌다. 이때 32세의 한창 나이, 그의 충성심이 남다른 것은 우연이 아니었다.

소서행장은 평양성에서 패주한 불명예를 씻어 수길의 노여움을 덜어야만 했다. 또다시 진주에서 실패한다면 목숨을 부지하기 힘들 것이다.

왜군 장수들은 김해에 모여 작전계획을 의논했는데, 성채를 쌓기 전에 진주성을 급습하자는 패와 만일의 경우에 대비해서 방비를 튼튼히 갖춘 다음 공격하자는 패로 갈라졌다. 풍신수길이 공격 시기에 관해서는 뚜렷하게 못을 박지 않았던 것이다.

가등청정은 속전을 주장했으나 동조하는 사람이 적었다. 병기와 식량의 수송이 지체되어 갑자기 대군을 동원할 준비가 부실하기도 했다.

한편 명군은 도성에서 보름쯤 머문 다음, 천천히 남으로 이동하여 상주 경주 선산 거창 남원 등지에 병력을 전개했다.

평양에 있는 경략 송응창이 이여송에게 서신을 보내왔다.

「왜군이 도성을 철수하여 남으로 도주했는데도 어찌하여 왜군을 추격하지 않는가. 황제께서 제독과 나를 의심할 것이다.」

이여송은 상주까지 내려갔다가 부대의 배치만 정해 주고는 다시 도성에 돌아갔다. 이때 경상도 전라도에 전개한 명군은 줄잡아 3만 정도였다.

조선군도 남하하여 약 5만의 병력을 경상도에 집중시켰다. 도원수 김명원이 총지휘를 맡았다.

6월 초순. 조선군 장수들은 의령에 모였다. 여기서도 의견이 둘로 갈라졌다.

"왜적은 병력을 총동원해서 진주를 치려고 하고 있소. 명군은 싸울 생각이 없고, 우리 군사는 왜군의 절반도 못되오. 장차의 계책을 기탄없이 말하시오."

김명원의 말에 먼저 권율이 입을 열었다.

"명군에게 진주성 방비를 기대함은 허망한 일이오. 전번에도 조선의 군사만으로 왜적을 능히 물리쳤소. 비록 저들 병력이 많다 할지라도, 도성에서 후퇴하여 사기가 땅에 떨어진 상태요. 즉시 진주에 입성하여 함께 왜군과 싸워야 하오."

권율의 말은 무게가 있었다.

행주산성의 승전이 후광처럼 그를 돋보이게 했다. 경상좌도 병사 고언백은 왜군의 동태를 지켜보며 의령을 중심으로 방비를 굳건히 하여 왜군을 측면에서 견제하자는 주장이었다.

곽재우도 고언백의 의견과 엇비슷하게 진주로 이동하는 것을 반대했다.

"왜군이 진주성에 매어있는 사이 부산과 김해를 쳐서, 왜군의 교두보를 점령하는 것이 상책일 것이오."

곽재우는 그 사이 벼슬을 받아 성주목사가 돼 있었다. 창의사 김천일은 권율의 주장에 동조했다.

"진주는 전라도와 맞닿는 입술과 이빨 같은 위치에 있소. 만약 진주성이 무너진다면 왜군의 전라도 침입을 막을 수 없소. 우리도 총력을 경주하여 진주를 지켜야 하오."

김명원은 장수들의 말을 잠자코 듣고 있더니 "순찰사와 창의사의 말씀이 정론이오. 진주가 함락되면 왜군은 전라도를 차지하게 될 것이오. 그리되면 곡창지대를 왜적에게 내 주는 결과가 되며 가뜩이나 백성들이 굶주리고 있는 판국에 설상가상으로 곤경에 치할 것이오." 하며 진주방어의 요긴함을 말했다.

경상우도병사 최회경과 충청병사 황진 등이 찬성하자 논의는 결판이 났다. 전군을 지휘하는 도원수 김명원은 후방에 남고 나머지 장수들은 곧장 진주로 이동했다.

김명원은 김천일을 주장으로 임명했다. 증원군이 당도하자 진주성의 군사와 백성은 환성을 지르고 춤을 추며 환영했다.

곽재우는 성주를 지키기 위해 행동을 같이하지 않았다. 자신의 의견이 받아들여지지 않은 불만도 있었지만 성주 지방의 방비가 불안했기 때문이다. 곽재우 역시 군량미 부족으로 많은 군사를 부지하기가 왜군과 싸우기보다도 힘들었던 것이다.

이때 진주성엔 5천 남짓한 군사와 5만이 넘는 백성들이 들끓고 있었다. 전번 수성 때보다 훨씬 줄어든 병력이었다.

김천일이 주장이 되자 진주목사 서예원은 승복하지 않고 군령에 따르지 않았다. 김천일은 전라도에서 그중 먼저 의병을 일으킨 사람이다. 57세 노령의 선비로 나주에서 재빨리 궐기했던 것이다.

전공이 인정되어 당상관에 오르고 이어 창의사로 임명됐던 것이다. 목사 역시 정3품 당상관이다. 서예원은 유생 출신의 김천일 휘하에 드는 것을 도시 달갑게 여기지 않았다.

전자엔 진주목사 김시민이 일사불란하게 수성군을 지휘했다. 그것이 승리의 한 가지 조건이었다.

6월 중순, 왜군은 마침내 진군을 시작하여 함안과 반성을 거쳐 낙동강과 남강의 합수머리를 건너 의령을 점령했다. 왜군은 육로와 배편을 이용해 대거 남하하여 겹겹으로 진주성을 포위했다. 방패와 사다리 등 공성 장비를 단단히 갖추고 있었다.

이때 경상우도 관찰사 김성일은 거창에서 와병 중에 있었다. 쉴새없이 관내를 돌면서 의병을 모집하고 왜군과의 싸움을 독려하는 데 심신을 탕진하다시피 했다.

김성일은 결국 달포 뒤 순국하게 된다. 그의 와병은 조선군의 지휘체계에 큰 지장을 가져왔다. 곽재우 임계영 등 의병장들이 창의사 김천일의 통솔에 승복치 않고 진주성에 들지 않았던 것이다.

명군의 부총병 유정은 대구에 주둔하고 있었다. 왜군이 진주성을 공격한다는 보고를 받고는 병력을 출동시킬 생각은 하지 않고 가등청정에게 서신을 보냈다.

「조선은 이미 전화를 입어 참혹하기 이를 데 없거늘 어찌하여 진주와 같은 작은 성을 치려고 하는가. 지금 명국과 왜국 사이에 강화를 위한 협상이 진행 중인 터에 왜군의 행동은 크게 신의를 저버리는 것이다. 이제라도 마음을 바꾸어 병력을 철수하고 본국으로 돌아간다면 명군도 구태여 싸움을 하지는 않을 것이다. 만약 왜군이 다시 싸움을 걸어온다면 백만대군을 일으켜 퇴로를 끊고 굶어죽게 할 것이다. 명군 백만이 이미 압록강에 당도하였으며 왜군의 항배에 따라 즉시 남으로 쳐내려갈 것이다.」

그러나 가등청정으로부터 아무런 회신이 없었다. 유정은 애당초 진주성에 증원군을 보낼 생각이 없었다. 진주에 입성한 김천일은 막료를 유정에게 보내 도움을 청했으나 허사였다.

경기도 조방장 홍계남이 사천 방면에 나가 왜군의 형세를 살피고 돌아왔다.

"왜군과 조선군의 병력 차이가 너무 심하오. 일단 피신했다가 기회를 보아 성을 회복하는 것이 상책이겠소."

대로한 김천일은 언성을 높여 꾸짖었다.

"나는 이곳을 사지로 작정하고 입성했소. 죽음을 각오하지 않는 사람은 마음대로 떠나시오."

왜군의 선진은 6월 21일에 진주성 동북 산등성이에 첫 모습을 나타냈다. 왜군은 공격할 조짐을 보이지 않고 진주성 3면을 두 겹으로 포위했다.

성 북면엔 넓은 해자가 물을 담고 있었다. 왜군은 해자를 허물고 남강으로 물을 뽑았다. 바닥이 드러나자 흙과 돌 그리고 건초 따위를 던져 해자를 메웠다.

다음날 왜군은 대나무 사다리와 방패를 앞세워 공격을 시작했다. 먼저 세 겹으로 진형을 짠 조총부대가 교대로 발포하면서 전진하고 그 뒤를 보병들이 함성을 지르며 따랐다.

조선군은 각종 총통과 화전을 발사하며 왜군의 접근을 막았다. 왜병들이 성벽에 달라붙어 사다리를 걸자 조선 군사들은 사다리를 밀치거나 불을 질렀다.

충청병사 황진, 김해부사 이종인, 의병장 이잠, 의병장 감희보 등이 앞장서서 집요하게 달려드는 왜병을 물리쳤다.

김천일은 촉석루를 본진으로 삼고 수시로 성문을 돌면서 싸움을 독려했다. 해가 저물기까지 전투는 계속됐으나 왜군은 많은 사상자만 내고 한 군데도 성을 뚫지 못했다.

다음날은 왜군의 공격이 없었다. 왜군은 공성전에서 으레 동원하는 정루를 만드는 모양이었다.

조선군은 성벽 위에 흙을 쌓아 대항했다. 왜병들은 정루에 올라 성안에 대고 조총사격을 계속했으나, 흙무덤에 의지한 군사들 화살에 맞아 하나하나 아래로 고꾸라졌다.

총사령관 우희다수가는 김천일에게 서신을 보내 항복을 권고했다.

「진주성은 고립무원이다. 전라도 순찰사 권율도 일본군이 길을 차단하여 움직이지 못하고 있다. 장수 한 사람만 볼모로 보내고 만민의 목숨을 구제하라.」

「자고로 의로운 싸움은 승리하고, 불의의 싸움은 패하게 마련이다. 아무런 명분 없이 조선을 침략한 너희 왜적은 진주성 공략을 단념하고 본국으로 철수하라. 하늘이 무심치 않아 무서운 천벌을 내릴 것이다.」

김천일의 회답이었다.

가등청정과 흑전장정은 상의 끝에 공성용 귀갑차를 만들었다. 이것은 네 바퀴 달구지 위에 뒤주 모양의 나무 궤를 싣고, 그 속에 병사 네댓이 들어가는 일종의 장갑차였다. 이걸 성벽에 바싹 붙여 돌을 뜯어내 허물자는 것이었다.

조선군은 기름을 부은 건초에 불을 질러 투하하여 귀갑차를 태워버렸다. 군사들은 일제히 함성을 지르며 기세를 올렸다.

공격을 시작한 지 엿새째, 왜군은 병력을 총동원하여 공세에 나섰다. 서문을 방어하던 충청병사 황진이 왜군의 총탄에 맞아 전사했다. 황진은 지용智勇 겸전의 장수로 그간의 전투에서 눈부신 활약을 했던 것이다.

왜군은 다시 귀갑차 3량을 만들었는데 이번엔 쇠가죽으로 궤를 덮어 쉽사리 불타지 않게 했다. 귀갑차들은 마침내 성벽에 접근하여 돌을 뽑아내기 시작했다. 왜병들은 징을 돌 틈에 박고 쇠망치로 치면서 벽을 허물었다.

북면의 가등청정군이 먼저 성을 넘어 난입하자 혼란에 빠진 조선군은 통제를 잃고 흩어졌다. 여러 성문이 뚫리면서 밀물처럼 성안으로 밀려든 왜군은 군민을 가리지 않고 닥치는 대로 살육을 일삼았다.

성중은 아비규환의 지옥을 보여 주고 있었다. 김천일은 아들 상건 등을 데리고 촉석루에 모여 북향하여 네 번 절한 다음, 남강에 몸을 던졌다.

진주 사창 안에 수백 명의 부민이 피신하고 있었는데 왜군은 곳간에 불을 지르고 빠져나오는 사람들은 남김없이 쳐죽였다. 창의사 김천일, 경상우병사 최경회, 김해부사 이종인, 진주목사 서예원 등 장수들이 모조리 전몰했다.

서예원은 변변히 싸우지도 않다가 성이 무너지자 향교 뒤 숲속에 숨은 것을 왜병이 발견해 목을 잘랐다. 왜군은 서예원과 최경회의 수급을 소금에 절여 명호옥의 풍신수길에게 바쳤다. 수길은 이걸 경도에 보내 한길에 효수하게 했다.

왜군은 성안을 방화하고, 곤양 하동 삼가 단성 등 근처의 군현을 싹 쓸다시피 분탕질을 했다. 조선인 송장의 귀를 잘라 소금에 절인 것을 섬으로 꾸려 일본에 보내기도 했다.

조선 측의 기록으로는 성중에서 죽은 사람이 6만이라고 했는데 일본 측은 이때 2만의 수급을 얻었다고 했다. 모르긴 해도 목 자른 수효만을 계산했기 때문일 것이다.

진주성을 함락시킨 왜군은 전번의 패전을 설욕한답시고 살인마나 진배없는 학살을 자행한 끝에 부산 방면으로 철수했다. 진주성 함락의 보고가 개성 행재소에 당도한 것은 보름 뒤의 일이었다. 황해도 방어사 이시언의 장계였다.

국왕은 교서를 내려 애도하고 합동으로 제사를 지내게 했다. 한성판윤 겸 접반사 이덕형은 명국의 본진으로 이여송을 찾아가 이런 풍자시를 전했다.

「전쟁의 승패는 한판 바둑과 같은 것, 병가가 그중 꺼리는 것은 의심하고 지체하는 일이로다. 장군된 자 헌 책상 앞에 앉아있을 때, 적벽의 승리를 이루지 못함을 알지어다.」

이여송은 얼굴을 붉히고 "대구에 있는 유정에게 진주성에 입성할 것을 명했으나 왜적의 대군이 가로막는 통에 여의치 못했소." 하며 변명을 했다.

이덕형은 이여송을 통해 강화를 위한 협상이 진척되고 있음을 알았다. 조선을 돕는다고 출병한 명군은 진주성 전투를 남의 일처럼 수수방관했다. 이여송 자신이 벽제관에서 혼쭐이 난 뒤로는 왜군과 맞닥뜨리기를 피하고 있다. 왜군은 남해안 수십 군데에 성채를 쌓고 장기전의 태세를 보이고 있다.

서울은 수복되었으나 재만 남은 폐허이다. 타다 남은 몇 곳의 별궁을 수리하고 있으나 인력이 모자라 애를 먹고 있다.

호남에서 실어온 곡식으로 멀건 죽을 쑤어 간신히 백성들을 먹이고 있는 형편이다. 그래도 소식을 들은 백성들이 허기진 배를 움켜쥐고 거지떼처럼 도성 안에 모여들고 있다.

이덕형은 비통한 가슴을 달래며 명군의 식량과 마초를 대는 데 침식을 잊을 지경이었다.

이여송도 이덕형의 인품과 만만치 않은 배짱을 잘 알고 있었다. 그러기에 그런 풍자시를 보고도 화를 내지 않았던 것이다.

"이대인 덕분으로 명군은 그럭저럭 굶주림을 면하고 있소."

이여송의 말이었다.

얘기를 두어 달 소급시킨다.

왜군이 진주성을 공격하기 전 부산에서 심유경은 소서행장과 의논하고 「명국의 강화사를 일본에 보낸다. 조선의 두 왕자와 종신從臣을 송환한다. 명군과 일본군을 동시에 철수시킨다.」 이 같은 강화조건에 합의했다.

평양에 있는 송응창은 참장 사용재와 유격 서일관을 가짜 칙사로 만들어 부산에 보냈다. 황제의 재가를 받을 겨를도 없었지만 급한 김에 위계를 쓴 것이다.

소서행장과 석전삼성 등 수길의 막료들은 가짜 칙사를 데리고 바다를 건너 명호옥성에 당도했다. 수길은 명국 사신을 만나 협상의 진전에 만족을 표시하고 소판이라고 부르는 금전을 내렸다.

그러나 아무 권한이 없는 두 사람은 필담으로 이렇게 대답했다.

"본국에 돌아가 황제께 보고한 연후에 가부간의 결정이 내려질 것이다."

수길은 경도에 사람을 보내 관백 수차로 하여금 강화조약안에 대한 '텐노'의 허락을 받게 하고 이것을 명국 사신에게 전했다.

실상 수길은 조선에서 철병할 생각이 없었다. 다음에 적을 강화조건을 보면 수길의 저의를 의심하지 않을 수 없게 돼 있다.

강화를 말하면서 그 사이 군량을 비축하고 휴식을 취하게 하면서 재차 서울을 공략할 의도였던 것이다. 남해안 여러 곳에 축성을 명한 것도 철병 의사가 없음을 드러낸 일이었다.

조약안을 간추린다.

一. 화평이 이루어지면 천지가 다하기까지 변치 않는다. 명나라 황제의 딸을 영입하여 일본국의 후비后妃로 삼는다.
一. 중단된 무역선을 부활하여 서로 왕래토록 한다.
一. 조선 8도 중 남쪽 4도를 일본에 주고 남은 4도와 서울은 조선에 반환한다.
一. 생포한 두 왕자는 석방한다.
一. 조선 왕자 한 사람과 두 명의 대신을 일본에 볼모로 데려온다.
一. 조선의 대신은 앞으로 일본을 배반하지 않음을 서약한다.

남쪽 4도란 경상·전라·충청·경기를 가리킨다. 일본의 영토적 야심을 노골적으로 드러낸 대목이다.

그러면서 수길은 소서행장에게 엄명을 내렸다.

"화의가 성립되건 말건 진주성만은 반드시 함락시켜 나라의 체통을 세워야 한다."

또한 수길은 행장의 일가인 소서여안을 강화사로 임명하고 명국 사신과 함께 북경에 들어가게 했다. 소서행장은 이들 사신과 함께 서둘러 부산으로 돌아와 진주성 공격에 참가했던 것이다.

출발하기 전 소서행장은 심유경의 입회 아래 조선의 두 왕자와 신하들을 석방했다. 수길의 허락을 받고 그럴싸하게 화평의 몸짓을 했던 것이다.

개성으로 돌아온 임해군과 순화군은 국왕 앞에 엎드려 통곡을 했다. 수행했던 신하들도 목 놓아 울었다. 꼬박 일 년 동안 왜군 진영에 갇혀 이리저리 끌려다녔던 것이다.

왜군은 그런대로 대접을 한 셈이었으나 심신의 고통과 피로가 쌓여 일행의 몰골은 말이 아니었다. 그나마 위해를 당하지 않고 목숨을 건진 것이 불행 중 다행이었다.

"왜적의 무리 속에서 죽지 못하고 살아왔으니 돌이킬 수 없는 큰 죄를 지었습니다. 저희들을 죽여주소서."

임해군은 목청을 떨며 말했다.

"임금인 내가 나라를 제대로 다스리지 못하고 방비를 소홀히 한 탓에 너희들에게 큰 고생을 시켰다. 왜군에게 사로잡힌 것이 어찌 너희들의 죄이겠는가. 목숨을 부지하고 돌아온 것은 조종祖宗의 혼백이 지켜준 덕택이다."

국왕도 눈물을 흘리며 위로했다. 진주성이 위태롭게 됐다는 장계가 올라온 직후였다.

한편에선 강화를 말하면서 왕자들을 풀어주고 한편으론 대군을 동원하여 진주성을 공격하고 있다. 명군은 싸움을 꺼리고 한시바삐 본국에 돌아갈 궁리만 하고 있다.

왕자들이 물러간 뒤 국왕은 착잡한 표정으로 혼잣말처럼 말했다.

"남의 나라 군사는 믿을 것이 못되오. 남의 군사에 의지하지 말아야지. 왜군이 남해안을 저희 집 뜰 안처럼 돌아다니는데 우리 수군은 뭣을 하고 있는가."

"왜군은 육로로 진주까지 행군했습니다. 남해안 일대에 성채를 쌓아 조선 수군의 활동을 여의치 못하게 하고 있습니다."

류성룡은 이순신을 두둔하듯 아뢰었다. 수군으로 육지의 적을 막을 수는 없는 노릇이다. 그걸 모를 리 없는 국왕이 수군에 대한 불만을 드러낸 것은 아무래도 심상치 않은 일이었다. 국왕에겐 선뜻 이해할 수 없는 성품의 한 구석이 있었다.

이순신과 권율의 전공, 곽재우의 놀라운 의병활동을 가상하게 여기면서도 그들의 명성을 달가워하지 않는 기색이 없지 않았다. 류성룡은 그 까닭을 쉬이 알 수 없었다.

10월 중순 국왕은 개성에서 도성으로 돌아가기에 앞서 이런 비망기를 내렸다.

"정신이 혼미하고 몸이 병났으니 왕위에 머물러 있을 수가 없다. 즉시 세자에게 양위할 것이다."

의주 행재소에 이어 두 번째였다. 실제로 국왕은 병석에 누워있는 날이 잦았다. 그러면서도 어의의 진맥을 거부하고 탕약을 들지 않았다.

왕세자는 뜰안에 거적을 깔고 앉아 울고 영의정 최흥원을 비롯한 중신들이 왕명을 거둘 것을 간청했다.

이것을 네댓 차례 되풀이한 끝에 인구를 물었다.

"지금 도성에 남아있는 사람이 얼마나 되오?"

"3만 명이 조금 넘습니다. 한성부가 보고하기를 급한 대로 장정은 두되 아녀자는 한 되씩 좁쌀을 나누어 주었다고 합니다."

"내가 도성에 들면 그들은 나를 옛 임금으로 대해 줄 것인가?"

국왕의 혼잣말이었다. 국왕은 홍문관에 선유문을 짓도록 명했다.

「… 갑자기 왜적의 침략을 당하여 수도를 방비하지 못하고, 변경으로 멀리 피란하였으니 흉악한 왜적을 막지 못한 것이 첫째 임금의 죄요, 도성을 버린 것이 둘째 임금의 죄이다. 내 한 해가 지나 다시 도성으로 환도하니 궁성과 여염은 불타버렸고 억울하게 죽은 혼백이 중천을 헤매고 있다. 산 사람의 굶주리고 병든 모습을 차마 볼 수가 없다. 내 백성들에게 깊이 뉘우치며 사죄하는 바이다.」

선유문을 승정원으로 하여금 한성부에 보내게 했다. 이때 경략 송응창과 제독 이여송은 이미 압록강을 건너 요동에 돌아갔고 부총병 유정의 군사 1만이 남원에 머물러 있을 뿐이었다.

마침 명국 황제의 칙사 사헌이 부총병 척금과 함께 개성에 당도하여 칙서를 국왕께 올렸다.

「… 짐이 조선에 군사를 보낸 것은 대의를 중히 여긴 때문이다. 이제 대군을 철병하려 하니 왕은 이제부터 도성에 돌아가 나라를 다스릴 것이다. 짐은 촌토寸土라도 조선의 땅을 차지할 생각이 없다. 다시 변란이 생길 경우 짐은 왕을 위해 도모하지 못할 것이다.」

조선에 출병한 것을 후회하는 듯한 어투였다. 앞으로 자기 나라는 자기 힘으로 방비하라는 모욕적인 언사이기도 했다.

여기엔 조선 출병을 둘러싼 명국 조정의 복잡한 쟁론이 얽혀 있었다.

풍신수길의 강화 조건 중엔 명시한 것은 아니지만 봉封과 공貢으로 간주될 수 있는 두 대목이 들어 있다.

명국 황실의 따님을 후궁으로 맞는다는 것이 봉에 해당하고 무역선의 왕래가 공인 셈이었다. 공은 허락하되 외번으로 봉해서는 안 된다는 주장이 철병에 대한 찬반양론과 얽혀 엎치락뒤치락하고 있었다.

병부상서 석성은 철병에 찬동하고 있었으나 당초 출병을 강력히 주장했던 책임을 추궁당할까 두려워 논쟁에 말려들기를 꺼려하고 사신을 보낼 것을 청했던 것이다.

"조선의 실정을 다시 파악하고 조선왕이 과연 나라를 다스릴 만한지 살펴보는 것이 좋겠습니다."

국왕은 칙서를 읽고, 서쪽을 향해 네 번 절했다. 사행의 노고를 치하한 다음, 선유문의 사본을 사헌에게 보여 주었다.

선유문을 읽은 사헌은 적지않이 감동을 받은 듯했다.

이날 밤, 부총병 척금이 숙소인 객관으로 류성룡을 초청하여 필담으로 얘기를 나누었다.

"칙사께서 국왕을 뵙고 물러나온 뒤 국왕을 극구 칭송했소이다. 군왕다운 위엄이 있으며 또 그 같은 글을 백성들에게 내린 군왕이라면 반드시 어질고 덕이 있을 것이란 말씀을 하셨지요."

칙사의 소임을 짐작한 류성룡은 기뻐했다.

"그간의 고난을 잊게 해 주시는 말씀이오."

"유대인, 칙서의 글이 비록 엄중한 듯이 보이지만 곧이곧대로 해석할 필요는 없습니다. 듣자하니 국왕께서 여러 차례 양위의 의사를 재진하셨다 하는데 결코 양위하시지 말도록 대인께서도 진력해 주십시오. 왜적들이 조선을 침략한 것이 어찌 조선 국왕의 책임이겠습니까?"

척금의 말이었다.

이들 사신과는 초면이었으나 류성룡은 명국 조정서도 조선의 어진 신하로 잘 알려져 있었다. 그러면서 척금은 명국 조정의 움직임을 완곡한 표현으로 전해 주었다.

"동정군이 하도 고생을 해서 그에 대한 책임이 논의되고 있소이다. 송경략의 처지가 다소 어렵게 돼 있지요. 군량미의 조변과 운반이 잘 이루어지지 않았다하여 탄핵을 받았으니까요."

"그 일이라면 조선의 관원들도 책임을 져야 하오."

"조선의 군사와 백성들이 굶주리고 있음을 우리도 잘 알고 있소이다.

미리 본국에서 충분한 식량을 준비하지 못한 게 잘못이지요. 우리 군사를 위해 유대인께서 얼마나 노고가 많으셨는지 익히 듣고 있소이다."

류성룡의 가슴을 울리는 말이었다. 류성룡은 척금의 말 가운데 군왕께 관계되는 대목을 전해 올렸다.

국왕은 싱긋이 웃고는 언짢은 표정으로 말했다.

"경은 그 사람 말을 믿소?"

"성실한 인품은 믿을 만 했습니다."

"… 지금 명국과 왜적은 조선을 제쳐놓고 자기들끼리 이른바 강화협상을 벌이고 있소. 무슨 꿍꿍이속들인지 당최 알 수가 없는 판국이오. 돌아가는 일을 우리한테 변변히 알려 주기나 하고 있는가? 왜적은 입으론 강화를 말하면서 대군을 보내 진주성을 함락하고, 무고한 백성들을 학살했소. 또 명군은 가까운 거리에 있으면서 진주를 돕지 않았소. 그러자면 뭣 때문에 조선에 출병한 거요? 양식만 축내자는 건가?"

노기를 띤 국왕의 말이었다.

이때 어전엔 영의정 최흥원, 우의정 유홍과 병조판서 이항복, 형조판서 김수 등이 나와 있었다. 이들은 갑작스러운 국왕의 노여움에 목을 움츠리고 있었다.

"너희들 중신들이 국사를 어떻게 다루고 왕을 보필했기에 저들끼리 전쟁 당사자인 조선을 빼돌리고 강화를 운운하게 됐단 말인가!"

이 같은 질책이기도 했다.

류성룡은 국왕의 흉중을 알 수 있을 것 같았다. 그건 힘없는 작은 나라 임금의 비애였다. 왜적의 분탕질에 재가 된 도성을 생각하는 마음의 고통이었다. 피로 물들인 산하를 안타까워하는 절절한 심정이었다.

"너희들이 임금의 기막힌 심정을 알고나 있느냐?"

싶은 말귀이기도 한 것이다.

"내 진주성의 일을 생각하면 잠이 오지 않소. 전라도 순찰사 권율은 무얼 하고 있었소. 또 수군은 바다 위에서 구경만 하고 있었단 말이오?"

국왕의 이 말도 두 번째였다.

며칠 후 사헌부에서 차자를 올렸다.

「… 전라도 순찰사 권율은 행주산성에서 승전한 후 몸을 사리고 싸움을 피하였습니다. 왜적의 대군이 진주를 향한다는 소식에 제장이 의령에 모여 작전을 의논하였던 바 권율은 즉시 진주성으로 달려갈 듯이 주장하더니 왜군의 기세에 겁을 먹고, 전주로 후퇴했습니다. 창의사 김천일의 순국과 좋은 대조가 되었습니다. 적을 보고 싸우지 않은 죄를 마땅히 물어야 합니다.」

사위인 병조판서 이항복이 단독으로 비슷한 상소를 올렸다.

국왕은 비답을 내렸다.

「권율이 진주성 싸움을 방관한 것은 중죄이다. 그러나 행주에서 큰 승리를 거둔 전공에 비추어 이번만은 특별히 용서할 것이다.」

한편 수군의 동태에 관해서는 승지와 선전관을 한산도에 보내기로 했다. 이순신은 이해 6월 통영 앞바다의 한산도를 본영으로 삼았다. 사실상 전라와 경상수군을 통괄하게 됐던 것이다.

거듭된 전공으로 이순신은 정2품 정헌대부에 올라 있었다. 진주성 함락을 전후해서 이순신은 한산도와 주변 해안에 함대를 분산시키고 해상을 지키고 있었다.

왜 수군은 부산포의 교두보를 지키는 데 남은 병선을 동원할 뿐 서쪽으로 멀리 나올 엄두조차 내지 못했다. 그래서 진주성 공격에선 해안선을 따라 성채를 쌓아 거점으로 삼으면서 선군이 육로만을 이용했던 것이다.

이순신함대의 활동이 잠잠해진 것은 당연한 일이었다. 말하자면 지구전 양상을 띠게 된 것이다. 조선 수군 역시 군량미 부족에 시달리고 있었다. 배가 고파서는 노를 젓지 못한다.

그간 수군은 거듭된 해전으로 피로가 몹시 쌓여 있었다. 거기다 여름엔 전염병이 돌아 전라좌도 수군 6천2백 가운데 6백 명이나 병사했던 것이다.

이순신은 병든 군사를 돌보는 한편 한산도에 인접한 육지에 둔전을 만들었다. 야철소와 병기소를 세우고 함선을 수리했다.

왜군이 진주성에서 철수하자 한산도 서쪽 해안은 치안상태가 회복되어 어민들이 돌아와 생업에 종사하게 되었다. 이순신은 근해의 어선들에게 크기에 따라 곡식을 부과하여 군량미에 충당했는데, 이순신 장군 덕분에 살 수 있게 되었다하여 어선마다 자진해서 세금을 냈던 것이다.

이러한 조선 수군의 동정은 이순신의 장계로 국왕도 대충 알고 있는 일이었다. 다만 연이은 승전보가 없기에 활동이 부진한 것 같은 인상을 주고 있었던 것이다.

이때쯤부터 이순신과 원균의 불화설이 나돌기 시작하는데, 이순신의 혁혁한 전공을 시기하는 사람들이 소문을 부채질한 면도 없지는 않았을 것이다. 또 이순신의 휘하 장령들은 줄줄이 승진되거나 품계가 올라 다른 수군의 부러움을 산 것도 사실이다.

원균은 배도 몇 척 안 되고 군사도 소수였으므로 여러 차례 이순신함대와 함께 싸우긴 했으나 제대로 빛을 보지는 못했다. 전공을 다투면 반목이 생기게 마련이다.

처음엔 심각한 것이 아니었다. 왜군과 명군이 각각 철병하고 전란이 가라앉으면서 당파싸움과 얽혀 큰 문제로 확대된다. 국왕은 한산도로 떠나는 승지를 불러놓고 대신들에게 의외의 말을 물었다.

"이순신을 전라좌도 수군절도사 겸 충청·전라·경상 3도 수군통제사로 삼을까 하는데, 경들의 의견은 어떻소."

대신들은 깜짝 놀라 고개를 들었다.

수군은 대체 무얼하고 있느냐 하며 이순신을 꾸짖는 듯한 말을 한 것과는 정반대인 파격적인 중용이 아닌가. 그러나 곰곰이 생각하면 되레 늦은 느낌이 없지 않았다.

류성룡은 국왕의 용인술에 내심 혀를 내둘렀다. 이억기의 수군도 해전마다 이순신의 통제를 받았다. 이미 이순신은 3도 수군을 호령하는 사실상의 통제사이다.

한산도는 이제 조선 수군의 본영이다. 그의 품계도 정경에 이르렀다.

"지당한 조처로 생각합니다."

영의정 최흥원의 대답이었다. 그러자 국왕은 미리 준비한 교지를 승지에게 내리며 말했다.

"이순신이 속병으로 고생한다던데 내의원에서 약을 지어 가져가도록 하라."

"성은이 망극합니다."

대신들은 부복하여 읊조렸다.

10월 중순, 국왕이 신료들을 거느리고 개성을 출발하여 마침내 도성으로 거동했다. 국왕 이하 왕세사 왕자들 모두 군복차림으로 말에 올랐다. 왕비와 후궁들의 가마행렬이 뒤를 따랐다. 의주에서 창설한 훈련도감 군사들이 호위를 맡았다.

일행은 파주에서 일박하고 다음날 느지막해서 홍제원을 지나 모화관에 도착했다. 다시 이곳에서 하룻밤을 지내고 이튿날 아침 서대문으로 입성했다.

임금이 환궁한다는 소문에 남녀노소 할 것 없이 몰려나와 서대문에서 광화문이 보이는 광장까지 인산인해를 이루었다. 선유문은 이미 한문과 언문으로 거리 곳곳에 내다붙여 국왕의 뜻이 널리 전해져 있었다.

백성들의 몰골은 거지떼나 진배없었다. 그리고 그들의 표정은 단순히 국왕의 환도를 반기고 있는 것만은 아니었다. 안도감과 원망의 빛이 뒤섞인 착잡한 것이었다. 적어도 류성룡의 눈엔 그렇게 비치고 있었다. 국왕의 느낌도 마찬가지일 것이라는 생각이 들었다.

국왕은 가끔 말을 멈추게 하고 백성들에게 안쓰러운 시선을 보냈다. 대다수는 침묵을 지키고 있었다. 그 침묵이 국왕을 당혹스럽게 하는 듯했다.

경복궁 근정전과 광화문의 모습은 사라지고, 거리엔 군데군데 타다 남은 기둥만이 앙상하게 서 있었다. 국왕 일행은 임시로 수리한 행궁에 들었으나 의정부를 비롯한 여러 관청은 민가에 분산하여 수용했다.

다음날 국왕은 잿더미가 된 종묘에 나가 제사를 지내고 곡을 했다. 국왕은 또한 승정원에 명하였다.

"내가 직접 도성 안을 살필 것이니 해당 관청에 일러 길바닥에 있는 해골과 송장을 말끔히 치우도록 하라. 도성 밖에 땅을 파 정중히 묻어야 할 것이다."

무엇을 어디서부터 손을 대야 할는지 막막하기 짝이 없었다. 그중 시급한 것이 배를 곯는 백성의 구제였다. 또 도적을 막고 국왕을 경호하는 일이었다. 호종한 관원들에게 숙소를 배정하고 군사들은 막사를 쳐서 들게 했다.

궁궐과 관청 그리고 민가를 수리할 목재도 없고, 부역을 시킬 인력도 태부족이었다. 다 아는 일이지만 이때 거의 전소된 경복궁은 향후 3백 년 동안 방치돼 있다가 대원군이 등장하자 국력을 쏟아부어 중건하게 된다.

희망하는 노비에게 양인의 신분을 주고, 서자나 그 자손을 능력에 따라 등용토록 하라는 왕명이 있었다. 노비에서 양민이 된 사람들을 위한 무과를 베풀기도 했다.

도성으로 돌아온 후 처음 국왕 임석 아래 비변사 회의가 열렸다.

"왜적이 저와 같이 경상도 남단에 틀고 앉아 있으니 장차 어찌하면 좋겠는가?"

국왕이 물었다.

"왜적은 변방에 틀고 앉아있으면서 진주성을 공략했으며, 강화를 핑계대고 전과 다름없이 노략질을 하고 있습니다. 이는 우리나라가 왜적들의 간교한 술책에 빠진 것입니다."

류성룡의 대답이었다.

임진전쟁은 풀기 어려운 수수께끼가 많은 전쟁이기도 했다. 명국과 왜국 간에 첩보와 모략, 그리고 기계奇計와 위계僞計가 난무했다.

어간에서 두드러지게 암약한 사람이 심유경과 현소였다. 병력을 파견하면서 강화사를 내보낸 명국의 처사부터 조선 조정으로선 이해하기 어려운 것이었다.

현소는 전쟁 전에 여러 차례 조선을 내왕하여 조선의 지리와 물정에 밝았고 소서행장 평의지 등과 함께 멋대로 심유경과 수작하여 휴전과 강화를 교섭했다.

그런가 하면 경략 송응창은 먼 후방에 눌러앉아 전쟁을 구경하다시피 하면서, 불평을 자주하고 소임에 충실하지 않았다.

"조선군이 천병만 의지하고, 싸우려 하지 않는다. 이는 조선 국왕과 신하들이 군사를 독려하지 않기 때문이다."

심지어 송응창은 명국 조정에 허위보고를 냈던 것이다.

"진주성은 이미 비어 있었다. 그래서 왜군이 무혈점령할 수 있었다."

명군이 구원을 하지 않은 책임을 오직 조선군에 들씌우려 했다. 이 사실이 명국을 다녀온 홍인상의 장계로 밝혀졌던 것이다. 하긴 모든 보고와 연락이 사람의 입과 손으로 이루어지던 시대이다. 지체와 두절 혼선과 착오가 예사스러운 일이었을 것이다.

새로 병조판서가 된 김응남이 분개하는 어투로 말했다.

"중국이 북경에 도성을 정하자, 우리나라는 울타리처럼 되었습니다. 왜국은 울타리를 헐려고 했으므로 응당 황제의 벌을 받아야 할 터인데 도리어 풍신수길을 왜왕으로 책봉하고 조공을 허락한다 하니 이는 도적을 집안에 끌어들이는 것과 같습니다."

좌의정 윤두수가 받았다.

"당나라 때 돌궐이 사납게 날뛰었으나 천벌을 내리지 않았으니 중국은 오랑캐를 얽매어두고 견제했던 것입니다."

국왕은 대뜸 화를 냈다.

"경의 말은 잘못이오. 그게 바로 화의를 하자는 의견이 나오게 된 원인이오."

병조의 낭관이 남해안 일대에 쌓은 왜군의 성채들을 자세히 보고했다.

"왜군은 위계를 써서 명국을 기만하며 자기 나라 영토처럼 여러 곳에 축성을 했으니 나라의 한 모서리를 뺏긴 것이나 진배없습니다. 풍신수길이 몰래 증원군을 보내 힘을 모은 다음 다시 도성으로 쳐들어온다면 조선군만으로는 막기가 어렵습니다."

병판 김응남의 말이었다.

"그러기에 서둘러 군사를 모집하고 조련을 시켜야 한다고 여러 차례 명했는데도 진척이 없으니 딱한 노릇이오. 훈련도감을 설치한 것도 군사를 체계 있게 양성하라는 뜻이었소."

국왕의 질책에 모두들 깊숙이 부복했다.

이순신에게 3도 수군통제사의 교지가 전해진 것은 9월 하순이었다. 이순신은 장계에서 극진한 말을 아뢰었다.

「뜻밖에도 보잘것없는 신에게 통제사를 내리시니 놀라고 떨리는 가슴을 달랠 수가 없습니다. 어리석고 모자란 신의 재주로는 능히 감당치 못할 것인즉 더욱 마음이 무거움을 어찌 할 수 없습니다.」

군량미는 말할 것도 없고 병선을 수리하고 건조할 재목과 철, 화약 등의 확보가 화급한 일이었다. 왜군이 동남해안에 성채들을 짓기 전만해도 조선군이 지키고 있던 거제도에서 나무를 풍족하게 벌채하여 용재에 충당했던 것이다. 거제도엔 울창한 숲이 많았다.

이제는 타 지방에서 나무를 구할 수밖에 없었다. 또한 그간 계속된 해전으로 화포와 화전에 쓰이는 화약을 서둘러 제조하여 비축해야만 했다.

당시의 화약은 유황과 염초가 주된 재료였다. 염초는 군관 가운데 만드는 법을 아는 사람이 있어 여러 달 걸려 1천근을 확보했으나 유황은 도저히 구할 방도가 없어 장계를 올려 공급해 줄 것을 간청했다.

새 전선을 건조하면 당연히 각종 화포를 장비해야 한다. 조선군의 화포는 대충 세 종류가 있었다.

첫째는 완구이다. 그중 큰 것부터 별대완구·대완구·중완구로 나눈다. 별대완구는 중량이 1천1백 근이나 된다. 중완구가 약 3백 근, 사거리는 모두 3백50보에서 4백 보 남짓이었다. 이 완구로 진천뢰와 철환 또는 돌덩이를 발사한다.

다음은 총통이다. 승자총이 그중 소구경인데 일정치는 않으나 길이가 50cm~80cm 정도였다. 조선의 병선은 천자·지자·현자총통을 많이 장비했는데 중량이 천자의 경우 5백 근, 지자는 4백80근, 현자는 1백50근이었다.

그리고 화전. 크기에 따라 네 가지가 있다. 그중 큰 것이 대장군전이다. 길이가 12자이다. 이 화전도 총통으로 발사한다.

초판에 왜군은 조총에 의존하고 화포가 없었다. 해전에서 번번이 참패하고 화포의 위력에 놀라 육전에서 뺏은 것을 병선에 실었다. 사로잡은 조선인 포수에게 포술을 익혔던 것이다.

이순신은 승군을 육지에 보내 동철을 동냥하게 하기도 했다. 그래도 쓰임새에 대면 어림이 없는 노릇이었다.

이순신의 장계 중의 한 대목.

「쇠를 바치는 사람에게 허통과 면역, 면천을 할 수 있게 윤허해 주시면 상당한 쇠를 마련할 수 있을 것입니다.」

서출 등의 신분 제한을 없애는 것이 허통이다. 조정에서 과연 이순신의 건의대로 조처했는지 여부는 기록에 없다. 어떠한 방법으로든 이순신은 필요한 군수물자를 조달했을 것이다.

그는 또한 왜군의 조총에 관해서도 깊은 관심을 가지고 그에 못지않은 조총을 만들려고 마음을 썩였다.

노획한 조총을 이모저모 살피기도 하고 화약을 장전하여 쏘아 보기도 했다. 굳이 말하자면 조총과 비교될 수 있는 것이 승자총통이다. 하지만 조총에 대면 사거리가 짧고 위력이 떨어졌다. 활보다 나을 게 없어 실전에선 잘 쓰이지 않는다.

다행히 정사준이란 군관이 조총을 분해하여 궁리한 끝에 제조 방법을 알아냈다. 대장장이들을 찾아내 일을 시켰다. 총신의 길이를 조총보다 한 자쯤 길게 했다.

시사해 보니 총알이 훨씬 멀리 나갔다. 우선 여섯 자루를 만들어 관찰사 권율에게 한 자루를 보내고 다섯 자루는 국왕에게 바쳤다.

그간 노획한 조총은 여러 차례에 걸쳐 1백 자루 넘게 조정에 올렸던 것이다. 계제에 국왕과 조총에 관한 얘기를 곁들인다. 이순신이 만든 조총이 국왕한테 진상되기 전의 일이다.

개성에서 여러 달 체류하는 동안 국왕은 대신들에게 의논하지 않은 채 군기시에 내명을 내려 조총의 시제품을 만들게 했다. 도성에 돌아온 후 완성된 조총 한 자루가 전해졌다. 국왕은 영의정 최흥원과 좌의정 류성룡을 불러 조총을 보여 주며 말했다.

"전쟁 초기에 우리 군사는 왜군의 조총을 겁내 싸우지도 않고 도주하는 경우가 적지 않았소. 그래서 병기에 밝은 장인을 시켜 꼭 같은 것을 만들게 했소. 다만 조총은 화약을 재어넣는 데 시간이 걸리고 혹시 심지가 끊어지거나 타다 말면, 지체하는 사이 적의 화살에 맞기가 일쑤요. 그래서 곰곰이 생각했는데, 총 한 자루에 군사 두 명을 붙이면 이런 결함을 어느 정도 해소할 수가 있소. 일테면 한 사람은 사수고 한 사람은 화약수요. 화약을 대통에 알맞게 덜어놓았다가 사격한 즉시 서둘러 장전을 하고 심지어 불을 붙인다. 이런 말이오. 그러면 쏘는 속도가 한결 빨라지지 않겠소? 이 총은 처음 만든 것이라 정교하지는 못하지만 경들에게 내리니 웃음거리로 삼아주기 바라오."

류성룡은 등에 식은땀이 났다. 국왕은 신하들을 곯려주려는 것이다. 아니, 무기엔 관심도 없는 대신들을 책망하며 일깨워 주려는 것이다.

평양에 계실 때도 목판에 쇠가죽을 붙인 방패를 만들라는 분부가 있었다. 쇠가죽이 부족하여 많이 만들지는 못했고, 또 군사들이 거추장스럽게 여겨 실전에 쓰이지는 않았다.

"신하들이 마땅히 해야 할 일을 전하께서 살피셨으니, 부끄럽고 황송하여 몸둘바를 모르겠습니다."

최흥원의 말이었다. 류성룡도 같은 뜻으로 아뢰었다. 재미있는 것은 실록에 기록한 사관의 논평이다.

「예로부터 나라를 흥하게 한 임금은 인재를 잘 쓰며 민심을 얻는 데 힘쓰고 자질구레한 무기를 정비하는 일 따위엔 정신을 쏟지 않았다. 그런데 대신이란 사람들이 임금의 비위나 맞추고 있으니 통탄할 노릇이다.」

사관은 대개 젊은 문신이 맡는다. 무武를 하찮게 여기는 한 단면을 볼 수 있다. 이럴 즈음 동남해안 일대에선 도적떼가 발호하여 백성들을 괴롭히고 있었다.

왜적이 조선옷을 입고 조선 배를 부리며 노략질을 하는가 하면 거꾸로 조선 사람이 왜복을 걸치고 온갖 못된 짓을 하는 경우도 드물지 않았다. 이를 가왜假倭라고 했다.

진주성 공략 후 왜군은 조선인을 다루는 방책을 바꾸어 인심을 사기 위한 선무에 힘쓰고 있었다.

민간인은 되도록 죽이지 않고, 굶주린 사람들에게 간혹 먹을 것을 나누어 주기도 했다. 조선 의병의 유격전법에 하도 골탕을 먹었기 때문이기도 하지만 장기간 점령에 따른 필요에서 그런 속임수를 썼던 것이다.

하루는 왜적들이 광양 근처 마을에 침입하여 분탕질을 했다는 급보가 들어왔다. 이순신은 첨사 김완에게 명해 급히 출동시켰다. 김완이 병선을 몰고 달려가자, 해변에 수상한 배 한 척이 닿아 있는데 배꾼들이 창황하게 옷을 바꿔 입고 있었다.

이들 십여 명을 붙잡아 보니 모두 조선 사람이었다. 먹을 것도 없고 살길이 막막해 도적의 무리가 된 것이다. 김완은 우두머리 한 사람을 붙잡아 데려오고 나머지는 엄히 꾸짖고 방면했다.

김완의 보고를 들은 이순신은 떠도는 피란민과 도적떼들을 색출하여 미륵도 사량도 돌산도 등에 집단적으로 이주시켜 둔전에 종사하게 했다.

돌산도에는 병조가 관할하는 군마 목장이 있었다.

"… 살 곳을 잃은 백성들은 굶주린 배를 움켜쥐고 산과 들을 방황하고 있습니다. 이들이 섬에 들어가 농사를 지어도 목축에는 별 지장이 없을 것입니다."

이런 용의주도한 건의를 올려 국왕의 윤허를 받기도 했다. 이순신은 여색에 대해서도 엄한 군령을 내렸다.

"진영중이나 병선 속에 여자를 끌어들이면 양자를 모두 군법으로 처벌한다."

진중생활이 길어지면 풍기가 문란해지기 쉽다. 수군의 경우 아예 선실에 여자를 태우고 다니는 수령이나 군관들이 드물지 않았다. 이순신 휘하의 전라좌도 수군은 물론 이 같은 추잡한 짓거리는 용납되지 않았다.

그가 통제사를 제수받기 직진 경상도 수군을 돕기 위해 남해 연안에 나갔을 때의 일이다. 남해현감의 배가 이순신의 장선 근처에 정박하고 있었다.

누상에서 우연히 내려다보니 현감의 배 속에 젊은 여인의 반쯤 가려진 모습이 눈에 띄었다.

남해는 경상도 수군의 관할이고 현감은 원균의 부하이다.

"국가의 위급한 때를 당해 미녀를 싣고 다니기에 이르렀으니 그 용심用心에 대해 무어라 할 것인가. 무어라 할 것인가."

일기에서 개탄했을 뿐이다.

통제사가 된 다음 감찰군관을 풀어 경상우도의 몇몇 포구와 병선을 샅샅이 뒤지게 했다. 계집 12명을 잡아들여 곤장을 친 다음 육지로 내쫓았다.

해당 장령은 원균의 체면을 고려해서 준엄하게 꾸짖고 다시는 그런 일이 없도록 다짐을 받는 데 그쳤다. 이런 일은 총사령관인 이순신의 솔선수범으로 비로소 가능한 것이었다.

이순신은 전후 7년간 한 번도 충청도 아산의 부인이 지키는 본댁에 들른 적이 없다. 전쟁이 난 후 이순신은 80 가까운 노모를 피란과 봉양을 겸해 전라 좌수영이 있는 여수에서 가까운 마을지금의 여수 쌍봉면에 뫼시고 있었다. 가끔 찾아가 문안을 드리는 것이 그의 큰 위안이었다.

한산도로 옮긴 뒤엔 뱃길이 멀어 직접 왕래하기가 어려웠다. 내내 뵙지 못하다 이듬해 정초에 세배를 올릴 수 있었다. 이때도 근처 조선소에서 병선을 건조하는 것을 시찰하러 간 김에 모친을 뵈었던 것이다.

용장 밑에 약졸 없다는 말이 있다. 그것만으로는 부족하다는 진실을 이순신은 휘하 장병들에게 일깨워 준 셈이었다.

이 해선조 26년 가을에서 이듬해 정초에 걸쳐 대신을 비롯한 요직의 개편이 있었다. 영의정에 류성룡이 올라가고, 좌의정에 윤두수, 우의정 유홍은 유임되었다.

이조판서 김응남, 병조판서 이덕형, 공조판서 김명원, 평안도 관찰사 이원익 등이었다. 좌의정 윤두수가 도체찰사를 겸임했다. 관찰사 권율은 김명원의 뒤를 이어 도원수가 되었다. 여기서 도체찰사 등의 겸직 혹은 임시직에 관한 설명이 필요하다.

도체찰사는 정1품, 체찰사는 종1품, 순찰사는 정2품이다. 대개 종2품인 관찰사감사보다 높았다. 전쟁, 내란, 천재지변 등 비상시의 군정 책임을 맡는다.

순찰사는 한 도, 체찰사와 도체찰사는 서너 개 도를 담당한다. 순찰사는 감사를 겸하는 경우가 많다. 시대에 따라 일정치는 않으나 임진전쟁 중엔 이런 제도였다.

그런데 도원수가 따로 있었다. 이것은 겸직이 아니었는데, 주로 군사와 작전에 대한 명령권을 가지고 있었다. 그러니까 작전에 관한한 지휘체계가 이원화돼 있는 셈이었다.

왕왕 체찰사와 도원수 간에 상하관계가 논란이 되었는데 이런 결론을 내렸던 것이다.

"작전 중엔 도원수가 전단하는 일이 있겠으나 평시엔 체찰사의 지휘를 받는다."

방백수령과 병·수사들이 체찰사의 말은 잘 들어도 도원수의 명령은 가볍게 여겼다. 김명원이 내내 빛을 못 본 것도 다분히 이런 사정 때문이었다.

권율은 진주성 싸움을 방관했다 해서 언관들의 탄핵을 받았으나 국왕의 배려로 죄를 면할 수 있었다. 도원수 권율은 신기일전, 크게 발분하여 원수부 군사를 거느리고 남으로 내려갔다.

행주산성의 승리로 그의 명성은 드높았다. 그에겐 이것도 큰 부담이었다. 권율은 울산 근처에 당도하여, 서생포에 성채를 쌓고 주둔하고 있는 가등청정군의 동정을 살피고 있었다.

진주성 함락 후 풍신수길의 명령으로 우희다수가와 모리수원, 그리고 수군장 등당고호 등은 이미 철수했다. 그러나 가등청정 흑전장정 소서행장 등은 그대로 남아 있었다. 병상자를 후송하여 잔류 병력은 4만3천 정도였다. 이들이 꼬리를 맞댄 10여 개의 성채에 동아리를 틀고 앉아 있는 것이다.

명국과 왜국 간엔 강화협상이 한창 진행 중에 있다. 교섭 창구가 여러 갈래로 나뉘어져 있고 피차 오가는 말이 엇갈리는 통에 흐름이 어떻게 잡혀가고 있는지 도시 알 수 없는 형국이다.

명군의 주력도 철수를 해서 강화에 찬동치 않는 조선 조정의 큰 불만을 사고 있다. 권율은 조선군의 힘으로 악명 높은 가등청정을 쳐부수고, 진주성의 원수를 갚고 싶었다.

서생포 왜성에서 탈출했다는 조선인들이 권율의 군사에게 붙잡혔다.

"지금 왜진에서 큰 동요가 일고 있습니다. 저희들도 그 틈을 타 빠져 나왔습니다만 듣자하니 본국에서 큰 반란이 일어나 남은 왜군도 속히 귀국하라는 명이 떨어졌다는 것입니다."

그중 똑똑해 뵈는 장정이 이런 말을 했다. 그뿐 아니라 적정을 살피러 보낸 탐보꾼이 돌아와 엇비슷한 보고를 올렸다.

권율은 절호의 기회라고 생각했다. 권율은 조정에 급히 장계를 보냈다.

「… 국내에서 내란이 터져, 당황망조하여 철수하는 왜적을 앉아 구경만 할 수 있겠습니까? 일대공세를 취해 골수에 사무친 원한을 갚을 때입니다.」

평시 같으면 파발로 역참을 이용하는 경우가 많으나 비상시엔 당연히 직송을 한다.

건각의 군관을 골라 장계를 맡겼는데 이 자가 서울에 닿기 전 도중 어느 고을 관아에서 자랑삼아 장계의 내용을 발설했다. 군기 누설의 중죄에 해당하는 대단히 경망스러운 짓이었다. 소문은 순식간에 퍼져나갔다.

사태가 더 악화된 것은 대구 근처에 머무르고 있는 명군 장수가 이를 알게 되어 경상감영에 공식 문의를 했던 것이다.

장계는 도성에 들어갔으나 왜군진영에서 아무런 움직임을 보이지 않았다. 권율도 왜군의 반간임을 깨우쳤으나 이미 엎질러진 물이었다.

사헌부에서 들고 일어났다.

"도원수는 마땅히 두루 살피고 신중히 판단하여 보고를 해야 하거늘 무식한 사람의 허무맹랑한 말을 곧이듣고, 급계를 올렸으니 큰 실수를 저지른 것입니다. 또한 수하의 군관이 군사기밀을 누설하고 시끄럽게 전파하여 사람들의 마음을 들뜨게 하였는바 이는 권율의 감독책임에 귀속되는 일입니다. 더구나 명장明將의 귀에 들어가 사실 여부를 문의해 옴으로써 나라의 체통을 크게 손상시켰습니다. 권율을 추고하시기 바랍니다."

사간원에서도 같은 주장이 나오자, 국왕은 관계되는 신하들을 불렀다. 영부사 심수경, 영의정 류성룡, 병조참판 심충겸 등 대여섯이 모였다.

국왕은 장계를 류성룡에게 보였다.

"잘못된 탐보를 올린 것이 판명되었소. 경은 어찌 생각하오."

"요즘 변방의 보고에 부실한 것이 많습니다. 왜적은 더욱 간악하고 교활해져 조선 백성들을 저들 편으로 끌어들이는 일이 적지 않다고 들었습니다. 이런 자들이 퍼뜨린 말을 너무 쉽게 믿은 것 같습니다."

류성룡은 조심스럽게 말했다.

"병조의 의견은 어떻소?"

"먼 변방의 일이라 실정을 잘 모르기에 신은 뭐라 말씀 드릴 수 없습니다."

심충겸은 대답을 피했다. 국왕은 심기가 불편한 듯 말을 이었다.

"군사 기밀은 귀신도 모르게 해야 할 것이오. 도원수 거사의 소문이 각 도에 자자하여 망신스럽게 되었소. 명장의 처지가 이와 같으니, 어찌 적을 칠 수가 있겠소. 장계를 가지고 온 군관에게 매를 치자는 주장이 있었으나, 도원수가 미안하게 여길 것 같아 내가 못하게 했소."

국왕은 말과는 달리 권율을 두둔했다. 그래서 추고당하는 것을 간신히 모면한 것이다. 그러나 권율의 명예에 손상이 갔다.

사간원에서 거듭 올린 상소 가운데 이런 말이 들어 있다.

「권율은 고 재상 철의 아들인데, 장수로서 자질은 그의 장점이 아닙니다. 우연히 한번 큰 승리를 거두어 도원수가 되었으니 어찌 요행이라 하지 않을 수 있겠습니까?」

홍문관 제학 윤근수는 경연 석상에서 "권율이 전라도 관찰사 때는 영이 제대로 섰는데 도원수가 되면서부터는 관원들이 명령에 복종치 않고 있습니다." 하며 한 도를 택해 관찰사를 겸하게 할 것을 건의했으나 "관찰사가 어찌 도원수의 말을 듣지 않겠는가." 국왕은 듣지 않고 이렇게 말했다.

임진전쟁 중에 모략전은 다른 어떤 전쟁보다도 복잡하고 특이한 것이었다. 그 원인은 한두 가지가 아니다.

첫째는 풍신수길이 조선 출병의 동기와 목적을 엉뚱하게 위장한 데 있다. 조선에 대해서는 명국에 봉공을 청하기 위해 '가도' 즉 길을 빌려달라고 하면서 휘하 장수들에겐 명나라를 정복한다고 호령을 했다. 그런가하면 주요 장수들에게 조선 8도를 분담시켜 세곡을 징수하는 등 군정을 실시하라는 명령을 내리고 있다.

한편 명국도 조선 출병을 둘러싼 쟁론이 끊이지 않았고 출병과 동시에 강화를 위한 사신을 보내 왜군과 접촉을 하게 했다.

풍신수길은 소서여안을 강화사절로 삼아 명국에 들여보냈지만 송응창, 심유경 등은 소서여안을 심양에 여러 달 머물게 하고 북경으로 인도하지 않았다. 풍신수길의 조건 가지고는 애당초 얘기가 될 수 없다고 판단했기 때문이다.

심유경은 풍신수길이 봉공만 원한다는 식으로 실상을 호도하여 조정에 보고하고는 조선의 수도가 수복되고 왜군이 남쪽으로 후퇴했으므로 명군도 더 이상 있을 필요가 없다해서 대다수 병력을 철수시키게 했던 것이다.

풍신수길의 조건 중에 '조선의 4도를 일본에 분할할 것'이란 조항이 있다는 것도 조선 조정은 비공식 통로로 알게 됐다.

두 나라가 조선을 제쳐놓고 비밀협상을 벌이고 있는데 깊은 불신과 의혹을 품은 건 당연한 일이었다. 아직도 4만이 넘는 왜군이 동쪽으로 서생포, 서쪽으로 웅천까지 10여 개의 성채에 포진하고 있다.

웅천을 지키고 있는 소서행장은 심유경과 계속 접촉하면서 강화를 위해 모의하고 있으나 서생포의 가등청정은 기어이 풍신수길의 조건을 관철해야 한다는 입장이다.

그러나 가등청정도 풍신수길의 뜻이 명국과의 회친에 있음을 알고 있으므로 전쟁에서 뿐 아니라 강화조약을 맺는 데 있어서도 소서행장에게 공을 뺏기고 싶지는 않았다.

남원에 주둔하고 있는 명국의 유정 장군과 두어 차례 편지 왕래가 있었다. 조선의 승장 유정은 송운대사라는 이름으로 왜군 사이에서도 널리 알려져 있었다. 송운대사는 유정 장군과 만나 전국戰局을 얘기하면서 한 가지 계책을 궁리했다.

가등청정의 진중에 들어가 적정을 살피고 가등청정과 소서행장 간의 이간책도 써보자는 것이었다. 유정의 찬동을 얻은 송운대사는 도원수 권율의 허락을 받고 서생포 왜성을 찾았다. 젊은 중 서너 명만 데리고 갔다.

가등청정의 부장이 마중나와 물었다.

"스님은 대체 뉘시오."

"명군의 독부에서 도원수 김명원의 명령을 받고 왔소. 내 이름은 송운이오."

부장은 일행을 성안으로 인도했다.

"나는 18세부터 금강산에서 수도를 했으며 중년엔 명나라에 들어가 유정 장군과도 친하게 사귀었소. 이곳에서 다시 그를 만나 일본과의 강화를 얘기했소. 그러므로 나는 명군과 조선군을 대표하여 강화를 논하러 온 것이오."

"대사의 존함은 익히 듣고 있소이다."

"한 가지 묻겠는데 소서여안은 지금 어디에 있소?"

"유격장 심유경과 함께 명국에 들어간 줄 알고 있소이다."

왜군 부장은 송운대사의 당당한 몸가짐에 경의를 품은 듯했다.

"북경에 갔단 말씀인가?"

송운대사가 묻자 문서를 펴 보이면서 대답했다. 한문을 아는 왜인을 통해 필담으로 진행했다.

"이것이 풍신 전하의 강화 조건이오. 일본의 '텐노'가 황제의 따님을 맞아들이고, 조선 4도를 일본에 넘겨야 한다는 것이오."

"조선 땅을 일본에 떼어준다? 그런 요구는 만에 하나도 성사될 리가 없소."

송운대사는 크게 웃었다.

이때 가등청정이 방 안에 들어와 앉자마자 물었다.

"먼 길에 수고가 많으셨소. … 심유경의 일이 왜 성사될 수 없다고 하시오?"

기뻐하는 빛이 표정에 드러나 보였다.

"어림도 없는 일이오. 장군은 생각해 보시오. 명국이 왜 출병했겠소. 조선의 영토가 비록 일부라도 일본에 뺏기면 요동이 위험하고, 요동이 위험하면 북경의 방비가 어렵게 되기 때문이 아니오. 또한 조선이 팔짱 끼고 앉아 구경만 할 것 같소? 이순신 수군이 건재하고 의병들이 계속 궐기하는 한 일본군은 점점 더 궁지에 빠질 뿐이오. 진주성 함락으로 대세를 뒤집어 놓을 수는 없소. 병법에 통달한 귀장이 잘 아실 것 아니오?"

송운대사는 가등청정의 흉중을 샅샅이 읽고 있었다. 소서행장과 심유경 간의 협상이 깨지기를 바라고 있는 것이다. 그러자 가등청정은 화제를 바꾸었다.

"유정 장군은 왜 본진을 전라도로 옮겼소이까?"

"지금 명군 수십만이 전라도 해안지대에 결진하고 있소. 그래서 본영을 전라도 남원에 둔 것이오."

"유정 장군은 연세가 얼마나 됐소이까?"

"서른셋이오."

대답을 듣고 가등청정은 싱긋이 웃었다. 같은 또래이다.

"지금 충청·경기·평안·함경 4도에 주둔하고 있는 명나라 장수는 누구이며 병력은 얼마나 되오이까?"

가등청정은 송운대사를 신뢰하고 있는 것 같았다.

"경략 송응창과 제독 이여송은 얼마 전 철병을 했소. 그러나 시랑 고양겸 등 여러 장수들이 30만 병력을 이끌고 이미 압록강을 건너왔소."

이건 물론 꾸민 말이다.

"유정 장군은 항상 내게 말하기를, 적장 청정은 세습인 지방관의 후예로서 대단한 호걸이다. 그런데 어찌하여 관백 같은 변변치 못한 사람 밑에 있는지 모르겠다. 이렇게 개탄하고 있소."

청정은 웃기만 했다.

"조선의 두 왕자를 후하게 대접하고 석방한 것은 귀 장군의 공이었소. 더구나 석방할 때 융숭한 송별잔치를 했다니 귀 장군은 예를 아시는 분이오. 헌데도 명국과 조선에선 귀 장군의 공을 모르고 있소. 왜 그런가? 소서행장이 우리에게 생색을 내며 말하기를, '내가 청정으로 하여금 왕자를 석방케 했다. 내 아니면 불가능했을 것이되….'"

그러자 가등청정은 노기를 띠고 대답했다.

"왕자는 줄곧 내 수중에 계셨소. 행장이 그따위 소리를 했다면 터무니없는 얘기요. 행장은 그저 심유경과 한데 어울리고 있을 따름이오이다."

송운대사와 청정의 첫 번째 회담은 이것으로 끝났다. 청정의 처소는 호사스럽게 꾸며져 있었다. 청정은 금빛 병풍을 둘러친 방에서 점심을 대접했다. 송운대사를 스승처럼 공경하는 몸짓이었다.

두 번째 만남은 이듬해 봄에 이루어지지만 이 줄거리를 다른 일에 앞서 더듬어 볼까한다.

이때 송운대사는 이겸수, 장희춘이라는 명군 군관과 김언복이라는 조선인 통역을 데리고 갔다. 일종의 공식회담이었다.

청정은 풍신수길의 화의조건에 대한 유정의 반응을 자세히 알고 싶어 했다.

"전번에 이미 회답을 하지 않았소? 유정 장군도 나와 같은 의견이오. 유정 장군은 나와 귀 장군과 만나 얘기한 것을 듣고 이렇게 말했소. '청정은 큰 인물인데 관백의 하인이 되었으니 딱한 일이다. 내가 황제께 건의하여 청정을 일본의 관백으로 봉하고, 필요하다면 대군을 보내 도와줄 작정이다.'"

송운대사의 의도는 물론 화의가 아니라 탐색과 교란이었다.

가등청정은 소서행장에 뒤지는 게 싫어 수길의 조건을 최대한 살려보려고 애를 태우고 있었다. 수길에 대한 충성과 고지식한 성격 탓일 것이다.

그러나 청정은 배석한 부하들에게 오해를 살까 걱정을 했는지 명군 군관을 번갈아 노려보며 언성을 높였다.

"내가 안변과 서울에 있을 때 명나라 사신 빙중앵이 화의를 청하여 사람들이 서로 내왕하였소. 헌데 가타부타 아무 기별이 없었소. 이것이 일본이 기만당한 첫째의 일이오. 심유경이 스스로 화의할 것을 다짐하고 우리 일본군을 남으로 후퇴하게 했는데 이게 두 번째 기만당한 것이오. 왕자 석방 때 서로 약조한 바가 있었는데 그 뒤 아무런 소식도 없소. 이게 일본이 세 번째 기만당한 것이오."

"지금 말씀하신 것은 우리가 일본을 속이고자 했던 게 아니오. 얘기가 서로 엇갈리고 뒤엉키다 보니 그리된 것이오."

군관이 대꾸했다. 그러나 청정은 송운대사를 향해 말했다.

"나는 송운대사를 믿고 있소이다. 다시 말씀드리지만 관백 전하의 명은 반드시 성사돼야 하오이다. 행장과 심유경이 무슨 장난을 치고 있는지 모르지만 그건 내가 상관할 바 아니오. 소서행장이나 평의지는 다 섬놈으로 소금 장수 출신이라 처음 그가 평안도에 진군했을 때 공연히 시일만 허비하여 조선 국왕을 추격하지 않았소. 그러다가 마침내 평양에서 패했소. 나로 말하면 백 번 싸워 백 번 승리하여 국위를 선양했소. 함경도에 들어가서는 두 왕자와 대신을 생포했소. 두 번째 진주성 싸움에서 행장은 전진이 아니라 후퇴를 했소. 내가 달려들어 일거에 함락시킨 것이오. 지금 해안에 주둔하고 있는 것은 조선에 이기지 못했기 때문이 아니오. 조선의 생령들을 불쌍히 여기기 때문이외다."

마치 가슴속의 쌓인 울분을 토하듯 호소했다. 송운대사의 계책이 어지간히 먹혀든 셈이었다. 청정의 호소는 기실 군사기밀에 속하는 내용이었다.

"장군의 심정은 나도 잘 알고 있소. 장군은 관백의 뜻에 충실하려고 애를 쓰고 소서행장은 관백을 속이며 일을 꾸미고 있으니, 누가 충신인가 하늘이 아실 것이오. 일본이 진정 강화를 원한다면 새로운 제안을 해야 할 것이오."

송운대사는 이처럼 청정을 치켜세웠으나 당초부터 강화엔 관심이 없었기에 번거롭게 여러 조건을 따지려 하지는 않았다.

유정과 청정 간에 서신이 오간 일, 그리고 송운대사와 청정의 회담 등은 심유경과 소서행장을 당황하게 만들었다. 꿍꿍이속이 들통날까 겁이 났던 것이다.

소서행장이 유정에게 보낸 서신 중에 이런 구절이 있다.

「청정이 조선과 통하고 있다. 이는 양국의 대사를 훼방하는 짓이다. 나는 즉시 태합 전하께 사실을 아뢸 것이다. 장군께 간청하노니 청정의 편지를 내게 주시면 이를 증거로 삼을 것이다.」

소서행장의 낭패한 꼴을 볼 수 있다. 또 그는 경상우도 병사 김응서에게 편지를 띄워 회담을 요청했다. 김응서는 종사관 이홍발을 보냈다. 장소는 웅천의 왜성. 소서행장은 평조신 평의지 등을 물리치고 통변만 남겼다.

"남만, 유구 등 모두 외이外夷이다. 조공을 바치고 명국의 신하라 스스로 칭한다. 오직 일본만이 버림을 받은 나라이다. 그래서 명국에 진공하려는 것이다. 조선이 이 뜻을 명국에 간곡히 전해 화의를 주선해 주시기 바란다."

소서행장의 말은 계속된다.

"헌데 조선은 막무가내로 이를 허락하지 않았다. 부득이 군사를 일으켜 조선으로 왔다. 명국군이 나오게 되고 심유경의 말을 들어, 후퇴하여 이곳에 내려 왔다. 그러나 아무 기약 없이 양국이 서로 대치하고 있을 뿐이다. 조선이 어찌 이런 상태를 한없이 견딜 수 있겠는가. 귀국이 내 뜻을 황제께 전달하고 칙사를 보내 봉작을 내리게 된다면, 우리는 즉시 철군하고 조선인 포로를 석방할 것이다. 군량미 남은 것도 운반해 줄 것이다. 만일 그렇게 하지 않는다면 태합 전하께서 친히 대군을 이끌고 나와 곧장 명국에 들어갈 계략을 세울 것이다. 듣건대 청정은 귀국 사신에게 말하기를 천조와 혼인을 맺고 귀국의 영토를 분할하면 철수한다고 했다 한다. 이건 대합 전하의 뜻과는 먼 얘기이다. 청정은 멋대로 말을 꾸며, 화의를 방해하고 있다."

이홍발은 소서행장의 말을 소상히 보고했고, 김응서는 장계에 담아 비변사에 올렸다. 조선 측의 모략이 적지않이 효과를 낸 것이 분명하다.

한편 소서행장의 부탁을 받은 유정은 청정한테서 온 편지를 망설임없이 내주었다. 둘 사이의 암투를 부추기는 데 안성맞춤이었기 때문이다.

왜장들 간의 대립과 협상의 혼란은 명국 조정에도 큰 영향을 끼쳤다. 일본에 대해 봉과 공을 모두 허락하느냐, 어느 한 가지만 허락하느냐를 놓고 의논이 분분했다는 것은 앞서도 적었다.

이 논의 과정에서 경략 송응창이 탄핵을 받아 물러나고 고양겸이 경략이 됐던 것이다. 그러나 고양겸 역시 협상 지연의 책임을 추궁당해 해직되고 후임에 병부시랑 손광이 임명되었다.

우여곡절 끝에 수길의 사신 소서여안은 황제의 허락을 얻어 북경에 들어갔다. 일본을 떠난 지 반년만의 일이었다. 여안은 내각대학사 조지고, 병부상서 석성 등과 회담했다.

피차 얘기의 테두리를 좁히면서 세 가지 조건에 합의를 보았다.

一. 일본군은 전원 귀국한다.
一. 봉은 허락하나 공은 불허한다.
一. 조선을 다시는 침략하지 않는다는 서약을 한다.

풍신수길이 명한 조건 따위는 처음부터 논의되지도 않았다. 소서행장이 여안을 구슬리고 협박했던 것이다.

봉공은 모두 황제가 베푸는 은전이다. 왜국과 같은 나라에 헤픈 은전을 내릴 필요가 없다는 것이었다. 하나를 아껴두고 왜국을 견제하자는 뜻이 있었다.

그러나 현실적인 면에서 공을 피할 필요가 있었다. 왜국왕이야 책봉만 하고 내버려 두는 것이 상책이다. 공연히 진공한답시고 왜선이 드나들고 어쩌고 하면, 성가시고 번거롭기도 하지만 왜구한테 시달렸던 것과 같이 무슨 변이 일어날지 알 수 없으니 되도록 왜인과 상종하는 것을 피하자는 것이다.

소서여안이 세 가지 조건에 동의했다는 일본 측의 기록은 없다. 그러나 나중에 얘기지만 명국이 책봉사를 일본에 파견한 것을 보면 사전에 합의가 이루어진 것이 확실하다. 일본의 협상 대표가 세 가지 조건에 동의한 것은 일본의 조선침략이 무위로 돌아갔음을 스스로 인정한 것이다. 아니 패배와 좌절을 의미한다.

임진전쟁 두 해째는 이처럼 모략전, 외교전으로 점철된다. 명국 조정은 풍신수길의 진의를 의심하고 소서여안을 공식적으로 심문한다.

병부상서 석성, 내각대학사 조지고, 어사 최경영 등 관계 고관들이 나와 문답을 벌였다.

"조선은 명국의 속방이다. 너희 관백이 어찌하여 조선을 침범했는가?"

"일본은 봉을 원하고 있다. 조선이 대신해서 간청하였다. 조선은 일본을 기만하고 또한 일본인을 살해하였다. 그 때문에 군사를 일으킨 것이다."

이 대답은 얼토당토않은 거짓말이다.

“일본이 명국에 진공할 뜻이 있었다면 조선과 우호를 통한 다음 주선해 주기를 청해야 하거늘 어찌하여 군사를 일으켜 침범했는가?”

이 물음에는 대답이 없었다.

“조선이 위급함을 고해왔기에 명국이 대거 출병하여 구원하였다. 그럴진대 일본군은 당연히 귀순해야 할 것이다. 어찌하여 항거하고 평양 개성 벽제 등지에서 패했는가?”

“일본군은 평양에 주둔하고 명국군과 접촉하지 않았다. 소서행장과 심유경이 회동하고 일본군의 평양철수를 약조하였다. 뜻밖에도 제독 이여송이 이 약조를 믿지 않고 평양성을 공격하여 행장의 군사를 살상하였다. 명국군은 또한 벽제에서 일본군을 추격하였다. 일본군은 후퇴하여 도성으로 돌아왔던 것이다.”

“그런데 무엇 때문에 왕경에서 철수하고 왕자를 송환했는가?”

“심유경은 명군 70만이 조선에 도착했다고 말했다. 이에 왕도에서 철병하고 왕자를 석방했으며 7도를 반환하였다.”

“그렇다면 어찌하여 다시 진주성을 침범했는가?”

“조선 군사들이 가등청정의 군사들과 싸워 서로 살상했다. 그 때문에 진주를 쳤으나 명국군을 보고는 즉시 철수하였다.”

진주성 공략은 풍신수길의 특명이다. 이 문답은 명국 측의 기록이므로 얼마나 정확한지 알 수 없으나 일본 측의 궁색한 처지만은 여지없이 드러나고 있다.

“원약3사를 충실히 이행한다면 너희 일본을 용서하고 봉할 것이다. 이를 소서행장에게 전하라. 행장이 세 가지 약속을 이행할 것을 네가 보장할 수 있겠는가?”

일본군의 조선 철수, 재차 침범하지 않는다, 명국에 진공을 요구하지 않는다. 이것이 원약3사이다.

소서행장이 명국 측에 이미 약조한 강화조건이었다.

여안의 답변은 계속된다.

"소서행장은 경략 손광에게 세 가지 약조를 어김없이 이행할 것을 다짐하였다. 이 같은 대사는 풍신수길이 행장에게 명한 것이다. 그러므로 능히 보장할 수 있다."

"일본군은 행장과 청정의 군사로 크게 나누어진다. 이제 행장만이 봉을 청하고 있다. 청정이 승복하지 않으면 어찌 하겠는가?"

이 물음에 여안은 대답하지 않았다.

"너희가 일시적으로 약조를 한다해도 먼 장래까지 변함이 없음을 보장할 수 있겠는가? 네가 마땅히 이를 서약한 다음 봉을 청해야 할 것이다."

"만약 한 가지만이라도 허설이 있다면 풍신수길, 소서행장 그리고 이 사람 여안도 결코 무사하지 못할 것이며 자손이 번창하지도 못할 것이다. 하늘이 내려다보고 있지 않은가."

"거듭 말하거니와 이 일을 먼저 서약하라."

"이미 서약하지 않았는가."

"너희 나라는 성조 문황제 때 옥대와 금인을 받았으며 원도의를 일본국왕으로 봉한 바 있다. 지금 그의 자손이 있는가? 또 금인은 어디에 있는가?"

원도의가 누구인지는 분명치 않다. 여안의 대답.

"일본국왕을 칭한 자는 많았다. 원성 평성 진성 등이다. 10여 년 전 직전신장이 이들을 모두 죽였다. 금인은 금시초문이다."

"풍신수길은 신장의 녹을 받았는데 도리어 그 자리를 찬탈하였다. 그러니 다시 조선을 침범할지도 모를 일이다."

"신장이 국왕의 자리를 빼앗았기 때문에 명지에게 죽임을 당한 것이다. 그리하여 지금의 관백수길이 신장의 장수들을 거느리고 의병을 일으켜 명지를 주살하고 66주를 평정하였다. 그렇지 못했다면 아직도 일본 백성들은 편안하지 않을 것이다."

"네 대답대로 수길이 일본을 평정했다면 스스로 왕이 됐을 것이다. 어찌하여 천조에 와서 책봉을 청하는가?"

"조선은 천조의 봉호를 받아 인심이 안정되었다. 이를 보고 간청한 것이다."

"너희 나라는 스스로 천황이라고 칭하고 있다. 무엇 때문에 다시 국왕이라 칭하는가? 천황이란 국왕인가 아닌가?"

"천황이 곧 국왕이다."

소서여안은 행장의 일가이며 역시 기독교신자였다.

"너희 나라는 이미 천황이 있는데 관백을 왕으로 삼는다고 하니 그렇다면 천황은 어느 땅에 세우려고 하는가?"

이 질문에도 대답이 없다. 대답하기가 어려웠을 것이다.

"네 답변을 그대로 황제께 아뢸 것이다. 너는 마땅히 문서를 작성하고 돌아가 소서행장에게 보고하라. 관백으로 하여금 책봉사를 받아들일 준비를 갖추도록 하라. 예의에 어긋나는 일이 있으면 책봉을 중지할 것이다."

"만사 어김없이 거행할 것이다. 심유경이 천명을 받들고 부산에 오자 일본군의 대다수는 바다를 건너 돌아갔다. 책봉사가 당도하게 되면 소서행장도 즉시 철수할 것이다."

"책봉을 청했음에도 불구하고 부산에 군량미를 운반하고 축성을 하고 있다. 반드시 다른 의도가 있을 것이다."

"당초 봉공을 동시에 청하였다. 명국이 이를 허용하지 않았기 때문에 아직도 관백이 책봉의 일을 믿지 않고 있다. 책봉사가 오게 되면 군량미와 성곽을 모조리 불태울 것이다."

이상이 이른바 강화와 책봉을 위한 16개 문답이다.

병부상서 석성이 주로 질문했다.

미리 대강의 줄거리를 서로 짠듯한 냄새를 풍기고 있다. 소서 여안 석성 등이 어떻게 해서든지 전쟁을 중지시키려고 담합한 흔적이 농후하다. 석성 외에 동석했던 중신들이 이의를 제기하지 않았으니 여안의 답변은 명국 조정에서 채택이 된 셈이다.

석성은 일본에 봉호를 내릴 것을 황제께 건의했다. 황제는 예부에 명해 책봉을 위한 표문을 작성케 했다.

책봉사에 서도독첨사 이종성, 부사에 양방형, 참찬관에 심유경을 임명했다.

"… 생각건대 너희 일본은 멀리 바다를 격해 있다. 일찍이 선조로부터 작을 받아 가르침을 받들었다. 너 평수길은 능히 백성을 다스리고 의를 흠모하며 풍화風化에 좇았다. 처음 길을 조선에 빌리고자 하였으나, 아직도 그 뜻이 상달되지 않았다. 이어 대궐에 달려와 참된 정성을 표시하였다. 사신을 보내 표장을 바쳤으며 또한 속번이 대신 간청하기에 이르렀다. 공순함이 그와 같은즉 짐은 이를 기특하게 여겨 이종성을 정사로, 양방형을 부사로 삼아, 특별히 너를 일본국왕으로 봉하고, 관복 금인 고명을 하사한다. 너희 나라 신민은 교령을 따르고, 길이 중국의 번유藩維로서 이웃 나라와 평화롭게 지내며, 짐의 명을 준수하고 하늘의 뜻을 받들어야 할 것이다."

이 같은 조유를 내렸다.

이 가운데 봉이위일본국왕封爾爲日本國王의 구절에 풍신수길이 대로했다고 일본의 사서는 전한다. 또한 속번이 일본의 뜻을 대신 청하기에 이르렀다, 운운했는데 이것은 사실이 아니다.

지난해 봄, 참장 호택이 도성에 들어와 "조선에서도 풍신수길의 청봉請封을 황제께 상주해 주기 바란다." 하며 예조참판 윤근수에게 부탁했으나 조정논의 끝에 거절했던 것이다.

"조선을 까닭 없이 침범한 왜국을 책봉함은 의로운 일이 아니다."

호택은 국왕을 알현한 자리에서도 거듭 청했으나 국왕 역시 허락하지 않았다.

전쟁 2년째 후반부터는 강화협상이 진행되면서 큰 전투 없이 소강상태가 지속되는 가운데 식량난을 해결하고 무기와 성채를 수리하며 백성들을 생업에 종사케 하는 데 온힘을 쏟았다.

전라도를 제외하고는 거개의 지역에서 농사를 짓지 못해 식량의 절대량이 부족하여 긴급히 청량사請糧使를 명국에 보내기도 했다.

도성 안에서는 다섯 곳에 구제소를 만들어 병자를 수용하고 하루 두 끼 죽을 쑤어 먹였다. 또 굶주린 부민들에게 쌀과 좁쌀을 나누어 주었는데, 아전들이 저들 식구를 위해 협잡을 일삼아 구제소마다 노상 수라장을 이루었다.

각지의 의병들은 자진 해산하는 경우가 많았다. 식량을 댈 수도 없지만, 집에 돌아가 농사부터 지어야 했기 때문이다.

호남의 의병장 김덕형은 충용장이란 호칭을 받았는데 장계를 올려 윤허를 받았고 호남을 통괄하는 의병장이 되었다.

「의병들이 통제를 잃고 흩어지고 있으므로 명령권을 통일하여 다스리는 것이 필요합니다.」

이때 기록에 따르면 항복한 왜군의 수효는 2백에 이르렀다. 항왜들은 처음 별도의 부대를 편성해서 훈련을 시키고 싸움터에도 내보냈으나 양식을 대지 못하게 되자, 부대를 이탈하여 왜군진영에 되돌아가는 일이 일어났다.

도원수 권율은 각도 병사에게 항왜 50명씩을 떼어주었으나 거기서도 배를 곯기는 매일반이었다. 이들은 저희끼리 의논하고 「할일 없이 곡식만 축내고 있으니 땅을 주시면 농사를 지어 먹고 살겠습니다. 만일 전란이 다시 번지면 언제든지 달려가 싸울 것입니다.」라는 탄원서를 내 부분적으로 허용되기도 했다.

한편에선 무과를 자주 열어 장교요원을 보충했다. 왜적의 수급을 바치면 수에 따라 무과 합격증을 주고 등용했음은 앞서도 얘기했다. 그러자 조선인 머리를 왜병으로 둔갑시키는 일이 빈번하게 일어났다. 탄로 난 죄인을 목 베어 거리에 매달기도 했다.

노비문서를 관리하는 장례원이 불타 문서가 없어지는 통에 산속에 들어가 화전을 일구거나 절간에 숨어버리면 뒤쫓는 사람이 없었다. 또 그럴 경황도 아니었다.

통제사 이순신은 국왕의 윤허를 받고 한산도에 무과를 설치하여 무관 백 명을 뽑았다. 각도의 감사들에게도 무과 시취를 허용했다. 이런저런 원인으로 신분의 변동이 크게 일어난다.

호남 의병은 김덕령의 선의대로 그에게 지휘권을 내렸으나 나머지 지방이 문제였다. 비변사에서 의병의 동태와 대책을 논의하였다.

一. 호남과 영남을 제외한 각 지방의 의병은 일단 해산하여 생업에 종사한다.
一. 영남은 아직 왜적이 물러가지 않았으므로 정병 수천을 편성하여 의병장으로 하여금 적을 치게 한다.
一. 병마절도사 등 장수들은 5백의 병력을 주둔지에 유지하고, 그 밖에 해산한 군사는 필요에 따라 다시 소집한다.

항왜 중에서 조총사수들을 골라 훈련도감에 배속시키고, 노획한 조총으로 군사들을 가르치게 했다. 항왜에 대한 조처는 서너 차례 방침이 바뀌었는데 항왜의 수효가 계속 늘어나자 남해와 서해의 섬으로 보내기도 했다.

그러나 이것도 항구적인 해결책은 되지 못했다. 섬사람들과 동화되기가 어려웠기 때문이다. 나중에 새로 생긴 항왜를 모조리 한산도로 보내 노젓는 격군으로 부렸다. 몇 백 명의 항왜를 온전히 수용하여 먹여 살리기 힘들 만큼 국력이 소모됐던 것이다. 김충선 등 벼슬을 받고, 정착한 사람도 없지는 않았지만….

이즈음 송운대사 유정 같은 의병장은 둔전을 하면서 근근이 승군들을 먹이고 있었다. 여러 절간에 달린 농토와 보리를 심어 근처 백성들에게 나누어 주기도 했다.

「승군장수 유정이 지금 의령에 주둔하고 있는바 농사를 지어 군량미를 마련하고 있으며 해인사에서 활과 화살을 만들고 있다고 합니다. 여러 곳의 장수들은 이런 생각을 못하고 있는데, 이 중들만 같으면 무슨 걱정이 있겠습니까? 유정의 일을 병사 수사들에게 널리 알려 주어 본을 받도록 하면 어떻겠습니까?」

비변사에서 올린 건의이다.

국왕은 칭찬의 말과 함께 유정을 정3품인 첨지중추부사로 임명했다.

승군의 활동이 돋보이는 것은 유정이라는 큰스승의 감화와 통솔 덕분이기도 했지만, 불심으로 뭉친 단합의 힘이 컸기 때문이었을 것이다.

和戰이 엇갈리다

선조 27년 갑오, 전쟁 3년째이다.

왜군이 동으로 서생포, 서로는 영등포 장문포 등에 걸쳐 성채를 쌓고 포진하게 되자 연안의 육군은 말할 것도 없고 안골포에 본진을 둔 수군마저 마음대로 근해를 돌아다니게 되었다.

왜병들은 산간 마을까지 분탕질을 하고 가옥을 불태웠다.

수군통제사 이순신은 전라우도 수사 이억기, 경상우도 수사 원균과 의논하여 왜군 진영을 기습하기로 작정했다. 그간 군사들도 휴식을 취했고 병선과 무기의 준비도 꽤 진척됐던 것이다.

3월 3일 새벽, 고성 벽방에서 망을 보던 장수 제한국의 전령이 급히 달려왔다.

"왜적의 대선 10척, 중선 14척, 소선 7척이 영등포 거제 장수면 쪽에서 나오더니 그중 21척은 당항포 고성 회화리 방면으로 다른 7척은 오리량 창원 구산면 방면으로 향했습니다."

면밀하게 적의 동태를 살핀 급보였다.

이순신은 즉시 이억기와 원균에게 전령을 보내 한산도 앞바다에서 회동하기로 했다. 이와 함께 의령에 있는 순변사 이빈에게 보병과 기병의 출전을 요청했다. 수륙합동으로 왜군의 근거지를 쳐부수자는 것이다.

모처럼만에 연합함대가 한데 모여 위용을 과시했다. 병선 수는 약 60척. 장수중에 구선돌격장 이언량의 이름이 들어있으니 척 수는 알 수 없으나 거북선도 참가한 것이 틀림없다.

충청감사 윤승훈과 충청수사 구사직에게도 공문을 띄워 출진을 청했다. 하지만 이들은 전투가 끝난 뒤에야 10척의 병선을 보냈을 뿐이다.

이순신은 병선 20척을 견내량에 남겨 불의의 사태에 대비케 하고 경쾌한 병선들을 조방장 어영담에게 주어 당항포와 오리량을 급습하게 했다.

한편으로 대선이 중심이 된 주력함대는 영등포와 장문포 앞바다에서 학날개 진형으로 전개하여 왜적의 기세를 꺾고 퇴로를 차단했다.

이때 좌의정 겸 도체찰사 윤두수는 순천에 있었고 도원수 권율은 사천, 충청병사 선거이는 고성, 전라병사 이시언은 함안에 각기 결진하고 있었다.

왜군의 세력은 병선 40여 척에 1만이 넘는 육군이 여러 성채들에 흩어져 있었다. 수군의 장수는 협판안치 구귀가륭 가등가명, 육군은 소서행장 도진의홍 봉수가가정 등등.

조선 수군이 육지와 거제도 사이를 차단하자 멀리 북쪽 진해만에서 왜병선 10여 척이 도망쳐 나오는 것이 목격되었다. 어영담함대는 적선단을 향해 돌진하여 대포와 화전을 쏘아댔다.

왜선들은 싸울 엄두를 못내고 뿔뿔이 도주하기 시작했다. 그중 6척은 읍전포 해변에 닿아 배를 버리고 육지로 숨어버렸다. 나머지 4척도 근처 나루터에서 모두 배를 버리고 도망쳤다.

나포한 왜선들을 남김없이 불태웠다. 당항포에 정박중이던 왜병선은 21척이었는데 바다에서 솟아오르는 연기를 보고는 전의를 상실하고, 모두 육지에 올라 맞아 싸울 태세였다.

마침 썰물 때여서 해안에 접근하기가 어려웠다. 어영담은 함대를 당항포 어구에 전개하여 적선의 탈출을 막았다.

다음날 조선 수군의 주력은 웅천과 거제도 간 넓은 바다 복판에 포진하고 동쪽에 나타날지도 모를 적선들을 경계했다. 순변사 이빈에게 다시 전령을 보내 출전을 독촉했다.

어영담은 물이 바뀌자 당항포나루에 쳐들어가 왜병선 21척을 모조리 불태웠다. 기왓장과 대나무를 실은 배들이 많았다. 어영담함대가 올린 전과는 적선 분멸焚滅 30척이었다.

이순신함대가 고성 아자음나루에 퇴진하여 하룻밤을 묵은 뒤 역풍을 뚫고 다시 동진하여 거제읍으로 향하는 도중 남해현령 기효근의 군관이 작은 배로 달려왔다.

"명나라 군사 두 명이 왜선으로 패문을 가져 왔습니다."

군관은 봉서 한 통을 올렸다. 이순신이 펴보니 웅천의 왜성에 유하고 있는 도사 담종인의 패문이었다.

「일본의 장수들은 휴전을 원하고 있다. 조만간 본국으로 돌아갈 것인즉, 일본군의 진영을 공격하여 화의를 방해하는 일이 없기를 바란다.」

패문이란 명령서와 같은 것이다. 그러나 직속상관이나 국왕의 명령하고는 다르다. 심기가 불편해진 이순신은 이 같은 답장을 보냈다.

「… 왜적은 조선의 불구대천의 원수이며 명국으로서는 야만의 흉적이다. 조선 수역을 저희 집 마당처럼 배회하면서 무고한 백성들을 죽이고 있는데, 어찌 팔짱을 끼고 구경만 할 수 있겠는가. 휴전과 화의를 운위하고 있으나 본디부터 교활하고 간사한 것이 왜적이다. 다행히 거제도 근해에서 준동하던 왜 수군을 격멸하였기에 한산도 본영으로 귀환할 것이다.」

조방장 어영담은 앞서 광양현감으로 있었다. 당시 조운어사 임영발이 남도의 관아를 순회하면서 독찰을 했다. 조운이란 배로 양곡을 운반한다는 뜻이다.

광양현 곳간 조사를 했는데 현지사정에 어두운 어사는 장부와 재고가 맞지 않는다고 곡해를 했다. 소명을 했으나 그는 듣지 않고 조정에 장계를 올렸다. 양곡을 확보하기에 급한 임영발은 실정을 이해하려 하지 않았던 것이다.

조정에서는 장계를 믿고 어영담을 파직시켰다. 현민들이 전라도 순찰사에 진정서를 냈고 이순신에게도 탄원을 했다. 경위를 살핀 이순신은 장계를 내어 어영담의 잘못이 없으니 지체 없이 복직을 시켜야 한다고 건의했다. 현민들의 호소를 소상히 적은 다음 이같이 극진한 사연을 올렸던 것이다.

「설사 다소간의 과실이 있다 할지라도 지금 같은 국가의 위난에서 유능한 장수 한 사람을 잃게 됨은 왜적을 방어하는 데 이롭지 못할 뿐 아니라 해전은 누구나 능한 것이 아니므로 지금 장수를 바꾸는 것은 손실이 아닐 수 없습니다. 현민들의 소원도 들어줄 겸, 감히 망령되게 아뢰는 바입니다.」

비변사는 이순신의 건의를 받아들여 어영담의 자리를 회복시켰다. 그 뒤 어영담은 거듭 전공을 세워 당상관에 올랐다. 이순신에게 심복하고 더욱 발분하게 된 것은 당연한 일이다.

당항포 전투에서 휘하 장령들이 거둔 전과 역시 빠짐없이 자세히 조정에 보고하고 있다. 원균도 왜병선 두 척을 분멸한 것으로 기록돼 있다.

남원의 명국군 본영에 있는 접반사 김찬도 당항포 전투결과를 보고했다.

「… 웅천 근처에 있던 적선 31척이 진해 고성 등지에 나왔다가 모조리 격파되었습니다. 담도사가 싸움을 중지시켰으며 수군의 여러 장수들이 이미 장계를 올렸을 것입니다.」

출전한 장수의 이름과 전투경과에 관해서는 어찌된 일인지 아예 함구하고 있다. 이순신과 원균의 불화를 생각하여 말을 조심한 것 같은 인상이다.

조선도 강화협상에 따라야 한다는 명국 황제의 유서諭書에 관해서는 앞서 얘기했다. 이걸 둘러싸고 석 달 간이나 논란 끝에 국왕이 류성룡의 건의를 받아들이는 형식으로 강화에 동의하고 체류중이던 칙사 사헌에게 통고했던 터이다.

그 뒤로 남도 지방에서 산발적인 전투가 멈추지 않고 또 왜군이 대거 진주성을 포위·공략하게 되자 한때 협상은 혼선을 빚으면서 정체되기도 했다. 그 배경엔 명국 조정의 화전 쟁론과 왜군 장수들 간의 불화와 반목이 깔려 있었다.

그렇기는 하나 조선 출병을 주도했으면서 여의치 않은 전황에 책임문제가 제기될까 두려워 송응창과 심유경으로 하여금 강화협상을 독려해 온 것이 병부상서 석성이다.

요동 경략과 잔류 사령관인 유정 등을 통해 조선군이 왜군을 공격하지 않도록 견제하고 압력을 넣게 했다. 국왕은 이런 시를 지어 내려 보내기도 했다.

「내가 한번 죽는 것은 참을 수 있어도 화和를 구하는 말은 듣고 싶지 않다.…」

거개의 신료들이 강화에 반대하고 있었고 '주화오국主和誤國'이란 네 글자가 유행어처럼 되었던 것이다.

화의를 말하는 사람은 극히 적은 소수파였다. 영의정 류성룡, 좌참찬 성혼, 전라감사 이정암 등 몇이 안 되었다.

이정암이 장계를 올려 화의를 주장하자 사헌부와 사간원에서 들고 일어나 그를 탄핵했다. 심지어는 극형에 처하라고 했다. 이정암은 일단 파직되는 데 그쳤지만, 생각이 있어도 화의를 감히 입 밖에 내기가 어려운 분위기였던 것이다.

류성룡은 자신과 같은 의견인 성혼과 함께 국왕을 뵈었다. 예상했던 국왕의 하문이었다.

"명국 황제에게 어떻게 아뢰는 것이 좋겠소?"

먼저 성혼이 대답했다.

"모름지기 왜적의 예봉을 조금 늦추게 하여 우리 조선이 자강自强하기를 도모해야 될 것입니다. 명국 조정의 화의를 말리는 것은 잘못된 일입니다."

안색이 변한 국왕이 다그쳤다.

"영의정은 어떻소?"

류성룡은 잠시 생각하고 아뢰었다.

"이 자리서는 말씀드리지 않겠습니다. 물러가 글로 올릴까 합니다."

어전에서 나온 류성룡은 대사간 유영경에게 건네었다.

"영감의 묘비엔 부주화不主和 석 자를 넣어야겠구려."

그가 그중 강경한 편이라 류성룡이 희롱을 했던 것이다.

류성룡의 차자.

「경략과 제독이 이미 가 버렸으며 황제의 사신이 와서 화의에 관한 전하의 의견을 구하고 있습니다. 왜국에게 봉공을 함께 허락하는 일은 의리상 불가하거니와 이곳 사정을 마땅히 소상히 알리고 명국 조정의 처지를 들어야 할 것입니다.」

완곡한 화의 찬성론이었다.

류성룡은 처신을 조심하고 임금에게 거슬리는 말을 잘하지 않는 인물이었다. 그래서 배짱이 없다는 험담을 듣기도 했지만 중요한 대목에선 소신 있는 말을 서슴지 않았던 것이다.

전선에 나가 있는 장수들도 화전이 엇갈리고 있었지만 대개는 답답함과 울분을 품고 있었다. 왜군이 해안에 틀고 앉으면서부터는 그런 불만이 차츰 더해졌던 것이다.

국왕의 태도는 모순되는 대목이 있었다. 화의란 소리는 입에 담지도 말라고 했으면서도 결국은 류성룡의 건의에 따랐다.

갑오년에 들어와서는 신하들에게 이런 불평을 했다.

"조선 수군은 무엇을 하고 있는가? 도원수 권율도 그렇지. 이렇다 할 장계가 올라오지 않으니 소임을 다하고 있는지 모를 일이오."

이해 여름 국왕은 순천에 주둔하고 있는 체찰사 윤두수에게 선전관편으로 밀령을 내려보냈다.

「지금 남은 왜적은 명국군과 화의를 시끄럽게 떠들면서 남도 바닷가에 계속 진지를 구축하고 있다. 명나라가 왜국에게 속고 있는 것이다. 내가 원수를 갚지 않고서는 죽은 다음 조종의 얼굴을 볼 수가 없을 것이다. 군량과 무기가 부족하고 군사들이 고단한 줄을 내가 잘 알고 걱정하고 있는 일이다. 경은 모름지기 용맹하고 지략 있는 휘하 장수들을 통솔하여 거제도를 점거한 왜적을 쳐부수도록 하라. 관군보다 의병이 좋을 것이다.」

윤두수는 곰곰 궁리했다.

거제도를 공략하려면 당연히 수군이 필요하다. 그건 어쩔 수 없다치고, 직접 왜성을 공격하는 군사는 관군 아닌 민병을 위주로 하라는 뜻이다. 명국을 덜 자극하려는 배려일 것이다.

윤두수는 권율 이순신 곽재우 김덕령 선거이 등 장수들을 불러 구수회의를 가졌다. 국왕의 밀령을 보여 주자 모두들 긴장하면서도 우선은 반겼다. 그러나 의견은 한결같지가 못했다.

의병장들이 병력과 무기가 모자란다고 호소했다. 전라도의 의병을 통괄하는 김덕령 휘하도 모두 해야 1천이 못되는 병력이었다. 곽재우의 경우는 고작 기백이다.

이에 비해 거제도의 왜군은 주성에 도진의홍이 이끄는 6천, 지성에 2천해서 모두 8천이었다. 각종 총통과 화전 등 공성 장비의 양륙과 운반도 도시 엄두가 나지 않는 일이었다.

"육지 건너편의 웅천이라면 몰라도 섬에 상륙하여 몇 배나 되는 적과 싸운다는 것은 어려운 일이지요. 자칫하면 섬에 고립하여 큰 낭패를 보게 될 것입니다."

김덕령의 말은 병법의 이치에 맞는 것이었다. 이순신은 쉬이 자신의 의견을 내놓지 않았다.

"병력의 수송과 왜 수군을 막는 일은 충분히 가능한 일이오. 그러나…."

"임금의 명이 떨어졌는데 우리가 주저하고 나가지 않을 수야 있겠소?"

윤두수의 말이었다.

"이곳 형편을 잘 모르는 신하들이 그렇게 건의한지도 모르지요. 웅천을 공격 대상으로 삼으라는 말씀이 없는 걸 보면, 그곳을 소서행장이 지키고 있으므로, 일부러 피하자는 뜻이 아니겠습니까?"

전투 경험이 풍부한 곽재우도 거제도 공략이 쉽지 않다는 생각이었다. 그러나 체찰사의 처지로 왕명을 듣지 않을 수는 없다.

"여러 장수의 의견은 잘 들었소. 되도록 정병을 모으고 무기를 장만하여 한산도 대안에 병력을 집결토록 하오."

곽재우와 김덕령은 회동이 파한 뒤 함께 나오면서 사담을 나누었다.

"소문엔 곽 장군이 체찰사에게 건의해서 일을 꾸몄다고 하던데 과연 사실인가요?"

"그럴 리가 있겠소. 헛소문이지요."

두 장수의 문답이다.

그러자 김덕령은 탄식하듯 말했다.

"외딴 섬, 깊은 굴속에 숨어있는 적을 무슨 수로 토벌하겠소."

거제도의 왜성 공략을 명령한 다음 권율은 사천으로 돌아갔다. 권율은 충청병사 선거이에게 고성에서 동쪽으로 진격하여 소서행장이 점거하고 있는 웅천의 왜성을 견제하게 했다.

함안에 유진하고 있는 순변사 이빈도 창원 방면으로 진출하라는 명령을 받았다. 한산도 대안에 집결한 조방장 곽재우와 충용장 김덕령의 의병들은 이순신함대에 분승하여 거제도 장문포를 향해 출동키로 했다.

이 수륙합동작전은 임진전쟁에서 처음 있는 일이다. 상당한 규모의 의병이 수군과 함께 전투에 참가하는 것 역시 처음이다. 그러나 곽재우와 김덕령은 도원수의 군령을 어길 수 없어 마지못해 출진한 것이었고, 통제사 이순신도 거제도에 상륙하여 왜성을 공격한다는 것이 병법상 무모한 싸움이라는 판단이었다.

권율도 난감하고 괴로웠을 것이다. 국왕의 밀지를 받았으니 어쩔 수 없이 작전 명령을 내려야만 했기 때문이다.

밀지 중의 몇 구절이 내내 이순신의 마음을 무겁게 했다.

"수륙 제장이 손을 놓고 서로 바라보기만 하면서 도무지 설책진토說策進討하지 않으니, 알 수 없는 일이다."

곽재우 말마따나 국왕을 측근에서 뫼시는 신하들 가운데, 현지 사정도 모르면서 독전을 주장한 사람이 반드시 있었을 것이다. 어쩌면 표적은 이순신 자신인지도 모른다. 아무튼 2년 남짓 사이에 일개 현감에서 수군통제사로 뛰어오른 것이다.

아무리 전쟁 중이라 해도 굉장한 파격이 아닐 수 없다. 시기와 중상이 따르게 마련일 것이다.

이순신은 실상 당파와는 거리가 멀었다. 또 통제사가 되기 전까지 당쟁에 말려들 만큼 중요하거나 높은 자리에 있지도 않았다. 하급무관으로 벽지를 전전하면서도 끝내 죽마지우 류성룡을 찾아가지 않았다.

하긴 당파라는 것도 주로 문관들이 색깔을 따졌지, 무관들은 그다지 상관하지 않았다. 지위가 아주 높아지면 몰라도 웬만한 무관은 끼워주지를 않았던 것이다.

이제 이순신의 처지는 달랐다. 거센 바람을 맞는 한복판에 서게 된 것이다. 전국의 소강상태가 계속되니 동서인 간의 싸움이 되살아나고 있단 말인가?

얼마 전 두 번째 당항포 해전에서 승리한 뒤 원균이 단독으로 급계를 올린 일도 이순신의 마음을 언짢게 했다. 원균은 당연히 이순신의 지휘를 받아야 한다. 전과보고도 통제사가 종합해서 올리는 것이 상례일 것이다.

그러나 이순신은 원균의 당돌한 행동을 모른 체 묵인하고 있었다. 전공을 다투는 것 같은 인상을 주기가 수치스러웠다.

그를 발탁케 한 영의정 류성룡은 지금 동인의 영수격으로 지목되고 있다. 사람들은 이순신도 같은 당으로 여길 것이다.

이순신의 인물을 평가하고 도우려고 애썼던 사람 가운데 임진 진 해에 돌아간 우의정 정언신을 빼놓을 수 없다.

선조 16년1582, 여진족의 추장 니탕개가 함경도를 침범했을 때 이순신은 보를 수비하는 장령으로 있었다. 이때 함경도 순찰사가 정언신이었다. 임진전쟁 중에 전사한 신립과 김시민, 그리고 이억기도 정언신 휘하에서 싸웠다.

정언신은 니탕개를 크게 격파하여 여진족의 발호를 막아냈는데, 이순신 등의 전공을 극찬하며 조정에 보고했던 것이다.

정언신이 병조판서에 오르자 이순신을 끌어올려 훈련원의 참군을 시켰다. 이순신은 미구에 부친상을 당해 사직하고 나중 다시 함경도로 내려가게 되지만.

이른바 동서분당은 선조 8년째로 잡는 것이 보통이다. 여기엔 여러 가지 복잡한 원근인이 있으나 크게 보자면 학파와 학통이 배경을 이루고 있다.

동인엔 이황과 조식의 문인이 많았고, 서인엔 이이와 성혼의 문인이 많았다. 퇴계와 율곡의 학설, 즉 주리主理와 주기主氣의 차이가 큰 영향을 끼쳤던 것이다. 더하여 사제, 친·인척, 교우 등 관계가 얽히면서 분당 현상이 두드러지게 되었다.

10년쯤 지나 동인이 권세를 잡게 되자 동인은 다시 남인과 북인으로 갈라졌다. 우성전 류성룡 이원익 정탁 이덕형 등이 남인으로 지목되었다. 영수격인 우성전이 남산 아래 살아 남인이라 지칭했던 것이다.

우성전은 퇴계의 신임이 컸던 제자로, 급제하고 벼슬길에 나갔으나 정적들이 배척하여 물러났다가 전쟁이 나자 의병을 일으켜 강화를 확보하는 등 맹활약을 했는데 지난봄에 종군 중 병사, 순국했던 것이다.

북인에 속한 사람으로는 이발 최영경 정인홍 정여립 이산해 이이첨 등을 들 수 있다. 수령격인 이발이 북악산 아래 살아 북인이라 부른 것이다. 여기엔 조식의 문인들이 많았다.

하긴 남북 모두 거리를 둔 동인들도 적지 않았다. 이럴 경우는 그냥 동인이라 지칭했으며 동·북인의 영수가 이발이었다. 그런데 임진전쟁 3년 전에 이른바 정여립의 모반사건이 터졌다. 이발이 모반에 가담했다고 고변으로 유배에 이어 사사되었다. 관직은 부제학에 그쳤다.

정여립은 수찬을 지내다 국왕의 미움을 받아 향리인 전주로 내려가 있었다. 호남 유림 사이에서 인망이 높았다.

정여립은 대동계라는 사조직을 만들고 장정들을 모아 술을 마시고 무예도 단련했다. 도참설을 흘리고 유언비어를 유포하면서 반란을 일으킬 준비를 한다는 고발을 당했다. 정여립은 도주하다 관군에 포위되자 자살했고, 숱한 연루자들이 처형되었다.

본래는 율곡의 문인으로 서인에 속했던 정여립은 동인이 득세하면서 그 편과 가까이 지내자 배신자라는 낙인이 찍혔다. 서인은 정여립사건을 세력만회를 위한 절호의 기회로 삼았다.

이때 위관의금부 추국청의 최고책임자이 서인 중에서도 강경파인 정철이었다.

우의정 정언신은 역모에 연루된 것으로 꼼짝 없이 걸려들었던 것이다. 그는 정여립과 9촌간이었다.

이 통에 동인의 기세는 많이 꺾이었으나 영의정 이산해, 우의정 류성룡 등이 버티고 있어 말하자면 호각지세의 형국을 이루고 있었다. 이것이 전쟁 직전 정국의 양상이었다.

그러니까 정언신의 비호를 받았던 이순신은 류성룡과의 관계도 있고 해서 더욱 동인계열로 지목되기에 이른 것이다.

한 가지 덧붙이자면 이항복 같은 이는 남들이 서인으로 쳤으나 스스로를 어느 편이라고 말하지 않았다. 이원익도 중립을 지키려고 애쓴 사람이었다.

당시의 당파는 요새 같은 것은 아니었다. 떼 지어 몰려다니거나 까닭 없이 상대방을 매도하는 일은 피했다. 자칫 소인배로 흉잡히기 때문이었다.

동인이 남북으로 갈라진 뒤 남인의 영수는 류성룡, 북인의 영수는 이산해로 치부되었다. 그렇긴 해도 류성룡은 성군작당成群作黨을 싫어하여 사람들을 거느리지 않으려고 했다. 이순신이 국왕의 특지로 통제사에 오르자 류성룡은 그의 지나친 파격을 불안해했던 것이다.

한편 원균은 윤두수, 근수 형제를 비롯한 서인들이 배경이었다. 권율은 류성룡이 천거하여 광주목사가 된 무장이라 지위가 높아지면서 동인으로 간주되기도 했다.

앞서도 잠깐 얘기했지만 권율이 무능하다고 공박한 것은 주로 서인들이었다. 류성룡으로선, 수륙 양군의 총사령관들이 허물을 드러내 트집을 잡히는 것을 꺼려하지 않을 수 없었을 것이다.

다시 거제도 진격작전으로 돌아간다.

순천에 유하고 있는 도체찰사 윤두수는 서인의 거두이다. 국왕이 권율과 이순신을 누르려고 반대당인 윤두수를 윗자리에 올려놓았는지 어쩐지는 잘 알 수 없는 일이다. 하지만 그간 제왕학을 배우고 단련한 국왕이다. 신하들의 힘겨루기를 교묘하게 이용하지 않았을 리가 없다.

이순신은 조정의 미묘하고 복잡한 정치바람이 한산도 바다까지 불기 시작한 것을 느끼고 있었다. 그러나 죽으라면 죽는 것이 무인의 본령이다.

9월 말, 이순신은 충청도 수사 이순신李純信의 10척, 경상우도 수사 원균의 4척을 포함해서 모두 50여 척으로 편성된 함대를 이끌고 거제도로 출동했다. 선단엔 곽재우와 김덕령의 의병 약 1천이 탑승하고 있었다. 이순신은 이때의 괴로운 심정을 『난중일기』에 솔직하게 기록하고 있다.

"밀지가 당도했다. 여러 장수들이 계책을 세워 앞으로 진격하지 않는다는 뜻이다. 허나 3년 바다 위에서 이러한 일은 만무하였다. 여러 장수와 더불어 맹세코 죽음으로써 왜적에게 복수할 결의를 날마다 날마다 다질 뿐이었다. 험준한 산에 의지하여 깊이 숨은 적은 가볍게 나아가 치지 말아야 한다. 병법에도 적을 알고 나를 알면 백전이 위태롭지 않다고 했다. 초저녁에 촛불을 밝히고 홀로 앉아 나랏일을 말하기 어려움을 생각하나 이를 구제할 묘책이 없으니 어이 할꼬."

장문포는 거제도의 품안으로 깊이 들어간 포구이다. 이 섬의 왜군 사령관은 복전정칙이었다.

이순신이 파악한 왜적은 장문포와 송진포 사이의 산봉우리를 깎아 토성을 쌓았다. 그 안에 가옥과 진막을 지었다. 아래 해변에 크고 작은 80여 척의 병선이 정박중에 있다. 지형과 수심 등 여러 조건이 당항포 전투의 경우와는 너무나 판이했다. 함대를 만내에 진입시켜 포구를 덮치기는 매우 어려운 상황이었다.

충청병사 선거이도 소수의 병력을 이끌고 달려와 합세했으나 육전의 경험이 있는 군사는 모두 해야 2천 정도에 불과했다. 왜군 병력은 적게 잡아도 5천은 넘을 것이다.

이순신은 소수의 선단을 들여보내 왜적을 유인했으나 아무 소용이 없었다. 하는 수 없이 이순신은 곽재우 김덕령 김경로 박종남 등 육전장수들을 분산해서 상륙시킬 생각을 했다.

함대는 장문포 앞바다에 기동했다. 왜군의 대선 두 척이 해안에서 떨어진 곳에 머물러 있었다. 돌격장들이 쾌속선을 이끌고 진격하자 왜선에서도 대포와 조총으로 응사하기 시작했다.

왜군도 중선 이상의 병선엔 제법 대포를 싣게 된 것이다. 그뿐 아니라 산위 왜성서도 초연이 오르고 포성이 요란하게 울렸다. 노획한 조선제 총통과 왜식 대포가 섞여 있는 듯했다.

왜군의 포사격은 부두에 밀집해 있는 저들 선단을 보호하려는 것이었다. 수심이 얕아 큰 배를 진입시킬 수 없는 조건이라 육병의 상륙은 재고해야만 했다.

왜선 두 척을 격파하여 불태웠을 뿐 상륙을 단념하고 일단 물러설 수밖에 없었다. 무모하게 접근하여 적선을 격파하려고 하다 모래톱에 좌초되면 큰 낭패가 난다.

산성의 왜병들이 달려들어 아군은 마치 배수의 진을 친 꼴이 될밖에 없다. 이런저런 실정을 후방에 있는 도체찰사나 도원수가 이해할 리가 없었다. 그보다도 왕명이 지엄하다.

이순신은 원균을 비롯한 수군 장수들과 상의하고, 함대를 거제도 북단 영등포로 기동하여 적의 움직임을 탐색하기로 했다.

함대는 영등포 앞바다에 머물렀고 척후선 네댓 척이 안으로 들어갔으나 여전히 왜선들은 꿈쩍을 하지 않았다. 장문포의 경우와 똑같은 방어법이었다. 이곳의 왜장은 도진의홍, 약 6천의 병력을 유지하고 있었다.

이순신함대는 뱃머리를 돌려 다시 장문포를 향했다. 한산도를 떠난 지 그럭저럭 나흘이 넘었다. 함대가 거제도 연해를 기동하는 동안, 서쪽으로 이웃한 칠천도를 임시 기지로 사용했다.

이순신은 말할 것도 없고 장수들은 깊은 회의와 고뇌에 빠져 있었다. 의병장들을 주선에 소집한 이순신은 흉금을 털어놓고 상의했다.

"상륙이 매우 어려운 상황이오. 그렇다고 섬의 왜군을 공격 안할 수도 없는 형편이야 여러 장수들도 잘 아실 것이오."

물론 이순신은 이들에게 명령권이 있다. 하지만 싸울 의사가 적은 장수를 억지로 내보내 본들 결과는 뻔하다. 이순신은 의병장들이 자진해서 나서주기를 기대했던 것이다.

곽재우는 이순신의 번민을 알고 자신이 어떻게 처신해야 할 것인지 깊이 생각한 듯했다.

"사또! 우선 제가 수병을 이끌고 상륙하여 적의 허점을 찔러 보겠습니다. 한꺼번에 많은 병선과 군사가 출동하는 것은 큰 모험이니까요."

그러자 김덕령이 자리에서 벌떡 일어났다.

“이 사람도 출진하겠소. 곽 장군과 함께 가지요.”

이순신은 말없이 두 사람을 쳐다보았다.

왕명에 의해서 사지에 가는 것이 아니라 이순신을 위해 신명을 바치려 드는 것만 같았다. 충청병사 선거이도 자진해 합세했다.

세 장수는 합해서 약 5백의 군사를 이끌고 중선에 나누어 탔다. 돌격대는 이튿날 새벽 어둠을 타, 장문포 남쪽에 기습 상륙했다. 그러나 적의 성채는 지형이 험하고 방비가 튼튼하여 공격할 틈새를 찾기 힘들었다.

산성 남쪽 모서리에 기어오른 군사들이 성채를 공격했으나, 어찌된 노릇인지 적은 변변히 응사하지 않았다. 잠시 후 성 위에서 활로 편지를 쏘아내렸다.

「일본은 지금 대명과 더불어 화목을 했으니 서로 싸우지 말아야 한다.」

이런 내용이었다. 누구의 눈에도 기백의 병력으론 공성이 가망 없는 일이었다.

곽재우는 산길을 잘 아는 거제도의 의병 30여 명을 앞세워 왜성의 후면으로 돌았으나 왜군의 사격이 치열하여 좀체 접근하지 못했다. 결국 공격을 단념하고 곽재우와 김덕령은 병선을 타고 칠천량으로 귀환했다.

조선군의 첫 수륙작전은 왜병선 두 척을 격파한 데 그치고 목적을 달성하지 못한 실패작이었다. 이번에도 원균은 단독으로 장계를 올렸다.

「… 수군을 장문포에 전개시키고 선봉으로 하여금 왜성에 접근하여 싸움을 걸게 했더니 왜병들은 성안으로 도주하여 매복하기도 하고, 성 밖에 파놓은 굴속에 숨어버리기도 했는데, 그 수를 헤아릴 수가 없었습니다. 대체로 육지에 있는 적을 수군으로 공격한다는 것은 쉬운 일이 아니므로 우리 군사는 더 이상 전진하지 않았습니다. 신은 다시 통제사 이순신, 육군의 장수 곽재우, 김덕령과 함께 수륙군이 합세하여 공격할 계책을 의논하였습니다. 곽재우가 거제도의 궁수 수십 명을 길잡이로 하여 공격하기로 하고, 아울러 우리 수군이 총통과 화전을 쏘면서 서로 호응하여 쳐들어 갔습니다. 그러나 왜적은 보루를 굳게 지키면서 나와 싸우려 하지 않아, 섬멸할 길이 없었으니 통분함을 금치 못했습니다. 왜병선 두 척을 당파하고 태워버리자 나머지 병선들은 후미진 곳으로 깊이 숨고 나오지 않았습니다. 이번 전투에서 곤양군수 이광악, 웅천현감 이운룡이 전공을 세웠습니다. 신은 한산도로 돌아와 진을 치고 왜적에 대비하고 있습니다.」

마치 통제사와 자신이 동격인 것처럼 기술하고 있다. 또 왜병선을 격파한 것도 누구의 공인지 밝히지 않고 있다. 장문포 작전의 실패는 이순신의 처지에 적지 않은 영향을 끼치게 된다.

큰 전과를 기대한 국왕의 심기를 그르쳤을 뿐 아니라 도체찰사 윤두수의 감정도 상하게 한 결과를 가져왔기 때문이다. 특히 윤두수는 곽재우와 김덕령이 자기의 명령을 듣지 않은 것으로 간주한다. 총사령관이 이순신이고, 두 사람은 그 휘하에 소속돼 있었기 때문에 직접 문책할 수가 없었을 뿐이다.

비변사에서는 여러 장수들의 보고를 종합해서 검토한 다음, 다음과 같은 결론을 내려 국왕께 올렸다.

一. 지세가 험준하여 여러 장수들이 함께 진을 칠 수 없다고 판단하고, 소수의 병력만 상륙시켰던바 비록 승리하지는 못했다 할지라도 패배하지 않았으니 그나마 불행 중 다행이다.

一. 그렇기는 하나, 싸움은 바둑을 두는 것과 같아 작은 실수라도 첫 수를 잘못

두면 마지막에 큰 잘못으로 이어지는 법이다. 이번 거사는 날짜를 미리 정하고 사방에 통문을 돌리는 통에 비밀이 새어나가, 적으로 하여금 미리 방비책을 강구하게 했다.

ㅡ. 거제도의 적정을 잘못 판단했다. 적의 병력을 오판하고, 상륙한 다음에야 적의 무리가 많음을 알게 되어 군사들의 사기가 저상되었다.

ㅡ. 도원수 권율은 남원으로 본진을 옮겼는데, 이는 여러 장수들에게 의문을 주는 일이므로, 서둘러 사천으로 돌아가야 할 것이다.

도원수를 제외한 장수의 이름은 거론하지 않았다. 그러니 총체적인 책임은 도원수가 져야한다는 취지의 문맥이다.

국왕은 비변사의 당상들을 불렀다.

"싸움을 할 때는 먼저 반드시 적의 동태를 잘 파악해야 할 것이오. 어찌 적의 병력과 방비의 견고함을 모르고 싸움을 걸 수가 있겠소?"

국왕의 말은 이처럼 완곡했으나, 거제도 작전의 실패를 질책하는 것이었다.

영의정 류성룡이 먼저 아뢰었다.

"듣건대 장수들은 처음 견내량을 건너려고 했다는 것입니다. 그렇게 했더라면 반드시 크게 패배했을 것입니다. 수군이 바다에서 견제하고, 육지에선 큰 싸움을 하지 않은 것이 그나마 다행이었습니다."

은연중 이순신 등 수군 장수들을 두둔하는 어투이다.

"도원수의 장계를 가지고 온 사람에게 자세히 물었더니 활을 가지지 못한 군사들이 드물지 않았다고 했소. 이래서야 어찌 성공을 바랄 수가 있겠소. 우리 군사들의 형편을 미리 살피고 나가야지 경솔하게 나가서야 되겠소?"

지체 없이 거제도를 진격하라는 밀지를 내린 일을 잊어버린 듯한 국왕이다.

"… 김덕령은 병이 났다는 핑계를 댔다고 들었습니다. 일이 성공하지 못할 줄 알고 그리했을 것입니다."

류성룡의 말이었다.

"그렇다면 덕령은 마땅히 대장에게 건의해서 싸움을 중지해야 옳았을 것이오. 듣자하니 덕령이 나서지 않았다 해서, 마치 소경이 지팡이를 잃은 양 낙담을 했다하니 한심한 노릇이오. 그러나 왜적을 치려는 장수들의 마음만은 한결같으므로 비변사에서는 지나치게 책망하지 말도록 하오."

국왕은 권율의 책임에 관해서는 한 마디도 하지 않았다. 이때 국왕의 말은 나중 김덕령의 운명에 짙은 그림자를 드리우게 된다.

도체찰사 윤두수는 총체적인 책임을 추궁당했다. 대사헌 김우옹, 집의 기자헌 등이 윤두수를 탄핵한 것이다.

"그는 3도 도체찰사로 임명된 후 막중한 소임을 게을리 하고, 탐욕스럽고 너절한 버릇을 고치지 못했습니다. 겉으로 큰소리를 치면서 조정의 의향은 묻지도 않고, 경솔하게 일을 벌여 나라의 체통을 손상시켰습니다. 정승자리에서 내쫓아야 합니다."

그러자 국왕은 이렇게 비답했다.

"윤두수는 그런 사람이 아닐 것이다. 이같이 중대한 시국에 대신을 규탄하고 삭직을 주장하는 것은 옳지 않다."

대사간 이기도 차자를 올려 윤두수를 격렬하게 비난했다. 국왕은 듣지 않았다.

양사사헌부와 사간원는 합동으로 차자를 올려 되풀이 윤두수의 파직을 주장했다. 홍문관도 이에 가세하자 큰 정치적 쟁점으로 부각된다.

윤두수는 서인의 거목이다. 정적들에게 안성맞춤인 과녁이 됐을 것이다. 한데 차자마다 이런 구절이 들어 있다.

「윤두수는 본디부터 음흉하고 탐욕스러운 사람이다. 임무는 소홀히 하면서 큰소리만 친다.」

여느 때 그런 평이 나돌지 않고서는 함부로 할 수 없는 비방이다. 한 달이 넘게 6~7 차례나 윤두수의 삭직차자가 올라갔고, 그때마다 불청不聽하는 비답이 내리곤 했다. 이 때문에 다른 국사는 아예 제쳐놓은 형국이다. 견디다 못한 국왕은 비변사의 확대회의를 소집했다.

영의정 류성룡, 돈령부판사 정곤수, 우찬성 최황, 좌참찬 한준, 호조판서 김수, 형조판서 신점, 부제학 김륵, 장령 유영순 등이 이 자리에 참석했다.

"좌의정이 거듭 탄핵을 받았으니 도체찰사의 임무는 어찌하면 좋겠소?"

국왕은 골상을 찌푸리며 물었다.

류성룡이 대답했다.

"크게 규탄을 받았으므로 도체찰사와 관계되는 일은 여느 때와 같을 수가 없을 것이며, 이는 매우 염려되는 바입니다."

완곡한 표현이지만 도체찰사 겸임을 풀어야 한다는 뜻이다.

"도체찰사가 없더라도 도원수가 그 일을 할 수 있겠소?"

국왕이 묻자 다시 류성룡이 대답했다.

"대신에 대한 일은 전하께서 재정을 하셔야 합니다."

그러자 장령 유영순이 나섰다.

"두수의 죄상에 관해서는 일일이 조목을 들 필요가 없습니다. 탐욕스럽고 너절한 죄상이 전쟁 후 더욱 심해졌으며, 호남과 호서 사람들은 그를 도적으로 지목하기까지 합니다. 일을 처리함에 뇌물의 많고 적음을 따지니 이런 도체찰사를 무엇에 쓰겠습니까?"

이어 부제학 김륵이 말했다.

"두수에 대한 탄핵은 이미 조정의 공론이 됐으므로 지체 없이 대간의 주장에 따라야 할 것입니다."

국왕은 곤혹스러운 표정으로 좌우를 돌아보며 말했다.

"어찌하면 좋겠소. 각자 의견을 내놓으시오."

신하들이 침묵하자 안색이 변한 국왕은 역정을 냈다.

"누구나 시비를 분간할 줄 알 터인데, 모두들 잠자코 서로를 쳐다보기만 하니 딱한 노릇이오. 비변사 당상들을 차라리 파직시키는 게 낫겠소."

호조판서 김수가 아뢰었다.

"도체찰사와 도원수 중 한 자리만 두는 것이 좋겠습니다. 우리나라는 너무 관원들이 많아 민폐가 심합니다. 군사를 통제하는 일이야 도원수가 넉넉히 감당할 수 있는데, 무엇 때문에 따로 도체찰사를 둘 필요가 있습니까?"

그러나 류성룡은 반대의견을 말했다.

"신의 생각으로는 도체찰사는 반드시 있어야 하겠습니다. 대신이 3도를 다스려야 일이 제대로 되기 때문입니다. 그러나 3도를 관할하는 임무는 권율이 아마 감당하지 못할 것입니다."

그러자 찬반양론이 한동안 시끄럽게 벌어졌다. 국왕은 손을 들어 제지하고 나섰다.

"도체찰사를 가는 것이 쉽지가 않으니, 비록 대간이 규탄하긴 했으나 그대로 있게 하는 것이 어떻겠소? 영의정의 의견은 어떠시오?"

"공론이 이미 정해졌는데 어떻게 그대로 둘 수 있겠습니까? 나라가 어지러울 때 어진 정승을 생각한다 했습니다. 공론을 따르고 어진 정승을 구하시기 바랍니다."

류성룡의 대답이었다.

공론이란 넓게는 공정한 의논, 또 대다수의 의견이란 뜻이다. 좁게는 대간과 옥당홍문관의 별칭 등 언론3사를 중심으로 한 주장이 대세를 차지하면 곧 공론이 정해졌다는 표현을 썼다.

국왕은 하는 수 없이 윤두수를 좌의정에서 내려 판중추부사로 보냈다. 도체찰사도 물론 해임되었다.

류성룡은 원임대신들과 상의하여 우의정 후보를 선정해서 국왕께 천거했다. 특별한 경우가 아니면 서열을 기준으로 한다.

심수경 최흥원 이원익 김응남 이렇게 네 사람이었다. 국왕은 이조판서 김응남에게 낙점을 했다. 이렇게 되자 우의정 유홍은 좌의정으로 승진했다.

김응남은 류성룡과 가까운 사이였다. 지금까지 류성룡의 천거로 여러 번 벼슬이 올랐던 것이다. 이 무렵의 조정은 동인, 그중에서도 남인이 우세한 형국이었다.

거제도 전투를 둘러싼 쟁론은 이렇게 해서 일단락됐으나 국왕의 처사엔 미심한 구석이 없지 않았고, 앞으로의 정국에 뜻하지 않은 영향을 주기 시작한다.

조선과 명과의 관계에서 이른바 종계宗系 변무辨誣라는 것이 있었다.

발단은 태조 3년의 일이었다. 명국 사신이 가지고 온 고유문 가운데 이런 구절이 들어 있었다.

「조선 국왕은 본디 고려의 신하 이인임의 아들로 지금의 이름은 단이다.…」

대경실색한 태조는 사신을 보내 조선의 종계가 이인임과 무관하다는 사실을 밝혔다.

중종 13년에 이계맹이 『대명회전大明會典』을 가져 왔다.

"이인임과 아들 이성계가 고려의 네 임금을 죽이고 나라를 얻었다."

더 고약한 내용이 적혀 있었다.

이는 이성계를 반대했던 윤이, 이초 등이 중국에 망명하여 무고한 것으로 국가의 정통성을 훼손하는 중대한 문제였다.

학문이 깊고 언변이 좋은 사람을 골라 연달아 북경에 보냈으나 어찌된 까닭인지 일이 시원스럽게 풀리지 않았다.

「조선의 왕계가 이인임과 관계가 없음을 알았기에 예부에 명하여 모든 문서에서 정정토록 지시하였으니 염려하지 말기를 바란다.」

이런 칙서가 와서 군신이 기뻐했는데 이와는 딴판으로 명국 예부의 대신이 이런 소리를 하기도 했다.

"이인임의 일은 '조훈' 속에 들어있는 말씀이니 쉬이 정정할 수 없다. 황제께 이미 품신된 것이다."

임금마다 줄줄이 사신을 보내 정정을 요청하기를 근 2백년. 선조 17년에야 가까스로 결판이 났다. 『대명회전』 개정판에서 잘못된 부문이 삭제됐던 것이다. 『대명회전』은 명의 국가 기본법전이다. 여기서만 바로잡으면 나머지 문서는 자연히 고쳐진다.

주청사 황정욱이 귀국해서 발간 직전의 『대명회전』 개정판 가운데 종계를 고친 대목을 베낀 것을 국왕께 바쳤던 것이다.

그 이상 확실한 증거는 없다. 국왕은 황정욱을 칭찬하고 종묘에서 고유제를 지냈다. 임진전쟁 4년 전의 일이다.

이 문제의 해결은 물론 황정욱 한 사람의 공은 아니다. 그에 앞선 변무사들의 누적된 공로가 있었기 때문이지만, 아무튼 일이 똑떨어지게 한 건 황정욱이었다.

이 황정욱이 느닷없이 매국지죄賣國之罪로 탄핵을 받은 것이다. 그의 아들 혁과 함께 논죄되었다.

전쟁이 일어나자 국왕은 왕자 임해군과 순화군을 북쪽으로 피란시켰는데 이때 참판 황정욱 부자가 순화군을 뫼시고 갔다. 혁은 순화군의 장인이었다. 두 왕자는 함경도 회령에서 고을아전에게 붙들려 가등청정의 포로가 되었다.

평양성이 수복될 즈음 가등청정은 영변에 주둔하고 있었다. 가등청정은 황정욱에게 항복을 권유하는 서신을 써서 조정에 바치도록 강요했다. 이를 거절하자 가등청정은 협박했다.

"그렇다면 두 왕자에게 해로운 일이 생길 것이다. 혁의 어린 아들, 곧 그대의 손자도 살기 어려울 것이다."

곁의 왜장은 칼을 빼 손자와 콧등에 대기도 했다. 황정욱은 그래도 버티었으나 아들이 굴복했다. 이때 혁은 급제를 했으나 아직 벼슬이 없는 신분이었다.

황혁은 번민한 끝에 두 통의 편지를 썼다. 한 통은 왜군 특히 가등청정군은 강성하여 당할 수 없으니 국왕께서 풍신수길에게 화평을 청할 것을 건의한다는 내용이었다.

다른 한 통은 가등청정의 협박으로 두 왕자의 안위를 우려하여 만부득이 항복권유의 말을 올렸다는 전후사정을 밝힌 것이었다.

이 편지는 물론 은밀하게 인편으로 띄웠다. 한데 두 통의 편지가 어찌어찌하다가 조선 군사들에게 압수돼 순찰사의 손에 들어갔다. 순찰사는 놀라고 격분하여, 두 통을 자세히 살펴보지도 않고 항복권유 편지만을 조정에 급히 올렸던 것이다.

문면에서 황혁은 신臣이란 말을 쓰지 않았고 풍신수길을 전하라고 했다. 그는 나름으로 생각이 있었다.

신이란 글자를 안 쓴 것은 신하로서는 도저히 올릴 수 없는 말을 하고 있다는 일종의 암호였다. 왜적의 괴수를 전하라고 한 것은 가등청정의 강요에 좇은 것이며, 항용 저들이 쓰는 호칭일 따름이었다.

사헌부와 사간원에서 들고 일어났다.

"황정욱과 혁으로 말하면 명재상 황희의 자손으로, 나라의 은혜를 누구보다도 크게 입은 가문입니다. 국난을 당하고 위태로운 처지에서 마땅히 목숨을 바쳐 은혜에 보답해야 하거늘 구차하게 목숨을 구걸하여 배은매국의 문서를 감히 전하께 보냈습니다. 지체 없이 시골에 있는 황정욱과 혁을 의금부에 가두고 준엄하게 형문해야 할 것입니다."

먼저 붙잡힌 혁은, 또 다른 편지 내용을 밝혔으나 도시 해명이 되지 않았다.

황정욱이 의금부에 갇히자 추국청이 개설되고, 우의정 정탁이 위관으로 임명되었다. 얼마 전 우의정 유홍이 병환으로 물러나 정탁이 후임에 오른 것이다.

대간에서 연명 상소로 규탄하면 누구도 말리기가 어렵다. 원체 중대한 사안이라 국왕도 추국청 개설을 윤허하지 않을 수 없었다. 의금부에서 당시의 순찰사에게 소명자료가 될 수 있는 편지를 알아보았으나 보관하고 있지 않다는 대답이었다.

국왕과 중신들은 황정욱 부자에 대해 대체로 동정적이었다. 만부득이한 상황이었음을 이해하고 있었다. 왜적이 두 왕자를 해치겠다고 위협하는 데야, 목숨을 버리는 것만이 능사는 아니었기 때문이다.

국왕은 황정욱에겐 고문을 못하게 하고 혁에 대해서만 형문을 허용했다. 여섯 차례 고문에 혁은 숨이 끊어질 지경이 되었다. 위관 정탁은 국왕께 아뢰어 고문을 중단시켰다.

그러자 대간에서 벌떼처럼 일어나, 죄인들을 죽여야 한다고 주장했다. 이러기를 한 달 동안 10여 차례나 거듭했다.

영의정 류성룡은 이렇게 아뢰었다.

"대간이 자기주장을 고집하는 것은 잘못이 아닙니다. 그러나 과거의 일을 상고하건대 적에게 넘어갔던 죄인에 대해 대여섯 등급으로 구분하여 처리했던 것은 임금의 인덕과 은혜에서 비롯됐던 일입니다. 관대한 처분을 내리기를 바랍니다."

좌의정 김응남과 영중추부사 심수경 등은 태도를 분명히 하지 않았다. 대간의 규탄을 두려워했기 때문일 것이다.

황정욱은 공술하기를 "신 등이 가등청정 앞에서 무릎을 꿇었다는 지적은 사실이 아닙니다. 왜적은 왕자를 뫼신 신 등에게 곤욕을 보이지는 않았으며, 더구나 두 왕자에게 가등청정은 뜰 아래서 관을 벗고 대청에 올랐습니다. … 의리를 놓고 말한다면 만약 왕자가 불행하게 될 경우 수행하는 관원도 죽어야 마땅하지만, 왕자가 살아있는 한 덮어놓고 죽을 수만은 없는 일이 아니겠습니까?" 했다.

황정욱의 공술은 정탁의 마음을 움직였다. 정탁은 국왕께 간청했다.

"황정욱은 종계 변무를 해결한 큰 공로가 있는 중신입니다. 비록 한때의 실수가 있었다 하더라도, 만부득이한 사정이 있었으므로 죽임을 감하고 귀양보내는 데 그쳐야 할 것입니다."

나라를 팔아먹은 죄목을 적용한다면 당연히 사형이 될 수밖에 없다. 위관이 이처럼 호소하고, 영의정을 비롯한 대신들이 관대한 처분을 건의하자 마침내 대간도 세가 꺾이었다.

국왕은 황정욱과 혁을 각각 멀리 귀양보내고, 배소에 가시 울타리를 치도록 명했다. 사실상의 휴전상태에 들어가자 적에게 항복했거나 부역한 죄인들을 다스려야 한다는 공론이 비등한 속에서 공교롭게 일어난 사건의 하나였다.

이 사건의 진행과 동시에 명 황제가 조선의 왕세자에게 칙서를 내린 괴이한 일이 벌어진다. 지난겨울 국왕은 광해군 혼을 왕세자로 승인해 줄 것을 황제에게 청하기 위해 예조참판 윤근수를 사신으로 보냈다.

윤근수는 소임에 성공하지 못하고, 황정욱 사건의 와중에 귀국했다. 왕세자에게 내린 칙서를 가지고 온다는 장계가 의주에서 급히 올라왔다. 전례가 없는 일이었다.

전쟁 후 황제가 광해군에 관해 언급한 일이 한 차례 있었다. 국왕에게 보낸 유시에 이런 취지의 말이 있었다.

「왕세자가 전방에 나가 군사를 모집하고 장수들을 격려하는 데 힘쓰기를 바란다.」

그러나 왕세자에게 직접 칙서를 내린다는 것은 의례에도 맞지 않고, 또 그럴 필요도 없는 일이라 조정은 몹시 당황했다. 또 칙서라는 것을 조선의 사신 편에 전하는 것도 이례적인 일이어서 더욱 곤혹스러웠다. 윤근수는 조선의 신하이면서 명국의 칙사가 된 셈이다.

해서 칙서를 받은 의전 절차를 놓고 말들이 많았다. 국왕과 왕세자 누가 받느냐도 문제였다.

"전하께서 받으신 다음 왕세자에게 내리면 될 것입니다."

이런 의견이 많았으나 국왕은 이처럼 고집했다.

"왕세자에게 내린 칙서이므로 내가 받을 필요는 없다. 왕세자가 받되, 임금은 옆에 있으면 될 것이다. 그렇게 하는 것이 황제의 뜻에 맞는 일이다."

대신들 간청에 국왕은 마지못해 하면서 서대문 밖 모화관에 나가 윤근수를 맞아 칙서를 받아 읽고 서북쪽을 향해 네 번 절한 다음 왕세자에게 전했다.

국왕은 착잡한 표정이었다. 아니 충격을 받고 당혹해 하는 듯했다. 왕세자도 칙서를 보고 예조에 내렸다.

「황제는 조선국 광해군 혼에게 분부한다. 왜적의 무리는 도망을 쳤고 조선은 이미 회복되었다. 광해군은 패기있는 젊은이로서, 신하와 백성들의 지지를 받고 있다. 그러므로 혼은 충성스럽고 의로운 신하들을 데리고 전라도와 경상도에 주둔하면서 계책을 세우고 적을 방어해야 할 것이다. 이제 특별히 너를 전라도 경상도의 군사를 맡는 총독으로 임명한다. 무기와 군량을 비축하고 강건하고 용감한 군사를 일으키는 한편 군사를 훈련하고 요새를 방비하는 일에 힘써야 한다. 조선의 대장 권율을 감독하고 통솔하여 일을 잘 처리해야 할 것이다. 몸을 아끼지 말고 마음을 굳건히 가지면서 부왕을 돕고 나라를 보전해야 한다. 성과가 있기를 기대하며 공로에 대해서는 높은 표창을 할 것이다.」

이것이 칙서의 내용이다.

무심히 읽으면 대수롭지 않은 느낌을 준다. 전례가 없는 일이지만 명국의 황제가 왕세자를 격려하고, 조선군의 사기를 높이고자 하는 자상한 배려라고 접어둘 수도 있는 일이긴 했다. 그러나 국왕은 그리 단순하게 해석하지 않았다.

류성룡도 어떤 복선이 있고, 의뭉스런 정략이 있음을 감지했다. 비단 류성룡만 그런 의심을 가진 것은 아니었을 것이다.

국왕은 느닷없이 승정원을 통해 전교를 했다.

"오늘부터 군사의 통수권을 왕세자에게 넘기겠다. 왕세자에게 전군을 통솔하고 모든 군사에 관한 일을 처결하는 권한을 부여한다. 나는 그 밖의 국사를 보게 될 것이다."

국왕의 전교는 신하들 사이에 큰 파문을 일으켰다. 국왕의 섬세한 감정을 이해하는 류성룡은 난감하게 됐다 싶으면서도 국왕의 심술기 같은 것에 공감을 했다. 우선 왕세자에게 칙서를 내린 것이 국왕의 심기를 그르친 것이다. 황제가 국왕을 그다지 신임하지 않는다는 뜻을 일부러 드러낸 것이 아닌가.

지금 전라도, 경상도는 왜적을 방어하는 전쟁 지역이다. 다른 고장은 백성들이 전화를 복구하면서 생업에 종사하고 있다.

군사 일이라면 양도뿐이다. 양도의 군권을 맡긴다는 것은 결국 군국의 대권을 왕세자에게 넘기라는 얘기다.

가뜩이나 초장에 왜적을 막지 못하고 도성을 버리고 변경으로 도망친 것을 부끄럽고 참담하게 여기고 있는 국왕이다. 그러기에 환도하면서 국왕은 스스로의 허물을 뉘우치고 용서를 비는 선유문을 공포했던 것이다.

단순한 인사치레가 아니라 진정에서 우러나온 극진한 말이었다. 또한 그러기에 국왕은 두세 차례 양위를 하겠노라 떼를 쓰다시피 고집을 부려 신하들을 당황하게 했다.

침략을 당한 임금으로서는 당연한 처신이긴 하겠으나 왕권이라는 것이 그렇게 명분과 의리만에 매이는 것은 아닐 터이다.

이런저런 일보다도 국왕은 명국이 파병하여 이 나라를 도와준 것을 고맙게 여기면서도 그로 말미암아 명국이 지나치게 내정에 간섭하며 조선을 따돌리고 왜적과 꿍꿍이속으로 수작하는 것을 내심 분하고 원통하게 여기고 있을 것이다.

백성들이 임금을 어찌 볼까, 이게 국왕의 마음을 괴롭히는 큰 멍에일 터이다. 이런 국왕의 심정을 류성룡 역시 착잡하게 헤아리고 있었다.

신하들은 한결같이 전교를 거둘 것을 주장했다.

"칙서를 읽어 본즉 왕세자는 전라, 경상 양도의 군사권만 행사하라고 했습니다. 그럼에도 불구하고 전하께서 갑자기 모든 군사권을 왕세자에게 넘기겠다고 하셨으니, 이는 황제의 의향에도 맞지 않는 말씀입니다. 신 등은 전하께서 굳이 그렇게 고집하시는 까닭을 알지 못하겠습니다. 전하의 분부를 거두소서."

정승 판서 언관 할 것 없이 한 가지 목소리를 내어 왕명의 부당함을 연일 끈덕지게 주장했다.

왕세자 광해군이야말로 중간에서 난처하기 그지없게 되었다. 이때 그는 스물한 살의 어엿한 성인이었다.

대신과 언관들이 다투어 왕명을 거두라는 상소를 올렸다.

"전하께서는 칙서의 뜻을 잘못 해석하고 계십니다. 왕세자에게 전라·경상 양도의 군사만 감독하라고 했지 온 나라의 군사를 맡으라고 한 것은 결코 아닙니다. 그런데도 전하께서는 나라의 군사를 왕세자에게 떠넘기려고 하니, 만약 오늘이라도 중대한 군사문제가 제기되면 어떻게 대처할지 모를 일입니다. 지금 조정과 지방의 관원들이 큰 의혹을 품고 어찌할 바를 모르고 있습니다. 왕명을 속히 철회하여 인심을 진정시키소서."

모두가 표현만 달랐지 똑같은 조리였다.

그때마다 국왕은 요지부동이었다.

"아무리 세차게 말해도 내 결심엔 변함이 없을 것이다."

영의정 류성룡은 좌의정 김응남을 비롯한 2품 이상의 관원들 20여 명을 데리고 편전 안뜰에 들어가 돗자리에 앉아 국왕과 대면하기를 청했다. 이를 정청이라고 한다. 임금의 의사나 결정을 꺾기 위한 최후의 수단인 셈이다. 하는 수 없이 국왕은 대청에 나와 좌정했다.

"전하!"

일제히 읊조리는 가운데 류성룡이 고개를 들고 말문을 열자 국왕은 손을 흔들며 제지했다.

"경들이 말하고자 하는 뜻은 이미 잘 알고 있소. 영의정을 위시해서 품계가 높은 사람들이 이처럼 정청을 한다 해서 내 마음을 돌릴 수 있을 것 같소? 어서 물러들 가오!"

"전하! 영의정 이하가 정청을 하는데 이와같이 박대하심은 법도에 어긋나는 일입니다. 전하께서는 칙서의 내용을 임의로 해석하여 군국의 대사를 결정하고 이를 끝내 고집하시려는 진의를 알 수 없습니다."

류성룡의 카랑카랑한 목소리였다.

이때 별안간 왕세자가 나타나 땅 위에 부복하며 울음 섞인 음성으로 말했다.

"전하, 전하께서 놀랍고 민망스런 분부를 하신 후 십여 차례나 분부를 거두시도록 극진히 아뢰었으나 좀체 듣지 않으셨습니다. 소자는 몸둘 바를 몰라 하루하루가 바늘방석에 앉아있는 듯합니다."

그러자 국왕은 야릇한 웃음을 띄우며 말했다.

"세자는 오해하지 말라. 내가 세자를 떠보고 있는 것이 아니다."

예상 밖의 말에 모두들 숨을 죽였다. 권력은 부자지간의 관계도 복잡하게 만든다.

광해군은 공빈 김씨의 소생으로 국왕의 둘째 아들이다. 제1왕자는 친형인 임해군 진인데 국왕은 광해군을 세자로 택했다.

전쟁 후 평양 행재소에서 서둘러 책봉하고, 분조를 해서 세자를 북도로 피란시켰다. 이때가 19세, 이례적으로 늦은 세자 책봉이었다. 국왕이 두 왕자를 놓고 오랫동안 저울질했음을 알 수 있다.

분조하고 평양을 떠날 때 호종하는 관원을 모으는데 세자를 따라가겠다고 지원한 사람이 많았다. 국왕이 단자를 보고 하나하나 낙점을 했다. 국왕의 심정은 언짢고 착잡했을 것이다.

왜군은 국왕만을 겨냥하고 있다. 이건 당연한 일이다. 세자를 따르는 편이 훨씬 안전하다. 도성을 버리고 변방에 쫓긴 국왕은 가사 전쟁에 이긴다 해도 군왕으로서의 책임을 면할 수 없으니 조만간 세자에게 양위하게 될 것이다.

이런저런 생각이 류성룡의 뇌리를 스쳐 지나갔다.

왕세자는 엎드린 채 함구하고 있었다. 무거운 침묵이 흘렀다. 우의정 정탁이 헛기침을 하고 말했다.

"전하 세자께서 전하의 말씀을 어찌 잘못 알아듣겠습니까. 세자의 도리와 충성을 다하고 있음을 모든 신료들이 익히 알고 있습니다."

국왕은 외면하며 불쑥 대꾸했다.

"경들은 내 마음을 모르는구먼.…"

류성룡은 감동을 받았다. 신하들이 함부로 억측을 하고 있는 그런 국왕의 생각이 아니다. 국왕은 명국황제에 항거하고 있다.

겉으로는 강화협상에 동의하고, 속으로는 협상을 방해하는 조선 국왕을 괴롭히고 힘을 빼자는 것이 명국황제의 정략이다. 또한 부자간을 이간시키려는 술수이다. 그걸 꿰뚫어본 국왕은 저항의 몸부림을 치고 있다. 그렇다고 왕명대로 나라의 군권을 세자에게 넘겨주는 데 찬성할 수는 없는 노릇이다.

국왕은 병색이 완연했다. 좌정하고 있는 것도 고통스러운 기색이었다. 어젯밤엔 어의들을 불러 침을 맞고 뜸질을 받았다.

"옥체를 염려하고 오늘은 이만 물러가겠습니다. 전하께서는 깊이 생각하시어 분부를 거두어 주시기 바랍니다."

류성룡의 말에 일제히 일어나 읍하고 물러났다.

이날 밤 칙서를 가져온 예조참판 윤근수가 류성룡을 찾아왔다. 윤근수는 놀라운 얘기를 전해 주었다. 북경에 있을 때, 그와 친분이 있는 명국예부의 관원이 귓속말해 주더라는 것이다.

"조선은 국토가 황폐되고, 식량도 떨어졌다. 명나라 백성을 먹이기도 벅찬데, 어떻게 조선 백성까지 구제할 수 있겠는가. 차라리 이때를 틈타 조선 땅을 차지해 버리는 게 상책이다. 여러 벼슬아치가 황제께 이런 건의를 은밀히 올렸으니 조선은 알아서 대처하시오. 또한 혼자 힘으로 나라를 지탱할 수 없다는 말을 이제 그만 하시오."

얘기를 듣고 나서 류성룡이 물었다.

"전하께 말씀을 드렸는가요?"

"그럴 겨를이 없었습니다. 아니 그보다 하도 엄청난 일이기에 영상대감께 먼저 여쭈고 상의를 드리려고 했지요."

윤근수의 대답이었다.

"우리만 알고 덮어두십시다. 전하께서는 진작부터 그런 의심을 품고 계시니까."

류성룡은 껄껄 웃었다.

"진작부터라니요?"

"오늘 정청에서 하신 말씀 못 들으셨나요? 하지만 영감한테 좋은 말씀을 들었습니다."

평양이 함락되고 의주로 피란하면서 청병請兵의 사신을 줄줄이 보냈다. 혼자 힘으로는 왜적의 대군을 막을 수 없다는 소리를 그때마다 앵무새처럼 되풀이했다.

이듬해 춘궁기에 접어들어 굶어죽는 사람이 늘어나자, 식량 원조를 요청하는 청량사도 서너 차례 보냈다. 그러나 조선이 덮어놓고 보챈 것이 아니다. 명국군은 불과 서너 달치의 군량미만 조선에 들여왔다. 그것이 탕진된 뒤로는 조선 조정이 죽을힘을 다해 명국군을 먹여 살렸다.

국왕은 신하들과 잡담을 하면서 이렇게 물은 적이 있었다.

"명병은 하루 대두 한 되를 먹는다니 그게 사실이오?"

"그렇기야 하겠습니까만, 조선 군사보다 많이 먹는 건 분명합니다."

국왕은 웃지 않았다. 보채지 말라는 충고가 류성룡의 뇌리 한 구석에 박혔다.

이즈음 심유경이 정사에 앞서 조선에 들어왔다. 표리가 부동하고 술책을 부리기로 소문난 인물이다. 때가 때니만치, 국왕이 이 사람을 어떻게 다룰지도 궁금한 일이었다.

강화협상의 쟁점은 왜군의 선철병 문제였다.

강화의 조건에 관해서는 협상 대표들이 각기 본국 정부에 정확하고 정직한 보고를 하지 않아, 혼선이 일어나 무엇 무엇이 최종 조건인지 도통 모호한 채 줄다리기를 계속하고 있었다.

풍신수길의 사신 소서여안은 명나라 관복을 입고 황제 앞에서 신하의 예를 다했다.

봉작만 내리고 진공은 허용하지 않는다. 왜군은 한 사람도 남김없이 조선에서 철수한다. 이런 조건에 동의했고 황제의 조유도 읽었다. 같은 내용의 칙서도 정사 이종성을 통해 풍신수길에게 내려질 것이다. 이걸 소서여안이 독단으로 수락했을 리가 없다.

당초 풍신수길은 조선 4도를 일본에 떼어줄 것, 조선 왕자를 볼모로 잡아둔다, 따위의 황당한 조건을 제시하도록 소서여안에게 명했다.

이것은 어디까지나 국내용이고 실제로는 은밀히 소서여안에게 적절한 선에서 강화를 매듭지으라고 지시했을 것이다.

소서여안은 본명이 내등비탄수이다. 소서행장의 부장으로 기독교를 믿게 되면서 '요한'이란 세례명을 받았다. 그래서 소서여안으로 개명한 것이다.

상전인 소서행장의 뜻에 맞도록 어떻게 해서든지 강화를 성립시키려고 애를 쓰긴 했지만, 자신의 생사가 걸린 뒷감당을 생각지 않고 무작정 그런 조건을 받아먹지는 못했을 것이다.

심유경은 왜군 철수상황을 살피고 독촉하기 위해 선발대로 입국했다는 소문을 퍼뜨렸다. 조선 정부의 의혹을 풀고 본국 조정에 대한 명분치레를 노린 것이었다. 거기다 소서행장과 담합하면서 철수에 반대하는 가등청정을 견제하려는 심산이었다.

국왕은 남별궁에 나가 심유경을 접견했다. 영의정을 비롯한 대신들과 병조와 예조의 당상관들이 배석했다.

"원로에 노고가 많으셨소. 황제께서는 강녕하십니까?"

"안녕하십니다. 폐하께서 국왕 전하께 안부를 여쭈라고 하셨습니다."

지금까지 심유경은 평양, 의주 등지에서 서너 차례 국왕을 알현해서 피차 구면이다. 하지만 이번엔 공식 사절단의 일원이라 의전에 용심을 더하지 않을 수 없었다.

신하를 대할 때 국왕은 으레 북쪽에 앉아 남면한다. 이참엔 국왕이 동쪽, 심유경은 서쪽에 좌정했다.

"조선은 송응창 경략, 이여송 제독의 은덕을 길이 잊지 못할 것이오. 두 분 다 편안하신가요?"

국왕이 물었다.

"송 경략은 집에 있으며, 이 제독은 은을 상으로 받았습니다."

심유경은 두 사람을 찬양하는 것이 마음에 들지 않은 듯했다.

대화는 본론으로 들어갔다.

"…지난해 조선 정부가 일본과의 협상에 동의하고 그 뜻을 황제께 올렸더라면, 강화는 벌써 성사됐을 것입니다. 조선 조정의 논의가 일치하지 않아 지금까지 지연된 것입니다. 이번에 제가 들어온 목적은 동남연안에 남아있는 일본군 진영을 시찰하고, 빨리 철수할 것을 독려한 다음 정사 이종성과 함께 일본에 들어가는 것입니다. 한데 일본 측이 조선의 4도를 떼어달라고 하여 조선 조정에서 의심을 갖는다는 말을 들었는데 이것은 헛소문이며 절대로 의심할 것이 없습니다. 만일 그렇다면 일본군이 계속해서 도성을 차지하지 않고 무엇 때문에 남쪽 구석으로 후퇴했겠습니까?"

심유경은 희고 긴 수염에 용모가 뛰어났다. 신선 같은 풍채였다. 거기다 물 흐르듯 한 능변이라 사람들이 혹할 만도 했다. 병부상서 석성이 그랬고, 소서행장도 넘어갔다.

국왕은 싱긋이 웃고 말했다.

"명국 조정으로부터 강화의 조건과 협상내용을 공식으로 통보받은 바가 없습니다. 나는 그저 심대인을 믿을 뿐이지요. 대인이 왜군 진영에 가서 명령을 내린다면 과연 소서행장과 가등청정이 동시에 철수를 하겠습니까?"

신하들은 손에 땀을 쥐고 듣고 있다.

"풍신수길이 철군을 명령했는데 어떻게 가등청정이 거역할 수 있겠습니까. 말끔히 철군하지 않는다면 군사를 동원하여 전멸시킬 수밖에 없습니다. 관백에게 내리는 칙서는 이미 나왔습니다. 이번에 제가 그 사본을 일본 측에 미리 전달할 것입니다. 예조참판 윤근수와 동행하고자 하니 허락해 주시기 바랍니다."

풍신수길은 이미 관백을 내놓고 격이 높은 태합이라 자칭하고 있었는데 지금까지의 관용상 관백이라고 한 것이다.

윤근수를 달려 보내면 조선 정부가 강화에 찬동하고 있다는 표시가 된다. 조선을 대표하여 사행한 고관이기 때문이다. 이게 말하자면 하나의 맥점이었다.

국왕은 딴청을 부리듯 슬쩍 물었다.

"황제께선 세 가지 문서를 풍신수길에게 내리시는 것으로 알고 있습니다. 대인께서 사본을 가지고 계시다니 볼 수가 있겠습니까?"

세 가지 문서는 조서, 칙서, 그리고 고명이다. 조서보다 칙서는 내용을 더 소상히 한 것이고 고명은 책봉의 교지이다.

심유경은 허를 찔린 꼴이었다. 자랑삼아 사본을 품고 있다고 발설한 터에 국왕의 청을 거절하기는 어렵다. 거절하면 의혹을 더할 뿐이다.

조선 국왕에게 감출 필요가 있는 내용도 아니다. 윤근수를 데려가면 어차피 모두 알려질 일이다. 생색을 내도 해롭지 않다고 여겼을 것이다.

"나중 예부의 관원에게 전해 주겠습니다."

"사의를 표합니다. 조선의 신민은 대인이 조선을 위해 진력하고 계신 것을 큰 은덕으로 알고 있어요. 다만 전란으로 피폐하여 충분한 대접을 못하고 있으니 내 마음이 편하지 못합니다."

"떠나기 전 병부상서께서 저에게 일러 주셨습니다. 조선은 백성들이 굶주리고 있으니 터럭만치라도 폐를 끼치지 말라고. 저는 도성까지 오는 동안 선물을 하나도 받지 않았습니다."

선물을 좋아하기로는 다른 누구보다 호가 난 사람이다. 호피 수달피가죽 은괴 인삼 등 약재, 대개 이런 물건을 반겼다.

"명국 사신들에게 올리는 토산물은 작은 정성에 불과하지요. 그걸 물리치면 되레 섭섭한 일입니다."

이것으로 접견은 끝났다. 국왕은 류성룡을 불러 심유경 숙소에 은괴와 호피를 보내라고 분부했다. 문제는 윤근수의 일이었다.

"가당치도 않은 일이오. 심유경으로 말하면 본디 잡상으로 시정잡배였소. 어쩌다 병부상서의 눈에 들어 벼락 입신한 흉물이오. 어찌 윤근수와 같은 유서 깊은 가문의 사대부를 대동하게 한단 말이오. 그에 앞서 심유경의 꿍꿍이수작에 말려들지 말아야지."

이 판국에 출신과 가문을 따지는 것은 우스꽝스러운 일이긴 했다. 국왕은 나라의 체통을 염려하고 있다. 류성룡은 어전에서 물러나자 윤근수를 불러 귀띔을 했다. 심유경의 요구를 거절하는 말씀을 먼저 올리라고.

병부상서 석성의 체면으로 보아 심유경의 요청을 대놓고 거절하기는 난감한 일이었다. 그래서 윤근수는 꾀를 내어 국왕께 건의하여 윤허를 받았다.

"남쪽으로 내려가되 도원수 권율의 군영에 머물러 있으면서 심유경과 연락을 취하는 것이 좋겠습니다. 심유경에겐 품계가 다소 낮은 사람을 달려 보냈으면 합니다."

심유경을 인도하는 관원으로 사헌부 장령을 지낸 황신을 임명했다.

권율은 이 같은 조정의 소식을 듣고 경상우도 병사 김응서로 하여금 부하 장령을 웅천의 왜성에 들여보내 정탐을 시키게 했다.

막료인 이홍발은 평조신을 만나 대화를 나누었다.

"여러 해 타국에 나와 있으니 고향 생각이 간절하지요. 대명의 사신을 고대하고 있는 터에 희소식이 당도하여 기쁘기 그지없습니다."

평조신이 말했다. 이홍발과는 구면이었다.

"유격장 심유경이 먼저 오게 되면 일을 어떻게 처결하려고 합니까?"

이홍발의 물음이다.

"명국의 사신이 설사 나오지 않더라도 심유경을 만나게 된다면 나와 소서행장이 즉시 본국에 돌아가 관백에게 건의하여 화의협상을 매듭지을 작정입니다. 우리가 알고 있기로는 명국사신이 일본에 갈 경우 조선의 통신사도 함께 가기로 돼 있다는 것입니다."

평조신의 말은 뜻밖이었다.

"그게 무슨 말씀이오? 아직까지 조정에서 아무런 논의도 없으니 필시 헛소문일 것입니다."

"나는 늙은 몸이라 이제 희망도 욕심도 없습니다. 양편을 분주히 뛰어다니는 것은 우리 대마도가 조선의 은덕을 입었으며 그걸 잊지 못해서입니다."

평조신은 초췌한 모습이었다.

"소서 장군은 지금 어디 계시오?"

이홍발이 물었다.

"관백께서 하명하시기를 명국사신이 오지 않는다면 다시 대군을 일으켜 한성을 향해 진격하라고 했습니다. 그 때문에 소서행장은 군량미를 비축하기 위한 창고를 짓는 일을 관장하고 있으며 지금은 김해에 있습니다."

평조신의 말은 저들의 비밀을 내비치는 듯하면서 조선을 위협하려는 것이었다. 회견을 마친 이홍발은 군영에 돌아와 자세히 보고했고 권율은 급히 장계를 올렸다.

비변사 당상들이 회동하여 장계를 검토했다.

"화의를 하자고 하는 것은 전적으로 명국의 주장에서 나온 것이다. 강화협상이 벌어지면서 조선의 장수들도 기강이 해이해져 왜적과 수작을 하고 있으니 한심한 일이다. 이럴진대 백성들이 왜적과 거래하고 빌붙는 것을 어떻게 막을 수 있겠는가. 다시는 이런 일이 없도록 지시를 내려야 할 것이다."

이처럼 김응서의 실수를 비난했다. 언관들도 번갈아 차자를 올려 김응서와 권율을 규탄했다. 조정에 미리 보고하지 않고 막료를 적진에 보내 왜장을 만나게 한 것은 군법에 저촉된다는 것이었다.

국왕은 비변사 당상들을 불러 노기를 띠며 말했다.

"간사한 말들이 오가면서부터 온 조정이 그리로 쏠린 탓에 이런 불상사가 일어났소. 왜적은 우리와 하늘을 같이 일 수 없는 원수가 아니오! 화의의 말이 나오자 겉으로 분개하는 척하면서 속으로는 기뻐하고 있으니 나는 오히려 대성통곡을 하고 싶은 심정이오. 제의한 대로 과오를 추궁해야 할 것이오."

신하들은 고개를 떨구고 말을 못했다.

여느 때 노여움을 잘 나타내지 않는 국왕이다. 쓸개를 씹어 먹어도 시원치 않을 원수들과 임금의 허락도 없이 수작하고, 그 사실을 천연덕스럽게 장계로 올린 장수들의 얼빠진 행동에 충격을 받은 것이다.

더구나 이즈음 가뭄이 계속되어 모내기를 못하고 있다. 가뜩이나 일손이 모자라 농토가 황폐된 터에 설상가상인 셈이다. 오죽했으면 국왕이 대성통곡을 하고 싶다는 말을 했겠는가.

무거운 침묵 끝에 국왕이 다시 입을 열었다.

"경상도 우병사 김응서가 어떤 위인인지 모르겠으나 아마도 경망하고 무식한 사람인 것 같소. 왜적이 나라의 큰 원수라는 것을 망각하고 감히 적의 괴수와 상종을 했으니, 도리에 어긋나도 분수가 있지. 소서행장과 편지 왕래를 하면서 행장을 대인이라 불렀다 하니, 이는 왜적한테 투항한 거나 다름없는 해괴한 짓거리요. 잡아다가 신문을 해야 할 것이오. 그만 물러들 가오."

국왕은 신하들 말을 들으려고 하지 않고 자리에서 일어섰다. 이렇게 되자 비변사 당상들이 합계하여 권율과 김응서를 잡아 올려 의금부에서 신문할 것을 건의했다.

사헌부와 사간원도 같은 취지로 차자를 냈다. 그러나 국왕의 비답은 전날 크게 노했던 것과는 딴판이었다.

"도원수는 직책이 막중하다. 어떻게 잡아들여 국문을 하겠는가. 나머지는 아뢴 대로 하라."

마음이 변했는가 우유부단한 것인가, 좀체 촌탁하기 어려운 일이었다.

권율은 무관으로 벼슬길에 나갔으나 빛을 보지 못하다가 뒤늦게 문과에 급제하고 전쟁 전에 류성룡과 윤두수의 천거로 광주목사가 되었다.

류성룡은 남인, 윤두수는 서인이라 당색과는 무관하게 기용됐던 셈이다. 또 권율은 병조판서 이항복의 장인이다. 권율에 대한 논란이 벌어질 때마다 이항복은 입을 봉하고 있었다. 이항복은 서인으로 간주되었으나 굳이 당색을 내세우지는 않았다.

국왕은 신임하는 병조판서의 처지를 생각하여, 번번이 권율에게 관대한 태도를 취했는지도 모른다. 혹은 행주산성 승리의 장수를 아끼려는 깊은 배려였는지 모를 일이다.

권율은 그렇다 치고 김응서가 문제였다. 김응서도 병법에 통달한 용맹스러운 장수로 평판이 높았다. 비변사 당상들은 장시간 논의한 끝에 권율을 놔두고 김응서만 죄를 줄 수 없다는 결론을 내렸다.

"전하의 분부를 받고 신 등은 딴 의견이 없습니다. 그러나 한편으로 적과 가까이 대치하고 있는 상황에서 나라의 형편이 마치 한 오리의 머리카락에 천 근의 무게가 달려있는 것과 같습니다. 이러한 때에 진중에 있는 장수를 잡아들여서는 안 될 것입니다. 마침 유격장 심유경이 적진에 들어갔으며 곧 명국의 사신이 도성에 도착하게 됩니다. 적과 화의를 말했다 해서 갑자기 엄중한 오해를 하게 될 염려도 없지 않습니다. 우선은 김응서의 죄를 용서해 주고 문서를 내려 준엄하게 꾸짖어 적정을 탐지하는 데 그치고 왜적과 연락하지 못하게 해야 할 것입니다."

이 건의에 국왕도 따랐다. 비변사의 의견은 무엇보다 더 명국과의 외교관계를 우려한 것이다. 국왕이 이런 사정을 모르고 있을 리는 없다. 다시 한번 자국의 신하의 잘못을 다스릴 수 없는 임금의 처지에 통분과 비애를 품었을 것이다.

마침 책봉사 이종성 일행이 도성에 들어온다는 소식이었다. 모두 3백 명이나 되는 큰 규모의 사절단이었다.

명국의 책봉정사는 이종성, 부사는 양방형이었다. 북경에 머물렀던 소서여안 일행도 함께 따라왔다. 왜국에 들어갈 경우 책봉사를 인도하기 위해서였다. 이종성은 명 개국공신의 자손으로 사치를 좋아하고 행실이 방종한 사람이다.

황제의 위엄을 보여 준다고 수백 필의 말에 요란한 행장들을 꾸미고 느릿느릿 행차했다. 책봉사 도착 소식에 류성룡을 비롯한 대신들은 이런 의견을 국왕께 올렸다.

"소서비 일행을 도성 안에 머무르게 해서는 안 됩니다."

소서비는 여안을 우리켠에서 부르는 호칭이다. 본명인 비탄수에서 딴 것이다.

국왕도 같은 생각이었다. 어떻게 해서든지 왜국 사신을 도성 안에 들이지 말라는 명이 내려졌다.

이에 그치지 않고 국왕은 불만을 표시했다.

"서대문 밖에 머무른다 해도 통분할 노릇이오. 명국의 사신도 그렇지, 왜적과 만난다면 곧바로 부산포로 내려가면 될 일. 무엇 때문에 도성을 거쳐 가려고 하는가. 수행원 수백 명에게 식량을 대기도 난감하구먼. 또 마초는 어떻게 한단 말이오."

그러나 전례대로 국왕은 모화관에 나가 명국 사신을 맞았다. 조선 국왕에 전하는 황제의 유시 같은 것은 없었다. 안부를 전언했을 뿐이다. 격식대로 상견례를 나눈 다음 상좌를 차지한 정사 이종성이 당돌하게 말했다.

"앞서 조선의 왕세자에게 내린 칙서대로 거행하고 있습니까?"

광해군에게 전라·경상 양도의 군사를 감독하라는 명령이 내려와 한바탕 소동이 난 적이 있었다. 결국 칙서의 내용대로 형식상 왕세자가 양도의 순찰사 관찰사를 독찰하는 것으로 매듭을 지었던 것이다.

"그렇습니다. 세자는 지금 전주에 내려가 있습니다."

국왕의 대답이다.

"귀국이 왜국사람을 신뢰하지 않고 강화협상에 의심을 품고 있음은 강화 조건을 잘 모르기 때문이라고 생각합니다. 풍신수길이 소서비에게 내렸다는 일곱 가지 조건이니 다섯 가지 조건이니 하는 것은 사실이 아니고, 와전된 것입니다. 소서비는 그런 일이 없다고 분명히 말했으며, 실제로 책봉만을 받기로 동의했기에 이 사람이 황제의 명으로 나온 것이 아니겠습니까? 소서비는 황제께서 하사한 명국의 관복을 입고 있습니다."

이종성은 묻지도 않은 말까지 늘어놓았다. 그러자 국왕은 미소를 지으며 말했다.

"조선은 명국과 왜국간의 강화를 반대하고 있지는 않습니다. 그 같은 결정을 이미 명국에 통보한바 있음을 이대인께서도 잘 아시리라 믿습니다. 다만 왜적은 조선의 큰 원수입니다. 조선이 나서서 왜적들과 화의를 맺자고 할 수는 없습니다."

이종성은 고개를 끄덕이고 화제를 바꾸었다.

"심유경을 통해 통보된 줄 아는데 이 사람이 일본에 들어갈 경우 조선에서도 통신사를 보내는 것이 좋을 듯합니다."

"금시초문입니다. 황제의 뜻이 그렇다는 말씀입니까?"

이종성은 대답하지 않았다.

강화를 방해할지도 모를 조선을 옴짝달싹 못하게 만들려는 정략적 의도임이 분명했다.

황제의 명이 아니더라도 관계되는 대신들의 의사라면 거역하기가 쉽지 않은 정황이다. 국왕의 양 미간에 곤혹스러운 빛이 스쳤다. 대면이 끝나고 국왕은 모화관을 떠나 환궁했다.

이종성 일행은 타다 남은 경복궁 내 전각의 일부와 궁 밖 민가에 분산해서 수용되었다.

국왕은 종묘에 나가 기우제를 지냈다. 그 덕분인지 단비가 전국에 내려 순조롭게 모내기를 끝낼 수 있었다.

소서비의 입경을 막기 위해 이조판서 이덕형이 이종성을 만나 넌지시 말했다.

"조선의 군민들 감정이 몹시 격양돼 있으며 도성 안 인심이 살벌합니다.

왜인들이 들어와 활개를 치고 다니면 무슨 변고가 일어날지 알 수가 없으니 이대인께서 적절히 조처해 주셔야겠습니다."

그 한 마디에 소서비는 입성하겠다는 요청을 철회했다. 모화관에 유하면서 명국군의 호위를 받았다. 헌데 이종성의 행각이 가관이었다.

연일 연회를 열고 가무를 즐겼다. 쇠고기와 술, 그리고 기생을 요구했다. 폐허가 돼버린 도성이다. 기방은 고사하고 변변한 색주가도 찾을 수 없는 형편이다.

청계천 언저리 골목에 겨우 선술집과 탕반집 몇이 몰래 장사를 하고 있다는 것이었다. 그래도 칙사의 요구를 거절할 수는 없다. 혼자 떠돌아다니는 젊은 계집을 타일러 몸치장을 시키고 술자리에 들여보내기도 했다. 이종성의 유흥은 도가 지나쳤다.

하루는 경회루 연못에서 뱃놀이를 했다. 접대도감의 관원들을 연못에서 멀찌감치 떨어져 있게 하고는 조선의 3정승을 불렀다. 영의정 류성룡, 좌의정 김응남, 우의정 정탁은 영문도 모른채 경회루에 갔다.

이종성은 세 사람을 배안에 맞아들이고, 연못 한복판에 나가 술상을 차렸다. 남창과 여창이 번갈아 노래를 불렀다.

정승들은 기가 찰 노릇이었으나 이종성의 노는 꼴을 멀거니 바라볼 수밖에 없었다. 통변이 배석하고 있어 조선말로 흉을 볼 수도 없었다. 자기 딴엔 고생하는 조선의 재상들을 위로한다는 것이었지만, 도시 창피스러운 수모였다. 하필 이런 사람에게 막중한 소임을 맡겼는지 명국 조정도 인물이 없다 싶었다.

경회루의 누각은 잿더미가 돼 있다. 근정전·인정전 할 것 없이 주된 전각은 모조리 무너져 앉았다. 황량하고 참혹한 궐 안에서 무슨 흥취가 난다고 연못에 배를 띄우고 논단 말인가.

그래도 신록이 무르익는 계절이다. 류성룡은 푸른빛이 물든 나무숲을 건너다보면서 착잡한 심회에 젖어 있었다. 뱃놀이가 끝나 정승들은 이종성에게 사의를 표하고 돌아갔다. 헤어지면서 세 사람은 어이없이 웃었다. 돼먹지 않은 사신을 욕한들 아무 소용이 없는 노릇이다.

접대도감의 관원이 이 장면을 기록하여 국왕께 보고했다.

"무덤에 가서 슬퍼하고, 종묘에 가서는 공경하는 예를 다함은 사람들의 도리이다. 경회루 연못에 배를 띄우고 한껏 즐겼다고 하는데, 나는 그것이 잘된 일인지 모르겠다."

이런 비답이 나왔다.

이종성은 서둘러 남쪽으로 갈 생각을 잃고, 날마다 술자리를 벌이면서 접대하는 관원들을 괴롭혔다.

시회를 연답시고 한강변 정자에 나가기도 했는데 으레 조선의 고관들을 초청했다. 빈축을 사건 말건 하고 싶은 짓을 마음대로 했다. 이종성은 심유경의 보고를 기다리고 있다는 것이었다.

일본이 선철병 조건을 수락한 연후에 칙사가 내려가는 것이 황제의 위신을 세우는 순서라는 것이었다. 그러나 내심으론 왜적을 믿지 못하고, 겁을 먹고 있었다.

왜군 진영에 들어가 볼모로 잡힐 걱정을 하고 있었다. 그러면서 조선의 사신이 동행해야 한다고 거듭 요구했다.

이종성이 입경한 것은 선조 28년1595 을미 5월이다.

부산의 왜군 진영으로 간 심유경으로부터 보고가 올라왔다. 즉시 철병할 것을 요구한 데 대해 소서행장은 명국의 책봉사가 먼저 일본 진영에 도착해야 남은 군사를 철수시키겠다고 하면서 좀체 굽히지 않는다는 것이었다.

어찌된 까닭인지 이종성은 부사 양방형을 먼저 보냈다. 이렇게 되기까지에도 두 달이나 걸렸다. 두 사람의 의견이 맞지 않았기 때문일 것이다.

뒤늦게 이종성은 부산포의 왜성에 도착하여 심유경·양방형과 합류하고 소서행장·평조신 등을 상대로 교섭을 시작했다.

이 소식에 접한 풍신수길은 소서행장의 건의에 따라 부산 김해 웅천 등 네댓 개 성채만 남기고 나머지는 순차로 철수하라는 명령을 내렸다.

소서행장은 수길의 환심을 사는 한편 일을 차질 없게 진척시키려고 심유경과 함께 다시 일본으로 돌아갔다. 이때 심유경은 병부상서 석성한테서 받은 막대한 공작금으로 좋은 말 2백 필에다 호사스러운 비단을 사들여 잔뜩 배에 싣고 갔다. 수길과 측근들에게 뿌릴 뇌물이다.

두 사신은 이듬해 봄까지 부산에서 여러 달을 체류했는데 이웃에서도 연일 술판을 벌이고 걸핏하면 조선 관원에게 여자를 요구했다.

황신은 부근에 주둔하면서 그들과의 접촉을 유지하고 있었다. 그러던 차에 심유경의 막하인 사융이란 사람이 취중인 이종성에게 귀띔을 했다.

"수길은 봉작은 받을 생각이 없습니다. 조선 땅을 나누어 갖겠다고 요구하고 있는 마당에 책봉만으로 만족하겠습니까. 유격장 심유경이 수길을 설득하려고 일본에 또 다시 들어갔으나 아마도 성공하지 못할 것입니다. 이대인께서는 왜군의 볼모가 될 것이며, 무사히 귀국하시기가 어렵겠습니다."

충격을 받고 공포에 질린 이종성은 대취한 속에서 정신을 차리지 못했다. 밤중에 혼자 숙소를 빠져나와 무턱대고 북쪽으로 도망쳤다. 길을 잃고 넋이 나간 이종성은 자신의 행동이 창피하기도 하여 몽롱한 상태에서 나무에 목을 맸다.

나무꾼이 발견하고 소생을 시켰는데 이종성은 경주 방면으로 도주했다. 모르긴 해도 심유경이 이종성을 미워하고 심복으로 하여금 농간을 부리게 했을 것이다. 결국 이종성은 명국군에 붙잡혀 북경으로 압송되었다.

명국 황제는 그를 하옥하고 양방형을 정사로 심유경을 부사로 각각 승격시켰다. 소서행장은 보고를 마친 다음 심유경과 함께 다시 부산으로 건너왔다.

조정은 명국 사신의 요청을 거절할 수 없어 기왕에 남쪽으로 내려간 황신을 정사로, 대구부사 박홍장을 부사로 임명해 통신사 명목으로 보내기로 했다. 명국 사신과 동행하면 나라의 체통이 서지 않고 또 강화를 원하는 형국이 되기 때문에 출발하는 날짜를 일부러 늦추게 된다.

황신은 율곡 이이와 우계 성혼의 문하였다. 명국군 장수를 잘 다루어 통정대부로 품계는 올랐으나 그제까지 이렇다 할 요직을 지내지 못했다.

중국말을 할 줄 알고 인품이 녹록지 않아 사신으로 발탁된 것이다. 이때 나이 36세. 과연 그가 벅찬 소임을 잘 해낼까 의심하는 사람들이 적지 않았다.

하루는 소서행장이 조선의 사신을 위한 연회를 마련하고 황신을 초대했다. 황신은 핑계를 대고 응하지 않다가 하도 여러 차례 사람을 보내 간청하기에 마지못해 연석에 나갔다. 둘러보니 승려인 현소보다도 자리가 아래였다.

"나는 정3품 당상 사절단의 정사요. 승려보다 하석이라니 자리를 고치지 않으면 앉을 수 없소. 소서 장군이 예의를 아신다고 들었는데 크게 실행했소."

정색하며 항의했다. 소서행장은 실수를 사과하고 서차를 바꾸었다.

이종성이 도망친 뒤 책봉정사가 된 양방형은 황신에게 부산 양산 김해 등지의 왜군 진영의 동태를 살피도록 당부했다.

이즈음 왜군은 점거 지역에서 멀리 벗어나지 않는다는 조건에 동의하고 있었다. 심유경과 소서행장 간에 비공식으로 합의된 일종의 휴전선 설정이었다. 대체로 왜군은 진영에서 10리를 넘지 못하며 명국군과 조선군의 진영이나 관아에 가까이 접근하지 말라는 것이었다.

그러나 무슨 선을 긋거나 목책을 치는 것도 아니어서 엄격히 지켜질 수는 없었다. 심유경의 의도는 왜군을 묶어놓는 한편으로 조선군의 공격을 봉쇄하자는 데 있었던 것이다.

이런 상태가 계속되자 피차간 싸움을 회피하면서 화의가 성립되기를 기다리는 분위기가 팽배하게 되었다. 김응서가 왜장과 수작한 것도 이런 바탕에서 빚어진 일이었다.

황신은 소수의 군사를 데리고 일대를 순찰했는데 조선 군사와 왜병이 함께 술을 마시고 있는 광경을 보고 충격을 받았다.

황신의 행차에 조선 군사들은 기겁을 하고 달아났으나 왜병들은 싱글싱글 웃으면서 일행을 술자리에 청하기도 했다. 그러나 다행인 것은 왜군이 여러 성채와 군막에서 철수하기 시작한 일이었다. 감시대와 목책을 헐어버린 곳이 여러 군데였다. 그런가하면 전혀 움직일 기미가 보이지 않은 곳도 적지 않았다.

황신이 역관을 시켜 물었더니 이런 왜병의 대답이었다.

"우리도 철수 명령을 받았으나 제때에 배들이 도착하지 않아 대기하고 있는 중이오."

주변의 논에서는 농부들이 한가롭게 김을 매고 있었다. 왜군을 조금도 두려워하지 않는 품새였다. 백성들이 농사를 짓는 거야 당연한 일이지만 군기가 이 지경으로 해이해진 것은 놀랍고 개탄스러운 일이 아닐 수 없었다.

황신은 부산포로 돌아가 양방형에게 통보하고 이조판서 이항복과 상의하여 비변사에 장계를 올렸다. 이항복은 책봉사 접반관으로 도원수의 군영에 나와 있었다.

「신이 보건대 우리나라 장수들은 화의가 이미 이룩되었으니 왜적이 다시 도발할 염려가 없다는 양 왜적들과 상종을 하고 있습니다. 왜적들이 조선군 진영에 드나들어도 단속을 하지 않으니 옛사람이 말한 것처럼 제 손으로 울타리를 헐고 적에게 아양을 떠는 거나 다름이 없습니다. 신이 놀라 경상좌도 감사 홍이상에게 말했더니 이상은 이런 사정을 모르고 있었습니다. 이러다가 만약 왜적들이 변심하여 다시 환난을 일으킨다면 나라를 지키는 일이 어찌 되겠습니까. 군기를 바로잡고 훈련에 힘쓰게 하여 방비를 튼튼히 다져야 하겠습니다.」

이 장계가 오자 언관들이 권율과 김응서에 대한 처벌을 다시 거론했다. 반 년 전 매듭지어진 사안이 되살아난 것이다.

끈질긴 탄핵에 국왕은 권율의 해임을 윤허했다. 김응서에 대해서는 별반 과실을 묻지 않았다. 하지만 권율은 몇 달 후 한성판윤으로 재기용된다.

이 무렵 정국은 이른바 서인들에게 불리한 형세였다. 전쟁이 터진 지 햇수로 4년. 윤두수는 좌의정으로 국왕의 신임을 받고 어떤 면에선 영의정 류성룡보다도 국정에 영향력을 발휘했다.

평양성에서 후퇴하면서 몽진의 방향으로 함경도와 평안도의 양론이 있었다. 윤두수가 의주를 주장하여 윤허를 받았다. 국왕의 마음을 알았던 것이다.

그러나 강화협상이 진행되고, 사실상의 휴전 상태가 되자 윤두수의 처지는 국왕의 신임이 되레 짐이 되기 시작했다.

좌의정 겸 도체찰사로 거제도 수복작전을 독려했으나 국왕의 기대에 보답하지 못한 것도 위상을 약화시키는 원인이 되었다.

사헌부와 사간원의 거듭된 탄핵을 받고 윤두수는 좌의정에서 물러나 판중추부사가 되었다. 우의정 김응남이 좌의정으로 승진하고, 정탁이 그 후임에 올랐던 것이다. 정탁은 동인으로 류성룡과 가까운 사이였다. 이번엔 정탁이 뚜렷한 이유도 없이 정승감이 못된다하여 언관들의 지탄을 받았다.

이런 쟁론은 지금처럼 우두머리의 뜻에 따라 한결같이 뚜렷하게 드러나는 것은 아니고 각기 자기주장을 내세우는 경우가 드물지 않았던 것이다.

정탁이 불과 네댓 달만에 우의정에서 물러나자 윤두수의 퇴진과 함께 인사개편이 중요한 사안이 될 수밖에 없었다. 공석이 된 우의정엔 평안감사 이원익이 임명되었다. 동시에 윤두수가 겸직했던 도체찰사도 승계했다.

귀양살이에서 풀려난 이산해는 영돈령부사를 제수받아 동인에서 갈라진 북인의 영수격이 되었다. 서인들은 세력을 만회할 기회를 엿보고 있었다.

그런 가운데서 하나의 쟁점으로 떠오른 것이 이순신과 원균의 문제이다. 두 사람의 관계가 악화된 데는 여러 가지 공·사간의 사정이 있겠으나 조정에 올린 장계를 둘러싼 논의가 사태를 차츰 심각하게 만들었다.

이순신이 전라좌도 수사, 원균이 경상우도 수사로 있으면서 여러 차례 합동작전으로 승리를 거두었고 그 전과를 각각 보고한 것은 당연한 일이다.

장계는 먼저 비변사에 접수되어 검토된다. 자연히 상대방이 올린 장계의 내용을 전방에서도 알게 된다.

원균은 이순신의 장계에 번번이 불만을 터뜨리곤 했다. 경상우도 수군의 전공은 작게 다루고 자신과 부하들의 전공은 과장한다고 여긴 것이다.

원균의 수군은 전쟁이 터진 임진년 초장에 크게 패하여 거개의 병선을 잃었기 때문에 합동작전에서도 소수의 병선만을 이끌고 참가했다.

이순신의 장계를 보면 함께 싸운 이억기의 전라우도 수군에 관해서도 전과를 상세히 기록하고 있다. 아무튼 두 사람의 장계는 조정에서 공을 다투는 것으로 비치게 되었다.

"이순신이 원균의 군공을 뺏었다."

심지어 이런 말까지 나돌았다.

이순신과 원균의 불화설이 퍼진 데는 이순신의 입신양명이 너무 빨라 사람들이 시기와 질투를 하게 된 탓도 있었다.

나이도 원균이 이순신보다 다섯 살 위다. 무과 합격도 훨씬 빠르고 모든 경력이 비교할 수 없을 만큼 원균이 앞서고 있었다.

이순신이 정읍현감이 된 것은 전쟁 3년 전 45세 때였다. 전쟁 전해에 진도군수로 임명되었으나 부임하기 전에 가리포진완도 첨절제사가 됐는데 이 역시 부임하기 전에 다시 전라좌도 수군절도사로 뛰어올랐다.

수군절도사는 정3품 당상관이다. 종6품인 현감에서 지나치게 빠른 승진이었다. 류성룡 김명원 등 동인들이 이순신의 인물과 능력을 알고 심상치 않은 왜국의 움직임에 대처하여 그를 수사로 천거했던 것이다.

이억기가 전라우도 수사가 된 것도 전쟁 전해였다. 이억기의 선임자가 바로 원균이었다. 수사가 되기까지 원균은 경흥과 순천 두 곳의 부사府使를 역임했던 것이다. 어느 모로 보나 원균편이 대선배이다. 서열과 경력을 중시하던 시절이다.

이순신은 연달은 군공으로 임진 한 해 동안에 가선에서 자헌을 거쳐 정헌대부에 올랐다. 원균은 같은 정2품이지만 한 계단 낮은 정헌대부에 머물러 있었다. 그가 앙앙불락하게 된 것도 사람의 상정일 수 있을 것이다.

이런 형편에서 이순신은 이듬해 3도 수군통제사에 올랐다. 3도라고 하지만 다른 곳의 수군은 보잘 것 없으니 해군총사령관인 셈이다. 누구에게나 장단점이 있다. 원균은 직정적인 성격으로 전쟁터에 나서면 앞뒤 재어보지 않고 돌진하곤 했다. 그래서 용맹한 장수라는 평판을 얻었다.

이순신은 치밀하고 신중하여 싸우기 전에 적정을 살피고 지리와 기후, 특히 조류를 계산하는 등 철저한 준비를 했다. 병력과 장비, 그리고 군사들의 사기도 깊이 생각하여 승산이 없는 전투는 좀체 하지 않았다.

그러나 그를 이해하지 못하거나 현지의 실정을 모르는 사람들에겐 이순신이 앞으로 나가지 않고 망설이며 싸우기를 회피한다는 인상을 준 것도 사실이다.

왜군 침입의 소식과 함께 원균의 원병 요청을 받자 선뜻 출동하지 않고 있다가 원균의 막료 이영남 등의 거듭된 호소에 출진을 결심했던 일, 거제도 장문포의 수륙합동작전에서 소극적인 태도를 취한 사실 등이 국왕에게 좋지 않은 느낌을 주었을 것이라는 추측이 가능하다.

더구나 근자의 일로, 명국 황제의 당부에 따라 전라·경상 양도의 군권을 감독하고 있는 왕세자 광해군이 이순신에게 거제도의 왜적을 다시 치라는 명을 내렸으나 이순신은 갖가지 이유를 대고 끝내 출진하지 않았다.

왕세자가 수군의 기능을 잘 모르고 이순신의 활동이 저조한 것으로 속단한 소치겠으나 이 역시 국왕의 심기를 그르친 대목이 아닐 수 없었다.

"남도의 수군은 근래 무엇을 하고 있는가?"

국왕은 비변사 회동에서 심심치 않게 이런 말을 했다. 국왕의 기색을 신하들이 눈치채지 못했을 리는 없다.

흔히 이순신의 수난을 원균의 중상과 당파싸움에만 돌리는 경향이 있지만 실제로 그런 영향이 컸던 것은 사실이나 그 밖의 여러 가지 원인과 배경이 없지 않았던 것이다.

당파싸움으로 말하면 왜적의 경우 소서행장과 가등청정의 반목, 그리고 풍신수길의 막료와 덕천가강 등 번주들과의 불화 등 조선의 경우보다 조금도 덜한 것이 없다.

또 명국에서도 병부상서 석성과 그 반대파의 정쟁 같은 것은 조선의 그것보다 더하면 더했지 나을 것이 없었다.

그렇긴 하나 동·서 양파의 권력투쟁은 어떻든 현실이다.

이순신과 원균 사이의 불화가 조정 논의에 나타나기는 선조 27년 11월의 일이다. 경연의 자리에서 호조판서 김수가 먼저 거론했다.

"원균과 이순신이 서로 옥신각신하고 있음은 매우 걱정스러운 일입니다. 원균은 과실이 없지 않으나 대수롭지 않은 사안을 가지고 반목을 하고 있으니 안타까운 일입니다."

김수는 서인에 속하는 사람이다.

"무엇 때문에 그리 되었소?"

국왕이 물었다.

"균이 여남은 살 난 첩의 자식에게 군공을 주었다 하여 순신이 이를 비난했다는 것입니다."

김수가 대답했다. 원균의 외아들 사웅은 정실 소생으로 그 당시 18세였으며 부친과 함께 전투에 참가했다는 주장도 있다.

"서로 다투는 까닭이 무엇이오?"

국왕이 거듭 물었다.

"군공 다툼이 주된 원인인 듯합니다. 처음 수군이 승리한 데 대해 균은 자신의 공이 많다고 자처했습니다. 순신은 적을 공격하지 않으려고 했으며 선거이가 극력 주장하여 비로소 출동하게 되었던 것이므로 순신의 공은 그다지 크지 않았습니다. 그러나 조정에서는 순신을 원균의 윗자리에 올려놓았습니다. 균은 이 때문에 불만을 품고 있다는 것입니다."

김수에 이어 판돈령부사 정곤수가 말했다.

"만호 정운이 사또가 나가 싸우지 않으면 호남을 지탱할 수 없다고 하면서 순신에게 출진을 간청했다는 것입니다."

전쟁이 터진 후 이순신이 원균의 원군 요청에 신중을 가하자 원균 휘하의 정운 이영남 등이 순신에게 달려와 함대출동을 호소한 일을 두고 한 말이다.

"왜적을 친 군공으로 말하면 순신이 으뜸인가 하오."

국왕의 말이었다.

"순신의 장령들은 당상관에 오른 사람이 많은데 균의 수하인 우치적이나 이운용 등은 군공이 큰 데도 승진을 하지 못해 서로 틈이 생긴 것입니다."

정곤수가 대답했다. 국왕은 잠시 생각하더니 말을 이었다.

"나는 균을 가상하게 여기고 있소. 균은 습증이 있는데도 노상 바다에 나가 군무에 종사했다고 들었소. 균의 뜻은 칭찬할 만하오. 공로를 인정받지 못한 균의 수하가 있다면 지금이라도 합당한 표창을 내려야 할 것이오."

"지당한 말씀입니다. 일부에 균을 교체했으면 하는 의견이 있으나 이는 옳지 않습니다."

좌의정 김응남이 말했다. 그러자 판중추부사 정탁이 나섰다.

"왜적들은 조선의 수군을 몹시 겁내고 있습니다. 균은 쓸만한 장수이며 순신도 보통 장수가 아닌데, 서로 감정을 품고 다투는 것은 매우 불행한 일입니다. 전하께서 글을 두 사람에게 내려 꾸짖는 것이 좋겠습니다."

"그리 하오."

경연에 참석하는 사람은 일정치 않다. 대개 원임대신과 주요판서들, 그리고 홍문관을 중심으로 비교적 젊은 관원들이 나온다.

이때 논의는 원균을 두둔하는 의견이 많았다. 오직 정탁만이 균형을 잡으려고 애를 썼는데, 그 역시 이순신켠을 극력 옹호하지는 못했다.

국왕의 심사는 원균에게 기울어져 있음이 분명했다. 어쩌면 이순신의 눈부신 전공과 명성을 시기하고 있는지도 모를 일이었다.

우의정 겸 도체찰사 이원익이 순천으로 내려온다는 전갈에 이순신은 종군중인 조카 분을 데리고 한산도를 떠났다. 여수에서 가까운 쌍봉 곰내에 계신 모친을 찾아볼 겸 모처럼 나선 것이다. 이때 모친은 여든한 살이었다.

기별도 없이 아들이 찾아오자 모친은 놀라서 일어서려는데 제대로 몸을 가누지 못했다. 이순신은 눈물을 글썽이며 어머니를 부축하여 자리에 눕혀드렸다.

"자주 문안을 드리지 못해 송구합니다. 기력이 많이 쇠하신 듯 한데 음식은 잘 드시는지요?"

모친은 기어이 일어나 앉아 아들에게 하대를 하지 않았다.

"막중한 나랏 일이 태산 같을 텐데 어미 걱정일랑 아예 하지도 마오."

"공무로 도체찰사를 뵈오러 가는 길에 잠시 들렀습니다. 아산 본댁에선 다들 무고한지요."

큰아들 회가 이따금 내왕하며, 소식을 전하고 있다. 아내 방씨는 아산에서 집을 지키고 있다.

이순신은 덕수 이씨 성종 때 영중추부사를 지낸 변이 5대조이다. 그 뒤로는 크게 발현한 인물이 없다. 아버지 정과 어머니 변씨 사이의 4형제 중 셋째이다. 이순신은 5형제를 두었는데 방씨 사이의 회·열·면과 측실 오씨가 낳은 훈·신이 있다. 그 밖에 정실에서 딸 하나와 측실에서 딸 둘이 있다. 모두 8남매이다.

순신의 큰형 희신은 뇌·분·번·완 해서 4형제를 두었다. 작은형 요신은 봉·해 두 형제를 두었다. 이중에서 큰형의 둘째 분만이 문과에 급제하고, 정랑으로 줄곧 이순신을 뫼시고 있다.

나머지는 대개 무과에 들어 이순신 밑에서 종군하거나 각기 임지에 있다. 두 형은 임진년 전에 모두 작고했다. 이순신은 조카들을 끔찍이 돌보았다. 아들에게보다도 더 자상했다.

5대조 아래로는 집안이 한미해져 많은 식솔들을 거느리고 서울서 지내기가 어려웠다. 견딜만한 형편인 처가를 의지하여 아산으로 이사를 했던 것이다.

"이 난리통에 모두들 화를 당하지 않았으니 얼마나 고마운 일인지…"

어머니의 말이었다. 모자간의 얘기는 밤새 그칠 줄 몰랐다.

"어서 떠나셔야지. 이곳에서 어미하고 노닥거리고 있어서야 되겠나?"

겸상으로 단출한 조반을 마치자 어머니는 아들을 재촉했다. 이순신은 어머니와 작별하고 순천으로 말을 몰았다.

도체찰사 이원익은 순천부 관아에 머물러 있었다. 두 사람은 별로 접촉할 기회가 없었다.

이원익은 전쟁 초기, 평안도 순찰사로 국왕과 조정의 안태를 위해 애를 많이 썼고, 민심을 가라앉히는 데도 크게 이바지했다. 이 소식을 들은 이순신은 이원익에게 호감을 가졌고, 전임자인 윤두수와는 달리 적지 않은 기대를 걸었다.

"중임을 맡으신 것을 축하드립니다."

이순신이 인사를 올리자 이원익은 정중하게 대답했다.

"여러 해 진중을 떠나지 못해 얼마나 수고가 많으시오."

주안상이 들어오고, 술잔이 서너 순배 돌자, 이원익은 조정의 논의와 분위기를 솔직하게 전해 주었다.

"전쟁이 소강상태에 들어가고, 강화협상이 벌어지자, 당파싸움이 다시 기승을 부리기 시작했소."

이순신은 그때까지 국왕을 뵌 적이 없었다. 그런데도 뭔가 불길한 예감이 들었다. 누구의 말을 들었는지 모르지만 국왕께서 자신을 좋게 보고 있지 않다는 느낌을 떨쳐버리지 못했다.

3도 수군통제사에 오른 것은 파격적인 발탁이요, 분에 넘치는 영광이다. 이순신은 그러면서도 국왕이 자신을 탐탁하게 여기지 않고 있는 듯한 생각이 들었던 것이다.

"당파싸움에 관해서는 저는 아무것도 알지 못하고 있어요."

"당연한 말씀이오. 지금 서인들은 영상을 표적으로 삼고 있어요. 영상만 내몰면 다시 권세를 잡을 수 있다는 계략이오. 통제사를 천거한 사람이 누굽니까. 통제사께선 이 같은 사세를 염두에 두고 처신하시는 것이 좋을 듯합니다."

이원익은 남인으로 간주되고 있지만 당색을 드러내지 않는 사람이다.

"기탄없는 충고, 진심으로 고맙게 생각합니다. 저는 일개 무장이고 밤낮으로 진중에 있으면서 다른 일을 생각할 겨를이 없습니다. 한 가지 좌상대감께 말씀드릴 일은 경상우도 수사에 관한 것입니다. 저는 명색이 삼도 수군통제사입니다. 각도의 수사들은 마땅히 통제사의 휘하에 들어와야지요. 그렇지 못한 것은 제가 부덕한 소치이긴 하겠으나 수사들이 군령을 듣지 않는다면 군기가 무너져 싸움을 할 수가 없지 않겠습니까?"

이순신은 이원익이 흉금을 털어놓는 바람에 남에게 쉬이 발설하지 않는 말을 했다. 묵묵히 듣고 있던 이원익은 잔을 건네어 술을 따르고 말했다.

"그렇잖아도 통제사께서 원균을 갈아달라는 말씀을 하셨다는 소문이 자자합니다. 누가 지어낸 말인지 모르겠으나 내 전하께 건의를 하지요. 통제사의 명령을 듣지 않는다면 큰 잘못이지요."

"제가 능력도 없으면서 너무 빨리 출세한 것이 잘못된 일인 것 같습니다."

이순신은 껄껄 웃었다. 이순신은 순천에서 하룻밤을 지내고 한산도로 돌아왔다. 이원익이 도체찰사가 된 것은 무척 다행스런 일이었다. 도체찰사의 보고는 조정에서 가볍게 다룰 수 없고 또 국왕도 매우 중하게 여긴다.

달포쯤 지난 후 원균이 충청병사로 임명되었다. 병사는 수사보다 한 계단 높은 종2품이다. 그를 이순신 휘하에서 떼어놓으면서 승진을 시킨 것이다. 이원익의 의견과 류성룡의 배려가 작용했기 때문일 것이다.

원균은 술에 취한 채 이순신을 만나러 왔다.

"충청병사로 나가게 되었지요. 그간 여러모로 사또께 누를 끼쳤습니다. 용서해 주기 바랍니다."

혀 꼬부라진 소리를 했다.

"승진을 축하합니다. 장군께서는 수륙 양면에 능통하시니 이제 충청도는 마음을 놓아도 괜찮을 것 같습니다."

하지만 원균은 이참 인사가 못마땅한 기색이었다. 이순신과 떼어놓는 것을 자신에 대한 조정의 불신으로 여기는 것 같았다.

그렇다면 승진을 고마워하기는커녕 이순신에 대한 반감과 증오가 되레 더 불어나고 있을 것이다. 이순신은 원균의 이동을 홀가분하게 여기지 않았다.

이해 6월 초순, 부산을 출발한 책봉사 양방형은 관문해협을 거쳐 대판에 가까운 사카이 항구에 도착했다.

7월 초순의 일이다.

조선통신사 황신은 뒤늦게 부산을 떠나 7월 하순에 사카이에 당도하여 양방형과 합류했다. 두 나라 사신은 사카이에서 보름가량 체류하고 대판으로 옮겼다. 한데 일본 측의 기별을 기다리고 있는 동안 대지진이 일어났다. 대판과 경도를 포함한 관서 지방을 덮친 큰 지변이었다.

풍신수길의 처소인 복견성의 높다란 누각이 무너져 내려 수백 명의 궁녀들이 죽었고 풍신수길도 가까스로 빠져나와 목숨을 건졌다는 것이었다. 다행히 조선 사절단은 모두 무사했으나 명국인 10여 명이 압사했다.

마침 풍신수길은 책봉사를 영접하기 위한 영빈관을 신축하여 준공을 눈앞에 두고 있었다. 명국 사신에게 일본의 힘을 자랑하려는 것이었는데 이 역시 기왓장과 돌더미로 변해 버렸다.

하늘에서 재가 내려 해가 보이지 않았고, 붉은 빛의 비가 쏟아졌다. 도처에서 땅이 째지고, 탁한 물이 솟아올랐다. 지진은 사나흘 간 크고 작게 계속되어 사람들을 공포에 질리게 했다.

황신은 하늘이 내린 응징으로 여겼다. 명분 없는 군사를 일으켜 남의 나라를 침공한 데 대한 천벌이 아닐 수 없었다.

지진이 가라앉자 풍신수길은 복견성의 성한 구역에서 명국 사신을 접견하게 된다. 절반쯤이 그런대로 온전했기 때문이다. 무슨 영문인지 풍신수길은 조선의 사신을 제쳐 놓았다. 명국 사신과 함께 만나는 것도 아니고 따로 접견하는 것도 아니었다.

"조선은 사절단을 보내려고 하지 않았다. 명국의 압력으로 마지못해 신분이 낮은 사신을 파견했다. 생포한 두 왕자를 석방했으니 왕자나 신분이 높은 고관을 보내야 하거늘 보잘것없는 하급관리가 왔으니, 내 어찌 한 자리에서 대면할 수 있겠는가."

이게 풍신수길의 트집이었다. 지진으로 흉흉해진 민심속에서 괜한 심술을 부렸는지 모를 일이다.

책봉사 양방형은 심유경과 함께 풍신수길을 뵈었다. 수길은 지팡이를 짚고 마루 위에 나와 시녀들의 부축을 받고 좌정했다. 심유경이 엎드려 부복하자 양방형도 같은 몸짓을 했다.

"먼 길에 노고가 많았소. 헌대 두 분 사신은 나를 책망하러 온 것이오?"

풍신수길은 화를 내듯 엉뚱한 소리를 했다. 곁에 배석한 소서행장이 말했다.

"대명국의 사신입니다. 예를 갖추어 대하십시오."

수길이 고개를 끄덕이자 심유경은 앞으로 나가 금인金印과 관복을 올렸다. 관복은 책봉왕에게 내리는 것이다. 일본의 중신들이 입을 관복 30벌도 아울러 바쳤다.

상견례가 끝나자 술상이 나오고 풍신수길은 잔을 내려 사신들의 노고를 치하했다.

다음날 책봉을 위한 칙서와 고명을 전하는 의식이 있었다. 풍신수길은 명나라 관을 쓰고 상단의 한가운데 좌정하고, 양방형과 심유경이 중단의 좌우에 자리했다.

덕천가강 전전이가 모리휘원 등의 중신들이 배석했다.

처음 풍신수길은 군사의 위세를 보여 주려고 큰 규모의 관병식을 준비하고 있었다. 지진으로 이 행사가 무산되자 호사스럽게 접대하는 것으로 대신했다. 온갖 산해진미가 차려진 술상이 나왔다. 이런 접대에서도 조선의 사신은 차별을 받았다.

양방형이 칙서를 올리면, 승태라는 이름의 승려가 이것을 일본말로 낭독하게 돼 있다. 그간의 복잡한 사정을 아는 소서행장은 승태를 은밀히 불러 신신당부했다.

"심유경이 지금까지 말한 것과 칙서의 내용과는 어긋나는 대목이 있을지도 모르오. 그러니 칙서를 번역해서 읽을 때에 태합 전하의 심기를 그르칠 부분은 생략하는 것이 좋겠소."

그러나 승태는 말을 듣지 않았다. 칙서를 읽어 내려가다가 '봉이위일본국왕封爾爲日本國王' 너를 일본 국왕에 봉한다는 구절에 이르렀다. 느닷없이 수길은 관을 벗어 던지고, 승태가 들고 있는 칙서를 뺏어 갈기갈기 찢어 버렸다.

"나는 일본을 차지했다. 왕이 되고자 했으면 벌써 왕이 됐을 것이다. 어찌 남의 나라의 책봉을 기다렸겠는가!"

크게 노하여 고래고래 내질렀다. 이것이 일반적인 통설이다. 하지만 일본 측의 다른 기록에 따르면 풍신수길은 책봉사와 대면한 다음, 처소로 물러가 세 장로를 불렀다.

다시 칙서를 읽게 한 다음 "명국이 나를 일본 국왕으로 봉한다는 것은 크게 잘못된 일이오. 이미 나는 일본의 국왕이오. 무엇이 부족하여 명국의 책봉을 받겠는가. 이 모든 것이 소서행장의 농간임이 드러났소. 그놈의 목을 베어야겠소." 하며 소서행장을 잡아들이라고 호령했다.

소서행장은 석전삼성 등 막료의 동의를 얻고 심유경과 협상한 결과라고 변명하면서 그 사이 오간 서신을 증거로 내놓았다.

덕천가강도 소서행장을 두둔하고 구명을 호소했다. 수길은 노기를 진정시키고 행장을 용서해 주었다. 모르긴 해도 후자의 기록이 사실에 가까울 것이다.

명국 사신 앞에서 칙서를 찢었다는 것은 저들의 자존심을 만족시키려는 과장일 터이다. 하여간 그가 책봉을 거절한 것만은 사실이다.

명국 황제가 하사한 관복을 입고 희희낙락하던 수길이 느닷없이 변심한 까닭은 잘 알 수가 없다. 양방형이 책봉을 위한 사신임을 사전에 몰랐을 리도 없다. 큰 재난을 당해 마음이 흔들렸을지도 모를 일이다. 이즈음의 수길은 워낙 변덕이 심해 신하들도 갈피를 잡지 못했던 것이다.

통신사 황신은 문전박대를 받고 끝내 수길을 만나보지 못했다. 황신은 접대하는 관원에게 거듭 항의했으나 아무 소용이 없었다. 나중 이 일로 해서 비난을 받기도 하지만 만나 주지 않는 데야 어쩔 도리가 없는 노릇이었다.

한 가지 수확이 있었다면 수길이 책봉사를 추방하고 가등청정 흑전장정 등에게 다시 동원령을 내린 사실을 알게 된 일이었다.

『징비록』에서 류성룡은 이렇게 적고 있다.

"수길의 욕심이 매우 커서 봉공에 그치지 않았다."

책봉에 대로한 것이 아니라 조선의 할지割地가 거부된 데 대한 불만이 컸던 것이다.

강화협상이 깨지자 풍신수길은 구주 사국 중국 지방의 번주들에게 조선 재공략의 준비를 명했다. 죽을 뻔 했다가 목숨을 건진 소서행장은 죄값을 하려고 앞장서 출진할 작정이었다. 서둘러 비후의 영지에 돌아가 군사를 모으고 군량미를 장만했다.

이 소식을 들은 가등청정은 뒤질세라 부대를 재편하여 한발 앞서 병선을 출동시켰다. 이 어간에 조선에 남아있던 왜군 장수들은 종의지 유마청신 등 네댓 명뿐이었다.

책봉사의 도일이 정해지면서 수길의 명령에 따라 주력부대의 대부분이 본국으로 철수했던 것이다. 수길은 임진년의 경험에 비추어 작전계획을 처음부터 달리했다.

주공을 전라도와 충청도로 정했다. 수길이 재차 조선을 침공한 동기와 목적은 도시 풀기 어려운 수수께끼다.

임진년에 승승장구하여 단시일에 서울을 점령하긴 했으나 평양성 싸움에서 패하고, 진주성과 행주산성에서 치욕적인 패전을 당했다. 그중 뼈아픈 것은 이순신함대에 백전백패한 일이다.

조선은 전라도와 충청도를 보전하고 있기에 나라를 지탱하고 화의에 반대하며 계속적인 항쟁을 주장하고 있다.

일본군의 전력을 떨구고, 사기를 실추시킨 것은 조선의 관군이나 명국군보다도 밤낮을 가리지 않고 파리떼처럼 달려드는 조선 의병의 유격전이었다.

일본군은 부산에서 서울까지 고작 네댓 대처를 지키고 있을 뿐이었다. 그것도 도성에서 쫓겨나 남쪽으로 후퇴한 뒤로는 해안선을 연결하는 성채에 의지하여 간신히 조선군의 공세를 막고 있다.

식량 부족과 병으로 말미암아 당초의 병력이 거의 절반으로 줄어들었고 전쟁에 염증을 느끼는 분위기가 진중에 가득 찼다.

장수들이 말로는 강화를 성립시키려고 애쓰는 소서행장을 비난하고 있지만 내심으론 그를 지지하고 전쟁이 끝나기를 학수고대하고 있다. 소서행장이 죽음을 면한 것도 이 같은 번주들의 소망이 음양으로 뒷받침되었기 때문이다.

그런데 풍신수길은 다시 대군을 일으켜 조선을 침략하려고 한다. 대체 누구를 위해 무슨 목적으로 전쟁을 다시 시작하려는지 도무지 까닭을 알 수가 없다.

이런 것이 거개의 번주들이 갖는 의문이었다. 전쟁엔 합목적인 것도 있고 까닭을 알 수 없는 것도 있다. 굳이 풍신수길의 동기를 촌탁하자면,

자신의 정복욕을 채우고, 언제 반항할지도 모르는 지방의 영주들을 해외에 내보내려고 한 것으로밖엔 달리 풀이할 방도가 없다.

통신사 황신은 부산에서 장계를 올렸다.

「풍신수길은 광패한 사람입니다. 처음 책봉사를 정중히 대접했다가 느닷없이 화를 내고 책봉을 거절하였습니다. 또한 수길은 소신의 지위가 낮다하여 면접을 허락하지 않았습니다. 수길은 조선의 무례함을 응징한다고 다시 군사의 출진을 명했으며 이번에는 전라도를 기어이 점령한다는 것입니다.」

국왕을 비롯해서 조정의 신료들이 대경실색했다. 모처럼 전환이 가라앉게 되는가 했는데 그놈의 괴수가 다시 군사를 일으킨다니, 이 무슨 청천의 벽력인가.

책봉사 양방형과 통신사 황신이 일본에 체류하는 동안 호남의 의병장 김덕령이 형사刑死하는 사건이 일어났다.

지난 가을 충청도 홍산에서 이몽학이 반란을 일으켜 홍주 근처까지 침범했다가 관군에게 패망했는데 이때 압수한 문건 가운데 '김, 최, 홍' 이 같은 3성이 적힌 것이 나왔다. 도원수 권율이 이몽학의 막료인 한현을 심문하자 '김덕령, 최담수, 홍계남'이라고 진술했다.

최담수는 김덕령 수하의 별장이고 홍계남은 경기도 안성 의병장으로 이 무렵엔 남원, 진주 등지에서 활동하고 있었다. 본디 홍계남은 무관으로 전쟁 전 황윤길, 김성일 등 통신사를 수행한 일이 있었다. 유격전의 명수로 평판이 높았다.

홍주성에 급히 달려가 이몽학의 반란을 평정하는 데 전공을 세운 사람이다. 최담수는 김덕령의 막하이니 그렇다 치고 홍계남이 연루가 됐다는 것은 가당치도 않은 모함일 것이었다.

한현을 거듭 추궁하자 이런 엄청난 말이 나왔다.

"곽재우와 고언백도 동지이며 병조판서 이덕형과도 내통하고 있다."

고언백은 강화도 교동의 아전 출신으로 양주에서 의병을 일으켜 태릉을 비롯한 능침을 지키는 데 큰 공을 세웠다. 국왕의 특명으로 대뜸 당상관에 올라 양주목사에 이어 경상우도 병사가 되었다. 여기에 이덕형의 이름까지 거론됐으니 사실이라면 청천의 벽력같은 대음모가 아닐 수 없다.

권율은 한현의 공술 내용을 급히 장계로 올리면서 재량권을 달라고 간청했다.

「죄의 경중을 가늠하여 가벼운 자들은 원수부에서 심문하여 죄를 다스리겠습니다.」

권율은 곽재우와 김덕령을 붙잡아 서울로 압송했다. 조정 안은 발칵 뒤집혔다.

추국청이 설치되고 위관으로 영돈령부사 이산해, 의금부 당상으로 영의정 류성룡, 판중추부사 윤두수, 좌의정 김응남, 우의정 정탁, 그 밖에 대사헌, 대사간 등이 임명되었다.

이덕형은 등청하지 않고, 자택에서 거적을 깔고 대죄했다. 그가 이몽학과 내통했다니 누구의 눈에도 황당무계한 모함임이 분명했으나 위관인 이산해의 사위가 이덕형이다. 근신하고 대죄하지 않을 수 없었을 것이다.

이때 김덕령은 30세, 초년부터 그의 담력과 용맹이 세상에 알려졌다. 대숲에서 범을 창으로 찔러 잡았다.

장성현령 이귀가 전라감사에서 그를 추천하는 글에서 「김덕령은 지혜가 공명과 같고 용맹은 관우와 같다.」 이렇게 극찬한 일도 있었다.

용모가 단아하여 귀골로 보이고 문장도 잘해 실제 이상으로 이름을 날렸다. 호남 지방을 통괄하는 의병장이 되자 국왕은 그에게 익호翼虎 장군의 칭호를 내렸다.

김덕령은 호랑이가 날개를 단 깃발과 군령기를 세우며 어디를 가나 화려하고 위엄있게 행군을 했다. 남원의 광한루 같은 데서 위세 좋게 군사 훈련을 거행하기도 했다.

헌데 그 사이 이렇다 할 전공이 없었다. 곽재우의 혁혁한 군공에 대면 더더욱 보잘 것이 없었다. 이런저런 사정이 그를 불리하게 만든 셈이었다.

위관과 의금부 당상들의 당색을 보면 동인이 조금 우세하다.

이산해는 동인이 남북으로 갈라진 후 북인의 거두가 됐기에 류성룡과도 대립하고 있는 형국이지만, 서인과 상대할 경우엔 초록이 동색이라고 동인편에 기울기 쉬운 것이다.

곽재우는 퇴계의 문인으로 동인에 속한다. 굳이 나누자면 김덕령은 우계 성혼의 제자이니 서인으로 볼 수 있다.

김덕령의 불행한 운명이 이 같은 당색의 차이에서 비롯된 것은 아니지만, 전혀 아무런 영향을 받지 않았다고 단정할 수도 없는 일이었다. 무슨 까닭인지 국왕은 김덕령을 치죄하는 데 이상하리만치 집착을 했다.

국왕은 의금부의 보고에 만족하지 않고 친국을 했다. 김덕령은 벌써 세 차례 형문을 받아 살이 찢어지고 정강이뼈가 드러났으나 정신은 말짱하여 조금도 흐트러짐이 없었다.

친국이라고 해서 국왕이 죄인과 직접 문답을 하는 것은 아니다. 흥분하거나 대로했을 때 간혹 고성을 지르기도 하지만 대개 금부의 관원이나 승지를 중간에 넣고 조용조용히 말한다.

국왕이 승지에게 말했다.

"의금부의 보고를 보니, 너의 죄상은 백일하에 드러났나. 나라가 위난에 처해 있을 때, 이몽학 등과 결탁하여 반란·모의에 가담한 것이 분명하다. 비단 한현뿐 아니라 여러 역적들의 진술이 한결같으니 더 조사할 나위도 없다. 어서 이실직고하라."

승지가 형틀에 묶인 김덕령에게 다가서며 말을 했다.

"소신은 지난 수년 동안 조상의 무덤을 버리고 의병을 일으켜 변방을 지켰습니다. 헛소문이 났기 때문에 역적의 무리들이 소신을 시기하고 모함하여, 나라에서 쓰지 못하게 하려고 했습니다. 7월 14일 도원수가 전달한 명령서에서 '호서에서 수천 명의 도적이 일어났다. 기마병을 이끌고 달려가라'고 했습니다. 소신은 지체하지 않고 기마병을 모아 운봉까지 달려갔으나 역적의 괴수가 이미 붙잡혔다는 도원수의 서신을 받고 발길을 돌렸던 것입니다. 임금 앞에서 어찌 숨기거나 거짓말을 하겠습니까. 이 밖에는 더 드릴 말씀이 없습니다."

승지가 대청으로 되돌아와 국왕께 아뢰었다. 영의정 류성룡이 말했다.

"이번 사안은 역적들의 문건에서 비롯된 것입니다. 그러므로 역적의 괴수들이 도착한 다음 조사하고 처리할 일입니다."

"자고로 역적에 대해서는 꼭 문서가 갖추어진 뒤에 처리하지 않아도 상관이 없었소. 이미 죄상이 명명백백하게 드러났는데 무엇을 또 의심하오?"

핀잔 비슷한 국왕의 대답이었다.

이산해와 정탁도 류성룡과 같은 취지로 형문을 중지할 것을 건의했다. 윤두수 김응남 등은 내내 함구하고 있었다.

"김덕령은 지금 어디에 가두어 놓았소."

"의금부 근처의 민가에 방 하나를 빌렸습니다."

류성룡의 말이었다. 미처 옥사의 수리가 안 된 상태였다.

"심문을 그치고 덕령을 내보내시오. 자결할지도 모르니 군사를 늘려 감시하도록 하오."

류성룡은 국왕의 심중을 헤아리기 어려웠다. 곽재우는 한 차례 심문을 받고 곧 풀려났는데 김덕령만은 기어이 죽이려고 하는 까닭을 알 수 없었다.

어쩌면 국왕의 뇌리엔 전쟁 전 호남에서 터졌던 정여립의 사건이 깊숙이 새겨져 있는지 모를 일이었다. 그것이 이번 사안과 겹쳐 국왕의 마음을 사로잡고 있는지도 모른다.

이몽학의 경우는 명백한 반란이며 가담한 수괴들을 죽이는 건 당연한 일이다. 하지만 김덕령은 이몽학과 결탁한 증거가 없다. 그의 출신이나 사람 됨됨이로 보아 역적모의에 가담할 인물이 아니다.

한때 4천~5천의 의병을 거느린 적도 있으나 지금은 대개 농사일에 돌아가 몇몇 막료나 백 명 남짓한 병력뿐이다.

그의 존재를 두려워할 것도 없다. 무엇이 국왕으로 하여금 탁월한 의병장 하나를 죽음으로 몰고 가게 하는지 도시 이해할 수가 없었다.

김덕령의 명성인가? 아니면 혼자서 호랑이를 잡은 그의 용맹이 화근인가. 그는 호화찬란한 것을 좋아하여 으레 백마를 타고 다닌다는 소문이 돌기도 했다.

그의 별장인 최담수도 체포되어 의금부의 심문을 받았다. 그 밖의 연루자들도 줄줄이 압송되어 왔다. 반란군에 가담했다면 어차피 죽을 목숨이라 고문의 고통을 면하려고 추궁하는 말대로 자복하는 경우가 드물지 않다.

그런 탓인지 여러 죄인의 입에서 김덕령의 이름이 나왔고 이것이 그의 운명을 결정했다. 그는 다섯 차례 형문을 받고도 자복하지 않았다. 여섯 차례에서 마침내 숨이 끊어졌다.

류성룡으로선 매번 추국청에 나와 앉아 고문하는 현장을 지키기가 무척이나 괴로운 일이었으나 국왕의 마음이 어떻다는 것을 짐작하고 있으니 죄인을 그냥 놓아줄 수도 없는 노릇이다.

그나저나 총책임자는 위관 이산해이다. 위관 마음대로 할 수 있는 것도 아니다. 의금부 당상들 모두의 합의제이다. 다른 당상들도 류성룡과 비슷한 심경일 것이다.

김덕령이 죽었다는 보고를 받자 국왕은 이런 분부를 했다.

"혹시 덕령의 부하들이 내막을 잘 모르고 미심쩍게 여길지도 모르오. 역적들의 공초 가운데 그와 관계되는 대목을 적어 의문을 품지 않도록 무마해야 될 것이오."

마음 한구석에 찔리는 데가 있었던 모양이다. 그의 호는 석주였다. 태어난 곳이 석저촌이었다.

『석주집石洲集』에 다음과 같은 그의 시가 있다.

"취중에 노래하는데 듣는 이가 없다.
나는 꽃과 달 아래서 취함을 원치 않고
공훈을 세우기도 원치 않는다
모두가 뜬구름
이 마음 알아주는 이 없다

오직 밝은 임금을 뫼실
긴 칼을 원할 뿐이다."

병조판서 이덕형은 거듭 사직 상소를 올렸다.

「엎드려 생각건대 전란에서 살아남은 이 목숨이 죄를 지었습니다. 전하의 은덕이 과분하여 소신의 이름이 역적들 입에 올랐습니다. 간담이 찢어지고 넋이 나간 듯합니다. 전번 상소에 전하께서는 어서 조정에 나와 나랏일을 보라는 분부를 하셨습니다. 그러나 소신의 이름이 나온 이상 이미 법망 속에 든 것이나 다름이 없습니다. 바라건대 소신을 하루바삐 내쫓으소서.」

"또다시 같은 글을 올리니 내 마음이 답답하다. 경은 마음을 놓고 빨리 나와 직무를 보아야 할 것이다."

국왕의 비답.

이덕형은 석 달 동안 칩거하여 조정에 나오지 않았다. 여러 차례 국왕이 승지를 보낸 다음에야 모습을 다시 나타냈다.

이 같은 국왕의 태도를 보면 역적들의 자복이 허무맹랑하다는 것을 심중으로 분간하고 있었음을 알 수 있다. 김덕령의 무고한 죽음을 비교적 자세히 적은 까닭이 있다. 나중 이순신의 운명과 간접적으로 일맥상통한 데가 있기 때문이다. 이순신의 명성과 인망이 너무 크고 높았던 것이다.

백의종군

통신사 황신이 부산서 올린 장계엔 일본 측의 접대관이 전달한 문서가 첨부돼 있었다.

「연전 조선의 사신이 왔을 때 명국에 진공하고자 하는 일본의 뜻을 누누이 알려 주었음에도 불구하고 황조에 전해지지 않았다. 이것이 첫째 죄이다. 조선이 맹약을 어겼기에 군사를 출진시켰던바, 두 왕자를 생포했으나 심유경이 황제의 칙명을 보내왔기에 앙자들을 너그럽게 풀어주었다. 마땅히 사례를 해야 하거늘 여러 달이 지나도 아무런 기별이 없었다. 이것이 둘째 죄이다. 명국과 일본의 화의가 조선의 반간反間으로 말미암아 수년이 지나도 성사되지 못했다. 이것이 셋째 죄이다. 이 모든 것이 조선이 모략을 하고 사술을 썼기 때문이다. 대명이 조선을 정벌할 것인가, 일본이 조선을 정벌할 것인가, 모름지기 황제의 칙명에 따라야 할 것이다.」

적반하장도 유분수지 마치 명국과 일본의 수교를 조선이 방해해서 전쟁이 일어났고 또 강화조약을 위해 두 나라가 애를 쓰고 있는데 조선이 이간질을 해서 협상이 결렬된 것으로 덮어씌우고 있다.

한 가지만은 분명하다.

임진년엔 겉으로나마 명국에 들어가니 길을 빌리자는 핑계를 내세웠지만 이번엔 공공연하게 조선을 징벌한다고 했다. 조선 점령의 야욕을 대놓고 드러낸 것이다. 시쳇말로는 선전포고이다.

국왕은 비변사 회의를 소집해서 대책을 논의했다. 결론은 지체 없이 전군에 계엄령을 내리고 청야의 책을 쓰며 명국에 다시 청병하는 것이었다.

"전자엔 불시의 침범을 당해 청야책을 제대로 펴지 못했습니다. 이번엔 백성들로 하여금 미리미리 식량을 짊어지고 산성으로 들어가게 해야 하겠습니다. 또한 병기와 군량미도 여러 곳에 분산시킬 필요가 있습니다. 왜적들은 반드시 전라도를 노릴 것이므로 그곳 방비를 더욱 튼튼히 해야 하겠습니다."

류성룡이 매듭을 짓듯 아뢰자 국왕은 느닷없이 손으로 방바닥을 치며 흐느끼지 시작했다.

"또다시 청야라니. 이 일을 어찌한단 말이오!"

적이 이용할만한 것은 깡그리 없애고 들판을 깨끗이 비우는 게 청야이다. 백성들의 신고는 이루 말할 수가 없다.

"망극하나이다."

신하들은 어쩔 줄 몰라 일제히 부복했다.

"전하! 한 번 당한 재난 두 번 견디지 못하겠습니까. 우리는 왜국의 표리부동함과 간교함을 잘 알기에 왜적이 남쪽에 성채를 쌓고 말끔히 철수하지 않는 저의를 의심했으나 명국은 전란의 종식을 서두르는 나머지 왜적들의 간계에 말려든 것입니다. 왜적의 야심이 조선의 땅과 백성을 집어삼키는 데 있음이 뚜렷해졌습니다. 결사 항쟁이 있을 따름입니다."

도체찰사 이원익의 말이었다. 일본의 동정이 쌍하다는 기별에 순천에서 급히 상경한 것이다.

"선생은 장수의 능력에 달려 있소. 비변사에서 전군의 장수들을 다시 점검하여 적재적소에 배치하도록 하오. 한데 도원수자리가 오랫동안 비어 있소. 아무리 생각해도 합당한 사람이 없으니 권율을 재기용할 수밖에 없겠소. 경들의 의견은 어떠하오."

국왕의 마음을 아는 신하들은 감히 반대의사를 밝히지 못했다.

통신사 황신은 부산 왜성에서 조정의 하회를 기다리고 있었다. 풍신수길을 만나 직접 문서를 전하지 못한 과실 때문에 죄를 청하고 있었기 때문이다.

소서행장 수하에 요시라라고 조선말에 능한 사람이 있었다. 통사 행세를 했지만 위인이 민첩하고 영악하여 첩자노릇도 제법 해냈다.

소서행장과 가등청정이 서로 앙숙인 것을 모르는 조선 사람은 없다. 휴전상태가 되자 요시라는 무시로 조선군의 막사를 드나들며 수작을 부리고 한데 어울렸다. 풍신수길과 가등청정의 욕을 해대며 조선을 동정하고 존중하는 양 꾸미고 다녔다.

이 요시라가 황신의 처소를 찾아왔다.

"풍신 전하를 뵙지 못하신 것을 죄송하게 생각합니다. 소서 장군이 사과말씀을 전하라고 하셨지요."

요시라는 붙임성이 좋았다. 황신에겐 듣기 싫은 말이 아니었다.

"화담이 깨졌으니 차라리 잘된 셈이지요. 소서 장군의 말씀 고맙소."

그러자 요시라는 목소리를 낮추며 풍신수길의 험담을 시작했다.

"관백은 인심을 잃었어요. 오래지 않아 무사할 수 없게 될 것입니다. 풍신수길이란 사람은 구중궁궐에서 자란 것도 아니고 백성들의 고통을 모르는 것도 아닙니다. 본디 미천한 신분으로 태어나 쌀자루와 나뭇짐을 지던 사람이지요. 그런데도 조선과 명분 없는 전쟁을 일으켜 무사들은 말할 것 없고 만백성이 노역에 시달려 원한이 뼈에 사무치고 있습니다. 몇몇 성주들이 관백을 노리고 있지요. 관백도 그걸 알고 성주들을 조선에 내쫓은 것입니다."

요시라의 말은 그럴싸했다.

"수길이 조선 땅을 뺏으려고 쳐들어왔다는 것은 삼척동자도 알고 있소."

"그렇다면 더 큰 죄를 지은 셈이지요. 아무래도 관백이 다시 군사를 일으킬 것만 같은데 과연 제대로 병력을 동원할 수 있을지 의문입니다."

요시라는 심각한 얼굴을 했다.

"관백이 명령만 내리면 될 일 아니겠소?"

"그렇지가 않습니다. 조선에서 승리하지도 못하고 죽을 고생을 한 터수에 어느 누가 또다시 바다를 넘기를 좋아하겠습니까. 또 하는 수 없이 이곳에 건너온다 해도 변변히 싸우려고 하겠습니까? 번주마다 병력의 손실을 꺼리고 있으니까요."

제법 이치에 닿는 듯한 언변이었다.

"가등청정 같은 장수는 철군을 반대하지 않았소?"

"가등청정은 관백의 인척이고 어려서부터 따라다녔기 때문에 충성을 하려는 것이지요. 허지만 청정 한 사람뿐입니다. 나머지는 마지못해 관백의 명령을 듣는 시늉만 내고 있어 심지어 석전삼성을 비롯한 관백의 참모들도 내심으론 전쟁에 반대하고 있습니다. 청정이란 사람은 독불장군이라 모두가 미워하고 있어요. 이 자가 괜스레 소매를 걷어붙이고 앞장을 서니 딴 사람들만 골탕을 먹는 것입니다."

요시라는 일본 측의 내막을 거침없이 털어놓는 듯했다. 그러면서 조선 조정의 사정을 한마디도 묻지 않았다.

황신은 웃으며 말했다.

"피차 초면인데 무엇 때문에 속얘기를 털어놓았소?"

"소서 장군과 생각이 같습니다. 저는 일개 통사에 불과하지만 조선과 평화롭게 지내기 위해 미미하나마 진력하고 싶습니다."

진지하게 뵈는 요시라의 대답이었다.

이곳은 비변사의 대청.

요샛말로는 국가비상안전보장회의이다. 명종 9년1554에 정식 관청으로 설치되었다. 왜구와 여진족의 침범에 기민하게 대처하기 위해 만든 합의체이다.

임진전쟁과 병자호란을 겪으면서 그 기능이 크게 발휘되었다. 일본의 재침이 거의 확실해지자 비변사는 연일 회의를 열어 대비책을 논의했다. 군량미는 주요 성읍에 분산시키되 강화도에 집중적으로 운반, 저장한다.

왜적의 대군이 바다를 건너기 전에 부산 근처의 왜성들을 공략하여 상륙을 저지한다. 왜적이 상륙한 후엔 주공을 두 가지로 상정할 수 있다. 임진년처럼 조령을 넘어 곧장 북상하여 도성을 목표로 삼거나 아니면 먼저 전라도와 충청도를 점령하려고 기도할 것이다.

충청좌도 병사 이시발은 조령과 죽령의 요충을 방어하고, 우도 병사 이시언은 추풍령과 충주의 방비를 맡는다. 호남은 도원수 권율이 현지에서 휘하 장수들을 통솔한다.

전번과 마찬가지로 호남을 지키자면 수군의 역할이 매우 중요하다. 적의 수군이 전라도를 침공하지 못하게 해야 한다.

지체 없이 청원사를 명국에 보낸다. 대체로 이 같은 전략을 세우고 국왕께 보고했다. 그러자 수군을 강화해야 한다는 논의가 일어났다. 예조판서 윤근수가 상소를 올려 원균의 수사 재기용을 주장했다.

「원균은 이순신과의 불화로 말미암아 충청도 우병사가 되었다가 전라도 좌병사로 옮겼습니다. 원균은 본디 해전에 능한 수군의 장수입니다. 그를 다시 경상우도 수사로 임명하는 것이 합당하다고 생각합니다. 임진년 해전에서 군공을 세운 장수들을 꼽아보면, 원균이 그중 강직하고 용맹하였습니다. 그래서 왜적들도 조선의 수군을 두려워하고 있는 것입니다. 비록 병사가 수사보다 높다 할지라도 이것은 인재를 잘못 쓰고 있는 것입니다. 왜적의 재침을 막기 위해선 저들이 상륙하기 전에 바다에서 격파하는 것이 상책입니다.」

상소는 계속된다.

「사람들이 말하기를 '원균과 이순신이 서로 아옹다옹하고 있는바 원균이 통제사인 이순신 밑에 있기를 달가워하지 않으니, 원균의 직책을 바꾼 것은 어쩔 수 없는 일'이라고 합니다. 신은 그렇지 않다고 생각합니다. 통제사라는 자리는 일시적으로 만든 것이며, 그냥 둘 수도 있고 없앨 수도 있습니다. 또한 수군의 본영을 거제도 장문포로 옮기는 것이 왜적의 수군을 막는 데 큰 효험이 있을 것입니다.」

이처럼 윤근수는 원균을 높이 평가하고 있었다. 은연중 통제사의 직위를 없애라는 뜻이 담겨져 있다. 이때 왜군은 거제도에서 철수하여, 수군의 본영을 그리로 옮길 수는 있었다.

국왕은 비답했다.

"훌륭한 건의이며 매우 기쁘게 여긴다."

대수롭지 않은 말 같지만, 이순신의 수난을 예고하는 것이나 다름없다. 지난 수년간의 해전에서 원균이 그중 큰 전공을 세웠다고 했으니 아무래도 객관적인 판단은 못된다.

윤근수는 원균과 인척관계에 있다. 또 당색으로 보아도 같은 서인이다. 그런 영향이 전혀 없었다고 볼 수는 없을 것이다.

통신사 황신은 국왕의 허락을 받고 도성으로 돌아왔다. 비변사에 거듭 일본의 동정을 보고하면서 소서행장의 수하인 요시라의 언동을 참고삼아 곁들였다.

경상좌도 병사 김응서도 요시라의 존재를 소상하게 알려왔다.

"조선옷을 입고 다니면서 왜적의 비밀을 전해 주고 있습니다. 소서행장은 조선과의 평화를 간절히 소망하고 있으며, 요시라는 상전의 뜻에 따라 어떻게 해서든지 전쟁을 막으려고 애를 쓰고 있다는 것입니다."

얼마 전 김응서는 조정의 허락 없이 왜적의 장수와 접촉한다 하여 물의를 자아내고 규탄을 받았다. 국왕은 유시를 내려 정탐의 필요성만은 지적했던 것이다.

"왜장들과 만나는 것을 삼가되 왜군의 동정만은 잘 살펴야 할 것이다."

당연한 일이긴 하나, 소서행장에게 뭣인가를 기대하고 있는 듯한 느낌을 받는다. 일은 기묘하게 돌아간다.

도원수 권율도 이런 장계를 올렸다.

「왜인 요시라는 조선에 충성을 바치고 있으며 그간 왜군의 내막을 샅샅이 제보했습니다. 계속해서 요시라를 활용하기 위해서는 조선의 벼슬을 내리는 것이 좋겠습니다.」

하긴 대마도의 번주나 신하들에게 조선의 관작을 내리는 것은 오래된 관행이다. 요시라는 대마도주의 상전인 소서행장의 측근이다. 벼슬을 준다고 해서 조금도 이상할 것은 없다. 그러나 요시라가 조선에 충성을 바치고 있다는 것은 좀체 믿기 어려운 얘기이다. 요시라의 위계에 말려든 것으로 볼 수밖에 없다.

권율의 건의에 따라 요시라에게 정6품 돈용교위의 품계를 내리기로 했다. 선전관이 교지를 받들고 내려가 도원수 권율에게 올렸고 권율은 이를 경상좌도 병사 김응서에게 전했다. 김응서는 경주에 주둔하고 있었다.

군영에 나타난 요시라는 조선의 신하처럼 네 번 절하고 교지를 받은 다음 왜군의 부대편성에 관한 기밀을 털어놓았다.

"가등청정이 이번에도 선진을 자청했습니다. 소서 장군도 관백의 노여움을 풀려고 가등청정 다음인 제2군으로 조선에 건너올 것입니다. 그러나 여러 차례 말씀드린 대로 가능하면 싸움을 피하려고 노심초사하고 계십니다. 관백의 군령은 내년 2월 초 출진하라는 것이지만 가등청정은 정월 중에 앞질러 바다를 건너올 것입니다. 선발대만 이끌고 급히 출진한다는 것이어서 조선군을 위해서는 절호의 기회라고 생각합니다. 청정을 사로잡거나 죽이면 일본군의 사기는 여지없이 떨어지고 다른 장수들은 관백의 말을 듣지 않게 될 것입니다. 청정이 대마도에 오게 되면 그때 가서 다시 기별해 드리겠습니다."

곁에 황신도 함께 있었다. 요시라가 물러간 다음 김응서는 황신에게 물었다.

"저 자의 말이 믿을만 한 것 같소?"

"여러 가지 왜군의 동정을 일러주어 적지않이 도움을 받긴 했지만, 청정에 관한 일은 빈간의 의심이 납니다."

그러나 김응서는 요시라가 흘린 탐보를 믿었다. 조정의 허락 없이 왜군 장수와 만났다 해서 하마터면 처벌을 받을 뻔했던 김응서이다. 정확한 정보를 탐지해서 칭찬을 받고 싶었을 것이다. 김응서는 권율에게 보고하는 한편 도성에 급계를 올렸다.

왜군의 총병력은 임진년 당시보다 다소 적은 약 14만이었다. 강화협상이 깨진 병신1596년 9월, 풍신수길은 즉시 동원령을 내리고 부대서열을 정했다.

제1군 가등청정 병력 1만, 제2군 소서행장 평의지 등 1만5천, 제3군 흑전장정 모리길성 등 1만, 제4군 와도직무 1만2천, 제5군 도진의홍 1만, 제6군 등당고호 등 1만3천, 제7군 봉수하가정 등 1만3천, 제8군 모리수원 우희다수가 1만1천.

이 밖에 부산포 안골포 가덕도 서생포 등지에 남아 있는 병력이 약 2만이었다. 거개가 구주 사국 중국 지방의 번주들이며 관동과 북륙의 번주들은 참가하지 않았다.

전번과 같이 관동의 덕천가강과 북륙의 이달정종 등 거물들이 지리적으로 너무 멀어 동원이 어렵다는 핑계를 들어 내내 몸을 사렸던 것이다. 풍신수길도 출병을 강요하기 어려운 처지에 있었다. 자칫하면 반란을 일으킬 염려가 적지 않았기 때문이다.

수길의 작전 명령.

「먼저 전라도를 점령한 다음, 충청도를 비롯한 타 지역을 공략한다. 수군은 제6군의 등당고호와 제7군의 협판안치가 담당한다. 명국군이 다시 나와 한성에서 남하하면 각군이 협력하여 이를 저지한다.」

또한 왜군은 견고하고 선체가 큰 함선의 건조를 서두르고 있었다. 임진년의 쓰라린 경험을 살려 선체의 취약한 부분을 보강하고 함포를 제조하여 골고루 탑재했다. 조총도 총신이 긴 장총을 많이 만들었다.

이순신과 원균의 불화에 관해서는 왜군의 장수들도 익히 알고 있었다. 일본 수군이 연전연패한 것은 이순신이란 뛰어난 사령관이 있기 때문이다. 이순신만 제거한다면 조선 수군을 두려워할 까닭이 없다.

가등청정과 소서행장이 이마를 맞대고 궁리하여 반간의 계책을 짰다고도 하고, 소서행장이 독단적으로 그런 모략을 썼다고도 하나 진상을 알 수 없다.

행장이 진짜로 청정을 없애려고 했는지도 모를 일이다. 그렇다면 모략이 아닌 이적행위가 된다. 권율과 김응서의 장계가 올라가자 국왕을 비롯한 여러 중신들은 왜군의 기세를 꺾을 다시없는 기회로 여겼다.

가등청정이라면 치가 떨리고 몸서리가 쳐진다. 두 왕자를 생포하여 이리저리 끌고 다녔다. 진주성을 공략하여 무고한 백성들까지 무자비하게 학살한 원흉이다. 철수 명령을 받고도 조선군과 싸워야한다고 버틸 대로 버틴 으뜸가는 원수이다. 청정만 없앤다면 왜군 장수들은 흐지부지 전쟁을 포기할지도 모른다. 이런 게 국왕의 기대였을 것이다.

국왕은 급히 비변사의 회의를 소집했다.

"그 요시라라고 하는 자가 벼슬을 받고 내부來附해 온 것 같소. 이번 장계에 대한 경들의 의견을 듣고 싶소."

예조판서 윤근수가 먼저 입을 열었다.

"권율과 김응서의 장계가 한결같은 내용입니다. 행장과 청정은 앙숙입니다. 행장은 심유경과 함께 전쟁을 중지시키려고 동분서주한 사람입니다. 행장의 뜻이 그럴진대 믿을만한 것입니다. 가사 청정을 잡지 못한다 해도, 우리가 손해 볼 것은 없지 않겠습니까. 밀령을 내리는 것이 좋겠습니다."

국왕은 만족한 듯 고개를 끄덕였다.

"경들도 일전 원균이 올린 장계를 알고 있을 거요."

국왕은 보자기에 싼 두루마리를 풀더니 환관으로 하여금 류성룡에게 전하게 했다.

「… 수군과 육군에 관해 말씀드린다면 임진년 초기 적의 육군은 한 달 사이에 평양까지 침공하였으나 바다의 적은 패전을 거듭하고 남해 서쪽으로 오지 못했습니다. 그러므로 우리나라의 방비는 오직 수군에 달려있습니다. 신의 어리석은 생각으로는 수백 척의 수군이 가덕도 뒤로 진출하고 날쌘 선단을 절영도 근해까지 보내 크게 위세를 보여야 할 것입니다. 바라건대 조정에서는 수군으로 하여금 적의 병선을 맞받아침으로써 뭍에 오르지 못하게 한다면 나라를 지키기에 아무 염려가 없을 것입니다. 신은 전에 바다를 방어한 일이 있기에 침묵을 지킬 수가 없어 감히 전하께 아뢰는 바입니다.」

원균은 지금 전라도병사로 있다. 수군의 작전을 말할 처지에 있지 않다. 류성룡은 상소문을 보고 심정이 착잡해졌다. 원균은 자신을 다시 수군의 장수로 써달라고 간청하고 있다. 그러면서 통제사 이순신을 넌지시 비난하고 있다.

바야흐로 왜적의 선단이 바다를 건너오려는 참인데 앞으로 나가지 않고 뒷전에 물러나 있다고 하면서 이순신을 겁이 많고 무능한 장수처럼 빗

대고 있다.

“원균의 건의가 옳다고 보는데 경들의 생각은 어떻소?”

국왕이 물었다.

“원균은 용감하고 훌륭한 수군 장수입니다.”

판중추부사 윤두수의 대답이었다.

“원균을 다시 수군 장수로 기용하는 것이 좋을 듯합니다. 원균은 이순신의 휘하에 들어가기를 원치 않으므로 이순신과 동격인 통제사를 시키되 경상도 수군을 맡게 하면 어떻겠습니까?”

예조판서 윤근수의 말이었다.

“일단 이순신에게 3도 수군을 통솔하게 한 이상 또 다른 통제사로 두 군을 쪼개는 것은 상책이 아니며 군령을 혼란스럽게 만들 염려가 있습니다.”

그러자 국왕은 화제를 바꾸어 도원수 권율과 경상우도병사 김응서의 장계에 관해 물었다.

“소서행장의 수하인 요시라의 탐보는 믿을만한 것인가?”

“행장과 청정은 서로 죽이려고 하는 사이인 줄 압니다. 청정이 먼저 바다를 건너오려고 지금 대마도에 머물러 있다 하니, 이순신에게 명하여 부산포 밖에 나가 매복해 있다가 청정을 사로잡거나 죽인다면 환난을 막을 수 있을 것입니다.”

윤근수가 말했다.

“요시라라는 자는 조선의 벼슬을 받고 감격하여 귀순할 뜻이 있다는 것입니다. 항왜 가운데 조선에 충성을 다하고 있는 사람이 적지 않은 터에 공연히 의심할 까닭은 없다고 여겨집니다.”

좌의정 김응남의 말이었다. 류성룡은 아무래도 왜적들의 반간책 같은 느낌을 받았으나 자신의 의견을 말하지 않았다.

"권율에게 밀령을 내려 청정을 생포하도록 하오. 이순신에겐 황신을 보내 조정의 뜻을 전하게 하오."

이때 황신은 선무사라는 직함을 가지고 있었다.

정유 1월 하순. 국왕의 명을 받은 권율은 한산도에 달려갔다. 이순신은 류성룡의 편지를 통해 조정의 동정을 대강은 알고 있었다. 도원수 권율이 선무사 황신을 데리고 한산도 본영을 방문한다는 기별에 이순신은 좋지 않은 예감이 들었다. 이순신은 군사들을 거느리고 선창에 나가 도원수의 행차를 맞았다.

구름이 낮게 드리우고 풍랑이 거센 추운 날씨였다. 이순신은 손님들을 제승당의 온돌방으로 인도했다. 문안인사를 나누고 나서 권율은 국왕의 밀지를 설명했다.

"우병사 김응서가 보고하기를 가등청정이 이달 말께 부산포에 당도한다는 것이오."

그러자 이순신이 반문했다.

"대감께선 요시라라는 자를 믿으십니까?"

"그야 알 수 없는 일이지요."

"아무리 행장이 청정을 미워하고 있다 할지라도 필경은 한통속인 왜적들이 아닙니까. 왜군과 조선군 사이를 왕래하며 첩자 노릇이나 하고 있는 수상한 자의 말을 믿고, 경솔하게 함대를 출진시킬 수는 없습니다. 만일 많은 병선을 이끌고 간다면 적에게 발각되게 마련이요, 소수의 병선으로 간다면 적의 복병한테 당하기 십상이지요. 이는 반드시 행장과 청정이 공모한 함정일 것이니 왜적의 동정을 경계해야 합니다."

이순신은 침통하게 말했다. 국왕의 뜻을 어기고 있는 자신의 운명을 예감하고 있었다. 국왕의 밀지가 이순신에게 직접 내린 것은 아니다. 권율을 통해 전달된 것이어서 상황 판단의 여지를 남겨둔 것이긴 했으나, 어쨌든 국왕의 의사를 거역하는 것만은 틀림이 없다.

하지만 적의 함정에 빠져 졸지에 수군을 패망하게 할 수는 없다. 현지 사정을 모르고 뒷전에서 콩 놔라 팥 놔라 하는 중신들의 처사도 이순신의 마음을 어둡게 했다. 나중에 밝혀진 일이지만 가등청정은 이때 이미 거제도 장문포에 도착해 있었다.

이순신의 판단이 옳았음은 물론이다. 그러나 이 어간에서 왜적의 동정을 모르는 조정은, 이순신이 출진하지 않았기 때문에 청정을 잡을 절호의 기회를 놓쳐버린 것으로 여기고 있었다.

한편 이순신이 저들의 계략에 말려들지 않은 것을 본 소서행장은 요시라를 다시 김응서의 군영에 보냈다.

"엇그제 가등청정이 장문포에 당도했는데 그간 무엇들을 하고 있었습니까."

요시라는 조선 수군이 움직이지 않은 것을 통분해했다. 이순신이 명령불복종으로 죄를 받게 된다면 그 역시 계략이 들어맞는 결과가 된다. 김응서는 요시라의 말을 끌어대면서 이순신을 비난하는 장계를 올렸다.

「왜적의 우두머리가 손바닥을 펴보이듯이 알려 주었는데도 청정을 무찌르지 못했으니 한심한 일이오. 오늘 장계를 본즉, 행장이 말하기를 조선에서 하는 일이 매양 이 모양이라고 조롱을 했다 하오. 창피한 노릇이오. 한산도의 장수는 편안히 드러누워 뭣을 어떻게 할지를 모르고 있는 것 같소.」

한산도의 장수란 바로 이순신을 가리킨다.

"순신은 왜적을 두려워하는 것이 아니고 사실은 싸우러 나가기를 싫어하는 것입니다. 임진년에 정운은 용감히 싸우다 적의 화포에 맞아 죽었습니다. 정운이 아니었다면 순신은 끝내 출진을 하지 않았을 것입니다."

윤두수의 말이다.

"순신은 정운과 원균이 없기 때문에 망설이고 나가지 않은 것입니다."

영돈령부사 이산해는 한술을 더 떴다. 국왕은 그럴싸싶게 귀를 기울이고 있었다. 좌의정 김응남도 맞장구를 쳤다.

"당초 정운은 순신이 싸우려 나가지 않으려고 하기에 크게 노하여 목을 베려고 했습니다. 그래서 순신이 억지로 출진했던 것입니다."

임진년, 왜군이 부산을 침공하자 원균은 정운 김운룡 등을 이순신에게 보내 원병을 간청했던 것은 사실이다. 하지만 일개 만호에 불과한 정운이 수사인 이순신의 목을 자르려고 했다는 소리는 황당한 얘기이다.

국왕이 길게 탄식을 하고 말했다.

"이제 순신에게 어찌 청정의 머리를 벨 것을 바랄 수 있겠는가. 그저 배를 띄워 시위나 하면서 돌아다닐 것이오."

그러자 윤두수가 받았다.

"이순신이 조정의 명을 받아들이지 않고 싸움에 나가기 싫어하는 통에 큰 계책을 성사시키지 못했습니다."

"순신이란 대체 어떤 사람인가? 들으니 대단히 간사한 사람이라는 것이오. 근래 여러 장수들이 명령을 듣지 않는 것은 비변사에서 감싸주기 때문이오. 여기 영의정도 계시지만 이제 순신이 청정의 목을 바친다 하더라도 결코 속죄하지는 못할 것이오."

이제 이순신의 목숨은 풍전등화이다. 류성룡은 목청을 가다듬고 아뢰었다.

"순신은 같은 마을 사람입니다. 신이 젊어서부터 알고 있는바 능히 자신의 직책을 감당할 만한 사람입니다."

"글은 잘하오?"

"문장과 시를 잘합니다. 다만 성격이 강직하고 남에게 굽히지 않습니다. 그래서 신이 수사로 천거했던 것이며 임진년의 전공으로 정헌대부까지 올랐는데 이것이 과했던 것 같습니다. 대개 장수란 바라는 대로 되면 마음이 흡족해지고 교만해지기 쉬운 법입니다."

류성룡은 애써 이순신을 두둔하려고 했다. 그러나 말에는 한계가 없을 수 없었다. 자칫하면 국왕의 역정을 돋우어 역효과가 날판이었다.

"순신은 용서할 수 없소. 어찌 조정을 그처럼 업신여길 수 있단 말이오. 우의정이 도체찰사로 내려가면서 말하기를 평상시엔 원균이 부하 통솔에 문제가 있지만 전쟁 중엔 쓸 만한 장수라고 했소."

아무래도 국왕의 의향은 이순신과 원균을 맞바꾸려는 것 같았다. 좌의정 김응남이 재빨리 아뢰었다.

"수군 장수로는 원균만한 인물이 없습니다. 원균을 재등용해야 할 것입니다."

국왕이 고개를 끄덕이자 류성룡은 마지못해 원균을 칭찬했다.

"나라에 충성하는 마음이 깊습니다."

"원균을 수군의 선봉으로 삼을까 하오."

국왕의 말을 김응남이 받았다.

"지당한 말씀입니다."

이산해가 나서며 장단을 맞추었다.

"임진년 해전에서 균과 순신은 서로 약속하기를 장계를 천천히 올리자고 했는데 순신이 밤중에 몰래 혼자 장계를 올린 일이 있습니다. 이것으로 균이 원망을 품게 된 것입니다."

"순신을 전라·충청 양도 통제사로 임명하고, 균을 경상도 통제사로 임명하는 것이 어떻겠습니까?"

윤두수의 말. 이산해나 김응남보다는 다소 온건한 타협책인 셈이었다. 그러자 국왕은 병조판서 이덕형에게 말했다.

"원균의 일을 지체 없이 처리하도록 하오."

이렇게 해서 원균은 경상우도 수사 겸 통제사로 임명되었다.

비변사에서 이순신의 죄목을 '기망조정欺罔朝廷 종적불토縱賊不討' 조정을 속이고 적을 치지 않았다고 했다. 실상 이순신의 수난은 동서 양당의 권력 투쟁에서 비롯되었다. 서인들이 류성룡의 실각을 노려 이순신을 먼저 겨냥했던 것이다. 하지만 당파싸움이 다는 아니었다. 이순신에 대한 국왕의 증오가 결정적인 요인이었다.

이순신은 국왕을 뵌 적이 없었다. 전라좌도 수사로 임명됐을 때도 곧바로 현지에 부임했고, 그 뒤 도성에 들를 계제가 없었다. 국왕이 이순신을 좋지 않게 여기게 된 계기는 분명치 않다. 2년 전 거제도의 왜군을 치라는 왕명을 충실하게 거행하지 않은 것으로 곡해한 탓인지 모를 일이다.

또 임진년의 혁혁한 군공에 비해 그 뒤의 활동이 기대에 미치지 못해 '이순신이 자신의 공로를 내세워 교만하고 나태해진 것이다. 전라도를 보전한 것이 자기 혼자의 힘이라고 자랑하고 있다.' 이런 의심을 품었는지도 모른다.

아무튼 국왕과 이순신의 보이지 않는 의구심과 갈등은 좀체 풀기 어려운 수수께끼 같은 것이다. 이순신이 그런 국왕의 감정을 직감으로 알고 있었다.

류성룡은 『징비록』에서 이렇게 적고 있다.

"조정 공론이 둘로 갈라졌는데 이순신을 천거한 사람이 바로 나였기 때문에 나를 좋아하지 않는 사람들이 원균과 합세하여 이순신을 배척하기에 온갖 애를 다 썼다."

국왕은 원균을 싸고도는 대신들의 말을 자주 들으면서 반사적으로 이순신에 대한 선입견이 자랐는지도 모르긴 하다. 국왕은 비변사를 통해 원균에게 친서를 내려 보냈다.

「우리나라는 오직 수군을 믿고 있는데 통제사 이순신은 나라의 중책을 맡고도 속임수만 부리면서 적을 치지 않아 왜적의 괴수로 하여금 안심하고 바다를 건너오게 했다. 조만간 순신을 잡아다 심문하고 죄를 다스려야 하겠지만 지금 적들과 대치하고 있어 전공을 세울 기회를 주고 있다. 나는 본디부터 경의 충성과 용맹을 알고 있기에 이번에 경을 경상우도 수군절도사 겸 경상도 통제사로 삼았다. 경은 더욱 스스로를 채찍질하여 나라를 위해 힘쓸 것이다. 또한 이순신과 마음을 합쳐 지난날의 감정을 풀어야 할 것이다.」

원균은 춤을 출 듯이 기뻐했을 것이다. 우선 이순신과 격이 같은 통제사가 되었다. 이순신은 미구에 의금부에서 심문을 받고 죄를 얻게 된다. 국왕께서 현명한 판단을 내렸다고 믿고 있을 것이다.

마침내 사헌부에서 이순신의 죄를 다스려야 한다는 상소를 냈다. 전 현감 박성이란 사람은 "순신가참舜臣可斬, 순신을 마땅히 베어야 한다."고 주상했나.

국왕은 이순신에 대한 탄핵이 빗발치자 영의정 류성룡에게 경기 충청 황해 강원 등 4도를 순찰하며 군비를 점검하고 인심을 의무하도록 명했다. 그가 도성을 비운 사이에 이순신을 잡아들여 추국청을 설치하려는 국왕의 생각인 듯했다. 달포쯤 지나 도성으로 돌아오니 이미 의금부 도사가 한산도에 내려간 뒤였다.

왜군은 가등청정을 선진으로 속속 부산포를 비롯한 남동해안에 상륙하기 시작했다. 가등청정은 다시 서생포로 옮겨 포진했는데 승장 유정을 만나 조선 조정에 보내는 서신을 전했다. 조선영토를 일본에게 분할하고 조선의 왕자와 중신을 볼모로 내놓으라는 것이었다. 크게 노한 유정은 서신의 전달을 거부했다.

"이제 왜군이 재침한 의도가 명백히 드러났다. 풍신수길에게 천벌이 내릴 것이다. 그대들도 결코 무사하지 못하리라."

유정은 회담의 경위를 조정에 보고했다. 이순신을 둘러싼 조정 논의는 정유년 정초를 전후해서 일곱 차례나 되풀이 되었다.

마침내 사헌부에서 이순신을 잡아들여 국문하여 치죄하라는 상소를 올렸다. 상소를 본 국왕은 승지를 불러 잡아들이는 방법까지 일렀다.

"선전관에게 밀부密符를 주게 하라. 또한 원균과 교체한 연후에 거행할 것이다."

경상도 수군통제사 겸 경상우도 수군절도사 원균은 의기양양해서 막료들을 거느리고 도성을 떠났다. 전라도에서 상경하여 한 차례 국왕을 뵈었던 것이다. 그러니까 형식상으로는 아직도 이순신이 충청·전라 양도 수군을 거느리는 통제사이다.

경상도 수군만 인수인계를 하게 되었다. 그렇기는 하나 이순신이 죄를 얻으면 감투는 자동적으로 떨어지고 원균이 사실상 조선 수군의 최고사령관 격이 될 수밖에 없다.

이 소식이 한산도로 전해지자 본영은 발칵 뒤집혔다. 도처의 군막에서 절규와 통곡이 터졌다. 삽시간에 제승당 뜰 안은 군사와 백성들로 가득 찼다. 모두 땅바닥에 엎드려 "사또! 사또!" 울부짖으며 이순신을 찾았다.

평복으로 대청에 모습을 나타낸 이순신은 선 채로 말했다.

"후임으로 원균 장군이 오실 것이오. 여러분의 심정은 알고 있소. 이러면 안 되오. 어서 해산하고 각기 맡은 일을 계속하오."

곁에는 조카 분과 권준 배흥립 등 막료들이 눈물을 글썽이며 서 있었다. 한산도는 연일 을씨년스러운 날씨 속에 줄초상을 만난 마을처럼 침울하게 가라앉아 있었다.

이순신은 군무 인계에 필요한 서류를 서둘러 만들고, 병력 병선 화포, 그리고 군량미 등의 재고를 하나하나 챙기게 했다. 며칠 뒤 원균의 행차가 들이닥쳤다. 원균은 대안에서 판옥선에 승선하고 통제사의 군령기를 펄렁이며, 위세 좋게 섬으로 건너왔다. 선창까지 마중나간 이순신은 담담한 심정으로 원균과 인사를 나누었다.

"원로에 수고가 많으셨소. 승진을 축하합니다."

"이거 얼마 만이오! 소식을 들으셨겠지만 내 마음도 편치가 못합니다."

원균은 이처럼 인사치레를 하고는 껄껄 웃었다. 두 사람은 제승당에서 대좌했다. 이순신이 서류를 내놓자, 원균은 변변히 보려고도 하지 않고 빈정대는 투로 말했다.

"수하의 종사관이 나중에 챙길 것이오. 사또께서 작성하셨으니 틀림이 있겠소이까?"

그는 이순신과 뒤바뀐 자신의 처지에 취하고 있는 듯했다.

선전관이 의금부 도사와 함께 잡으러 온다면 이 몸은 이미 죄인이다. 군장을 하고 있을 신분이 아니다.

새 융복으로 호사스럽게 치장한 원균의 비대한 의양에 대면 빈한한 늙은 유생 같은 이순신의 모습은 너무나 초라해 보였다. 그의 명운은 벼슬에서 쫓겨나는 데 그치지 않을 것이다.

"임금을 속이고, 나아가 싸우지 않았다."

이 죄목은 죽음을 의미한다. 한 목숨 잃는 것은 체념할 수 있다. 어차피 무인은 장소를 고르지 않고 죽는 법, 노모와 처자식들이 누구를 의지하고 살아나갈 것인가….

김식이라는 선전관이 의금부 도사와 나졸들을 이끌고 섬에 당도했다. 죄인을 위해 말이 준비돼 있었다. 군사들과 백성들이 선창가를 메우고 있었다. 이순신은 잠시 거북선과 병선들의 모습을 바라보았다. 군사들이 길 양편에 도열하여 묵묵히 작별을 고했다. 조카 분만이 이순신을 수행했다.

원균은 본영 문전에서 더 나오지 않았다.

"장부와 재고는 틀림이 없었겠지."

이순신은 분에게 물었다. 원균이 수하가 점검할 때 입회를 시켰던 것이다.

"어김이 없었습니다."

분의 대답이다.

一. 군량미 9천9백14섬

ㅡ. 화약 4천 근

ㅡ. 총통 3백 자루 병선의 장비는 제외

충무공 행장에 나오는 당시의 기록이다. 한산도에 진을 친 지 3년 7개월, 이순신의 나이 어언 53세였다. 흔히 영화 같은 데서 함거라 하여 통나무 우리의 달구지가 나오지만 그건 도성 안에서 죄인을 구경감으로 삼을 때의 일이었다.

대개는 도보로 압송된다. 병이 있거나 급할 때 마필을 부렸다. 이순신의 경우는 빨리 잡아오라는 위의 분부가 있었을 것이다.

인생사 새옹지마이다….

어디선가 원균의 웃음소리가 들리는 듯했다. 열흘쯤 걸려 도성에 도착한 이순신은 곧바로 의금부 남칸에 투옥되었다.

3월 4일의 일이다.

추국청이 차려지고 위관이 임명되었다. 이때의 위관이나 의금부 당상들의 명단은 기록에 나오지 않았다. 국문의 내용도 없다.

위관은 으레 정승이 아니면 중신을 맡는다. 관례대로라면 영의정 류성룡이 위관이 됐을 것이다. 혹은 국왕이 정치적인 고려를 해서 이순신에게 우호적이 아닌 영돈령부사 이산해를 시켰을 법도 하다.

그나마 다행스러운 일은 이순신에 대한 죄안은 원체 사안이 중대하여 마구잡이로 다루기가 어려웠다는 점이다. 권력투쟁의 쟁점으로 부각된 판국에 피차 책을 잡힐 일을 꺼려했을 것이다.

고문을 받아 거의 죽을 지경에 이르렀다는 기록도 있지만 이건 좀 과장된 것 같다. 그 무렵 이순신은 지병이 자주 도져 큰 고통을 받고 있었다.

음식을 잘 소화하지 못하고 자주 체했다.

국문에서 그런 형편을 배려했을지도 모른다. 이순신을 지지하며 죽이지 말아야 한다는 주장도 만만치 않았다. 도체찰사 이원익은 류성룡에게 급히 서신을 보냈다.

"만약 이순신을 잃게 되면 대사는 끝장이다."

이런 말로 구명을 위해 힘써 줄 것을 간청했다. 이순신의 종사관 정경달은 도성으로 좇아올라와 의금부 문전에 엎드려 소장을 올렸다.

"전하께서 만약 이순신을 죽인다면 사직이 망하게 될 것입니다."

이런 직간을 했다. 병조판서 이덕형도 사태를 크게 걱정하고 있었다. 판중추부사 정탁과 함께 국왕을 뵙고 국왕의 심기를 그르치지 않으면서 이순신을 살리려고 애를 썼다.

"이순신의 죄는 무거우나 쓸만한 수군의 장수를 버릴 수는 없습니다."

그러나 국왕의 마음을 쉬이 움직일 수는 없었다. 이럴진대 이순신의 목숨은 경각에 달려있는 셈이었다.

영의정 류성룡은 구명에 나서지를 못했다. 본디 조심스러운 성품인데다 이순신을 천거한 사람이 자신인만큼, 이를테면 죄인과 연루된 처지였기 때문에 모나는 처신을 삼갔던 것이다.

국왕의 마음을 움직인 것은 저 유명한 정탁의 상소였다. 좀 길지만 상소 내용을 간추린다.

「… 지금 순신이 한번 고문을 받아 거의 죽기에 이르렀는데, 다시 고문을 한다면 목숨을 보전하지 못하여 호생好生하시는 전하의 인덕을 손상시키지 않을까 저어합니다. 임진년에 왜적이 침공했을 때 장수로서 성을 버리고 달아난 자들이 적지 않았으나, 이순신은 바다에서 떨쳐 일어나 원균과 함께 왜적을 쳐부숨으로써 왜적의 기세를 꺾었습니다. 조정에서는 이를 아름답게 여겨 높은 작위를 내리고 통제사로 발탁했던 것입니다. 그러자 사람들이 말하기를 앞장서 싸우는 용맹함에 있어서는 원균보다 못하다 하였으나, 그 당시 원균이 형세를 잘못 판단하여 많은 병선을 잃었던 것이며 순신의 군사가 아니었던들 원균도 군공을 세우지는 못했을 것입니다. … 다만 원균에게도 그만한 군공이 없지 않았는데 조정의 은전이 순신에게만 미친 것처럼 되어, 사람들이 애석하게 여겨온 터입니다. … 또 혹자는 순신이 서너 차례 공을 세운 뒤로는 다시 내세울만한 공이 없다하여 대단치 않게 여기기도 하지만 신은 그렇게 생각하지 않습니다. 순신은 싸울만하다고 판단했을 때 나아가 싸우는 매우 신중한 장수입니다. 또한 명나라가 화의를 원하여 왜적들과 강화협상을 벌이는 통에, 수군 역시 그 영향을 받아 다투어 나가 싸우지 않은 것은 사실이었습니다. 이번에 왜적들이 다시 쳐들어오는데 순신이 손을 쓰지 않은 것도 반드시 그럴만한 사정이 있었을 것입니다. 대개 전쟁터의 장수들은 조정의 명을 받고 진퇴하는 것이 관례이나 조정에 있으면서 전쟁터의 형편이 어떤지는 실상 정확히 알 도리가 없는 것입니다. 그러므로 청정을 죽이지 못한 책임을 순신에게만 돌릴 수는 없는 것입니다. … 무릇 인재는 나라의 보배입니다. 순신은 정녕 장수의 재질이 있으며 해전과 육전 할 것 없이 못하는 것이 없는 귀중한 장수입니다. 능력이 있고 없음을 가리지 않고, 또 공이 있고 없음을 구별하지 않고 선뜻 큰 벌을 내린다면 어느 누가 나라를 위해 목숨을 바치려 하겠습니까? 간절히 바라건대 순신에게 비록 큰 죄가 있다할지라도 은혜를 베풀어 국문을 덜어주시어 순신으로 하여금 다시 전공을 세우게 하신다면, 전하의 은전을 부모나 다름없이 만들어 죄를 갚을 것이옵니다. 순신의 목숨을 살려주소서.」

구구절절한 호소였다.

정탁은 이순신보다 19세 위였다. 호는 약포, 청주 사람이다. 곽재우와 김덕령에게 벼슬을 내릴 적에도 뒤에서 애를 썼던 것이다. 퇴계의 문인이다.

국왕은 정탁의 상소에 감동을 받은 듯했다. 국왕 역시 이번 사안이 파당싸움의 소산임을 모르고 있을 턱이 없었다.

이순신의 죄를 다스리는 데 주저와 불안이 없지 않았을 것이다. 어쩌면 영의정이 몸을 사려 앞에 나서지 않는 것을 불만스럽게 느꼈을지도 모른다. 정탁과 같은 용기 있는 중신이 나오기를 은근히 기다리고 있었을지도 모른다. 국왕은 추국청을 철폐하라고 명하고 이렇게 전교했다.

"이순신을 석방하되 백의종군케 하라."

이순신은 옥중에서 왕명을 듣고 궁궐을 향해 눈물을 흘리며 네 번 절을 했다. 이순신은 28일간 옥중에 있었다. 풀려나자 남대문 밖 윤간이란 친지의 집에 며칠간 머물렀다.

한산도에서 줄곧 따라온 조카 분과 둘째 아들 열도 시중을 들었다. 맨 먼저 달려온 사람은 지중추부사 윤자신이었다. 나이는 이순신보다 17세 위였다.

아침나절에 이순신의 건강이 그런대로 견딜만한 것을 보고 저녁 때 아들과 함과 술병을 들고 다시 찾아왔다. 이순신李舜臣의 중위장이었던 이순신李純信도 술과 안주를 들고 나타났다. 그는 충청도 수군절도사를 지내다 지금은 한직으로 물러나 도성에서 살고 있다.

영의정 류성룡, 판중추부사 정탁, 판돈령부사 심희수, 우찬성 김명원, 참판 이정형 등 음양으로 이순신의 구명을 위해 애쓴 인물들이 각각 사람을 보내 위로의 말을 전했다.

이순신을 호송하는 금부도사는 이사빈이란 사람이었고 서리 이수영, 나장 한언향 등이 일행이었는데 이순신보다 먼저 수원으로 내려갔다.

이순신은 과천 수원 오산 평택 등지를 거쳐 닷새만에 둔포에 이르렀다. 장군을 뫼시고 대접하겠다는 집들이 즐비했고 말을 내어주는 사람도 드물지 않았다. 둔포 어라산 기슭에 선산이 있었다. 이순신은 부친 정의 묘소 앞에 엎드려 곡을 올렸다.

아산 본가에 들어 부인 방씨와 상면했다. 7년만의 일이었다. 일가친척 그리고 친지들이 모여 오랜만에 회포를 풀었다.

이날 밤 이순신은 꿈자리가 뒤숭숭했다. 흰 옷을 입은 어머니가 나타나 눈물을 흘리고 있었다. 이튿날 안흥에 보냈던 집종이 돌아와 모친 일행이 선편으로 무사히 도착했다는 기별을 전했다. 그렇다면 오늘 내일 사이 인주 해암나루에 도착할 것이다.

이순신이 아들 열을 먼저 보내고 뒤미처 해암나루를 향해 떠났다. 도중 어느 일가 댁에서 잠시 쉬고 있는데 어머니를 뫼시는 순화라는 여종이 달려와 발밑에 쓰러지며 통곡을 했다.

노마님께서 배안에서 돌아가셨다는 것이다. 이순신은 정신을 가다듬고 나루터로 말을 달렸다. 시신은 선실에 정중히 뫼셔져 있었다.

향년 83세. 변씨 부인은 아들의 하옥소식을 듣고 노환을 무릅쓰고 여수에서 배를 탔다. 충청도 해안에서 큰 풍랑을 만나 배 멀미에 시달린 끝에 손을 쓸 겨를도 없이 운명했던 것이다.

“가슴을 치고 땅을 두드렸으나 억장이 무너지는 슬픔과 원통함을 어찌 다 적으랴.”

『난중일기』의 기록이다.

칠방의 도움을 받아 시신을 입관했다. 경황이 없는 속에서 오종수와 전경복이란 사람이 상사를 자신의 일처럼 맡아 치렀다.

지체하지 말고 도원수 권율의 군영으로 종군하라는 왕명이 지엄하여 격식과 절차를 갖추어 장사를 지낼 수 없는 형편이었다. 서둘러 선산으로 운구하여 하관하고 하룻밤을 묵고는 다음날 아침 일찍 총총히 길을 떠났다.

공주, 전주를 거쳐 구례에서 우의정 겸 도체찰사 이원익을 만났다. 이원익은 이순신을 살려야 한다고 주장한 몇 안 되는 중신 중의 한 사람이다. 이순신의 손을 잡고 방안으로 인도했다.

"사또께 뭐라 위로의 말씀을 드려야 할지…."

이원익은 말을 잇지 못했다. 이순신은 좌정한 이원익 앞에서 큰절을 올리려고 했다. 이원익이 자리에서 일어나 만류했다. 백의종군이면 아무 벼슬도 없는 일개 군사의 신분이다. 공사간의 구별이 엄한 이순신이 고지식하게 예를 갖추려고 했던 것이다.

"뜻하지 않은 상사를 당해 시일이 지체되었습니다. 대감께서 양해해 주시기 바랍니다."

서로 맞절을 한 다음 이순신이 말을 건넸다.

"소식을 듣고 가슴이 아팠습니다. 얼마나 망극하십니까. 효심이 깊은 사또의 심중을 헤아리고도 남겠습니다."

이원익은 위로의 말을 되풀이했다. 화제가 통제사가 된 원균의 일에 미치자 이원익은 걱정스러운 기색이었다.

"막하의 장령과 군사들이 크게 낙담하고 있다는 소식이지요. 용맹한 장수인지는 모르지만 덕이 있는 장수는 아닌 듯합니다."

이순신은 대답을 하지 않았다.

"내 짐작으로는 원 장군이 군공을 세우려고 서둘러 출진할 것 같은데 임진년 당시와는 조건이 같지 않은 터에 일이 잘못되지 않을까 염려가 되는군요. 사또의 판단은 어떻습니까?"

조건이 같지 않다는 말은 동남 해안에 산재한 왜군의 성채들을 가리킨 것이다.

"저도 동감입니다. 왜 수군은 패전의 경험을 살려 병선을 보강하고 화포도 넉넉히 장비했을 것입니다. 그래도 해전만 한다면 우리가 능히 막아낼 수 있겠지요. 하지만 저들이 성채에 의지하면서 수륙 양면으로 싸운다면 우리 육군이 성채를 공격하지 않는 한 수군만으로는 승리하기가 어렵습니다."

이순신은 솔직하게 자신의 의견을 말했다.

"그간 사또께서 경솔하게 싸우지 않은 이유도 바로 지금 말씀과 같은 뜻이 아니겠습니까."

이원익의 말처럼 이순신의 마음을 달래주는 것은 없었다.

"임금을 업신여기고 앞으로 나가 적을 치지 않았다."

이 죄명이 풀려난 지금도 그의 가슴을 죄고 있다. 왜군의 전략을 예상하기는 쉽지 않다. 임진년과는 달리 먼저 호남을 점령하려고 할지도 모른다.

가등청정이 유정에게 "조선이 4도를 내어놓고, 왕자를 볼모로 잡히면 화의를 할 것이다." 이런 요구를 했다고 하니, 도성을 공략하기보다는 영토의 일부를 빼앗는 것이 재침의 의도 같기도 하다.

"그렇다면 왜군은 전주 남원 등 호서와 호남의 중심부를 겨냥하여 수륙 양면에서 침공하려고 하겠지요. 이번에도 수군의 활동이 승패의 열쇠가 되지 않겠습니까?"

이원익의 말이었다. 이순신은 그의 안목에 감탄을 했다. 조정에 앉아 실정도 모르면서 이래라 저래라 하는 벼슬아치들과는 비교가 되지 않았다.

"대감께 기탄없이 말씀드립니다만 왜 수군은 한산도를 뚫고 서진하려고 단단히 계책을 세우고 있을 것입니다. 하지만 전번처럼 어설프게 먼저 쳐들어오지 않고 조선 수군을 성채가 있는 해안으로 유인하려 하겠지요."

그러므로 적의 유인책에 말려들지 말고, 한산도 주변의 방비를 튼튼히 하면서 지구전을 해야 한다는 이순신의 구상이었다. 원균과의 관계를 생각해 소상한 얘기는 하지 않았다. 이원익은 고개를 끄덕이며 공감을 표시했다.

사람은 자기를 알아주는 이가 있을 때 외롭지 않고 보람을 갖는다. 다시 나라를 위해 싸울 수 있게 된 처지에 되레 고마움을 느끼는 이순신이었다. 비변사에서는 왜군 재침에 대처하는 동원체계를 다시 정비하여 국왕의 윤허를 받았다.

도체찰사 영의정 류성룡, 도체찰사 우의정 이원익, 도원수 판중추부사 권율 등이 군령과 군정의 최고 책임자가 되고, 그 아래 각 도의 관찰사와 병·수사들이 군령을 받으며 관찰 지역을 담당했다.

이와 함께 다시 의병을 모집하고 흩어졌던 의병장들에게 간곡한 왕명을 내렸다. 도성에서는 전공조판서 이헌국, 달성위 서경주, 전 황해감사 유영순, 전 전라감사 송순, 전 대사간 김시헌 등이 주동이 되어 의병을 일으켰다.

의병의 이름을 '분의복수군奮義復讐軍'이라고 했는데 부모가 왜적에게 살해된 자제들이 많았다. 남대문 밖에 1천여 명이 모여 하늘에 맹세하며 원수를 갚을 것을 결의했다.

평안도와 함경도에서 군사들이 내려와 속속 남쪽에 배치되었다. 한편 왜군은 가등청정 소서행장 흑전장정 등의 순으로 부산포를 중심으로 한 인근 해안에 도착했다.

왜군은 각기 성채에 들자 이런 포고문을 요소요소에 붙였다.

「일본군 장수들은 태합 전하의 명을 받고 이곳에 왔다. 이미 조선의 도성에 사자를 보낸 바 있다. 경상도의 조선 백성들은 일본군을 두려워하여 피란하지 말라. 결코 무고한 백성을 해치지 않을 것이다.」

의병들의 유격전에 골탕을 먹었기에 처음부터 조선 백성을 회유하려고 선무책을 쓴 것이다. '도성에 사자를 보냈다' 운운은 가등청정이 막료를 보내 풍신수길의 서신을 조정에 전했음을 말한다.

가등청정이 밝혔던 것과 같은 황당무계한 내용이었으나 조정은 왜군을 달랜다는 뜻에서 이렇게 회신했다.

「이번에도 명국이 대군을 출병한다. 그러므로 유격장군 심유경과 상의한 다음 가부간 회답할 것이다.」

2월 하순. 한산도에 부임한 원균은 우병사 김응서를 불러 공동작전을 펴기를 제의했다. 원균은 부임하기 전부터 임진년의 치욕스러운 패배를 갚으려고 단단히 작심하고 있었다. 패전을 갚는 데 그치지 않고 이순신보다 더 큰 공을 세워야만 자신의 체통이 선다고 여겼을 것이다.

김응서 역시 오명을 씻을 기회를 노리고 있었다. 가등청정과 자주 접촉하여 조선군의 전의를 실추시켰다는 비난을 받아 파면을 당할 뻔했기 때문이다.

두 사람의 이 같은 공통점도 합동작전을 성립시키는 한 가지 원인이 되었을 것이다. 원균은 전임자 이순신이 정해 놓은 군령과 규칙을 모조리 없애거나 뜯이 고치는 것으로 일을 시작했다.

이순신이 신임하던 장령들을 무더기로 내쫓거나 갈아치우기도 했다. 원균은 어린 애첩을 데리고 와 처소에서 시중을 들게 했는데, 마당에 울타리를 높이 쳐서 안이 보이지 않게 하여 군사들의 빈축을 샀다. 그리고는 밤마다 주연을 베풀었다.

군기를 엄정하게 세운다 하여 사소한 실수도 용서하지 않고 군졸을 잡아다 볼기를 쳤다. 한데 김응서와 함께 싸우기를 다짐해 놓고도 무슨 까닭인지 전투 준비를 서두르는 것 같지 않았다. 왜 수군이 병선과 운반선을 합해 5백 척이 넘는다는 탐보에 기겁한 탓인지도 모를 일이었다.

원균 휘하엔 경상우도 수사 배설, 전라우도 수사 이억기, 충청도 수사 최호, 조방장 배흥립, 조방장 김완 외에 이순신 밑에서 전공을 세운 웅천현감 이운용, 장흥부사 이영남, 거제현령 기효근, 순천부사 우치적 등 역전의 용장들이 들어 있었다.

병선은 모두해서 1백 척 남짓했다. 그간 휴전상태가 계속되고 군량미를 대기 어렵게 되면서 많은 군사들을 귀가시켰기 때문에 병력도 크게 줄어들어 있었다.

도체찰사 이원익은 남원에서 도원수 권율과 통제사 원균을 불러 작전계획을 의논했다. 왜군 병력이 더 늘기 전에 한산도 동쪽으로 출진하여 적의 기세를 꺾어야 할 상황인데도 좀체 움직이려 하지 않는 원균을 독려하자는 것이었다.

"경상우도 병사 김응서와 함께 싸우기로 했다는 보고는 진작에 받았소. 그 뒤 어찌된 영문이오?"

"경상우도 군사의 수효가 부족할 뿐 아니라 한산도의 수군도 노 젓는 격군이 모자라 지금 장정들을 모으고 있는 중입니다. 화포를 수리하는 데도 시간이 걸리고 있어요."

이원익의 추궁에 마치 전임자의 태만을 원망하는 듯한 원균의 대답이었다.

"왜적은 갈수록 병력을 증강하고 있소. 조선 수군의 위협이 없어 마음 놓고 바다를 건너올 수 있기 때문이오. 마땅히 부산포 근해로 나가 적의 항로를 차단해야 하지 않겠소?"

권율도 원균의 변명을 못마땅하게 여기고 있는 듯했다.

"도원수께서도 아시다시피 왜 수군은 바닷가 성곽에 의지하고 있어요. 육전을 모르는 수군만 출진해서는 왜적을 쳐부수기가 용이치 않습니다. 먼저 안골포의 왜성을 무찌르는 것이 상책이니 도원수께서 그렇게 명령을 내리시지요."

원균은 불만을 감추지 않고 대거리하듯 말했다. 이순신의 변명을 고스란히 자신의 핑계로 삼고 있는 셈이었다.

"아니, 통제사는 방금 경상우도의 육군이 고단하여 나가 싸우기 어려운 형편이라고 하지 않았소?"

이원익의 말에 원균은 조금도 지려고 하지 않았다.

"육군이 경상우도 뿐입니까? 대감께서 군령만 내리신다면 얼마든지 군사를 집결시킬 수 있지 않습니까?"

"원 장군! 이순신의 옥사에서도 보았듯이 그간 수군이 적을 보고도 싸우지 않은 사실이 말썽을 빚어왔소. 이참에도 망설이고 나가지 않는다면, 원 장군에 대한 조정의 기대는 하루아침에 무너질 것이오."

이원익이 타이르듯 말했다.

"전투 준비가 끝나는 대로 지체 없이 출진할 것입니다. 이제껏 이 원균은 겁쟁이란 말은 들은 적이 없어요."

원균은 이렇게 장담을 했다.

이날 밤 이원익은 두 장수를 위해 조촐한 술자리를 베풀었다. 대취한 원균은 말을 삼가지 않고 주정을 부렸다. 전임자를 헐뜯는 주사를 늘어놓기도 했다. 이원익은 듣다못해 자리를 일찍 파했다.

"저래가지고서야 어찌 통제사의 영이 서겠소? 앞일이 크게 염려되는군요."

"원균은 단순하고 저돌적인 성격이라 지나치게 몰아대면 거꾸로 반발하기 쉬우니 살살 달래는 수밖에 없지요."

권율도 길게 탄식하고 대꾸했다.

원균은 한산도에 돌아와서도 전투 준비가 미흡하다 하여 좀체 출진하려고 하지 않았다. 도체찰사 이원익의 종사관 남이공이 한산도에 찾아와 출진을 독려했다.

"부산 근해의 왜 수군을 공격하라는 군령을 내렸는데도 아무런 기별이 없으니 어찌된 영문인지 살피라는 대감의 분부시오. 나도 사또와 함께 종군하리다."

일선 사령관으로선 수치스러운 노릇이다. 화가 난 원균은 배설 이억기 최호 등 수사들을 급히 소집하였다.

"3도 수군을 총동원하여 거제도 동쪽의 왜 수군을 치려하오. 왜 수군은 5백 척이 넘는 병력이지만 태반은 운반선이오. 오직 죽음을 맹세하고 앞으로 나아갈 따름이오."

임금이 하사한 환도를 틀어쥐고 위세를 부렸다.

7월 7일 새벽. 병선 90여 척의 조선 수군은 마침내 한산도를 출발했다. 왜군은 웅천 안골포 가덕도 김해 등 해안의 성채에서 조선 수군의 움직임을 샅샅이 파악하고 있었다.

원균의 함대가 거제도 남쪽을 돌아 부산 절영도 근처에 이르자 갑자기 풍랑이 거세게 일기 시작했다. 군사들은 온종일 노를 저은 탓에 기진맥진한 상태에 있었다.

날이 저물고 병선을 댈 곳도 없었다. 왜병선은 두세 척씩 짝을 지어 조선의 병선 가까이 출몰하면서, 육지 쪽으로 유인하려고 했다.

"뭣들을 하고 있느냐. 노를 저어라!"

장선 누각에 앉은 원균은 고래고래 내지르며 전진을 외쳤으나 선단은 뿔뿔이 흩어지고 병선간의 연락도 두절되었다. 하는 수 없이 원균은 후퇴 명령을 내렸다. 병선들은 오밤중에 가까스로 가덕도에 당도했는데 마실 물이 동나 갈증에 허덕이는 군사들은 상륙하자마자 우물부터 찾았다.

가덕도의 성채를 지키던 왜군은 조선 수군의 동태를 알고는 횃불을 앞세우고 함성을 지르며 기습을 감행했다.

이 싸움에서 조선 군사 4백여 명이 전사했다. 낭패한 원균은 서둘러 배에 올라 함대를 거제도 방면으로 후퇴시켰다. 원균의 주력함대는 허겁지겁 거제도 맞은편의 칠천도 나루에 닿았다. 이때 도원수 권율은 고성에 내려와 있었다.

패보를 접한 권율은 크게 노하여 원균을 급히 불렀다.

"바다 물결이 높다고 물러났으니 어찌 수군의 장수라 할 수 있는가."

"군사들이 피로하고 갈증이 심해 맞받아 싸울 수가 없었습니다."

원균의 변명에 권율은 더욱 목청을 돋우었다.

"그걸 미리 가늠하지 못했단 말인가. 어처구니없는 일이로군. 사또가 비록 수군통제사이긴 하나 변변히 싸우지도 못하고 백여 명의 군사를 잃은 죄를 그대로 넘길 수는 없소. 여봐라! 형판을 대령하라."

군복을 벗긴 원균은 형판에 엎어졌다.

"곤장 다섯 대를 쳐라!"

볼기를 맞은 원균의 몰골은 우습기도 하고 딱하기도 했다. 통제사가 곤장을 맞는다는 것은 좀체로 있을 수 없는 망신이다. 권율의 처사도 지나친 것이었다. 원균의 체면을 전혀 생각지 않은 형벌이었다.

칠천도로 돌아온 원균은 울분을 참지 못해 부하들을 닦달하며 되는 대로 화풀이를 했다. 애첩을 앉혀놓고 술만 내리 퍼마셨다. 수사들의 면담요청도 거절했다.

나흘간을 그렇게 지낸 뒤에야 장수들을 모았다. 경상우도 수사 배설이 말했다.

"도체찰사께서 무작정 진군할 것을 명하고 있으나 지금의 형세로 보아 다시 전열을 가다듬어야 할 때라고 생각하오. 앞으로 나갈 때 나가고 물러날 때 물러나는 것이 병가의 요체일 것이오. 지금은 왜적의 대군 앞에 섣불리 움직일 때가 아니오."

그러자 전라우도 수사 이억기가 말했다.

"이곳 칠천도는 수심이 얕아 병선의 진퇴에 지장이 많으니 다른 곳으로 옮겨 포진해야 할 것이오."

그러나 원균은 두 사람을 번갈아 노려보고 크게 소리내어 웃었다.

"임전무퇴를 모르는가! 내 싸우지 않으려고 한 것이 아닌데도 통제사로서 참을 수 없는 모욕을 당했소. 두 분 수사들도 꼭 같은 처지요. 다시 뒤로 물러설 수는 없소."

원균은 감정에 치받쳐 냉정한 판단을 할 수 없었다. 이럴 즈음 왜적은 수륙 양면에서 조선 수군을 공격할 계책을 치밀하게 세우고 있었다.

안골포에서 출동한 왜함대가 한밤중에 칠천도를 기습했던 것이다. 등당고호 가등가명 등의 수군 3백여 척이었다. 조선 수군은 원균의 장선을 중심으로 방어만을 겹겹이 펴고 있었다.

왜병선들은 방어망을 뚫어 안으로 돌진하여 덩치가 큰 판옥선을 겨냥하고 공격을 퍼부었다. 왜 수군의 전법은 그전과 다름이 없었으나 화포의 위력은 딴판으로 보강돼 있었다. 조선 수군은 야전夜戰에 익숙지 못했다.

양편 배들이 부딪치자 왜군은 갈고리로 고정시키고 조선 배에 다투어 난입했다. 닥치는 대로 불을 질렀다.

경상우도 수사 배설은 겨우 10여 척의 병선을 거느리고 있었다. 무모한 명령에 실망한 배설은 처음부터 원균 밑에서 죽을 생각이 없었다. 야간 공격이 시작되자 배설은 휘하의 병선들을 이끌고 싸움터에서 멀리 벗어났다.

전라우도 수사 이억기와 충청도 수사 최호는 끝까지 싸우다 왜군의 조총에 맞아 각기 전사했다. 조방장 배흥립도 배안에 쳐들어온 왜병들과 미친 듯이 싸우다 죽었다. 수십 척의 조선 병선이 칠흑 같은 어둠속을 환하게 비치며 불타고 있었다.

"왜선을 쳐부숴라. 총통을 발사하라. 물러서지 말라. 도망치는 놈은 목을 벤다."

포성과 함성이 진동하고 화염에 휩싸인 속에서 원균은 처절하게 절규했다.

"사또! 우리 병선은 설반이 넘게 불타고 있소. 이대로는 안 되오. 거제도로 피신해야겠소."

종사관 남이공이 소리쳤다.

원균의 장선 등 네댓 척은 간신히 포위망을 뚫고 거제도에 닿아 상륙했다. 원균은 겨우 기십 명의 군사를 데리고 언덕배기에 올라 송림 속에서 기진하여 쓰러졌다.

원체 양이 큰 원균은 두세 번 끼니를 거른 탓에 제대로 운신을 못했다. 미리 진을 치고 있던 왜군이 잽싸게 달려들어 원균을 찌르고 목을 베었다.

7월 16일. 한산도를 떠난 지 아흐레만의 일이었다. 배설은 한산도로 돌아오자 군영과 막사 창고 등 모든 시설을 불사르고 육지로 피신했다.

조선 수군은 크게 패했다. 패한 정도가 아니라 수군 전체가 거의 궤멸했다. 백 척 남짓한 병선이 남김없이 불타고 침몰했고 무용지물이 된 군사들은 육군에 편입되거나 사방에 흩어졌다.

원균함대의 패전에 여러 가지 원인이 있다. 왜 수군이 수적으로 우세했지만 전술면에서 탁월한 것은 아니었다. 원균 한 사람에게 모든 책임을 돌릴 수도 없는 조건이었다.

도원수 권율이 원균의 성격을 알면서도 지나치게 몰아댄 탓도 없지 않았을 것이다. 수군의 활동이 신통치 않다고 여러 차례 거론한 국왕의 기대에 부응하려고 이원익 권율, 그리고 원균 등 작전수뇌부의 초조함이 일을 그르친 배경이라 할 수도 있다.

원균의 책임에 속하는 일이지만 그가 휘하의 장수들을 제대로 장악하지 못한 것도 빠뜨릴 수 없는 대목이다. 아무튼 조선 수군은 이제 바다 위에서 자취를 감추어 버린 것이나 다름이 없었다.

“소서행장이 위계를 써서 김응서를 농락하여 이순신으로 하여금 중죄를 받게 했다. 또한 원균을 안으로 유인하여 여지없이 쳐부쉈으니 모두가 저들의 계략에 빠진 결과다. 어찌 통분하지 않겠는가.”

류성룡의 『징비록』은 이렇게 기록하고 있다.

풍신수길은 승전보고에 덩실덩실 춤을 추다시피 기뻐했다.

「이번 전투에 있어서 우리 수군이 조선의 병선 백여 척을 격파하고 조선 군사 수천 명을 죽인 것은 일찍이 없던 크나큰 전과이다. 전투에 참가한 장수들은 추후에 큰 포상을 받을 것이다.」

이런 친서를 등당고호 앞으로 보냈다. 왜군이 노리고 있는 호남은 이제 풍전등화와 같았다.

원균의 죽음이 전해지자 경악한 조정은 어찌할 바를 몰라, 대책을 세우는 데 골몰했다. 이 소식은 종군했던 선전관 김식이 급히 상경하여 비변사에 보고한 것이다.

“… 우리 수군의 배들은 거의 전부가 불타거나 침몰되고 여러 장수들은 총에 맞거나 물에 빠져 죽었습니다. 소신은 함께 싸우다가 통제사 원균과 함께 뭍으로 올라갔는데 원균은 걸음도 제대로 걷지 못하고 맨몸으로 칼을 짚고 나무 밑에 앉아 있었습니다. 왜적 예닐곱이 칼을 휘두르며 원균에게 달려들었는데 그의 생사는 알 길이 없습니다.”

국왕은 비변사 당상들을 급히 불렀다.

“수군의 전부가 무너진 것 같소. 혹시 전라도와 충청도에 병선이 남아 있는지 모르겠는데 장차 수군을 어찌하면 좋겠소.”

대신들은 서로 얼굴을 쳐다보며 대답을 하지 못했다.

"왜 말들이 없는가!"

국왕이 목소리를 높이자 류성룡이 머리를 조아리며 말했다.

"하도 사세가 딱하고 계책이 떠오르지 않아 말씀을 드리지 못한 것입니다."

"승패는 하늘에 달린 것이오. 원균이 전사했다면 마땅히 다른 사람이 나서야 할 것이오."

국왕은 원균을 그다지 나무라지 않았다. 이순신에게 죄를 주고 원균을 기용한 자신의 처사가 잘못됐다는 것을 인정하고 싶지 않았을 것이다.

"급한 대로 통제사와 수사를 임명해야 하지 않겠습니까."

병조판서 이항복의 말이었다. 그러자 국왕이 말했다.

"평수길이 노상 말하기를 먼저 조선의 수군을 쳐부숴야만 육군을 격파할 수 있다고 했소. 과연 그렇게 됐으니 장차 어찌하면 좋겠소."

"한산도를 잃게 되면 요충지인 남해가 위태롭게 될 것입니다."

류성룡이 아뢰자, 국왕은 해도를 짚어보며 장탄식을 했다.

"어찌 남해뿐이겠소? 전라도가 걱정이오."

"하루속히 후임 통제사를 임명하여 내려 보내야 하겠습니다."

김명원의 말이었다. 류성룡과 함께 이순신을 수군절도사로 천거했던 사람이다.

"당초 원균은 출진하려고 하지 않았소. 남이공의 보고를 보니 수사 배설도 무모한 싸움이라고 반대했다는 것이오. 비단 정쟁뿐 아니라 모든 일은 실정을 잘 살피고 승산이 있을 때 거행해야 하는데 이번 싸움에서는 그렇지 못했소. 도원수가 원균을 독촉하는 통에 이 같은 패배를 당하게 된 것이오."

국왕은 푸념하듯 말했다. 대신들은 수심에 찬 얼굴로 침묵하고 있었다.

비변사 회동이 파한 다음, 국왕은 승정원에 비망기를 내렸다. 비망기는 국왕의 특별지시의 하나이다.

「오늘 접견한 자리에서 대신들은 기가 꺾여 입을 열지도 못했다. 여느 때 그처럼 활발히 논의하고 계책을 건의하던 신하들은 다 어디로 갔는가. 임진년, 도성을 떠날 때 나를 비겁한 임금이라고 조롱한 사람도 있었다. 어째서 이토록 풀이 죽었는가. 마음속으로 탄식만 한다고 왜적이 물러가겠는가. 승패는 병가의 상사이다. 거제도의 패전을 걱정할 것 없다. 한고조는 열 번 싸워 아홉 번 졌으나 필경은 천하를 차지했던 것이다. 대신들은 원균만을 나무라지 말고 심기일전하여 앞으로의 계책을 강구해야 할 것이다.」

다음날 아침 승지가 비변사 회의에서 비망기를 낭독하자 여기저기서 고개를 묻고 흐느껴 울었다.

"전하! 망극하기 그지없습니다."

영의정 류성룡도 소매로 눈을 가리며 중얼거렸다. 그들은 침통하고 황송해서 울고 있는 것이 아니었다. 벅찬 감동과 기쁨이 그들을 격정속에 몰아놓고 있었다.

당상관들은 연명으로 상소를 올렸다.

「신 등은 부끄러운 마음을 금치 못하고 있으며 깊은 감명을 받고 있습니다. 전하께서 그처럼 분발하셨으니 모든 신하와 백성들이 어찌 기운을 내지 않을 수 있겠습니까. 누구나 스스로를 채찍질하여 죽음 속에서 살길을 찾아야 할 때입니다. 옛날에도 대업을 이룩한 사람은 백 번 패해도 의지와 신념만은 꺾이지 않았습니다. 전하의 의지가 이럴진대, 왜적의 전란도 염려할 것이 없습니다.」

국왕의 말이 다시 내려왔다.

「임금과 신하는 죽어도 같이 죽어야 한다. 경들이 잘못한 것은 없다. 결의를 굳게 다지고 전쟁에 대비하라.」

군신간의 화답이었다.

원균의 패전으로 그중 면목이 없게 된 것은 이산해 윤두수 김응남 등 이순신을 파직하고 원균을 기용해야 한다고 주장했던 사람들이었다. 원균만을 나무라지 말라는 국왕의 말도 원균을 두둔한 것이 아니라 그를 지지한 사람들을 질책한 것이었다.

이럴 즈음 이순신은 초계의 도원수 군영에 있었다. 권율은 이순신을 통제사 때와 똑같이 예우했다. 벼슬은 없으나 품계는 그대로 지니고 있을 뿐 아니라 이순신을 크게 신뢰하고 있었기 때문이다.

권율은 이순신이 거처하는 숙소로 찾아와 수군의 패전을 걱정했다. 이순신이 통제사로 한산도를 지키고 있는 동안 권율은 마음 놓고 지방을 순회하며 도원수의 소임을 수행할 수 있었다.

"일이 여기에 이르렀으니 어찌하면 좋겠소?"

이순신은 한동안 침묵하고 대답했다.

"비록 백의의 신분이지만 해안을 돌아본 다음 왜적을 막을 방책을 세우지요."

"대감만 믿겠소."

권율은 이순신의 손을 잡고 당부했다.

"필요한 사람은 누구든지 데리고 가시오."

권율의 각별한 배려였다. 이순신은 자신이 잘 아는 9명을 뽑았다. 송대립·유황·윤선각·방응원·현응진·임영립·이원룡·이희남·홍우공이었다.

송대립은 줄곧 이순신을 수행하고 있는 희립의 형으로 권율의 막료였다. 윤선각은 이색적인 존재였다. 문과 급제하여 부제학 승지 등을 역임하고 임진년에 충청감사로 있었는데 왜군을 막지 못한 죄로 파직을 당했다. 그 뒤 의병을 모아 도원수의 휘하에서 활약하고 있었다. 나중 다시 기용돼 충청도 순찰사가 된다. 그 밖에는 대개 장령 군관들이었다.

이순신만 선비차림이고 나머지는 모두 군복이었다. 권율은 어려운 중에서도 마필을 내주었다. 일행은 고양을 거쳐 노량에 이르렀다. 벌써 가을걷이가 시작되고 있었다.

전라 우수사 이억기의 죽음이 이순신의 마음을 못내 아프게 했다. 왜적들이 겁을 먹고 감히 나오지도 못하던 조선 수군이 하루아침에 연기처럼 사라지다니….

거제현감 안위, 영등포만호 조계종 등 10명이 이순신을 맞았다. 이들은 이순신을 보자 땅을 치며 통곡했다.

"경상우도 수사 배설은 어찌 되었소?"

이순신이 묻자 안위가 대답했다.

"싸우지 않고 도망친 다음 한산도를 불살랐다고 합니다."

이순신은 목이 잠겨 말이 나오지 않았다. 얼마나 공들여 이룩한 금성탕지金城湯池인가. 다음 순간 스스로 가슴을 달래었다.

어차피 왜적들이 한산도를 점거하게 될 것이다. 한산도뿐이겠는가. 왜적들에게 이용당하느니 차라리 불태워 버린 것이 잘한 일인지도 모른다. 보고 듣는 모든 것이 그저 암담할 뿐이었다.

노량나루에 대어 있는 병선은 중선 두 척을 포함해서 모두 대여섯뿐이었다. 밤새 잠을 청하지 못한 채 앞으로의 방책을 궁리했으나 모든 일이 막막하기 짝이 없었다.

이순신은 속병이 도진데다 안질까지 얻었다. 노량을 중심으로 주변의 해안을 돌며 백성들을 위로하고 어부들을 설득하여 종군하게 했다.

8월 3일 아침 선전관 양호가 국왕의 교서를 받들고 달려왔다. 충청·전라·경상 3도 수군통제사로 임명하는 교지와 유서였다.

「경의 이름은 일찍이 수사를 맡긴 그날부터 이미 드러났다. 임진년의 대첩 후 더욱 떨치어 군민이 만리장성처럼 경을 믿고 의지하였다. 지난번 경의 직함을 갈고, 죄인의 이름을 벗지 못한 채 백의종군케 하였으니 사람이 밝지 못한 데서 비롯된 일이었다. 그리하여 오늘 치욕스러운 패전을 당한 것이다. 무슨 할 말이 있으리오. 무슨 할 말이 있으리오[何言哉, 何言哉]」

국왕의 유시는 계속된다.

「이제 경을 3도 수군통제사로 삼았으니 서둘러 군영과 병선을 정비하고 군사를 모으며 민심을 진정시켜 왜적을 막는 데 힘써야 할 것이다. 수사 이하를 지휘하여 군율을 범하는 자는 모조리 군법대로 거행할 것이다. 나라를 위해 한몸을 잊으며 경우에 따라 나가고 물러서고 하는 것은 이미 경의 능력을 알고 있을진대 내가 다시 말을 할 필요도 없을 것이다….」

국왕은 이순신을 잘못 본 것을 깊이 뉘우치고 사과를 하고 있다. 나가고 물러서고 운운한 대목은 이순신이 한산도에서 나가 싸우지 않는다 하여 국왕 자신이 여러 번 신하들 앞에서 지적했던 일을 말한 것이다.

이순신은 읽고 나서 다시 숙배했다. 양호는 그 밖에 사신私信 두 통을 전해 주었다.

류성룡과 김명원의 편지였다. 이순신의 재기용에는 김명원과 이항복이 앞장 서 주장한 사실을 알았다. 물론 류성룡도 두 사람의 건의를 뒷받침했을 것이다. 처음 원균의 전사를 확인하지 못해 혹시 그가 나타날까 한동안 기다렸다는 것이다.

이순신은 불편한 몸을 이끌고 구례 곡성을 거쳐 나흘 만에 순천에 당도했다. 관아마다 비었고 길바닥엔 피란민들이 줄을 잇고 있었다. 이순신은 길을 막고 그들을 위로하며 타일렀다.

백성들은 땅에 엎드려 한바탕 통곡하고 나서 서로 기뻐하기도 했다.

"이제 사또께서 오셨으니 걱정이 없습니다."

"사또께서 오신 것은 하늘의 뜻이다. 이제 우리 백성은 죽음을 면했다. 사또를 따르자."

종군을 간청하는 장정도 드물지 않았다. 군사의 수효는 차츰 불어 5백여 명에 이르렀다. 이순신은 군사들을 독려하면서 일대의 성읍을 돌았다. 순천성 안에 들어가니 사람의 그림자라곤 하나도 볼 수가 없었다. 부아도 마찬가지. 건물 창고 무기 등은 고스란히 남아있는데 인적이 없었다.

이순신은 운반하기 어려운 총통은 땅에 묻고 활과 화살 같은 것은 수행한 군관들에게 나누어 주었다. 왜적을 보았다는 헛소문이 퍼져 졸지에 이꼴이 됐던 것이다.

일행은 보성을 거쳐 장흥 백사강에 이르렀다. 그간 긁어모은 병력을 점검하니 전선이 12척이요, 군사는 백여 명에 불과했다.

회령포엔 한산도에서 피신한 수사 배설이 와 있었다. 배설은 이순신의 부름을 받고도 칭병하여 처소에서 나오지 않았다. 하기야 뵈올 낯이 없었을 것이다. 또 조정에서 자신에 대한 처벌 논의가 제기돼 있는 것도 알고 있었을 것이다.

배설은 전세가 위급한 상황에서 수군 장수를 버릴 수 없다하여 죄를 모면하게 된다. 전라우도 수사 김억추가 이순신을 뵈러 왔다. 배설도 하는 수 없이 나타나 무릎을 꿇고 사과했다.

"한산도를 불사르고 도망친 일을 굳이 거론하지 않겠소. 거제도에서 싸우지 않은 것도 묻지 않겠소. 지난 일은 잊으시오. 어떻게 해서든지 수군을 다시 일으켜 세워야 하오. 나와 함께 목숨을 바칩시다."

이순신은 조용히 타이르듯 말했다.

"황송하기 그지없습니다. 사또의 분부를 어김없이 거행하겠습니다."

배설의 대답이었다. 그러나 겁에 질린 그의 얼굴을 보고 이순신은 아무런 기대를 걸지 않았다.

남은 12척 병선 중엔 배설이 끌고 온 서너 척도 포함돼 있었다. 이순신이 당면한 방책을 물었다.

"우리 수군은 고작 10척 남짓한 병선만 가지고 있습니다. 거제도 해전에서 왜적은 5백 척이 넘는 수군을 동원했으니 병력을 비교하는 것조차 허망한 일이 아니겠습니까? 이럴 바엔 수군을 버리고 육군의 힘을 모아 대적하느니만 같지 못할 것입니다."

배설은 침통한 낯으로 대답했다. 배설뿐 아니라 권율 이하 다른 장수들도 수군을 포기하고 육군을 강화할 수밖에 없다는 의견이었다. 며칠 뒤 비변사의 군령이 내려왔다.

"이제 수군을 해산하고 군사들을 도원수 막하의 육군으로 편입해야 한다. 통제사 역시 육지에서 군사를 모집하여 왜적과 싸워야 할 것이다."

그러나 이순신의 생각은 달랐다. 수군이 없으면 왜적은 무인지경으로 해안 산을 침공하여 전라도와 충청도를 석권하게 될 것이다. 그렇게 되면 육지 어느 곳도 지탱하기 어렵다. 무슨 일이 있어도 수군을 재건하여 왜 수군의 발을 묶어 놓아야 한다.

며칠 동안 이순신은 절망과 고뇌의 수렁 속에서 헤어나지 못했다. 새벽에 눈을 뜨니 수평선 위에 치솟고 있는 해가 여느 때보다 훨씬 붉고 크게 보였다.

이순신은 붓을 들어 장계를 초했다.

「… 지금 신에겐 아직도 12척의 전선이 있습니다. 죽을힘을 다해 적과 싸우면 결코 가망이 없지 않습니다. 비록 전선이 몇 척 안 된다 할지라도 신이 죽지 않았으니 적은 감히 우리를 업신여기지 못할 것입니다. 임진년 이후 5~6년간 적이 전라도와 충청도를 침범하지 못한 것도 수군이 그 길을 막았기 때문입니다.」

〈금신전선상유십이今臣戰船尙有十二〉

이 한 구절이야말로 하늘의 계시에서 나온 말이라 하지 않을 수 없다. 거북선 두 척도 거제도 해전에서 맥없이 격파당했다. 아무리 우수한 무기라 할지라도 쓸 만한 사람이 있어야 힘을 발휘하는 법이다.

이순신은 통제사의 교지를 받았을 때, 다시 한번 죽음을 결의했다.

'철석같은 신념으로 나아가면 귀신도 피한다.'

이런 심정이었다. 마침내 왜병선이 출몰하기 시작했다. 척후선단인 듯 8척이 연안을 탐색하고 사라졌다. 이순신은 병선을 이끌고 진도 벽파진에 이르러 결진했다. 어느새 배설은 도망치고 없었다. 정탐으로 내보냈던 군관이 돌아와 보고했다.

"왜병선은 모두 55척인데 그중 13척이 이미 어란포 앞바다까지 진출했습니다."

이순신은 병선 10척을 이끌고 출진했으나 풍랑이 거센데다 왜적들이 후퇴하여 추격하지 않고 돌아왔다. 김억추를 비롯한 장수들을 모아 작전 계획을 의논했다. 모두가 당황하여 충청도 방면으로 후퇴하는 수밖에 없다는 의견이었다.

김억추는 좌의정 김응남의 천거로 수사가 된 사람인데 이순신이 보기에 겨우 만호 정도나 감당할만한 인물이었다. 이순신은 장수들에게 엄하게 훈계했다.

"죽기를 기약하면 살길이 열리고 살기를 기약하면 반드시 죽을 것이오. 죽음을 각오하면 한 사람이 능히 천 명을 당해낼 수 있소."

〈필사즉생必死卽生, 필생즉사必生卽死〉

이 유명한 말도 이때 이순신이 한 것이다. 속속 탐보가 들어왔다. 적선은 2백 척이 넘었다.

여기서 얘기를 몇 달 소급시켜 전반적인 전국으로 옮긴다.

책봉사 양방형은 정유 봄, 북경으로 돌아갔다. 심유경은 조정의 추궁을 겁내 조선에 눌러 앉았다.

그간 강화를 성립시키려고 소서행장과 짜고 온갖 농간을 부린 것이 조정에서 들통나기 시작했기 때문이다. 왜군의 재침 소식에 이어 조선의 원군 요청이 연거푸 들이닥쳤다. 그중 곤경에 처한 것은 병부상서 석성이었다. 출병 여부를 결정하기에 앞서 책봉 실패에 대한 책임문제가 심각하게 제기된 것이다.

급사중 서성초, 어사 진우문 등이 석성을 격렬하게 탄핵했다.

"석성은 왜적을 물리침에 있어 주화오국主和誤國으로 대세를 크게 그르쳤으며 심유경을 내세워 화의를 도모하다가 왜적의 간교한 계책에 놀아났을 뿐 아니라 평수길에게 책봉을 거절당하는 수모를 받기에 이러했다. 또한 경략 손광은 석성과 심유경 사이에서 제대로 상황을 파악하지 못하고 동정군의 작전에 착오를 가져오게 하였다."

낭패한 석성은 궁색한 변명을 했다.

"왜적이 또다시 출병한다는 것은 조선의 무례한 태도를 책망하고 천조의 배려를 받으려 함이지 결코 중국을 해치려는 것이 아니다."

서성초는 대뜸 반론했다.

"평수길은 조선의 할지와 왕자의 볼모를 요구하고 있다. 수십만의 대군이 바다 건너 출병하는데, 고작 무례함을 책망하기 위한 것이라니 도시 어불성설이 아닐 수 없다."

그러자 석성은 어전회의에서 다급한 건의를 올렸다.

"신의 관직을 삭탈하시면 품계만 지니고, 직접 조선에 나가 왜군과 교섭하여 철병을 끝내도록 할 것입니다. 만일 성사가 되지 않을 경우엔 즉시 대군을 보내되 신을 중죄로 다스리소서."

명은 국력이 피폐하고 민심이 소연한 가운데 나라 안을 수습하기에도 지쳐버린 상태였다. 더구나 임진년의 조선 출병으로 병력이 크게 소모되고 국고는 바닥이 날 지경에 이르렀다.

설상가상으로 만주 지방에서 세력을 떨치기 시작한 여진의 족장 누루하치가 주변의 여진족들을 장악하여 점점 판도를 넓히고 있었다. 누루하치는 불과 10여 년 뒤 전 만주를 차지하고, 중원을 넘보면서 명군과 결전을 벌이게 된다. 이런 형편이라 석성은 어떻게 해서든지 재출병을 하지 않고 이럭저럭 사태를 수습해 보려고 한 것이다.

신종 황제는 건의를 듣지 않고 석성과 손광을 파직시켰다. 명국 조정은 연일 소선 원병을 논의했으나 쉽사리 결론이 나지 않았다. 명은 국초부터 위소衛所제도라는 것을 만들었다. 요샛말로는 징병제와 모병제를 혼합한 것이다. 후대에 내려올수록 징병제는 유명무실해지고 사실상의 용병에 의존하게 되었고, 나중엔 지방군 사령관들이 사병을 길러 자신이 지배하는 토지와 이권을 지키게 되었다.

요동의 이여송군이나 사천의 유정군 같은 것도 주력부대는 사병이었다. 적지를 점령하면 약탈하고, 전과를 올리면 후한 상을 받는 것이 관행이었다.

임진년 같은 대군은 엄두가 나지 않는 부담이었다. 묘의는 전번보다 더 날카롭게 양론으로 대립되었다.

"수길의 의도가 중국 침략에 있다고 속단할 수는 없다. 좀더 왜적의 동태를 살핀 다음 결단을 내려도 늦지 않다. 지금 북병과 남병 모두 사기가 저하되어 다시 출동한다면 반란이 터질 염려마저 없지 않다. 이런 형세에서 군사를 모집하자면 막대한 군사비를 내야 한다. 더더욱 곤경에 빠질 것이다."

이런 주장에 대해 이 역시 만만치 않은 반론이다.

"왜적의 침략을 방치하면 장차 조선은 왜에 귀속될 것이다. 대명의 의리와 명분이 크게 훼손될 뿐 아니라 여진족을 비롯한 오랑캐들이 우리를 얕잡아 보고 더욱 기승을 부리게 될 것이다. 그때까지 4면의 적을 안고 싸우게 되면 나라의 안위를 보장할 수 없다. 지체 없이 가능한 규모의 군사를 보내 조선군과 함께 왜적을 응징해야 한다."

북로남왜라 하여 북쪽의 오랑캐와 남쪽의 왜적한테 몇 백 년을 시달려온 것이 중국이다. 이 경우의 왜는 왜구이다.

황제는 전병부상서 전락의 의견을 듣고 결국 후자를 택했다.

제2차 동정군 진용.

병부상서 전락, 경략 형개, 경리 양호, 제독 마귀. 이것이 군정과 군령의 수뇌부이다.

다음은 병력의 구성.

본영은 부총병 오유충·양원·이여매, 유격장 오백영 등이 각각 거느리는 단위부대로 편성했다. 모두 해서 2만1천. 별도로 제독 마귀가 지휘하는 5만5천과 경리 양호의 4천 병력이 있었다. 그러니까 총병력 8만, 전번의 절반도 되지 못하는 규모이다. 양원·이여매·오유충 등은 임진년에 참전했던 장수들이다.

5월 초순 선진으로 양원이 압록강을 건너 도성에 들어왔고 7월에서 9월에 걸쳐 마귀·양호 등이 잇따라 서울에 집결하게 된다.

양원은 전라도를 지키기 위해 급히 남원으로 내려갔다. 원균의 조선 수군이 거제도에서 대패하고 한산도가 무너지자 왜 수군이 곤양 남해 부근까지 진출하면서 동남해안의 제해권을 확보한 탓으로 전라도의 방비가 다급해졌던 것이다.

남원은 호남 굴지의 요충이다. 이곳을 뺏으면 충청도 내륙과 전라도 서남해안을 아울러 제압할 수 있다. 이때 전라도를 노린 왜군은 좌우 양군으로 나뉘어 있었다. 우군은 창녕·합천·초계·의령 등 경상우도를 공격하고, 좌군은 수륙 양면으로 고성·사천·곤양·하동을 거쳐 지리산 서편을 돌아 남원을 공략하려고 했다.

우군은 모리수원의 1만. 좌군은 우희다수가의 1만2천, 소서행장의 1만

4천. 그 밖에 유격군과 수군 등을 합쳐 모두 5만이 넘는 병력이었다.

남원성을 지키는 조선군은 전라병사 이복남, 교룡산성 별장 신호, 남원부사 임현, 방어사 오응정 등 모두 해서 4천뿐이었다. 여기에 부총병 양원의 3천을 보태보아야 7천을 넘지 못했다.

전라병사 이복남은 양원과 함께 성벽을 높이고 성문을 수리하는 등 방비태세를 보강했다. 또 해자도 깊이 팠다.

이때 성안에 백성들이 얼마나 남아 있었는지 알 수 없으나 진주성의 경우처럼 그리 많지는 않았을 것이다.

양원의 3천병은 거의 기마병이었다. 수성전보다 야전에 능한 군사였다. 기마병의 경우 말먹이를 대기가 쉽지 않은 것이다. 양원은 지척의 거리인 교룡산성을 버리고 남원성 밖에 민가를 모조리 헐게 했다.

도성에 머물러 있던 심유경은 왜군의 동정을 살피며 기회를 보아 소서행장과 협상한다는 구실로 양원과 함께 종군하고 있었다. 조금이라도 공을 세워 자신의 죄를 덜려고 했을 것이다.

이때 전라감사는 박홍로에서 황신으로 갈려 있었다. 어찌된 영문인지 황신은 남원성에 나타나지 않았다.

선봉장 소서행장과 종의지의 병력이 먼저 광암봉에 진출하여 각색의 깃발을 세우고 진을 쳤다. 우희다수가군은 남동으로 세 방면에서 성을 빈틈없이 포위했다. 양원이 동문, 이복남은 북문 등을 각각 지키고 있었다.

13일 하오. 왜군은 총공격을 시작하여 일제히 조총사격을 하면서 성벽에 접근했다. 뒤를 장창부대가 함성을 지르며 돌진했다. 조선군은 진천뢰와 총통을 연달아 퍼부었다. 여기서도 조선군의 활이 위력을 발휘한다. 사다리를 타고 성벽을 기어오르는 왜병을 하나하나 고꾸라뜨렸다. 왜병의 조총수들이 조선의 궁수를 집중적으로 겨냥했다.

열 배가 넘는 적군이다. 넓은 평지성을 방어하기엔 너무나 고단한 아군의 병력이었다. 성이 함락되면 남김없이 몰살당하게 마련, 군사들은 한 치도 물러서지 않고 줄기차게 싸웠다.

진천뢰의 위력에 기세가 꺾인 왜군은 공격을 중단하고 우선은 후선으로 물러났다. 밤이 되자 왜군은 들판과 산등성이에 불을 피우고 법석을 떨며 간간이 총을 쏘아댔다. 왜군의 본진은 조선군의 총통이나 화전의 사거리 밖에 있었다.

다음 날 왜군의 후속부대가 숙성령을 넘어 성 아래로 진출했다. 왜군은 산에서 나무를 베어 구름사다리를 만들고 토석을 날라다 해자를 메우기 시작했다.

또 민가의 판자를 뜯어 사방에 방책을 세우기도 했다. 공성준비를 끝낸 왜군은 정오께부터 포위망을 좁히며 공격을 시작했다. 먼저 사다리를 멘 병사들이 조총의 엄호를 받으며 성벽에 대어 들고 조총수 뒤를 칼이나 창을 든 보병들이 대기하는 그런 진형이다.

양원은 이복남에게 말했다.

"적이 성 둘레에 목책을 치는 까닭은 성중에서 탈출하지 못하게 하려는 것이오. 적군은 나날이 증강되어 우리 군사들의 사기가 크게 떨어졌소. 방어만 할 게 아니라 성문을 열고 출격하여 적의 본진을 쳐부수는 수밖에 없겠소."

"열세인 아군이 적의 본진을 친다고 구름 같은 대군이 무너지겠소? 지금 도원수 권율의 명령으로 충청도와 전라우도의 군사가 의병들과 함께 우리를 구원하러 달려오고 있소. 성을 굳게 지키며 버티고 있어야 하오."

이복남을 비롯한 조선군 장수들의 주장이었다. 지휘권은 양원에게 있다.

"그렇다면 성을 지키시오. 나는 기마병 1천을 이끌고 포위망을 뚫고 나가 적의 주력을 역포위하겠소. 수세에 몰린 끝에 앉아서 패망할 수는 없는 노릇이오."

양원은 고집을 꺾지 않고 기마병을 모으더니, 당파를 휘두르며 앞장을 섰다. 당파는 삼지창의 일종이다. 흥분한 말들이 울음소리를 내고 요동을 치며 뒤를 따랐다.

성문이 열리고 기마군이 밖으로 돌진하자 왜군은 기세에 눌려 일제히 물러나는 듯했다. 그러나 그것은 유인책이었다.

양원은 동쪽 야산을 향해 질주했다. 매복했던 왜병들이 땅에서 솟아나듯 몸을 일으켜 사격을 퍼부었다. 양원은 함정에 빠진 것을 깨닫고 초요기招搖旗를 흔들어 철수를 명했다. 만용을 부리다 공연히 병력의 손실만 가져온 것이다.

불과 백여 리 상거한 전주성엔 유격장 진우충이 이끄는 2천의 명군이 있었다. 양원은 거듭 구원을 요청했으나 이런 대답으로 거절했다.

"남원을 구하지 않으려는 것은 아니나 그러다가 전주가 함락되면 더 큰 일이요. 가볍게 움직일 수 없소."

각기 동격인 단위부대장이라 양원에게 지휘권이 없었던 것이다. 전투가 시작된 지 3일째. 양원은 동문누상에 좌정하고 왜어통변으로 하여금 성 위에서 크게 소리치게 했다.

"군사를 보낼 테니 길을 열어주라."

그러자 왜군의 기마병들이 앞으로 나와 인도한다는 시늉을 했다. 군사는 병사 서넛을 데리고 성 밖으로 나갔다. 광암봉 왜군의 본진에 당도하자, 소서행장이 나왔고 군사에게 술과 안주를 대접했다.

"풍신수길은 재차 명분 없는 군사를 일으켰다. 짐작건대 멀리 바다를 건너온 일본군도 싸우고 싶어 싸우는 것이 아닐 터이다. 즉시 포위를 풀고 물러가라."

군사가 전한 양원의 통고였다.

저녁 무렵 이번엔 소서행장의 군사가 나타났다. 양원이 자신의 처소인 부아 용성관으로 인도했다.

"우리도 명군과 싸우고 싶지 않소. 성을 비우는 것이 상책일 것이오. 수성군이 철수하는 것을 방해하지는 않겠소."

소서행장의 제의였다. 양원은 화를 내며 내질렀다.

"나는 열다섯 살부터 장수가 되어 천하를 누비며 백 번 싸워 백 번 승리했다. 허튼 수작을 하지 말라."

"뭣 때문에 명군이 조선을 위해 이처럼 죽으려고 하는가."

왜군사는 이런 말을 남기고 돌아갔다. 보름달이 유난히 밝은 밤하늘이었다. 왜군은 다시 일제공격을 개시했다. 우희다수가군의 군사 십여 명이 사다리를 타고 성 위에 오르는 데 성공했다. 이들은 성루를 점거하고 불을 질렀다.

기세가 오른 왜군은 곳곳에서 성벽을 넘어 안으로 난입했다. 달빛 아래 피아가 뒤엉킨 혼전이 도처에서 벌어졌다. 총성과 폭음, 고함과 비명, 창검이 맞부딪치는 소리, 남원성은 처절한 아수라장이 되었다.

피로에 지쳐 잠시 쉬고 있던 양원은 호위병 70여 명을 이끌고 서문으로 나왔다. 왜병이 양원을 향해 쇄도하자 호위병들은 변변히 대항하지 못하고 흩어졌다.

양원은 단기로 왜병을 헤치며 서문 밖으로 탈출하여 적중에 미친 듯이 날려들었다. 왜병 서넛을 쓰러뜨렸으나 양원의 말이 창에 맞아 땅 위에 뒹굴었다. 순간 부하들이 달려와 양원을 엄호했다. 예비의 말들을 끌고 있었다.

북문을 지키며 지휘를 하던 전라병사 이복남은 부하 장령들이 피신할 것을 권하자 태연히 호상에 앉아 있었다.

"나는 이곳에 들어올 때부터 성과 더불어 사생을 같이하기로 맹세했소. 어찌 전투 중에 도주하여 후세에 오명을 남길 것인가."

양원은 서문으로 빠져나가 도망을 쳤다. 새벽녘 남원성은 마침내 왜군에게 함락되었다.

전라도 병사 이복남, 조방장 김경로, 별장 신호 등을 비롯한 조선 군민 약 3천이 전사했다. 명군도 3천 병력 가운데 대다수가 전사하고 겨우 1백여 명이 탈출했다.

소서행장과 우희다수가의 왜군은 남원에 이틀간 머문 다음 성을 비우고 임실로 진출하여 전주성을 공격할 태세였다. 전주를 지키던 명군 장수 진우충은 남원 패전에 기세가 꺾이고 또 왜군의 우군이 동쪽으로부터 접근한다는 소식에 놀라 싸움을 피해 철수했다.

소서행장군은 아무런 저항도 받지 않고 전주에 입성했다. 명국 조정은 이듬해 패장 양원의 죄를 다스려 그를 참수하여 수급을 서울 남대문 밖에 매달았다.

양원은 임진년 평양성 공격에 전공을 세웠고 벽제관 전투에서도 제독 이여송의 위기를 모면케 한 장수이다. 비록 전사하지는 않았으나 비교가 되지 않는 열세의 병력으로 조선군과 함께 끝까지 버티었으니 가히 선전분투라 할만하다. 조정에서는 그의 목을 거두어 제사를 지내고 평양 서문 밖의 무열사에 초상을 뫼셨다.

이복남 등 조선군 장수들이 거의 빠짐없이 전사하거나 자결한 사실은 마땅히 기록에 남겨둬야 할 것이다. 전주 함락에 앞서 가등청정 흑전장정 등의 우군은 창녕을 거쳐 안음지금의 안의 방면으로 향했다. 부근에 곽재우가 지키는 화왕산성이 있었다. 험준한 지세인데다 방비가 견고하여 왜군은 산성을 공격하지 않고 지나쳤다.

왜군의 공격 목표는 황석산성이었다. 안음에서 서북으로 20리 떨어진 지점에 있었다. 경상도와 전라도의 목을 죌 수 있는 전략의 요충이다.

안음현감 곽준이 산성을 수비하고 있었다. 왜군이 전주를 함락시키자 의병들을 이끌고 활동하던 전 김해부사 백사림, 전 함양군수 조종도 등이 구원하러 산성에 들어갔다.

관군과 의병을 합쳐 2천 남짓한 병력이었다. 왜군은 대나무로 만든 방책을 앞세워 조선군의 화살을 막으면서 공격했다. 치열한 공방전이 온종일 계속되었다. 왜군의 조총사격으로 조선군은 숱한 사상자를 냈지만 완강하게 저항하며 쉬이 물러나지 않았다. 밤이 되자 왜군은 도처에서 성벽에 기어올라 돌파구를 확보하고 성안으로 밀려들었다.

곽준은 이상·이후 두 아들과 함께 총에 맞아 전사했다. 백사림 조종도도 분전하다 죽었다. 조선군은 3백50명이 목이 잘리었다. 조종도는 임진년, 초유사 김성일 밑에서 의병을 모집하는 데 공을 세웠다.

소싯적 류성룡과도 친교를 맺은 퇴계의 문인이다. 화왕산성을 함락시킨 우군은 진안을 거쳐 전주에 입성했던 것이다. 왜군은 성곽을 파괴하고 관아와 창고를 불살랐다. 이곳에서 왜군 장수들은 한데 모여 장차의 작전

계획을 다시 짰다.

가등청정 흑전장정 등의 우군은 총병력 5만, 공주 방면을 통해 북진하기로 했다. 좌군은 우군의 일부를 편입하여 7만 병력으로 충청도와 전라도를 석권한다는 것이었다.

남원성 공격에는 등당고호 가등가명 협판안치 등 수군 7천도 참가했다. 요샛말로 해병대 구실을 한 셈이다. 병선들이 수송선단을 호송하여 하동에 상륙했던 것이다. 조선 수군이 궤멸된 덕택이었다.

왜군은 좌우군이 각기 작전 구역과 목표를 정하긴 했으나 갈수록 전의와 사기가 떨어져 있었다.

임진년의 출범부터가 대의명분은 고사하고 전쟁의 목적이 뚜렷하지 않았다. 승승장구하여 단시일 안에 서울을 함락시키고 평양까지 진출했지만 조선은 항복하지 않고 방어태세를 정비하여 명군과 함께 반격에 나섰던 것이다.

전혀 예견하지 못했던 것이 조선의 의병이다. 밤낮 없는 의병들의 유격전으로 왜군은 처처에서 고립되고 병참선이 절단되었다. 더구나 이순신 수군에게 연전연패한 왜 수군은 부산포에 발이 묶이어 서남해안을 넘볼 수조차 없었다.

남쪽으로 밀린 왜군은 결국 풍신수길의 명령으로 대부분이 철군하고 말았는데 이제 또다시 전쟁을 시작하다니 마지못해 출진한 장수들도 기가 차고 어이가 없었을 것이다.

함경도 오지까지 전진했던 가등청정도 이참엔 사정이 전과 같지 않았다. 가등청정마저 깊은 회의에 빠져 있으니 소서행장을 비롯한 다른 장수들은 말할 나위도 없었던 것이다. 무엇보다 수길의 전략 목표가 모호한 것이었다.

조선의 도성을 공격하라는 명령도 없었다. 진주성의 패전을 설욕하고 전라도 지방을 뺏으라는 것뿐이었다. 그러나 경기·충청·전라·경상의 4도를 점령한다는 구상이 묵시적인 명령처럼 장수들 사이에서 받아들여지고 있었다.

강화를 위한 수길의 조건에 조선 4도의 양도가 왕자의 인질과 함께 들어 있었기 때문이다. 그러니까 재침의 의도가 조선 땅 절반을 강탈하여 일본의 영토로 삼는 데 있음을 숨기지 못했던 것이다.

얘기를 진도의 벽파진으로 돌린다.

남원 공략에 참가했던 왜 수군은 다시 하동으로 돌아와 병선을 정비하고 서쪽으로 진출할 준비를 갖추었다.

남원성 함락은 전라도 남부의 민심을 크게 동요시켜 도체찰사 이원익과 도원수 권율의 명령에 따라 집을 버리고 산성으로 피란하는 백성들이 태반이었다.

이순신은 전라우도수사 김억추와 함께 전선 12척을 이끌고 해남의 전라 우수영으로 옮겼다. 진도와 우수영 사이의 좁은 바다가 명량해협이다.

9월 16일 새벽 망을 보던 염탐선이 급히 돌아와 보고했다.

"3백 척이 넘는 적선이 명량을 향해 서진하고 있습니다."

이때 우수영엔 백 척가량의 작은 어선들이 피란하고 있었다. 이순신은 각색의 깃발을 나누어 주고 전선으로 위장시켜 함대의 뒤편에 포진하게 했다.

"명량진이 결전장이다. 진격의 군고를 쳐라."

이순신은 조수간만 시각을 미리 재고 있었다. 왜 수군은 중선 10척을 앞세워 해협에 접근했다. 누각과 기치들이 바다를 뒤덮고 선체가 서로 부딪치다시피 몰려들고 있었다. 명량해협의 물살은 더욱 사납게 울부짖으며 배들을 삼키듯이 소용돌이쳤다.

이순신은 동요하는 군사들을 독려했다.

"왜적은 단번에 좁은 바다를 빠져나올 수 없다. 당장 우리가 싸울 적선은 고작 10여 척뿐이다. 노를 바삐 저어라!"

통제사가 탄 주선이 앞장서 돌진하자 뒤따르는 전선이 7~8척, 나머지는 겁을 먹은 탓인지 먼 거리를 두고 뒤로 처졌다. 중군장 김응성, 거제현령 안위 등이었다. 초요기를 달자 처졌던 배들이 급히 다가왔다.

이순신은 뱃머리에 나가 고함을 쳤다.

"거제현령 안위는 들으라! 군법으로 죽으려 하는가. 적을 치고 살길을 구하겠는가."

안위는 이순신을 향해 읍하고 명령에 복종할 뜻을 보였다. 마침내 양군의 전선들이 각종 총포를 난사하면서 맞부딪치기 시작했다. 포성과 함성이 해협을 진동했다. 그러자 안위의 배가 적선 3척에 둘러싸인 채 배안 갑판에서 백병전을 벌이고 있었다. 갈고리와 사다리를 걸치고 왜병들이 쳐들어간 것이다.

이순신의 기선이 급히 달려가 총통사격을 퍼부었다. 힘을 얻은 안위의 군사들이 배안의 왜병을 바닷 속으로 내몰았다.

노를 젓는 격군들도 무기를 잡고 싸웠다. 왜병선들이 불타기 시작하여 이곳저곳에서 검은 연기가 치솟자 조선군은 크게 기세를 떨치었다.

이순신 휘하에 준사란 이름의 항왜가 있었다. 불타는 적선을 가리키면서 말했다.

"저기 붉은 갑옷을 입은 자가 안골포의 장수 내도통총입니다."

"저놈을 잡아다 목을 베어라."

군사들이 왜선에 뛰어들어 내도를 생포해왔다. 지체 없이 참수하여 뱃머리에 머리를 매달았다. 더욱 사기가 오른 조선군은 마침 동쪽으로 바뀐 조류를 타고 적선들을 격파하면서 전진했다.

화염에 싸인 대선들이 늘어가자 왜군은 공격을 포기하고 후퇴하기 시작했다. 후퇴라기보다 세찬 조류에 떠돌며 밀려나가고 있었다.

이 전투에서 주장 등당고호는 중상을 입었고 모리고정은 물에 빠졌다가 간신히 살아났다. 이때 우수영 근처 산등성이엔 백성들이 하얗게 몰려 멀리 해전을 구경하고 있었다. 처음 얼마 동안 조선의 병선들은 왜적 선단에 가려서 보이지도 않았다.

연기를 뿜는 것이 왜선들임을 알게 되자 환성을 지르며 춤을 추었다. 지리멸렬이 된 적 함대가 패주하자 백성들은 너나없이 땅에 엎드려 고개를 숙였다.

"사또, 사또!"

명량해전에서 이순신은 적선 30척을 당파했고 수급 1백여를 얻었다. 조선군의 피해는 경미하여 병선의 손실이 없었고 군관 한 사람과 몇몇 군사들이 전사했을 뿐이다. 전과는 한산도해전보다 적었지만 전략적인 견지에선 그 이상의 큰 승리였다.

전주와 남원을 휩쓴 왜군이 남하하고 있어 명량에서 왜 수군을 막지 못했더라면 수륙 양면으로 협공을 당해 전라도 남부마저 고스란히 뺏기게 되었을 것이다.

이순신이 수군통제사로 복귀한 사실 자체가 왜군 장수들을 공포에 떨게 했고, 명량해전으로 이순신 수군의 위력을 다시 한번 뼈저리게 실감했던 것이다. 혼쭐이 난 왜 수군은 웅천 방면으로 철수하고 다시 서쪽을 넘볼 엄두조차 내지 못했다.

이순신함대는 법성포를 거쳐 위도에 기항했다. 피란선 3백여 척이 있었는데 다투어 큰 바다로 나와 이순신함대를 환영했다. 이들은 아낌없이 양식을 모아 군량미로 바쳤다.

이어 함대는 고군산도로 돌아 무안 보화도에 이르러 결진했다. 이곳에서 이순신은 꿈을 꾸었다. 말을 타고 가다가 실족하여 낙마했다. 그러자 셋째 아들 면이 부축하여 몸을 일으켰다.

이순신은 흉한 꿈같아 종일 마음이 불편했다. 저녁 때 아산에서 사람이 와서 편지를 전했다.

초봉을 뜯자 거죽에 〈통곡〉이란 두 자가 적혀 있었다. 왜군이 아산 본가까지 침입하자 면은 활로 맞서 싸우다 전사했다는 것이었다.

"면아!"

이순신은 넋을 잃고 편지를 놓았다. 하늘이 어찌 이다지도 무정하신가. 천지가 아득하고 빛이 없다. 아비보다 앞서 갔으니 너는 불효이다. 이순신은 한 해와 같은 하룻밤을 보냈다. 부인에게 답장을 쓰고 심부름꾼을 돌려보냈다.

이순신은 비보를 숨기고 평소와 다름없이 군무를 보았다. 소문이 퍼지면서 육지의 군사와 백성들이 보화도에 몰려들었다.

어느새 병력이 8천으로 불어났다. 이들과 피란민들을 먹여 살리는 일이 급했다. 한산도에서처럼 일정한 통행세를 징수하기로 했다. 항해의 안전을 보장하는 대가로 응분의 부담을 나누자는 것이었다.

〈해로통행첩〉이라는 것을 만들어 연안을 항해하는 배들에 나누어 주었는데 대선은 쌀 석 섬, 중선은 두 섬, 소선은 한 섬씩을 받았다. 근처 섬에서 나무를 베어 병선을 건조했고, 민가에서 구리와 무쇠를 모아 총통을 주조했다. 소음도 등 여러 섬에 염전을 만들어 소금을 구웠다. 말하자면 중앙의 도움을 바라지 않고 자급 체제의 군정을 편 것이다.

왜의 우군은 가등청정 흑전장정 모리수원 등의 주력부대가 4만 병력으로 북진하여 공주를 점령했다. 이 소식이 전해지자 도성안의 민심은 크게 흔들리고 성 밖으로 빠져나가는 피란민이 줄을 이었다.

충청감사 이시언이 장계를 올렸다.

「적군의 기세는 전만 같지 못합니다. 비록 공주를 뺏겼으나 조선군과 명군이 함께 힘써 싸운다면 적군의 진출을 막을 수 있을 것입니다.」

적의 동정을 정확하게 살피고 있었던 셈이다. 마침 경리 양호가 9월 초에 도성에 도착하여 국왕을 뵙고 대책을 의논한 다음, 명군에게 지체 없이 왜군의 북상을 저지하게 했다.

부총병 해생은 5천 병력을 이끌고 직산 방면으로 출동했다. 조선군은 2천 병력으로 명군의 좌익을 담당했다.

조·명 연합군은 수원에서 전열을 가다듬고 남쪽으로 진격했다. 왜군의 선진은 흑전장정이 이끄는 약 5천이었다.

직산에서 충돌한 양측은 온종일 승패를 가늠할 수 없는 일진일퇴를 되풀이했다. 밤이 되자 왜군은 조총부대로 하여금 명군의 숙영지를 공격하게 하면서 서서히 주력을 후방으로 후퇴시켰다. 조·명 양군은 왜군의 진출을 어렵사리 저지했던 것이다.

직산 전투는 뚜렷하게 승패가 가려진 것이 아니었다. 그러나 왜군의 진출을 저지했다는 점에서 전략상 매우 중요한 뜻을 지닌다. 이보다 앞서 조정에서는 급히 한강방어책을 세우고 영의정 류성룡이 한강 연안에 전개된 조선군을 독찰했다.

서울을 지키는 경군 외에 황해, 평안, 함경 각도의 군사 1만을 수도방위에 동원했다.

국왕은 군복에 말을 타고 강변에 나가 군사들을 격려했다. 임진년에 창황하게 도성을 버리고 몽진했던 일이 내내 국왕의 마음을 괴롭혔던 것이다. 만일의 경우에 대비해서 왕세자와 왕비, 그리고 후궁들을 해주로 피란시켰는데 국왕 자신은 도성을 사수할 작정이었다.

이처럼 긴박한 상황에서 직산의 전황이 날아온 것이다. 왜군이 힘을 쓰지 못한 것은 전의 상실이 주된 원인이지만 한 달쯤 전에 있었던 명량의 패보에 큰 충격을 받았던 것이다.

왜구는 9월 중순부터 10월 초순까지 썰물처럼 후퇴하여 기왕에 축조해 놓은 해안의 성채들에 들어갔다. 이른바 퇴수退守의 전술로 되돌아간 셈이다. 이 철수작전에서도 왜군은 조선군의 유격전에 시달림을 받아야만 했다.

충주에 결진하고 있던 가등청정군은 경상우도병사 정기룡이 이끄는 4백의 조선군에게 보은 근처에서 기습을 당해 적지 않은 손실을 냈다.

정기룡은 무과 출신으로 향리에서 지내다 임진년 왜적이 침범하자 종군을 자청하여 경상우도 순찰사 김성일의 막료로 활약했으며 나중에 상주성을 수복하는 데 큰 전공을 세워 목사로 제수되었다.

왜군이 재침하자 관병과 의병을 모아 금오산성을 지키고 고령 성주 등지에서 유격전을 벌여 명장의 이름을 떨치었다.

도체찰사 이원익이 특별히 국왕께 천거하여 병사로 기용된 것이다. 비변사는 명군의 수뇌들과 연합작전을 의논하고 전체적인 부대편성과 전투서열을 조정했다.

국왕은 명군 장수들을 접대하는 데 각별한 관심을 쏟았다. 좌찬성 이덕형을 경리 양호의 접반사로 삼았다.

국왕은 양호와 제독 마귀 등은 물론 부총병들도 자주 불러 접견했고, 그들이 머물고 있는 모화관이나 군영을 친히 방문하여 노고를 치하하기도 했다.

양호의 직함인 경리는 전방총사령관을 뜻하는 것이다. 그 위에 요동경략 형개가 경리를 감독하는 위치에 있지만 작전에 관한 일은 주로 경리가 담당하고 있었다. 양호는 예의바르고 겸손한 인품으로 국왕의 신임을 얻었다.

반격작전을 의논하고 있을 즈음 국왕은 양호를 불러 인삼 등 약재를 내리고 물었다.

"양대인이 손가락을 앓는다고 들었는데 지금은 어떻소?"

"다소간 차도가 있는 듯합니다."

양호는 공순히 읍하고 대답했다.

"왜적이 충청도에서 물러가 종묘를 다시 도성으로 뫼실 수 있게 되었소. 이 모든 것이 황제의 위엄이 이곳까지 미친 덕분이며 또 양대인의 공로이니 깊은 감사를 드리지 않을 수 없소."

"그것은 전하께서 복이 있기 때문이며 내게 무슨 큰 공로가 있겠습니까."

양호는 깊이 머리를 숙였다. 임진년의 장수들과는 딴판이라 그는 스스로 외신外臣처럼 국왕을 대했다. 그러자 이순신의 명량해전이 화제가 되었다.

얼마 전 이순신과 도체찰사 이원익의 장계가 올라왔던 터였다. 양호는 크게 기뻐하여 은과 비단을 이순신에게 내려 보냈다.

"통제사 이순신이 왜 수군을 격파했으나 전에 비하면 대단한 전과가 아니오. 자기가 할 일을 했을 따름이오. 큰 공도 아니고 자랑할 것도 아닌데 양대인께서 포상을 하셨으니 내 속으로 미안하게 여기고 있소."

국왕의 말이었다.

"이순신은 훌륭한 장수입니다. 패배하여 좌절한 뒤 끝에 몇 척 남지 않은 전선을 수습하여 물리쳤으니 어찌 군공이 작다고 할 수 있겠습니까."

양호의 대답이었다. 명량 승전의 의미를 누구보다도 정확하게 알고 있었던 셈이다.

"이참의 작전에선 나도 남쪽으로 내려가 군사들을 격려할 작정이오."

"전하께서 그러하신다면 제가 직접 뫼시고 가겠습니다."

양호는 다시 일어나 읍했다.

조선군의 진용과 편성.

一. 영의정 류성룡은 군량미와 말 먹이를 확보하는 데 주력한다.

一. 도체찰사 이원익은 경상 전라 충청도의 관찰사와 병수사들을 독찰한다.

一. 도원수 권율은 경상우도 조방장 곽재우, 전라병사 이광악, 전라감사 황신 등을 지휘한다.

다음은 전투부대의 편성.

ㅡ. 좌협, 충청도 병사 이시언이 이끄는 충청도 군사 2천과 평안도 군사 2천을 합해 4천.

ㅡ. 중협, 경상좌도 병사 성윤문이 이끄는 경상도 군사 2천과 함경 강원 양도의 2천을 합해 4천.

ㅡ. 우협, 경상우도 병사 정기룡의 황해도 군사를 포함한 3천3백.

이 세 부대는 명군과의 합동작전에 참가한다.

명군의 편성.

ㅡ. 좌협, 부총병 이여매의 1만2천.

ㅡ. 중협, 부총병 고책의 1만1천.

ㅡ. 우협, 부총병 이방춘의 1만1천.

조·명 연합군의 총병력은 5만 남짓했다. 이속엔 권율이 통괄하는 각도 감사의 군사들은 들어있지 않다.

군량미는 한 달치를 확보하고 그 밖의 무기와 군수물자 등 준비를 단단히 했다. 명군만 해도 왜군이 겁내는 화기들을 대량으로 동원했다. 대장군포 1천1백44문, 화전 11만8천 자루, 화약 6만9천8백 근, 대소의 포환 1백80만 근, 그 밖의 각종 총포 다수.

이 같은 준비가 끝난 것은 12월 초순이었다. 형개가 도성에 들어 본영을 설치했고, 양호는 각 군의 출진을 독려하면서 자신도 직할부대를 이끌고 전방으로 나갔다.

국왕은 비변사의 간언에 따라 한강변 동작나루에 나가 군사들을 배웅하고 남쪽으로 내려가지는 않았다. 한강엔 배다리를 가설했다. 강변 백사장에 제단을 만들어 국왕과 형개가 함께 하늘에 제사를 지냈다. 장수들에게 술을 내리고 소와 돼지를 잡아 군사들을 배불리 먹였다.

양군의 오색 군기들이 강변을 뒤덮고 포성과 함성이 강물을 솟구치게 진동했다. 근래 보기 드문 위용이요 장관이었다.

국왕은 승정원을 통해 조선군에 유시하였다.

"왜적이 직산에서 패하여 물러갔으나 경상도 바닷가에 틀고 앉아 조선 땅을 점거하고 있다. 수길의 명령이 있으면 또 다시 북상하여 도성을 엿볼 것이다. 천조에서 거듭 원병을 보내 돕고 있으나 조선의 군민은 천병에 의지할 생각을 하지 말고 왜적을 무찌르는 데 앞장을 서야 할 것이다. 마침내 원한을 갚을 기회는 왔다. 군사들은 분연히 떨쳐 일어나 나라를 구하라."

연합군의 당면 목표는 가등청정이 도사리고 있는 서생포 지역의 공략이었다. 울산성은 서생포에서 북동으로 60리 상거한 지점에 있다. 재침한 뒤 가등청정이 현지를 답사하고, 직접 설계하여 벼락치기로 축조했는데 섬산이란 작은 산을 끼고 있었다.

서생포를 엄호하고 이 지역을 난공불락의 아성으로 만들 의도였다. 1만의 병력을 투입하여 돌과 자갈로 둘레 2.7km를 쌓고 그 안에 세 겹으로 방벽을 쌓아 한복판에 본진을 두었다. 바깥 둘레에 크고 작은 성루 12개를 세웠다. 남으로 태화강이 흘러 배들이 성 아래에 닿을 수 있었고 나머지 3면엔 흙담을 쌓고 목책을 세웠다. 외성 안에 2중 3중으로 방벽을 쌓는 것은 일본의 전형적인 축성법이었다.

접반사 이덕형은 양호와 함께 종군했다. 연합군은 일단 경주에 집결하여 울산성 공격에 준비를 점검했다. 양호는 의성에 이르러 이덕형에게 왜군의 동정을 염탐하도록 청했다. 이덕형은 여여문이란 사람을 뽑아 왜인으로 변장시켜 울산성에 들여보냈다. 여여문은 수삼 일 뒤 돌아와 보고하며 성의 도면을 내놓았다.

"성은 아직 완성되지 못했습니다. 병력은 적고 방비도 허술합니다."

이 정탐은 비교적 정확한 것이었다. 가등청정군의 주력은 서생포에 있었고 울산성의 병력은 거개가 성 밖의 임시 막사에 들어 있었다. 바닷길로 보급을 받고 있었으나 추위와 노역 탓에 군사들의 고통은 이만저만한 것이 아니었다.

명군의 선진 약 1천은 새벽의 어둠을 타서 울산성 서쪽의 막사들을 기습했다. 화전 사격을 퍼부어 막사들을 불사르고 기마병을 선두로 일제히 돌진했다.

허를 찔린 왜군은 장령급 여럿을 비롯해서 많은 사상자를 냈다. 왜군은 필사적으로 저항하면서 간신히 성안으로 물러갔는데 이날 왜군은 전사자 5백을 내어 큰 타격을 받았다.

조·명군은 성 밖의 왜군 막사를 남김없이 불태우고 본진을 고학성산에 차리고 성을 포위했다.

서생포에 있던 가등청정은 급보를 받고 부산의 왜장들에게 원병을 청한 다음 소수의 군사를 데리고 급히 달려와 울산성에 들었다. 왜군은 미처 군량미를 비축하지 못한 상태였다.

다음날 연합군은 캄캄한 새벽부터 행동을 시작하여 날이 새면서 총공격에 들어갔다. 주공은 성의 동면이었다. 왜군이 끈질기게 저항하자 공격의 중심을 서면으로 옮기었다.

양면의 성책이 무너지고 왜군은 성안으로 후퇴했다. 이날의 전투에서 왜군은 7백이 전사했다. 이틀 새 1천이 넘는 막대한 손실을 입은 것이다.

전황이 긴박해지자 서생포의 왜군은 병선 30여 척을 출동시켰다. 선단은 태화강을 통해 울산성 근처에까지 올라왔다. 그러나 명군이 강을 차단하고 요격할 태세를 취하자 왜군은 상륙하지 못하고 하류 쪽으로 되돌아갔다.

다음날 양호는 다시 총공격을 명했다. 조선군은 예비부대로 명군을 측면에서 엄호했다. 양호는 뒷전에서 머뭇거리는 두 명을 장검으로 베고 군사들을 독전했다.

왜군도 완강하게 저항하여 반나절 사이 다섯 차례나 공격을 했으나 한군데도 성벽을 뚫지 못했다. 성벽이 높고 견고해 명군의 대장군포도 제대로 위력을 발휘하지 못했다.

이원익은 초조해 하는 양호에게 말했다.

"조선의 군사들로 하여금 화공을 시도해 보는 것이 어떻겠소."

"좋은 생각이오. 살펴보니 이 성은 물이 넉넉지 못한 지형이오. 수로를 막으면 버티지 못할 것이오."

양호의 대답이었다.

이원익은 권율과 상의하여 별장 김응서에게 화공을 명하는 한편 병사 고언백으로 하여금 태화강에서 성안으로 이은 물줄기를 메우게 했다.

다음날 새벽 조선군 수십 명이 방패와 땔감을 걸머지고 성중으로 잠입하여 본진 근처에 불을 질렀으나 왜병들의 조총사격으로 큰 효과를 보지 못했다.

추위가 계속되어 손발이 동상에 걸리는 군사들이 늘어났다. 식량이 떨어진 왜군은 말을 잡아먹었고 밤중 성 밖을 빠져나와 거두지 모한 아군의 시체를 뒤져 휴대식량을 훔치기도 했다.

공격 시작 후 닷새만인 28일. 왜병 몇이 백기를 들고 나와 장대에 서신을 꽂고 돌아갔다. 왜군의 부장副將이 진주목사 성윤문에게 보내는 서신이었다.

「주장인 가등청정은 지금 서생포에 있다. 명군 장수 한 사람을 보내준다면 함께 서생포로 가서 가등청정과 강화를 의논할 것이다.」

연합군의 공격을 면하려는 위계였다. 양호는 답서를 만들어 활로 쏘아 성중에 보냈다.

「가등청정이 이곳에 있음은 군졸들도 다 아는 일이다. 잔꾀를 부리지 말고 청정은 성을 버리고 나와 항복하라. 무고한 군사들의 목숨을 구할 수 있을 뿐 아니라 조정에 건의하여 청정에게 높은 관작을 내리게 할 것이다.」

회답이 다시 왔다.

「우리는 화의를 제의하고 있다. 믿지 못한다면 끝까지 싸울 수밖에 없다. 명군이 무엇 때문에 조선 땅에 와서 엄동설한에 고초를 겪고 죽으려고 하는가.」

왜군이 즐겨 쓰는 이간책이다.

왜군은 그야말로 한계상황에 몰려 있었다. 도망병들이 아군 진영에 잇따라 투항했다. 그들의 정보를 통해 성 밖에 감추어진 우물을 알게 되었다. 밤중에 몰래 나와 물을 길어간다고 했다.

이날 밤 김응서가 매복시킨 군사들이 물통을 지고 온 왜병들을 모조리 생포했다.

"말을 죽여 피를 마시고 또 오줌을 먹고 있습니다."

항왜들이 전한 성중의 참담한 모습이었다. 울산성이 포위되자 왜군은 서생포에 병력을 집결시켰다.

흑전장징 모리수원 가등기명 등 장수들이 이끄는 1만3천의 병력이었다. 이때 소서행장은 순천에 있었는데 거리도 멀고 조선군과 대치 상태에 있어 쉬이 움직이지 못했다.

울산성 구원왜군은 서생포를 출발하여 40리가량 전진하고 성이 보이는 고지를 점령했다. 각색 기치들이 고지 위에 솟아오르자 성중은 생기가 되살아나고 명군 진영은 당황한 빛을 감추지 못했다.

선조 31년 무술년1598 정초의 일이다. 4일 새벽 연합군은 구원군이 오기 전에 성을 함락시키려고 총공격에 나섰다. 모든 화력을 동원하여 성중에 퍼부으면서 포위망을 죄어 들어갔다. 포격으로 무너진 성벽을 사이에 두고 치열한 공방전이 계속되었다.

태화강 하류에 나가 망을 보던 척후가 급히 돌아와 보고했다.

"적의 수군 90여 척이 강을 거슬러 올라오고 있습니다."

상황이 느닷없이 역전되었다. 아군은 배후를 끊기게 되고 역포위를 당할 수밖에 없다. 양호는 휘하 장수들에게 비밀 명령을 내려 차례차례 포위망을 풀고 철수작전에 들어가게 했다.

참장 노계충은 2천 병력으로 최후까지 남아 후퇴를 엄호하다가 전사했다. 12일간의 울산성 공방전은 막을 내렸다. 가등청정군은 굶주림과 추위 속에 절망적인 싸움을 하다 전원 아사직전에서 구출된 것이다.

명군의 손실은 전사 1천4백, 부상이 3천이었고 조선군은 큰 피해가 없었다. 왜군의 경우는 기록에 없으나 명군의 손실보다 적지는 않았을 것이다.

조선군은 경주에 집결하여 부대별로 병력을 수습하고 휴식을 취했다. 양호는 경주에 잠시 머무른 다음 곧장 도성으로 귀환했다.

양호와 마귀 등은 울산성 전투를 큰 승리라고 조정에 보고하면서 가등청정군이 궤멸된 것으로 과장했다.

「조선에 재차 출병한 이래 기민하게 병력을 동원하여 적의 견고한 성을 공격하고 많은 왜병의 목을 베었다. 그리하여 국위를 크게 선양했다. 군사를 정돈하여 재거再擧를 노린다 했으니 가상한 일이다. 형개의 탁월한 통솔 아래 양호는 스스로 적의 시석矢石을 두려워하지 않았으며 마귀는 용감하게 앞장서 싸웠다. 모두 다 짐의 기대에 어긋나지 않았다. 이들에게 차등 있게 은 10만 냥을 내려 군사들을 위로케 하라.」

황제는 이런 유시를 내리고 후하게 포상했다. 내친김에 후일담을 아울러 적는다.

왜군은 소서행장과 가등청정간의 불화가 있었지만 명군도 북군과 남군간에 반목이 심했다. 여기에 조정 안의 권력다툼이 얽혀 통수체계에 혼선이 일어나고 상황판단에 착오를 빚기도 했다.

이해 여름 병부의 동정주사 정응태는 울산성 전투가 사실상의 패배였다고 주장하면서 관계되는 신하와 장수들의 죄를 열거하며 탄핵했다.

"당초 보신 장위는 양호로부터 뇌물을 받고 경리로 천거하였으며 심일관은 부총병 이여매를 감싸고 돌았다. 일호는 이여매만 후하게 대우하고 다른 사람들은 노비처럼 다루어 여러 장수들의 공죄가 뒤바뀌어 원한을 샀다. 양호 등은 울산성에서 큰 손실을 입어 나라를 욕되게 했음에도 사실을 엄폐하였다. 감찰관을 파견하여 조사시키면 옳고 그름이 환하게 드러날 것이다."

명국 조정의 동정을 알게 된 국왕은 이원익을 급히 북경에 보내 울산성 전투의 실상을 알리면서 양호를 변호하게 했다. 그러나 우여곡절 끝에 양호는 파직되어 도성을 떠나게 되었다.

성승을 사신으로 보냈으니 양호를 위하는 국왕의 심정을 알만하다. 양호가 평복차림으로 하인들만 데리고 떠나게 되자 국왕은 이례적으로 홍제원 너머까지 나가 배웅했다.

양호는 말에서 내려 장막 안으로 들어와 땅에 엎드렸다. 국왕은 교의에서 일어나 손을 잡고 양호를 일으켰다. 양호는 한동안 말없이 눈물만 흘렸다. 그의 후임으론 첨도어사 만세덕이 임명되었다.

비록 울산성 공략엔 실패했으나 전반적인 형세는 연합군에게 유리하게 전개되고 있었다. 조선군은 병력을 수습하고 도처에서 유격전을 벌였다. 경상우도 병사 정기룡은 부총병 해생과 함께 대구에서 출진하여 고령 합천 삼가를 거쳐 진주를 향해 진격했다.

삼가 근처에서 왜군을 패주시켰다. 전라도 병사 이광악은 전주로부터 출격하여 장수를 거쳐 무주에서 왜군을 격파했다. 또 이광악은 순천 방면의 왜군을 기습하여 왜군을 여수반도 안으로 밀어 넣었다. 순천 왜교성은 소서행장군이 지키고 있었다.

이처럼 왜군은 내륙에서 계속 밀려 저들의 행동반경은 해안의 요새를 연결하는 선으로 줄어들었다. 명국의 증원군도 속속 도성에 도착했다.

임진년에 나왔던 제독 유정이 수군도독 진린과 함께 바다를 건너왔다. 진린은 병선 백 척을 거느리고 한강 하구에 결진하고 있었다. 연합군은 병력과 장비를 정비하여 서둘러 대공세를 취하기로 했다.

"이순신의 수군도 점차 병선과 병력을 늘리고 있소. 더구나 진린 도독의 수군이 당도했으니 바야흐로 수륙 양면으로 왜군을 섬멸할 호기를 맞았소."

류성룡은 불편한 몸을 이끌고 등청하여 형개와 장차의 전략을 의논했다.

"아직 양호의 후임이 부임하지 않았으나 당장이라도 총공세로 나가 왜군을 바다 속에 처넣어야 되겠소. 지금 왜군은 성채를 수리하며 군량미를 비축하고 있다는 소식이오. 시일을 끌수록 왜적을 소탕하기가 어렵게 될 것이오."

양호와 함께 탄핵을 받았던 형개는 요행히 처벌을 모면했으나 기어이 울산성을 함락시켜 전번의 불명예를 씻고 싶어 했다.

공격 목표는 울산 사천 순천의 세 요충이었다. 그 밖의 성채들은 상호간의 연결을 끊어 고립시키고 세 곳에 공격을 집중하자는 것이었다. 그래서 군단도 동로·중로·서로의 셋으로 나누었다.

8월 초. 동로군은 경주, 중로군은 성주, 서로군은 전주에 각각 도착했다. 조선군은 별장 김응서가 이끄는 5천과 그 밖의 장수와 수령들을 합쳐 3만이 넘는 병력이었다. 조선군은 동로군과 합동작전을 폈다.

제독 마귀는 경주에 본진을 두고 기마병 6천을 선진으로 삼아 울산으로 출동시켰다. 김응서는 동래 방면에 유격대를 보내 부산의 왜군을 견제했다.

이때 울산성은 가등청정군 1만, 서생포엔 흑전장정군 5천이 지키고 있었다. 전번과 달리 충분한 양식과 장비를 준비했음은 물론이다.

기마부대를 이끄는 선봉장은 부총병 해생이었다. 해생은 울산 부근의 고학산성에 포진하자 휴식을 취하지도 않은 채 출격하여 성벽 밖에 둘러친 목책을 쳐부수고 왜병들을 격파했다.

왜군은 내성으로 들어가 방비태세를 강화했다. 장기간의 농성에 단단히 대비한 듯했다. 이따금 소수의 기마병들이 나와 명군을 공격하는 체 하다가 성안으로 철수하곤 했다. 명군을 조총의 사정거리 안에 끌어들이기 위한 유인책이었다.

왜군의 축성법은 조선의 그것과 사뭇 다르다. 조선은 험준한 지세를 이용한 산성이 많지만 읍성 같은 평지성의 경우에도 성벽을 2중으로 쌓지는 않는다. 일본은 평지성이 많고, 산성이 오히려 드물다. 전략상 요충에 지대가 높은 곳을 선정하여 높다랗고 견고한 누각을 세운다. 이것이 천수각이다. 천수각을 포함한 중심부를 혼마루本丸라고 불렀다.

이 혼마루 주위를 2중 3중으로 에워싸고 방벽을 쳤다. 이것들을 니노마루二丸, 산노마루三丸라고 했다.

이상이 본성이고 밖으로 방책과 해자를 두었다. 성주가 있는 혼마루까지 여러 겹의 저지선이 있는 셈이다. 이러한 축성법은 그들의 전국시대를 통해 크게 발달했는데 지키기는 쉬워도 뺏기는 어려운 것이다. 울산성도 대체로 이 같은 유형에 속하는 것이었다.

전번 가등청정군이 연합군의 포위 속에서 버티어 냈던 것도 왜성의 독특한 구조의 덕을 본 때문이었다. 그 사이 성벽을 높이고 총안을 늘리며 갖가지 장애물을 설치하는 등 가등청정은 성을 더욱 견고하게 꾸몄다.

연합군은 연일 각종 포와 총통을 쏘아댔으나 성벽을 깨뜨리지 못했고 사각이 거의 없는 화망에 걸려 보병 공격이 쉽지 않았다.

사나흘 간 국지적인 전투가 되풀이되었다. 도독 마귀는 장비와 식량을 5리쯤 뒤로 운반하고 포위망을 풀어 왜군의 출격을 유인했지만 허사였다. 그러자 모리길성 등 부산의 왜군이 울산성을 구원하러 출동한다는 탐보가 들어왔다. 당황한 마귀는 함께 종군중인 도원수 권율에게 불만을 늘어놓았다.

“조선군의 주력은 부산의 왜군을 견제하게 돼 있소. 동래를 점령한 것은 잘한 일이지만 부산과 서생포 어간을 차단해야 작전에 차질이 없을 터인데, 김응서는 대체 뭘하고 있단 말이오.”

조선의 우협군은 충청병사 이시언의 휘하였지만 경상우도 병사를 지낸 김응서가 사실상 작전을 지휘하고 있었다. 지리에 밝고 왜군의 습성을 잘 알고 있었기 때문이다.

일이 잘 풀리지 않으면 조선군 탓을 하는 것이 명군 장수들의 버릇이기도 했다. 걸핏하면 조선군이 위태로운 곳에 나가지 않으며 명군에 미루고 싸우려 하지 않는다고 투덜대거나 욕설을 퍼부었다. 그럴 때마다 자존심이 상한 조선군 장수들은 그런 소리가 나오지 못하게 앞장서 싸우려고 기를 썼던 것이다.

“알겠소. 급히 동래에 전령을 보내 왜군의 북상을 막도록 군령을 내릴 것이오.”

권율의 대답이다.

김응서가 이끄는 군사는 충청 황해 함경 등 여러 지방에서 끌어 모은 혼성부대였다. 훈련도 덜 돼 있었다. 권율은 무리인줄 알면서도 김응서에게 엄한 군령을 내리고 독려했다.

명군은 어정쩡한 거리에서 울산성을 느슨하게 포위하고 있었다. 연일 큰비가 쏟아져 명군의 야영지는 물바다가 되었다. 악천후도 왜군 편을 드는 것 같았다.

마침 사천을 공격하던 중협군이 대패했다는 소식이 날아들었다. 낙담한 마귀는 권율에게 “어름어름하다 퇴로가 끊기면 큰일이오. 일단 경주로 후퇴해야겠소." 하고는 전군에 이동 명령을 내렸다.

장면을 사천으로 옮긴다.

중협군의 사령관은 제독 동일원이었다. 병력은 3만4천. 경상우도 병사 정기룡이 2천2백의 병력을 이끌고 작전에 참가했다. 왜군의 사령관은 도진의홍, 병력은 1만이 채 못 되었다.

중협군은 진주에서 남강을 건너 사천의 왜성을 향해 진격했다. 진주엔 약 3백의 왜군이 주둔하고 있었으나 연합군이 남하하자 성을 버리고 본대와 합류했던 것이다. 사천 왜성은 구성舊城에서 서남쪽으로 10리쯤 되는 해안에 있었다. 동으로 한 면만 육지이고 나머지 3면은 바다여서 배를 직접 성 아래에 댈 수 있었다.

9월 하순 연합군은 사천 구성을 점령했다. 왜군 3백이 구성을 지키고 있다가 선봉을 자청한 정기룡군의 기습을 받았다. 이들은 밤중에 성문을 열고 쏟아져 나와 필사적으로 돌파구를 뚫으려고 했다. 피아를 분간할 수 없는 난전이 벌어지고 한때 명군의 진용은 큰 혼란에 빠졌다.

평양성 전투에 참가했던 참장 이영은 낙마하여 왜병들에 짓밟힐 뻔하다가 가까스로 정기룡에게 구출되기도 했다. 왜병은 절반가량이 사천 본성으로 돌아갈 수 있었다. 제독 동일원은 구성에서 회의를 열고 장수들의 의견을 물었다.

"지난겨울 울산성의 패배를 교훈으로 삼아야 할 것이오. 공성을 오래 끌면 반드시 구원군이 오게 되고, 그 때문에 포위를 풀지 않을 수 없게 되오. 그중 가까운 고성을 먼저 쳐부수면 사천은 고립될 것이오."

이 같은 계책을 내놓은 장수는 유격장 모국기였다. 절강의 군사 3천을 이끌고 있었다. 그간 작은 승리에 오만해진 동일원은 속전속결을 주장했다.

"공성전에 두 가지 전법이 있소. 질풍노도와 같이 덤벼들어 단숨에 함락시키는 게 상책이오. 그게 어려우면 성을 포위한 채 적의 양도糧道를 끊고 기다리는 지구전을 할 수밖에 없소. 이도 저도 아닌 어중간한 것이 하책이오."

이 무렵 명군 장수들 사이에선 주된 왜성의 공략을 놓고 치열한 경쟁을 벌이고 있었다.

"제독 의견에 찬성하오. 시간을 지체할 수 없는 형편이오. 병사들을 수용할 막사도 부족하고 군량미도 넉넉지 못하오."

다른 몇몇 장수도 동일원을 지지했다.

10월 1일 새벽 명군은 행동을 개시하여 사천성 외곽지대에 전개를 끝냈다. 전군을 선봉 우익 좌익 본대 등으로 나누었다.

먼저 보병부대가 전진하여 해자 근처에 접근했으나 성안은 숨을 죽인 듯이 조용하고 총소리 한 방 나지 않았다. 명군의 대포들이 3백 보 정도의 거리까지 진출하고 사격을 시작해도 성중에서 전혀 대항을 하지 않는다.

명군 본진은 동쪽으로 나지막한 언덕에 있었다. 동일원은 조급하게 총공격령을 내렸다. 기마 전령들이 쏜살같이 달려 나갔다. 함성이 진동하고 성 밖의 방책들은 순식간에 무너졌다.

순간 대장군포의 포탄이 성문에 명중했다. 명군 보병들이 성문으로 쇄도하자 비로소 왜군은 조총과 활을 쏘기 시작했다.

지근거리의 집중 사격을 받은 명군은 무리지어 쓰러지고 높직하게 시체가 쌓였다. 이때 명군의 포열 한복판에서 포탄이 터진데 이어 근처 탄약차가 폭발했다. 화염과 검은 연기가 치솟아 하늘을 가렸다. 명군 대열이 혼란에 빠지자 왜군은 성 밖으로 출격했다. 기마부대를 선두로 조총대와 장창대가 뒤를 따랐다.

선봉장 모국기는 북쪽 고지로 후퇴하여 군마를 수습한 다음 출격한 왜군의 후면을 차단하면서 성안에 진입하려고 했다.

성 밖의 왜군 일부가 모국기부대의 의도를 알고 함성을 지르며 배면을 공격했다. 모국기는 이걸 고성에서 출동한 왜의 원군으로 착각하고 급히 북쪽으로 도주했다.

명군은 말들이 놀라 날뛰는 통에 대오를 정돈하지 못한 채 사방으로 흩어지고 보병부대는 왜군의 기마병들에게 유린당했다.

명군 장령들은 칼을 휘두르며 독전을 하고 미친 듯이 나각과 전고를 울렸으나 산사태처럼 붕괴되기 시작한 군용을 다시 일으켜 세울 수는 없었다. 누각에서 전황을 살피던 도진의홍은 군선軍扇을 쳐들고 총공격을 명했다.

성안의 병력도 출격하여 패주하는 명군을 추격하는 데 가세했다. 경상우도병사 정기룡부대는 군량미를 실은 달구지들을 호송하고 있었는데 명군이 달아나자 어쩔 수 없이 군량미를 버리고 후퇴했다.

왜군 기마대는 사천읍 구성까지 쫓아와 소탕전을 벌였다. 전의를 상실한 명군은 남강을 건너기가 바쁘게 진주를 지나 성주 방면으로 후퇴했다. 패인은 한둘이 아니었으나 동일원의 졸렬한 용병에 큰 원인이 있다.

이와 대조가 되는 것이 도진의홍의 노련한 전법이다. 성 공방에는 이골이 난 노장이라 공성군의 약점을 최대한 역이용했던 것이다.

전투가 끝난 뒤 도진의홍은 이처럼 본국에 보고했다.

「적의 수급 3만8천7백 여를 얻었고 그 밖에 살상한 명군은 부지기수였다. 사천성 근처에 큰 구덩이를 파 수급을 한데 묻고 수총이라고 이름지었다.」

여러 자료로 미루어 전투에 참가한 명군의 총병력은 3만5천 안팎이다. 과장된 전과임이 틀림없다. 패보에 접한 명국 황제는 크게 실망하여 교서를 내렸다.

「중로군이 실패한 것은 교만한 장수가 적을 업신여겼는가 하면 겁 많은 장수는 적을 두려워한 탓이다. 총수형개를 가리킨다가 교만함을 꺾고 겁이 많음을 고무하지 못함으로써 전법에 두서가 없고 군령이 서지 못했다. 한 부대가 조금 물러서자 나머지 군사들도 모두 도망치기에 이르렀다. 나라를 욕되게 하고 위신을 손상시켰으니 통탄할 일이다.」

이처럼 질책한 다음 군법을 적용해서 장수 둘을 효시하고 대포부대를 지휘한 팽신고에 대해서는 오발의 원인을 규명하고 죽임을 면하는 은전을 베풀되 전공을 세워 속죄하게 했다.

동일원은 한 급을 강등시켜 공을 세우도록 했으며 형개에 대해선 잘못을 깊이 반성하여 더욱 발분하라고 타일렀다. 전쟁이 끝난 뒤 일본은 도진의홍과 그의 아들 충항의 이름으로 경도 근처 고야산에 공양탑을 세웠다. 여기엔 '대명인大明人 8만여 명을 쳐죽였다'고 기록하고 있다. 승리를 과시하기 위한 탑이었을 것이다.

울산성과 사천성의 잇따른 패전은 조정을 당황하게 만들었다. 직산에서 왜군이 일제히 후퇴하자 자신감을 되찾고 정세를 낙관하던 분위기가 졸지에 뒤바뀌게 된 것이다.

공교롭게도 영의정 류성룡과 좌의정 윤두수가 병들어 누워 되풀이 사직소를 올렸고, 또 새 국면에 따른 인사가 빈번해지면서 수뇌부의 개편이 필요하게 되었다. 개편이라야 난국을 감당할만한 인재는 흔하지 않다.

먼저 윤두수가 영중추부사로 물러났고 우의정 이원익이 후임 좌의정에 올랐다. 우의정으로는 이조판서 이덕형을 기용한다. 이항복도 몇 달 후 우의정에 오르게 되지만 이 시점에선 아직 병조판서이다.

여기서 이덕형과 이항복의 선의의 경쟁 관계를 잠깐 얘기할까 한다. 이덕형은 이해 38세이다. 31세에 예조판서 대제학에 올라 사람들을 놀라게 했다. 본관은 광주廣州, 호가 한음, 동인에서 갈라진 북인의 거두 이산해의 사위이다.

이항복은 이덕형보다 다섯 살 위인데 문과급제는 두 사람이 같은 해선조 13년였다. 동방同榜은 아니고, 알성시와 별시로 이항복이 몇 달 빨랐다. 이항복의 본관은 경주, 호는 백사.

각기 청요직을 두루 거치고 임진년 왜란이 터지자 국왕을 호종하고 이판과 병판을 교대로 지내다시피 했다. 또 모두 체찰사를 겸임하면서 싸움터의 먼지를 씻을 겨를이 없었다.

국왕은 두 사람을 깊이 신뢰하고 의지하여 전방에 보낼 적마다 허전하게 여겼다. 이항복이 권율의 큰사위임은 앞서도 적었다. 당시의 국난을 극복한 데는 조정에서 류성룡·윤두수를 비롯한 이원익 이덕형 이항복 등 동량들의 힘이 컸던 것이다.

이와 함께 이순신 등 용맹스러운 장수들과 곽재우 등의 의병활동, 다시 말해 백성들의 항쟁을 들 수 있다. 물론 명군 참전에 크게 고무된 것은 사실이지만 그 효과는 보다 정치적, 전술적인 것이었다. 개개 전투에서 명군이 거둔 승리는 평양성 수복 외에 자랑할 만한 것이 별로 없다.

도성을 회복한 것도 수길의 명령에 따라 왜군이 싸우지 않고 철수했기 때문이다. 그들은 직산의 조우전을 크게 내세우지만 침소봉대한 느낌이 없지 않다. 우의정이 된 이덕형은 3도 체찰사를 겸임하고 남쪽으로 내려갔다.

한산도의 실함으로 전라도 순천까지 진출한 왜군은 순천성에서 동남으로 이십 리 떨어진 여수반도의 목젖에 해당하는 지점에 견고한 성채를 쌓았다. 이것을 왜교성이라 불렀는데 다른 곳과 마찬가지로 한 면은 산을 의지하고 나머지 3면은 광양만에 면해 있었다. 근처는 이른바 비산비야의 구릉지대이다.

왜교성의 사령관은 소서행장으로 병력은 1만4천이다. 육지를 면한 등성이에 참호를 파고 성벽을 쌓았을 뿐 아니라 성의 북쪽으로 넓은 선창을 만들어 크고 작은 선박 5백 척이 정박하고 있었다. 시쳇말로는 요새화된 해군기지이다.

명량해협에서 콧대가 꺾인 왜 수군의 주력이 이곳을 거점 삼아 동남해안을 방어하면서 서해로 진출할 틈을 노리고 있었다.

동로군우협군은 울산에서, 중로군중협군은 사천에서 패퇴한 마당에 서로군좌협군마저 순천을 빼앗지 못한다면 전반적인 작전 구상은 좌절되고 전쟁의 양상 또한 일변하게 된다.

서로군의 사령관은 임진년에도 나왔던 유정이다. 부총병 오방춘 오광 조희빈 등을 거느린 약 3만의 병력이었다.

조선군은 체찰사 이원익, 도원수 권율 휘하의 충청병사 이시언, 전라도 순찰사 황신, 전라병사 이광악 등 모두해서 1만 남짓. 여기에 이순신의 조선 수군과 진린의 명 수군이 가세한다.

海神

도독 진린이 이끄는 명 수군이 조선에 출동한 것은 3월 초였다.

광동과 절강의 수군 1만3천으로 병선 5백 척이 넘는 대 함대였다. 진린의 휘하 장수로는 부총병 등자룡, 창장 왕원주, 유격장 허국위 등이 있었다.

명군의 병선은 크기와 기능에 따라 사선·창선·호선 등 세 가지로 크게 분류되었으나 이 밖에도 복선·누선·용조 등 매우 다양한 선종이 있었다.

큰 배들은 대개 돛대를 세 개씩 달고 있었다. 임진년과는 달리 이때 명나라가 대수군을 동원한 데는 두어 가지의 전략적 이유가 있었다.

원균함대가 궤멸되고 조선 남부의 제해권이 왜군의 수중에 들어가자 서해안이 위협을 받게 되었다. 왜 수군이 요동반도를 치는 날엔 조선에서 작전중인 명군이 고립될 수밖에 없다.

또 왜군이 동남해안을 점거하고 물러가지 않는 것도 저들의 수군을 믿고 있기 때문이다. 전쟁을 계속하건 강화를 하건 제해권을 확보하지 않고서는 국면을 타개할 수가 없다. 이 같은 판단으로 명국은 전비에 시달리면서도 수군을 보냈던 것이다.

진린은 함대의 일부를 이끌고 인천에 상륙하여 도성으로 들어갔다. 경략 형개와 작전을 상의하고 국왕을 뵙기 위해서였다.

진린은 성질이 사나워 화를 잘 내고 부하들을 거칠게 다루었다. 당진에 진을 치고 있는 동안 진린의 수병들은 적지를 점령한양 닥치는 대로 행패를 부렸다. 관아에 난입하여 술을 요구하고는 대접이 나쁘다며 아전들을 때리기도 했다.

심지어는 이상규라는 그 고장 찰방을 밧줄로 묶어 끌고 다니기까지 했다. 이런 보고가 비변사에 올라오자 사람들은 놀라고 분개했으나 어쩔 도리가 없었다.

국왕 앞에서 진린은 그런대로 예의를 차리긴 했는데 조선인을 깔보고 있는 기색이 완연했다. 의례적인 인사가 오간 다음 국왕이 건네었다.

"진대인께서 오셨으니 이제 바다의 걱정은 없게 되었소. 절강 수군은 왜구를 물리친 전통이 있는지라 마음 든든하기 한량이 없소. 장차 어떻게 할 작정이오?"

"이번의 대공세는 수륙 병진으로 단숨에 왜적들의 근거지를 쳐부수는 것입니다. 울산 사천 순천 이렇게 세 곳이 공격 목표지요. 명 수군은 당연히 남해 방면으로 진격하여 먼저 순천에 있는 왜 수군을 격파할 것입니다."

진린은 싸우기도 전에 승리를 거둔 듯 장담을 했다.

"통제사 이순신이 진대인을 맞을 것이오. 힘을 합쳐 큰 공을 세워주시기 바라겠소."

"조선 수군은 전멸했다고 들었는데 아무리 명장이라도 전선 없이 무슨 수로 싸울 수 있겠습니까."

진린은 턱수염을 쓸며 대답했다.

"이순신은 지금 고금도에 유진하고 있으며 명량해협에서 왜적을 물리친 후 부지런히 병선을 건조하고 있습니다."

배석한 류성룡의 말이었다. 진린은 못마땅한 듯 류성룡을 노려보았다.

"이순신도 진대인을 크게 의지할 것이오."

국왕의 달래는 말이었다. 진린이 도성을 떠나는 날 국왕은 이례적으로 남대문 밖 청파까지 거동하고 그를 전송했다.

"통제사가 장차 걱정입니다. 진린은 반드시 통제사의 권한을 침탈하여 조선 군사들을 괴롭힐 것입니다."

궁궐에 돌아온 다음 류성룡이 국왕께 아뢴 말이다.

장면을 고금도로 옮긴다.

강진의 남쪽에 위치한 섬으로 산세가 중첩돼 있으나 농경지도 적지 않다. 진린이 포악한 성격이며 부하를 학대한다는 소문은 이곳에도 진작에 퍼져 있었다.

이순신 휘하엔 20여 명의 장령들이 모여 있었다. 명량 승전 이후 고금도는 지난날의 한산도만은 못해도 수군의 본영으로 손색이 없는 면모를 갖추게 되었다.

앞바다엔 새로 건조한 병선들이 군기를 펄렁이며 듬직하게 떠 있었고 선창가는 사람들로 저자를 이룬 듯 붐비고 있었다.

근해를 왕래하는 배들한테 통행세를 징수하여 양곡을 비축한 얘기는 앞서 적었다. 그럭저럭해서 쌓인 군량미가 1만 섬을 넘었다. 진린이 당진을 떠나 남하하고 있다는 기별을 받고 이순신은 휘하 장령들을 소집했다.

경상우도 수사 이순신李純信, 순천부사 우치적, 장흥부사 전봉, 해남현감 유형, 가리포첨사 이영남, 낙안군수 방덕룡. 주된 장수들의 이름이다.

이순신은 명군과의 협조 관계에 힘쓸 것을 당부하면서 성대한 환영연을 베풀도록 명했다.

"진 도독이 사납다는 소문이 났으나 그런 사람일수록 도리어 단순한 데가 있는 법, 지레 겁을 먹을 까닭은 없소. 웃는 낯에 침을 뱉기야 하겠는가. 멀리 바다를 건너 왔으니 손님으로 극진히 대해야 할 것이오."

날을 맞추어 술을 담그고 소와 돼지를 잡았다. 물고기도 잡아오게 했다. 군사들이 해변에 나가 그물을 걷기도 했다.

진린의 선단이 내해에 진입하자 이순신은 기선旗船을 타고 병선들의 호위를 받으며 마중을 나갔다. 진린의 기선은 황색 바탕에 대장 자를 박은 깃발을 높이 달고 있었다. 전고를 울리고 나각을 불며 서로 화답을 했다. 바다 위에서 상견례를 한 다음 기선이 앞장을 서며 항구로 인도했다.

선창가엔 장막과 차양들이 즐비했다. 장막 안에서 두 대장은 정식으로 인사를 나누었다.

"여러 날 풍랑이 거세었는데 해로가 편안하셨는지요."

"조선의 경기수군이 인도해 주어 수월하게 항해할 수 있었소."

"원로에 피곤하시겠으나 조촐한 환영연에 참석해 주시면 고맙겠소."

해서 양군의 대장과 막료들은 별도로 차린 잔치마당으로 자리를 옮겼다. 명 병선들은 한정도 없이 도착하여 바다를 메웠다.

"도독께서 우선 5천병을 거느리고 오신다 하기에 5천 명 분의 음식을 장만하였소. 나중 모자라게 되면 얼마든지 보탤 것이니 군사들 염려는 하지 마시오."

이순신은 진린을 상좌에 앉히고 술잔을 권했다. 피차 대장복으로 위의를 갖춘 주석이었다. 술잔이 한 순 배 돈 다음 이순신은 투구를 벗었다. 명군의 장령들은 큰 상에 차린 진수성찬에 눈이 휘둥그레졌다.

명 수군이 고금도에 도착한 며칠 뒤 왜병선 5~6척이 고흥의 나로도 근해에 나타났다는 보고가 들어왔다. 이순신은 진린을 찾아가 제의했다.

"명군과 조선군이 함께 출진하여 서전을 장식하도록 합시다. 각각 대여섯 척만 내보내는 게 좋겠소."

서남해안은 원체 지형이 만곡진 데다 섬이 많아 수로가 협소하다. 생소한 배들은 항해하기가 어렵고 위험하다.

"좋은 생각이오. 우리 수군도 연습 삼아 출진을 시키겠소."

진린도 이순신의 의도를 알고 동의했다. 이순신은 가리포첨사 이영남에게 중선 5척을 주고 공격 명령을 내렸다. 명군의 병선은 6척이었다.

이때 이영남은 이순신의 조방장도 겸하고 있었다. 처음 원균 휘하에 있었으나 자주 한산도를 방문하고 이순신과 얘기를 나누어 원균의 미움을 샀다.

이영남은 소함대를 이끌고 명군의 앞장을 섰다. 왜병선들은 나로도 동쪽 해안에 유진하고 있었다. 아군을 보고 놀란 왜군은 동쪽을 향해 재빨리 도주하기 시작했다. 이영남의 기선은 장전을 쏘아 함대의 기동방향을 지시하면서 왜군의 퇴로를 막았다.

적 선단을 양면에서 포위하여 죄어들자 치열한 접근전이 벌어졌다. 기선은 총통을 난사하면서 적의 기선을 향해 돌진했다. 진천뢰가 적장이 탄 누각을 분쇄하고 돛대를 쓰러뜨렸다. 적과 맞붙어 싸우고 있는 것은 모두 조선의 병선들이었다. 명군은 멀리서 구경만 하고 있는 꼴이었다.

오랫동안 해전의 경험이 없는 명군이다. 겁을 내고 있는 듯했다. 적선

서너 척이 불타기 시작하자 그제야 명의 병선들도 서둘러 전투에 가담했다. 그들은 물에 빠져 허우적거리는 왜병을 건져 목을 베는 데 혈안이 돼 있었다. 왜병선 한 척이 간신히 포위망을 뚫고 탈출했다.

이날 전투에서 조선군은 적선 당파 4척, 수급 50여를 얻었다. 명군은 적병 10여 명을 목베었을 뿐이다. 함대가 고금도 기지에 귀환하자 수천 군중이 선창에 몰려나와 개선을 반기었다. 대단한 전과라고는 할 수 없으나 순천 왜교성에 집결하고 있는 왜 수군의 간담을 또다시 서늘하게 한 승리였다.

이영남과 명군장수를 환영하는 술자리가 벌어졌다. 진린은 신통치 못한 명국의 활약에 잔뜩 기분이 상해 있었다. 출전했던 수하 장령들에게 욕설을 퍼부었다.

"진대인! 대인은 명조明朝 연합군을 지휘하는 총사령관이시오. 조선군이 세운 공도 결국 대인의 공이 아니겠소. 수급 50여 개를 대인께 올리겠소. 그리고 이번 싸움에서 명군도 선전했다고 들었소. 지리와 해류에 익숙지 않은 명군으로선 훌륭하게 싸웠다 할 것이오."

이순신은 명군 장령들을 둘러보며 말했다. 통변의 말을 들은 진린은 갑자기 파안대소하고는 이순신을 향해 가볍게 읍을 했다.

"장군은 실로 도량이 넓은 어른이오. 부하의 허물까지 감싸주시니 내 어찌 장군의 위에서 이래라 저래라 할 수 있겠소."

생사를 건 싸움에서 전공을 양보한다는 것은 결코 쉬운 일이 아니다.

장면을 소서행장이 지키는 왜교성으로 옮긴다.

왜군의 병력은 1만이 조금 넘었다. 거기에 비해 순천 방면에 전개한 조·

명군은 3만6천의 대군이었다. 그뿐인가. 연합함대가 육군과 호응하면서 왜교성을 압박하고 있다.

승산이 적다고 본 소서행장은 평의지와 상의해 제독 유정과 협상을 벌이기로 했다.

두 사람은 임진년 이래 직접 면대한 일이 있고, 또 사람을 넣어 서신왕래도 자주했던 사이였다. 소서행장은 고방小判이라고 하는 일본의 금화와 값비싼 일본도를 서신과 함께 유정에게 보냈다.

「내가 전쟁을 원하지 않고 평화를 원하고 있음은 제독께서도 익히 아시는 일이오. 관백의 명으로 부득이 다시 조선에 나왔으나 무엇 때문에 피를 흘려야 하는지 알 수 없는 심정이오. 더구나 천병은 우리의 적이 아니오. 천병 역시 일본군과 싸울 까닭이 없소. 피차 상명에 따라 이곳에서 대치하게 되었지만 전투는 어디까지나 전방사령관의 판단에 따르는 법, 무고한 생명을 구제하는 게 어떻겠소.」

이런 설법으로 유혹했다.

소서행장은 유정의 성격을 나름으로 알고 있었다. 평양성 전투에서 선진을 맡아 공을 세웠다고는 하지만 그때 일본군은 철수 명령에 따라 밤중에 성을 버렸던 것이다. 유정은 그 뒤로 후방에 눌러앉아 싸움다운 싸움을 해 본 적이 없었다.

한 마디로 전투를 기피해 왔다고 볼 수 있다. 거기다 재차 종군하게 된 것을 달갑게 여기지 않고 있을 것이다.

유정의 진중에 있던 사자가 돌아왔다.

「몇 해 만에 서신으로나마 재회하니 감회가 깊소. 정성어린 선물을 잘 받았소. 우리 명군은 뚜렷한 목적을 가지고 조선에 왔소. 일본군을 조선에서 내보내는 일이오. 만약 장군의 군사가 명군에 대적하지 않고 철수한다면 왜 굳이 싸우려고 하겠소. 잠시 장군의 군사가 어떤 행동을 취하는지 두고 볼 것이오.」

유정의 답장이었다.

이것은 사실상의 담합이 아닐 수 없다. 야합이라 해도 좋을 것이다.

유정과 소서행장 간의 이 같은 비밀협상을 고금도에서는 알 턱이 없었다. 그러나 이순신은 한 달이 넘게 한 곳에 결진한 채 움직이지 않는 유정을 심상치 않게 여기고 있었다. 지금까지의 체험으로 보아 반드시 무슨 꿍꿍이속이 있음을 감지했던 것이다.

그러나저러나 육군이 나서지 않는 한 수군만으로 견고한 성채를 공격할 수는 없다. 진린과 유정 간엔 빈번하게 서신과 사자들이 왕래하고 있었다. 진린은 그 내용을 자세히 알려 주려고 하지 않았다.

"유정 장군의 군사가 지체하고 있는 이유를 모르겠소. 진대인께서 유정 장군에게 독촉을 하시는 게 어떻겠소."

이순신의 말에 진린은 모호한 대답을 했을 뿐이다.

"공성 장비가 미비하여, 포차 운루 등을 만들고 있는 모양이오."

이순신이 전공을 양보한 뒤 두 사람 사이는 매우 친근해졌고 이것은 양군의 장령들에게도 좋은 영향을 끼쳤다. 그러나 군관 병졸로 내려가면 사정은 전과 크게 달라진 것이 없었다.

처음 당진에 주둔했을 때보다는 다소 나아졌으나 명군 병사들의 행패는 좀체 사라지지 않았다. 술과 여자를 강요하고 여염집을 털고 노략질을 하기도 했다.

이순신은 궁리 끝에 한 가지 계책을 썼다. 하루는 이순신의 처소에서 이삿짐 같은 물건들이 달구지에 실려 나갔다. 마을의 민가를 빌려 처소와 본신으로 삼고 있었나. 이 광경을 본 명병이 위에 알렸는지 진린이 말을 타고 급히 달려왔다.

"보아하니 이삿짐 같은데, 대관절 어찌된 일이오."

이순신은 정중하게 읍하고 대답했다.

"이 섬엔 피란살이를 하고 있는 백성들이 수천 명이오. 대명의 군사들이 오자, 부모처럼 여기고 우러러보며 이젠 왜적을 두려워하지 않아도 된다하여 크게 기뻐했소. 그런데 뜻밖의 일이 벌어졌소. 일일이 말씀드리지는 않겠소. 백성들은 견디다 못해 이 섬을 떠나고 있소. 그럴진대 나는 조선의 대장으로 혼자 이곳에 남아있을 도리가 없소."

"미처 살피지 못했소. 죄송하기 짝이 없구려. 내 이렇게 사과하리다."

진린은 허리를 꺾고 읍했다.

"한 가지 일을 허락해 주신다면, 백성들을 다독거리고 계속해서 머무르겠소. 앞으로 백성들을 괴롭힐 경우, 군법으로 다스릴 수 있는 권한을 내게도 주신다면 양군을 모두 공정하게 다루겠소."

"노야老爺! 노야는 나와 동격인 동맹군의 사령관이오. 내가 조선 군사의 죄를 다스릴 수 있을진대, 노야께서 왜 명군의 군사를 못 다스리겠소."

진린은 흔쾌히 응낙했다. 노야란 어른에 대한 존칭이다. 이순신의 진린을 다루는 솜씨는 진중에서 심심치 않는 화제가 되었다.

"사또의 지모는 귀신도 당할 수 없을 거야."

"지모만이 아닐세. 진린 장군이 사또의 인품과 덕에 저절로 따르게 된 게야."

"그 포악하던 묘병들도 한결 얌전해졌더군."

도처에서 이런 말을 들을 수 있었다. 묘병은 관동 등의 남방군사이다.

임진전쟁 전반을 통틀어 명군에 대한 지휘권을 나누어 가진 사람은 오직 이순신뿐이었다. 체찰사나 도원수도 명병에 대해선 특수한 사례를 빼고는 손가락 하나 건드리지 못했다.

『징비록』에서 인용한다.

"이로부터 진린은 모든 일을 이순신에게 묻고 의견을 들었다. 어디를 가건 교자를 나란히 하여 앞서지 않았다. 순신은 마침내 명군과 조선군을 똑같이 지휘하게 되었다. 순신이 민가를 약탈한 자를 잡아다 곤장을 쳤더니 감히 영을 어기는 일이 없어지고 섬안이 숙연해졌다."

〈도중숙연島中肅然〉

당시의 분위기가 눈에 선하다. 이즈음 왜군이 철수한다는 소문이 파다했다. 실은 풍신수길이 한 달쯤 전인 8월 18일 경도의 복견성에서 사망했던 것이다.

전후 사정은 나중 얘기하기로 하고 이 사실이 부산의 왜군에게 전해진 것은 9월 하순이었다. 아직은 왜군들도 까맣게 모르고 있는 상태이다. 수길의 병세가 일진일퇴하면서 철군의 희망적인 관측이 퍼졌던 것 같았다.

이순신은 차츰 초조해졌다. 전쟁치고는 참으로 기묘한 전쟁이다. 싸움을 피하는 장수들, 본국의 명령을 어기고 멋대로 휴전이나 화의를 수작하는 장수들이 수두룩하다. 유정이나 진린이나 싸움을 꺼려하는 건 대동소이하다. 앞으로 나가지 않으려고 온갖 핑계를 대기 일쑤이다. 하긴 남의 나라 전쟁이니 그럴 수도 있을 것이다.

유정도 무한정 늑장만 부리고 있을 수는 없었을 것이다. 진린과 연락을 취하면서 왜교성 공격의 날짜를 약조했다. 진린은 유정 사이에 왕래한 서신의 내용을 이순신에게 소상하게 털어놓았다.

"도성의 만경리로부터 질책을 받은 모양이오. 소서행장과 비밀리에 화의를 얘기한 것이 들통난 것 같소."

연합군은 주력함대를 총동원하여 9월 15일에 출진했다. 함대는 먼저 나로도에 도착하여 전투 준비를 다시 점검했다.

19일 좌수영을 거쳐 다음날 순천 땅 왜교 앞바다까지 전진했다. 전면에 난공불락을 자랑하는 왜교성이 솟아있고, 그 뒤로 만곡진 해변에 왜병선들이 밀집해 있었다. 감히 나와 싸울 엄두를 못 내고 있다.

척후선이 성 주변을 살피고 돌아와서 귀중한 정보를 가져왔다.

"썰물 때 성과 통하는 장도에 양식을 보관하고 있는 듯합니다."

이순신은 쾌속선단을 보내 장도를 습격하게 했다. 수비 병력이 성안으로 들어간 듯 섬은 비어 있었다. 쌀부대를 배로 나르기 시작하자 섬에서 연달아 화포를 발사했다. 조선군은 할 수 없이 산처럼 쌓인 양식더미에 불을 놓고 철수했다. 어쨌든 길한 조짐이다.

21일부터 산발적인 전투가 시작되었다. 섬의 전면 해안은 본디 수심이 낮아 큰 배가 모래톱에 걸리기 쉬웠다. 만조 때나 가까운 거리까지 접근할 수 있었다.

이런 조건 때문에 집중적인 공격이 불가능했다. 간헐적으로 포격전이 되풀이되곤 했다. 이때 육군도 성의 배면을 향해 공세에 들어가고 있었다. 명 수군의 후발대 1백여 척이 뒤쫓아 합류했다. 밤이 되자 함대의 불빛이 휘황하게 사방을 비쳤다.

사나흘 간 연합함대는 포위망을 늦추지 않고 육전의 동정을 기다리고 있었다. 10월 초하루 진린은 육지에 나가 유정과 작전을 상의하고 돌아왔다.

"내일 공성전에 들어간다는 유정 장군의 말이었소. 내만의 왜 수군을 공격할 좋은 기회요."

진린은 조선 수군의 출격을 바라고 있는 기색이었다. 조선함대가 만내에 진입하자 예기치 못한 상황이 벌어졌다. 왜 수군이 조선함대에 대항하면서 다른 일부를 외양으로 내보내 명 수군을 공격하기 시작한 것이다.

왜함대와 혼전을 벌이고 있는 것은 공교롭게도 진린의 직할 함대였다. 자욱한 포연 속에서 펄럭이는 수자기帥字旗가 보였던 것이다.

명 수군은 패색이 짙어만 갔다. 어느새 사선 20척이 격파되어 몸체들을 가누지 못하고 있었고 그보다 작은 호선 20여 척에선 불이 치솟고 있었다.

이순신은 포격을 중지하고 진린함대를 구원하게 했다. 조선의 병선들이 역으로 포위하여 공격하자 왜군은 창망하게 밖으로 도주했다.

진린은 대장기를 세웠다 눕혔다 하며 이순신에게 사의를 표했다. 이날 싸움은 명 수군이 패하고 사령관이 혼쭐난 졸전이었다. 그러자 도원수 권율의 군관이 이순신을 찾아왔다.

"유정 제독은 도무지 진격하려고 하지 않소. 짐작건대 왜교성 공격을 수군에게 미루고 후퇴할 생각인 것 같소. 통분한 일이오."

이런 기막힌 내용이었다.

육군이 공성을 포기하고 후퇴했으니 수군만으로 성을 칠 수는 없다. 마침 썰물 때여서 병선을 해변에 접근시킬 수도 없었다. 이순신함대는 바깥바다에서 이틀간 결진한 뒤 나로도 본진으로 회항했다.

봉두산 명군 본영에선 체찰사 이원익, 접반사 호조판서 김수, 도원수 권율이 함께 제독 유정에게 왜교성 공격을 간청하고 있었다.

"제독께서는 임진년에 혁혁한 전공을 세워 조선의 관민들이 한결같이 흠모하고 있는 터이오. 기대에 어긋나지 않게 용전분투하시길 바라겠소. 제독의 승전보를 고대하고 있는 것이 어찌 조선의 국왕뿐이겠소."

이원익의 말에 유정은 대뜸 불쾌한 낯으로 내뱉었다.

"조선군은 뭣들을 하고 있소! 앞으로 나가고 뒤로 물러나는 것은 내가 판단할 일이오."

"지금 조선군은 모두 해서 1만이 못되오. 제독께서 명령만 내리신다면 언제라도 왜교성 공격에 나설 것이오."

권율의 말이었다. 그러자 유정은 벌컥 화를 냈다.

"내 어찌 조선군만 싸우라고 명할 수 있겠소. 그렇게 싸우고 싶다면 도원수가 조선군을 지휘하고 공격하시오."

유정은 도시 전의를 상실한 것 같았다. 소서행장과 설왕설래하면서 싸움을 피하고 있으니, 조선의 재상이 간청한다고 움직일 턱이 없었다. 유정은 조선인 첩을 달고 나와 진중에 두고 있었다. 전번 조선에 왔을 때 선산에서 젊은 사비私婢를 차지하고 본국에 데리고 들어갔다.

본처 소생이 없는 터에 여인이 아들을 낳자 첩으로 삼았다. 이참 다시 나와서는 속량값으로 은 백 냥을 주인에게 주었던 것이다. 그걸 보면 심성이 악한 사람은 아닌 듯했다.

"우리가 제독의 통수권에 참견하려는 것은 아니오. 다만 수륙 양면 작전에 따라 수군은 육군의 공격을 대기하고 있고, 호기를 놓치고 있는 것이 안타까워 드리는 말씀이오."

이원익도 만만치 않았다. 향용 명군 대장들은 조선의 관원을 낮춰보고 함부로 대하면서도 한편으론 은근히 경계하고 있다.

전쟁터에서 올라가는 보고는 지휘관의 아전인수가 많다. 과장 아니면 엄폐도 흔한 일이다.

양호 등이 울산성 공격의 실패를 승전으로 거짓 보고했던 것도 그중의 하나이다. 진상을 알 수 없는 경우 명국 조정은 종종 조선 조정에 문의한다. 이렇게 되면 피차 처지가 뒤바뀐다. 조선 관원의 붓대가 겁날 수밖에 없는 것이다. 그렇지 않아도 이덕형이 죄를 받게 된 양호를 변명하기 위해 명국에 들어가 있다.

"수륙합동으로 공격하자고 한 건 바로 나요 다만 소서행장이, 조만간 본국으로 돌아간다고 하기에 그 진위를 잠시 살피고 있는 중이오. 행장의 말이 사실이라면 구태여 군사들의 피를 흘릴 필요는 없지 않겠소."

한풀 꺾인 유정은 군색한 대답을 했다. 명군의 본영을 나오면서 이원익은 길게 탄식했다.

"허긴 남의 나라를 위해 목숨을 바칠 자가 몇이나 되겠소. 우리 힘으로 싸울 밖에…."

권율과 김수도 고개를 끄덕였다.

이처럼 순천의 왜교성 공격은 어중간한 상태에서 흐지부지되고 말았다. 이순신과 진린의 연합수군이 노량에서 큰 승리를 거두게 되는 것은 한 달가량 뒤의 일이다.

그 사이 조정에선 난감한 문제가 일어나 국왕 이하 중신들이 머리를 싸매고 있었다. 동정군 참획 정응태가 양호의 허위보고를 탄핵하여 파직을 당하게 만든 얘기는 이미 적었다. 한데, 명국에 간 이덕형을 통해 또 다른 정응태의 상소문이 조정에 알려졌는데 그 내용이 터무니없이 조선을 비방하고 무고하는 것이었다.

조선이 중국의 동북 지방을 뺏으려고 왜적을 끌어들인 혐의가 있다. 본디 조선은 대마국과 교역을 하면서 쌀을 대주고 또 부산 울산 등지에 왜인들의 거주지를 만들어 주고 서로 내통해 왔다. 고려의 옛 땅을 되찾으려는 음모에 명국이 밀려들었다.

이런 따위 조작된 말을 수없이 늘어놓은 것이다. 온 조정이 발칵 뒤집혔음은 말할 나위도 없다.

"조선 국왕과 신료들이 중국을 경시하는 것은 어제 오늘의 일이 아닙니다. 왜인을 불러들여 분란을 일으키려다가 자신이 화를 입게 되자, 명국에 원군을 애걸했던 것입니다. 황제께서 은덕을 베풀어 군사를 보내고 군량미를 대주어 조선의 강토를 되찾아 주었습니다. 그런데 명국 장수의 공과에 대해 왈가왈부하여 황제께 걱정을 끼쳤을 뿐 아니라, 국왕 자신은 안일하게 지내면서 명국에까지 화를 미치게 하고 있습니다. 국왕은 재신 이덕형을 보내 황제께 상소를 올려 양호의 공적과 덕행을 칭송하면서 양호를 그대로 있게 해달라고 하였습니다…."

이처럼 국왕을 대놓고 장황하게 중상하고 있다.

다행히 황제는 "감찰관을 조선에 파견하여 공정하게 살피게 할 것이다. 정응태는 보고서를 자꾸만 올려 나를 귀찮게 하지 말라." 하며 조선 국왕에 관한 말을 일절 받아들이지 않았다.

그러면서 급사중 서관란을 감찰관으로 임명해 조선에 내보냈다. 저들 장수들의 실상을 알아본다는 것이지만 정응태의 무고에 관해서도 얼마든지 조사할 권한이 있다.

"탄핵을 당한 양호가 정응태의 상소문 사본을 입수하여 이덕형에게 몰래 전해 주었다고 합니다."

병조판서 이항복의 말이었다.

“국운이 좋지 못해 뜻밖에 이런 변고가 생겼습니다. 예부터 남을 헐뜯는 자들이 흑백을 뒤집는 일은 흔하지만 어떻게 이런 간악한 자가 있을 수 있겠습니까. 다행히 황제께서 급사아문을 시켜 시비를 가리게 했으니 낱낱이 가려 그 교활한 내막을 들추어내야 할 것입니다. 매우 중대한 문제인 만큼 지체 없이 사신을 보내 해명을 해야 합니다.”

류성룡은 국왕의 급한 부름을 받고 병석에서 일어나 달려온 것이다. 이산해와 윤두수도 같은 취지의 말을 했다.

묵묵히 듣고 있던 국왕은 떨리는 음성으로 당돌하게 말했다.

“지금 나는 왜적을 끌어들여 명국을 기만했다는 누명을 쓰고 있소. 감찰관이 나온다고 그것만 기다릴 것이 아니오. 급히 사신을 보내야겠소.”

종묘사직에 관계되는 이런 중대한 사안은 정승 중에서 사신을 뽑아 보내야 한다. 한데 좌·우 양 정승은 멀리 밖에 나가 있다. 남은 정승은 영의정 류성룡뿐이다. 병이 있다 해도 어지간하면 스스로 사신을 자청해야 할 판국이다. 그런데 류성룡은 사신을 급히 보내야 한다는 말만 되풀이하고 있다.

국왕은 그게 몹시 못마땅한 듯했다. 신하들의 말을 더 들으려 하지 않고 자리를 떴다.

다음날 아침 류성룡이 비변사 당상들을 이끌고 내전에 이르렀으나 합문은 굳게 잠겨있었다. 정오께 승정원을 통해 비망기가 내려왔다.

「… 응태가 황제에게 올린 글은 나의 머리카락 하나도 건드리지 못할 것이다. 그의 간악한 말에 놀랄 것도 없고 겁낼 것도 없다. 차라리 일이 잘되었다. 응태가 아니더라도 처음 왜적이 쳐들어 왔을 때부터, 조선이 왜적을 유인했다는 모함이 없지 않았다. 인간사는 반드시 사필귀정이다. 내가 양 경리를 구원한 것은 떳떳한 일이었다. 그 때문에 응태라는 자는 조선을 미워하고 모힘을 한 것에 불과하다. 그럴진대 응태는 되레 나를 위해 충성을 다한 것으로 될 수 있다.」

임금의 말은 실록에 기록되지만 간혹 빠지는 수가 있고 표현이 정확치 않은 경우도 있을 수 있다.

비망기는 임금 자신의 의사를 보다 정확하게 백관들에게 알리고 후세에 남기는 것이다. 정응태가 도리어 조선 국왕에게 충성을 바친다는 대목에서 만만치 않은 국왕의 자신감과 결의를 느낄 수 있다.

신하들은 크게 감명을 받았을 것이다. 그러면서 류성룡에 대한 비난이 일기 시작했다.

만에 하나 감찰관이 정응태가 제기한 혐의가 이유 있다는 따위로 보고하는 날엔 명국은 조선을 적대시하게 될지도 모른다. 왕위를 유지하기는 커녕 나라의 존망이 달리게 된다. 당연히 영의정이 신명을 걸고 나서야 할 때이다.

이산해 윤두수 등이 공공연하게 류성룡의 처신을 비난했다. 조정 공론이 비등해지면서 차츰 정쟁의 양상을 띠게 되었다. 동인 중에서도 이산해를 중심으로 한 북인과 윤두수 김응남 등 서인이 이를테면 합종연횡한 형국이 벌어졌다. 전쟁 중 계속 집권한 남인을 몰아내는 데 서로 이해가 맞아떨어진 것이다.

그나저나 류성룡은 사신을 천거하는 일이 급했다. 고민 끝에 영중추부사 윤두수, 병조판서 이항복 두 사람을 국왕께 건의했다. 그러자 논란이 더 시끄러워졌다.

"현임대신은 자신이 갈 생각을 하지 않고 한직에 있는 원임대신을 지목하였다. 이것은 직무를 회피하는 것이다. 또한 한시도 자리를 뜰 수 없는 병조판서를 천거하다니 도저히 이해할 수 없다."

언관들 사이에서 이런 소리가 나오기도 했다. 사헌부와 사간원이 들고 일어나 정응태의 글을 규탄하면서 대신들의 무위무책을 탄핵했다.

국왕은 뜻밖의 명을 내렸다.

"누명이 벗겨지기까지 임금으로 국사를 보지 않겠다. 뒷일은 왕세자가 보게 될 것이다."

국왕은 여전히 건강이 좋지 못했다. 소화가 안 돼 여위고 병색이 완연했다. 거기다 습진이 생겨 고생을 하고 있었다. 만사를 내던지고 쉬고 싶은 충동이 일만도 했다.

국왕의 번의를 호소하는 상소도 빗발치듯 하니 여러 사안이 얽히고설켜 그야말로 상소사태가 벌어진 것이다.

국왕은 내전의 합문을 닫아걸고 올라오는 상소마다 깔아둔 채 비답을 하지 않았다. 앞서 내린 비망기의 말과는 딴판인 거조였다.

"정응태의 무고는 내 머리카락 하나도 건드리지 못할 것이다." 했으니 그걸 치지도외하고 태연하게 임금노릇을 할 것도 같았는데, 왕세자를 섭정으로 세우겠다는 등 도무지 갈피를 잡을 수가 없었다.

그러나 류성룡은 국왕의 본심을 알고 있었다. 그만이 아니라 멍텅구리가 아니라면 누구나 국왕의 몸짓을 알 수 있을 것이다. 미구에 당도하게 될 감찰관 서관란의 귀에 국왕의 동정이 들어갈 것이고 명국 조정에도 같은 소식이 전해지게 될 것이다.

아니나 다를까 서관란은 평양에서 국왕께 올리는 서신을 보내왔다.

「… 이번에 정응태가 황제께 글을 올린 것은 다른 뜻이 아닙니다. 귀국에서 양호를 변호한 것이 그의 생각과 달랐기 때문입니다. 그러나 황제께서는 터럭만치도 귀국에 대해 의심을 품은 적이 없으며 어찌 가볍게 남의 말을 듣고 까다롭게 문제를 제기하겠습니까. 국왕께서는 마음을 진정시키시고 근심하거나 의심하지 마시기 바랍니다.」

다른 명국 고관답지 않게 매우 정중한 언사였다. 그래도 국왕은 편전에 나오지 않았고 신하들을 만나지 않았다. 그럴수록 신하들은 국왕에게 청대를 간청하며 합문 밖에 엎드리는 일이 잦아졌다. 이런 북새통에서 기묘한 광경이 벌어진다.

영의정 류성룡은 비변사 당상관을 이끌고 합문 앞에 나가곤 했는데 영중추부사 윤두수는 주로 한직에 있는 사람들을 데리고 나와 국왕을 뵙기를 청했다.

당색이 드러나는 것을 개의치 않고 어느 한 편에 가담하는 사람들도 드물지 않았다. 류성룡은 그런 식으로 윤두수와 겨루는 것이 영의정의 체통을 잃는 일이라 생각하여 서둘러 국왕께 사직 상소를 올렸다.

국왕은 허락하지 않았다.

"지금 영의정이 물러갈 때인가? 가당치도 않은 말이다."

이런 비답에 류성룡은 국왕의 심술기 같은 것을 느끼고 있었다. 임금이 얼토당토않은 혐의를 받고, 종묘사직의 앞날이 위태로운 이 마당에 혼자만 편하고자 몸을 빼려하다니 어림도 없는 일이다. 본디부터 국왕에겐 그런 심술이 있었다. 신하를 괴롭히는 것을 은근히 즐기는 상 싶은 경우도 있었다. 지금이 바로 그렇다. 영의정을 너무 오래 지내고 있기 때문인가? 국왕께서 싫증을 내고 계신가?

류성룡은 착잡한 심정으로 정녕 영의정 자리에서 물러나고 싶었다. 다만 마음에 부담이 되는 것은 자신에게 의지하고 기대를 걸고 있는 사람들을 낙담케 하는 일이었다. 그중에서도 이순신의 처지는 한결 더할 것이다.

무슨 당파의 일을 넘어 나라가 잘 되고 못 되는 것과 깊은 상관이 있다. 류성룡은 멀고먼 남해바다에서 왜적을 쳐부수려고 노심초사하고 있을 이순신을 생각하며 마음의 동요를 가다듬고 있었다.

"이순신은 외로운 사람이다. 터무니없는 죄를 얻어 고문을 당하고 백의종군을 했다. 원균이 패하여 수군이 전멸하자 하는 수 없이 이순신을 다시 기용했다. 나마저 영의정을 그만둔다면 그를 누가 받쳐줄 수 있겠는가."

류성룡을 심란하게 하는 걱정이었다. 언관 중에서도 사헌부 지평 이이첨이 그중 극렬하게 류성룡을 규탄했다.

국왕은 마침내 영돈령부사 이산해, 판중추부사 윤두수 등에게 영의정 후보를 천거하라고 명했다. 그러나 이들은 천거를 사양했다.

"나라가 비상시국에 처해 있는 만큼 전하께서 친히 영상을 임명하소서."

퇴진하게 된 류성룡에게 신경을 썼을 것이다.

대사헌 이헌국은 류성룡을 삭직해야 한다고 공박을 늦추지 않았다. 삭직은 그냥 물러나는 것이 아닌 파면이다.

"정응태의 무고사건에 몸을 사리고 신하로서의 의리를 지키지 않았으니 마땅히 조정에서 내쫓아야 할 것입니다."

국왕은 이 같은 주장을 선뜻 받아들이지 않았다. 그러나 국왕의 속마음은 알 수 없었다. 국왕의 특명으로 정승들의 인사가 단행되었다.

영의정에 좌의정 이원익, 좌의정에 이조판서 이덕형, 우의정에 병조판서 이항복.

지금 이원익은 체찰사를 겸하고 남도에 내려가 있다. 이덕형은 명국으로부터 귀국하는 도중에 있다. 이원익은 남인으로 지목되고 있으나 어느 한쪽에 치우치지 않으려고 애쓰는 사람이다. 이덕형, 이항복 역시 당색을 내세우지 않는 인물이라 되도록 균형을 잡으려는 국왕의 뜻을 알 수 있다. 마침 서관란이 도성에 도착했다.

국왕은 서대문 밖에 거동하여 임시로 쳐놓은 장막에서 서관란을 맞았다. 마주 읍하고 국왕은 동면, 서관란은 서면으로 각각 교의에 좌정했다.

초면 인사를 나눈 다음 먼저 국왕이 말했다.

"내가 명국 조정에서 탄핵을 받아 황제께 송구하여 근신을 하고 있는 중이오. 서대인께서 하루바삐 진상을 조사하여 누명을 벗겨주시기 바라겠소."

"나는 조사란 말을 입 밖에 낸 적도 없습니다. 이번 조선에 나온 것은 양호에 관한 일을 규명하기 위한 것입니다."

서관란은 개성에서 미리 보낸 서신과 같은 취지의 대답을 했다.

"서대인이 만약 사실대로 조사하여 황제께 보고하지 않는다면 우리나라에 대한 의심을 풀릴 수가 없을 것이오."

"황제께서 정응태의 글 가운데 조선에 관계되는 일은 받아들이지 않으셨습니다. 내가 조사하려는 것은 왜적과 싸운 장수들의 공과이지 다른 의도는 전혀 없습니다."

그래도 국왕은 석연치 않은 기색이었다. 배석한 이산해 윤두수 이항복 정탁 등 중신들도 서관란의 말을 곧이곧대로 믿는 것 같지는 않았다. 기실 국왕과 신하들을 줄곧 괴롭혀 온 것이 조선과 일본이 결탁하여 명국을 치려했다는 터무니없는 모함이다.

임진년 명국 조정에서 조선 출병을 놓고 논의가 벌어졌을 때 조선을 의심하는 언설이 드물지 않았다. 그것은 근본적으로 풍신수길의 침략의도가 모호한 데서 갖가지 의혹이 빚어졌던 것이다.

〈입명가도〉

명국에 들어갈 테니 길을 빌리라, 이것이 왜군이 부산을 침공하고 내걸었던 요구이자 명분이다. 명에 들어가는 목적은 명과 국교를 수립하고 교역을 하겠다는 것이었다. 그렇다면 배로 바다를 건너오면 될 일이지 대군을 보내 조선과 전쟁을 할 까닭이 없다. 그래서 조선 측의 원병요청도 조리에 닿지 않는 구석이 있는 듯했던 것이다.

그 뒤 풍신수길의 진짜 의도가 백일하에 폭로돼 명국 조정 일각에서 꼬리를 끌던 의혹도 말끔히 해소되긴 했다. 하지만 조선 조정엔 어쩐지 개운치 못한 앙금 같은 것이 남아 있었다.

국왕은 화재를 바꾸었다.

"이참, 명군이 세 방면에서 진격하자, 왜적의 소굴이 마침내 소탕될 줄 알았는데 아쉽게도 명군이 끝내 후퇴하고 말았소. 조선군은 지금 병력이 부족하여 다른 도리가 없는 실정이오."

"명군과 조선군이 13만이나 되어 전쟁을 끝장낼 수 있는 기회였으나 장수들이 적임자가 아니다보니 성과를 얻지 못했습니다. 애석한 일입니다. 일전 명군 장수들의 공과를 알려달라고 문서로 요청했는데 아직까지 회보가 없습니다."

서관란은 울산 사천 순천 등지에서 싸운 명군 장수들에 관한 국왕의 의견을 듣고 싶어했다.

"명군 대장들은 모두 정성껏 왜적을 치고 있소. 내 어찌 대장들의 우열을 말할 수 있겠소."

국왕은 웃으며 고개를 저었다.

"… 전하께서 비밀문서를 만들어 주시면 고맙겠습니다."

"사람이 보는 눈은 제각각이오. 모처럼 서대인의 청이지만, 이것만은 응할 수 없소."

그러자 서관란은 앉은 채로 가볍게 읍했다. 속이 깊은 국왕의 인품에 감복한 듯했다.

"아까 전하께서 말씀하신 일은 조금도 염려하실 것 없습니다. 전하의 은덕은 신하와 백성들이 한결같이 우러러 보고 있는 줄 압니다. 이러한 귀국의 실정은 명국 조정에서도 환히 알고 있으므로 누명을 벗는다는 것은 전하의 지나친 염려십니다."

"감사하오."

접견은 여기서 끝났다. 주전으로 쓰고 있는 정릉궁에 돌아오자, 국왕은 승정원을 통해 명을 내렸다.

"정응태의 문제를 가지고, 신하들이 개별적으로 명국의 급사아문에 청원서를 내고 있으나 시끄럽고 번거로운 일이다. 또 오해를 살 소지도 있으니 이제부터는 개별적으로 청원서를 내지 말 것이다."

명국 조정에 해명을 할 사신으로는 좌의정 이원익을 보내기로 했다. 결국 정응태의 무고사건으로 해서, 영의정 류성룡의 실각만 가져온 꼴이 된 것이다.

류성룡은 이때 57세. 벼슬길에서 물러나기엔 이른 나이였다. 그것도 그냥 퇴진한 것이 아닌 관작삭탈이다. 전쟁 중의 그의 공을 생각하면 가혹한 처분이 아닐 수 없다.

반대파의 공격이 아무리 치열했다 하더라도 국왕의 처사는 지나친 냉대이다. 뭔가 국왕의 마음을 크게 그르친 일이 있었을 것이다. 사신을 자청하지 않은 탓인가? 관작삭탈이면 죄인이다. 그는 향리인 안동에 낙향하여 요양을 하면서 저술에 전념한다. 66세를 일기로 세상을 떠나기까지 많은 저술을 남겼다.

그중의 하나가 『징비록』이다. 지난날을 반성하면서 앞으로의 일을 삼간다는 뜻이다. 이 언저리는 이순신의 노량해전 이후가 되지만, 류성룡의 퇴진과 관계되는 얘기를 잠시 계속한다.

우의정에 오른 이항복은 류성룡을 찾아가 위로했다.

“사람들이 나를 서인으로 치부하고 있으나 나는 당파에 가담한 일이 없어요. 대감께서 죄를 얻으셨다면 나도 죄를 받아야 마땅한 일이오.”

“내가 영상 자리에 너무 오래 있었던 것 같소. 물러날 때를 놓친 것이 큰 실수였소.”

류성룡은 웃으며 대답했다.

그간 류성룡은 여러 차례 칭병하며 사직 상소를 올렸던 터이다. 국왕이 허락하지 않았을 뿐이다.

우의정 이항복은 사직 상소를 냈다.

「언관들이 류성룡을 탄핵하면서 사신을 자원하지 않은 일뿐 아니라 전쟁 중 그가 주화를 주장했다고 비난했습니다. 그러나 이것은 어느 한 가지 일을 가지고 열 가지 일을 재단하는 것입니다. 전쟁 중 화의를 도모한 것은 심유경 등 명군의 장수들이었으며 소서행장 등 왜적의 장수들이었습니다. 조선의 장수 가운데도 왜적을 탐색하기 위해 저들과 협상을 한 경우도 있었습니다. 조정의 신하들로 말하면, 어떻게 해서든 철천지원수를 갚고자 싸우기를 주장할망정 왜적과 화의를 하자는 사람은 없었습니다. 다만 나라가 초토로 변하고 숱한 군사와 백성이 죽었으며 국고가 탕진되어 전쟁을 계속하기가 힘에 벅찼던 것이 사실입니다. 그리하여 군사를 모집하고 군량미를 조변하는 데 류성룡의 힘이 미치지 못한 일이 없지 않았습니다. 이것을 가지고 주화라고 하여 죄를 준다면 신 또한 죄를 면할 수 없습니다. 병조판서로 소임을 다하지 못했기 때문입니다.」

국왕이 사직하지 말라는 비답을 내리자, 다시 상소했다. 여러 차례 되풀이한 끝에 이항복은 칭병하고 사퇴했다.

좌의정 이원익은 명국에서 귀국하자, 류성룡을 옹호하는 글을 올렸다.

「류성룡은 자신의 집안을 돌보지 않고 나라를 위해 신명을 바친 재상입니다. 사람은 누구나 실수와 허물이 있게 마련입니다. 작은 허물을 일일이 천착하여 그때마다 신하를 물리친다면 남아날 사류가 어디 있겠습니까. 이는 결코 나라의 복이 될 수 없습니다. 류성룡에 대한 처분을 거두고 그의 명예를 회복시키소서.」

이원익도 거듭 사직을 간청하여 사퇴했다. 류성룡은 5년 후 서명이 내렸고, 청백리로 뽑히게 된다. 이어 호성공신 2등에 오른다. 국왕이 여러 차례 관직을 내리고 불렀으나 번번이 사양했다.

여기서 장면을 고금도로 옮긴다.

왜교성 전투에서 이렇다 할 전과 없이 회항한 이순신함대는 나로도를 거쳐 고금도 본진으로 돌아왔다. 진린은 소규모의 함대를 이끌고 왜교성 앞바다에 남아 있었다.

"제독 유정과 작전을 상의할 일이 있소. 노야께서 나머지 명 수군도 지휘하고 먼저 귀환하시오."

진린의 핑계였다. 왜교성 근처에서 망을 보던 척후들이 속속 탐보를 보내왔다.

"왜선 두 척이 바다 한복판으로 나가자, 진린 도독의 병선이 왜선을 마중했다. 왜인들이 왜도 두 자루를 건네주자 명군의 군교가 이를 받았다. 또 저녁 무렵엔 왜장이 소선을 타고 건너와 돼지 두 마리와 술통 둘을 바쳤다."

"진린 도독이 자기 부하 진문동을 진린의 병선에 보냈더니 잠시 후 왜선 세 척에 말 한 필과 왜도를 싣고와 바쳤다."

진린은 끊임없이 소서행장의 뇌물을 받으면서 화의를 수작하고 있음이 분명했다. 하긴 제독 유정부터가 싸울 생각이 없는 마당에 진린인들 별수가 없었을 것이다. 뇌물이나 챙기면서 어영부영 지내는 게 상책이라 여겼을 법도 하다.

진린은 고금도에 돌아오자 이순신의 의중을 떠보았다.

"소서행장이 군사軍使를 보내 왜군의 철수가 멀지 않았으니 서로 싸우지 말자고 제의해 왔소. 노야의 생각은 어떠시오."

이순신은 정색을 하며 말했다.

"대장은 화의를 말할 수 없소. 또한 원수를 그대로 놓아 보낼 수도 없소. 제 마음대로 들어오고 제 마음대로 나간단 말이오. 한 놈도 빠져나갈 수 없을 것이오."

낯빛이 벌개진 진린은 대꾸를 하지 못했다. 이 일이 있은 뒤, 하루는 작은 왜선 두 척이 백기를 달고 고금도 근해에 나타났다. 장령쯤 돼 보이는 군사가 소서행장의 심부름이라고 하면서 통제사를 찾았다. 조선말 통변을 데리고 있었다.

이순신은 본진에서 군사를 만났다. 봉서 한 통과 함께 금빛으로 장식한 일본도 두 자루를 진상했다.

소서행장의 서신은 휴전을 청하는 내용이었다.

「장군의 명성은 익히 듣고 있소. 평소부터 존경하는 마음을 금치 못했소. 일본군이 남쪽 변두리에 머물러 있는 것은 철수할 시기를 기다리고 있는 것이지 결코 조선과 싸우기 위한 포진이 아니오. 장군께서도 아시다시피 나는 본디부터 전쟁을 원하지 않았으며 기회만 있으면 강화를 맺으려고 백방으로 애를 써 왔소. 이제 조선과 일본의 군민들은 지칠 대로 지쳤소. 명분도 공리도 없는 싸움을 계속할 필요는 없을 것이오. 모쪼록 장군께서도 나의 제의에 응해 주시기 간청하오.」

소서행장의 편지질은 널리 알려져 있다. 그래도 설마 이순신 자신에게 그자의 편지가 올 줄이야 상상조차 못했던 일이다. 이순신은 일이 이렇게 된 배후를 금세 알아차렸다.

진린이 소서행장에게 밀서를 보내 귀띔을 한 게 틀림없었다.

"나는 소서 장군과 생각이 같다. 무고한 희생을 낼 까닭이 없다. 그러나 수군통제사 이순신이 한사코 싸우려고 하니 소서 장군이 한번 이순신과 접촉해 보는 것이 좋을 것이다."

이런 식으로 권유를 했을 것이다. 이순신은 크게 웃고, 왜군의 군사에게 말했다.

"서신에는 답장을 내는 것이 예의이나, 이 서신에 대해선 그럴 필요가 없소. 비단 소서행장뿐 아니라 왜장들은 지금까지 스스로 저지른 소행을 알고 있을 것이오. 누구 마음대로 이웃 나라를 침범하고 누구 마음대로 철수한다는 것인가. 돌아가 전하시오. 조선 사람의 코와 귀를 무수히 잘라갔으니 왜병들도 똑같이 당해야 한다고. 그리고 노획한 왜도가 산처럼 쌓여 있소. 어서 가지고 물러가시오."

이순신은 속에서 끓어오르는 분노를 삭이지 못했다. 유정과는 달리 왜적을 쓸어버려야 한다고 큰소리를 치던 진린마저 이꼴이라니, 차라리 서글프고 허탈한 심정이었다.

싸울 의사가 없는 군사와 함께 싸우는 것은 되레 없는 것만 같지 못하다. 그런 분위기가 전군에 퍼지기 때문이다. 명 수군은 없는 것으로 치고 전투를 해야 한다고 이순신은 생각했다.

왜교성의 소서행장은 사실상 조·명 연합군의 포위 속에서 고립된 상태이다. 앞서도 잠깐 얘기했지만, 이때는 풍신수길이 병사한 소식이 이미 왜군 진영에 전해진 뒤다. 이어 수길의 중신들의 이름으로 철수령이 내려진 어간의 일이다. 그러니 소서행장은 불안하고 초조할 수밖에 없었을 것이다.

소서행장이 진린을 매수한 것은 실상 이순신이 두려워 서로 이간을 시켜 탈출구를 확보하려는 심산이었을 것이다. 진린의 언동은 이순신을 너무나 실망시켰다.

"우선 남해에 출몰하고 있는 왜병선을 소탕해야겠소. 우리 수군이 연습 삼아 출진할 것이오."

진린의 말이었다. 소서행장에게 퇴로를 터 주려는 속셈인 것이다.

임진년 4년 후의 을미선조 28년 심유경이 일본에 건너가 풍신수길을 만났을 때의 일이다. 술과 안주가 나오자 심유경은 품속에서 환약을 꺼내 차와 함께 마셨다. 그것을 본 수길이 물었다.

"무슨 약이오?"

"노인이 젊어지는 보약입니다."

심유경의 대답이었다.

"그렇다면 일본 천지와 맞바꾸어도 아깝지 않겠구먼."

수길은 심유경에게 환약을 얻어 복용했다. 이것이 독약이라는 속설이 있다. 그래서 수길이 반역을 도모한 신하에게 독살되었다는 소문이 돌기도 했다. 수길은 이해 8월 19일에 죽었다.

덕천가강 전전이가 모리휘원 우희다수가 상삼경승 등 다섯 대로大老는 함께 의논하여 조선에 출병한 병력을 철수시키기로 결정했다. 철수하되 조선에 대해 몇 가지 조건을 붙였다.

「조선의 왕자를 볼모로 잡을 것. 이것이 불가능하면 해마다 쌀, 호의, 약재, 꿀 등을 공물로 바치게 할 것. 처음 공물을 바치는 기간, 부산성에 병력을 주둔시킬 것.」

그러나 사실상의 무조건 철병이었다. 이 철수령을 전하는 임무를 띤 사람은 덕영수창 궁목풍성 두 사람이었다. 이들은 부산포에 당도하여 수길의 사망을 고하고, 철수 조건을 전한 다음 "11월 중순까지 여러 장수들은 부산에 집결하고 순차로 귀국해도 좋다." 이런 명령을 하달했다.

왜군 장수들은 겉으로 수길의 죽음을 깊이 애도했으나 속으론 쾌재를 불렀을 것이다. 이 지긋지긋한 전쟁은 수길의 야망과 정략에서 비롯되었다. 일본 평정 후 정권의 기반을 다지기 위해 번주들의 힘을 소모시키고, 난리통에 밥줄이 끊어진 무사들을 밖으로 내보냄으로써 국내의 안정을 도모하려 했던 것이 수길의 전쟁 목적이었다.

잘하면 조선 땅을 집어삼켜 분배된 토지가 적다고 불만을 품은 번주들에게 나누어 주려고 했던 것이다. 이것을 너무도 잘 아는 왜군 장수들은 수길의 죽음을 내심 큰 경사로 여겼다. 호전적인 가등청정도 예외는 아니었을 것이다.

수길이 죽은 소문이 조선 측에 퍼진 것은 9월 초순이었다. 도원수 권율은 항왜의 말을 듣고 조정에 장계를 올렸다.

「서생포의 왜적이 부산으로 이동하고 있습니다. 군량미와 병기를 연일 선편으로 운반하고 있는바 탐보에 의하면 관백이 이미 죽었다고 합니다. 또는 남만이 왜국에 쳐들어와 전쟁이 일어났다고 합니다.」

이어 경상감사 정경세의 장계가 올라갔다.

「왜군 진영에서 도망쳐 나온 사람이 말하기를, 관백이 더위를 먹어 쓰러졌다 합니다. 병석에서 중신들에게 어린 아들을 당부하면서 '조선·명국과 속히 강화를 맺으라. 그리고 병력을 철수시키라'고 명령했다는 것입니다.」

조정에서는 반신반의했다. 원체 왜군이 간계를 잘 썼기 때문이다. 그러나 뭔가 본국에서 심상치 않은 일이 벌어지고 있어 그 때문에 왜군이 동요하고 있는 것만은 틀림이 없었다.

왜교성에 집결한 왜군을 쳐부수고, 부산포를 급습하여 철수하는 왜적을 섬멸할 수 있는 절호의 전기가 이제야 찾아온 것이다.

순천 왜교성에 고립된 소서행장은 병력을 안전하게 철수시키려고 온갖 술책을 다 썼다. 육지의 명국군은 유정과의 밀약으로 휴전상태에 있으나 이순신과 진린의 조·명 연합수군이 문제였다.

소서행장은 진린에게 거듭 값진 선물을 보내 환심을 샀으나 이순신만은 어떻게 해 볼 재간이 없었다. 그래도 진린을 매수하여 조·명 수군을 이간시킬 필요가 있었다.

"… 시금 내가 지키고 있는 왜교성을 싸우지 않고 제독에게 넘길 것이오. 그렇게 되면 도독 유정보다 더 큰 공이 제독에게 돌아갈 것이오. 조건은 단 한 가지, 일본군의 철수를 방해하지 말기를 바라오."

진린에게 이런 제의를 했다. 그러자 진린은 한 술 더 뜬 회답을 보냈다.

"왜교성뿐 아니라 평의지가 지키고 있는 남해성도, 우리 수군에게 인도해야 할 것이오."

먼저 남해성을 넘겨주면 그야말로 퇴로를 적에게 봉쇄당하는 꼴이 된다. 잔뜩 의심을 품은 소서행장은 배수의 진을 치는 양 배짱을 부리기도 했다.

"… 왜교성을 떠나면 남해성도 철병을 시작할 것이오. 나의 제의를 의심하지 마시오. 만일 제독께서 끝내 고집한다면 계속해서 왜교성을 방비할 수밖에 없소."

풍신수길의 죽음은 비밀에 부쳐진 채 전군 철수령이 내려졌던 것이지만, 소문은 순식간에 진중에 퍼지고 조선인 포로들에게도 알려지게 된 것이다.

진린과 이순신이 수길의 죽음을 안 것은 11월 초순이었다.

소서행장이 왜교성을 끝내 방어하겠다고 위협한 건 허튼 수작임을 감추지 못한 것이었다. 진린은 왜군이 모조리 물러가게 된 마당에 굳이 싸움을 걸어 위험을 자초할 필요가 없다는 생각이었을 것이다.

"… 궁지에 몰린 쥐새끼가 고양이를 문다고 했소. 왜군이 마지막 발악을 하면 우리도 상당한 희생을 당하게 될 것이니 왜교성을 무혈점령하는 것으로 만족을 하십시다."

진린이 넌지시 말했다.

"어찌 불구대천의 원수가 제멋대로 돌아가는 것을 수수방관하고 있을 수 있겠소. 한 놈도 남기지 말아야 하오. 왜군은 항복해서 강화조약을 맺고 철수하는 것이 아니오. 풍신수길이 죽어 하는 수 없이 물러가는 것이오. 만약 진대인께서 소서행장과 어떤 약조를 하고 싸우지 않으신다 해도 조선 수군은 앞으로 나가 왜적을 칠 것이오."

이순신은 조금도 양보하지 않았다. 하긴 이순신의 주장이 백번 옳다. 왜군의 철수는 저희들 사정이다. 아무런 명분 없이 이웃 나라를 짓밟아 놓고 이제 그만 돌아가게 됐으므로 훼방을 놓지 말아달라니….

진린은 낯을 붉히며 말했다.

"노야의 말씀이 옳소. 함께 나가 왜적에게 최후의 철퇴를 가합시다."

동쪽 방면의 왜군은 후퇴를 시작하여 부산포로 집결하고 있었다. 가등청정의 울산을 비롯해서 서생포 양산 등의 여러 성은 잇따라 조·명군 수중에 들어왔다. 오직 서쪽의 소서행장과 도진의혼 등의 수군의 위협으로 발목을 잡히고 있는 형국이었다.

이순신과 진린의 수군은 마침내 고금도의 본진을 출동하여 왜교성에서 외양으로 나오는 통로인 송도 일대에 결진했다. 크고 작은 병선 5백여 척이었다. 그중에는 상당수 징발된 어선도 포함돼 있었다.

소서행장군은 밤중에 왜교성을 버리고 병선에 올라 장도 부군까지 나왔으나 불야성을 이루고 있는 해상의 휘황한 불빛에 놀라 뱃머리를 돌려 다시 돌아와 버렸다.

왜교성에서는 연달아 봉화를 올렸다. 노량진과 남해의 왜성에서도 호응하는 봉화가 솟았다. 위급을 알리는 구원 요청의 신호이다.

거제도에 모인 도진의홍 종의자 등 왜군은 부산에서 달려온 수군과 함께 소서행장을 구하기 위해 긴급 출동했다. 병선 5백 척이 넘는 대함대였다.

이 같은 왜 수군의 동정은 지체 없이 송도 근해의 이순신 본진으로 보고되었다. 이순신은 여러 장수와 막료들을 주선으로 소집했다.

경상우도 수사 이순신李純信, 경상우도 조방장 배흥립, 해남현감 유연, 가리포 첨사 이영남, 장흥부사 진봉, 순천부사 우치적, 군관 송희립, 군관 이언량 등이 참접했다.

"이번 작전의 목적은 순천 왜교성에 있는 소서행장을 쳐죽이는 데 있지 않소. 왜 수군이 행장을 구출하려고 무리지어 나오고 있으므로 하늘이 내린 절호의 기회요. 왜 수군을 섬멸하고 부산을 공격하여 7년간의 원한을 풀어야겠소. 명군에 기대지 말고 우리 조선 수군의 힘으로 해내야 하오."

어느 때보다도 이순신은 감정이 고양된 상태에 있었다. 원균수군의 어이없는 전멸, 백의종군 중 복진된 수군통제사, 병선 12척으로 왜군을 격파한 명량해전의 기적적인 승리….

좌중은 이순신의 긍지와 전의에 압도된 숙연한 분위기였다.

"우리가 부산에 집결한 왜적을 섬멸하지 않는다면 천추의 한을 남기게 될 것이오. 다시는 왜적이 조선을 넘보지 못하게 혼쭐을 내야 하오. 사또의 명이라면 목숨을 바치겠소이다."

조방장 배흥립의 말이었다.

"노량해협을 결전장으로 정했소. 출진 명령을 내리시오!"

이순신은 하나하나 장수들의 손을 잡고 격려했다. 선봉은 이순신의 직속함대와 명군의 부장 등자룡의 병선들이었다. 진린은 주력함대를 거느리고 조선 수군의 뒤를 따르고 있었다.

원수기 밑에 제단을 차리고 향을 피운 이순신은 하늘에 빌었다.

"우리 조선의 원수를 갚는다면 죽어도 한이 없겠나이다. 군사들을 도와주소서."

이순신함대는 남해 관음포 근처에 진출했고 명 수군은 곤양 죽도 근해를 맡았다.

심야에 척후선이 급히 돌아왔다. 왜 수군의 선봉이 사천 남쪽으로 통하여 노량 방면으로 향하고 있다는 것이었다. 이순신은 군관을 진린의 기선에 보내 적장을 알리고 진격 명령을 내릴 것을 종용했다. 진린의 체면을 생각했던 것이다.

어둠속에서 화전이 솟아오르고 군고소리가 숨 가쁘게 울렸다. 어둠을 뚫고 전진하자 멀리 점멸하는 불빛이 보이기 시작했다.

이순신은 나각을 불고 북을 치게 했다. 선진함대가 일제히 화포와 화전을 발사하며 적병선들을 향해 돌진했다. 첨사 이영남의 배가 선수를 적의 서북에 부딪치고 화전을 난사했다.

낙안군수 방덕룡은 적선에 뛰어들어 삼지창으로 왜병을 소탕하여 적선을 노획했다. 날이 밝아오면서 전투는 더욱 치열해지고 도처에서 병선들이 뒤엉킨 혼전이 계속되었다.

왜선 서너 척이 이순신의 기선을 포위하면서 미친 듯이 포화를 집중했다. 그러자 진린의 배가 급히 달려와 포위를 뚫고 왜선을 물리쳤다.

부총병 등자룡은 70세 노장이었다. 부하를 거느리고 조선의 병선으로 옮겨 타고는 적선과 충돌을 시키면서 백병전을 벌였다. 그는 중상을 입고 이내 전사했다.

이순신이 누상에서 살펴보니 이번엔 진린의 배가 적선의 포위 속에 고립된 채 난투를 벌이고 있었다. 안골포 만호 우수, 사도첨사 이섬에게 명해 급히 진린을 구출하게 했다. 마침 왜병들이 사다리를 걸치고 진린의 배에 뛰어들고 있는 위급한 상황이었다.

이순신 우수 이섬의 배들은 왜선의 배후에 돌진하여 일제히 화전을 퍼부었다. 무수한 노들이 맞부딪치는 소리, 각종 화포의 포성, 치솟는 불길과 검은 연기…. 시간이 흐르면서 형세가 차츰 드러나기 시작했다. 격파되거나 화염에 싸인 것은 거의 왜선들이었다. 마침내 왜군은 뿔뿔이 흩어진 채 도주하기 시작했다. 이순신함대는 진형을 정돈하면서 추격전에 들어갔다.

왜선들은 남해의 관음포로 향해 허겁지겁 몰려가고 있었다. 이순신은 외해에서 진린이 도착하는 것을 기다려 함께 관음포를 에워싸고 집중포화를 가하면서 서서히 죄어 들어갔다.

독안에 든 쥐가 된 왜함대는 역습으로 탈출구를 뚫으려고 밖으로 돌진해 나왔다. 이때 이순신 곁에서 군령을 수발하던 군관 송희립이 왼쪽 이마에 총을 맞고 쓰러졌다.

이순신은 방패를 젖히고 송희립을 찾으려는 순간 적탄이 그의 왼쪽 가슴을 뚫었다. 당황한 막료들이 이순신을 누대 안으로 옮겼으나 벌써 얼굴엔 사색이 돌고 있었다.

"사또! 우리는 이기고 있소이다."

"저 함성이 들리지 않소이까!"

종자들이 엎드려 울부짖었으나 이순신은 미소를 지으며 조용히 말했다.

"바야흐로 싸움이 급하다. 내 죽음을 알리지 말라."

그리고는 운명했다. 혼절했던 송희립은 다시 정신이 들었다. 피투성이가 된 얼굴을 훔치고 장대에 올라와 보니 이순신의 아들 회, 조카 완이 시신 앞에 엎드려 흐느끼고 있었다.

송희립은 그들을 부축해서 울음을 그치게 한 다음 고인의 갑옷과 투구를 벗겨 챙기고 붉은 비단으로 시신을 덮었다. 방패를 세워 보이지 않게 했다. 기선에선 다시 북소리가 힘차게 울렸다. 선조 31년1598 11월 19일 아침나절의 일이다. 향년 54세.

해전은 정오께까지 계속되었다. 왜군의 일부는 탈출하여 동쪽으로 도망쳤고 일부는 남해 선재리의 비어있는 왜성에 들어가 숨기도 했다. 사령관인 도진의홍은 반파된 병선을 추스르고 창선도를 거쳐 간신히 도주했다.

노량해전의 전과는 적선의 당파 또는 전소 2백여 척, 수급 5백여에 달했다. 전사한 장수는 이순신 외에 이영남, 방덕룡 그리고 명군의 등자룡 등이었다. 전투가 끝나자 진린은 자신을 구해 준 이순신에게 감사의 뜻을 표하려고 조선의 대장선으로 다가왔다.

진린은 큰 소리로 이순신을 불렀다.

"통제공! 어디 계시오."

대답이 없고 대신 완이 나와 숙부의 전몰을 알려 주었다. 진린은 갑판 위에 털썩 주저앉아 대성통곡을 했다. 그 장면을 지켜본 양군의 군사들은 비로소 사실을 알게 되었고 곡성이 바다 위를 진동했다. 해전이 진행되는 동안 순천 왜교성에서 꼼짝 못하던 소서행장은 5백 척의 병선을 거느리고 여수해협 동쪽을 거쳐 남해 남단을 돌아 거제도로 탈출했다.

이순신이 생존해 있었다면 여세를 몰아 거제도 방면으로 왜군을 추격했을 것이다. 진린은 소서행장이 동쪽으로 빠져나간 것을 알게 되자 더더구나 전의를 잃고 서둘러 고금도로 철수했다.

노량해전의 결과는 진린의 계첩에 의해 국왕께 통보되었다. 조선 장수들은 이순신의 장례와 운구의 일로 경황이 없어 자세한 장계를 올리지 못했을 것이다.

「부산 사천 등지의 왜선들과 17일 노량 부근에서 큰 싸움을 하였습니다. 통제사 이순신은 앞장 서 싸우다가 탄환을 맞고 전사했습니다. 그의 충성에 대해서는 전하가 더 잘 아시기에 제가 새삼스럽게 말씀드리지 않겠습니다. 통제사의 자리는 하루도 비워둘 수가 없습니다. 제 생각 같아서는 이순신 휘하에서 싸운 전라우도 수사 이순신李純信을 기용하시면 어떨까 합니다.」

도독 진린이 올린 문면이다.

「귀하는 명과 조선의 군사를 이끌고 노량에서 적의 숨통을 죄었소. 자신이 여러 장수들의 앞장을 서서 용감하게 나아가 적선을 쳐부수고 위엄을 크게 떨치었소. 통제사 이순신은 귀하의 휘하에서 힘껏 싸우다가 탄환을 맞고 전사하였으니 매우 애석한 일이오. 그 후임에는 충청병사 이시언을 임명할 것이오. 분부대로 되지 못해 미안하게 생각하오.」

국왕이 진린에게 보낸 회답이다.

이순신의 전사를 애석하게 여긴다는 말은 있으나 다분히 의례적인 느낌을 준다. 전라도 방면에 내려간 좌의정 겸 체찰사 이덕형의 장계는 다음날에야 올라온다.

「왜적의 수군 3백여 척이 합세하여 노량에 당도하자 통제사 이순신은 수군을 거느리고 맞받아 싸웠습니다. 명군도 함께 나가 싸웠습니다. 왜적이 대패하여 2백여 척이 박살났고 빠져죽은 왜병이 부지기수입니다. 왜적의 시체와 깨진 널판, 무기와 의복 따위가 바다를 뒤덮었습니다. 남해 바닷가에 쌓았던 양곡도 버리고 도망쳤습니다. 소서행장은 다른 왜적이 무너진 것을 보고 몰래 달아나고 말았습니다.」

국왕은 별다른 말이 없었다. 『실록』에는 다만 사관의 의견을 덧붙이고 있을 뿐이다. 이순신의 인품과 충성심 그리고 공로를 자세히 적은 다음 간접적으로 국왕을 비판하고 있다.

"애석하다. 조정이 사람을 제대로 쓰지 못하여 순신이 자신의 재능을 한껏 펴지 못했으니 만약 병신·정유년간 순신을 통제사의 직책에서 갈지 않았더라면 어찌 한산도 싸움에서 패하고 호남과 호서가 왜적의 소굴이 되었을 것인가. 아! 애석한 일이다."

진린은 국왕을 뵙고 최대의 찬사를 올렸다.

"이순신은 경천위지經天緯地의 재능이 있고 보천욕일補天浴日의 공이 있습니다."

명국황제께도 같은 취지의 장계를 냈다.

고금도에서 아산까지, 운구하는 길목마다 남녀노소 할 것 없이 마중을 나와 땅에 엎드려 통곡했고 다투어 술잔을 올리는 통에 행차가 자주 지체되었다.

비변사에서 이순신의 공로를 찬양하는 글을 올리자 국왕은 이런 비답을 내렸다.

「이순신에게 벼슬을 추증하고 부의도 보내주며 장사를 관청에서 치르게 할 것이다. 그의 아들은 몇이나 되는가? 거상 기간이 지난 다음 벼슬을 줄 것이다. 바닷가에 사당을 짓는 것이 좋겠다. 그 밖에 전사한 장수들에게도 은전을 베풀고 차차 벼슬도 추증해야 할 것이다.」

증직에 관해서는 나중 일괄해서 적는다.

한편 부산포에 집결한 왜군은 11월 하순에서 다음 달 중순에 걸쳐 거의 철수를 끝낸다. 왜장들은 소문으로만 듣던 수길의 죽음을 분명히 알게 되었다.

수길은 죽기 전에 세 살배기 외아들 수뢰를 후계자로 삼았는데 번주들의 충성심이 미덥지 못해 전전이가를 후견인으로 지명하고 덕천가강을 비롯한 29명으로부터 서약문을 받았다.

대다수의 큰 번주들을 망라하고 있으나 소서행장 가등청정 등은 조선에 있었기에 들어 있지 않았다. 그러나 수길이 죽자마자 번주들 간에 세력다툼이 벌어지기 시작한다.

몇 해 후 대세를 휘어잡은 덕천가강은 대마도의 종의지를 불러 이렇게 당부했던 것이다.

"나는 본디부터 조선에 아무런 원한도 가지지 않았소. 조선에 출병한 것은 큰 실수였소. 그대의 번은 예부터 조선과 교제를 해 왔으니 조선의 사정을 잘 알 것이오. 화의를 원한다면 기꺼이 받아들이겠소. 내 뜻을 알고 주선해 보시오."

종의지는 사신을 조선에 보냈고 승려 유정이 일본을 다녀오기도 했다. 조선인 포로 약 3천 명이 풀려나 귀국했다. 왜병의 경우 항복하고 조선에 정착한 사람이 많으나 전체적인 수효는 기록에 없다.

왜군이 철수한 뒤의 빈 성채들은 모조리 명국군이 점거했다. 마치 전투 끝에 함락시킨 양 전공을 날조해서 본국에 보고한 장수들도 있었다.

순천 왜교성 제독 유정, 합천 해인사 감찰어사 진효, 한산도 유격장 계금, 거제도와 한산도 유격장 허국위, 서생포 유격장 섭사충, 부산포 유격장 진린, 성주 유격장 모국기.

이들은 다음해 정월부터 이동하기 시작해 속속 귀국하게 된다. 이들은 예외 없이 도성을 거쳐 융숭한 대접을 받고 귀한 선물도 챙겼다. 국왕부터가 경리 제독 도독 등에 대해서는 하나하나 접견하고 위로의 말과 함께 하사품을 내리곤 했다.

유정 동일원 진린 등 명군의 수뇌들은 국왕을 뵈올 때마다 이순신의 인품과 전공을 한결같이 칭송했다. 조정의 벼슬아치들은 무슨 까닭인지 말을 아끼고 있었다. 국왕의 눈치를 보고 다른 장수들과의 균형을 고려한 듯한 인상을 준다.

이순신에 대한 국왕의 배려도 명국군 장수들의 극진한 권고와 건의에 마지못해 조처한 대목이 없지 않아 보인다. 이것은 당파싸움의 영향으로만 돌릴 수 없는 부분이다.

국왕의 복잡 미묘한 심리의 한 단면을 보여 준다고 할까. 지금까지도 풀기 어려운 수수께끼 같은 것이다. 이런 국왕의 태도가 나중 이순신의 자살설을 낳게 한 소지가 되었는지 모를 일이다.

이순신은 자신의 신념과 나라를 위한 헌신에 투철한 인물이었다. 지나치게 천착하고, 신기한 발견이라도 한 듯이 수백 년의 역사적 평가를 훼손하는 언설에 공감하는 사람은 드물 것이다.

류성룡이 영의정에서 물러난 뒤에도 그에 대한 언관들의 탄핵은 계속되었다. 북인 이산해와 서인 윤두수 등이 동인이 영수격인 류성룡을 끝까지 추궁하여 조정에서 내몰려는 정략에서 비롯된 것이다.

류성룡은 풍원부원군으로 봉해져 있었는데 이 작위마저 박탈하라는 것이었다.

“신들이 성룡을 탄핵한 지 열흘이 넘었는데도 전하께서는 귀담아 듣지 않으신 것 같습니다. 성룡은 영의정으로 있을 때 성혼과 함께 은근히 왜적과 화의를 맺으려고 모의하였습니다.”

사헌부와 사간원의 관원들이 이런 차자를 냈다. 류성룡은 직책상 강화를 추진하던 심유경을 상대하지 않을 수 없었는데 이를 모의라 하여 뒤늦게 허물로 잡은 것이다.

여기에는 국왕의 교묘한 용인술에 반대파들이 편승한 대목도 없지 않았다. 류성룡이 규탄을 받게 된 직접적인 계기는 경략 정응태가 국왕을 무고한 사건이었다. 그것을 소명하기 위해서는 적어도 정승급이 중국에 들어가야 했는데 류성룡은 칭병하고 자청하지 않았다.

국왕은 대단히 섭섭하게 여겼고 이것이 정적들에게 틈새를 드러낸 빌미가 된 것이다. 어쩌면 국왕은 류성룡이 오랫동안 영의정을 지내면서 임금을 가볍게 여기게 된 것이 아닌가 의심을 했을지도 모른다. 그래서 지금쯤 세력 판도를 바꿀 때가 됐다고 판단했을 법도 하다.

국왕이 노량해전에서 이순신이 순국하면서 올린 승리를 그다지 높이 평가하지 않으려고 한 것도 류성룡의 실각과 관계가 없지 않았다.

끈질긴 언관들의 탄핵에 국왕은 마지못한 듯 류성룡의 작위마저 뺏고 사판에서 삭제했다. 사판이란 벼슬길에 오른 사람의 명단이다.

후임엔 좌의정을 지낸 윤두수를 기용했다. 얼핏 보아 동인정권이 무너지고 서인이 집권한 모양새가 돼가는 듯했다. 그러나 언관들의 상당수가 들고 일어나 윤두수를 규탄했다.

“윤두수로 말하면 평양성을 지키는 임무를 포기하고 변변히 싸우지도 않은 채, 밤중에 도망친 사람입니다. 사람이 옹졸하고 간사하여 한나라의 영상감이 못되는 위인입니다. 속히 파직하소서."

이런 인신공격을 가하기도 했다. 국왕의 대답은 미묘했다.

"윤두수가 평양성을 방어하지 못한 것은 만부득이한 일이었다. 그가 한나라의 영상감이 못된다고는 생각지 않는다."

적극적으로 비호하는 어투는 아니었다. 그런 탓인지는 몰라도 언관들의 공세는 사그라지기는커녕 더욱 드세어졌다. 무려 20여 차례나 차자를 올렸다. 그때마다 국왕은 짧은 비답을 내렸다.

"그 일에 관해서는 이미 말한 바 있다. 번거롭게 하지 말라."

어찌 보면 윤두수가 당하고 있는 것을 느긋하게 즐기고 있는 느낌이다. 견디다 못한 윤두수는 상소를 올려 사직을 청했다.

「처음 신이 영의정을 사양했을 때, 하도 전하의 분부가 극진하여 대간들의 거듭된 비난을 참으며 지금에 이르렀습니다. 그러나 이처럼 논란이 분분한 가운데서는 도저히 소임을 다할 수 없습니다. 또 신에게 영상이란 분에 넘치는 벼슬입니다.」

윤두수로선 국왕의 진의를 알고 싶어 시간을 끌었을지도 모른다. 왜적이 물러가니 권력다툼이 더욱 모질게 된 형국이었다.

마침내 국왕은 윤두수의 상소를 받아들이는 몸짓으로 사직을 윤허했다. 후임 영의정엔 영돈령부사 이산해가 올랐다. 그러자 국왕의 마음이 동인도 서인도 아닌 북인에게 기운 듯한 인상을 주었다.

이산해는 임진전쟁 때 이미 영의정을 지낸 사람이다. 전쟁 중 탄핵을 받아 인심 수습책으로 그를 귀양 보냈으나 이내 조정에 불러들여 한직을 주고는 기회를 엿보고 있었던 것 같은 재등용이었다.

어간의 인사를 보면 파당의 영수들이 국왕의 용인술에 농락당한 흔적이 짙다. 남쪽에 내려가 있는 좌의정 겸 도체찰사 이덕형은 조정의 이런 소식을 듣고 마음이 언짢았다.

류성룡에 대한 처분도 지나치게 가혹하다 싶었다. 국난을 극복하는 데 그보다 더 헌신적으로 일한 벼슬아치는 없을 것이다. 한때의 실수로 임금의 심기를 그르쳤을지 모르지만, 그렇다고 충성을 다한 늙은 재상을 하루아침에 추방하다니….

정사는 곧 인사인데, 국왕이라 해서 자의적으로 재상을 떼었다 붙였다 해서는 안 된다.

이덕형은 이럴 때 임금을 간하는 것이 신하된 도리라고 생각했다. 그는 신임 영의정 이산해의 사위이다. 그러기에 더욱 곧은 말을 해야 한다고 다짐했다.

「지금은 왜적이 갓 물러간 때이며 만백성이 조정의 조처를 주시하고 있습니다. 모든 국사의 기본은 조정을 바로잡는 일입니다. 문을 활짝 열어놓고 인사의 원칙을 세워야 합니다. 간사한 자는 물리치고, 성실한 사람을 등용할 것이며, 형식을 버리고 실질적인 성과를 이룩하게 해야 합니다. 지금 나라가 피폐해질 대로 피폐해져 있습니다. 반드시 훌륭한 인재를 기용해서 백성들 마음을 달래야 합니다. 바라건대 전하께서는 깊이 살피시어 저울대처럼 공평하고 거울처럼 밝은 정사를 펴야 할 것이며 시비를 가릴 때에는 정도에 지나치는 일이 없도록 유의하셔야 할 것입니다.」

중신으로서는 좀체 하기 어려운 간언을 올렸다. 대개 조정의 논쟁은 젊은 언관들에게 맡기고 늙은 신하들은 뒷전에서 잠자코 있는 것이 점잖은 처신으로 여겨지고 있다. 국왕은 아픈 데를 찔린 듯 변명조의 비답을 내렸다.

「… 무슨 일이건 전례만 가지고 논할 수는 없다. 세상일이란 천만 가지여서 형식은 같아도 내용은 판이하고, 사안은 같아도 형세가 다른 것이 얼마나 많은가. 그러기에 모든 일은 시기에 맞고 또 실제에 맞게 해야 하는 법이다. 경의 논의는 대신의 처지에 맞는 것이고, 내 말이 잔소리처럼 들릴지도 모르지만, 임금과 대신 사이는 서로 심정을 이해하고 있다고 생각한다.」

이덕형은 국왕의 비답을 보고, 심정이 착잡했다. 국왕의 반론에도 일리는 있다. 세상사란 단순치 않다. 희게 보이는 것이 검을 수도 있고 그 반대일 수도 있다. 하지만 그런 가운데서 원리원칙을 분명히 해서 옳고 그름을 식별하는 것이 윗사람의 도리이다. 국왕은 지략은 있으나 노회하다….

이덕형과 국왕의 설왕설래는 조정 안팎의 큰 화제였다. 국왕을 노엽게 한 이덕형이 조만간 내몰릴 것이란 소문이 돌았다. 미묘한 시기에 충성스런 직언을 했다는 칭찬도 자자했다.

이덕형에겐 그런 쑥덕공론이 곤혹스러운 것이었다. 어찌 보면 국왕이 조정의 논의를 부추기고 있는 면이 있다. 신하들이 서로 다투는 것을 되레 조장하고 있는 구석이 있다. 전란중보다 평시의 처신이 더 어렵게 된 판국인지도 모를 일이었다.

그러나 저러나 전쟁의 뒷수습이 급선무였고, 조처해야 할 일이 산더미처럼 쌓여 있다. 인구가 줄어 일손이 태부족이고, 농토는 버려진 채 잡초만 무성했다. 도성을 비롯한 성읍들은 거의가 황폐되어 백성들이 의지할 곳이 없었다.

여러 해 농사를 짓지 못해 식량사정은 악화됐고 농민들은 여전히 초근목피로 연명하고 있었다. 세곡을 거둘 수 없으니 국고가 텅텅 비어 관원들에게 녹미를 주지 못했다. 그래도 고을에 따라 형편이 조금 나은 데와 완전히 잿더미가 된 데가 있었다.

벼슬아치들은 7년간 노상 군복차림으로 지냈다. 인심을 진정시키는 데 도움이 안 된다 하여 평상시 복장으로 되돌렸으나 옷감을 구하지 못해 갈아입는 사람이 드물었다.

이렇게 되자 벼슬아치들 사이에선 민망스러운 풍조가 일어났다. 중앙의 관직보다 지방 수령을 선호하게 된 것이다. 전쟁 전에도 그런 경향이 없었던 것은 아니지만, 도성 안에서 견딜만하면 중앙의 요직을 원했지 시골로 내려가는 것은 좌천으로 여겼던 터이다. 이제는 명예보다 실속을 취하게 됐다고나 할까.

방백 수령자리도 전쟁 피해를 덜 입은 고장에 쏠리는 통에 이조나 병조의 낭관집은 문전성시를 이루었다. 작은 고을의 수령 인선은 낭관들의 재량에 달려있는 경우가 많기 때문이다.

식량난으로 이중 곤경에 빠진 것이 지방에 나가 있는 도체찰사와 관찰사, 그리고 호조의 관원들이었다. 녹미는 고사하고 그보다 급한 일이 명군에 대한 보급이었다.

도독 유정·동일원, 제독 진린 등은 군사를 이끌고 압록강 너머로 이미 철수했으나 경략 만세덕 휘하의 2만4천 병력이 도성과 지방에 남아 있었다. 이 잔류군의 규모에 관해서는 조정 논의도 많았고 이러지도 저러지도 못하는 양면성을 가지고 있었다. 일본에서 도망치거나 풀려난 조선 사람들이 돌아와 이런 소문을 퍼뜨렸다.

"조선이 먼저 강화사를 보내 사죄치 않으면 다시 조선을 칠 것이다." "회군한 건 관백이 죽어 일시적으로 돌아간 것이고, 여러 성주들이 수길의 아들을 옹립해서 조선을 응징한다고 한다."

저들이 일부러 말을 꾸민 것이지만 원체 왜적을 불신하고 있는 민심이라 그럴듯하게 먹혀들었던 것이다.

왜적에 대비하자면 명군의 주둔이 필요하다. 하지만 병력이 많을수록 군량미를 대기가 어려워진다. 비변사에서 여러 차례 논의를 되풀이한 끝에 조선군을 최대한 증강하는 한편 명군 5천 정도를 남겨두는 것이 한계라는 결론이 나왔다. 식량 사정에 병력을 맞춘 셈이었다.

국왕이 친히 만세덕의 처소에 찾아가 잔류 병력 감축을 요망하기도 했다. 만세덕은 황제의 명령을 이유로 거절했다. 여러 군데 명국 숙영지에 쌀을 대지 못하게 되자 명병들은 인근 마을을 돌아다니며 노략질을 했다.

식량이 남아있는 민가도 드문 형편이라 닥치는 대로 잡곡, 소채 그리고 돼지와 닭을 약탈했다. 명군 장수들도 병사들을 단속하지 못했다. 거기다 명병들은 쇠붙이라면 눈이 뒤집혀 구석구석 쏘다니며 남김없이 빼앗아갔다.

명국에서도 무쇠가 동나 엄청나게 비싼 값으로 거래된다는 것이었다. 이러니 농사에 쓰는 연장이 남아나지 않게 되었다. 엉뚱한 곳에 전쟁의 후유증이 도사리고 있었다.

왜적들이 물러간 후 전쟁이 끝났다고 기뻐할 일이 아니라 원정군을 편성해서 저들을 응징해야 한다는 논의가 나왔다. 전라도 관찰사 황신은 최소한 대마도만이라도 쳐야 한다는 상소를 올렸다.

「… 대마도는 우리나라와 그중 가까운 곳에 있는 섬입니다. 오래전부터 우리나라의 혜택을 입어왔는데 임진년에 적들의 길잡이 노릇을 하였으니 수길의 머리를 베어달지도 못한 바엔 대마도의 적이라도 씨를 남기지 말고 모조리 쳐죽임으로써 조금이라도 분통을 씻어야겠습니다. 신은 지난해 왜국 조정에 사신으로 가면서 이 섬을 거쳤기에 산천과 지리를 자세히 익혀 두었습니다. 명의 절강군사와 우리 수군이 함께 기습을 한다면 대마도의 적은 쉽게 무너질 것입니다. 오늘의 형편에서는 자기 나라를 지키기에도 벅찬데 어느 겨를에 남의 나라를 칠 수 있겠는가 할 수도 있겠지만 명나라 군사가 아직 남쪽에 남아있는 만큼 힘을 합친다면 그다지 어려운 일은 아닐 것입니다.」

황신뿐 아니라 왜적에게 복수해야 한다는 주장이 언관들 사이에서도 제기되었다. 국왕은 황신의 상소를 읽은 다음 명을 내렸다.

"비변사에서 지체하지 말고 논의하여 결과를 보고하라."

국왕 자신이 황신의 생각과 같다는 뜻이 담겨 있다. 급히 소집된 비변사 회의는 찬반양론으로 갈라졌다.

"나라와 백성이 지칠 대로 지쳤는데 군사를 동원하여 바다를 건너가 적을 친다는 것은 현실적으로 어려운 일이오. 조금이라도 원수를 갚겠다는 심정이야 누구나 한가지일 것이오. 그러나 먼저 전후의 복구와 인심 수습에 힘을 쏟아야 할 때요."

병조판서 홍여순의 말이었다.

"대마도를 친다는 건 단순히 분풀이를 위하는 것만이 아니오. 세종대왕께서도 왜구의 소굴을 토벌하기 위해 대마도를 정복하셨소. 그 뒤 왜구는 잠잠해지고 대마도주는 조선의 관작을 받고 순화되었소. 다시는 조선을 침범하는 길잡이 노릇을 못하게 혼쭐을 내놓아야 하오. 그러므로 대마도 공격은 장차의 화근을 뿌리뽑자는 것이오."

호조판서 한응인의 반론이었다. 그러자 이조판서 이개가 언성을 높이고 반대했다.

"지금 우리의 군사를 가지고는 성공을 기약할 수 없소. 어쩔 수 없이 명군에 의지해야 할 텐데 명나라 장수들은 싸울 의사가 없을 뿐 아니라 황제의 허락이 있어야 할 것이오. 공연히 일을 복잡하게 만들 뿐이오."

"대마도는 눈으로 볼 수 있는 가까운 거리에 있는 섬이오. 단숨에 기습을 해서 풍비박산을 내고 돌아올 수 있으니, 기회를 놓치지 말아야 하오. 상감의 뜻도 거기에 있다고 믿소."

한응인은 강경론을 굽히지 않았다. 결국 합의를 보지 못한 채 논의된 내용만 간추려 국왕께 보고했다.

"황신이 사신 왕래할 때 보았던 대마도의 형편과 지금의 동정은 같지 않을 것이다. 간교한 왜적은 대마도에 상당한 군사를 남겨놓고, 조선 군사에 대비하고 있을 것이다. 다시 대마도의 동정을 살핀 다음 방책을 정하는 것이 좋겠다."

이런 비답을 내린 뒤 비변사 당상관들을 불렀다.

"황신의 글은 이미 조정 밖으로 새어나갔을 것이오. 병력을 동원하는 것과 같은 중대한 사안은 귀신도 모르게 처결해야 하는데 비변사에서 그토록 장시간 떠들어 댔으니 며칠 안으로 대마도의 왜적들이 환히 알게 될 거요."

국왕은 뜻밖의 말을 했다. 비변사가 속히 결론을 내라고 명한 것은 다름 아닌 국왕이다. 짐작건대 국왕은 대마도를 친다는 얘기가 왜적들에게 새어나가기를 바라고 있을 것이다. 신하들은 국왕의 흉중을 읽은 듯 서로 얼굴을 마주보며 고개를 끄덕였다.

그렇다면 횡신의 상소문은 톡톡히 한몫을 한 셈이었다. 조정의 비밀이 흘러나갔을 거라는 국왕의 말은 괜한 걱정이 아니었다. 얼마 전 왜국의 사신이 부산포에서 대구까지 올라와 경상감영에 체류하고 있었다.

덕천가강이 보낸 정식 강화사라고 했는데 이 문제의 처리를 놓고 골치를 썩이고 있는 터였다. 왜사가 내륙에 들어올 수 있었던 것은 명군이 허락을 했기 때문이다.

왜사의 요청대로 조선 조정이 그를 상대하면 명나라에서 의심을 하게 될지도 모른다. 또 왜사의 의도가 강화에 있지 않고 조선의 형편을 염탐하는 데 있는지도 모른다. 철수 중 명군의 동정과 조선의 방비 상태를 살핀 다음 다시 침공할 틈을 엿볼 수도 있는 일이다.

지금 명군은 3만 병력이 잔류하고 있고 상당 기간 그 규모를 유지한다는 것이 명국의 방침이다. 그러나 조선으로선 군량미를 대기가 벅차 5천 정도만 남고 나머지는 하루바삐 나가 주기를 바라고 또 그렇게 요청도 하고 있다.

왜사가 도성에 들어오면 이런저런 형편을 알게 될 것이고 조선의 방비가 매우 허술하게 돼가고 있다는 사실도 눈치 챌 것이다. 그렇다고 강화사를 내쫓아 보낸다면 전쟁 상태가 계속되고 있음을 뜻한다. 이것도 곤란한 노릇이다.

덕천가강이 큰 싸움에 승리하여 왜국을 평정했고 조선과 사이좋게 지내기를 원한다고 하나 원체 표리부동한 종자들이라 그 말을 믿을 수는 없다.

"우리가 왜의 사신을 받는다고 허락한 일이 없소. 비록 명국군이 마음대로 통과를 시켰지만 우리로선 나라 안에 잠입한 염탐꾼이니 목을 베어도 상관이 없소."

"그러나 명색 사신이라고 들어온 사람을 죽인다면 다시 사단을 일으킬 꼬투리를 주게 될 것이오. 부산포로 보내 본국으로 되돌아가게 하는 수밖에 없소."

"그렇게 되면 명국이 우리를 의심하게 되오. 명국은 조선과 왜국이 다시 싸우는 것을 바라지 않고 있소. 장차 왜적이 다시 침범한다 해도 대군을 보낼 여력도 없는 것 같소."

이런 논쟁이 계속되고 있었던 것이다. 아닌 게 아니라 명국은 조선 출병에 골병이 들었다. 나라 재정은 고갈되고 군사들은 전쟁과 내란에 지칠 대로 지쳤다.

동북 지방에선 만족인 누루하치가 세력을 떨치기 시작하여 중원을 노리고 있으며 두만강을 넘나들면서 조선과 수교한다고 집적거리고 있다. 속된 말로 명국은 망조가 들고 있다.

누루하치가 수작을 걸어오는 것도 명나라의 의혹을 사기 쉬운 노릇이다. 만족을 토벌하기 위해 다음엔 조선에 대해 원군을 요청하게 될지도 모른다. 이때 왜사는 종의지의 신하였다. 결국 국왕은 왜사의 입경을 허락하지 않는 대신 승려 유정을 대구에 보내기로 했다. 유정은 2품을 받은 의병장이었다.

"소위 왜사라는 자를 만나 저들의 조건을 들어보고 거짓이 없다고 판단되면 먼저 납치해 간 조선 사람을 송환하여 성의를 보이도록 하라고 이르오."

유정에게 내린 국왕의 밀지였다.

이때 경상도 관찰사는 류성룡의 제자격인 정경세였다. 대구 감영으로 내려간 유정은 정경세를 만나 왜 사신에 관한 얘기를 들었다. 왜 사신은 대마도주 종의지의 신하 귤지정이었다. 상전을 따라 종군한 무장으로 조선말을 할 줄 알았다.

"종의지가 예조판서에 보내는 서신을 지니고 있소. 도성에 가서 조정에 직접 올리겠다는 것이오."

"그렇다면 덕천가강의 사신이 아니지요. 대마도 사람은 자신에게 유리한 말을 꾸며대기 때문에 믿을 수가 없어요."

대마도주가 평화를 원하고 있음은 식량을 조선에 의지하고 있는 이상 너무나 당연한 일이다. 전쟁 전엔 쌀과 콩을 합쳐 한해 2만 섬가량을 들여갔다. 당초 풍신수길의 조선 침공을 막으려고 온갖 재간을 피운 것도 사실이었다.

그것이 되레 일을 꼬이게 만들어 정유년 재침의 한 가지 원인이 되었다. 유정은 객사에서 귤지정과 회담했다. 피차 면식이 있으나 따로 만나는 것은 처음이다.

유정은 승복차림이지만 지중추부사의 신분이다. 귤지정은 부복하고 왜식 절을 깍듯이 했다. 상견례를 나눈 다음 유정은 상대의 자격을 물었다.

"대마도주께서 덕천 장군의 명에 의해 사신을 보냈으므로 대마도주의 독단이 아닙니다. 덕천 장군께서는 조선 출병이 실수였다 하면서 장차 조선과 평화롭게 지내기를 바라고 계십니다. 어찌 대마도주 마음대로 조선과 수교를 할 수 있겠습니까."

귤지정의 말에 거짓이 있는 것 같지는 않았다.

"일본이 조선과의 수교를 원한다면 먼저 아무런 명분 없이 조선에 침입하여 전란을 일으키고 무고한 이웃 나라 군민을 살상한 죄를 사과해야 될 것이오."

유정의 말에 귤지정은 궁색한 변명을 늘어놓았다.

"조선 출병은 풍신수길의 책임이오. 덕천 장군께서는 관여하지 않은 일이오."

"그것은 일본의 집안사정이오. 가등청정을 비롯해서 조선을 침범한 장수들이 수두룩한데 또 그들의 우두머리가 된 사람이 덕천 장군인데 그런 면피의 말은 통할 수 없소. 다음은 왕릉을 범한 죄인을 가려내 마땅히 극형에 처해야 할 것이오. 끝으로 납치해 간 조선인을 지체 없이 송환해야 하오. 이런 조건들이 채워져야 수호를 회복할 수 있소."

유정의 말은 조리가 분명했다. 전쟁 초기 왜군은 경기도 광주 땅, 성종을 뫼신 선릉과 중종을 뫼신 정릉을 파묘했던 것이다.

납치된 조선인의 수효는 종잡을 수 없었다. 그 속엔 저들이 탐을 낸 도자기 인쇄 기술자들도 포함돼 있었다. 개중에는 앞잡이 노릇을 한 자, 이런저런 사정으로 빌붙어 먹은 자들이 부역의 죄로 처단될까 두려워 자진해서 넘어간 경우도 드물지 않았을 것이다.

"말씀은 잘 알겠습니다. 조선 조정의 의향으로 간주하고 보고할 것입니다. 원컨대 조선에서도 사신을 파견하여 서로 왕래를 트고 여러 조건을 의논해서 해결하는 것이 좋겠습니다."

귤지정은 서신을 전달하지도 못한 채 부산으로 돌아갔다. 유정의 이름은 왜군 사이에서 널리 알려져 있었다. 고승다운 풍모에 담대하고 지략이 있어 왜장들도 어려워하는 존재였다.

유정과 귤지정의 접촉으로 이를테면 국교 회복을 위한 예비 교섭이 시작된 셈이었다. 정식 사신을 교환하는 것은 몇 해 후 덕천가강이 막부를 세운 뒤가 된다.

당파싸움

국왕의 용인술은 전쟁 후 더욱 능수능란해지고 있었다. 어느 한쪽의 세력이 강해졌다 싶으면, 다른 한쪽을 부추겨 서로 다투게 하고는 벼슬아치들이 지나치게 득세하여 국왕의 권위를 터럭만치라도 훼손하는 것을 미리 막았다.

또 신하들의 충성심을 쉬이 믿지 못하는 버릇도 되레 심해졌다. 북으로 몽진할 때 호종한 신하 가운데 먼저 가족을 피란시킨 사람을 가려내려고 뒷조사를 시키기도 했다.

당시 국왕은 창황하게 도성을 떠나 파주를 지나가면서 물었다.

"성혼의 집은 어딘가?"

지난해 서인들이 내몰렸을 때 성혼도 조정에서 물러나 파주에 내려가 있었다. 곁에 있던 병조좌랑 이홍로가 거짓말을 했다.

"저기 보이는 마을입니다."

성혼의 집은 큰길에서 10리나 떨어진 곳에 있었다. 그 뒤 세자 광해군이 성천에서 성혼을 불렀는데 그는 어가御駕를 좇아오기 전에 먼저 세자의 말을 들었다.

이런저런 일로 해서 국왕은 성혼과 그의 추종자들을 좋아하지 않았던 것이다. 류성룡이 주로 북인들의 규탄을 받고 조정에서 내쫓길 즈음해서는 이미 서인이란 말은 없어지고 동인에서 갈라진 남·북의 대립으로 굳어지고 있었다.

류성룡의 축출에 앞장섰던 사람들이 차츰 두각을 나타내기 시작한 것은 어쩌면 당연한 노릇이다.

지평 이이첨, 남이공 같은 사람인데 대개 조식의 제자들이었다. 여기에 전쟁 초기 합천에서 의병을 일으켜, 곽재우 등과 함께 전공을 세워 영남 의병장 칭호를 받은 정인홍이 합세하여 하나의 세력을 이루었다.

이산해가 다시 영의정이 되고 홍여순이 병조판서로 재기용되는 등 북인이 집권하는 형국이 되면서 이들은 남이공 유영경 정인홍 등과 대립하여 대북과 소북으로 분열된다. 권력이 한곳에 집중되면 흔히 세포분열을 일으키게 마련이다.

전쟁 후 파당싸움이 치열해진 데는 국왕의 술수와 함께 나라 전체의 살림살이가 궁해지고 인심이 살벌해진 탓도 적지 않을 것이다. 여기에 왕세자에 대한 명국의 책봉 사안이 얽혀 정정의 혼란을 더하게 했다.

전쟁 중 국왕은 여러 차례 양위를 발설하고 어떤 때는 세자를 섭정으로 세우려고 했다. 한때는 세자에게 중·남부 지방의 군권을 총괄하는 총사령관을 주기도 했다.

세자인 광해군은 전쟁 중에도 뼈가 빠지게 국시를 보면서 분조를 맡아 임금의 일을 덜었다. 한시도 쉬지 않고 지방을 돌면서 의병을 모집하고 군사들을 격려하며 민심을 달랬다. 명군 장수들 사이에서도 평판이 자자하여 〈조선세자 청년영발青年英發〉 이런 기록을 남긴 사람도 있다.

그가 총사령관에 임명된 것은 명국 황제의 분부 때문이었다. 국왕이 내켜서 그렇게 된 것이 아니었다. 세자의 나이 25세. 부친인 국왕의 복잡한 흉중을 누구보다도 잘 알고, 또 그 때문에 번민에서 헤어나지 못한 것도 세자인 셈이었다.

성혼이 좌찬성으로 국왕을 뵈었을 때 "경은 나보다 세자가 귀중했던가 보군. 내가 실덕한 탓이겠지?" 이렇게 비꼰 얘기를 듣고 세자는 가슴이 섬뜩했던 것이다.

여러 차례 세자 책봉사를 명국에 들여보내긴 했으나 번번이 성사되진 못했어도 사신의 무능을 나무라는 일이 없었고, 어찌 보면 다행으로 여기는 듯한 기색마저 없지 않았다. 도성으로 돌아와서는 하루 두 차례의 어전 문안을 거의 거르지 않았다.

국왕 선조는 48세. 즉위한 지 32해째이다. 중종의 손자 덕흥대원군 초의 셋째 아들이다. 명종이 갑자기 후사 없이 돌아가시자 생각지도 않았던 왕통을 계승했다. 국왕은 왕위에 오른 뒤 학문과 덕행으로 이름이 높은 선비들을 대거 기용했다.

그 가운데 퇴계 이황, 율곡 이이 등은 특히 유명하다. 이들은 대개 거듭된 사화로 탄압을 받아온 선비들의 학통에 속하고 있었다. 중종 때 기묘사화에서 죽임을 당했던 조광조에게 영의정을 추증한 것은 매우 상징적인 일이었다.

국왕이 신진 사류들을 조정에 진출시킨 것은 그가 원체 학문을 숭상한 까닭도 있지만, 구세력을 견제하고 새 정치세력을 키워 왕권을 튼튼하게 다지려 했기 때문이다. 신·구 통치집단 간에 권력투쟁이 일어난 것은 당연한 노릇이었다.

학통과 사제 관계, 지연, 혈연 등이 복잡하게 얽히면서 동인과 서인의 붕당이 나타났다. 동인이 집권하자 그 속에서 남인과 북인의 분파가 생겼다.

선조 22년, 정여립의 역모사건은 동인들에게 큰 타격을 주었다. 정여립은 선비들 사이에 명망이 있는 학자였다. 조정에 기용돼 수찬을 지냈으나 국왕의 미움을 받아 고향인 전주에 내려가 있었다.

마침 전라도 해안에 왜구의 침범이 있어 지방 수령의 청으로 정여립도 방어에 참가하게 되었다. 정여립은 장정들을 모아 '대동계'라는 조직을 만들어 무예를 단련했다. 호남 일대는 물론 황해도 구월산 등지까지 몰려다니면서 계원을 늘려갔다.

그 고장 수령들이 수상히 여겨 내사를 한 다음 황해감사 한준을 통해 조정에 고변했다. 관련자들이 체포·처형되는 가운데 정여립은 아들과 함께 진안 죽도로 도주했으나, 군사들이 포위하자 자결하고 말았다.

정여립은 처음 율곡의 천거로 벼슬길에 올랐는데 율곡이 죽고 동인이 권세를 떨치면서 동인편에 붙었던 것이다. 그래서 더욱 서인들의 미움을 샀다. 추국청의 위관은 서인인 판돈령부사 정철이었다.

이발 최영경이 고문을 받다가 죽었고 우의정 정언신 등이 유배되는 등 10여 명이 화를 입었다. 영중추부사 노수신은 정여립을 천거했다 하여 파직이 되었다. 이 사건으로 동인은 기세가 꺾이긴 했으나 아직도 영의정 이산해, 우의정 류성룡 등이 버티고 있어 만만치 않았다.

마침 왕세자 책봉에 관한 공론이 일어났다. 이른바 건저建儲 문제이다. 국왕은 세자로 인빈 김씨가 낳은 넷째 아들 신성군을 마음에 두고 있었는데 정철이 공빈 김씨 소생인 둘째 광해군을 천거했다.

이산해도 광해군을 지지하는 상소를 올리기로 약속했으나 국왕의 눈치를 보며 슬그머니 빠져버렸다. 거기에 그치지 않고 "정철의 주장은 결국 신성군을 해치려는 음모에서 나온 것입니다." 김공량과 함께 인빈 김씨에게 고했다.

김공량은 인빈의 오라비로 백성들의 원한을 사서 전쟁 초기에 추방된 사람이다. 정철은 유배되고 윤두수 윤근수 등 서인의 영수들이 파직되어 다시 동인이 득세하게 되었다.

동인 중에서도 북인들이 정적을 내모는데 강경했고, 남인은 비교적 온건한 편이었다. 이것이 전쟁이 나기 전해의 일이다. 그러니까 전쟁 중엔 대체로 온건한 남인과 파당에 치우치지 않는 인물들이 조정을 이끌었다고 할 수 있다.

류성룡 이원익 이항복 이덕형 등이다. 왜적이 물러간 뒤 1년 남짓한 사이에 류성룡 이원익 윤두수 등 영의정 셋을 잇달아 갈아치웠고 이덕형 이항복 등 좌·우의정도 여러 차례 사직소를 낸 끝에 한직으로 나갔다.

전쟁 수행에 공을 세운 사람들을 모조리 후퇴시킨 셈이다. 공을 세워 이름이 나면 국왕은 거의 어김없이 눌러버리는 버릇이 있었다. 버릇이라기보다 역시 용인술일 것이다.

국왕과 세자, 부자지간이라도 예외는 아니다. 세자는 부왕이 자기를 어떻게 생각하고 있는지 잘 알고 있다. 전쟁이 터져 창황한 속에서 책봉된 세자이다. 국왕이 마음에 두었던 신성군이 전란 초 사망하자 세자의 위치는 굳어졌지만 변덕과 심술이 심한 부왕인지라 도시 마음을 놓을 수가 없다.

세자의 신분이 확고하게 보장되려면 중국 황제의 책봉이 필요하다. 그토록 여러 차례 청원했는데도 명국 조정에서 허락하지 않고 내세운 이유는 "손위 장자를 제쳐놓고 둘째 아들을 세우는 것은 법도에 어긋나는 일이다." 이 한 가지였다.

세자는 명국 조정에 무슨 농간이 들어가 훼방을 놓은 것이 아닌가 하는 의심을 떨쳐버리지 못했다. 마침 경리 만세덕이 도성에 체류 중이었다. 국왕은 "세자 책봉을 청원하는 사신을 보내는 것도 중요하지만 이곳에 나와 있는 경리에게도 청원서를 내는 것이 필요하다." 하며 어느 한 사람만 내지 말고 여러 중신들이 각기 문서를 전하도록 명했다.

그 가운데 우의정 이헌국은 명국이 대군을 보내 조선의 위난을 도와준 데 대해서 황제의 은덕을 찬양한 다음에 「… 평양성이 무너지게 되니 대국의 구원을 청하면서 임금이 의주로 떠나기 전 광해를 시켜 종묘사직의 위패를 모시고 소수의 신하들과 함께 강계에 가 있으면서 잘 지키라고 하였습니다. 광해는 울며 말하기를 "당면한 계책으로는 동남 방면의 방비를 튼튼히 하여 강토를 보전하는 것보다 나은 것이 없습니다. 깊은 산골에 들어가 스스로의 보신만 강구할 수는 없습니다."라고 하였습니다. 그리하여 위험을 무릅쓰고 강원도와 경기도를 돌면서 백성들을 어루만지고 의병을 모집했습니다. 피란 간 백성들이 "우리 임금의 아들이다." 하면서 구름처럼 모여들었던 것입니다.」 그 밖에도 광해군의 업적과 신망을 장황하게 늘어놓고는 「… 중조中朝에서는 임해군이 장자라는 점을 번번이 지적하고 있으나 임해군은 실덕하여 중망을 잃었습니다. … 바라건대 대인께서는 세자 책봉이 시급하고 중대한 사안임을 이해하여 조정에 간곡히 건의하여 주시기 바랍니다.」 하는 글을 보냈다.

이헌국은 이 청원서의 사본을 세자에게 보냈다. 여러 사람이 엇비슷한 글을 만세덕에게 전했으나 국왕은 만세덕을 만난 자리에서도 일언반구 책봉 문제를 거론하지 않았다.

세자는 자신의 장래와 관계되는 일엔 지나치게 민감하여 신하들의 자잘한 행동거지를 낱낱이 기억하고 있었다. 아랫사람을 항상 불안하게 만들고 또 서로 다투게 하는 국왕의 통치술이 파당과 분파를 부추기고 있다. 누가 자신에게 호감을 가지고 있으며 반감을 품고 있는지를 분간하는 촉각을 세자는 일찍부터 간직했던 것이다.

류성룡을 탄핵한 이이첨 등이 두각을 나타내기 시작한 일은 전번에 잠깐 얘기했다. 왕조의 통치체제는 기본 틀을 상호견제와 균형에 두었다. 그 수단은 지금도 그렇지만 언론투쟁이다. 자연히 언관인 3사홍문관·사헌부·사간원의 젊은 벼슬아치들이 시비곡직을 논하고 이것이 정국에 큰 영향을 끼쳤다.

시대에 따라 일정치는 않지만 대체로 나랏일이 긴박한 상태에서는 중신들 의견이 존중되었으나 다소 여유가 생기면 언관들의 말씨름이 정국을 흔들어댔다.

임진전쟁 후도 역시 마찬가지여서 갈수록 사헌부·사간원의 관원과 이조·병조의 낭관들의 힘이 차츰 드세어졌다. 이런 현상도 당쟁을 격화시킨 하나의 요인이다. 말싸움이란 으레 극한으로 치닫게 되기 때문이다.

붕당 안에서도 반드시 벼슬이 높은 사람이 영수가 된 것은 아니었다. 벼슬은 낮아도 영향력을 가진 사람이 실권을 쥐는 경우가 드물지 않았다.

사헌부 지평 남이공이 이조정랑으로 있을 때 기세가 등등하여 상사의 말을 듣지 않았다. 소북인 그는 사람을 쓰는 데 엄하고 까다로워 허물이 있거나 중망이 좋지 않으면 좀체 천거하려 하지 않았다.

이조판서 이개가 홍여순을 대사헌으로 올리려고 남이공에게 서류를 만들도록 일렀다. 남이공은 같은 소북인 형조판서 김신국으로부터 홍여순의 사람됨을 좋지 않게 듣고 있었다.

“왜 쓰지 않소!”

이개가 화를 내며 독촉했다.

“홍여순은 대사헌이 될 자격이 없습니다.”

남이공은 붓을 들지 않았다. 낭관의 서명이 없으면 인사 서류를 위에 올릴 수가 없다. 그렇다고 판서가 낭관을 마음대로 갈아치울 수도 없다. 김신국 남이공 등은 자연히 실인심할 수밖에 없었다.

이산해, 홍여순의 주변에 사람이 꼬이게 되었다. 그러자 양사사헌부·사간원의 반대파들이 남이공과 김신국을 규탄했다.

“남이공 김신국 등이 서로 한 패거리가 되어 국사를 농락하고 인사를 어지럽게 만들며 방자하게 날뛴 죄상에 대해서는 모든 사람이 통분해 하고 있습니다. 그들의 입에서 한번 말이 나오기만 하면 벼슬아치들이 사뭇 두려워했습니다. 그리하여 임금의 권세는 날로 고립되고 국사는 날로 잘못되어, 온 나라가 남이공 김신국이 있는 줄만 알았지 임금이 계신 줄을 모르게 되었던 것입니다. 마땅히 두 사람과 맞붙은 자들을 멀리 내쫓아야 할 것입니다.”

과장된 면이 없지 않으나 국왕의 자존심을 건드리며 선동하고 있다. 여기에는 겉으로 드러나지 않은 배후의 사정이 있다. 남이공과 김신국이 류성룡을 두둔한 일이 있었고, 이것이 이산해를 비롯한 대북의 면면들의 미움을 크게 샀던 것이다.

신하들의 싸움을 손금 보듯이 환하게 알고 있는 국왕은 이 같은 비답을 내렸다.

"두 사람은 공론의 규탄을 받았으므로 지금 이 자리에 머물러 있기가 괴로울 것이다. 파직하되 유배할 것까지는 없다."

어느 한편을 깡그리 내쫓지 않고 계속 서로 옥신각신하게끔 어중간한 처분을 내린 것이다. 그러면서 국왕은 대북에 속하는 이이첨을 이조정랑으로 임명했다.

영의정에 오른 이산해는 장문의 사직소를 냈으나 국왕은 허락하지 않았다. 국왕이 이산해와 홍여순 등 대북 사람들을 속속 등용하게 되자 소북의 두드러진 존재인 김신국 남이공 등이 공격의 표적이 되었다.

사헌부의 관원들이 이미 삭직된 두 사람을 계속해서 규탄했다.

"남이공은 경망하게 일을 꾸미기를 좋아하며, 김신국은 교활한 짓을 많이 하였습니다. 이들이 한 덩어리로 결탁하여 관리를 추천하는 일을 번갈아 맡아보면서 자기 도당을 도처에 박아 넣고 위세를 부렸습니다. 두 사람을 먼 곳으로 귀양 보내고 그들의 우익羽翼들을 모조리 삭직시켜야 할 것입니다."

"남이공과 김신국은 이미 사직하였다. 죄를 더 줄 필요는 없을 것이다."

국왕의 비답이다.

본디 사헌부와 사간원은 국정을 비판하고 관원을 규찰하며 임금을 간하는 소임을 맡고 있다. 그러나 국왕이 견제와 균형으로 사대부들을 다스리려고 언관들을 이용하기를 좋아하게 되면 이들은 싸움을 격화시키는 도구로 전락하고 만다. 임진전쟁 후의 정국이 더 각박하고 어지러워진 데는 그런 원인이 적지 않이 작용했던 것이다.

당쟁의 폐해를 없애야 한다고 거리낌 없이 임금을 간한 사람도 없지는 않았다. 상산군 박충간은 치우치지 않은 논의를 폈다.

"동서 분당에 관해서 류성룡은 말하기를 '동인과 서인은 서로가 특별히 간사하지도 않고, 어느 한편만이 옳은 것도 아니다. 벼슬자리에 함께 등용하는 것이 좋다'고 했습니다. 그런데 일을 꾸미는 자들이 류성룡을 반대하여 남인과 북인이 생긴 것입니다. 류성룡이 쫓겨난 뒤 새로 출세한 남이공 등이 패거리를 모아 자기에게 빌붙는 사람을 등용하였습니다. 그리하여 대북과 소북이라는 말이 생기게 되었습니다. 서로 공격하는 틈에 조정이 편안하지 않으나 감히 누구도 어떻게 할 도리가 없는 형편입니다. 신은 차마 이것을 볼 수가 없습니다."

그러나 국왕의 대답은 아리송했다. 되레 박충간을 꾸짖었다.

"나라에 충성하는 마음을 알 수 있다. 경의 글을 보고 다시 한번 깊이 생각하게 된다. 그러나 조정에 관한 일은 각각 책임을 맡은 사람들이 있다. 항간에 떠도는 종잡을 수 없는 말을 가지고 귀를 흐리게 하거나 인심을 동요시켜서는 안 된다. 경의 말은 지나친 데가 있으니 유의해야 할 것이다."

이즈음 좌의정 이산해는 병석에 있었다. 좌의정은 이원익이 그랬던 것처럼 도체찰사를 겸임하게 돼 있다. 비변사에서는 왜적에 대비해서 수군을 어떻게 전개시켜야 하는지를 놓고 논의가 한창이었다. 비변사의 관원이 이항복에게 회의의 내용을 자주 보고했다.

풍신수길이 죽은 뒤 왜군은 철수를 했으나 대란 끝에 나라가 평정되었으니 다시 조선에 쳐들어올 공산이 없지 않다.

정유년, 수군이 부산에서 왜적의 상륙을 막으려 하지 않았던 것은 큰 실책이었다. 그러기에 거제도와 부산포에 있는 왜성들을 대대적으로 수축해서 수군의 근거지로 삼고 3도 수군의 전선들을 그곳에 배치시켜야 한다.

이런 주장이 나오는가 하면 왜군이 하필 부산 근처만 노린다는 보장은 없다. 뱃길은 길지만 곧장 전라도를 침범할 수도 있으니 종래처럼 각도의 수군을 분산시켜 놓아야 한다.

이 같은 반론도 만만치 않았다. 수군통제사는 충청병사를 지낸 이시언이다. 수군을 모르는데도 국왕이 발탁한 사람이다.

이순신 전사 후, 통제사 후임에 전라도 수사 이순신李純信이 물망에 올랐고 또 도독 진린도 극력 천거했으나 국왕은 고집을 꺾지 않았던 것이다. 국왕에겐 수군에 대한 불신이 있는 듯했다. 그것이 계속 해소되지 않고 있다. 이순신의 전공을 대단치 않게 여기려고 한다. 육군의 장수를 통제사로 기용한 것도 그런 국왕의 심술이 꼬리를 물고 있는 탓인지 모른다.

이항복은 하루바삐 도체찰사의 소임을 수행하기 위해 남도로 내려가야겠다고 다짐했다. 그러자 국왕이 비변사에 전교했다.

"수군의 배치만을 논하고 있으니 한심하다. 조선의 수군이 그 넓은 바다를 어떻게 모두 지킬 수 있을 것인가. 수군보다 육군을 증강하는 문제를 논하고, 왜적에 대비해야 될 것이다."

이 소식을 들은 이항복은 부축을 받으며 교자에 올랐다. 전쟁 중 고생을 함께했던 류성룡 이원익 이덕형 등은 어느새 내몰리거나 뒷전에 물러났다.

이항복은 적막강산 같은 심회였다. 편전에 입시하자 국왕이 먼저 건네었다.

"좌상의 병은 무슨 증세인고? 지금은 괜찮소?"

"처음엔 담증이었는데 지금은 열기가 오르고 가슴이 뛰는 것이 심합니다."

“경은 여러 해 동안 국사에 전력하여 지쳐서 병까지 얻게 된 것이오. 의원을 데리고 내려가도록 하오.”

“의원의 수가 부족합니다. 데리고 가지 않겠습니다.”

“비변사의 보고를 들으니 수군에 관해서만 왈가왈부하고 육군을 어떻게 일으켜 세우는가에 대해선 아무런 방책이 없는 듯하오. 좌상이 전라도와 경상도를 돌아보고 각도 감사와 병사들을 독려해야 하오. 무관을 선발하고 군사를 모집하는 데도 힘써 주기 바라오.”

“분부대로 거행하겠습니다.”

“역사에 길이 남을 공을 세우시오. 잘 다녀오도록 하오.”

“성은이 망극합니다.”

이항복은 몸은 괴롭지만, 조정을 떠나 멀리 내려가는 것이 홀가분한 심정이었다. 또 까닭은 모르지만 국왕이 그를 멀리하려는 것 같은 느낌이 들기도 했다. 종사관과 군관을 뽑고, 떠날 채비를 하는데 수삼 일이 걸렸다.

우의정 이헌국이 사직 상소를 올리자 국왕의 윤허가 내렸다. 언관들이 남이공을 탄핵한 글 가운데 「대신도 감히 남이공을 제지하지 못했으며 그를 두려워하였습니다.」 이런 구절이 들어 있었다. 이헌국은 자신을 가리킨 것을 보고 큰 망신을 당했다고 그만둔 것이다. 그러자 정승 후보를 추려서 올리라는 왕명이 있었다.

이럴 경우 원임대신들이 합좌하여 대개 서열 순으로 이름을 적는 것이 관행이다. 서로가 서로를 천거하는 셈이 된다.

최흥원 윤두수 정탁 이원익 이덕형 이헌국이 정승 후보로 올라갔다. 한데 일찍이 없던 악랄한 괴문서사건이 일어났다. 남별궁 뜰 안에 두루마리 한 통이 떨어져 있었는데 후보 두 사람을 헐뜯은 해괴한 내용이 적혀 있었다.

「윤두수는 탐욕스럽고 악독한 정철과 한통속이었다. 선비들을 많이 죽여, 원한을 푼다고 하면서 최영경마저 모함해 죽였다. 이덕형은 거상 중에 이조판서가 되었는데 검은 옷을 입고 회의에 참석하고도 부끄러워 할 줄 몰랐다. 병조판서로 있을 땐 남대문 밖의 이전 집터에다 집을 지었는데, 병조의 군사들을 부려 재목을 가져다 썼다.」

이덕형에 관해선 그 밖에 온갖 고약한 소리가 다 들어 있었다. 이여립 사건에 연루됐다 해서 옥사한 최영경을 두둔하고 정철을 규탄하고 있는 것을 보면 동인이미 남·북으로 갈라졌지만 계열의 누군가가 음해한 혐의가 짙다.

하지만 대북인지 소북인지는 쉬이 알 수 없다. 이덕형은 이산해의 사위인지라 사람들은 대북으로 간주하고 있다. 전쟁 중 류성룡과 뜻이 맞아 자주 어울렸는데 일부에선 시류를 타고 오락가락한다고 비난했던 것이다. 어쨌건 간접적으로 이산해까지도 구설수에 말려들 수 있는 대목이었다.

사헌부와 감찰들이 조사에 나섰으나 누구의 소행인지 단서도 잡지 못했다. 조정 안팎의 분위기는 흉흉해지고 이 사건을 빌미로 큰 옥사가 벌어지는 것이 아닌가 하여 모두들 두려워했다.

조정 신하를 탄핵하자면 반드시 기명의 글을 올려야 한다. 그렇지 않은 것은 비열한 무고로 치부되고, 거론된 사람도 묵살하게 마련이다.

이덕형은 지금 판중추부사의 한직에 있다. 38세에 우의정에 오르고, 좌의정을 거쳐 영의정에 제수되었으나 칭병하고 곧 사임했다. 너무 빠른 출세를 시기하는 사람들도 적지 않을 것이다. 괴문서는 승정원을 통해 어전에 보고되었으나 아무 하회가 없었다.

국왕이 승정원에 전교했다.

"이산해와 이덕형은 피혐을 해야 할 처지이다. 이헌국은 사임한 지 얼마 안 되니, 다시 임명하기 어렵다. 당분간 우의정 자리를 비워둘 것이다."

애초부터 그럴 작정이었던 것 같은 말이었다. 이항복은 와병중인 이덕형을 찾고, 작별인사를 나누었다.

"사람들 마음이 살벌해지고, 신하들 간에 오가는 말이 거칠어졌소. 전란 중엔 그나마 힘을 합쳐 국난에 대처하려고 애썼는데 … 한심한 노릇이오."

이항복은 괴문서의 표적이 된 이덕형을 완곡하게 위로했다.

"다 이 사람이 부덕한 소치지요. 예부터 조정에 나가면 반드시 말을 듣는다고 했소. 나도 이 모양이지만, 대감께서도 건강이 좋지 못하신데 멀고 험한 길에 고생이 많으시겠소. 대감마저 도성에서 떠나시니 적적하기 짝이 없어요."

이덕형은 되레 이항복을 걱정했다.

"도체찰사로 말하면 대감이 나의 선임이오. 대감은 왜국에서도 명성이 높고, 또 저들이 두려워하고 있으니, 차라리 대감께서 남도로 내려가 방비책을 강구하시는 편이 좋을 것 같았소."

이덕형은 전란 중 북도 체찰사를 맡아 훌륭하게 임무를 수행했던 것이다. 평양성이 포위되었을 때, 왜군이 득실거리는 대동강에 거룻배를 타고 나가 왜승 현소와 담판한 일은 널리 알려져 있었다.

"과분한 말씀이오. 왜적들은 여러 번 병조판서를 지내신 대감을 더 두려워 할 것이오."

이덕형은 크게 웃었다. 역시 그는 비범한 눈을 가지고 있었다.

"이번 대감께서 내려가시면 군사에 관한 것 외에 살피실 일 한 가지가 있소."

왜군은 철수하면서 조선인 포로를 수없이 데려갔다. 그중에 그릇을 만드는 도공, 목판이나 금속활자를 만드는 장인들이 많았다. 그뿐 아니라, 관아와 사찰에서 보존하고 있던 서책·문서·불상·종 등을 닥치는 대로 훔쳐갔다. 본디 사기장이 따위엔 관심이 없는 것이 벼슬아치들이다. 절간의 종이나 불상 역시 마찬가지다. 이덕형은 왜적이 빈손으로 물러가지 않은 것을 나름으로 알고 있었다.

이항복은 수행원과 호위군사 합해서 겨우 50여 명을 거느리고 도성을 출발했다. 도체찰사의 행차는 당연히 관찰사나 순찰사의 그것보다 규모도 크고 위용을 차리는 것이 관행이다. 군사나 장정을 구하기도 어려울뿐더러 수백 명을 데리고 다니며 먹이고 재우고 할 도리가 없었다. 또 지방 관아에 폐를 끼쳐서도 안 된다. 전주에 당도하여 민정을 살피고 있는데, 파발이 들이닥쳐 조정 소식을 전해 주었다.

판중추부사 정탁이 좌의정에 오르고, 이항복은 우의정이 됐다는 것이었다. 영의정 이산해는 사직 상소를 냈으나 받아들여지지 않았다고 했다.

전례가 드문 일이라 이항복은 놀라지 않을 수 없었다. 국왕의 의향을 도시 헤아릴 수도 없었다. 어쨌든 도체찰사의 소임은 계속 수행해야 한다.

이항복은 광주를 거쳐 여수에 이르러 수군의 실정을 점검했다. 고장마다 먼저 백성들의 말을 들은 다음 수령과 관원들을 부르곤 했다. 해안 지방의 고을들은 수사가 관할한다.

"전란이 터진 후 수군에 소속된 고을에 대해선 나라에서 특별한 배려를 한다고 하여 많은 장정들이 자진해서 수군에 들어갔습니다. 그런데 이제껏 돌려보내지 않을 뿐만 아니라 세금과 공물, 그리고 부역 등에 아무런 혜택이 없습니다."

한결같이 이처럼 하소연했다. 이항복도 비변사를 통해 대강은 알고 있었으나 실정은 훨씬 심각하다. 그는 장계를 올려 백성들의 호소를 들어주도록 건의했다. 진주에서 이항복은 경상도 병사 곽재우를 만날 수 있었다.

몇 해 전 호남의 의병장 김덕령이 무고를 당해 처형당했을 때 하마터면 곽재우도 죄를 받을 뻔했으나 국왕의 특명으로 모면했던 것이다. 그 뒤 벼슬이 올라 관직이 없이 의병을 일으킨 사람으로는 그중 출세한 셈이 된 것이다.

그는 이항복과 만나자 조정 인사의 혼란상에 울분을 토하면서 병사 자리를 물러나 의령 향리로 가겠다고 말했다. 두 사람은 두 번째 만남이었으나 서로 마음이 상통하는 듯했다.

"저는 비변사에서 내려오는 명령을 도무지 이해할 수가 없습니다. 왜적의 재침에 대비해 수군을 보강하는 것은 당연한 방책이지요. 하지만 그에 못지않게 중요한 것이 전국의 성곽을 수리하고 육군을 정돈하는 일입니다. 성곽을 수리하는 데도 먼저 해자를 깊이 파야 합니다. 듣자 하니 비변사 당상관들이 성곽과 해자는 믿을 것이 못된다고 주장했다 하는데 실제 싸움을 해 보지 않은 사람들이 무엇을 알겠습니까."

시쳇말로 나라의 국방정책이 근본적으로 잘못돼 있다는 것이었다. 곽재우는 의령 지방의 산성을 난공불락의 요새로 만들어 왜군이 감히 공격할 엄두를 못 내게 한 일이 있었다.

조선군은 우세한 적이 쳐들어오면 일단 성을 버리고 후퇴한 다음 깊은 산속에 들어가 적의 허술한 틈새를 노려 유격전을 펴는 것이 보편적인 전법이다.

"그렇다면 무엇 때문에 애당초 성곽을 축조합니까."

“병사의 말씀을 모르는 바가 아니오. 하나 그럴만한 힘이 없으니 우선은 수군을 강화하자는 것이 아니겠소.”

이항복은 곽재우의 주장에 공감하면서도 나라의 형편이 여의치 않은 점을 이해해야 한다고 말했다. 그러자 곽재우는 말머리를 돌려 조정의 인사가 엉망이라 민심이 더욱 어수선하다고 기탄없이 털어 놓았다.

“근래 대신을 비롯한 요직 인사를 보면, 무어가 무언지 알다가도 모를 일이 수두룩합니다. 영의정 이원익을 무슨 사유로 해서 금방 바꾸었는지 알 수가 없습니다. 백성들은 오리 정승을 존경하고 있으며 그분이 영상에 오르자, 이제 나라가 잘 될 것이려니 큰 기대를 걸었지요. 그런데 한 달도 못돼 원성이 높은 이산해로 갈아치우다니, 이래서야 나라가 온전히 다스려지겠습니까.”

곽재우는 말하고 나서 길게 탄식했다.

“기나긴 전쟁으로 나라가 피폐하고, 안정되지 못한 탓이오. 상감께서 다 생각이 있으실 것이니 과히 염려하지 마오.”

이항복은 이렇게 대꾸했으나 심정적으로는 곽재우의 말에 공감을 하고 있었다. 국왕은 대신을 비롯한 요직을 빈번히 가는 것으로 임금의 위세가 높아지려니 여기고 있는지도 모른다.

“병사가 지금 말씀하신 일은 내 가슴속에 묻어 두리다. 당파싸움이 점점 치열해지고 있는 이때, 자칫하면 엉뚱한 누명을 쓸지도 모르니, 공사간에 말을 조심해야 할 것이오.”

이항복은 이렇게 진솔한 충고를 했다.

“대감! 보아하니 임금에게 바른 말을 하는 사람이 없습니다. 너나없이 자기 자신의 이해득실을 위해 말을 꾸미고 있습니다. 이렇다 할 공을 세우지도 못한 저에게 과분한 대접을 해 주셨지요. 성은에 보답하자면, 바른 말을 올려 임금을 간하지 않을 수 없습니다. 지금 말씀드린 것을 장계로 올릴 작정입니다."

곽재우는 쌓이고 쌓인 울분을 시원스레 터뜨리는 듯했다.

"또 한 가지 크게 잘못된 일이 있습니다. 왜적과의 강화를 반대하고 계속해서 왜적과 싸워야 한다고 주장하는 사람들이 적지 않은데, 왜적과 싸운 저 같은 사람이 보기엔 우스꽝스런 일이지요. 전쟁엔 정도라는 것이 없습니다. 적이 화평을 청하면, 협상에 응하면서 안으로는 군비를 더욱 보강하면 될 것입니다. 덮어놓고 화의를 배척하면서 군비를 허술하게 내버려 두는 것이 과연 나라를 지키는 올바른 방책이겠습니까?"

이항복은 곽재우의 말에 감명을 받았다. 일본 사신을 받느냐 마느냐를 놓고 긴 논쟁을 벌인 끝에 사신을 부산으로 돌려보냈다. 거기엔 두어 가지 요인이 있었다.

첫째, 명국의 의심을 사지 않기 위해서는 섣불리 왜국의 제의에 응해서는 안 된다는 주장이다.

둘째, 왜국은 불구대천의 원수인데 화의를 맺고 선린을 하다니 그처럼 쓸개 빠진 노릇이 어디 있는가 하는 것이었다.

"전쟁에는 기계나 위계를 얼마든지 쓸 수 있습니다. 명분만 따지고 화전을 거론하는 것은 매우 어리석은 일이지요. 화의를 마다하지 않으면서 전쟁에 대비하는 것이 어찌하여 나라를 그르치는 일이라 하겠습니까. 그러기에 수군뿐 아니라 육지의 성채를 단단히 보강하자는 것이지요."

곽재우는 경상좌도 병사가 된 지 몇 달 되지 않았다. 모친상을 당해 벼슬을 사양하고 3년상을 치른 다음 다시 왕명을 받았던 것이다. 그러나 근래 당쟁이 격화되고 평소 공경하던 재상들이 잇따라 버림받자 자신도 관직을 떠나 초야에 묻힐 생각이었다.

"장군의 심정은 헤아리고도 남음이 있소. 하지만 거취에 관해서는 신중을 기해야 할 것이오. 자칫 오해를 사고 구설수에 오르면 화를 입을지 모르는 세상이라…."

이항복은 자신에게 이르듯 조용히 말했다. 곽재우와 헤어진 이항복은 남해안을 따라 부산포에 이르렀다.

마침 왜국에 납치됐던 조선군 군사 50여 명이 대마도를 거쳐 왜선편으로 귀국했다. 대개 울산 출신으로 정유년 가등청정군과 싸우다 포로가 됐던 군사들이었다.

장번석이란 전 군관이 이들을 이끌고 있었다.

"가등청정의 본거지인 웅본에 붙들려 있으면서 성곽을 수축하는 부역에 종사했습니다. 청정의 상전인 덕천가강이 조선과의 수호를 원하고 있으며 그 징표로 우선 소인들을 돌려보내는 것이라 하였습니다. 그래서 소인은 대마도의 평조신에게 말하기를 일본이 수호를 진심으로 바란다면 붙잡아간 조선 사람을 남김없이 송환해야 한다고 했습니다."

장번석의 말은 믿을 만했다. 사람 됨됨이가 성실해 보였다. 이들은 끌려간 지 5년, 상투를 수건으로 싸고 형형색색의 왜인들 홑옷을 걸치고 있었다.

"군사들 말고 장정과 아녀자들도 숱하게 납치해 갔는데 그 소식은 듣지 못했느냐?"

"웅본성 남쪽 산골에 사기장이들이 가솔과 함께 살고 있다는 얘기를 들었으나 만나보지는 못했습니다."

"그 밖에 평조신이 무슨 말을 하던가."

“지난 봄 사신을 조선에 보냈으나 도성에 인도하지 않고 중도에서 돌려보낸 다음 가부간의 말이 없으니 조선의 진의를 알 수 없다고 했습니다.”

“그래서 뭐라고 대답했느냐.”

“수호에 관한 일은 조선이 혼자 하는 것이 아니고 명나라와 상의를 해야 하는 것이라고 하였습니다. 그러자 평조신은 이번에 너희들을 귀국시키는 것은 오직 강화를 위해서이다. 만일 수개월 안으로 아무 회답이 없으면 곡식이 여물 가을에 다시 대군을 동원하여 조선을 친다고 했습니다.”

장번석 일행은 처벌을 받지 않을까 두려워하고 있었다.

“경상 우수영에서 조사를 한 뒤 각기 원하는 곳으로 돌아갈 수 있게 하겠다. 그동안 신고가 많았다.”

이항복은 이들을 위로하고 안심을 시켰다. 왜인들은 끝까지 간교한 술책을 부리고 있다. 평화를 위한 몸짓을 하는 한편으로 말을 듣지 않으면 재차 병화를 일으키겠다는 협박을 하고 있다. 그 때문에 조선은 방어책을 놓고 쟁론이 한창이고 여기에 세력다툼이 얽혀 온 조정이 흔들리고 있으니 계속해서 왜국한테 농락당하고 있는 셈이 아닌가.

하루바삐 민심을 수습하고 버려진 농토를 일구어 백성들의 생계를 안정시켜야 한다. 이항복은 배편으로 낙동강을 거슬러 올라가 안동 지방을 순찰했다.

안동 부아에서 공무를 보며 며칠을 머문 다음 이항복은 하회에 들렀다. 자연스레 류성룡을 만나게 되었다.

은둔생활을 하고 있는 류성룡의 집은 수수한 시골 초가였다. 늙은 은행나무 밑에 평상을 내놓고 강가의 경치를 즐기며 두 사람은 얘기를 나누었다. 이항복은 류성룡보다 14살 아래이다.

“지난 일들이 꿈속같이 느껴지는 요즈막인데 백사이항복의 호를 뵈오니 어제 일처럼 선하게 떠오르는구려.”

“대감께서 조정을 떠나신 후 변동이 적지 않았지요. 향리에서 유유자적하고 계시는 것이 도리어 부럽습니다.”

“바깥 소문은 되도록 듣지 않으려고 하지요. 책도 보고 낚시질도 하고, 그렇게 세월을 보내고 있으니 마음만은 한량없이 편하구려. 내가 오히려 백사를 위로해야 하겠소.”

“대감께서 전란중의 일을 회고하는 글을 쓰고 계시다는 소식을 들었습니다만.”

“틈틈이 기록해 둔 것을 모으고 또 기억을 더듬어 두서없는 글을 쓰고 있지요.”

“반드시 후세에 남을 기록이 될 것입니다.”

“책의 제목을 ‘징비록懲毖錄’이라고 미리 지어놓았소. 지난날을 스스로 반성하고 앞날을 경계하자는 뜻인데 제목만은 마음에 들었소.”

류성룡은 껄껄 웃었다.

“지난날을 반성한다면 여러 가지 일들이 오죽이나 많겠습니까.”

이항복의 감회어린 말이었다.

“한 가지 예로 든다면 부원수로 사형당한 신각의 일이 줄곧 마음에 걸려 잊을 수가 없어요.”

임진년, 왜의 육군이 승승장구, 서울을 점령할 때를 전후하여 신각은 도원수 김명원 아래 부원수로 종군하고 있었다. 김명원이 한강 방어를 포기하고 임진강 쪽으로 후퇴하자, 신각은 휘하 군사를 이끌고 양주로 들어가 왜군과 싸웠다.

이 싸움에서 왜적의 머리 60여 급을 베는 전과를 올렸다. 전쟁 초기 육전에서 올린 귀중한 승리의 하나였다. 한데 이 사실을 모르는 김명원은 크게 노하여 「신각은 군령에 복종하지 않았습니다. 제 마음대로 진영을 이탈했으니 군법으로 다스려야 합니다.」 이 같은 장계를 개성에 있는 국왕께 올렸다. 국왕은 우의정 유홍 등의 주장을 받아들였다.

선전관을 양주로 보내 신각의 목을 치게 했다. 그러자 왜적을 격파한 신각의 급보가 날아왔다. 대경실색한 국왕은 또 다른 선전관을 급히 보냈는데 때는 이미 늦었던 것이다.

"애석한 일이오. 신각은 평소에 청렴하고, 신중한 처신을 한 사람이오. 90세 노모가 계셨다하니 하늘도 무심한 일이었소. 더구나 부인 정씨는 남편의 장사를 치른 후 목을 맸다는 거요."

류성룡은 길게 탄식을 했다.

"그처럼 빨리 처분을 내릴 필요가 없었는데 원체 형세가 창황한 판국이라 그런 실수가 나왔던 셈이지요."

명나라 장수 이여송과 유격장 심유경에 관한 후일담도 심심치 않게 나왔다. 심유경은 조정의 소환령을 받자 처벌을 받을까 두려워 조선에서 숨어살기를 간청한 일이 있었다.

그러나 명나라의 죄인을 은닉시켜 줄 수가 없는 노릇이다. 심유경은 본국으로 호송돼 황제를 기만한 죄로 그의 상전 상서 석성과 함께 죽음을 당했던 것이다. 조정의 세력 다툼은 새끼를 치듯이 자꾸만 분파가 생겨 이전투구의 양상을 띠기 시작했다.

영의정 이산해와 병조판서 홍여순을 중심으로 한 대북은 김신국 남이공 등 소북의 영수들을 몰아내는 데 성공하자 대북 안에서 내분이 일었다. 이산해를 따르는 언관들이 일제히 홍여순을 탄핵하기 시작했다.

국왕이 정승 후보를 천거하라고 분부했을 때 이산해는 원임대신들의 이름만 올리고 판서로 서열이 앞선 홍여순을 추가하지 않았다. 홍여순은 전란 전에 병조판서를 지냈으니 정승 후보로 천거되고도 남을 서열이었다. 홍여순도 자신의 졸개들을 시켜 이산해에게 반격을 가했다.

이럴 경우 어느 편이 유력한 벼슬아치를 먼저 동원하여 국왕의 마음을 움직일 수 있는 상소문을 올리느냐, 다투어 죽을힘을 다한다.

수적으로 열세인 홍여순은 유학, 즉 급제하기 전의 유생까지 부추겨 상소를 내게 했다. 이해라는 선비는 벼슬을 준다는 꾐에 빠져 겁도 없이 이산해를 정면으로 공격했다.

"산해와 여순은 본디 다른 패거리가 아닙니다. 오늘의 화를 빚게 된 것은 모두가 산해의 아들 경전의 장난 때문입니다. 경전이 제 아비를 위한답시고, 일을 꾸며 형편을 더욱 어렵게 만들었습니다. 산해는 겉으로는 근신하는 것 같지만 속으로는 흉악하고 간사합니다. 동서남북으로 갈라지게 된 화근은 모두 산해가 주동이 된 탓입니다. 임금은 더욱 쇠약해지고 간사한 무리들의 힘이 성하고 있으니 어찌 나라가 온전할 수 있겠습니까."

이처럼 서로 헐뜯고 물고 늘어지자 3사홍문관·사헌부·사간원에서도 각기 분란이 일어났다.

홍문관이라고 하면 문과에 급제했다고 누구나 들어갈 수 있는 데가 아니다. 홍문관 관원들마저 언쟁 끝에 멱살을 잡고 마룻바닥에 나뒹구는 추태를 보이기도 했다. 늙은 서리가 생전에 이런 일은 처음이라고 눈물을 흘렸던 것이다.

우의정 이헌국이 국왕에게 아뢰었다.

"신은 40년간 조정에 있었지만 오늘처럼 소란스러운 때는 없었습니다. … 만일 여순만 죄를 주고 산해에겐 죄를 주지 않는다면 세인들이 수긍하지 않을 것입니다."

이헌국은 이른바 양비론을 주장한 셈이었다.

그러자 국왕은 언짢게 말했다.

"조정을 편안하게 할 책임은 곧 대신에게 있소."

"전하께서 대신을 대접하는 것이 신중치 못한 것 같습니다. 지난날 산해가 자신을 변론하는 상소를 올렸을 때 전하께서는 역정을 내며 즉시 갈아치우셨고, 원익의 경우도 경솔하게 교체하셨습니다. 대신이 아침에 임명되고 저녁에 갈리고 있습니다. 이것은 대신을 대하는 도리가 아닙니다."

안색이 변한 국왕은 언성을 높였다.

"조정이 안정되지 못한 허물을 내게 돌리고 있는가!"

"황송합니다. 전하!"

이헌국은 식은땀을 흘리며 어전에서 물러났다. 그의 양비론은 또 다른 쟁론의 불씨가 되었다.

이럴 즈음 이항복은 여수의 전라 우수영에서 수군의 실태를 점검했다. 수군은 이곳을 통제영으로 삼고 있었다. 통제사 이시언은 임진년 국왕이 북으로 거동할 때, 황해 병사를 맡아 국왕의 경호에 힘써 칭찬을 받았다. 그 때문인지는 몰라도 이순신의 후임으로 뜻밖에 발탁되었던 것이다.

이시언은 중병을 앓고 있었다. 간신히 군복을 입고 부축을 받으며 이항복을 맞았다.

"접대 통제사께서 사직 상소를 올렸다기에 벼슬을 사양하는 것으로 알았는데 이처럼 병이 심하신 줄은 미처 몰랐소."

이항복은 위로했다.

"좌상대감께 기탄없이 말씀드리면 저는 육군의 장수이지 수군의 장수는 아닙니다. 통제사로 승진시켜 주신 것은 큰 영광이지만 직책을 감당할 능력이 없습니다."

이시언의 통사정에 이항복은 딱한 생각이 들었다. 역시 사람을 잘못 쓰고 있는 것이다.

3도 수군의 전력은 판옥선대선 80척과 중선과 소선 1백50여 척에 불과했다. 그것도 근래 파손된 배를 수리하고 새 배를 만드는 데 힘쓴 결과였다.

이순신함대가 절정에 달했을 때의 절반에도 못 미치는 것이었다. 판옥선 한 척에 소선 두세 척을 붙여 하나의 전투 단위를 이룬다.

배를 건조할 조선장과 목재도 태부족이지만 노를 젓는 조군을 징집할 수 없는 것이 큰 애로였다.

"수군에 소속된 수령들이 대체로 열의가 없는 것이 탈입니다."

이시언의 말이었다. 지방 수령을 원하는 사람들도 남쪽 해안의 고을은 꺼리고 있는 것이다.

"상감께서도 수군이 거제도와 부산포 방어에 힘쓰라고 하셨으니 병 조리를 하신 다음 통제사께서 거제도 근처로 출진하는 것이 좋을 듯하오."

이항복은 이시언을 길게 붙잡아 둘 수 없었다. 객관에서 쉬고 있는데 수행 무관이 놀라운 소식을 전했다.

"경상 우병사 곽재우가 의금부에 잡혀 들었다고 합니다. 사직 상소를 내고는 허락도 받지 않고 고향으로 내려가 상감께서 대로하셨다는 것입니다."

곽재우는 남도 요충지의 성곽들을 수축해야 한다고 주장했으나 받아들여지지 않자 미련 없이 감투를 벗어 던졌던 것이다.

국왕은 육군을 보강하라고 거듭 명했으면서도 성곽의 수축엔 동의하지 않았다.

"평지성이건 산성이건 끝까지 방어하여 왜적을 물리친 곳이 손가락으로 꼽을 정도이다. 더구나 명군이 거의 철수한 마당에 성곽부터 보수한다고 나라의 방비가 별안간 튼튼해지겠는가. 백성들이 농사도 짓지 못하고 고통만 받게 될 것이다."

국왕의 판단도 틀린 것은 아니었다.

도성과 평양성의 함락, 남원성의 참담한 패배, 그리고 싸우지도 않고 도망친 숱한 수성장들…. 이런 일들이 국왕의 뇌리에 새겨져 있는 듯했다.

3도의 육군도 한심스러운 병력이었다. 모두 해야 1만을 넘지 못했고 장령은 많아도 군관과 군졸은 충원을 할 수 없었다. 그나마 다행인 것은 버려진 땅이 많은 속에서도 농사가 잘되고 있었다. 달리 재난이 없다면 올해는 풍년이 들 것이었다.

이항복은 뜻밖에 도성으로 올라오라는 왕명을 받았다. 선전관이 국왕의 친서를 전한 것이다.

「그간 좌상이 올린 장계만으로는 궁금증이 풀리지 않는다. 상경하여 나를 볼 것이다.」

짤막한 내용이었으나 이항복은 뭔가 조정에 큰 변동이 일어난 것 같은 느낌이 들었다.

얘기를 대궐로 돌린다.

대북과 소북간의 싸움에 신물이 났는지 국왕은 느닷없이 양켠 두령들을 동시에 내쫓는 단안을 내렸다. 먼저 사헌부와 사간원의 관원을 모조리 갈았다.

"내가 여러 차례 쟁론과 탄핵을 그치라고 했으나 매번 허사였다. 심지어는 사직한 사람에게 죄를 주라고 하는 것이 버릇처럼 되었다. 대간을 갈 수밖에 없다."

이어 국왕은 비망기를 내렸다.

「이산해는 대신으로 있으면서 임금의 눈과 귀를 가린 일이 있었다. 이것 하나만으로도 세상에서 용납되지 않을 죄이다. 그런데도 산해는 사사로운 패거리를 만들어 조정을 어지럽게 하였다. 그러나 대신의 반열에 있으니 파직을 시키는 데 그칠 것이다. 그의 아들 경전과 이이첨에 대해서는 더 말할 나위도 없다. 모두 삭직하고 성문 밖으로 추방할 것이다. 홍여순 등은 이미 파직했기에 논할 것이 없다.」

이것은 환국이나 다름없는 일대 전환이다. 요샛말로 왕권에 의한 통치 집단의 해체라고나 할까. 그러나 대관들을 몽땅 갈아치운다는 것이 말처럼 쉬운 일은 아니었다.

새로 임명된 대사헌 대사간이 사양하고 취임하지 않았다.

「이산해만한 대신이 없습니다. 그를 내쫓은 이유를 이해할 수 없습니다. 신은 중병을 앓고 있어 직책을 감당할 수 없습니다.」

대사간 최철견의 상소이다. 이런 북새통에 이항복이 급거 상경한 것이다. 국왕을 뵙고 장시간 보고를 올렸다. 국왕은 군사에 관해서 사소한 일까지 하문했다. 봉수대의 복구에도 관심이 많았다.

"경의 노고가 컸소. 이제부턴 내 곁에서 보필하오."

이항복이 어전에서 물러나오면서 들은 국왕의 말이었다.

며칠 후 승정원을 통해 이항복과 이헌국으로 하여금 정승 후보를 올리라는 분부가 내렸다. 이것도 이례적인 조처였다.

원임대신들을 개입시키지 않았기 때문이다. 이항복과 이헌국은 서열대로 최흥원 정탁 이원익 윤두수 이덕형 다섯 사람을 적어 올렸다. 이산해는 대죄중이라 넣지 않았다.

“명단을 고쳐서 올릴 것이다.”

다시 국왕의 명이 내려왔다. 이건 다섯 사람 외에 의중의 인물이 있다는 뜻이다.

각조 판서를 역임하고 좌찬성으로 있는 심희수를 추가로 올렸다. 이 역시 국왕의 의중에서 벗어난 것이었다. 이항복과 이헌국은 골탕을 먹은 셈이었다. 국왕은 두 사람을 놀리듯이 혹은 비웃듯이 비망기를 내렸다.

「정승 후보를 뽑은 명단을 보았다. 최흥원 정탁은 늙고 병을 앓고 있으며 윤두수 이원익은 물의가 있었던 사람이다. 이덕형은 젊어서 아직은 정승으로는 합당치 않다. 그래서 다시 뽑으라 하였더니 심희수를 천거하였다. 이 사람은 할 만한 사람이지만 이조판서로 있을 때 남이공의 부추김을 받았다는 말을 들었다.」

국왕의 비망기는 계속된다.

「나는 사실여부를 잘 모르지만 만일 재상이 젊은 간신배와 결탁했다면 매우 고약한 노릇이다. 마땅한 사람이 없다면 빈자리를 채우지 않을 것이다.」

이항복과 이헌국은 말을 잃었다. 이원익이 물의를 빚었다는 것은 그가 3도 체찰사로 있을 때 명군에 대한 군량미의 배정을 잘못해서 명군 장수들의 항의를 받은 일을 가리킨다. 군신간에 흉허물 없이 사담을 나누는 자리도 아니고 역사에 남길 비망기에서 중신들의 인물됨을 그처럼 털어 놓다니….

이건 국왕이 고의적으로 중신들을 억압하는 의도에서 나온 것이 아닐 수 없다. 이항복은 등에 식은땀이 났다. 도무지 국왕의 변덕스러운 흉중을 읽을 재간이 없다. 그보다도 신하들 전부에 대한 불신이 아니고 무엇인가?

근래 국왕은 무엇 때문인지 끊임없이 임금의 힘과 위신을 과시하려고 한다. 가령 군사문제에 있어서도 비변사가 올린 보고를 그대로 승인하는 일이 드물었다.

"육군이 말을 확보하는 데 대한 계책이 없으니 한심스럽다."

이런 지적을 자랑삼아 하기도 했다. 너희들보다 내가 더 잘 알고, 옳은 판단을 한다는 양…. 두 정승은 잠자코 있을 수가 없어 국왕을 뵙고 아뢰었다.

"신하 알기를 임금만한 사람이 없다고 했습니다. 의중의 인물을 재상으로 삼으소서."

그러자 국왕은 웃음을 띠고 말했다.

"김명원은 재간이 모자라긴 하지만 사람이 무던하고 관대하오. 한응인은 큰 공로가 있고 윤승훈은 사람이 중후하고 나랏일에 부지런하오. 이들도 후보로 추가하는 것이 어떻겠소?"

이항복은 국왕의 속맘을 알았으나 신하를 데리고 노는 것 같은 처사에 마음이 언짢아 이렇게 대답했다.

"전하께선 속으로 이미 낙점을 하신 듯합니다. 신 등의 의견이 무슨 필요가 있겠습니까. 전하께서 거론하신 사람들에 아무 이의가 없습니다."

“세 사람을 다 정승으로 삼을 수야 없지. 빈자리는 하나뿐이오.”

“신 등의 생각으로는 명원과 응인은 품계가 해당될 뿐 아니라 신망도 있습니다.”

이항복의 대답이다.

“군신간에 의견이 서로 합치되는구려. 아름다운 일이오.”

국왕은 만족스럽게 웃었다. 우여곡절이 있은 끝에 정승 인사가 단행되었다.

영의정 이항복, 좌의정 이헌국, 우의정 김명원. 이처럼 임명 절차가 번거로운 것은 조정의 법도요, 의식이다. 하지만 이참 개편은 ‘중심을 쓰고 안 쓰고는 임금이지 법도나 관행이 아니다. 똑똑히 알아야 한다’ 이런 의미를 함축하고 있었다.

국왕에겐 여느 사람과는 다른 비정함과 잔인한 데가 있다. 이항복은 의례적인 것이 아닌 사직 상소를 냈다.

“신의 분수는 이미 넘쳤습니다. 사람들이 시기하기 전에 귀신이 먼저 시기할까 겁이 납니다. 신의 병은 공무의 피로에서 온 것이 아닌 듯합니다. 전하의 지나친 은덕으로 몸둘바를 몰라 늘 근심했기 때문입니다. 신을 생각하신다면 당장 내쫓으소서.”

이항복은 익살을 좋아하는 것으로 유명하다. 상소문에서도 불경스럽지 않게끔 익살을 부리고 있다. 어쨌든 겉으로 보기엔 대북 소북간의 투쟁은 사그라지고 비교적 중립적인 인물을 중용한 모양새였다.

그것은 신하들의 패배요 국왕의 승리였다. 조정 논의는 다시 왜국에 대한 기본정책을 어떻게 정하느냐에 쏠리었다.

왜국서 풀려난 사람 가운데 형조좌랑을 지낸 강항이 화제가 되었다. 본디 영암 사람으로 전주 별시에 급제하여 정랑에 올랐는데 정유년 향리에 내려갔다 왜군의 재침을 만났다.

그는 학식이 있고 충직한 인물이었다. 호조참판 이광정이 순찰사가 되어 군량미 수송에 진력하고 있었는데, 강항은 그 밑의 종사관을 자원해서 전라도 일대를 돌아다녔다.

남원성이 함락되고 왜군이 일대를 유린하자 강항은 의병을 모아 유격전을 벌였다. 왜군이 영광까지 침범하자 강항은 가족과 배를 타고 탈출했는데 불행히도 왜선에 나포되었다.

그의 신분을 알게 된 왜군 장수는 가족을 풀어주고 강항만을 사로잡아 본국에 보냈다. 처음 대진성에서 억류생활을 하다 경도의 복견성으로 옮겨졌다.

포로 중에선 매우 이색적인 존재였다. 양반 신분도 드물지 않았으나 거개가 농민이나 어부, 군졸 등이었고 쟁쟁한 사대부는 거의 없었으므로 강항은 왜인들의 흥미를 끌었다.

유학자들이 강항을 찾아와 필담을 청하면서 많은 것을 배웠다. 당시 일본의 유학은 아직 요람기라 할 수 있었다. 그들은 문을 경시하고 무만 숭상하며 약육강식을 일삼는 무인 통치에 절망하고 중국과 조선을 흠모했다.

약탈한 서적을 해독하지 못한 학자가 강항을 찾아와 가르침을 받았다. 번주에 따라 달랐지만 덕천가강도 관심을 가져 유학자를 등용하기 시작할 무렵이다.

강항은 포로라기보다 식객의 대접을 받았다. 호인이란 왜승이 노상 강항의 시중을 들다시피 했다. 그는 고국이 그립고 또 사대부의 신분으로 적의 포로가 돼 있는 것이 수치스러워 여러 차례 탄원서를 낸 끝에 귀국이 허용됐던 것이다.

강항은 부산포에 내리자 상소를 올리고 대죄했다. 국왕은 그의 충성심이 기특하다하여 죄를 묻지 않았고 당장 입궐하라는 분부를 내렸다.

국왕이 강항을 접견하는 자리엔 이항복을 비롯한 세 정승이 배석했다. 그간 생환자들의 입으로 수없이 왜국의 소식이 전해지긴 했으나 선뜻 신뢰할만한 것이 드물었다.

덕천가강이 관원 회전에서 승리하여 패권을 잡은 과정, 또 풍신수길 측에 가담했다가 참수당한 소서행장의 후문 등을 소상하게 알게 된 것도 강항을 통해서였다.

국왕의 호기심은 왕성하여 왜국의 정치·군사·생활상 등 하문이 미치지 않은 곳이 없었다. 성곽의 옹성에 대해서도 질문을 계속했는데 강항은 견문이 모자라 쩔쩔 매는 것이었다.

역시 관심의 초점은 왜적의 재침 여부였다.

"덕천가강은 전국을 평정했다고는 하나 아직도 내란의 불씨가 남아있습니다. 가강은 번주들을 한편으로 위협하고 한편 달래면서 통치의 기틀을 다지는 데 골몰하고 있습니다. 조선을 다시 침범할 생각이 있다 해도 번주들에게 그런 명령을 내릴 수 있는 처지가 못됩니다."

강항의 대답이었다. 국왕은 강항의 말을 믿을 수 없다는 듯 고개를 갸우뚱댔다.

"왜인들은 본디 표리부동한 자들이다. 겉만 보고 속을 알 수야 없지."

"덕천가강은 임진년에도 수길의 조선침략에 찬동치 않았고, 자신의 군사를 동원하지 않았습니다. 납치해 간 조선 사람들을 희망에 따라 돌려보내고 있는 것을 보아도 화의를 도모하려고 하는 것 같습니다."

“희망에 따라서라니, 귀국하고 싶지 않은 자들도 있단 말인가?”

국왕은 언짢은 기색으로 물었다.

“신도 왜인을 통해 들은 얘기입니다만 왜국의 성주들이 납치해간 조선의 장인들에게 혹 벼슬을 주거나 혹 농토를 주어 저들 영내에 정착시키고 있다고 합니다. 그럴 경우는 강제로 묶어두고 돌려보내지 않는다는 것입니다.”

“장인들에게 벼슬을 준다고?”

“물론 아주 낮은 구실아치 정도일 것입니다만, 솜씨가 뛰어난 장인들에겐 녹봉을 주고 있다고 들었습니다. 왜인은 이상한 사람들입니다. 가령 사기그릇 같은 것을 보고, 천하제일이니 명품이니 하며 천금을 내고 사들이기도 하며 왜도 가운데 이름난 장인이 만든 것은 만금을 주고도 구하기가 어렵다는 것입니다. 학문에 힘쓰고 도의를 숭상하기보다 그런 하찮은 물건을 귀하게 여기고 있으니 역시 섬나라 오랑캐임에 틀림이 없습니다.”

“적지에서 신고가 많았다. 보고 들은 것을 기록하여 승정원에 올리도록 하라.”

국왕은 장인에 관한 화제엔 관심을 나타내지 않았다. 나중에 강항은 포로생활의 체험과 견문을 적은 책을 『간양록看羊錄』이라고 이름지었다.

국왕은 순천 교수를 내렸으나 강항은 나라에 죄를 지은 몸이라 하여 끝내 사양하고 향리로 내려가 후학을 기르는 데 힘썼다.

이해선조 33년 6월. 왕비의 병환이 갑자기 위중하여 제대로 손쓸 겨를도 없이 돌아갔다. 맥박이 뛰고 고열이 심한 병세였다. 의인왕후이다. 향년 46세. 국왕보다 3살 위였다. 번성부원군 박응순의 따님이다.

소생이 없었으나 여러 빈들이 낳은 아이들을 자신의 자식처럼 귀여워했고, 투기를 내색하는 법이 없었다. 전란 중 국왕과 떨어져 이리저리 처소를 옮겨 다녔고, 정유년엔 먼저 해주에 피란하고 이태만에 도성에 돌아왔다.

경복궁을 비롯한 거개의 궁궐이 불타버려 국왕은 정릉동 행궁을 처소로 삼고 있고 왕비는 근처 사가를 빌려 살았다. 국왕도 외롭게 지내며 고생만 시킨 왕비가 안쓰러웠는지 비망기에서 왕비의 부덕을 칭송한 다음 이렇게 슬퍼하고 있다.

「마음이 착하고 아름다운 사람은 복을 받고 마음이 악하고 흉한 사람은 화를 입어야 할진대 왕비가 수를 누리지 못하고 저승으로 갔으니 하늘도 무심하다.」

복제와 상복을 입는 기간에 대한 논의가 여러 날 벌어진 끝에 졸곡 제사를 지내기까지 50일간 상복을 입도록 했다.

비록 친어머니는 아니지만 세자가 국모의 서거를 애도하는 것은 너무나 당연하다. 한데 세자의 경우 이것이 좀 지나쳤다. 날마다 빈전빈전이라야 사가의 내당 안이지만에 붙어 있으면서 조석으로 눈물을 흘리며 곡을 했던 것이다.

벼슬아치들은 그런 세자의 모습을 예사롭게 보지 않았다. 세자로서의 도리를 다하고 국모에 대한 효를 행하는 예절인 만큼 신하들이 말릴 수도 없는 노릇이다. 식음을 폐하다시피 한 세자는 복더위에 건강을 해치게 되어 몸이 극도로 쇠약해졌다.

"세자의 몸이 심히 걱정됩니다. 빈전에서 거처하는 것을 중지하도록 분부를 내리소서."

이 같은 건의가 올라오자 국왕은 세자가 문안하러 온 기회에 간곡하게 타일렀다.

"세자의 신체는 사사로운 것이 아니다. 국상의 예식을 지키는 것은 가상한 일이나 신병을 얻으면서까지 고지식하게 할 까닭은 없다. 잘 생각해서 변통을 해야 한다."

그러나 세자는 뜻밖에 고집을 피웠다.

"신은 아무 이상이 없습니다. 전하의 분부는 망극합니다만 신하들에게 모범을 보이기 위해서라도 졸곡 제사까지만이라도 애도를 하겠습니다."

심기가 불편해진 듯 국왕은 얼굴을 돌리고 더 말하지 않았다.

국왕은 여러 측실에서 아들 14명, 딸 11명을 얻었다이것은 나중 계비가 되는 인목왕후의 소생도 합친 수효이다.

세자의 몸짓은 그런 부왕에 대한 비난과 반항 같은 의심을 풍겼다.

측실 가운데 총애를 받은 것이 인빈 김씨이다. 4남 5녀를 낳았다. 김씨는 한우의 딸로 북인계통에 속했다. 연전 북인이 유세부리는 데 영향을 주었을 것이다.

넷째 아들은 국왕이 한때 마음에 두었던 신성군, 이런저런 사연으로 해서 세자의 행동거지는 불손한 심술 같은 것으로 비쳐졌을 것이다. 국왕은 이 일을 비망기에 담아 승정원에 내렸다.

「세자에게 변통을 해서 애도 기간을 줄이라고 극진히 타일렀으나 듣지 않았다. 종친부의 말도 마다하고, 그저 예법만 준수한다고 하니 도리에 맞는 일이 아니다. 줄곧 고집을 부리고 전혀 뉘우치는 기색이 없다. 아무리 궁리해도 세자의 의사를 꺾을 방법을 모르겠다. 백관들은 이런 일을 알고 있어야 할 것이다.」

세자는 이 글을 읽은 뒤 자리를 걷고 빈전에서 물러났다. 앞서도 잠깐 얘기했지만 부자지간의 이상심리와 그로 인한 갈등이 나중 당파싸움을 격화시키고, 광해군으로 하여금 잔인한 보복을 하게 한 소지를 제공했다고 할까.

국왕은 당시의 형편으로 보아 당연한 일이긴 했지만 나라 재정을 절용하는 데 힘쓰고 모범이 되었다.

명군 제독 이승훈이 빈전에 조문한 다음 국왕을 뵙고 권했다.

"전하께서는 협소한 별궁에서 거처하고 계시온데 오늘 왕비를 모신 곳을 보고 매우 놀랐습니다. 군왕의 위신도 있고 하니 알맞은 궁전을 수리하여 처소를 옮기는 것이 좋겠습니다. 필요하다면 황제께 건의하여 도움을 청할 것입니다."

국왕은 웃고 대답했다.

"전쟁 중 많은 백성들이 집을 잃고 굶어죽었소. 지금도 재난이 가라앉은 것은 아니오. 백성들의 살림이 더 어려워진 곳도 없지 않소. 신하들은 녹봉을 받지 못하고, 또 농토가 있어도 도조를 걷지 못해 너나없이 살림이 곤궁하오. 어찌 임금과 그 식솔들만 편안한 데서 잘 먹고 지낼 수 있겠소."

북쪽의 변방이 다시 시끄러워졌다. 왜국과의 적대관계가 아직 풀리지 않고 있는 터에 이번엔 여진족의 동태가 심상치 않게 되었다. 그간에도 여진족 추장들이 소수의 부하들을 데리고 두만강을 넘나들며 노략질을 해왔으나, 크게 염려할 만한 것은 아니었다.

하지만 요즘 동정은 전과는 달랐다. 공문을 보내, 변방의 성읍에서 통상을 할 수 있게 허용하라는 등 요구를 했고 회답하지 않으면 성채를 공략하겠다는 협박을 하기도 했다.

비변사에서 압록강과 두만강변의 성채와 보루를 수축해야 한다는 건의를 올렸고 국왕도 윤허했지만 그 고장 수령과 장수들의 장계에 따르면 무엇보다 부역을 시킬 사람이 태부족이라는 것이었다.

여진족의 족장 누루하치는 본디 무순 동쪽 혼하의 상류 일대를 근거지로 하고 있었다.

근년 주변의 추장들을 평정하면서 세력을 확장하여 성망이 높아졌다. 역사적으로 중국은 땅이 비옥한 요동은 한인漢人들이 사는 곳으로 개원 무순 등의 동쪽엔 여진족이 살게 했다.

명국은 여진족 추장들에게 명목상의 관직을 주어 일종의 간접통치를 하고 있었다. 그들은 땅이 척박하여 자연히 수렵을 하면서 살았다. 날래고 사나워질 수밖에 없었다.

명국이 서북의 오랑캐 반란에 쩔쩔매는 꼴을 본 여진족은 명국을 깔보고 서쪽으로 진출하려고 했다.

마침 요동 도독 이성량이 이름난 용장으로 여진족의 침범을 쉽게 허용하지 않았다. 그의 부친은 조선 사람이고 아들이 이여송이다. 명국이 임진전쟁에서 국력을 크게 소모하여 군사력이 약해진 틈을 노려 여진족이 강성해졌다고 볼 수 있다. 누루하치군과 요동군은 이미 교전상태에 있었다. 국왕이 소집한 비변사 모임은 누루하치에 대한 대비책을 논의했다.

누루하치는 조선에 대해 우호적인 태도를 보여 왔다. 형제의 의를 맺자는 얘기도 있었다. 그는 옛 땅을 수복하기 위해 요동을 공략 대상으로 삼고 있다. 한걸음 더 나아가, 원수인 중국을 쳐부수고 중원에 진출할 야심을 품고 있다.

그러므로 여진족과는 마찰과 충돌을 피하면서 적절히 대접하여 달래는 것이 상책이다. 그렇다고 해서 북변의 방비를 허술하게 할 수는 없다. 성채를 수리하고 포수를 모집해야 할 것이다.

다음은 왜적들이 바다를 건너 만주 땅에 들어가 누루하치와 야합하여 함경도를 공격할 염려가 없지 않다. 이를 막기 위해서는 왜국과의 전쟁상태를 종식시킬 수밖에 없다.

끝으로 누루하치가 요동으로 침입하게 되면 이번엔 명국이 조선에 원군을 요청할지도 모른다. 실상은 이것이 그중 골치 아픈 사안이 될 것이다.

"나는 아무래도 후자의 염려가 크다고 생각하오. 지금 우리가 명군 3천을 조선에 주둔하게 해달라고 요청하고 있는데 명국은 왜적의 재침에 대비하자면 그보다 훨씬 더 많은 병력을 주둔시켜야 한다고 고집하고 있소. 그러나 미구에 요동이 무너지면 3천 군사도 급히 돌아가지 않을 수 없게 될 것이오."

국왕의 말은 수년 후 적중하게 된다.

"지당한 말씀입니다. 양방의 적과 싸우게 되면 명국의 도움을 기대할 수 없는 터에 나라를 지탱하기가 어려울 것입니다."

영의정 이항복의 말이었다.

국왕은 좌의정 이헌국의 의견을 물었다.

"영상의 말이 옳습니다. 하되 조선이 먼저 왜국에 화의를 제의하거나, 수신사를 보낼 수는 없는 일입니다."

80객인 이헌국은 숨이 차 띄엄띄엄 말을 이었다. 화의, 강화라는 말을 그중 싫어하는 것이 국왕이다. 류성룡이 추방된 것도 전쟁 중 그가 화의를 주장했다는 탄핵을 받은 데서 빌미가 됐던 터이다.

"전하께서는 만나보신 승장 유정을 보내시어 왜국의 동정을 탐색하는 것이 어떻겠습니까."

이항복의 건의였다.

유정의 호는 사명당 또는 송운, 임진년 묘향산으로 휴정대사를 찾아 휘하에서 의병을 일으킨 뒤 유격전을 전개하여 큰 공을 세웠다. 당상관에 올라 동지중추부사를 받았다.

3년 후 유정은 국서를 가지고 일본에 건너가 덕천가강을 만나고, 조선인 포로 3천5백 명을 데리고 귀국한다.

"왜인들은 불교를 숭상하여 승려의 신분이 높다고 합니다. 유정은 왜인들 사이에서 평판이 높다고 들었습니다."

이헌국의 말이었다.

이항복은 국왕의 흉중을 읽을 수 있었다. 화의라는 말이 신하들의 입에서 나오기를 바라고 있다. 어쩌면 류성룡을 내쫓은 데 대한 자격지심 탓인지도 모른다.

"승려를 보내는 것도 한 가지 방편이군. 지금은 거상중이기도 하니 북방 방어책과 함께 신중히 논의해서 처리하도록 하오."

국왕은 매듭을 짓듯이 말했다. 왜적과의 전쟁이 중지된 상태에서도 다사다난한 나날이 거듭되었다.

폐허가 된 강토는 좀체 원상으로 복구되지 못하고 도성과 지방 성읍의 재건도 지지부진하다. 세곡을 받는 농토의 넓이가 전쟁전의 반으로 줄어들었다. 국력이 얼마나 쇠퇴했는지를 알 수 있다. 경복궁은 대원군이 중건하기까지 근 3백년 간 폐허로 방치됐던 것이다.

이듬해 선조 34년1601.

한동안 잠잠하던 당쟁이 다시 불붙기 시작했다. 소북의 영수 유영경의 세력이 강성해지고 대북에 속하는 정인홍 기자헌 등과 마찰이 격화되었다. 유영경은 국왕과 사돈간이다. 손자 정량이 정휘옹주의 남편 전창위이다. 좌의정 이헌국이 노환으로 물러나자 후임에 김명원, 우의정엔 이조판서 유영경을 기용했다.

의인왕후가 돌아간 지 1년이 지났다. 예조에서 다년간의 숙원인 세자 책봉을 청하기 위해 명국에 사신을 보낼 것을 건의했다. 해마다 되풀이해 온 연례행사나 다름이 없는 것이어서 대신들도 의례적인 일로 여기고 예조의 건의에 찬동하는 뜻을 표했다. 국왕의 반응은 뜻밖이었다.

"왕비 간택에 관한 생각은 못하고 세자 책봉만 생각하는가. 그 일이 그처럼 급하단 말인가."

뜻밖의 역정을 냈다. 우의정 유영경만은 뜻밖의 일로 여기지 않았다. 손자를 통해 국왕의 내심을 어느 정도 눈치 채고 있었고, 의인왕후에 장사 때, 세자와 관련된 비답의 의미를 심상치 않게 보았던 것이다.

"신 등이 늙고 오활하여 실수를 저질렀습니다. 먼저 왕비를 간택함이 좋을 것 같습니다."

유영경의 아뢰이었다.

영의정 이항복은 어느 파당에도 치우치지 않으려고 애를 썼으나 좌충우돌하는 논박의 대상에서 예외일 수는 없었다.

연전 성혼이 삭직을 당할 때, 이항복은 성혼을 변론한 일이 있었다. 이것을 뒤늦게 거론하면서 이항복이 죽은 정철과 작당했던 혐의가 있다는 규탄을 받았다. 언관 가운데 유영경을 좇는 사람들이 중심이었다.

이항복은 이런 싸움에 말려들기를 피하고 싶었다. 또 영상자리에 너무 오래 있다고 생각했다. 몸도 성하지 않았다. 여러 차례 차자를 내며 칭병하고 자택에 칩거했다. 국왕은 하는 수 없이 이항복의 사임을 윤허했다. 후임에는 영중추부사 이덕형을 임명했다. 유영경이 영상에 오르는 날이 한발 한발 가까워지고 있었던 것이다.

국왕의 속맘을 알게 된 신하들은 계비 간택을 서둘렀고 김제남의 딸을 뽑았다. 절차에 따라 국혼을 올리고 왕비 책봉의 의식을 가졌다. 당시로선 드물게 19세의 숙성한 나이였다.

나이가 찼다는 것은 멀지 않아 잉태할 수 있음을 뜻한다. 정국의 저류에 은연중 영향을 끼칠 수밖에 없다. 왕비가 왕자를 낳게 되면 당장 지금의 세자는 지위가 흔들릴 것이다.

명국은 매번 세자 책봉을 승인하지 않은 이유로 적자가 아닌 점과 왕자 중에서도 장남이 아니라는 사실을 들었다. 세자의 불안감은 점점 커질 것이다.

당파 싸움의 양상에도 난기류가 흐르기 시작한 분위기였다. 그런 판국에 익명의 괴이한 글이 거리에 나붙은 사건이 일어났다. 황색 종이에 쓴 장문의 건백서建白書 같은 것이었다.

「… 지금 세자는 현명하여 전하의 덕을 훌륭하게 계승할 만하다. 온 나라의 인심이 돌아갈 바를 잘 알고 있다. 만일 그것이 한번 흔들리기만 하면 곧 혼란과 멸망이 닥쳐올 것이다. 그러기에 옛 임금은 비록 본처에서 낳은 아들이 없어 측실에서 낳은 아들을 세웠을망정 이미 백성의 마음이 그에게 돌아갔다면, 후일 본처가 아들을 낳았다 할지라도 바꾸지 않았다. 바라건대 전하는 당파 싸움을 제거하고 세자의 지위를 확고히 다져야 할 것이다.」

글씨나 문장의 내용으로 미루어 학문이 있는 벼슬아치나 선비의 소행임이 틀림없었다. 누구를 비방하거나 모함한 것이 아니라 임금과 나라를 걱정하는 충정에 넘쳐 있었다. 그러나 금기시 해 온 세자의 문제를 거침없이 거론하고, 국왕을 대놓고 간한데서 큰 파문을 던졌다.

난처한 것은 세자였다. 마치 자신을 섬기는 무리가 모의하여 저지른 짓거리로 오해되기 십상이었기 때문이다.

"이것은 간악한 자들이 민심을 선동하려는 흉계일 것이다. 사헌부와 사간원은 그런 자들을 적발하여 엄벌에 처해야 한다."

크게 노한 국왕은 명을 내렸지만 범인은 찾아내지는 못했다. 세자는 편전 앞에 거적을 깔고 대죄하고 국왕께 글을 올렸다.

「… 이것은 신을 함정에 빠뜨리려는 음모에서 나온 것입니다. 제멋대로 성려를 해석하고 있지도 않은 일을 미리 꾸며 거론함으로 해서 신을 곤경에 처하게 만들었습니다. 그러나 신의 일로 하여 조정을 놀라게 하고 민심을 어수선하게 했으니 신에게 죄를 내리소서.」

마음속으론 국왕을 의심하고 있는지 모를 일이다. 국왕의 간곡한 만류로 세자의 대죄는 사흘 만에 끝나긴 했지만 이 역시 인심을 불안하게 하는 일이었다.

6년 후 국왕이 돌아갈 즈음 계비 김씨는 일 년 만에 왕자를 출산했다. 영창대군이다. 영의정 유영경은 백관을 거느리고 편전 뜰에 나가 국왕께 축하의 말을 올리려고 했다. 그러자 중신들 사이에 이 같은 논란이 일어났다.

"세자가 정해져 있으므로 왕자가 태어났다고 해서 백관 하례는 과하다."

국왕의 본심을 알지 못한 아둔한 일이거나 아니면 알고도 광해군을 세우는 것이 옳다고 여겼기 때문일 것이다.

유영경은 그래도 고집을 피워 따르는 사람만 데리고 편전에 나갔던 것이다.

"처음으로 적자인 왕자가 태어났소. 세자가 이미 정해졌다 하여 백관이 하례하지 않는 것은 신하의 의리가 아니오."

몇 해 후 국왕이 와병하고 중태에 빠질 때까지 유영경은 총애를 받으며 권세를 누렸다. 국왕은 광해군을 싫어하고 어린 영창대군에 마음을 두면서도 쉽사리 단안을 내리지 못하고 있었다. 큰 변란이 터질까 겁이 났던 것이다.

광해군을 옹호하는 편과 국왕의 의향을 좇으려는 편이 모습을 드러내 긴장이 고조되고 있었다. 국왕은 자리에 누워 있으면서 세자가 문안을 드리자 실성한 사람처럼 소리치기도 했다.

"네가 무슨 세자냐!"

국왕은 비교적 싸움에 휩쓸리지 않고 신뢰할 만하다고 여긴 신흠 박동량 서성 한준겸 등 이른바 '유교7신遺敎七臣'을 지명하여 밀지를 내려 간곡히 당부했다.

"나이 어린 영창대군을 두고 가는 것이 걱정이다. 경들은 내 뜻을 받들어 영창대군을 보위할 것이다."

광해군이 왕위에 오르면 대군이 무사하지 않으리라 짐작했던 것이다. 국왕은 의식이 오락가락한 상태에서 평소대로 대신들을 급히 불렀다. 이항복 등 원임대신들도 당연히 불려갔다.

영의정 유영경은 원임들을 물러가게 했다.

"전하께서는 시임대신만 부르셨소."

국왕은 유영경 등에게 일렀다.

"내가 이제 명을 다하게 되었소. 나랏일은 지체할 수 없으니 더 미루지 말고 세자에게 왕위를 물려주려고 하오."

이건 마음과는 딴판인 말이었다. 그러자 경상도 합천에 있는 대사헌 정인홍이 급계를 올렸다. 그는 벼슬을 제수받고도 신병을 이유로 도성에 올라오지 않았던 것이다. 유영경과는 서로 용납할 수 없는 정적이다.

「… 전하께서 세자에게 전위하라는 명을 내리시자 유영경은 원임대신들을 몰아내고 말하기를 이번 전교는 인심에 반한 것이므로 거행할 수 없다고 하면서 언관들을 핍박하여 비밀에 부쳤다고 들었습니다. 무슨 음모와 흉계가 있기에 감히 그런 짓을 한다는 것입니까.」

세자를 두둔하고 유영경을 공박한 말이다. 국왕은 정인홍의 상소를 옳다고 하면서 말했다.

"세자는 아직도 대국의 책봉을 받지 못했다. 어찌하여 조급하게 전위를 하려고 하겠는가."

국왕의 우환은 희한하게도 소강상태를 유지하고 있었다. 돌아갈 때까지 영창대군에 집착하고 광해군에게 전위하는 것을 탐탁지 않게 여겼던 것이다. 국왕은 병석에서 일어나 앉아 지필묵을 청하여 화초를 치고 있었다. 무슨 생각이 났는지 국왕은 이덕형, 이항복, 유영경 등 세 사람을 불렀다. 그러고는 보는 앞에서 바위와 대나무를 그렸다. 붓을 쥔 손이 떨렸으나 국왕의 서화는 웬만한 신하들이 따를 수 없는 품격이 있었다.

한데 이참에는 예사로운 대나무 그림이 아니었다. 늙고 시들어 금시라도 말라죽을 것 같은 왕죽 옆에 잎사귀가 싱싱한 젊은 대나무가 뻗어 있고, 그 밑뿌리에 어린 죽순이 돋아나고 있다.

화의畵意는 분명했다.

"어떻소? 여느 때 필법보다 못하지 않소."

국왕이 짓궂은 눈으로 물었다.

"왕자王者의 기상이 여전하십니다."

"훌륭한 기량이십니다."

세 사람은 이 같은 인사치레를 했지만 하나같이 착잡한 심정인 듯했다. 왕죽은 국왕 자신, 젊은 대나무는 광해군, 어린 죽순은 영창대군임이 너무나 완연했다.

왕위 계승을 둘러싼 권력투쟁은 소북의 유영경과 대북에 속하는 정인홍 두 사람의 날카로운 대결로 압축된 형국이었다. 정인홍은 대사헌에 이어 예조참판을 제수해도 상경하지 않고, 합천에서 연달아 상소를 올려 유영경을 공박했다.

국왕의 극진한 명소命召로 여로에 올랐으나 중도에 노환이 심해져 다시 향리로 돌아가기로 했다.

「… 유영경은 원임대신들을 꺼려 모두 물리쳤을 뿐 아니라 그들이 차자를 올리는 것마저 방해하였다. 무슨 음모와 흉계가 있기에 그런 농간을 부렸단 말입니까. 유영경이 동궁에게 불만스러워 하는 마음이 이미 드러났으므로 자신을 도모하는 일이라면 못하는 것이 없게 된 것입니다. 그럴진대 유영경이 세자를 임금의 아들이라고 생각하겠습니까?」

정인홍은 이런 극언을 서슴지 않았다. 유영경의 반격도 만만치 않았다.

「참판 정인홍의 상소는 동궁을 뒤흔들어 놓고, 종묘사직을 위태롭게 한다는 악명을 신에게 뒤집어씌운 것입니다. 신하된 몸으로 이 같은 원통한 누명을 듣고서는 살아서 이 세상에 나올 수 없고 죽어서도 지하에서 눈을 감지 못합니다. … 인홍은 선위하는 일에 가탁하여 은밀히 화를 남에게 전가시킬 꾀를 꾸며 흉악한 말을 지어내고 있습니다.」

이쯤 되면 말싸움이 아니고 칼부림을 하고 있는 것이나 다름이 없다.

패배하는 쪽은 죽음을 각오해야 하기 때문이다.

정인홍의 주장은 대다수 유생들의 공론을 대변하는 것이었다. 광해군을 지지하는 그의 상소는 국왕의 노여움을 사지 않을 수 없었다.

국왕의 끈질긴 투병은 마치 광해군의 즉위를 하루라도 더 늦추려는 무서운 집념에서 비롯된 것이 아닌가 의심스러운 것이었다. 결국 정인홍 이이첨 이경전 등은 각각 원지에 유배되었다.

그러나 유영경 일파에게도 국왕의 수명과 함께 운명의 날이 어김없이 다가오고 있었다.

임진전쟁은 동양 세 나라가 풍신수길의 황당한 야욕과 허영 때문에 이루 말할 수 없는 재앙을 입은 엄청난 비극이었다. 한데 일본은 조선의 문물을 수입하여 한 단계 높은 문화를 이룩하는 계기를 얻었으니 요샛말로 역사의 아이러니가 아닐 수 없다.

일본에 붙잡혀간 조선 도공들의 일을 얘기할까 한다.

7년간 조선을 침범한 일본의 번주치고 도공들을 납치해 가지 않은 경우가 드물었다. 모리길성 흑전장정 가등청정 도진의홍 과도직무 등 구주와 서부 일본의 번주들이 대거 출병했으므로 조선의 도공들도 이 일대에 널리 퍼지게 되었다.

일본은 그때까지 목기나 토기를 주로 사용하고 있었다. 저급한 도기도 상류계층에서나 쓸 수가 있었다. 전국시대 다도가 번창하여 장수쯤 되면 차 마시는 법을 교양으로 삼았다. 다도엔 다기가 중요한 몫을 한다. 전쟁 전부터 왜관을 통해 일본에 유입된 그릇들을 다기의 일품으로 매우 귀중하게 여기고 있었다.

막상 조선 땅에 들어와 가마를 찾고 도공들의 솜씨를 본 저들은 벌어진 입을 다물지 못했다. 천금을 내도 구하기 어려운 일품들이 민가와 선술집 부엌에 아무렇게나 굴러다니는 것도 희한한 일이었다.

두 나라는 비단 도공뿐 아니라 장인에 대한 생각이 다르다. 강항이 장인을 대접하고 기물을 귀하게 여기는 일인들을 이상스러운 족속이라고 경멸한 것도 무리는 아니었다.

사기장이들은 일본 번주들이 집과 녹봉을 주고 가마를 세우게 하는 데 오히려 놀랐던 것이다. 고국을 그리는 마음은 그지없으나 도공의 값어치를 알아주는 번주들의 배려에 의지하려는 심정도 없지 않았다. 고국에 돌아가면 부역을 했다고 하여 어떤 화를 입게 될지 알 수 없는 일이기도 했다. 아예 눌러앉기로 한 도공들이 적지 않았던 것이다.

그 중에서도 과도직무가 영주인 좌하번의 당진 지방이 두드러진 곳이었다. 도자기 생산지로 이름을 떨쳤다. 이 고장 도공마을의 우두머리가 이삼평이라는 사람이었다. 그는 좌하번의 가로家老 다구안순에게 붙잡혀 왜군의 길잡이 노릇을 하다 정유년 동네 사람들과 함께 일본에 이송되었다.

번주는 이삼평에게 금강삼병위金江三兵衛라는 무사의 이름을 내려 일본사람으로 만들고 녹미祿米를 주었다. 이삼평은 처음 좌하성 근처에 살면서 도기를 구웠는데 조선 백자와 같은 자기를 만들려고 사방을 답사하여 백자광白磁礦을 찾았다. 태토胎土가 맞지 않으면 백자를 만들 수 없기 때문이다.

이삼평은 지금의 아리타 근처를 흐르는 유전천 상류에서 백자광을 발견하고 18명의 도공 가족들을 데리고 골짜기에 가옥과 가마를 세웠다.

조석으로 북쪽을 향해 큰절을 하면서도 이삼평은 사람들을 설득하면서 일에 정성을 쏟았다.

“기왕에 이곳에서 살게 됐으니 우리 사기장이의 솜씨를 일인들에게 보여 주어야 하오.”

그가 어느 고장에서 붙잡혔는지는 기록에 없으나 정유년에 건너갔다고 했으니 아마도 경상도 해안 지방이었을 것이다.

이삼평이 단단하고 광택이 나는 자기를 만들기 시작하자 번주는 크게 기뻐하고 상을 내렸다.

당시 일본의 번은 일종의 지방자치가 허용돼 있었다. 제각기 특산물 생산을 부추겨 재정을 윤택하게 하려고 경쟁을 했다. 이 같은 번주의 필요를 충족시키는 데 조선 도공은 안성맞춤인 존재였다.

우수한 도자기는 전국에 팔리고 그만큼 재정에 보탬이 되었기 때문이다. 이삼평 가마에서 구운 그릇들이 각지에 비싼 값으로 팔리게 되자 번주는 그에게 후한 대우를 하면서 마음대로 가마를 일으켜도 좋다는 허가를 내렸다. 이삼평은 구주 지방에 흩어져 사는 조선 도공들을 찾아다니며 끈질기게 설득을 하고 자신의 가마로 끌어 모았다.

“망향의 심정이야 너나없이 한결같지만 이곳에서 성공하는 것도 허무한 일은 아닐 것이오. 될수록 많은 사람이 함께 의지하고 사는 것이 좋지 않겠소.”

강이나 계류가에 가마들을 세웠고 수하의 도공들이 1백50명에 이르렀다. 이 가마들에서 백자와 청화백자를 만들었는데 당진소唐津燒라 하며 크게 명성을 떨치게 되었다.

좌하번의 중역 다구안순은 이삼평의 가마를 자주 방문하여 번주의 치하하는 말을 전하기도 했다. 그 자신 다도에 심취하여 다기를 수집하는

데 열을 올리고 있었다.

"그럴싸하게 보이려고 꾸미지 않는 것이 마음에 드는군. 번주께서도 당신이 만든 그릇을 조석으로 애용하고 있소. 강호와 대판 지방에서 주문이 쇄도하고 있으니, 당신은 우리 번의 보배요. 식량과 피복은 필요한 대로 요청하오."

갓 구운 그릇을 완상하면서 침이 마르도록 칭찬을 했다.

"구주 일대의 일본인 도공들이 우리의 그릇을 모방하려고 수도 없이 가마를 세우고 있으니, 이대로 가면 옥석이 혼동되어 평판이 떨어질까 염려됩니다."

이삼평의 말은 괜한 걱정이 아니었다. 그 고장 일대에 일본 가마들이 몰려 말하자면 과잉생산의 폐단이 생기고 원료인 백토의 부족이 예상되었던 것이다. 좌하번은 특명을 내려 이삼평이 운영하는 것 외의 가마를 크게 정리했다. 1백이 넘던 일본 도공의 가마를 10여 곳만 남기게 했던 것이다. 이 밖에 살마번의 살마소도 유명하다.

번주 도진의홍은 수군 장수로 이순신함대에게 연전연패했던 사람이다. 그는 조선의 도공 가족 18성 남녀 43명을 납치해 갔다. 녹아도 묘대천 유역에 가마를 일으키게 하고 정착을 시켰는데 그중 출중한 사람이 박평의였다. 묘대천 유역엔 지금도 조선 도공들의 후예가 부락을 이루며 살고 있다.

이삼평의 그릇을 흉내 낸 일본 도공들은 청화백자에 이어 붉은 색깔이 나는 문양을 개발했고, 나중 장기를 통해 독특한 자기를 네덜란드에 수출하게 된다.

지금의 아리타시는 인구 1만 남짓한 작은 산간도시이지만 수십 개의 가마가 있는 명산지로 해마다 도조陶祖 이삼평을 제사지내고 관광객이 몰려드는 큰 축제가 벌어진다.

이삼평을 모신 도산陶山신사도 있다. 13대 후손 장강삼평은 입버릇처럼 말하고 있다.

"조선 도공의 후예임을 자랑으로 생각한다. 대를 이어 가업에 종사할 것이다."

일본의 역사가 덕부소봉은 『근세일본국민사』라는 방대한 저서에서 조선역朝鮮役 곧 임진전쟁을 세 나라의 사료를 구사하며 비교적 자세하게 기술하고 있다.

이 사람은 이른바 신국사관의 신봉자였고 전쟁의 경과를 자기편에 유리하게 적고 있다. 그러나 전쟁의 본질과 성격에 대해서는 어쩔 수 없이 풍신수길의 황당한 영웅주의에 돌리고 있다.

"조선역은 사람과 물자의 한없는 주구誅求를 가져왔다. 이 때문에 위로는 번주들로부터 아래로는 백성들에 이르기까지, 짐승처럼 내몰리며 고통을 당했다. 천하의 인심은 수길의 죽음을 듣고, 안도의 한숨을 쉬지 않은 사람이 없었다. 조선역은 발두자發頭者인 수길과 그 자손에게 화를 입게 한 데 그치지 않고, 후세에 일본이 조선을 병합하고, 통치함에 있어서 큰 곤란을 겪게 한 원인이 되었다. 모든 조선인은 조선역을 기억하고 있으며 비석 분묘 서적 그리고 구비전설에 이르기까지 기록과 흔적이 수없이 남아 있다. … 굳이 취할 것이 있다면 조선역은 해외유학과 같은 것이었다. 공예의 경우 도자기가 좋은 예가 된다. 그 밖에도 활판인쇄와 서적의 수입을 빼놓을 수 없다."

이런 소리를 하고 있다.

풍신수길의 영웅주의가 침략의 동기라고 했으나 크게 보면 일본이란 나라의 속성에서 빚어진 일면이 없지 않았다고 할 수 있다.

국내가 안정되면 눈을 밖으로 돌리는 습성이 임진전쟁에서 고스란히 드러났기 때문이다. 앞서도 잠깐 적었지만 전후 7년간의 전쟁으로 조선의 자원은 고갈되고 국력은 여지없이 쇠퇴하여 이후 3백년 간 상처를 아물리지 못했다.

가뜩이나 변방의 오랑캐들에게 시달리고 있던 명국은 조선 출병에 따른 방대한 병력과 물자의 동원으로 국력을 탕진하여, 결국 여진족 누루하치의 침공을 막지 못해 나라가 망하는 큰 고비가 되었다.

안동 하회에 은거한 류성룡은 세속을 등지고 저술과 후학을 가르치면서 유유자적의 나날을 보내고 있었다. 미구에 복관되었으나 사양하고 조정에 나가지 않았다. 국왕이 다시 조정에 나오기를 간곡히 당부했지만 끝내 고향을 떠나지 않았다.

논공행상을 둘러싸고 당파싸움이 얽힌 시끄러운 논의가 계속되고 있었다. 이런 소식은 모처럼 잔잔한 류성룡의 마음을 언짢게 했다.

승장 유정이 일본에 건너가 덕천가강과 담판하고, 간접적이나마 임진전쟁의 잘못을 자인케 하고 조선인 납치자들을 인수하여 귀국했다.

덕천가강은 유정의 요구를 선뜻 들었던 것이다.

"나는 조선공략에 찬동하지 않았고 출병하지도 않았소. 그 뒤 수길을 따르는 번주들을 굴복시키고 수길의 아들을 멸하여 일본전국을 평정하였소. 여러 번주들이 붙잡아온 조선인들은 내가 알 바 아니오."

전쟁상태는 종식되고 국교가 수복될 계기가 마련된 셈이었다. 류성룡은 와병중에 호종공신 2등을 받은 소식에 접했다. 1등은 두 사람으로 이항복과 정곤수였다. 호종이란 임금을 수행하고 호위한 것을 말한다.

이항복은 전쟁 중 여러 번 병조판서를 맡으면서 임금 곁을 떠난 적이 드물었다. 정곤수는 명국에 청원사로 들어가 소임을 다했다. 그러나 청병을 위해 명국 대신들과 교섭한 사람은 한둘이 아니고 정곤수의 활약이 결정적인 구실을 한 것도 아니었다.

류성룡을 비롯하여 윤두수 이원익 윤근수 김응남 등은 호종공신 2등을 받았다. 정탁 이헌국은 3등이었다. 모두 해서 2등은 31명, 3등은 52명이었다.

무공을 세운 사람들에겐 선무공신이 내렸다. 1등은 이순신 권율 그리고 원균이었다. 2등은 5명으로 김시민 이억기 이정암 등이 포함되었다. 3등은 10명으로 고언백 이광악 이순신李純信 이운룡 정기원 등.

이 같은 공신 선정에는 갖가지 의견이 나올 수 있다. 호종공신 2등 가운데 신성군이 들었는데 국왕이 각별히 배려한 것임이 분명하다. 여기서 이순신과 원균을 동등하게 대접한 것에 주목할 필요가 있다.

전공으로 말하면 어느 모로 보나 두 사람은 같을 수가 없다. 다만 증직에 있어서는 엄연한 차등이 있었다. 이순신에겐 우의정, 원균에겐 좌찬성이 증직되었다. 이순신은 광해군 때 좌의정 그리고 정조 때 영의정이 추종되었다. 당쟁의 영향을 받았다고는 하나 이순신의 전공을 평가하는 데는 당쟁을 넘는 공론의 일치가 있었던 것이다.

임진전쟁은 고려시대 몽골 침략에 버금가는 국난이었다. 임금이 북쪽 변방으로 피란했고 도성을 왜적에게 내 주어 나라의 체신이 하루아침에 무너졌다.

백성들은 집을 잃고 굶주렸다. 군사들과 백성들 송장이 산과 들을 뒤덮었다. 내 고장과 나라를 지키려는 의병들이 벌떼처럼 일어나 왜군을 치고 곤경에 몰아넣었다.

이순신의 수군은 백전백승, 전라도를 침범하려는 왜군을 막아내어 전쟁수행의 발판을 지탱했다. 거기에 그치지 않고 왜군의 기세를 꺾고 조선군의 전의를 돋우는 데 큰 구실을 했다.

유례없는 국난 속에서 후세의 위안이 되는 것 중의 하나가 기적과도 같은 인물들의 출현이었다. 류성룡, 이순신은 말할 것도 없고 원균을 포함하여 개성이 강하고 출중한 인재들이 이때처럼 대거 등장한 때는 달리 찾아볼 수 없을 만큼 드물고 희한하다.

당파싸움은 정적을 공격하고 우리 편을 두둔하게 마련이다. 언사는 거칠고 과격하다. 적수를 공박하는 데는 가차 없고 무자비한 말을 쏟아 붓는다.

상소문의 기록만 보면 너무나 각박하고 살벌하여 조정이 산산조각이 나지 않은 것이 이상할 지경이다. 실상은 그런 것만이 아니었을 것이다. 예컨대 청백리를 보면 당시의 벼슬아치들이 간단치 않음을 알 수 있다.

심수경 이원익 류성룡 이항복 최흥원 김수 이광정 등이 청백리에 오르고 있다. 유능하면서 청렴했던 인물이 드물지 않았던 것이다.

선조 40년1607 5월. 안동 하회의 향리에서 류성룡이 돌아갔다. 향년 66세. 인근 마을은 말할 것도 없고 수백 리 떨어진 고장에서도 관원들과 유생들이 몰려와 상가 주변은 저자를 이루다시피 했다.

류성룡의 청빈함을 익히 아는 문상객들은 저마다 분수에 맞게 제수감을 부조하였다. 류성룡은 위중함 속에서 죽음을 감지하자 떨리는 손으로 붓을 들어 임금에게 올리는 글을 썼다.

「풍원부원군 신 류성룡은 임금께 아룁니다. 타고난 명은 이제 다했으므로 구차하게 연명할 생각도 없습니다. 옛 사람들은 죽어서도 임금을 잊지 않는 신하의 도리로, 유서를 써서 올렸습니다. 신은 변변치 못하지만 그것을 따르려고 합니다. 지금 난리도 끝나고 나랏일이 얼마간 평온해졌으나 아직도 걱정스러운 일들이 많이 남아 있습니다. 바라건대 전하께서는 깊고 원대한 생각으로 아래의 실정을 잘 듣고 살피어 군사와 정사를 바로잡아야 할 것입니다. 그러자면 기강을 바로 세워 인재를 등용하여 근본을 튼튼하게 만들어야 합니다. 그와 같이 하신다면 적에게 변방을 침범당할 염려가 없을 것입니다. 신이 말씀드릴 것은 오직 이 한 가지 뿐입니다. 그 밖의 일들은 정신이 혼미하여 더 아뢸 수가 없습니다.」

이 글을 본 국왕은 승지를 상가에 보내 문상토록 했다. 도성 안에서도 희한한 일이 벌어졌다. 류성룡이 살던 묵사동의 집터에 부민이 모여 남쪽을 향해 절을 하고 곡을 올렸다. 어림잡아 천 명이 훨씬 넘었다. 수십 명의 아전들도 끼여 있었다.

이들은 서로 의논하여 베를 모아 대표를 상가에 보내기도 했다. 율곡이 작고한 이래로 처음 있는 일이었다.

실록에서 사관은 이렇게 적고 있다.

「… 류성룡은 정인홍과 의견이 맞지 않았다. 정인홍은 항상 류성룡을 배척하였으며, 류성룡도 정인홍의 편벽됨을 미워하였다. 류성룡은 김성일과 함께 퇴계 문하에서 공부하였다. 류성룡은 30여 년간 벼슬을 하면서 정승을 10년이나 지냈는데, 임금이 총애를 베풀고 의견을 들어주었다. 류성룡은 임금을 간할 때 부드러운 말을 하였으나 언제나 생각을 숨김없이 털어놓았다. 임진년에서 정유년 어간에 임금과 신하들이 도성을 버리고,

종묘와 사직이 불탔으며 많은 백성이 피를 흘렸다. 두 왕릉이 도굴당하고, 그 원한이 하늘에 사무쳤다. 대를 두고도 원수를 다 갚지 못할 것이다. 그럼에도 불구하고 나라의 근본방책이 정해지지 못했을 때, 류성룡은 화의를 맺자는 의견을 주장하여 원수를 잊고 치욕을 참는 잘못을 저질렀다. 무술년에 벼슬을 빼앗기고 고향으로 내려갔는데 그 뒤 벼슬을 돌려주었다.」

류성룡이 화의를 주장했다는 것은 성혼과 함께 국왕을 뵙고 이렇게 아뢴 일을 말한 것이다.

"명국은 왜적과 화의를 하려고 하니 우리 조선이 혼자 싸울 것을 고집할 수는 없는 사세입니다."

사람들은 왜적과 화의를 맺자니 말이 되느냐고 입에 거품을 물고 떠들어 댔으나 대개는 겉과 속이 다른 속에서 류성룡 등은 나라의 형편을 깊이 생각하여 정직하게 말했던 터이다.

그 일을 추도문과 같은 글에서 구태여 기록한 사관은 모르긴 해도 명분론에 매인 사람이었을 것이다.

류성룡의 별세는 전쟁의 시대가 가고 새로운 시대가 오고 있음을 상징하는 것이었다.

선조 40년1607 가을. 국왕의 병세가 악화되었다. 병석에서 지내는 날이 더 많았다. 의원들은 국왕의 병을 제대로 진단하지 못하고 여러 가지 약을 썼는데 아무런 차도가 없자, 당상관 의원들에 대한 문책론이 나오기도 했다.

국왕은 갑자기 열이 오르고 숨이 찬 증세가 되풀이되었고 한쪽 팔다리를 움직이지 못했다. 의원들은 중풍이란 진단에 합의하고 약을 조제했다.

어의 중엔 용하다고 정평이 난 허준이 그중 신임을 받고 있었다.

임금의 병이 길어지면 으레 어의에게 죄를 주는 것이 관례이다. 사헌부에서 허준을 탄핵하는 차자를 냈다.

「의원들이란 병을 빨리 치료하기 위해 독한 약을 쓰기를 좋아한다. 또 의원들 간에 의견이 맞지 않는 경우도 드물지 않다. 내 짐작엔 아무래도 중풍기가 있는 듯하다. 허준에게 죄를 줄 필요는 없을 것이다.」

국왕은 내시에게 일러 이 같은 비답을 내렸다. 다음날 국왕은 3정승을 불러 빈청에 대기하도록 명했다.

이때 영의정은 유영경, 좌의정 허욱, 우의정은 한응인이었다. 그런 다음 국왕은 비망기를 내렸다.

「나는 본디 병이 많아 평상시에도 복잡한 정사를 감당하기 어려웠다. 이제 1년이 가까운데도 차도가 없고 정신이 혼미하다. 어찌 임금의 자리에 눌러앉아 있을 수 있겠는가. 세자도 나이가 들었으니 전례대로 임금의 자리를 물려 줄 수 있을 것이다. 만일 난처하다면 정사를 대신 보게 할 수도 있을 것이다.」

빈청에서 기다리던 정승들은 이마를 맞대고 의논을 했다.

이런 왕명에 "옳은 말씀이십니다. 그렇게 하십시오." 하는 신하는 없다. 그간에도 국왕은 심심치 않게 왕위를 내놓겠다고 말하곤 했다.

「… 그러니 전하께서는 다른 생각을 마시고 또 정사를 걱정하지 말고 조섭에 전념하신다면 종묘사직이 도와 건강을 회복할 수 있을 것입니다.」

정승들이 올린 차자이다.

세자 광해군은 국왕의 처소인 내전에서 기거한 지 반 년이 넘었다. 하루 세 번씩 꼬박꼬박 문안을 드리고 내전 안 허술한 방에서 잠을 잤다.

동궁에 돌아가라는 국왕의 분부가 있었으나 세자는 듣지 않았다.

임금과 대신간의 응답이 알려지자 이번엔 왕비가 3정승을 빈청에 모이게 했다. 내관을 통해 언문으로 된 지시를 내린 것이다.

「이번 전하의 분부를 따르지 않으면 심기가 상해서 병환이 더 위중하게 될까 걱정스러우니 대신들은 임금의 명을 순순히 따르시오.」

정승들은 난감하기 그지없었다.

"어떻게 중궁전하의 말씀대로 거행할 수가 있겠소."

유영경은 말하고 나서 한숨을 내쉬었다. 뜻하지 않은 왕비의 거조엔 복잡 미묘한 정치적 의미가 담겨져 있다.

지난해 왕비는 옥동자를 출산하여 국왕이 크게 기뻐하는 가운데 '의'라는 이름을 내리고 영창대군으로 봉해졌다. 국왕의 첫 적자이다. 세자 개봉이 가능한 조건이 된 것이다. 더구나 광해군은 아직도 명국 황제의 승인을 받지 못하고 있다.

유영경은 명국과의 관계도 고려하여 개봉하는 편이 정도라는 생각을 품고 있었다. 그의 정적인 정인홍 이이첨 등은 광해군을 섬기면서 이제와 개봉을 한다면 엄청난 재앙을 몰고 오게 될 것이란 의견이었다. 세 정승은 장시간 의례한 끝에 왕비의 분부를 따를 수 없다는 뜻이었다.

"신 등은 왕비께서 내린 분부를 보고 황송하고 민망함을 금치 못했습니다. 신 등의 안타까운 심정은 비망기에 대한 회답에서 이미 다 말씀드렸습니다. 더 말씀드릴 것이 없습니다."

다시 왕비의 언문 교시가 내려왔다.

「만일 이 일로 해서 심려를 끼쳐드려 심기를 더 상하게 한다면 그때 가서는 후회해도 소용이 없을 것이니 안타깝기 그지없는 일이오. 다시 바라건대 대신들은 심사숙고하여 임시방편으로 임금의 지시를 따르는 것이 좋겠소.」

사태는 심각하게 되었다. 처음엔 승통과 관련해서 터럭만치라도 오해를 받지 않으려는 왕비의 결백증 같은 것으로 혹은 일종의 체면치레로 여겼다. 하지만 그런 것만이 아닌 듯했다.

"중전께서 이런 일이 얼마나 중대한 사안인지 아마 모르고 계신 모양이오."

좌의정 허욱의 말이었다.

"설마 그럴 리가 있겠소. 뒤엔 연흥부원군 김제남이 있지를 않소. 다 상의한 끝에 그 같은 교시를 내리신 거요."

유영경의 대답. 그렇다고 왕비의 말을 선뜻 들을 처지는 못된다.

「… 오늘 또다시 분부하신 바는 군정여러 사람들의 의사과 다르므로 신 등은 감히 따를 수 없습니다. 땅에 엎드려 죽여 주시기를 기다리겠습니다.」

대신들의 회답이다.

왕비는 뒤로 물러섰다.

"나의 안타까운 마음은 이미 다 말하였소. 대신들이 회답한 내용은 잘 알았소."

이 일이 궐 안팎에 알려지자 말들이 많았다. 왕비의 거조가 당돌하다고 보는 축들도 적지 않았고 그런 중대사를 언문 교시로 내린 것은 경솔했다는 말도 있었다. 반면 적자를 낳은 왕비로선 떳떳하고 당연한 처신이란 칭찬도 만만치 않았다.

이듬해 정월, 사단은 벌어지고야 말았다. 전 참판 정인홍이 합천에서 장문의 상소를 올려 유영경 등을 탄핵했다.

「소문을 들으니 지난 10월 13일 전하는 세자에게 임금의 자리를 물려주든가 정사를 대리시키겠다는 명을 내리셨다고 합니다. 그러나 영의정 유영경은 전임대신들을 꺼려하고 모조리 물리친 다음 왕명에 어긋나는 차자를 거듭 올리고 현임대신들만으로 처리하였습니다. 심지어 왕비가 언문으로 교시를 내리자 즉시 회답하기를 "오늘의 교시는 모든 사람들의 심정에 어긋나므로 거행할 수 없다."고 하였으며 대간들도 알지 못하게 경계하였습니다. 또 승정원이나 사관들도 전하의 명을 비밀에 부쳐 두었습니다. 유영경이 어떤 음모와 흉계를 품었기에 이처럼 사람들이 알지 못하게 하는 것입니까. 왕비의 교시는 전하의 뜻을 깊이 헤아린 것으로 나라의 앞날을 위한 큰 계책에서 나온 것입니다. 그런데도 유영경은 거리낌 없이 힘을 다하여 막으면서 비밀에 부쳤습니다. 유영경의 이 같은 행동은 전하께 아부하면서 더욱 총애를 받아 나라를 제멋대로 좌지우지하려는 흉모에서 나온 것입니다. … 신의 말이 지나친 바가 있어 전하께서 신을 죽이신다면 달게 받겠습니다. 유영경의 흉악한 참화에 죽는 것은 아니므로 오히려 다행한 일로 여길 것입니다.」

본디 정인홍은 언사가 과격한 것으로 유명하다. 한번 붓을 들었다 하면 말이 미치지 않는 데가 없었다. 현임 3정승만이 상의하여 국왕의 명에 따르지 않은 것이 허물로 잡힌 것이다.

실록에선 국왕은 3정승만 불러 빈청에 대기시킨 것으로 적혀 있다. 그러나 임금의 병환이 위중한 상태였고, 또 전위와 관계되는 일이라 신원임대신들이 함께 의논하는 것이 관행이다.

국왕도 당연히 그런 뜻에서 내관에게 분부했을 것이다. 정신이 혼미한 상태에서 엉겁결에 정승들을 부르라고 한지도 모른다. 또 내관이 분명치 않게 전했는지 모를 일이다.

유영경이 관행을 알면서도 고지식하게 또는 일부러 현임대신만으로 일을 처리했는지 알 수 없다.

정인홍의 상소는 때 아닌 지진과도 같았다. 광해군 지지를 뚜렷이 밝히면서 유영경이 개봉의 음모를 품은 것으로 몰아붙인 것이다.

유영경은 정인홍에 못지않는 장문의 상소를 올렸다.

「… 신이 세자의 자리를 뒤흔들어 놓고 종묘사직을 위험에 빠뜨리려고 했다고 비난하면서 악명을 함부로 뒤집어씌웠습니다. 지난해 10월, 전하의 우환이 갑자기 심해지자 모든 신하들이 경황이 없습니다. 신은 그때 차비문 안에 있었는데 전하의 지시를 받고, 이를 승정원에 전달했고 뒤이어 표신비밀전표이 내려왔으므로 좌의정 허욱과 우의정 한응인과 서로 표신을 맞추어 본 다음 빈청에서 기다렸던 것입니다. … 신들도 전하의 명을 따라야 한다는 것을 모르지는 않았습니다. 그러나 가만히 생각한즉 병환은 1년 가까이 오래되었으나 그때 갑자기 악화된 것은 감기에 걸리셨기 때문이며, 수일간 조섭을 하면 회복이 되시리라 판단했던 것입니다. 전하를 섬기는 모든 사람들의 한결같은 염원이기도 했습니다. 이럴 즈음 왕비의 지시가 내려왔습니다. 회답하여 올린 글 속에 "모든 사람의 심정에 어긋난다."고 한 것도 실은 이와 같은 판단에서 말씀드린 것입니다. … "전임대신들을 모조리 물리쳤다."고 했는데 전임대신들은 그때 빈청에 있지도 않았습니다. 전하께 회답을 올린 다음 비망기와 함께 회답의 내용을 베껴 사인舍人 오백령을 시켜 전임대신들에게 전했던 것입니다. … 세자가 총명하고 어질고 효성스러운 것은 천성에서 나온 것이며 세자로 덕을 닦은 지 17년이나 되어 신하와 백성들이 다 같이 떠받들고 있습니다. 세자의 자리는 본디 정해진 것이며 세자의 지위는 확고합니다. 그럼에도 불구하고 정인홍은 전위의 문제를 빙자하여 재난을 들씌울 모략을 꾀하고 흉악하고 참혹한 말을 날조하는 등 못하는 짓이 없습니다.」

유영경의 반격도 만만치 않았다. 이쯤 되면 어느 한켠이 쓰러지지 않고서는 결판이 나지 않을 칼싸움이나 다름이 없다.

이제 유영경의 목숨은 오직 와병중인 국왕의 수명에 달려있는 셈이었다. 아무리 세자를 받들고 칭송해도 세자의 의심을 풀기 어려운 형세가 된 것이다.

다행히 국왕은 비답을 내렸다.

「인홍이 까닭 없이 내 마음을 흔들어 놓고 영의정을 내몰려고 하였는데 영의정을 모함하려는 소인배들이 유언비어를 만들어 남쪽 지방에 퍼뜨렸고 인홍은 이것을 주워 모아 상소문을 올린 듯하다. … 그때의 일로 말하면 3정승에게만 전하게 한 것이지 전임대신들에게까지 한 것은 아니다. 경은 안심하고 벼슬자리에 나올 것이다.」

국왕으로서야 유영경의 처사를 못마땅하게 여겼을 까닭이 없었을 것이다. 광해군 즉위 후의 피비린내 나는 참화를 알리는 국면이었다.

사태는 더욱 복잡하게 얽혀갔다. 언관들이 두 사람의 상소문에 대한 시비를 논하고 갑론을박, 차자와 상소 사태가 날 지경이었다.

좌의정 허욱과 우의정 한응인도 연명으로 차자를 올려 사직을 청했다. 세자는 바늘방석에 앉은 심정이었다.

하루 세 번 문안을 거르지 않았으나 그때마다 몸둘바를 몰라 얼굴을 들지 못했다. 어떤 때는 장지문 밖에서 절만하고 물러나왔다. 안에서 들라는 말이 없었기 때문이다.

부왕이 자신을 꺼려하고 있음을 감지한 것은 영창대군이 태어나기 훨씬 전부터이다. 전란 중 의주에서 죽은 신성군을 국왕이 얼마나 총애했는지 세자는 너무나 잘 알고 있다. 그가 살아 있었으면 세자의 자리를 뺏겼을 것이다.

여태껏 황제의 책봉이 내리지 않았다고는 하나 17년의 세월이 세자의 지위를 묵직하게 다져 놓았다. 지금에 이르러 누가 감히 세자 개봉을 거론할 수 있단 말인가. 그러나 사람의 마음은 조석변이다. 국왕의 마음도 변치 말라는 법은 없다.

현임 3정승에게만 분부한 것도 부왕의 본심에서 나왔을 것이다. 미리 짐작한 회답을 기대했기 때문이다. 정인홍 등 유영경을 지탄하는 사람들이 고맙기는 하지만 과격한 쟁론으로 부왕의 심기를 그르쳐 엉뚱한 사단이 날까 겁이 나기도 한다.

세자는 자신의 일로 온 조정이 들썩들썩하는 것을 감내할 수 없는 심정이었다. 뭔가 부왕께 말씀을 올려야 한다고 생각했다.

세자는 "신의 일로 해서 성려를 끼치게 된 것을 용서하소서. 신은 대죄하여 전하의 치죄를 받겠습니다." 이런 말을 미리 외우면서 부왕의 처소에 갔다.

"세자전하께서 문안을 드리러 왔습니다."

환관이 문 밖에서 목청을 돋우었다. 그러나 방안에서 뜻밖의 음성이 울리었다.

"동궁에 가 있으라 했는데 번거롭게 또 무슨 문안이냐?"

충격을 받은 세자는 울렁거리는 가슴을 달래고 간신히 말했다.

"오늘은 말씀드릴 일이 있습니다. 신의 일로 해서 조정이 시끄럽게 되고, 전하의 심기를 불편하게 해 드려 사죄하려고 온 것입니다."

그러나 국왕의 대꾸는 너무나 놀라운 것이었다.

"네가 무슨 세자냐, 황제의 허락도 받지 못했는데 네가 무슨 세자냐. 조정 논의가 시끄럽다고 해서 주제넘게 네가 나설 일이 아니다. 너는 옳은 세자가 아니다. 다시는 오지 말라!"

국왕의 목소리는 병자답지 않게 카랑카랑했다. 세자는 복도에서 혼절했다. 잠시 후 환관과 궁녀들의 부축을 받고 겨우 내전을 물러나와 가마에 몸을 싣고 동궁으로 옮겼다.

처소에 당도하자 세자는 짐승 같은 비명을 지르며 피를 토했다. 세자빈이 눈물을 흘리며 의원을 부르려고 했다.

"그만두오. 내 말을 들으시오."

세자는 창백한 얼굴로 손을 내저었다. 소식이 전해지면 부왕의 노여움만 더할 것이란 생각이 들었던 것이다. 본디 세자는 그다지 건강하지 못했다. 여러 날 세자는 몸져 누워 있었다.

국왕도 세자에게 심하게 대한 것을 뉘우친 듯했다.

「세자는 황제의 승인을 받아야 비로소 세자라고 할 수 있다. 임금의 자리를 하루아침에 받았다가 만약 명나라에서 꼬투리를 잡으면 어찌 하겠는가. 또 명국의 대신들이 세자에게 누명을 들씌우고 따져 묻는다면 어떻게 되겠는가. 지금 인홍의 상소 때문에 내 마음이 불안하여 밤에 잠을 자지 못하고, 낮에 먹지도 못한다.」

이런 비망기를 내렸다. 이때는 국왕이 내내 병석에서 나올 수 없어 서면으로 응답하면서 국사를 치렀다. 겨우 정신을 차린 세자는 깊이 생각한 끝에 국왕께 글을 올렸다.

「… 신에게 임금의 자리를 물려주든가, 정사를 대리시켜야 하겠다는 전하의 명이 있었습니다. 신은 죽을 작정이었으나 그렇게 하지 못했습니다. 대신들의 회답은 신의 뜻을 헤아리지 못한 것입니다. 정인홍이 참혹한 말을 조작하여 전하의 심기를 상하게 하였으며, 전하께서 "이로 인하여 부자간에 서로 의심하게 되었다."고 하셨습니다. 세상에 어찌 이런 일이 있을 수 있단 말입니까. 신은 죽는 일밖에 남지 않았습니다.」

요샛말로 하면 일종의 정치적 심리전이 벌어진 셈이었다.

국왕은 비답을 내렸다.

「세자로 말하면 이미 지위가 정해졌고 나와 세자 사이엔 조금도 틈새가 없다는 것을 하늘도 알고 있다. 간악한 무리들이 함부로 모략을 하며 부자간에 이간을 붙이려고 하니 그 심보가 지극히 흉악하고 혹독하다. 세자는 마음을 놓고 잊어버리는 것이 좋겠다.」

이렇게 달래면서도 뭔가 분명치 않은 구석이 있었다. 다시는 오지 말라는 국왕의 말이 있었지만 그렇다고 세자가 문안을 드리지 않을 도리는 없다.

국왕의 용태는 걷잡을 수 없이 위중하게 되었다. 세자의 문안도 제대로 받지 못했다. 국왕이 위독하다는 소식이 전해지자 원임대신들도 속속 입궐하여 내전에서 대기했다.

이원익 이덕형 이항복 기자헌 심희수 등이었다. 세자는 황급히 달려와 의원들에게 말했다.

"전하께서는 열이 올라 위독한 상태이니 빨이 열을 내리는 처방을 해야 할 것이오."

그러나 허준을 비롯한 의원들은 침통한 낯으로 대답했다.

"황송하지만 이미 어찌할 수 없게 되었습니다."

환관과 궁녀들의 흐느끼는 소리가 났다. 그러자 왕비의 교시가 떨어졌다.

"원임대신들은 다 입궐하오."

대신들 뿐 아니라 문무백관들이 줄지어 입궐하여 차비문 밖에 모였다. 대신들은 빈청으로 몰려갔다.

국왕은 숨을 거두기 전 왕비에게 유서를 전했다.

"내가 세자에게 타이르기를 '형제간에 사랑하기를 내가 살아있을 때와 같이 하라. 어느 누가 참소하더라도 듣지 말고 신중히 대하라' 하였는데 이것은 세자에게 거듭 당부하니, 나의 뜻을 잘 지켜야 한다."

광해군이 즉위한 후의 일을 예감한 듯한 유언이었다. 국왕이 돌아가니, 세자의 위상은 딴판으로 돌변했다.

국왕이 돌아간 것은 2월 1일이다. 시각은 알 수 없다. 다급한 대로 좌의정 허욱을 총호사로 임명했다. 국상을 치르는 데 따른 모든 일을 맡는 직책이다. 빈청엔 원임대신들이 모이고 차비문 안팎에선 아직도 곡성이 끊이지 않았다. 왕비는 대신들을 대청에 불렀다.

"국사는 한시라도 중단할 수 없는 일이오. 계啓자 인장을 세자에게 넘겨주는 것이 어떻겠소?"

왕비가 물었다. 계자 인장은 국왕이 재가한 문서에 찍은 나무도장이다.

"지당한 분부인 줄 압니다."

영의정 유영경의 대답이었다. 계자 인장은 옥새와는 다르다. 다른 대신들도 이의가 없는 듯했다.

왕비는 다시 물었다.

"계자 인장과 옥새를 세자에게 함께 넘겨주어야 하오. 옥새의 경우는 넘겨주는 절차가 따로 있소?"

대단히 미묘한 대목이었다. 옥새를 받으면 그 순간 임금의 대권을 행사할 수 있다. 계자 인장만 가지고는 충분치 않다.

"중궁전하께서 넘겨주시면 되는 것이지 무슨 절차가 있는 것은 아닙니다."

이항복의 대답이었다. 그러자 세자가 머리를 조아리며 말했다.

"중전마마! 우선 급한 상례에 관한 일은 전하께서 친히 재결하시면 됩니다. 어찌 계자 인장을 신이 서둘러 받을 수 있겠습니까?"

이것은 겸양의 미덕이요, 흔히 있는 관례이다. 그러나 밑바닥에서는 왕권을 둘러싼 숨 가쁜 줄다리기가 벌어지고 있다.

"세자저하! 옥새와 계자 인장을 전수하는 일로 말하면 중전께서 그와 같이 처리하지 않을 수 없을 것입니다. 그러나 저하가 굳이 사양하신다면 즉위의 예식을 올리기 전에는 당분간 달達자 인장을 사용하시는 것이 좋겠습니다."

유영경은 떨리는 음성으로 말했다. 달자 도장은 세자가 쓰는 것이다. 즉위하기 전엔 임금의 인장을 사용하지 말라는 뜻이다. 또 하루라도 세자의 등극을 늦추려는 저의에서 나온 말처럼 들릴 수도 있다.

"세자저하께서 당분간 달자 인장을 쓰신다 할지라도 옥새를 넘겨받지 않아서는 안될 일입니다."

이원익의 말이었다.

"세자가 사양을 하니 더욱 비통한 일이오."

왕비의 말. 대신들은 다시 빈청으로 되돌아갔다.

세자는 엄연히 광해군이다. 국왕이 후사 문제에 유언이 없이 돌아갔으니 세자의 승통은 당연한 귀결이다. 그런데도 대신들은 즉위의 예식에 관한 의논을 하지 않고 왕비와 세자의 기색만 살피고 있다.

이원익, 이항복 등 원임대신들은 대체로 세자의 즉위를 서둘러야 한다는 의견이었다. 그러나 유영경 등 현임대신들은 국왕의 시신을 목욕시키고 염을 하며 빈소를 차리는 등 급한 일부터 진행해야 한다는 것이었다.

이때 전한典翰 최유원이 상소를 올렸다.

「나라의 보위는 한시도 비워둘 수 없습니다. 세자께서는 당일로 즉위하셔야 하며 연후에 국상의 절차를 밟아도 아무 지장이 없을 것입니다.」

세자빈의 오라버니인 유희분과 절친한 사이였다. 최유원은 홍문관의 동료들과 함께 빈청에 나타나 눈을 부라리며 떠들어 댔다.

"대감들께선 뭘 꾸물거리고 계시오. 영상께선 상사가 급하다고 하셨는데, 나라에 임금이 없는 것이 더 급한 일이 아니오."

"창졸간에 당한 일이라 경황이 없었소. 전례를 상고하겠소."

유영경의 대답이었다.

"상고할 것도 없어요. 송나라 이종이 당일 즉위했고, 성종대왕께서도 당일 등극하신 것을 모르십니까? 그 밖에도 수삼 일을 넘지 않은 것이 전례인즉, 무엇 때문에 지체하는 것입니까?"

최유원의 주장은 결정적인 구실을 했다. 더구나 정인홍과 이이첨의 동류들이 이에 가세하자, 유영경의 지연전술은 더 버티기 어려운 형국이 되었다. 우여곡절 끝에 즉위식을 다음 날2월 2일 신시 첫머리에 갖기로 낙착되었다. 지금 시간으로 오후 3시이다. 장소는 정릉별궁안 서청이었다.

광해군은 면복차림으로 보좌에 올랐고 조복을 갖춘 문무백관들은 "천세! 천세! 천천세!" 소리높이 불렀다.

영돈령부사 이산해가 원상이 되어 승정원에서 숙직을 했다. 자신의 명운을 체념한 영의정 유영경은 사직소를 올렸다.

"지금이 어느 때인데 영상이 물러가려고 하는가?"

광해군, 아니 국왕의 의례적인 비답이었다. 유영경을 탄핵하는 상소는 봇물이 터진 듯 쏟아져 나왔다. 사헌부와 사간원의 관원들이 연일 격렬한 언사로 유영경을 몰아붙였다.

"나라를 위태롭게 하고, 음흉한 음모를 꾸몄으니 마땅히 죄를 물어야 할 것입니다."

「대신이 탄핵을 받았으니 정사를 보기 어려울 것이다.」

국왕은 이런 비답을 내린 다음, 유영경의 사직을 윤허하고, 이원익을 후임으로 임명했다. 이와 함께 유배중인 정인홍 이이첨 이경전 등을 석방했다. 경전은 이산해의 아들이다.

국왕은 17년간 불안과 인고의 나날을 보냈다.

"너는 황제의 책봉이 없으니 세자가 아니다."

부왕의 말이 가슴에 사무치고 있었다.

영창대군이 탄생한 뒤로는 적자 승통이란 명분을 내세워 자신을 세자에서 몰아내려는 음모가 무르익고 있었다. 그러나 이제 사세는 바뀌었다. 국왕도 바뀌었다.

명국인들 세자가 왕위에 오른 것을 추인하지 않을 도리는 없을 것이다. 대관절 명나라가 무엇인가. 전쟁에 군사를 보내 도와준 것은 고맙지만 저들 군사들이 얼마나 행패를 부리고 못된 짓을 했는가. 지금 여진족 누루하치의 세력에 밀려, 나라를 보전하기에도 힘겨워하고 있는 것이 망조가 든 명국의 실정이다.

힘이 있는 자가 다스리는 세상이다. 대의명분을 내세우면서 허세를 부려봤자, 아무 소용이 없다. 부왕의 불신에 시달리고 신하들의 농간에 학질을 땐 국왕은 이제 비로소 자기 자신을 찾은 느낌이었다.

"나를 해치려고 했던 자는 결코 용서하지 않으리라."

국왕의 다짐이었다.

좌의정 허욱과 우의정 한응인은 거듭 사직소를 올렸다. 특히 허욱은 유영경과 동조했다는 비난을 받고 있었다. 국왕은 두어 번 만류하는 척하다가 두 정승의 사직을 허락했다.

후임 좌의정엔 이항복, 우의정엔 심희수를 임명했다. 심희수는 중국말에 능통하여 임진년에 경략 송응창의 접반사로 어려운 소임을 다했다. 예조판서 겸 대제학을 지냈다.

이원익 이항복 심희수 등을 정승으로 앉힌 것은 인심수습을 노린 정략으로, 실권은 정인홍 이이첨 등이 쥐고 있었다. 정인홍은 시골서 올라와 대사헌이 되었고, 이이첨은 예조참판에 올랐다.

국상을 치르는 속에선 정변이 일어나고 있는 것이다. 국상의 절차가 마무리 되고 전왕의 시신을 양주 목릉에 묻자 정적들에 대한 공격은 더욱 드세어졌다.

유영경 등 소북의 집권은 6년이 넘었던 것이다. 그간 대북과 서인, 남인으로 지목된 사람들은 내내 기를 펴지 못했다. 사세가 뒤집히니 오랜 불만과 울분이 단번에 터져 나올 수밖에 없었다.

「전 영의정 유영경은 본래 음험한 사람으로 외람되게 정승자리를 차지하여 안으로는 궁중과 결탁하고 밖으로는 사당私黨을 만들어 마음대로 권세를 휘두르고 임금의 눈과 귀를 가려 그 기세가 하늘을 찌를 듯 하였습니다. 흉악한 계략을 몰래 꾸미면서 마음속엔 임금도 나라도 없었습니다. 이 같은 원흉의 우익으로 이홍로 김대래 이효원 등이 심복이 되어 밤낮으로 모여 흉모를 일삼았으니 이들을 준엄하게 처벌해야 될 것입니다.」

사헌부와 사간원이 연명으로 상소를 냈다. 예나 지금이나 시류에 편승하려고 부화뇌동하는 자들이 나오게 마련이다.

혹은 유영경 일파에 빌붙었다가 하루아침에 표변하여 공격에 앞장서는 자들도 있었다. 마침내 유영경은 경흥, 이홍로는 종성, 김대래는 대정으로 각각 유배되었고 몇 달 뒤 사사된다. 이들은 역적으로 다루어졌는데 세자를 폐하고 영창대군을 후사로 삼으려 한 것이 지금의 임금에 대한 반역이 된 것이었다.

당장 급한 것이 명국에 고하는 일이었다. 황제로부터 승인을 받지 못한 세자가 즉위했으니 전후 사정을 아뢰고 추인을 받아야만 했다.

연릉부원군 이호민과 동지중추부사 오억령 등을 주청사로 보냈다. 이호민은 중종 때 조광조가 화를 입을 때 연루돼 추방되었다가 다시 기용된 사람이다. 주청사의 설명이 미흡했는지 혹은 명국의 정략에서 나왔는지 명국 조정에서 엉뚱한 반응이 나왔다.

당황한 이호민은 수행한 통사를 급히 본국에 보내 명국 예부의 통고내용을 보고했다.

「신민이 모두 추대했다고 하나 먼 곳에서 생긴 일이라 자세히 알 수가 없다. 마땅히 실사를 하여 확실한 조처를 해야 할 것이다. 요동진무관에게 명해 적절한 관원을 조선에 보내 신민이 추대한 진상을 소상하게 살핀 다음, 가부간의 결론을 내릴 것이다.」

조정은 큰 충격을 받았다. 국왕은 자신에 관한 일이라 근신하는 뜻에서 이 일을 거론하지 않았다.

왕대비의 명으로 영의정 이하 백관들이 빠짐없이 주문奏文을 써 바치게 했다. 벼슬아치뿐 아니라 아전과 군사 그리고 부민들까지 동원해서 수천 명이 연서한 글을 모으기도 했다. 이럴 경우 으레 나타나는 일이지만 주청사에 대한 비난이 일어났다.

이호민이 예부에 낸 주청문 가운데 「맏이 임해군은 중풍으로 빈전을 지켰다. 그 자신은 이미 왕위를 사양한바 있다.」 이런 구절이 들어 있었다. 이게 말썽이 난 것이다.

"이호민은 아전들의 맹랑한 말을 믿고 중풍증이 있다고 한 것이며 또 임해로 말하면 한낱 왕자에 불과한데 무엇을 사양할 일이 있는지 도시 알 수 없는 실언을 하였습니다. 호민을 처벌하는 한편 급히 대신을 북경에 보내 실상을 명확하게 소명해야 할 것입니다."

"이덕형이 근력이 좋고 지혜가 있으니 임시로 좌의정 직함을 주어 명국에 들여보낼 것이다."

국왕은 이 같은 비답을 했다.

여기서 잠시 이덕형에 관한 얘기를 할까 한다. 유독 이덕형만 호성공신에서 빠져있다. 그 까닭을 얘기하지 않았기에 뒤늦게 보탠다.

전쟁 후 공신을 천거할 때 그는 류성룡 이원익 윤두수 등과 함께 2등에 들어있었다. 이덕형은 기어이 사양하여 천거 명단에서 빠졌다. 1등으로 천거된 이항복은 두 가지 공적을 들어 이덕형에게 공신을 내려야 한다고 국왕께 건의했다.

"광양성이 포위된 가운데 덕형은 단신 나룻배를 타고 대동강에 나가 왜적의 사신과 만나 담판을 했습니다. 이는 보통의 용기가 아닙니다. 또 덕형은 여섯 차례나 명국을 드나들며 청원의 소임을 다했습니다. 이러한 공로에 보답하지 않음은 의리가 아닙니다."

"경의 말이 옳소. 이덕형을 2등으로 올리시오."

국왕의 윤허가 있었으나 이덕형은 한사코 사양하고 받지 않았다.

"국록을 받는 신하로 마땅히 해야 할 일을 했다 뿐입니다."

이덕형의 대답이었다.

겸양의 덕목이요 신중한 처신이라 할 수 있다. 그러나 그것만은 아니었을지도 모른다. 시기의 눈총을 받고 싶지 않았고 또 공신을 받으면 후손들에게 과히 좋지 않다는 속설이 있었다.

각설하고 이원익은 주청사가 되어 북경으로 떠났고 명국에선 요동 도사 엄일과와 지주 만애민이 조선에 나왔다. 이들은 서대문 밖 모화관에 들자 "반드시 임해를 보아야겠소." 다짜고짜 난처한 요구를 했다.

"우리나라의 예에 따르면 비록 평민이라 해도 상복을 입은 사람은 손님을 보려고 먼저 가지 않는 법이오. 지금 임해는 시골에 있으며 또 모역의 혐의를 받고 있소. 천조의 사신이 면대하는 것은 도리가 아닐 줄 아오."

마중나간 영의정 이원익은 이렇게 거절했다.

"임해를 도성 밖에 데리고 오면 내가 나가서 만나겠소. 상복도 무방하오. 그러나 저러나 사왕嗣王이 나오지 않소?"

국왕이 출영하지 않은 게 큰 불만인 듯했다. 이때 임해군은 강화교동도에 유배돼 있었다. 형조의 관원과 군사들이 급히 달려가 임해군을 압송해 왔다.

국왕이 즉위한 후 임해군은 자신의 운명을 체념하고 있었다. 어차피 살기 어려운 몸이지만 당장의 죽음을 면하려면 미친 사람이 되는 수밖에 없었다. 남대문 밖에 차양이 차려지고 명국 사신들이 좌정한 자리에 임해군이 불려왔다.

찢어진 상복에 머리를 풀고 만취한 듯 비틀거렸다. 통변을 통해 묻는 말에 횡설수설하며 제대로 대답하지 못했다. 갑자기 웃다가 울음소리를 내기도 했다.

사신들은 고개를 저으며 우선은 자리를 떴다. 임해군은 즉시 교동으로 호송되었다. 그러자 최유원이 상소를 냈다.

「명국 사신이 임해를 면대했다고 하니 신은 경악을 금치 못하겠습니다. 이것은 주청사가 잘못 대답한 때문입니다. 임해는 이미 먼 섬에 유배되었으니 명국 사신이 보지 않더라도 그 실정을 알 수 있는 일입니다. 사신이 보겠다고 해도 대신과 언관들은 한사코 막았어야 했습니다.」

대신들은 명국 사신을 납득시킬 궁리에 침식을 잃다시피했다. 국왕도 모화관에 거동하여 사신을 만났으나 별로 효험이 없었다.

한술 더 떠서 이런 요구를 하게 이르렀다.

"광해와 임해를 한 자리에서 면질시킬 것이오."

국왕은 대신과 언관들을 불렀다.

"종묘사직에 관계되는 중대한 일이 벌어지고 말았소. 의견을 말하시오."

대사헌 정인홍이 흥분된 목소리로 말했다.

"전하! 이런 요구는 황제의 조서에도 없으며 천부당만부당한 일입니다. 지체하지 말고 임해의 머리를 베어 사신에게 보여 주시기 바랍니다."

정인홍은 70노인이다. 숨이 차 어깨를 들먹거리고 있었다.

"안될 말씀이오. 임해군은 비록 유배중이지만 일국의 왕자가 아니오. 정죄하기 전에 무작정 목을 벨 수는 없소. 더구나 명국 사신에 대한 모욕이 될 것이고 더 큰 문제를 불러일으킬 것이 틀림없소. 대사헌은 말을 거두시오."

이원익은 이렇게 꾸짖었고 이항복도 극구 반대를 했다.

"전하! 그같이 참혹한 처사는 상국에 대한 예의에도 어긋납니다."

국왕은 잠자코 있었다. 예조참판 이이첨이 헛기침을 하고 말했다.

"대신들의 반대를 이해할 수 없습니다. 하지만 상국에 대한 예의가 아니라는 말은 한번 생각해 볼 만합니다. 그러나 영의정이 정죄하기 전 운운한 것은 무슨 뜻입니까. 역모의 죄로 배소에 있는 사람을 죽이는데 또 무슨 논의가 필요합니까. 전하의 윤허로 언제든지 가능한 일입니다. 후환을 막기 위해서도 임해를 죽여야 합니다. 짐작건대 그를 따르는 무리들이 명국 조정에 손을 써서 오늘과 같은 사단을 만들어낸 것이 분명합니다."

무서운 말이었다. 임해군뿐 아니라 광해군을 반대해 온 혹은 그런 혐의가 있는 사람들까지 죄에 옭아매야 한다는 뜻이기 때문이다.

어전에서 이런 쟁론이 있은 다음 사헌부와 사간원 관원들이 차비문 앞에서 엎드려 목청을 돋우었다.

"임해를 죽여 종묘사직을 안태安泰하게 하소서. 이 위급한 때 대신들은 무엇을 하고 있단 말입니까. 즉시 정청을 해야 합니다."

양사엔 정인홍 이이첨과 가까운 사람들이 많았다. 정청이란 영의정이 백관을 거느리고 대궐인 마당에 나가 임금을 뵙자고 청하는 것을 말한다.

빈청에 돌아온 이원익은 탄식을 하고 말했다.

"저처럼 야단법석을 떠니, 조정의 체모가 말이 아니군. 어찌 왕자를 죽이자고 정청을 할 수 있겠소."

이항복과 심희수도 고개를 끄덕였다.

「… 형제간의 우애로 임해를 살려주시기 바랍니다. 외만섬 가시덤불 속에 안치되어 있는데 무슨 죽일만한 일을 할 수 있겠습니까. 전하께서는 하해 같은 도량으로 임해로 하여금 천수를 다하게 하소서.」

이원익은 짤막한 차자를 낸 다음 칭병하고 집에서 나오지 않았다. 이항복도 이에 따랐다. 궁지에서 벗어나자면 명국 사신을 구워삶는 수밖에 없었다. 이덕형이 북경에 쫓아갔다고 하지만, 아무래도 조선에 나온 사신의 보고를 듣고 결정이 내려질 것이기 때문이다.

국왕은 사신들에게 은을 듬뿍 뇌물로 주는 것을 허락했다. 약효는 신묘했다. 사신들은 딴판으로 태도를 바꾸어 산더미처럼 쌓인 주청서를 보고 감복한 체 했다.

"임해의 광패함을 잘 알았소."

이 한 마디에 국왕은 비로소 얼굴이 밝아졌다. 임해군을 데려다 미친척하게 꾸민 이이첨 등은 코를 벌름대며 자신의 공치사를 했다. 남은 것은 이호민에 대한 사안이었다.

정인홍은 명국 사신이 돌아가자마자, 이호민을 규탄하는 상소를 냈다.

「… 그는 임해가 교동도에 있음을 모르지 않았을 터인데, 빈소를 지켰다고 하는 등 거짓말을 하였습니다. 그로 인하여 명국 조정의 의혹을 샀으며 사신이 나와 임해를 보게 되었던 것입니다. 의금부 도사를 의주에 보내 압록강을 건너는 즉시 호민을 잡아들여 심문하시기 바랍니다.」

「일이 잘 풀릴 것이다. 호민은 실언을 한 것이다. 스스로 뉘우치는 것으로 족하다.」

국왕은 이렇게 회답했다.

다시 일이 시끄럽게 되는 것을 상서롭지 못하다고 여겼는지도 모른다. 그리고 임해군을 죽이라는 빗발치는 주청에 대해서도 "골육의 정으로 보아 차마 할 수 없는 일이다." 하며 허용하지 않았다.

이듬해 광해군 1년 봄. 명국 황제가 사신을 보내 선왕에 대한 시호와 부의를 내렸다. 아울러 다른 사신을 통해 광해군을 국왕으로 책봉하는 조서를 보내왔다. 그러나 임해군의 처리를 둘러싼 쟁론은 좀체 가라앉지 않았다.

정인홍 이이첨 등은 두 가지 점에서 고삐를 늦추려 하지 않았다. 임해군의 생존 자체가 반정의 가능성이 남아있음을 의미한다. 다음으로 끊임없이 공세를 펴야만 적수들을 누를 수가 있다. 선왕이 돌아간 직후 임해군이 흉도兇徒들과 어울려 모의했다는 혐의를 다시 끄집어내어 이런 말을 꾸며내기도 했다.

"당시 무장들과 장사들을 집안에 끌어들여 무기를 은닉하고 있었음이 뒤늦게 드러났다."

이이첨은 이원익에 대해서도 비난을 퍼부었다. 이원익의 글 가운데 전은全恩이란 말이 있었다. 형제의 우애를 온전하게 한다는 뜻이다. 이이첨은 임해군이 먼저 형제의 우애를 저버린 것이므로, 가당치 않은 말이라고 하면서 "이원익이 본디 남인으로 역적을 비호하였다." 하며 중상했던 것이다.

임해군을 죽이려는 국왕의 의도를 모르는 신하들은 거의 없었다.

영의정 이원익은 상소를 올려 임해군을 두둔했다.

「… 임해를 편안하게 하는 것은 우애의 정을 나타내는 것입니다. 만일 임해가 병들어 약을 써도 소용이 없게 된다면, 전하께 큰 슬픔을 안겨드리는 것이며, 어찌 신하들의 죄가 아니겠습니까. 이제 의식을 넉넉하게 하여 부족함이 없도록 하는 것이 좋겠습니다.」

판중추부사 기자헌도 이런 건의를 했다.

"임해의 처첩을 배소로 보내 서로 의지하고 살게 하소서."

모두 국왕의 뜻을 알고, 임해군의 목숨을 건지려고 한 것이다.

좌의정 이항복은 거리낌 없는 상소를 냈다.

「… 사은私恩을 온전하게 하여 임해가 죽음에 이르는 일이 없게 하소서.」

사람들은 이항복의 대담한 말에 놀라지 않을 수 없었다. 어느 낭관이 영중추부사 이덕형에게 달려가 걱정스럽게 말했다.

"전하께서 진노하셨다는 소문입니다."

그러자 이덕형은 웃으며 대꾸했다.

"나도 백사이항복의 별호와 똑같은 말씀을 드리겠소."

실제로 이덕형도 임해군을 살려야 한다는 차자를 올렸던 것이다. 이 같은 중신들의 직간 때문에 국왕은 말할·것도 없고 정인홍 이이첨 등의 추종자들도 임해군에 대한 무자비한 처분을 좀체 거론하지 못했다.

예조판서에 오른 이이첨은 음성적인 방법을 쓰려고 했다. 이때 교동현감은 이이첨의 인척이 되는 이현영이었다.

이이첨은 이 사람을 불러 임해군을 죽일 것을 암시했다.

"공론으로 발의하기가 어려운 분위기요. 종묘사직을 반석 위에 올려놓자면 미리 화근을 없애야 하오. 상감의 뜻을 받드는 일이니 조금도 염려할 것 없소."

그러나 이현영은 노기를 띠며 대답했다.

"어찌 국법에 의하지 않고 몰래 왕자를 죽일 수 있단 말이오."

이이첨은 수하인 대간들을 시켜 이현영이 죄수를 지키는 데 소홀했다고 뒤집어 씌워 옥에 가두었다.

국왕은 느닷없이 작고한 생모 공빈 김씨를 추존하라는 지시를 예조에 내렸다.

「… 모이자귀母以子貴라고 했습니다. 공빈을 왕비로 추존하고 별도로 사당을 세우는 것이 마땅합니다.」

예조에서는 이 같은 건의를 올렸다. 이번에도 이덕형 이항복 이정귀 등이 잇따라 상소를 내고 왕비 추존을 반대했다.

"극진히 예우하는 것은 좋으나 왕비로 추존하면 선왕의 왕비가 둘이 되는 것이며, 이는 되레 전하의 위신을 손상케 하는 것입니다."

"전하의 효심으로 위호를 올리는 것이 합당할 것입니다."

국왕의 정실은 생존시엔 왕비, 돌아간 다음엔 왕후로 불렀다. 그러니까 빈보다 한 단계 높은 비로 하자는 것이다.

"명나라에서 책봉을 받았건 말건 그것이 문제가 아니다. 후호后號를 올리는 것을 단연코 안할 수 없다."

크게 노한 국왕의 비답이었다.

세자 책봉을 못 받아 애를 먹은 국왕이다. 책봉이란 말만 나와도 울화가 치밀었을 것이다. 이런 대목은 국왕이 나라의 자주성을 지키려는 몸짓으로 볼 수도 있을 것이다. 또 신하들과의 관계에서 왕권을 강화하려는 의도를 보여 주는 것이기도 하다.

국왕은 정인홍 이이첨 등을 이용하여 왕권을 견제하는 벼슬아치들의 힘을 꺾으려고 했던 것으로 볼 수도 있다. 결국 국왕은 반대를 무릅쓰고 공빈에 대한 왕후추존을 실현시켰다. 명국 황제의 책봉도 기어이 받아냈다. 명국으로서는 아무래도 상관이 없는 일이었을 것이다.

이듬해 봄, 이른바 박응서의 옥사가 일어났다. 응서는 선조 초기에 영의정을 지낸 박순의 서자였다. 이 사람이 같은 서얼 출신들과 어울려 패거리를 만들어 몰려다녔다.

서양갑 심우영 이경준 박치인 박치의 등이었다. 서로 결의를 하고, 소양강 상류에 집을 지어 무륜당無倫堂이라 이름지었다. 당호가 말해 주듯 윤리 도덕에 매이지 않는 것을 행동강령으로 삼았다. 스스로 '강변칠우'라고 하면서 술 마시고 시를 지었다.

글을 배우고 재간이 있어도 과거를 볼 수 없고, 입신을 못하는 세상이다. 이런 무리가 나타나는 것은 오히려 당연한 일이었을 것이다. 이들은 돈이 궁해지자 조령으로 들어가 살인강도를 저질렀다.

동래에 사는 은상銀商을 죽이고 은 7백 냥을 뺏은 것이다. 이들은 감영 군사들에게 일망타진되어 포도청으로 압송되었다. 보고를 받은 이이첨은 포도대장 한희길 집을 방문했다. 이건 지극히 이례적인 일이다.

놀란 한희길이 손님을 정중히 맞아들였다.

"대감께서 누추한 소인 집에 왕림하시다니, 대체 어찌된 일입니까?"

이이첨은 소리 내어 웃고 나서 아리송한 말을 했다.

"내가 못 올 데를 왔소? 오늘 대장의 상을 보아하니, 미구에 큰 공을 세워 영예를 누릴 것이 틀림이 없소."

이이첨은 더는 설명하지 않고 자리를 떴다. 저녁 때 이의숭이라는 일가를 시켜 한희길에게 귀띔을 했다.

죄인들을 대역죄로 얽어 국구 김제남과 영창대군을 제거하는 데 이용하라는 것이었다. 한희길은 먼저 박응서를 끌어내 심문했다. 곤장 몇 대를 맞더니 박응서는 범행을 순순히 자백하기 시작했다.

"잠깐! 네 자백을 받는 것은 급하지 않다. 너는 어차피 죽은 목숨이다. 다만 한 가지 살 길이 있다. 너희들이 김제남과 내통하여 영창대군을 섬기려는 음모를 꾸민 것을 낱낱이 알고 있다. 잘 생각해서 이실직고 하라!"

한희길은 모의할 틈을 주기 위해 박응서를 옥에 처넣었다. 이들은 기사회생의 기회가 왔다고 기뻐했다. 그러면서 이경준 서양갑 등이 거사의 격문을 지었다.

「… 지금의 임금은 갖가지 무도한 짓을 저질렀다. 진용眞龍이 일어나기 전에 가호假狐가 먼저 운다. 이에 의병을 일으켜 광해를 멸하고 대의를 밝히려 한다.」

이와 함께 박응서가 역모의 자술서를 썼고 포도대장 한희길은 국왕께 고변을 했다. 대궐 안은 발칵 뒤집혔다. 국왕은 핏발이 선 눈으로 소리쳤다.

"당장 국청을 열어라. 친국할 것이다."

국왕은 의금부에 나가 죄인들을 심문했다. 위관은 영돈령부사 이산해였다. 국사범을 심문할 때는 대개 영의정이 위관이 된다.

괴수로 지목된 박응서가 먼저 나와 국문을 받았다. 친국이라 해서 국왕이 죄수에게 곧장 말을 건네지는 않는다. 승지나 의금부의 관원이 중간에서 물음과 대답을 전달한다.

"네가 김제남과 결탁하여 영창을 세우려 한 것이 사실이냐?"

"그렇습니다. 김제남은 외손자인 영창이 적자이면서 왕위에 오르지 못한 것을 한스럽게 여겨왔습니다. 우리네도 서얼금고법에 의해 세상에 나가지 못함을 원망해 왔습니다. 반정이 이룩된 다음 서얼금고법을 철폐한다는 약조를 받았습니다."

박응서는 필요 없는 얘기까지 보태서 대답했다.

"세상에 이런 변이 있나. 지금 옥에 갇혀있는 죄인뿐이 아닐 것이다. 공모한 자들을 바른 대로 대라."

박응서는 이판사판이라 생각했을 것이다. 자신과 가까이 지낸 사람들의 이름을 줄줄이 주워댔다. 종성 판관 정협, 수문장 박종인, 그 밖에 서얼 출신 유인발 등 여러 명이었다.

서얼 금고로 서출들이 원망을 품고 있음은 짐작이 가고도 남는다. 김제남이 영창대군의 승통을 원하고 있는 것도 인지상정이다. 가뜩이나 의심이 많은 국왕은 대역모의를 철석같이 믿고 있는 듯했다.

옥사는 걷잡을 수 없이 확대되어 수십 명의 관원이 혐의를 받고 의금부에 잡혀들어 왔다. 그러자 사간원에서 김제남을 규탄하는 상소를 냈다.

「연흥부원군 김제남은 자신이 국구가 되자 안하무인으로 행세하면서 조금도 어렵게 여기고 삼가는 바가 없었습니다. 한강의 별영을 제 마음대로 헐어버리고 정자를 지어 잔치를 벌였습니다. … 그의 외손자인 영창대군의 이름이 이미 역적의 공술에 나왔으니 제남은 당연히 거적을 깔고 대죄해야 할 것인데 평상시대로 한가롭게 집에 있으니 그 죄를 결코 용서할 수 없습니다. 우선 관작을 빼어야 할 것입니다.」

국왕은 기다리고 있었다는 듯 이런 비답을 내렸다.

"사간원의 말이 옳다. 관작을 삭탈할 것이다."

영의정 이원익은 사직소를 내고 두문불출했다. 옥사가 조작된 것임을 꿰뚫고 있었던 것이다. 국왕은 후임에 이덕형을 임명했다. 이덕형은 여러 차례 사양을 했으나 마지못해 조정에 나갈 수밖에 없었다.

"내가 부덕한 탓이오? 경이 지나치게 사양하는 것은 임금을 섬기는 도리가 아니다."

이 어간에 교동에 유배중인 임해군이 원인모를 급환으로 세상을 떠났다. 소문엔 현감 이직이 이이첨의 밀명을 받고 임해군을 독살했다는 것이었다. 마침내 광해조의 피비린내 나는 참극이 막을 올린 것이다.

국왕의 친국을 받은 다음 김제남은 서소문 밖 약현의 자택에서 사사되었다. 영창대군 의를 폐하고 강화도에 유배했다. 의는 이때 나이 8세였다.

이에 그치지 않고 김제남의 아들 3형제를 모조리 잡아들여 혹독한 고문 끝에 옥사시켰다. 둘째 아들 규에게 어린 아들이 있다는 것을 알게 되자 의금부 도사를 시켜 김제남댁을 덮치게 했다. 이 집의 씨를 말리려 한 것이다.

김제남의 부인 노씨는 창황한 중에서도 손자를 이웃인 달성위 서경주댁에 피신시켰다. 서경주의 부인 정신 옹주는 어린아이를 치마폭에 숨겼다.

나졸들을 이끌고 들이닥친 의금부 도사는 옹주의 거조를 수상하게 여겼으나 "그런 아이는 이곳에 없다. 당장 물러가라!" 이 같은 호통에 그들은 집안을 뒤지지 못하고 철수했다. 선왕의 따님이니 그럴 수밖에 없기도 했겠으나 정신 옹주의 기품과 위엄에 도사가 꼼짝을 못했던 것이다.

이 손자가 목숨을 보존하여 인조반정 후 집안을 다시 일으킨다. 현손 역이 정조 때, 아들 재찬이 순조 때에 각각 영의정에 올라 부자 영상으로 유명하다. 좌찬성에서 우의정이 된 정인홍은 계속해서 공세의 고삐를 늦추지 않았다.

「… 영창의 날개를 잘라야 합니다. 이를 위해서는 이른바 유교7신을 내쫓아야 할 것입니다.」

유교7신이란 선조가 돌아가기 전 믿을 수 있다고 생각한 신하들에게 영창대군을 잘 부탁한다는 말을 남겼는데, 그때 거명된 사람들이었다.

한준겸 황신 박돌양 신흠 서성 허욱 한응인 등이었다. 이들도 각기 삭직이 되거나 먼 곳으로 유배되었다. 이번엔 이이첨을 추종하는 언관들이

번갈아 상소를 올리고 영창대군을 죽여 후환을 없애야 한다고 주장했다.

이원익 이항복 등 훈신들은 한결같이 영창대군을 죽여서는 안 된다는 차자를 올렸다.

영의정 이덕형은 통탄을 금치 못하며 죽음을 무릅쓴 직간을 올리려고 했으나 화가 늙은 부친에게까지 미칠 것을 걱정하여 좀체 결단을 못 내리고 있었다. 부친이 아들을 불러 말했다.

"네가 젊어서 조정에 들어가 인신人臣으로 높은 지위에 올랐는데 죽고 사는 일을 나라와 같이 해야 하지 않겠는가. 내 염려는 하지 말고 신하의 도리를 다해야 한다."

이덕형은 울면서 자신의 처소에 돌아와 붓을 잡았다. 상소가 올라가자, 국왕은 크게 노하여 비답을 내리지도 않았다.

3사가 연명으로 차자를 내어 이덕형을 불충지신不忠之臣이라고 규탄했다. 국왕은 이를 받아 이덕형을 삭직하고 도성 밖으로 추방했다.

그는 양근의 농막으로 내려갔는데 여러 날 식음을 폐하여 중병이 들어 돌아갔다. 향년 53세였다.

정인홍 이이첨 등 대북의 영수들은 장차 자신들을 해치게 될지도 모른다고 여기는 사람들을 하나하나 솎아내 공격의 표적으로 삼았다. 화를 입은 사람보다 화를 입힌 가해자가 되레 불안과 공포에 떨게 마련이다.

이이첨의 심복인 정항이 강화부사가 되었다. 이이첨은 예조판서 겸 대제학으로 인사의 실권을 쥐고 있었다. 강화부사 정항은 국왕의 뜻을 받든 이이첨의 암시에 따라 초가집에 갇힌 영창대군을 불에 타 죽게 한다.

이어 정인홍은 왕대비를 폐출할 것을 주장했다. 영창대군을 국왕으로 삼으려는 대역 음모에 가담했기 때문이라는 것이었다. 영중추부사 이원익은 왕대비의 폐출을 반대했다.

"신은 전조의 늙은 신하로서 이덕형보다 죽음이 앞서지 못하여 나라를 망각하고 임금을 속였으니 백 번 죽어도 피하기 어렵습니다."

이 무렵 국왕은 자신의 의향을 거역하는 신하들을 모조리 역적으로 간주하여 가차 없이 처단할 작정인 듯했다.

이원익의 상소문도 갈기갈기 찢고 내팽개쳤다. 그러나 원체 공이 많은 훈신이라 의금부에 잡아들여 형문하지는 못하고 벼슬에서 쫓아낸 다음 유배시키는 데 그쳤다. 이원익은 충원에 부처되어 빈한한 선비처럼 살았다. 고을 수령이나 친지들이 양식을 보내와도 일절 받지 않았고 스스로 돗자리를 엮어 굶주림을 면했다.

국왕은 전조의 공신들을 하나하나 추방하거나 처단하는 것으로 부왕에 대한 앙갚음을 하는 것 같았다. 전국의 인심이 흉흉해지고 뜻있는 벼슬아치들은 재앙을 피해 스스로 조정에서 물러나 낙향을 했다. 성주의 유생 이창록은 울분을 참지 못해 국왕을 탄핵하는 글을 사방에 돌렸다.

「지금의 임금은 어린 동기를 죽이고 전왕의 계비인 자전慈殿마저 폐하려 하고 있다. 이처럼 무도한 사람을 우리가 어찌 임금으로 섬길 수 있겠는가.」

그러자 정인홍은 이를 대역으로 몰아붙여 조정에 고변을 했다. 의금부에서 이창록을 국문하여 곤장으로 쳐 죽였고 성주부를 없애고 고령에 붙였다가 신안현으로 격하시켰다. 정인홍은 고발한 공으로 좌의정이 되었고 합천에서 올라와 국왕께 사은숙배를 했다.

"경이 입궐했으니 종묘사직의 복이오."

국왕이 건네었다.

"근자 역모의 옥이 연달아 일어나 전하께서 마음이 편치 못하시니 신은 노상 민망하고 송구스러울 뿐입니다."

"모두 다 나의 부덕한 탓이오. 역모를 그치게 할 방도가 무엇인지 모르겠소."

"옥사를 다스리는 데 엄중하지 못한 때문입니다. 신이 향리에 있을 때 창록의 일을 듣고 매우 놀랐는데, 도성에 올라와 본즉 역시 비슷한 변고가 있었음을 알았습니다. 청컨대 전하께서는 역적을 토벌하는 것을 지극히 준엄하게 하시어 만인이 두려워하게 한다면 역모가 그치게 될 것입니다."

시쳇말로 공포정치를 하라는 건의였다. 정인홍은 다시 차자를 올려 이원익도 죽여야 한다는 뜻으로 아뢰었다.

"이원익 등의 말이 창록보다 더 고약한 바가 있습니다. 변고를 막기 위해선 우두머리를 단죄해야 하거늘, 창록은 사형에 처했으나 우두머리는 왜 내버려 두는 것입니까?"

국왕이 불가하다는 비답을 내리자 정인홍은 다시 시골로 내려가 버렸다.

"신의 건의를 듣지 않으셨으니 무슨 면목으로 도성 안에 머물러 있겠습니까?"

광해군 9년1617 가을. 이때 영의정은 기자헌, 좌의정은 정인홍, 우의정은 한효순이었다. 이항복은 영중추부사로 남은 훈신 가운데 외롭게 자리를 지키고 있었다.

이이첨은 예조판서 겸 대제학을 줄곧 지키면서 실권을 행사하고 있었다. 언뜻 보기에 권세 있는 자리를 피하는 듯했지만 3사의 관원들은 거의 그가 천거한 사람들이었다. 대제학은 과거시험을 주관하는 최고 책임자이다. 3사는 급제한 지 일천한 젊은 관원들로 메운다. 그러기에 대제학을 오래 하고 있으면, 막강한 정치적 세력을 형성할 수 있다.

이이첨과 정인홍은 소북 일부의 반대를 물리치고, 기어이 폐모를 강행하려고 했다. 언관들로 하여금 폐모론을 주장하게 한데 그치지 않고, 종실과 문무백관 1천 명에게 일일이 찬반 의견을 물었다. 매우 이례적인 처사였다. 집권자들의 위협에 눌린 벼슬아치들은 보복이 두려워 거개가 찬성을 했다. 기자헌 이항복 정홍익 등 반대한 사람들은 왕명에 의해 모조리 유배되었다.

우의정 한효순은 앞장서 폐모를 발론했다.

이 같은 반인륜의 행태는 기실 국왕의 위치를 점점 약화시키는 결과를 가져오게 된다. 도덕성과 정당성이 크게 훼손되었기 때문이다. 이항복은 북청으로 귀양을 갔는데 병을 얻어 이듬해 돌아갔다. 향년 63세였다.

임진전쟁이란 엄청난 국난을 극복하는 데 공헌했던 훈신들은 이제 거의가 무대에서 사라진 것이다. 마침내 국왕은 왕대비 김씨의 존호를 삭제하여 서궁이란 칭호만 쓰게 하고 경운궁에 유폐하기에 이르렀다. 살제폐모殺弟廢母의 비난이 전국을 들끓게 했다.

귀천군 이수는 죽을 작정으로 장문의 상소를 냈다.

「… 송나라의 사마광이 말하기를 "임금의 신하에 대한 염려는 그들의 간사함을 알지 못하는 데 있으나 간사한 줄 알고도 내버려 두면, 차라리 알지 못하는 것만 같지 못하다." 하였습니다. 이는 지금의 조정을 두고 말한 것이나 다름이 없습니다. … 이이첨은 그렇다 치더라도 3사는 대체 무엇을 하는 곳입니까. 신이 이 상소를 올렸으니, 3사에서 당장 신에게 죄를 주라는 규탄이 나올 것이 뻔하지만, 임금의 성덕을 보전하기 위해서는 반드시 간언을 하지 않을 수가 없습니다.」

언관들이 벌떼처럼 달려들었고 국왕은 이수를 순천으로 귀양보냈다. 국왕은 5년 후 인조반정으로 축출되고 강화도에 유배된다. 그리고 세자 때의 광해군으로 되돌아간 셈이 된다.

광해군의 운명은 자업자득이라 하겠으나 전조부터의 당파싸움에 휘말린 결과였다고 볼 수도 있다. 그리고 그 당쟁은 신하들을 서로 다투게 하여 왕권을 강화하려는 선조의 통치술에서 빚어진 것이라면 광해군은 선조보다 정치력이 모자랐다고 할 수 있다.

분할과 균형으로 벼슬아치들을 다스리지 못하고 지나치게 한쪽에 의지하고 정인홍 이이첨 등의 독주와 전황을 견제하지 못했기 때문이다.

광해군의 비극은 임진전쟁의 후유증 같은 것인지도 모른다. 신하도 임금을 고른다는 말이 있다. 전쟁 때 공신들이 대개 광해군을 버렸던 것이다.

〈끝〉

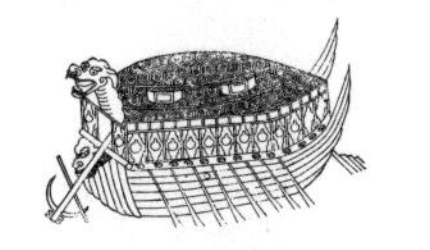

지은이 **서기원** | 발행인 **김윤태** | 발행처 **도서출판 선** | 북디자인 **디자인이즈**
등록번호 **제15-201** | 등록일자 **1995년 3월 27일** | 초판 1쇄 발행 **2015년 11월 23일**
주소 **서울시 종로구 삼일대로 30길 21 종로오피스텔 1218호** | 전화 02-762-3335 | 전송 02-762-3371

값 **18,000원**
ISBN 978-89-6312-551-0 03810